03

赋学文献论稿

踪凡 著

北京师范大学中国古代散文研究中心专刊

商务印书馆

本书为国家社会科学基金重大项目"中国古代散文研究文献集成"(项目批准号:14ZDB066)成果

本书是教育部"新世纪优秀人才支持计划"项目"赋学文献及其研究"(NCET‐08‐0629)最终成果

本书出版承首都师范大学文学院学科建设经费资助

总　序

中国古代散文从上古延续到晚清，是一座内涵丰富、数量庞大、亟待挖掘的学术宝库。在浩瀚的历史长河中，从经世济民、精思博学、传情言性，到描写社会、塑造历史、表现习俗，散文承担着其他文体难以取代的巨大的社会作用。从文献分类来看，经、史、子、集四部文献都以散文文体作为最核心的撰述方式，这就形成了一个以经部为源头，史部、子部分头并进，集部蔚为大观的古代散文世界。

中国古代的散文研究随着散文的产生而发生，历数千年而绵延不绝，表现出一些显著的文化特点：第一，与诗歌的"抒情性"不同，散文具有鲜明的"书写性"特征，在中国古代社会生活中发挥着广泛而巨大的实用功能，大量散文专书、别集、总集等盛行于世，上自贵族士夫，下至文人书生，通过对散文文本的编选笺释、教育讲授、阅读赏析，自觉并积极地参与散文研究，形成散文研究的普遍化特征；第二，从"知人论世"的研究方法出发，中国古代一直重视散文史料的搜集与编撰，从作家传记、作品评论到目录编制、资料汇编，形成了一座极其丰富的散文研究资料宝库，为散文研究打下了坚实基础；第三，同中国传统的包容性、随意性、领悟性的思维方式互为表里，古代的散文研究大多采用随笔式、杂感式的研究方法，研究成果多为随思、随感、随录而成的札记体、杂论体文章，散见于文人的交谈、书信、序跋、笔记、杂论等形式之中，甚至包含于文人的经学、史学、子学等著作之中，散文研究成果几乎无所不在；第四，古代的散文研究特别注重对散文文本内涵丰富性的深度发掘，注重勾连散文文本与社会生活、学术思想、文化习俗之间的密切联系，散文经典在不断阐释中被赋予生命，成为文学、文化、思想的重要载体和重要呈现，从而构建了开放而宏阔的散文研究格局；第五，由于散文具有实用性的"书写"功能，书写实践的需要促成历代文人乐此不疲地探究散文的写作体式（或表达方式），因此关于散文体式的研究成果数量庞大，内容丰富，论析细致，包括文体、篇体、语体、修辞、体貌等"散文写作学"的认知和辨析，足以构成中国古代"文章学"丰富而完整的话语体系。

由此可见，中国古代的散文研究观念和散文研究格局是相当宏通，也是相当开阔的。但是，20世纪以来，受到西方文学观念和现代文化思想的严重冲击，中国古代传统的"文学研究"发生了结构性变化。从总体上看，古代文学研究界更为热衷于记述和评论文学现象，探索和总结文学规律，而相对忽略对文学文献本身的整理与研究；而且在文学现象与文学规律的研究中，也更为偏重作家作品的评论与文学规律的总结，而相对忽略作家活动的记述与文学过程的梳理。具体落实到对论析中国古代的散文研究成果方面，学术界普遍倡导和实施散文批评史与散文理论史的建构，而相对忽略散文研究现象的描述与展现。所以大多数的研究成果，要么是断代的散文批评或散文理论研究，要么是某某作家或作家群（文学流派）的散文批评或散文理论研究。由于在根本上中国古代并没有出现过西方学术意义上的"纯文学"以及与之相伴而生的"纯文学观念"与"纯文学理论"，因此散文批评史与散文理论史研究无论何等细致深入，都难免在不同程度上与中国文化传统及散文史风貌方枘圆凿。这种主动地将丰富多彩的古代散文研究成果狭隘化的学术视野，限制了散文研究的拓展和深入，一方面切断了与中国古代丰富而精彩的文学世界的联系，另一方面中断了与传统学术文化思想的对话。所以，20世纪以来的中国古代散文研究虽然努力开拓"审美空间""文学空间"，但是由于无法与中国古代深刻博大的审美精神与文化精神互相对话、互相融汇，不免导致散文研究长期以来一直陷入难以形成自身独立的价值体系、学术概念和研究方法的尴尬局面，在古代各体文学的研究中成为一个相对薄弱的环节。

毋庸置疑，散文是最具中华传统文化特色的文体形式，散文的功能、散文的类型、散文的写法、散文的美感，在中国古代都呈现出极为独特的表现形式，的确难以同古往今来的外国文学构成畅通无阻的文化对话。因此，20世纪以来，散文概念乃至散文研究观念长期处于古今分裂、中外对立的文化语境之中，致使研究者在现有的学科体系中，无法对中国古代的散文概念、范围、研究观念等进行有效的界定和确立，在展开古代散文研究时常常感到无所适从。

我们认为，中国古代散文研究本质上属于历史研究，必须回归古代散文世界，并进一步回归古代散文所依存的学术世界和文化世界，在宏观、整体的视野下重新审视丰富多彩的古代散文现象，这样才能真正建立古代散文研究自足的话语体系和理论体系。正是有鉴于此，北京师范大学在2013年成立了中国古代散文研究中心，2014年申请了国家社科基金重大项目《中国古代散文研究文献集成》。从2016年开始，我们又陆续出版《北京师范大学中国古代散文研究中心专刊》，希望在广泛吸收前人的编纂经验和研究成果的基础上，全面而深入地整理与研究中国古代散文的文本文献与研究文献，在贯通古今、打通中外的文化语境中，提炼、总结、发挥、建构古代散文研究的理论与方法，进而为建构中华文化独特的理论框架、学术话语和叙述方式尽一份绵薄之力。

无论古今中外，不同思想、不同阶层、不同群体的人们都能够以散文作为表情达意的书写方式，在各类文体中，只有散文真正实现了最为充分的社会化、大众化，当今社会也仍以新媒体下的散文作为主要的表达工具，这一点是古今相通的。而且，散文又是一个多元并存的世界，不同的社会阶层、社会群体，不同思想的指导和表达，不同时代的创作，构成了一个多元的散文世界，这一点也是古今相通的。在这两个相通的基础上，散文的社会功能无疑是巨大的，理应引起研究界的高度重视。中华文化的核心载体是散文，散文具有丰富深厚的精神内涵和文化内涵，特色鲜明的表达方式和审美特征，是中华优秀文化精神价值的重要载体。作为一份极其宝贵的人类文化遗产，中国古代散文值得我们仔细地品读、深入地体验和充分地阐释，从中发掘中华优秀传统文化的宝藏，为世界文化的继承和发展贡献独具一格的中国智慧和中国价值。

北京师范大学的中国古代散文研究具有悠久的传统，并取得了丰硕的成果。已故的郭预衡教授集毕生心血，独立撰著出版了体大思精的三卷本《中国散文史》，享誉学界。郭预衡教授晚年还积极倡导并亲自主持北京师范大学重点学科建设项目"中国散文通史"。该项目于2003年立项，历经十年，最终于2013年出版了十二卷本《中国散文通史》。这是一部迄今为止最为深入、全面而系统地描述中国古今散文演变史的学术著作，以扎实的学术基础、丰厚的论述内容和全新的撰写体例，实现了对中国古今散文史的一次全新的建构。以这两部散文史著作为基础，在商务印书馆的鼎力支持下，《北京师范大学中国古代散文研究中心专刊》将提供一个坚实的学术平台，逐步推出本研究中心专职和兼职研究人员的学术著作，向学术界展现中国古代散文研究的新思想、新方法、新成果，为中华优秀传统文化的创新性发展和创造性转化做出贡献。我们热切期待学术界同仁踊跃加入中国古代散文研究的学术队伍，我们更热切期待学术界同仁对我们的研究成果提出宝贵的批评意见，帮助我们在中国古代散文研究领域"更上一层楼"。

郭英德

2016年8月10日

目 录

前言 …………………………………………………… 1

第一编　赋体渊源与早期赋籍
　　　　——先唐赋学文献研究

赋源新论 ……………………………………………… 17
古代语言文字学著作中的汉赋资料 ………………… 43
贾谊辞赋的汇集与传播
　　——兼及《旱云赋》异文问题 ………………… 52
《司马相如集》版本叙录 ……………………………… 66
东汉赋注家及其赋注研究 …………………………… 83
汉魏六朝的汉赋整理与编录 ………………………… 117
檀道鸾赋论发微 ……………………………………… 145
附录:《神乌赋》集校集释 …………………………… 152

第二编　文献保存与赋境开拓
　　　　——唐宋元赋学文献研究

《艺文类聚》与中国赋学 ……………………………… 203

《事类赋》版本叙录 …………………………………… 232
赋学视阈下的《韵补》 ………………………………… 248
《会稽三赋》的注本和版本 …………………………… 255
《古赋辩体》版本研究 ………………………………… 277

第三编　评点与集成
——明清赋学文献研究

何景明的一篇集外赋 …………………………………… 303
《药性赋》版本考论 …………………………………… 314
《辞赋标义》的编者、版本及其赋学观 ……………… 326
《赋海补遗》编者考 …………………………………… 340
《赋珍》补论 …………………………………………… 347
陈山毓《赋略》及其赋学观 …………………………… 357
明代末年的汉赋评点 …………………………………… 364
《历代赋汇》版本叙录 ………………………………… 386
严可均《全汉文》《全后汉文》辑录汉赋之贡献及阙误 … 396
《宋金元明赋选》王鸿朗跋考释 ……………………… 414
《赋海大观》价值初探
　　——兼与《历代赋汇》比较 ……………………… 423
《赋海大观》之阙误 …………………………………… 439

第四编　赋坛新论
——当代赋学论著研究

《中国辞赋研究》评介 ………………………………… 455
《全汉赋评注》：新世纪汉赋研究的奠基之作 ………… 459

内容完备,观点深湛
　　——评龚克昌等教授的《全三国赋评注》 …………… 465
赋学研究的一部力作
　　——《隋及初盛唐赋风研究》评介 ………………………… 478
中国赋论研究的重要突破
　　——从《中国赋论史稿》到《中国赋论史》 …………… 483
《历代辞赋总汇》的文献价值 ………………………………… 491

后记 ……………………………………………………………… 504

前　言

本书主要对先秦至当代的重要赋学文献进行考论与分析，或抉发其价值，或归纳其特点，或指摘其阙失，或胪列其版本。尽管不能涵盖所有赋学文献，但对于中国文学史上影响深远或意义重大的赋学典籍如《司马相如集》《文选·赋》《艺文类聚》《事类赋》《古赋辩体》《历代赋汇》《赋海大观》《历代辞赋总汇》等皆有深入挖掘与探究，以点带面，试图展示赋集编纂和流传的学术历程。此外，对于历代赋评、赋注文献也有所考证与研讨。本书以时代为序，分为四编。

第一编在探寻赋体渊源的基础上，重点研究汉魏六朝时期赋学文献的编集、传播、注释情况，共收录论文8篇。

《赋源新论》一文具体考察了最早以"赋"命名的荀子《赋篇》，宋玉诸赋，地下出土文献《御赋》《神乌赋》、韩朋简、田章简等，发现这些作品大都是文人对民间隐语、嘲戏、讲诵艺术、大小言竞技艺术的改造，具有鲜明的俗文学色彩；又以汉代散体大赋中铺陈文字与口诵技艺的关系，早期赋家娱悦主上、见视如倡的身份地位作为佐证，得出了赋体文学源于先秦民间韵语的观点。

汉赋是汉代的"一代之文学"，而研究汉赋的学者，大多从史书、总集、别集、诗文评等各类著述中查找资料，却很少注意经部

"小学"类(即语言文字学,包括文字学、音韵学、训诂学)著作。《古代语言文字学著作中的汉赋资料》认为:中国古代的文字学著作如徐锴《说文解字系传》、戴侗《六书故》,音韵学著作如吴棫《韵补》、陈第《屈宋古音义》,训诂学著作如罗愿《尔雅翼》、方以智《通雅》等书中,皆蕴藏着十分零散但又弥足珍贵的汉赋资料。它们或分析字形字义,或揭示用韵规律,或诠解语词名物,有时还挖掘赋意,梳理赋史,辨析错讹,为汉赋的辑佚、考证和研究提供了重要参考,是一笔不可忽视的文化遗产。

贾谊是汉代初年重要赋家,是骚体赋的代表人物,《贾谊辞赋的汇集与传播——兼论〈旱云赋〉异文问题》一文系统梳理贾谊辞赋汇集和传播的历史,认为贾谊辞赋的保存主要依赖6种文献,其传播方式主要有单篇流传、借助《贾谊集》传播、依附《新书》传播、被其他文献载录而传播;《吊屈原赋》《鹏鸟赋》因《史记》《汉书》《文选》的载录而保存,又因"文选学"的兴盛和《文选》的刊刻、流传而成为文学史上的经典;《旱云赋》的异文则表明:该赋传播有两个途径,一是借助《古文苑》传播,一是借助《贾谊集》和《新书》而传播。

司马相如是"汉赋四大家"之首,也是中国赋体文学的代表作家,被后人誉为"赋圣"(《朱子语类》卷一百三十九、《艺苑卮言》卷二)。西汉人辑录的《司马相如赋》29篇、六朝人辑录的《汉文园令司马相如集》1卷皆已散佚。《〈司马相如集〉版本叙录》一文,对明清时期辑录的7种《司马相如集》进行著录、比较和研究,认为它们主要以《史记》《汉书》《文选》为依据,但各有侧重,不本一家;诸书或广搜佚文,或益以校勘,或撰写题辞,或附录参考资料,辑录之功,实不可没;当代学者撰写的数种《司马相如集校注》校勘细致,注释明晰,但亦偶有阙失。

赋注是赋体文学传播与接受的重要媒介,是联系赋家和读者的桥梁,其作用不可低估。《东汉赋注家及其赋注研究》认为:东汉是中国古代赋注的发轫期,出现了曹大家(班昭)、延笃、胡广、服虔、应劭、伏俨、刘德、郑氏、李斐、李奇、邓展、文颖等12位注释家,其中10家有佚注存留。论文从《史记》三家注、《汉书》萧该音义、《汉书》颜师古注、《文选》李善注等文献中钩稽出东汉赋注佚文凡584条,去其重复,尚有423条。通过分析可知,东汉赋注内容丰富,兼有注音、辨字、释词、解句、揭示修辞手法等诸多方面,并且以体例完善、施注密集、用语凝练为主要特色,颇有助于赋的阅读和传播。而曹大家在赋注中大量征引前代典籍,以补充或佐证词、句之诠释,此法在东汉被广为效法,渐趋完善,影响了此后数百年的赋注,直至唐代李善而发展成一种重要的训诂体式。东汉赋注的学术价值已经得到时人和后人的广泛认可,并且对读者读赋、学者论赋、注释家注赋都产生了长期而深刻的影响。

《汉魏六朝的汉赋整理与编录》对于《史记》《汉书》《后汉书》《文选》等经典著作载录汉赋作品的情况进行全面考察,认为汉魏六朝时期的学者为汉赋的收集、校勘、分类、编录作出了划时代贡献。经过前三史及《文选》的选录,汉赋中最典雅、最有代表性的篇章得以广泛流传并基本固定下来,汉赋作为"一代之文学"的形象也渐渐进入了人们的思想观念之中。刘向父子的《别录》《七略》在校勘方法、汉赋叙录、汉赋分类、汉赋别集与总集的编纂等方面具有不朽的开创之功。南北朝时期涌现出各类总集、选集、别集,是汉赋整理与编录史上的第一个辉煌时代。论文也指出了这一时期封建文人的正统性和保守性。

探究先唐赋论的学者,大都将眼光聚焦于扬雄、班固、刘勰等少数理论家身上,而对于南朝宋檀道鸾,则几乎无人关注。《檀道鸾赋论发微》一文从《世说新语·文学篇》刘孝标注中钩稽出一段檀道鸾《续晋阳秋》的佚文,经过考辨与分析,认为檀道鸾不仅极力主张诗骚传统,而且第一次将楚辞与赋分而论之,并率先从《诗经》、楚辞、诸子百家凡三个方面讨论赋体文学之渊源,这把我国古代的文体分类与赋源探讨提升到一个新的理论高度。今人皆以为赋的多源说始于清人章学诚,而对于檀道鸾却鲜有论及,故特撰此文,肯定其在赋学批评史上的地位。

《神乌傅(赋)》是目前唯一一篇保存着原始状态的汉赋作品,于1993年出土于江苏省连云港市尹湾村汉墓。目前海内外已发表专论或主要讨论此赋的学术论文30余篇,许多问题的研究都取得了重大进展,但有些问题仍未取得一致意见。《〈神乌赋〉集校集释》对十余年中考订与注释《神乌赋》的成果进行归纳总结,该赋文字以裘锡圭先生《〈神乌赋〉初探》(《文物》1997年第1期)为准。凡征引诸家论说,皆标注姓名,若有己意,则标明"凡按"以示区别,旨在为研究《神乌赋》和出土文献的学者提供参考。

第二编专门研究唐宋元三代赋学文献,共收录论文5篇。此期的赋集编纂成果不多,但是作为类书的《艺文类聚》和大型诗文总集《文苑英华》,分别为先唐赋和唐代赋的保存立下汗马功劳。在赋体文学创作方面,则古、俳、律、文四体兼备,并且出现了大量的非文学赋,如《雪心赋》《事类赋》《会稽三赋》《珞琭子三命消息赋》等,这些赋往往以单行本的形式刻印流传,为赋体文学注入了十分丰富的文化内涵。

《〈艺文类聚〉与中国赋学》一文,对于唐欧阳询《艺文类聚》所载录的先唐赋进行列目、统计,发现该书载录赋作竟达894篇,比《史记》《汉书》《后汉书》《晋书》《宋书》《南齐书》《梁书》《陈书》《魏书》《北齐书》《周书》《隋书》和《昭明文选》的总和(117篇)还要多得多,今日所见之先唐赋,十之八九借助此书得以保存,其功至伟,不可不察。此外,出于类书编纂的需要,该书对这些作品按照内容进行了分类,这又对后代赋体文学总集(包括某些大型诗文总集的赋体部分)的编纂有着深远影响。

宋人吴淑撰写的《事类赋》原名《一字题赋》,是以赋体形式写成的类书。全书分为14部,100个子目,每一子目皆用赋体写成,实际上是100篇短赋。后来吴淑本人又为其作注,赋、注同出一人之手,因而准确无误。该书在宋代就有刊刻、流传。《〈事类赋〉版本叙录》对今存21种版本进行著录,介绍每种版本的刊刻年代、行款、特点、藏印、馆藏地等基本信息,客观上展示了《事类赋》在宋元明清四代反复刊刻、广为流播的情况,也是赋学史上一道独特的风景。

宋吴棫《韵补》是一部著名的音韵学著作,为一般赋学研究者所忽略。《赋学视阈下的〈韵补〉》一文对《韵补》进行通检后发现,该书征引先秦至北宋赋多达728条,其中汉赋共447条,占61.4%;此外有战国赋23条,魏晋南北朝赋230条,唐宋赋28条,充分反映了汉赋的经典地位。有些赋句不见于宋以前的其他典籍,有重要的辑佚学价值,如汉崔骃《反都赋》、三国魏陈琳《悼龟赋》、刘邵《赵都赋》、晋陆机《感丘赋》等;也有些赋句与通行本文字有异,为赋的校勘与研究提供了重要资料,如汉扬雄《甘泉赋》、张衡《西京赋》的某些句子。最后指出,《韵补》引赋偶有阙误,利用时需要加以甄别考辨。

南宋王十朋撰写的《会稽三赋》既是赋史名篇,也是中国方志史上的名作,具有不可忽视的文学价值和地方文献价值,被《四库全书》收入史部地理类。《〈会稽三赋〉的注本和版本》一文,首先研究《会稽三赋》的两个注本:一为宋周世则注、宋史铸增注本,一为明南逢吉注本(包括单纯的南逢吉注本和明南逢吉原注、明尹坛补注本两种)。笔者认为周、史注征引富赡,备载出处,有重要史料价值;南逢吉注简洁明快,不标出处,便于一般读者诵习;而尹坛补注与南注浑然一体,不见痕迹,仔细揣摩,亦有补苴之功。论文对每个注本的刊刻、流传情况进行梳理,介绍其现存各个版本的形态和面貌,指出《会稽三赋》具有文学与方志学的双重价值,应该受到学术界的重视和研究。

元祝尧所编之《古赋辩体》10卷,是中国赋学史上的一部巨著。《〈古赋辩体〉版本研究》一文对现今可见的 6 种版本,即明成化二年金宗润刻本、明嘉靖间 3 种刻本(熊子修刻本、康河刻本、苏祐印本)、清乾隆间《四库全书》本(文渊阁本、文津阁本),进行了全面调查和文字比勘,认为成化本是现存诸版本之祖本,该本据祝氏家藏稿本刻印,文字准确,内容完整,可以校正此后诸版本之错讹,并且能够全面反映祝尧的赋学观念与赋学成就。《四库全书》本对祝尧原书有所删削,十分可惜,但其中文渊阁本文字可靠,书法隽秀,使用颇为方便;而文津阁本则错误较多,其价值远在文渊阁本之下。这些研究为使用《古赋辩体》的学者提供了重要依据。

第三编主要探讨明清时期的赋学文献,共收录论文 12 篇。明清是中国古代学术文化的总结期,在赋学研究领域,则以赋话的产生、赋评点的繁荣、赋总集的大量涌现作为标志,且具有鲜明的集成性特点。

何景明是明代的一位重要赋家,其赋今存 32 篇,主要见于《何大复集》。《山西通志》卷二百二十载有何景明的一篇集外赋《石楼赋》,世所罕见。《何景明的一篇集外赋》对此赋进行了细致研究,认为该赋通过对石楼山风光景物的描写,赞扬了恩师李瀚的品质、人格与修养,形式上采用主客问答体,骈散相间,用韵自由,是一篇典型的文赋。《石楼赋》的发现表明,作为"前七子"之一的何景明虽然提出过明晰的复古理论,但他在创作中并没有排斥六朝以后产生的新的文学体式,是一位观念较为通达的文学思想家和赋家。

《药性赋》是一部以赋体形式写成的医药学经典,脍炙人口,广为流播。旧题元李杲撰,据有关记载,其作者很可能是明弘治年间的严萃。该书版本面貌十分复杂,《〈药性赋〉版本考论》将其版本分为明刻白文本、明罗必炜校正增补本(上下两截本)、明钱允治校订本(附清王晋三、濮礼仪重校本)凡三大类,分别介绍其内容和版本形态。论文认为，《药性赋》具有鲜明的民间性质，同时还是古代科学与文学完美结合的典范，理应得到药学研究者和赋学研究者的重视。

《辞赋标义》是明末万历年间出现的一部很有特色的辞赋总集。《〈辞赋标义〉的编者、版本及其赋学观》一文，首先对该书编者俞王言的籍贯进行考证，认为俞氏应该是明万历年间徽州府休宁县（今属安徽省）人，纠正了学术界以为系广东海阳或安徽歙县的误解。论文详细介绍了该书的两个版本：一是明万历二十九年(1601)金溥参订、休宁金氏浑朴居刻本，一是明崇祯年间郑之橎据金溥本修订、重印之本。该书既是一部版式独特、备受欢迎的辞赋总集，也是一部重要的赋学理论著作，它反映了编者较为通达的文体观念，以及辞赋并重、屈马同尊、崇尚楚汉、贬抑六朝的赋学思想。

《赋海补遗》编于明末，收录历代抒情咏物小赋887篇，有重要文献价值。原书题为"刘凤、周履靖、屠隆同辑"，《〈赋海补遗〉编者考》根据该书卷首陈懿典序、卷一周履靖自序、卷末《螺冠子自叙》、刘凤与屠隆生平著述、本书收赋情况、命名和编纂旨趣等方面加以考察，认定《赋海补遗》实为周履靖一人所辑。该书虽为总集，却兼有别集性质，它保存周履靖个人之赋多达615篇，既能在一定程度上展现明赋创作的情况，又反映出明末文人远离政治、啸傲自适的生活状态。

明末施重光所辑之《赋珍》8卷，程章灿先生《〈赋珍〉考论》一文曾对其编者的字号、籍贯、仕履，作序者吴宗达的生平、字号，《赋珍》中体现的赋学观等进行了十分精湛的研究。《〈赋珍〉补论》对程文略有补充：一是考察《赋珍》的版本，认为海内外现存四部《赋珍》皆为同一版本，只是印刷时间有先后之别，其中西北大学藏本多出《赋珍总目》，颇便读者，可惜错误较多，不可尽信；二是分析《赋珍》独到的编纂体例，认为编者在选评经典赋作、辑录相关资料、拓展读者阅读视野等方面进行了可贵的探索。

陈山毓《赋略》是一部将选赋、论赋与辑录赋学资料相结合的赋学专著,《陈山毓〈赋略〉及其赋学观》一文认为,该书陈氏自序是一篇精粹的赋学论文,从裁、轴、气、情、神五个方面来探讨赋学的基本理论问题;《绪言》辑录历代的赋论资料,并将这些资料分成五个部分来加以编排,借以表达著者的赋学思想;《列传》专门辑录历代赋家的传记资料,内容丰富,颇便读者;正篇与外篇选录先秦至明代的著名赋作,兼及七体、颂体、楚辞体,偶作评点,颇有识见。在明代末年的学术著作中,《赋略》对赋文学进行了最为全面系统的研究,其编纂体例及学术观点都值得后人借鉴。

《明代末年的汉赋评点》认为:汉赋评点在明末万历崇祯年间迅速兴起,它们存在于《文选》评点、史书评点或者专门的辞赋评点著作中,涌现出孙鑛、郭正域、邹思明、袁宏道等一批评点家。这些评点文字或交代作赋背景和缘由,或进行文字校勘与语词考释,或品赏佳句隽语,或挖掘赋意赋境,或分析艺术结构,或揭示赋作风格并给予文学史定位,内容丰富,形式灵活,语言精粹,意味隽永,有效地促进了汉赋在明末文人中的普及与传播,对清代的诗文评点和文学研究有较大影响。

清陈元龙奉康熙之命编纂的《历代赋汇》184卷,汇集先秦至明代赋4161篇(含残篇),囊括古今,鸿纤毕具,价值巨大,影响深远。学术界对《历代赋汇》的整理、利用与研究,已呈方兴未艾之势。《〈历代赋汇〉版本叙录》一文,对该书的古今版本进行全面搜集和梳理,指出该书最早、最可靠的版本是清康熙四十五年(1706)内府刻本,现有国家图书馆出版社影印本;此后还有乾隆四十二年(1777)摛藻堂《四库全书荟要》本、乾隆四十六年(1781)文渊阁《四库全书》本、乾隆后期(1782—1795)文津阁《四库全书》本、光绪十二年(1886)双梧书屋石印本(俞樾校本)、光绪二十年(1894)上海点石斋重印本、当代影印本等。文后附有版本源流表,可供研究者参考。

清嘉庆年间严可均编纂的《全上古三代秦汉三国六朝文》一书,是我国历史上规模最大的先唐文章总汇。《严可均〈全汉文〉〈全后汉文〉辑录汉赋之贡献及阙误》一文,重点考察该书《全汉文》《全后汉文》部分对汉赋的辑录情况,指出《全汉文》《全后汉文》辑录汉赋作品多达75家,257篇,远远超过此前李鸿的《赋苑》和陈元龙的《历代赋汇》,并且所辑各赋内容完备,考校精详,备载出处,编排有序,还提供了作家小传等方面的资料。这是我国古代汉赋编录史上的集大成之作,至今仍有很高的参考价值。但该书仍然有篇目遗漏、误收重出、内容缺失等缺点。

清人汪宪辑有《宋金元明赋选》一书,但未曾刊印,国家图书馆藏有抄本一部。《〈宋金元明赋选〉王鸿朗跋辨析》据该书卷首王鸿朗跋语,结合相关史料进行分析,认为该书是著名藏书家汪宪于乾隆年间延请朱文藻等人编纂的。编者主要依据陈元龙《历代赋汇》,再参考家藏的其他文献进行编选,因系未定之本,故未署名。该书曾经于嘉庆初年校订授梓,但是正本与书版一同毁于火灾;副本于嘉庆、道光间流失,辗转为王鸿朗收藏,并于光绪元年归还振绮堂主人汪曾唯。王鸿朗跋为后人留下了关于钱仪吉《曝书琐记》佚文和汪宪《宋金元明赋选》之编纂、付梓、流失、归还等方面的重要信息,折射出中国古代典籍的遭遇和命运,弥足珍贵。

《赋海大观》32卷,清末光绪年间鸿宝斋主人编辑。该书卷帙浩繁,价值突出,但由于目录残缺,字小难辨,加之庋藏深阁,一直无人研究。笔者花费数月之力,编制了29万字的《赋海大观新目录》,并撰写《〈赋海大观〉价值初探——兼与〈历代赋汇〉比较》《〈赋海大观〉之阙误》二文,认为该书是中国古代规模最大、收赋最多、分类最繁细的赋体文学总集。经查检、统计,该书收录先秦至清代赋12265篇(其中清代赋达8300余篇),总数是《历代赋汇》的3倍。编者按照赋的描写对象将其划分为32类,468目,同题相聚,便于查询;并且开创"×总"和"摘句"两种体例,旨在提供更为丰富而实用的资料。作为清代律赋之渊薮,其对于清赋、清代文学乃至清代思想文化研究皆有不可忽视的重要意义。但该书系清末民间出版家编印的石印袖珍本,具有分类失当、次序错乱、篇目遗漏、误收重出、篇名与作者错讹、内容阙误、体例混乱等诸多缺陷,使用者需要加以留意。

  第四编研究当代赋学著作,收录论文6篇。民国赋学虽有创获,但毕竟内容单薄,成绩有限;新中国成立之后的前三十年,由于受政治运动影响,大陆赋学进入冰冻期。直到20世纪80年代,赋学研究才真正进入繁荣发展的阶段,迄今已发表近百部赋学专著和数千篇学术论文。

  山东大学龚克昌先生是新时期赋学研究的拓荒者,其《论汉赋》(《文史哲》1981年第1期)是第一篇从正面肯定汉赋的学术论文,《汉赋研究》(山东文艺出版社1984年版)是第一部深入研究汉赋的学术专著,在学术界掀起了研究汉赋的热潮。本编首先对龚克昌先生的代表性成果《中国辞赋研究》《全汉赋评注》《全三国赋评注》分别进行介绍和评论,主要观点是:《中国辞赋研究》(山东大学出版社2003年版)选录龚先生自1981年以来发表的赋学论文62篇,分为四组:汉赋综论、汉赋作家作品论、中国辞赋史研究、序跋及学术回忆。该书对于历史上颇具影响力的"歌功颂德"说、"讽谏弱化"说、"虚词滥说"说、"丽靡之辞"说、"见视如倡"说逐一进行了驳斥,恢复了汉赋在中国文学史上应有的地位,认为汉赋是"文学自觉时代的起点";通过对一系列重要赋家的深入研究,系统梳理汉赋发展的历史流程,对司马相如生平、赋作的考证尤见功力,此外还对赋史研究中的重要问题发表了看法。《全汉赋评注》(花山文艺出版社2003年版)是第一部对现存所有汉赋进行注释和评析的著作,共评注汉赋七十余家,195篇,具有鲜明的开创性、资料性和学术性，反映了龚先生"在研究的指导下评注，在评注的基础上研究"的学术思路。该书融铸了著者三十余年的科研成果与心得体会并又有新的发展完善，它既是20世纪汉赋研究的总结，又为21世纪的汉赋研究铺上了一块基石。《全三国赋评注》（齐鲁书社2013年版）共评注三国时期（含建安时代）赋作53家，282篇，是第一部将三国时期所有辞赋作品进行全面汇辑、校注、评析、研究的重要著作，嘉惠后学，功莫大焉。

广西师范大学韩晖教授撰写的《隋及初盛唐赋风研究》（广西师范大学出版社2002年版）一书，是新时期第一部专门研究唐赋的学术专著。《赋学研究的一部力作——〈隋及初盛唐赋风研究〉评介》认为，此书以28万余字的篇幅来全面、细致、深入地探讨隋及初盛唐时期的辞赋创作和辞赋理论，为赋学研究开拓出一片新的领地，确实"具有开创性和填补空白的意义"。作者从数百种古籍中辑录出一千余篇隋唐辞赋，逐一进行标点、考订、分析，并且对赋家的生平籍贯、科举出身、赋作系年等基础问题进行考证，学风严谨，资料性强。本书从辞赋创作与辞赋批评两大方面，对隋及初盛唐时期的赋史流程及赋学观念的演变进行了系统梳理，进而探寻辞赋盛唐气象的形成过程。在分析唐人辞赋观时，著者往往能从纷繁复杂甚至相互矛盾的资料中做出简汰选择，然后进行实事求是的解剖和论析，表现出较高的文献解读能力和超乎常人的学术眼光。

学术界对古代赋论颇有关注，成果亦多。但"我国第一部较系统的赋论史"（马积高先生语）当推湖北大学何新文教授的《中国赋论史稿》（开明出版社1993年版）一书。2012年4月，人民出版社又推出了何新文、苏瑞隆、彭安湘撰写的《中国赋论史》。《中国赋论研究的重要突破——从〈中国赋论史稿〉到〈中国赋论史〉》一文认为，《中国赋论史》是对《史稿》的扩充、深化和提升，字数由《史稿》的22万字而增至56万字，篇幅已达到原书的三倍之巨，堪称是一部体大思精的理论著作。《赋论史》在与《史稿》相近的章节安排之下，包含着著者在观点、资料、方法上的重大突破以及对20年赋论研究成果的吸收、融会与升华；在历代赋论资料的搜罗与梳理上，《赋论史》更为丰富、完备；对于同一赋论家或者赋论现象，《赋论史》的探讨也有新的深化与拓展。此外，《赋论史》不囿成见，勇于创新，对于一些人云亦云的赋论观点提出质疑，在严谨考辨的基础上提出自己的独到之见。该书凝结着著者二十余年的学术积累和理论思考，它以宏大的体制、详赡的论述、严谨的考辨和超卓的识见而为成为新时期赋论研究的重要著作。

由中国赋学会第一任会长、湖南师范大学马积高先生主编，六十余位赋学研究者通力合作的《历代辞赋总汇》，终于在2014年由湖南文艺出版社出版，这无疑是当代赋学界的一桩盛事。该书凡2800余万字，精装26巨册，卷帙巨大。《〈历代辞赋总汇〉的文献价值》一文认为，该书共汇集先秦至清末7391家的辞赋作品凡30789篇，是有史以来辑录辞赋最为完备的大型专体文学总集。其收赋数量是《历代赋汇》的7.4倍，《赋海大观》的2.5倍，资料完备，规模空前。例如明代赋，《历代赋汇》仅收录369家735篇，遗漏极多；《历代辞赋总汇·明代卷》汇集明代辞赋作家1019人，作品达5107篇，其篇数是《历代赋汇》的6.95倍，能够真实反映明赋创作的情况；《历代辞赋总汇·清代卷》共计收录清代辞赋4810家，19499篇，其篇数比先秦至明代所有辞赋作品的总和（10649篇）还要多得多，编者所耗费精力之大，付出辛苦之多，非常人所能领会。该书不仅辑录辞赋作品最为完备，而且在辑佚、校勘、编次等方面皆超出断代辞赋总集，文字可靠，质量上乘，具有更高的学术价值。全书按照"人以世次，文沿人集"的方式编排，每一作家皆有小传，"正编"采录楚辞体、赋体、七体，"外编"选录赋体诗文，正变兼备，鸿纤毕收，资料极为丰富，反映了编者对狭义赋体观和广义赋体观的折衷和融会。该书的出版，必将对历代辞赋(尤其是明清两代赋)的研究产生巨大的推动作用。

当代赋学界名家众多,成果丰硕,本编仅仅是举例言之,并不完备。而美国康达维教授、台湾简宗梧教授、大陆许结教授等著述宏富,尤称巨擘。希望将来能够制定计划,对当代赋学家及其成果进行更为全面深入的研究。

本书既无宏大的理论建构,也无时髦的文论术语和优美华丽的辞藻。笔者本着"一分耕耘一分收获""有一分材料说一分话"的原则,认真阅读赋学元典和相关史料,尤其注重对文献版本的考索和甄别,对出土文献的关注和研讨,对古代"小学"著作的挖掘和利用,尽管笨拙缓慢,但以原始资料为据而得出的观点,自己心里感到踏实。希望本书的出版能够为当代赋学研究的繁荣奉献自己的绵薄之力。

第一编　赋体渊源与早期赋籍
——先唐赋学文献研究

赋源新论

赋是中国古代一种非常重要的文学体裁。它产生于战国，兴盛于两汉，绵延至唐宋元，一直到清代，作品数以万计，体制变化多样，内容丰富多彩，对其他多种文学样式都有不同程度的影响。但对于赋的渊源，自古以来就说法不一，歧见纷纭，迄今尚无定论。笔者不揣浅陋，拟对这一问题进行新的探讨，不当之处，尚祈海内外方家是正。

一、旧说回顾

关于赋源问题的讨论，可以归纳为一源说与多源说两种。先看一源说。

（一）赋源于《诗经》。早在西汉前期，司马迁就在《史记·司马相如列传》中将相如赋与《诗经》相比较，以为相如赋"虽多虚辞滥说，然其要归引之节俭，此与《诗》之讽谏何异"！此语开诗源论之先声。班固《两都赋序》云："或曰：赋者，古诗之流也。……或以抒下情而通讽谕，或以宣上德而尽忠孝，雍容揄扬，著于后嗣，抑亦雅、颂之亚也。"在此，班固引用前人的话，对诗源说作出了最经典的阐释，即：赋与《诗经》一样，既可以宣泄下情以讽谏君主，也可以颂扬帝王以教化民众;换言之,赋既可以刺,也可以美。很显然,班固乃是从政教功利的角度来探讨诗、赋关系,进而肯定了赋的社会价值和历史地位。西晋时期的皇甫谧、左思、挚虞等人也认为赋为"古诗之流",但着眼点与班固并不相同。皇甫谧《三都赋序》云:"诗人之作,杂有赋体。子夏序《诗》曰:一曰风,二曰赋。故知赋者,古诗之流也。"他们第一次将《诗经》"六义"之"赋"与文体之"赋"进行了系联,并进而从创作手法的角度探讨《诗》与赋的关系,这无疑抓住了赋体文学的铺陈特征,比汉人政治功利的视角更为科学①。元代祝尧《古赋辩体》更进一步,指出赋体文学虽以铺陈为特征,但其实"风之义""比兴之义"俱未泯灭;清人王芑孙《读赋卮言》也称"赋义兼比兴,用长箴颂"。他们对《诗》、赋关系的探讨更为全面、细密,使诗源论更具可信性与说服力。

现当代学者仍对诗源论十分青睐。日本铃木虎雄《赋史大要》认为,赋所使用的长短句,分别是由《诗》的三字句或四字句,因诵读时的连续、缓读或曳音变化而来的②。台湾著名赋学家简宗梧先生说,班固的"古诗之流"论乃是"不移之论",赋乃是"诗的别枝","诗的延续","诗的扩大",是"散文化的诗","叙事描写的诗"③。许结先生认为:"明确辞赋源于诗而兴,变于诗而成,方能勘进于二千年赋史流变之讨论。"④各家所论,皆有依据。赋曾受到过《诗经》的沾溉和影响,这应该是不争的事实。

(二)赋源于《楚辞》。司马迁《史记》将屈原与贾谊合为一传,实际上已经认同了贾谊《吊屈原赋》《鵩鸟赋》与楚辞的渊源承继

---

① 参见曹明纲《赋学概论》,上海古籍出版社1998年版,第22—23页。(各书版本仅在每篇论文首次出现时标注,余同。)
② 参见〔日〕铃木虎雄撰《赋史大要》,殷石臞译,正中书局1942年版,第6—10页。
③ 简宗梧:《汉赋史论》,台湾东大图书股份有限公司1993年版,第129—146页。
④ 许结:《中国赋学历史与批评》,江苏教育出版社2001年版,第193页。

关系。班固继承司马迁、刘向等人的观点,将楚辞视为赋的一种特殊形式,他在《离骚序》中说:"其文弘博丽雅,为辞赋宗。后世莫不斟酌其英华,则象其从容。"既高度肯定了《离骚》在辞赋领域中的宗主地位,同时也指出了楚辞对后世赋体文学有重大影响,实为辞源说之创始。客观而论,《楚辞》对汉赋的影响远远大于《诗经》,辞源说也比诗源说更有价值,所谓骚体赋就是直接从《楚辞》脱胎而来的。但由于古人将辞、赋混为一体,所以对辞源说并未充分讨论,而是常常与诗源说连在一起,呈现出若即若离的关系。梁代刘勰虽视骚、赋为二体,并全面分析了骚(楚辞)对赋的影响,但仍说"然则赋也者,受命于诗人,拓宇于《楚辞》也"(《文心雕龙·诠赋》),试图将诗源说与辞源说合而论之。至祝尧《古赋辩体》,更说"《离骚》为词赋祖",赋家皆须祖骚,而"骚者,诗之变也",梳理出由《诗》而骚,由骚而赋的链条关系。清人程廷祚《骚赋论》亦云:"风、雅、颂之再变而后有《离骚》,《骚》之体流而成赋。"当然,赋的形成很复杂,祝、程二家的梳理未免以偏概全。清人孙梅《四六丛话·赋》认为"骚赋源出灵均","文赋出荀子《礼》《智》二篇",所论即优于祝、程。

近现代学者丘琼荪、宋效永等则对《骚》、赋的关系作了更为细致的分析。其中丘琼荪《诗赋词曲概论》云:"赋导源于古诗,然而汉魏人之赋,所涵诗的成分非常之少。其格调的大部分,都从《楚辞》中来的。《楚辞》才是赋的真实的源泉。"又说:"赋的体制,十之八九得自《楚辞》。"①丘氏所论并不严密,他将宋玉《高唐赋》《神女赋》《风赋》也作为《楚辞》的例子举了出来,混淆了辞、赋二体的区别。据笔者考察,楚辞的5种基本句式在后代的赋体文学作品中皆有体现,赋对楚辞的承继关系昭然若揭。这些研究无疑深化了我们对辞、赋关系的认识。

---

① 丘琼荪:《诗赋词曲概论》,中国书店 1985 年版,第 139、142 页。

(三)赋本于纵横家言。清姚鼐《古文辞类纂·辞赋类》目录序云:"余尝谓,《渔父》及《楚人以弋说襄王》《宋玉对王问遗行》皆设辞,无事实,皆辞赋类耳。"首篇选录的《淳于髡谏齐威王》,实为纵横家言,这当然暗含着为辞赋文学溯源的意味。章炳麟《国故论衡·辨诗》在讨论《七略》陆贾赋时说:"纵横者,赋之本。古者诵《诗》三百,足以专对。……纵横既黜,然后退为赋家,时有解散。"明确指出纵横家即是赋家的前身,纵横家言论即是赋体文学的前身。刘师培《论文杂记》亦云:"欲考诗赋之流别者,盍溯源于纵横家哉!"早期赋家的确有纵横家遗风,这种遗风一直延续到汉武帝时代;不少散体大赋"恢张谲宇""援譬引类"的艺术风格也与纵横家一脉相承。姚、章、刘诸家不囿前人之见,挖掘出二者之间的内在关系,是非常有价值的。但所谓纵横言,还不是赋的真正的渊源。

(四)赋源于隐语。清末王闿运《湘绮楼诗文体法》云:"赋者,诗之一体,即今谜也,亦隐语,而使人谕谏。……庄论不如隐言,故荀卿、宋玉赋因作矣。"(《国粹学报》第二十三期)美学家朱光潜先生《诗论·诗与谐隐》更明确指出:"它(隐语)是一种雏形的描写诗。民间许多谜语都可以作描写诗看。中国大规模的描写诗是赋,赋就是隐语的化身。""赋即源于隐。"[1]徐北文《先秦文学史》对此加以发挥,他说:"在宫廷中侏儒、俳优,甚至妃妾等也经常用隐语来取悦作乐。这种势头又反过来影响到士大夫,推动他们从事隐语的写作、加工,导致他们推展出新的文体——辞赋。荀子的《赋篇》,就是新兴文体的嚆矢。"[2]刘斯翰又进一步加以推测,以为赋是由楚国民间隐语到民间赋再到宫廷赋演变而来的[3]。王长

---

[1] 朱光潜:《诗论》,上海古籍出版社2001年版,第31、35页。按:该书于1933年撰成,1943年初版。

[2] 徐北文:《先秦文学史》,齐鲁书社1981年版,第144页。

[3] 参见刘斯翰《赋的溯源》,《华南师范大学学报》1988年第1期。

华、郄文倩指出,宋玉《大言赋》《小言赋》"透露了先秦隐语向汉代散体赋嬗递变化的痕迹,可以说是先秦隐语走向汉代散体大赋的一块活化石"①。此后,郄文倩在《从游戏到颂赞——"汉赋源于隐语"说之文体考察》(《中国文学研究》2005年第3期)、《问对结构的形成和演变——"汉赋源于隐语"说之文体再考察》(《烟台大学学报》2005年第4期)二文中对这一观点进行了更为细致的讨论。以上诸家所论,主要是以咏物赋为据进行推演的。咏物赋的描写、铺陈确实与民间隐语有一定关系,但已大为拓展。至于那些数量可观的抒情赋、故事赋等,恐怕与隐语并无什么瓜葛。

(五)赋出于俳词。首倡其说者为冯沅君先生。冯先生于抗战期间发表《汉赋与古优》一文,发现早期赋家的为人与身份颇近古优,而且汉赋的"散文化""多问答体,且以体物为主""尚讽谕""涉嫚戏"等体制上、内容上的特色,也与倡优言谈(优语)密切相关②。冯先生此说或许受到朱光潜先生影响(朱氏《诗论》也于1943年发表,但此前已在各大学讲授了十年),不过她已将"隐语"扩大为"优语",当然比朱说更为全面。四五十年之后,曹明纲先生又发扬此说,认为"赋家与优倡,赋与俳词,在汉代经常被连在一起","从历史上留存的俳词来看,不仅讽谕、嫚戏、隐语、体物等方面与赋非常类似,而且更重要的是这种形式以问答构篇、韵散配合,与赋体的基本要素完全一致"。所以,"赋在战国末期由俳词演变而成,是文学创作由口头形式向书面形式转化的结果"③。冯、曹二家的赋出俳词说,是迄今为止赋源问题研究领域最为重要、最具启发意义的成果。

(六)赋源于民间说话艺术。胡士莹先生在《话本小说概论》

---

① 王长华、郄文倩:《论宋玉大小言赋在赋体发展史上的意义》,《中国文化研究》2004年第4期。
② 冯沅君:《汉赋与古优》,《中原》第一卷第二期,重庆群益出版社1943年版。
③ 曹明纲:《赋学概论》,上海古籍出版社1998年版,第38—43页。

中说:"秦汉时代说话艺术的丰富和活跃,还派生了一种新的文学现象,那就是韵散结合的文体,就是赋。赋是在民间语言艺术发达的基础上产生的。"惜未作具体阐述。蒋先伟承袭这一观点,他说:"正像《诗经》和汉乐府来源于民间歌谣,神话的源头是传说,小说出于稗官野史和街谈巷议,赋亦当有相似的根源。"①然后对胡氏的论述进行了引申和发挥。研究视角合理,所论亦有见地。但蒋氏举例,仍以荀子《赋篇》《成相篇》《战国策·淳于髡说齐王》等为据,并未突破朱光潜、冯沅君、曹明纲诸家。对于宋玉赋和1996年公布的汉简《神乌赋》皆未论及,甚觉遗憾。

现当代学者大都不满意于旧的一源说,而认为赋体文学有多个源头。早在南朝梁代,檀道鸾就在《续晋阳秋》中说:"自司马相如、王褒、扬雄诸贤,世尚赋、颂,皆体则《诗》《骚》,傍综百家之言。"②在骚、赋、颂三者分离的前提下,檀氏从《诗经》《楚辞》、诸子百家凡三个方面探讨了赋文学的渊源,极有启发意义,但此说在一千余年间几无嗣响③。直到清代,章学诚才在《校雠广义·汉志诗赋》中重新提出了所谓的多源说。由于赋出《诗》《骚》说前人多有论述,章氏重点对赋出诸子说进行讨论,以为:"假设问对,《庄》《列》寓言之遗也;恢廓声势,苏、张纵横之体也;排比谐隐,韩非《储说》之属也;征材聚事,《吕览》类辑之义也。虽其文逐声韵,旨存比兴,而深探本原,实能自成一子之学。"④今人大都继承章说,如章沧授先生《汉赋美学》有"汉赋的美学渊源"一章,即对汉赋与《诗经》《楚辞》、战国诸子之间的关系进行了十分详细的讨论,认为汉代赋家"有意识地吸收了先秦散文、诗辞一切美的东西,造就

---

① 蒋先伟:《论赋起源于民间说话艺术》,《中国典籍与文化》2001年第2期。
② 《世说新语·文学篇》刘孝标注引,余嘉锡:《世说新语笺疏》,上海古籍出版社1993年版,第262页。
③ 详见踪凡《檀道鸾赋论发微》,《天中学刊》2015年第4期。
④ [清]章学诚撰,叶瑛校注:《文史通义校注》,中华书局1994年版,第1064页。

了一代美丽之文"①。龚克昌先生《汉赋研究·汉赋探源》认为汉赋起源于《诗经》、《楚辞》、倡优、纵横家四个方面;曲德来先生《汉赋综论·赋的取义及赋体的来源》则认为赋体文学来源于《诗经》、先秦散文、先秦时代的隐语、民间文艺凡四个方面,他们的研究丰富、发展、完善了古代的多源说。

还有学者把赋体文学划分为若干种类,分别追溯其渊源。例如马积高先生《赋史》将赋划分为骚体赋、文赋(即散体大赋)、诗体赋三类,认为它们分别由楚歌、诸子问答体和游士的说辞、《诗》三百篇演变而来②。叶幼明《辞赋通论》、郭建勋《辞赋文体研究》与此略同。万光治先生《汉赋通论》也效法此举,认为汉赋可分为四言赋、骚体赋、散体赋三种,并分别追溯其丰富而复杂的渊源③。

多源说者或视赋为一个整体,具体分析前代的《诗》《骚》、散文等多种文学样式对赋的影响;或将赋划分为数种样式,分别讨论它们对前代文学的继承和发展。不论哪种方法,都在客观上深入探讨了多种文体之间或前后代文学之间的承继递嬗关系,这当然有益于文学发展史的梳理。但是,无论是一源说还是多源说,都有其与生俱来的缺陷,即:凡是对赋有较大影响的文学样式,都可以视为赋的一种渊源。这种思路本身就存在问题。我们为赋体文学追溯渊源,不能仅仅致力于考察赋体文学曾经吸收过哪些营养,受到过哪些文学样式的影响,而应该深入研究的是:赋的"母体"究竟是谁?赋是怎么诞生的?它的最初形态怎么样?这样才算是找到了赋的真正源头。至于赋在后代的分化及流变,则与溯源并不相干。我们的方法是:钩稽最初以"赋"命名的文学作品,寻觅其源头;考察与早期赋相似的后代文学作品以及出土文

---

① 章沧授:《汉赋美学》,安徽文艺出版社1992年版,第12—57页。
② 参见马积高《赋史》,上海古籍出版社1987年版,第4—7页。
③ 参见万光治《汉赋通论》,巴蜀书社1989年版,第34—78页。

献中的近似之作,探究其源流;研究早期赋家的身份、地位及作赋动因,努力还原赋体文学生成和传播的原始状态。

二、赋源新探

早有学者指出,《诗经》起源于民间歌谣,《楚辞》起源于楚地祭歌,词起源于隋唐曲子,小说起源于街谈巷语与稗官野史。其实,赋这种所谓的"精英"文学,在最初的时候也是来自民间。简言之,赋起源于民间韵语,民间韵语乃是诗、赋、词、曲共同的渊源①。

考察赋源应该把眼光投向最初产生的赋作,而不应该是赋在后代的种种变体。那么赋究竟诞生于何时?最早的赋篇又是谁写的呢?南朝梁代大文艺理论家刘勰的回答最为权威,其《文心雕龙·诠赋》云:"于是荀况《礼》《智》,宋玉《风》《钓》,爰锡(赐)名号,与诗画境。"所谓"《礼》《智》",实际上指荀况所创作的《赋篇》,其中包含《礼》《知(智)》《云》《蚕》《箴》凡5篇短赋;所谓"《风》《钓》",亦是以偏概全,当指宋玉所创作的《高唐赋》《神女赋》《登徒子好色赋》《风赋》《钓赋》等。刘勰认为荀、宋赋是最早以"赋"命名的作品,是诗、赋分离的重要标志,这是很有见地的,已为历代学者所广泛接受。荀况、宋玉皆生活于战国末期,但生卒年均不可考。下面即依次论之。

(一)从荀况《赋篇》考察赋源

赋体文学的开创者荀况,也被尊称为荀子、荀卿,汉代为避汉宣帝刘询之名讳而改为孙子、孙卿。他是战国末期赵国人,儒家

---

① 这里所谓民间韵语,并非狭义的概念。它既包括目不识丁的平民唱诵的有韵之语,也包括有一定文化水平的士人吸收平民韵语创作出来而在民间传播的韵语;当然也有些韵语甚至在宫廷唱诵而成为达官贵人的娱乐之资。

学派的重要人物。据《史记·孟子荀卿列传》，荀子在齐襄王时为稷下学派的学术领袖；又曾在楚国做兰陵令，终老于楚。马积高先生将其生卒年断为大约前 335 年至前 235 年①，可参。荀子的主要贡献在思想史领域，但其《赋篇》却奠定了他在赋体文学史上的开创地位。令人吃惊的是，这篇最初的赋与后代颇不相同，既非长篇大赋，也非骚体短章，却与民间流行的谜语十分近似。试看《赋篇》中的《礼赋》：

爰有大物，非丝非帛，文理成章；非日非月，为天下明。生者以寿，死者以葬，城郭以固，三军以强。粹而强，驳而伯，无一焉而亡。臣愚不识，敢请之王。

王曰：此夫文而不采者与？简然易知而致有理者欤？君子所敬而小人所不者与？性不得则若禽兽，性得之则甚雅似者欤？匹夫隆之则为圣人，诸侯隆之则一四海者欤？致明而约，甚顺而体，请归之礼。——《礼》②

该赋的主旨在于宣扬礼在完善个人修养、处理日常事务乃至治国安邦、成就帝王大业中的重要作用，但作者并不直接论述，而是先隐去所描写对象的真名，对其特点和功用进行多角度的铺陈和阐述。一句"臣愚不识，敢请之王"，就把揭示谜底的任务交给了君主。这种手法显然是民间隐语（谜语）的翻版。《文心雕龙·谐隐》云："䜌者，隐也，遁辞以隐意，谲譬以指事也。""谜也者，回互其辞，使昏迷也。或体目文字，或图象品物。"所谓"遁辞""回互其辞"，就是指隐去真相，不直接说出谜底，以激发猜谜者的兴趣和探索欲。在古代，隐语常常出现在宫廷中，成为最高统治者的娱

---

① 参见马积高《荀学源流》，上海古籍出版社 2000 年版，第 5 页。
② 王天海：《荀子校释》，上海古籍出版社 2005 年版，第 1009 页。

乐之资。《吕氏春秋·重言》:"荆庄王立三年,不听而好䜩。"《文心雕龙·谐隐》:"昔楚庄齐威,性好隐语。至东方曼倩,尤巧辞述。"看来楚庄王、齐威王、汉武帝等皆喜好隐语。《汉书·艺文志》著录《隐书》18篇,可见其兴盛情况。又《三国志·薛综传》载,蜀国使者以隐语嘲弄吴国使者,吴使不能答,吴人薛综曰:"有犬为獨(独),无犬为蜀,横目苟身,虫入其腹。"以字谜来反讥蜀人,为吴国争得了脸面。看来隐语还用于严肃的政治外交场合,成为政治斗争的工具。

正由于隐语受到如此普遍的欢迎和应用,所以荀况借用这种家喻户晓、人人乐见的文艺形式,来表达他对礼、智、云、蚕、针5种社会现象或者日常事物的认识。其主旨是高雅严肃的,但形式是诙谐活泼的,于是雅与俗在此得到完美的统一;又由于隐语需要对客观事物(现象)的特征进行细致、全面、生动的描绘,所以荀况以"赋"(铺陈)①来命名他所创作的5篇隐语,可谓名实相符。于是,一种新的文学体裁——赋就这样诞生了。《赋篇》之外,荀子《成相篇》亦被《汉书·艺文志》编入赋类之末,称为"成相杂辞"。清人卢文弨曰:"相乃乐器,所谓舂牍;又古者瞽必有相。审此篇音节,即后世弹词之祖。"今人王天海亦曰:"成相者,古讴歌之名也……疑'成相'乃古代说唱文学体裁之一,大体如诗而俗,为念诵讲唱之词也。"可见荀子《成相篇》亦源于民间说唱文艺。②从某种意义上讲,荀况不仅是赋体文学的开创者,也是中国古代俗文学的第一位大师。

需要说明的是,隐语并不完全等同于后来的谜语。王长华先生认为,隐语的游戏过程可以分为三个阶段:先由一方进"隐",请对方猜;被问者猜出之后,并不直接说出谜底,而是用不同于进

---

① "赋"是假借字,本字应为"尃"或"敷"。《说文·寸部》:"尃,布也。从寸,甫声。"《攴部》:"敷,尃(施)也,从攴,尃声。《周书》曰:'用敷遗后人。'"
② 王天海:《荀子校释》,上海古籍出版社2005年版,第977—978页。

"隐"者的语言对谜底再进行描述和阐释,这叫作"占"或"射";最后才说出谜底,称为"归之"。"占""射"的过程和进"隐"的过程同样重要,因为它延长了游戏的时间,对于被问者观察事物与语言表达能力也是一次考验。正因如此,隐语才具有了智力测试与语言竞技的双重功能。王先生指出,后世谜语省掉了"占""射"的步骤,而发展其智力测试功能;而其"语言竞技功能,即对谜面的竞相描摹却为同样以'状物'为目的的另一种文体——赋的产生提供了契机"①。王氏发展了朱光潜先生的赋出隐语论,对于从隐语发展到赋的演进过程进行了十分细致的推论,提出了一系列创新性的见解,极有启发意义。但王先生将隐语视为赋的唯一渊源,认为从隐语到宋玉《大言赋》《小言赋》再到汉代散体大赋是一种直线型的发展脉络,却忽视了赋这种文体的复杂性。其中宋玉《大言赋》《小言赋》虽也属于游戏性质,却并不以体物为特色,因而与隐语并无渊源关系。

隐语采用进隐者与占隐者主客问答的方式组织成篇,这为以后的赋体文学所继承。如宋玉《高唐赋》《神女赋》中宋玉与楚襄王的问答,贾谊《鵩鸟赋》中贾生与鵩鸟的问答,司马相如《子虚赋》《上林赋》中子虚、乌有、亡是公的问答,扬雄《解嘲》中客与扬子的问答,等等,无不效法隐语问答体的组织形式。隐语中对事物的铺陈描写尚嫌粗略,而赋体文学则往往变本加厉,衍为长篇,例证甚多,不再赘述。

(二)从宋玉诸赋管窥赋源

宋玉是战国末年楚籍宋人,姓子,以国名为氏。他的一生经历了楚顷襄王、楚考烈王、楚幽王、楚王负刍四期,大约生于顷襄

---

① 王长华、郗文倩:《论宋玉大小言赋在赋体发展史上的意义》。

王元年(前298),卒于楚亡之时(前222),享年约76岁。① 刘勰称宋玉有《风赋》《钓赋》,乃举例言之。其实题为宋玉的作品今存有19篇。其中《风赋》《高唐赋》《神女赋》《登徒子好色赋》《对楚王问》5篇见载于《文选》,《笛赋》《大言赋》《小言赋》《讽赋》《钓赋》《舞赋》凡6篇见载于《古文苑》,《微咏赋》见载于《文选补遗》和《广文选》。前人对这些赋的真伪颇为怀疑,但银雀山一号汉墓出土了《御赋》残简(亦称《唐勒赋》或《论义御》),是一篇散体赋,论者或定为唐勒作,或定为宋玉作。因该墓属汉武帝时期,墓中出土的文献皆属于战国时期,该赋亦不会例外。于是学术界又重新考量以上各赋,大都承认宋玉对它们的著作权。②

宋玉诸赋,明显呈现出从民间俗文学向文人创作过渡的痕迹。例如《登徒子好色赋》如此描写登徒子之妻:"其妻蓬头挛耳,龂唇厉齿,旁行踽偻,又疥且痔。"此妇头发蓬乱,耳朵蜷曲,嘴唇漏风,牙齿稀疏,走路歪斜,弯腰驼背,满身疥疤,生有痔疮。宋玉在此用极其夸张的手法来刻画登徒子之妻的丑陋,显然与民间俗文学一脉相承。民间俗文学中常有嘲笑麻子、瞎子、聋子、驼子、癫痫等残疾人的小段。这些嘲弄来源于生活而又高于生活,因为民间艺人常常用高度夸张的手法,对残疾人的丑陋形态进行极端的描写,旨在博取听众的笑乐。这种手段,刘勰《文心雕龙·谐隐》篇称之为"谐",认为"谐之言皆也,辞浅会俗,皆悦笑也"。刘勰深刻地认识到,谐的目的并不是人身攻击,而是消遣娱乐,让众人哈哈一笑,放松一下神经。事实上,引起谐趣的事物往往有缺陷,但并不令人深恶痛绝。《登徒子好色赋》中的登徒子喜好女色,登徒子之妻相貌丑陋,但作者并不憎恶他们,还把他们当作取乐的材料。有学者认为宋玉的这段描写"拉开了丑女文学的序幕"③,

---

① 参见吴广平《宋玉研究》,岳麓书社2004年版,第19页。
② 同上书,第86—103页。
③ 同上书,第246页。

因为后代繁钦《胡女赋》、刘思真《丑妇赋》、赵洽《丑妇赋》等都极力刻画丑女,艺术技巧也更为完善。这是有见地的。但我们可以将范围扩大一下,《登徒子好色赋》还是中国古代嘲讽文学的滥觞。嘲讽的对象可以是女人,当然也可以是男人,可以是别人,有时也可以是自己。例如蔡邕有《短人赋》,戴良有《失父零丁》,都是对他人的嘲弄;而枚皋常在赋中自嘲,《汉书·枚乘传》附《枚皋传》云:"为赋颂,好嫚戏,以故得媟黩贵幸。……故其赋有诋娸东方朔,又自诋娸。"很显然,枚皋有许多诙谐不经之赋,这些赋中有嘲弄东方朔的文字,也有嘲弄自己的笔墨。枚皋为什么自嘲?原因很简单,博取帝王将相的笑乐。这就如今天马戏团里的小丑,做出滑稽笨拙的动作以换取掌声;有些相声或小品演员也在舞台上互相嘲弄或自我嘲弄,其中也涉及一些生理上的缺陷或个人特点,这只是为了活跃舞台气氛,并非对于他人有敌意,或者对自己很不满。宋玉、东方朔、枚皋都被帝王视为俳优(相当于今天的演艺人员),他们之所以创作出这些嘲讽赋(含有他嘲赋与自嘲赋),显然与民间流行的嘲讽类韵语以及优人表演的嘲讽类小段有渊源关系。

宋玉的《大言赋》与《小言赋》也为我们透露了关于赋源的信息。兹以《大言赋》为例:

> 楚襄王与唐勒、景差、宋玉游于阳云之台。王曰:"能为寡人大言者上座。"王因唏曰:"操是太阿戮一世,流血冲天,车不可以厉。"至唐勒曰:"壮士愤兮绝天维,北斗戾兮太山夷。"至景差曰:"校士猛毅皋陶嘻,大笑至兮摧覆思,锯牙云,唏甚大,吐舌万里唾一世。"至宋玉曰:"方地为车,圆天为盖,长剑耿耿倚天外。"王曰:"未也。"玉曰:"并吞四夷,饮枯河海,跋越九州,无所容止。身大四塞,愁不可长。据地跋天,

迫不得仰。"①

在顷襄王的倡议下,君臣进行了一次大言(吹牛)比赛。襄王描绘一名勇士手握利剑、横扫天下、血肉横飞的场景,唐勒刻画勇士发怒时断绝天地之维、扭转北斗、夷平泰山的景象,景差则摹写壮士的面貌神态,一声大笑能摧毁宫阙,牙齿如锯如云,舌头绵延万里,唾沫淹没人世! 这是何其奇伟的想象! 而宋玉的想象更为怪诞奇谲,他描写了一位巨人的静态形象:以大地为车舆,以苍天为车盖,长剑无处放置,只好伸出天地之外;此人口吞四夷,饮干河海,顶天立地,无法屈伸,甚至为此而忧愁、烦懑! 宋玉构思奇特,想落天外,当然成为最后的胜出者。不难看出,君臣比赛大言,纯粹是一种娱乐活动,并无深刻含义②。而这种娱乐活动,在战国时期并非罕见的现象。《庄子·逍遥游》如此言大:"北冥有鱼,其名为鲲,鲲之大,不知其几千里也。化而为鸟,其名为鹏,鹏之背,不知其几千里也。怒而飞,其翼若垂天之云。"扶摇千里的鲲鹏,完全是庄子虚构的形象,是超现实的。《庄子·则阳》又如此言小:"有国于蜗之左角者曰触氏,有国于蜗之右角者曰蛮氏,时相与争地而战,伏尸数万,逐北旬有五日而后反。"生活在蜗牛触角上的两个拥有百万重兵的国家,也完全是超现实的想象。《晏子春秋·外篇》记晏子对齐景公问极大、极细,也有类似的笔墨。庄周、晏婴、宋玉都有对大言和小言的描绘,这绝对不是一件偶然的事,它说明这种娱乐活动已被广泛传播,并为宫廷所接纳,成为家喻户晓、妇孺皆知的娱乐形式。其中晏婴的一段话多用四言,韵散夹杂,已具备赋的雏形:

---

① [唐]佚名编,[宋]章樵注:《古文苑》卷三,《文渊阁四库全书》本。
② 刘刚先生认为:大小言赋是一个表意整体,讽谏楚襄王若有重兴楚国的大志,当从"小"处做起,也就是劝谏楚襄王要明白先修身而后治天下的道理。此问题尚需进一步探讨。详见刘刚《宋玉大小言赋寓意探微》,《鞍山师范学院学报》2005年第3期。

> 足游浮云,背凌苍天,尾偃天间,跃啄北海,颈尾咳于天地乎,然则瀴瀴不知六翮之所在。……东海有虫,巢于蚊睫;再乳再飞,而蚊不为惊,而东海渔者命曰焦冥。

至宋玉《大言赋》《小言赋》,才正式使用"赋"名。有趣的是,汉人东方朔也有一篇《大言赋》,见《永乐大典》卷一二〇四三酒部"赐方朔牛酒"条,与宋玉《大言赋》相类;而现代艺术家马季先生的相声《百吹图》尤让人惊讶:

> 乙:我跟北京白塔一般高。甲:我比北京白塔高一头。乙:我高,飞机打我腰这儿飞。甲:我高,卫星从我脚下过。乙:我头顶蓝天,脚踩大地,没法儿再高啦!甲:我……我上嘴唇挨着天,下嘴唇挨着地。乙:那你脸哪去啦?甲:我们吹牛的人就不要脸啦!①

两名相声演员都极力吹嘘自己的高度,虽然掺杂着飞机、卫星等现代高科技因素,但最终还是归结到"身大四塞""无所容止"上来。"上嘴唇挨着天,下嘴唇挨着地",其夸饰的程度显然又胜过宋玉、东方朔一筹。当然,马季先生未必读过《大言赋》,但一系列事实证明,大言、小言乃是一种源远流长的谈笑娱乐方式,或有韵,或无韵,或妇孺逗乐,或君臣相娱,流行数千年而不衰。至于两千年前宋玉曾吸收民间的大言、小言而创作二赋,则已鲜为人知。由此可见,民间谈笑娱乐活动中使用的韵语或韵散夹杂的段落,应该是赋的一个重要来源。

---

① 王文章:《马季表演相声精品集》,文化艺术出版社 2005 年版,第 178—179 页。

大言、小言之类的娱乐性韵语常常使用夸张的艺术手法,以耸人听闻,骇人耳目,刺激听者的神经,提高听者的兴趣。赋体文学借鉴了这种手法并加以改造,以便与纯粹的娱乐性韵语相区别。如司马相如《上林赋》以"千人唱,万人和;山陵为之震动,川谷为之荡波"来描写天子狩猎之后歌舞场面的壮盛,扬雄《甘泉赋》以"鬼魅不能自还兮,半长途而下颠"来夸饰甘泉宫的高大巍峨,在高度的夸张中寄寓作者的颂美或讽谏之意。当然,赋中的夸张往往是"夸而有节,饰而不诬"(《文心雕龙·夸饰》),为作品的主旨服务,与民间韵语一味夸大、过分追求骇人效果而缺乏深刻思想的做法有所不同。这正是文人创作源于民间文学又高于民间文学的地方。

(三)从出土的早期赋篇追溯渊源

出土文献中年代最早的赋篇,应该是 1972 年 4 月在山东临沂银雀山一号汉墓中发现的《御赋》(也称《唐勒赋》)残简,下葬年代约在汉武帝时。残简共 26 支,231 字,但其开篇云:"唐勒与宋玉言御襄王前,唐勒先称曰。"显然采用问答体组织赋篇,与今存宋玉《大言赋》《小言赋》《讽赋》《钓赋》等赋的开头极为相似。有学者根据这一结构特点,将该赋判定为宋玉所作,是十分可信的①。考察残文可知,该赋通过唐勒与宋玉的对话,描写了王良、造父的"良御",钳且、大丙的"神御",今人的"俗御",认为这三种御术皆非"善御",只有"以国家为车,贤圣为马,道德为策,仁义为辔,天下为路,万民为货"(此段文字据吴广平补文)的"义御",才是"御"的最高境界,从而宣扬了儒家的治国思想。《御赋》的主题当然是政治的、功利的,它以御车比喻治国的方法却为当时所习

---

① 李学勤:《〈唐勒〉、〈小言赋〉和〈易传〉》,《齐鲁学刊》1990 年第 4 期;朱碧莲:《唐勒残简作者考》,《中州学刊》1992 年第 1 期。

见。《荀子·哀公篇》云:"昔舜巧于使民而造父巧于使马。舜不穷其民,造父不穷其马。"比喻在上位者要爱惜民力,就如同造父驾车时不用马力一样。又《韩非子·外储说右下》云:"国者君之车也,势者君之马也。无术以御之,身虽劳而不免乱;有术以御之,身处佚乐之地,又致帝王之功也。"认为治国之术与驾驭之术有相通之处。

《御赋》告诉我们,宋玉等人虽为楚王的文学弄臣,地位如同俳优,甚至被司马迁说成是"终莫敢直谏"的唯诺之人,但他们并未忘怀政治,而是在侍奉君主游乐的过程中不时地宣扬治国之道。这种有问有答的艺术形式,当然是文学弄臣在君王面前争锋或唱和的场景再现;但倘若他们在侍奉君王之前作了准备或策划工作,那么这次问答就多少有了点演戏的味道。倡优或文学弄臣在君王面前演双簧戏,应该是一种很常见的娱乐方式,而这种娱乐中又偶或加进了治国安邦的元素,于是便有了寓教于乐、融雅入俗的特点。这正是宋玉、唐勒诸人赋作异于屈原的地方。

1993 年在江苏省连云港市尹湾村汉墓出土的《神乌赋》再一次震惊了学术界。与《御赋》不同的是,该赋相对完整,约 644 字,而其主题与风格与今存汉赋俱不相同。赋中讲雌雄二乌衔材筑巢,但建材被一盗鸟盗取。雌乌挺身而出与盗鸟搏斗,却身负重伤,又遭贼曹拘捕,最终死去。雌乌临终前向丈夫托孤,嘱其另索贤妇,善待幼子,尤为感人。这是一篇借禽鸟夺巢故事来反映世态人情、鞭挞社会黑暗、讴歌下层人民高尚品德与真挚爱情的杰出作品,学术界多认为是一篇民间故事赋。笔者在研读时发现,该赋具有极强的戏剧效果,完全可以改编成剧本进行舞台演出:

楔　子:虫鸟熙熙,鸟最可贵

第一幕:托身官府,择址筑巢

第二幕:盗鸟行凶,雌乌被创

第三幕:贼曹捕鸟,雌乌见缚

第四幕:雌乌托孤,投地而死

第五幕:雄乌尽哀,高翔而去

尾　声:鸟兽相扰,人当远害

这不是一出完整的戏剧吗?场次明确,人物集中,个性鲜明,声口毕肖。笔者猜测《神乌赋》很可能就是当年舞台演出的底本,只不过形式上还显得有些粗糙,没有对场次安排和演出顺序作更为具体的说明,任凭演员去进行更多的临场发挥和即兴表演。

《神乌赋》的出土提醒学术界从民间文艺的角度探索赋体文学的渊源,而裘锡圭先生对韩朋简、田章简的释读更使我们坚定了这一研究视角:

□书,而召榦偋问之。榦偋对曰:"臣取妇二日三夜,去之来游,三年不归,妇□。(《敦煌汉简》496A,上册图版伍贰)①

……为君子?"田章对曰:"臣闻之:天之高万万九千里,地之广亦与之等。风发绐(溪)谷,雨起江海,震……(《敦煌汉简》2289)②

这两枚简都出土于敦煌,但历来没有得到正确释读。第一支简中的"榦偋",就是《搜神记》中所说的"韩朋","王"就是《搜神记》中的"宋王"。韩朋所作回答多用四言,大致押韵,这正符合赋体文学的特征。敦煌汉简中的韩朋简,很可能就是汉代版的《韩朋赋》。第二支简中的"田章",即《晏子春秋》中"弦章"的讹传。田章简的内容与敦煌写本《晏子赋》《孔子项托相问书》极为相似,细心比照即不难看出,田章简前半部应是君王向田章提出一系列问题,下半部乃是田章机智圆通的回答,突出了田章的聪明才智。

---

① 裘锡圭:《汉简中所见韩朋故事的新资料》,《复旦学报》1999 年第 3 期。
② 裘锡圭:《田章简补释》,《简帛研究》第三辑,广西教育出版社 1998 年版。

裘先生据残文推测，韩朋简、田章简，很可能就是以赋体文学写成的故事。《神乌赋》与韩朋简、田章简的发现启发我们思考：为什么见载于《史记》《汉书》《文选》的诸多楚赋、汉赋不见于出土文献，而民间故事赋却屡次露面？史书、总集上载录的赋作是否已经过了正统史家、学者的选择？当时在民间传诵不衰、代代上演的赋作到底是民间俗赋还是像《子虚》《上林》那样的散体大赋？如果我们仅仅以汉代文人的典雅之赋去追溯赋体文学的渊源，是否有舍本逐末的弊端？于是旧的诗源说、辞源说、赋出诸子说都不得不重新加以审视。而饶有兴味的是，敦煌出土文献中就有以讲说故事为主的《燕子赋》（甲）（乙）、《韩朋赋》《晏子赋》等作品，其中既有鸟兽故事也有历史故事，足见这种俗文学的生命力是何等强大。而《燕子赋》（乙）的开头还有"此歌身自合，天下更无过。雀儿和燕子，合作《开元歌》"四句开场白，这难道不是雀儿和燕子（其实是两个戴着动物面具的演员）的一段合唱？赋中燕子与雀儿的一段对话，不正是戏剧演出的台词吗？故事赋能在舞台上演出，恐怕并非笔者的杜撰。而"燕子实难及，能语复喽罗"之类的叙述语言，恐怕就是叙述者的旁白。于是笔者推测，《神乌赋》、韩朋简、田章简中的故事，即使没有舞台扮相的演出，也必有一位说书人声貌毕肖的讲诵：他有时以旁观者面目出现，有时又进入角色，模仿雌乌、雄乌或盗乌的口吻进行表演，吸引听众（观众）进入戏剧的境界。在条件许可的时候，便会产生分角色讲诵甚至进行化妆后的舞台演出。

不少学者以为楚辞即来源于楚地祭歌，而在祭祀时又有巫觋扮演神灵进行歌唱，这便是后世戏剧的起源。《御赋》《神乌赋》等所进行的讲诵或表演，不仅证明早期俗赋的发达以及赋体文学与民间俗讲、戏剧的密切关系，而且也应该是戏剧发展史上的重要链条和环节。至于所谓角抵戏、参军戏在汉代演出的情形，正可与汉代故事赋的演出相互佐证。

（四）由汉代散体大赋、咏物赋再探赋源

赋在汉代而趋于鼎盛，产生了大量的散体大赋、抒情赋和咏物赋。汉初骚体赋也是抒情赋的一种，其内容与风格多因袭楚辞，在此不论。这里主要分析汉初咏物赋和散体大赋。

咏物赋和散体大赋最突出的特点就是铺陈，历代学者甚至把铺陈作为赋体文学最基本的质素来看待。《文心雕龙·诠赋》曰："赋者，铺也，铺采摛文，体物写志也。"就是传诵千年的经典之论。而所谓的铺陈，其实正是民间俗讲的一项特色，这一点却为历代学者所忽略。

刘胜《文木赋》是汉代初年的一篇咏物赋，该赋如此刻画文木上的纹理图案和"裁为用器"后的美观：

> 既剥既刊，见其文章：或如龙盘虎踞，复似鸾集凤翔。青䌽紫绶，环璧珪璋，重山累嶂，连波叠浪。奔电屯云，薄雾浓雰，麚宗骥旅，鸡族雉群。蠋绣鸳锦，莲藻芰文，色比金而有裕，质参玉而无分。裁为用器，曲直舒卷，修竹映池，高松植巘。制为乐器，婉转蟠纡，凤将九子，龙导五驹。制为屏风，郁弟穹隆。制为杖几，极丽穷美。制为枕案，文章璀璨，彪炳涣汗。制为盘盂，采玩蜘蹰。①

散体大赋如《七发》如此描写饮食：

> 犓牛之腴，菜以笋蒲（竹笋炒肥牛——笔者按，下同）；肥狗之和，冒以山肤（石耳炒狗肉）。楚苗之食，安胡之飧，抟之不解，一啜而散（菜香安胡饭）。于是使伊尹煎熬，易牙调和。

---

① 费振刚等：《全汉赋校注》（上），广东教育出版社2005年版，第161—162页。

熊蹯之臑,勺药之酱(药膳熊掌),薄耆之炙(炒里脊),鲜鲤之鲙(炒鲤鱼片)。秋黄之苏(清炒紫苏),白露之茹(清炒甜菜)。兰英之酒,酌以涤口(兰花米酒)。山梁之餐(美味野鸡),豢豹之胎(清蒸乳豹)。①

这些铺陈表现出相当的文字技巧,为历代学者所钦佩,今日读之,仍然节奏明快,音韵铿锵。《文木赋》所使用联绵字如"纷纭""嘈嗷""穹隆""璀璨""涣汗""蜘蹰"等,很可能就是当时的俗语;而《七发》所展示的,不正是一张琳琅满目的菜单吗?试看传统相声《报菜名》:

蒸羊羔,蒸熊掌,蒸鹿尾儿,烧花鸭,烧雏鸡儿,烧子鹅,卤煮咸鸭,酱鸡,腊肉,松花,小肚儿,晾肉,香肠,什锦苏盘,熏鸡,白肚儿,清蒸八宝猪,江米酿鸭子,罐儿野鸡,罐儿鹌鹑,卤什锦,卤子鹅,卤虾,烩虾,炝虾仁儿,山鸡,兔脯,菜蟒,银鱼,清蒸哈什蚂,烩鸭腰儿,烩鸭条儿,清拌鸭丝儿,黄心管儿,焖白鳝,焖黄鳝,豆豉鲶鱼,锅烧鲶鱼,烀皮甲鱼,锅烧鲤鱼,抓炒鲤鱼……②

与《报菜名》相比,《文木赋》《七发》的铺陈尚不尽善尽美,这与当时物质文化水平有关。但后来的《子虚赋》《上林赋》《两都赋》等皆踵事生华,铺陈时求大、求全、求多、求美,语词也更为丰富。这些今天读来枯燥乏味令人生厌的罗列与铺述,为什么在当时使"天子大悦"甚至大加封赏呢?难道仅仅是天子附庸风雅、不懂装懂吗?绝非如此!追根究底,这些铺陈文字乃是当时习见的口

---

① [南朝梁]萧统编,[唐]李善注:《文选》(四),上海古籍出版社1986年版,第1563—1564页。
② 徐潜主编:《中华饮食》,吉林文史出版社2014年版,第191—192页。

语,时人一听便知,即便是目不识丁的文盲也会捧腹大笑,更何况帝王呢?① 民间艺人的铺陈,就如今日的绕口令和《报菜名》一类的快口相声,乃是一种语言艺术;文学家吸收了这种手法,在赋中骋辞翰藻,不过是将快口相声一类的有声语言形诸文字加以记录而已。但文字版本已失去了现场口诵的艺术效果。当时的接受者们(包括帝王)一般不阅读形诸文字的赋篇,而是观看或者听取赋家的口诵。据《汉书·王褒传》,汉宣帝的太子刘奭(就是后来的汉元帝)在生病时最喜欢听王褒的《甘泉》《洞箫》二赋,病愈后还让后宫贵人左右不断诵读,可见其接受方式正是观看表演、聆听朗诵,而绝非是文本阅读。帝王喜欢这些赋,就是因为赋家或者其他口诵者营造了一个声韵铿锵、谐趣迭出的艺术氛围。赋中铺陈的众多名物在口诵时呈现出纷至沓来、滔滔不绝的气势,而且还使用了大致押韵、近似诗歌的语言,再加上口诵者生动活泼的神态表情,现场气氛肯定十分活跃甚或是掌声雷动、欢呼声一片。于是笔者推断,早期的长于铺陈的赋作,其实就是在民间口诵艺术的基础上形成的;而今天的《报菜名》之类的相声,也正可以从先秦口诵艺术或者早期赋作中找到源头。

(五)从早期赋家的身份考察赋源

对于早期赋家的生平事迹,历史记载甚为粗略,但他们大都出身贫贱,地位同民间艺人(倡优)相近,则是可以肯定的。大赋

---

① 对于汉赋的口诵性质、娱乐功能及其所营造的听觉、视觉效果,万光治、简宗梧先生皆有精彩论述。简宗梧先生认为:"早期那些使用玮字的双声叠韵复音词汇,既不是搜辑群书翻摘故纸所得的古话,也不是卖弄艰深故作晦涩的隐语,却是当时活生生的语汇,是平易浅俗的口语。"万光治先生说:"赋的半口头文学性质,给赋家的诵读提供了炫耀口齿伶俐、玩味声韵美感的条件。"又说,汉赋中的奇文玮字"都是当时人们熟悉的口语的纪录,它们一当诉诸口诵,自然能沟通听者的感觉,唤起曾经有过的体验"。参见简宗梧《汉赋源流与价值之商榷》,台北文史哲出版社 1980 年版,第 58 页;万光治:《汉赋通论》,中国社会科学出版社 2004 年版,第 397、413 页。

家宋玉本来是名"贫士"（见《九辩》），因友人推荐，在楚顷襄王宫廷做个"小臣"。他的主要工作，便是与登徒子、唐勒等人互相辩论，彼此唱和，为顷襄王单调乏味的生活增加点色彩。其《高唐》《神女》《大言》《小言》《登徒子好色》诸赋，便有很明显的娱主倾向；而《讽》《钓》《御》《风》诸赋，则在娱主的同时寄寓讽谏之意，表明他并非一味地娱主，也有参政的愿望。司马迁曾对"谈言微中，亦可以解纷"的倡优表示赞赏，宋玉也试图去发挥同样的作用，但顷襄王太过昏庸，听不进他们的劝谏。后来的赋之所以重视讽谏，便与倡优的这一优良传统有关。《颜氏家训·文章》篇云："（宋玉）体貌容冶，见遇俳优。"由此不难看出宋玉等人的社会地位。

汉初赋家枚皋、东方朔的身份更为卑贱。枚皋是大赋家枚乘的"孽子"，长期生活在社会底层，过着十分艰苦的生活，因而对民间文艺更为熟悉。他以自荐的方式得见汉武帝，作赋多达120余篇，多为调笑戏乐之作；另外尚有"尤嫚戏不可读者"数十篇，数量远远多于相如赋。（《汉书·艺文志》：司马相如赋29篇。）枚皋大胆地将民间各种娱乐方式转化为赋篇，进献给汉武帝，既活跃了宫廷生活，也促进了汉赋的发展。这当然与他卑贱的出身是分不开的。班固在《两都赋序》中将东方朔与枚乘、司马相如、虞丘寿王等并列，认为是重要的汉赋作家。但《汉书·艺文志》没有著录东方朔赋，不知是班固的疏忽，还是出现了脱文。《永乐大典》卷一二〇四三酒部载录东方朔《大言赋》，与宋玉同题赋相似，其源头都是民间娱乐文艺。而据《史记·滑稽列传》和《汉书·东方朔传》，东方朔乃是滑稽之雄，混迹于侏儒、倡优之间，还曾与幸倡郭舍人斗智争宠，看来不仅汉武帝视之为倡，他也早已自视为倡了。他创作的赋当然也与枚皋近似，以娱乐调笑为基本内容。

宋玉、枚皋、东方朔的微贱出身以及在宫廷中的倡优地位，决定了他们在作赋时大量吸收民间艺术尤其是民间娱乐文艺的营养,从而形成了早期赋作以娱乐俗赋为主体的格局。其实,即便是被誉为"赋圣"的司马相如和西汉末年的大赋家扬雄,他们的出身未必微贱,但仍被皇帝"俳优蓄之",这正说明西汉时期的赋仍以娱乐赋为主流的历史事实。倡优的职业就是娱人的,赋家被视为倡优也就是理所当然的了。冯沅君先生曾援引前辈学者的话,称"司马相如的《子虚》《上林》有似优人的脚本"[①]。如果从"娱主"这一角度考虑,这种论断是非常正确的。不过,笔者非常自信地认为,当年汉武帝最喜欢的,并非是司马相如的散体大赋,而是枚皋、东方朔等人创作的俗赋。因为相如赋常有讽谏意味,未免有些沉重;而大约200篇的枚皋赋却都嫚戏调笑,全没正经,让人心情高度放松,因而更符合宫廷娱乐的需要。尽管枚皋、东方朔的赋已经失传殆尽,但它们最能体现赋体文学的早期形态,并且在赋由俗趋雅的进程中发挥着关键作用。因而,枚皋、东方朔不仅是赋体文学发展史上的重要作家,也是中国俗文学发展史上的重要作家。

　　早期赋家近似俳优的地位再次提示我们,赋这种文体是在民间娱乐文艺的滋养下成长起来的。早期的赋家,大都是来自社会底层、长于调笑逗乐的民间艺人。

三、余论

　　总之,赋起源于民间韵语。这里所谓民间韵语,既包括先秦隐语,也包括早期的说唱故事(后世多种说唱文艺之源)和下层艺人的单独口诵或多人表演(后世相声、戏剧等多种曲艺之源)。由于先秦时期处于中国文学艺术的萌芽阶段,各种艺术门类之间的界限尚不明确,且都大致押韵,朗朗上口,所以我们统称之为民间

---

① 冯沅君:《汉赋与古优》。

韵语。事实上,诗、赋、词、曲都起源于民间韵语,但赋的渊源最为复杂。赋中大量的铺陈描写源于先秦隐语对某一事物的精细刻画,以及早期口诵艺术对众多事物的尽情罗列;赋的问答体结构源于早期俗讲或原始戏剧中对不同角色绘声绘形的展演;赋中的讽谏笔墨来自倡优"言谈微中,亦可以解纷"的优良传统;赋的藻饰堆砌、多用联绵字乃是早期赋家对民间俗语记录规范的结果;赋的韵散夹杂更是直接继承了民间俗讲或韵或散、生动活泼的特色。正因如此,赋在产生之后立即显示出缤纷陆离的面貌:讲说故事者发展为故事赋,调笑娱乐者发展为俳谐杂赋,专咏一物者即为咏物赋,学习楚辞者即为骚体赋,有问有答、韵散夹杂者即为散体赋,以韵语为主、句式整齐者后来发展为骈赋、律赋,以散句为主、偶用韵语者又发展为文赋……不管赋的变体有多少种,但有一点不可忽略:赋既不是诗,也不是散文,既有诗的特色,又有散文的规模。而赋的原始形态也并未因文人的参与而消失,在枚皋、东方朔之流渐渐被班固、张衡们代替之后,在文人赋走向庙堂、走向案头、走向典雅的过程中,以说讲故事或调笑娱乐为主的俗赋仍在民间或下层文人中间大量创作并广为流传,并不时地影响到正统文人的案头之作,于是有了汉简《神乌赋》、敦煌《晏子赋》《韩朋赋》《丑妇赋》的出土,于是有了蔡邕《短人赋》、曹植《鹞雀赋》、戴良《失父零丁》、蒲松龄《绰然堂会食赋》的创作。在文人赋趋于典雅、走向僵化的时代,俗赋又以她的乳汁哺育了元明戏剧与小说,因而我们在阅读戏剧、小说等通俗文艺时再次见到了或问或答、韵散夹杂的俗赋的影子[①]。

还有一点需要澄清。本文所说的民间韵语或者民间娱乐文艺,并非是与宫廷或官府完全对立的概念。相反,民间隐语常为

---

① 参见毕庶春《俗赋嬗变刍论——从"但见"、"怎见得"说起》(上、下),《沈阳师范大学学报》2004年第1期、第2期。张敏《对明代小说中赋作的初步研究》(首都师范大学硕士论文2008年5月)和王栋的《清代小说中的俗赋》(同上)也可以参考。

最高统治者——帝王所喜爱,民间娱乐文艺常在宫廷里展演,自古至今并无不同。时至今日,我们仍能见到现代民歌、相声、小品等在高雅、庄重的场合演出,但我们依然称之为民间文艺,并不因其演出场地的更改而变换其自身的性质。在 20 世纪后半叶,由于受阶级斗争理论的影响,不少学者总是将贫民与官府对立、将民间文学与宫廷文学对立,认为二者是彼此矛盾、水火不容的。这种机械唯物主义的观念早就已经纠正。我们的观点是,俗与雅、善与恶、民间与宫廷都是相互对立又相互统一、相互融合的概念,在一定条件下还可以互相转化。本文所说的民间韵语,正是满足了帝王娱乐的需要才进入宫廷,才被文人所加工、完善,并竞相创作,而最终演变为中国古代的一种重要文学体裁——赋。历史启示我们:无论时代如何发展,社会如何进步,经济如何繁荣,观念如何变化,都应该以公正、平和、宽容的态度来对待民间俗文学与俗文化。

附记:原载《清华大学学报》2010 年第 4 期,《高等学校文科学术文摘》2010 年第 5 期"学术卡片"栏摘发,中国人民大学书报资料中心《中国古代、近代文学研究》2010 年第 11 期全文转载。

古代语言文字学著作中的汉赋资料

研究汉赋的学者，大多从史书（如《史记》《汉书》）、总集（如《文选》《历代赋汇》）、别集（如《司马文园集》《扬子云集》）、诗文评（如《文心雕龙》《历代赋话》）等各类著述中查找资料，却很少注意经部"小学"（即语言文字学，包括文字学、音韵学、训诂学）类著作。其实，古代"小学"类著作中蕴藏着十分零散但又弥足珍贵的汉赋资料，倘若细心核查，往往会有意想不到的发现。

一、字书（文字学著作）

铺陈是汉赋的重要特征。汉赋作家为了对现实生活中的事物进行穷形尽态的描绘，往往使用假借字，选用奇文玮字，有时甚至直接造字，因为当时汉字的数量不足以记录生活中的所有语汇。汉赋大家司马相如、扬雄、班固等人同时也是语言文字学家，都有小学著作问世。汉赋中的这些奇文玮字有不少已被历史淘汰，只是在字书中保存了下来。字书在收录这些汉字的时候征引汉赋作品，正是情理中事，但也无意中为后人保存了一些珍贵的汉赋资料。

东汉许慎《说文解字》几乎没有征引汉赋，这是由该书的编写体例所决定的。不过,南唐徐锴《说文解字系传》(以下简称《系传》)在注释《说文》时却大量引录汉赋语句。据笔者统计,《系传》一书征引前代赋多达 206 条,全部集中在汉魏六朝赋,隋唐赋连 1 条也没有。这也许反映了徐锴贵古贱今的思想倾向,但更为重要的是,语言文字学家在研究字义、词义时往往追溯渊源,力求揭示其原始出处,自然会对早期文献有较多征引。这 206 条赋文,有 8 条出自战国赋,122 条出自汉赋,76 条出自六朝赋,汉赋比重之高显而易见。其所征引者,又大都集中在司马相如《上林赋》(24 条)、班固《两都赋》(22 条)、王延寿《鲁灵光殿赋》(16 条)等少数散体大赋上,既说明这些作品在晚唐五代已成为文学经典而被广泛传诵,也说明它们在创制、使用新字方面比其他汉赋作品更为突出,这从特定角度肯定了这些大赋在语言文字学史上的贡献。

此外,《系传》的征引还为后人研究汉赋提供了很有价值的异文资料。如卷六"灪"字条徐锴注云:"相如《上林赋》'滀潫鼎灪',如此作也。"(按:着重号为引者所加)卷二十一"潏"字条又注云:"《上林赋》曰'滀潫鼎灪'。"①今见《史记》《汉书》《文选》所载之《上林赋》皆作"滀潫鼎沸"②,而金国永《司马相如集校注》、朱一清等《司马相如集校注》、李孝中《司马相如集校注》、张连科《司马相如集编年笺注》以及费振刚等《全汉赋校注》亦作"滀潫鼎沸",皆未

---

① 〔南唐〕徐锴:《说文解字系传》,中华书局 1987 年影印清道光年间祁寯藻刻本,第 55 页上,第 220 页下。

② 〔汉〕司马迁:《史记》,中华书局 1959 年标点本,第 2017 页;〔汉〕班固:《汉书》,中华书局 1962 年标点本,第 2548 页;〔南朝梁〕萧统:《文选》,中华书局 1977 年影印本,第 124 页上。另外,日本水泽利忠《史记会注考证校补》亦未有校记,见〔日〕陇川资言、水泽利忠《史记会注考证(附校补)》,上海古籍出版社 1986 年影印本,第 1900 页下。

出校记①。徐锴言之凿凿，并且两次征引，可见其所见之《上林赋》确实将"沸"写作"潷"。今按："潷"同"沸"，一字异体，"潷"是较古的写法。是司马相如本来即写作"潷"，还是后来传钞者为求典雅而将"沸"改成了"潷"？今已难明。但徐氏《系传》为我们保存了有价值的异文，应当是值得注意的。又如卷一"玓"字条引《上林赋》"玓瓅江湄"，各通行本作"旳皪江靡"；卷九"鏧"字条引《上林赋》"铿锵鏓鏧"，通行本作"闛鞈"或"镗鏓"；卷十四"康"字条引司马相如《长门赋》"委参差以康寔"，通行本俱作"梀梁"；卷十一"樘"字条引王延寿《灵光殿赋》"枝樘杈牙而斜据"，今通行本作"枝掌杈枒"；卷十七"颠"字条引《鲁灵光殿赋》"仡颠猥以鵰颂"，今通行本作"仡欤猥以雕眈"，等等。我们很难判断这些异文孰优孰劣，但它们往往是互为异体或者彼此通假，通过对比研究，却能帮助我们更准确地理解赋的本意。

再次，《系传》在引录汉赋时还揭示通假，诠释语词，或者挖掘赋意，用语不多，甚觉可贵。如卷八"胕"字条引相如《子虚赋》"胕割轮淬"，然后指出："臣以为当是借为'胬'字。"卷十一"梀"字条徐锴曰："即今人阑楯下为横梀也，故班固《西都赋》曰'舍梀槛而却倚'（《四部丛刊》本作'伏梀槛而俯听'）。以版为之曰轩，通名曰槛，今人言窗梀亦是也。"释词极为详明。卷十五"伴"字条徐锴云："《西京赋》曰'天马半汉'，'伴'义同。此言强大自肆之意。"又揭示出该赋所蕴含的大汉臣民雄视一切、自以为无所不能的豪迈胸襟。卷二十四"氏"字条许慎云："扬雄赋曰：'响若氏隤'。"徐锴注："'响若氏隤'，《解嘲》之文，古皆通谓之赋。"此处指出，汉人将

---

① 金国永：《司马相如集校注》，上海古籍出版社1993年版，第39页注（二六）；朱一清、孙以昭：《司马相如集校注》，人民文学出版社1996年版，第30页注（三一）；李孝中：《司马相如集校注》，巴蜀书社2000年版，第26页注（五六）；张连科：《司马相如集编年笺注》，辽海出版社2003年版，第50页注（一八）；费振刚、仇仲谦、刘南平：《全汉赋校注》，广东教育出版社2005年版，第94页注（一二）。

《解嘲》《答客难》一类的对问体散文也统称为赋，这十分符合当时的文体观念，具有一定的文体学意义。

以上仅仅以徐锴《叙传》为例言之，亦可见字书蕴含汉赋资料之价值。其实梁顾野王《玉篇》、宋戴侗《六书故》、明张自烈《正字通》与清张玉书、陈廷敬《康熙字典》等字书中皆包含有丰富的汉赋资料，等待我们去挖掘、探究。

二、韵书（音韵学著作）

韵书的产生晚于字书，主要是供隋唐以后的文人吟诗作赋时选取韵脚字之用。汉赋作为早期韵文而成为韵书的重要语料来源。据笔者统计，宋吴棫《韵补》征引先秦至北宋赋多达 682 条，是徐锴《系传》的三倍多；其中汉赋 425 条，约占征引总数的 62.32%，比例之高让人惊讶。此外，与《系传》相比，《韵补》征引的汉赋并不限于名篇，常常涉及一些不甚知名的作家作品，如孔臧《谏格虎赋》《蓼虫赋》，汉武帝《李夫人赋》，班彪《冀州赋》，李尤《德阳殿赋》《东观赋》，陈琳《大荒赋》《武库赋》，等等。有些赋似乎仅见于《韵补》。如陈琳《悼龟赋》，《韵补》卷一"阐"字注征引"探赜索隐，无幽不阐。下方太祭，上配青纯"，凡 16 字；"怨"字注征引"参千镒而不贾（一作卖）兮，岂十朋之所云。通生死以为量兮，夫何人之足怨"凡 26 字；"韫"字注又征引"山节藻棁，既棱且韫。参千镒而弗费（一作卖）兮，岂十朋之所云"凡 21 字①。三处拼合，去其重复，乃得 54 字。这 54 字后来又见于《康熙字典》，但《康熙字典》比《韵补》晚出五六百年，很可能钞了《韵补》中的材料。程章灿《先唐赋辑补》（以下简称"程书"）、费振刚等《全汉赋

---

① ［宋］吴棫：《韵补》，元刻本，中国国家图书馆善本部藏；又，中华再造善本（金元编）据此影印，北京图书馆出版社 2004 年版。今以中华书局 1985 年影印之《丛书集成初编》本（第 1235—1236 册）参校。

校注》(以下简称"费书")皆充分利用《韵补》进行辑佚工作,得汉赋佚文近百条,厥功甚伟①。但仍有遗漏或失当之处。如陈琳《武库赋》(亦名《武军赋》),《韵补》卷一"绳"字条征引"陵九城而上跻,起齐轨乎玉绳。车轩辚于雷室,骑浮厉乎云宫"共24字,费书漏辑;傅毅《洛都赋》,《韵补》卷一"鹀"字条有"属蒲昱(一作且)以红重(一作缯红),命詹何使沉纶。维高冥之独鹄,连轩鬻之双鹀"凡24字,费书漏辑前12字。费书漏辑的佚文还有:《韵补》卷二"饶"字条引崔骃《反都赋》"开酆鄗之富,散紫苑之饶。践宜春之囿,转胡亥之丘",凡20字;《韵补》卷四"司"字条引王粲《酒赋》"酒正膳夫,冢宰是司。处濯器用,敬涤蕴饎",凡16字;"汉"字条引繁钦《建章凤阙赋》"长唐虎圈,回望漫衍。盘旋岹峣,上刺云汉",凡16字;《韵补》卷五"宿"字条引班彪《冀州赋》"遵大路以此(一作北)逝兮,历赵衰之采邑。丑柏人之恶名兮,圣高帝之不宿",凡26字。此外,《韵补》卷三"有"字条征引徐干《齐都赋》"主人盛飨,期尽所有。三酒既醇,五齐惟醹","鲤"字条又征引该赋"三酒既醇,五齐惟醹。烂豕腯羔,包鳖鲙鲤",两处拼合,再加以《北堂书钞》卷一二四的征引,共得《齐都赋》佚文40字:"主人盛飨,期尽所有。三酒既醇,五齐惟醹。烂豕腯羔,包鳖鲙鲤。嘉旨杂沓,丰实左右。前彻后著,恶可胜数?"费书虽然也辑到了这40字,但却分成三条,原因即在于费书佚文主要来自《北堂书钞》,忽略了对《韵补》的考察。又如,《韵补》卷三"耇"字条征引崔骃《慰志赋》:"辟四门以博延兮,彼幽牧之我举。分(一本无此字)画定而计决兮,岂云贲乎鄙耇。"凡26字,程书作为崔骃赋佚文辑录。经核查,这26字实际上出自崔篆《慰志赋》,见载于《后汉书·崔骃列传》②。崔篆是崔骃的祖父,临终作《慰志赋》以自悼,《韵补》

---

① 程章灿:《魏晋南北朝赋史》附录一,江苏古籍出版社2001年版;费振刚、仇仲谦、刘南平:《全汉赋校注》,广东教育出版社2005年版。
② [南朝宋]范晔:《后汉书》,中华书局1965年标点本,第1706页。

误题为崔骃。所以，我们既要充分重视韵书中的汉赋佚文，又不能过于轻信，而应该仔细辨析，去伪存真，并与其他各类著述中的汉赋佚文进行比较研究，拼合排序，才能避免错误，尽可能恢复汉赋的原貌。

除《韵补》外，宋陈彭年《广韵》、毛晃《增修互注礼部韵略》、元黄公绍《古今韵会举要》、明乐韶凤《洪武正韵》、杨慎《古音丛目》、清李光地《音韵阐微》、毛奇龄《古今通韵》等韵书在征引汉赋的同时，也对汉赋用韵情况进行了细致考察。如《古今通韵》卷一云："枚叔《七发》以'弓'协'乘'（乘牡骏之乘；左乌号之雕弓），扬雄《甘泉赋》又以'风'协'乘'（方玉车之千乘；轻先疾雷而驱遗风），如是则'东'又皆可入'蒸'。"①在研究古今用韵的变迁时，也对汉赋用韵规律有所揭示，当然可以作为研究汉赋声韵和上古音韵的资料。此外，某些韵书还突破了音韵范围，而进入赋史研究领域。如明陈第《屈宋古音义》被《四库全书》列入经部小学类韵书之属，该书卷三为宋玉《高唐赋》所作题解云："形容迫似，宛肖丹青，盖《楚辞》之变体，汉赋之权舆也。《子虚》《上林》，实踵此而发挥畅大之耳。"②既高度评价了《高唐赋》在辞赋文学发展史上的重要地位，也为汉赋追溯了渊源，值得注意。

三、雅书（训诂学著作）

《尔雅》是我国最早的一部以语词训释为主的著作，被列为"十三经"之一，以后产生的此类著作便被统称为雅书。唐颜师古《匡谬正俗》、宋陆佃《埤雅》、罗愿《尔雅翼》、明方以智《通雅》、清

---

① ［清］毛奇龄：《古今通韵》卷一，《文渊阁四库全书》本，上海古籍出版社1987年影印本，第242册，第13—14页。

② ［明］陈第：《屈宋古音义》卷三，《丛书集成初编》本，中华书局1985年影印本，第1215册，第247页。

吴玉搢《别雅》等书皆对汉赋语词、名物有较多研究。如罗愿《尔雅翼》卷十"梬"字条云:"梬,今之桾枣也。结实似柿而极小,其蒂四出,枝叶皮核皆似柿,秋晚而红,干之则紫黑如蒲萄,其大小亦然。今人谓之丁香柿,又谓之牛乳柿。《子虚赋》所谓'樝梨梬栗'者也,《上林赋》'梬枣杨梅',《南都赋》'梬枣若留',《蜀都赋》'橙柿梬樗'。《说文》曰:'梬,枣也,似柿而小。'崔豹《古今注》亦曰:'桾枣叶如柿,实似柿而小,味亦甘美。"①以下又引用《尔雅·释木》及郭璞注、《孟子》《齐民要术》等文献来佐证此说,颇能广人见闻。该书卷十六"鹏"字条云:"鹏似鹗(一作鸮),不祥鸟,夜为恶声者也(一本无"也"字)。《巴蜀异物志》曰:'小如雉,体有文采,行不出域,若有疆(一作畺,字同)服者,故名鹏。'贾谊之迁长沙,尝集其舍,自以寿不得长,作赋自广,然终以不免。"以下又引用《周官》,指出周代即有萙蔟氏,主管"覆夭鸟之巢"的工作。对于鸱鸮一类的恶鸟、夭鸟,古人尚设置专门的官员去对付它们,其厌恶、憎恨、惊恐之情可想而知。"在国且犹覆巢欧(一作驱)去以为夭,则入舍又可知矣,此贾生之所为赋。"②这段考论为我们揭示了贾谊创作《鹏鸟赋》的文化背景,颇有助于后人体会贾谊当时的心理状态,进而理解该赋的主旨。有学者说贾谊是大思想家,不会在意鹏鸟入室之类的小事;也有人从文化人类学角度立论,说鹏鸟其实是一名女神,这都与汉代的风俗与文化不符。又如,颜师古《匡谬正俗》卷七引《诗经·鲁颂·閟宫》云:"新庙奕奕,奚斯所作。"认为《诗经》的本意是奚斯营造了这座高大的新庙,并非创作了这首诗,进而批驳了王延寿《鲁灵光殿赋序》所谓"诗人之感物而作,故奚斯颂僖,歌其露寝"的错误,所论亦颇有见地。

此外,汉赋中使用了不少联绵字(也叫联绵词),比如司马相

---

① [宋]罗愿:《尔雅翼》卷十,明正德十四年(1519)罗文殊刻本,国家图书馆善本部藏,第11页;又以中华书局1985年影印之《丛书集成初编》本(第1146册)参校。

② [宋]罗愿:《尔雅翼》卷十六,第6页。

如赋中有"柴池茈虒",扬雄赋中有"柴傿参差",张衡赋中有"跐豸"。这些双音节词的写法不同,但读音相同或相近,意思完全相同,都是形容事物参差不齐的样子。若仅从字面意思理解,不免扞格难通,若以音求之,则怡然理顺。对于这类联绵字,宋人朱熹曾指出这"只是恁地说出","以意看可见"①,但缺乏进一步探讨。降至明清,随着音韵学的发展,不少学者开始用科学的方法研究联绵字,方以智《通雅》创获尤多。该书卷七云:

> 林离,一作淋漓、淋漓,通为渗漓、流离,转为流丽、蓟苙、飂戾,又转飂戾、嘹唳,重其声则为劳利。 ○相如赋"丽以林离",后人用淋漓,省作淋漓。《河东赋》"渗漓而下降",即淋漓之声也。转作流离,陆机赋"流离濡翰",注曰:"林离、流离通用。"《诗》曰"流离之子",则有流落之意。或以指鸟,亦谓鸟流离也。黄离、留此,转声也。又转为流丽,《上林赋》"蓟苙艸歙",即"流丽欻吸",唐诗"流丽鸣春鸟"。《马融传》"械汩飂戾",即留戾,鲍照诗"飂戾江上讴"。亦作嘹唳,通作劳利。乐府有《雀劳利》。②

这组联绵字多达 11 个,本义是水流的样子,后又引申为流畅、流浪诸义。方以智将这些词进行集中研究,使古籍中可以通用的联绵字都在此得到准确解释,自然也能帮助读者正确理解汉赋中相关的语词。清吴玉搢《别雅》、张廷玉《骈字类编》、近人朱起凤《辞通》、符定一《联绵字典》等后出转精,对古代联绵字的研究更为细致、深入。

总之,中国古代的语言文字学著作中蕴含着较为丰富的汉赋

---

① [宋]黎靖德编:《朱子语类》(八),中华书局 1994 年版,第 3297 页。
② [明]方以智:《通雅》卷七,康熙五年(1666)姚氏浮山此藏轩刻本,国家图书馆善本部藏,第 11 页。

资料，它们或分析字形字义，或揭示用韵规律，或诠解语词名物，有时还挖掘赋意，梳理赋史，辨析错讹，为汉赋的辑佚、考证和研究提供了重要参考，是一笔不可忽视的文化遗产。

附记：原载《文献》2008年第1期。

贾谊辞赋的汇集与传播

——兼及《旱云赋》异文问题

贾谊(前200—前168),洛阳(今属河南)人,西汉初年著名的政治家、思想家、文学家,主要生活在汉文帝时期,人称贾生或贾子。《汉书·艺文志·诸子略》"儒家类"著录《贾谊》58篇(按,当指《新书》),《诗赋略》"屈原赋之属"又著录《贾谊赋》7篇。其中《新书》尚存,基本完整;辞赋存有5篇,包括《吊屈原赋》(亦称"吊屈原文"或"吊湘赋")、《鵩鸟赋》(亦称"服赋")、《旱云赋》、《虡赋》(残句)、《惜誓》。贾谊是汉初骚体赋的代表作家,也是中国辞赋史上由楚辞向汉代散体赋转变的重要作家。本文拟对贾谊辞赋的著录、汇集与传播情况略作探讨,借以管窥汉赋在后代被接受与传播的历史轨迹。

一、贾谊集的历代编集与著录

据史料记载,最早关注贾谊辞赋并加以记载的,是汉武帝时的大史学家司马迁(前145?—?)。司马迁在《史记》中将屈原与贾谊合传,他在《贾生传》部分全文载录了贾谊的《吊屈原赋》和《鵩鸟赋》,并交代了二赋创作的历史背景和作者心境,还进行了简要的评价。这是贾谊赋最早见于历史记载,既为贾谊二赋的保存做出了独特贡献,也为研究二赋提供了宝贵的原始资料。司马迁比贾谊晚五六十年,他所见到的贾谊辞赋应该最接近作品的原貌。东汉班固撰写《汉书·贾谊传》,亦全文载录二赋,即受《史记》之影响。

最早全面整理、辑录贾谊辞赋的,是汉成帝、汉哀帝时的刘向(前77?—前6)、刘歆(前53—公元23)父子。刘向父子在校理群籍时,曾经辑录《贾谊赋》7篇,这是历史上最大规模的贾谊辞赋汇录工作。在西汉,贾谊辞赋主要以单篇的方式流传,当时的文献载体是竹简和绢帛,前者笨重,后者昂贵,书写与传播都十分不易,因而,刘向父子的这次汇录意义重大。这是贾谊赋的首次结集,具有贾谊别集的性质,可惜这批文献仅保存了三四十年,就在王莽之乱中灰飞烟灭了。此外,刘向还另外编定了《楚辞》一书,该书收录贾谊《惜誓》一篇,一直流传至今。

《隋书·经籍志·集部》"《汉淮南王集》一卷"注云:"梁二卷。又有《贾谊集》四卷,《晁错集》三卷,《汉弘农都尉枚乘集》二卷,录各一卷,亡。"由此可知,南朝梁代曾有《贾谊集》4卷目录1卷,但亡于陈隋时期。至于该集的编录时代,则难以详考。西汉时未有别集,刘向父子《贾谊赋》7篇仅具别集之雏形;东汉虽出现别集形态,但尚未普及①;《隋志》所著录之别集,大都是魏晋时期辑录的。尤其是两晋时期,纸张渐渐代替了竹简,而成为主要的书写工具,这为别集的辑录提供了极大便利。贾谊作为影响巨大的政论家和辞赋家,在政治、思想、文学领域都有深刻影响,因而对其别集的辑录应该领先于一般作家。梁代文化繁荣,《贾谊集》与《晁错集》《枚乘集》《淮南王集》等皆充秘府,见诸书目,自然在情理之中。而从卷数来看,《贾谊赋》4卷应该不仅仅包括贾谊辞赋,也必

---

① 参见徐有富《中国古典文学史料学》,北京大学出版社 2008 年版,第 42—43 页。

然收录了他的《过秦论》《论积贮疏》《论时政疏》等政论散文,但并不包括《新书》,因为《隋志·子部》另有《贾子》10卷。

值得一提的是,梁昭明太子编辑《文选》时,在赋类选录《鵩鸟赋》,在吊文类选录《吊屈原文》(即《吊屈原赋》),使得二赋在文学史上获得了不朽的经典地位。

唐代学者重新辑录了《贾谊集》。《旧唐书·经籍志》《新唐书·艺文志》都著录了《贾谊集》2卷,从卷数推测,贾谊的部分作品已经在南北朝遗失,唐人所见的贾谊作品已经明显少于梁代。《旧唐书·经籍志》以毌煚《古今书录》为据,所著录的典籍"断自开元,开元以后的著作皆未著录"①。这说明《贾谊集》在唐代初年已经编成并广为流传,至迟在开元(713—741)之前就已经被国家藏书机构收藏了。此外,《艺文类聚》摘录了贾谊《吊屈原文》《鵩鸟赋》《旱云赋》(误题东方朔)片段和《虡赋》残句,《古文苑》亦选录《旱云赋》和《虡赋》残句,都说明贾谊辞赋在唐代的流传还是十分广泛的。

北宋时的国家藏书目录《崇文总目》著录了《贾谊集》二卷(见《玉海》卷五十五"唐志贾谊新书10卷"注)。据《四库全书总目》卷八十五,《崇文总目》由王尧臣(1003—1058)主持编写,完成于庆历元年(1041),当时《贾谊集》仍然保存在国家藏书楼中。又南宋郑樵《通志·别集类》、王应麟《玉海·艺文》皆著录《贾谊集》四卷,但二书古今兼收,不知系抄录《隋志》之语,还是南宋另有4卷本的《贾谊集》。但南宋藏书家陈振孙(?—1261)《直斋书录解题》卷九"《贾子》十一卷"注云:"汉长沙王太傅洛阳贾谊撰。《汉志》五十八篇,今书首载《过秦论》,末为《吊湘赋》(引者按:即《吊屈原赋》),余皆录《汉书》语,且略节谊本传于第十一卷中。"却说明宋人所见之《贾子》11卷,亦收录贾谊辞赋,附于书末。根据"余

---

① 参见程千帆、徐有富《校雠广义·目录编》,齐鲁书社1988年版,第202页。

皆录《汉书》语,且略节谊本传于第十一卷中"的记载,贾谊辞赋应该编在第十卷。印刷术在宋代得到普及,陈氏所见,盖为印本。

《贾谊集》不见于《宋史·艺文志》和元代文献,看来亡于南宋或者宋元之际的战乱中。明代何孟春(1474—1536)编纂《贾太傅新书》10卷,其附录即包括《吊湘赋》《鹏赋》《惜誓赋》《旱云赋》《虡赋》5篇(视《惜誓》为赋,与众不同)。何氏在《贾太傅新书序》中说:"《隋志》别有《贾子录》一卷;《唐志》《崇文目》九卷,集作二卷。曰录,曰集,赋在其中矣。"①其实,《隋志》《唐志》《崇文总目》所著录之《贾子》或《贾子录》是否含赋,早已难以确知,何氏所言,不可尽信。不过,陈振孙所见之《贾子》11卷,确实包含有贾谊诸赋,何氏因之,确实于古有征。何孟春的做法对后代颇有影响,明末万历年间程荣刻《汉魏丛书》本《新书》10卷附录1卷,明天启六年(1626)孟称尧刻《新书》10卷附录2卷,明刻递修本《新书》10卷附录1卷等,皆将辞赋纳入《新书》附录。而清人王耕心撰《贾子次诂》16卷,将全书分为内篇、外篇、翼篇3部分,其中内篇收录《新书》,外篇收录疏议辞赋,翼篇为传记、年谱、叙录等,最为完备。而辞赋在该书第12卷,凡4篇。

元代和明代前期,未见《贾谊集》流传。现在见到的《贾谊集》,大都是明代中期以后辑录的。上海图书馆藏有明成化十九年(1483)乔缙刊刻之《贾长沙集》10卷,辑录者不详,但却是今见最早的贾谊集,应该包括辞赋。明末万历天启年间,张燮(1574—1640)亦曾对贾谊文集进行辑录、整理。其所编《七十二家集·贾长沙集》凡3卷,卷一辑录贾谊赋4篇(《吊屈原赋》《旱云赋》《虡赋》《服赋》),骚1篇(《惜誓》),卷二、卷三有疏6篇,论3篇,另有附录1卷。张燮在《贾长沙集引》中说:"贾集久无单行,《新书》割

---

① [明]何孟春:《贾太傅新书序》,阎振益、钟夏:《新书校注》,中华书局2000年版,第525页。

裂封事,画陇分阡。他如《封建》《铸钱》诸疏,薄有增益,别标名目,自属子部,今俱不采。采其骚赋及疏牍散见传志或他书者,为《长沙集》。"①既然"贾集久无单行",张燮便慨然担当起辑录《贾谊集》的重任。该集专门收录贾谊的文学作品,作为子部文献的《新书》和《封建》《铸钱》等上疏自应排除在外。但我们查阅《贾长沙集》定本,其卷一专门收录辞赋,而卷二、卷三却也收录了贾谊《谏铸钱疏》《请封建子弟疏》《过秦论》等篇章,与《贾长沙集引》所言并不相合。其中《过秦论》即出自《新书》。也许是贾谊的6疏3论脍炙人口,难以割爱,便由"子"入"集",成为《贾谊集》的重要内容。张溥《汉魏六朝百三名家集·贾长沙集》完全照抄张燮辑本,故篇目全同,文字亦几乎没有改动,只是删去了附录而已。张溥辑本在清代屡经刊刻,风行不衰,为贾谊辞赋的传播做出了突出贡献。

清代学者主要阅读张溥本,并未重新辑录《贾谊集》。不过,清人严可均汇集《全上古三代秦汉三国六朝文》时,对贾谊文进行过整理和校勘,厘为2卷,在《全汉文》卷十六、十七。严氏在作者小传下加按语云:"贾谊诸疏散在《新书》者十六篇,小有异同,见存,不录。"②其中上卷辑录《旱云赋》《虡赋》《鵩鸟赋》《惜誓》《上书陈政事》,下卷辑录《上疏请封建子弟》《上疏谏王淮南诸子》《论积贮》《谏除盗铸钱令使民放铸》《过秦论》(上中下)、《吊屈原文》,共13篇。较之张燮辑本,少《上都输疏》一文,篇名亦有小异。如,张燮辑本首录《吊屈原赋》,此集却录在卷末,题为《吊屈原文》,注曰:"《文选》、《艺文类聚》四十。案,《史记·贾谊传》《汉书·贾谊传》并载此以为赋。今据《文选》编入,并录其序,盖本集如此。"③将该赋视为吊文,亦有所据;若考虑其语言形式,似入赋类更妥。

---

① [明]张燮:《贾长沙集引》,《七十二家集·贾长沙集》,《续修四库全书》影印明天启崇祯间刻本。
② [清]严可均:《全上古三代秦汉三国六朝文》,中华书局1958年版,第208页。
③ 同上书,第218页。

显然,严氏在各篇之后都注明出处,而且还附有考证文字的做法,比张燮、张溥辑本都更加严谨、科学。

二、贾谊辞赋的传播途径

《汉书·艺文志·诗赋略》共著录战国西汉辞赋78家,1005篇,倘若除去战国辞赋5家64篇,实际著录西汉辞赋73家,941篇。此外尚有流传于民间未能进御的辞赋数百篇。总之,西汉辞赋当有千余篇。而据费振刚等《全汉赋校注》的汇集,今存西汉赋仅有28家,73篇(其中完整者49篇,存目或残句24篇)。总之,西汉辞赋今仅存约7%。贾谊辞赋却是个特例。《汉志·诗赋略》著录贾谊赋7篇,今存5篇(4篇完整,1篇残句),保存率高达71%。这当然主要取决于贾谊辞赋深刻的思想文化内涵和高超的艺术成就,但历代文献的保存和编录也是不容忽视的。

概括起来,在两千余年的汉赋传播史中,贾谊辞赋之所以能保存至今,主要依赖以下6种文献:

1.《史记》(西汉),保存贾谊《吊屈原赋》《鹏鸟赋》,凡2篇。

2.《楚辞》(西汉),保存贾谊《惜誓》1篇。东汉王逸注曰:"《惜誓》者,不知谁所作也,或曰贾谊,疑不能明也。"[①]今姑视为贾谊作品。

3.《汉书》(东汉),同《史记》,而文字有异。

4.《文选》(南朝梁),保存贾谊《鹏鸟赋》《吊屈原文》,凡2篇,文字与《史记》《汉书》异。

5.《艺文类聚》(唐),摘录贾谊《吊屈原文》《鹏鸟赋》,保存《旱云赋》(误题东方朔)、《虡赋》(残句),凡4篇。

6.《古文苑》(唐),保存贾谊《旱云赋》《虡赋》(残句),凡2篇。

其中有史书、有诗文总集,也有类书。这些汉唐文献是贾谊

---

① [宋]洪兴祖:《楚辞补注》,中华书局1983年版,第227页。

辞赋的功臣,为贾谊辞赋的保存做出了独特贡献。

至于贾谊辞赋的传播,则主要通过以下 4 种方式:单篇传播;通过《贾谊集》传播;附在《新书》之末传播;被其他文献载录而传播,如《史记》《汉书》《楚辞》《文选》等。

两汉时期,主要采用单篇传播的方式,使用竹简或者绢帛,因而容易散失。魏晋之后,随着纸张的普及,这种传播方式被淘汰,而另外三种方式则同时使用。其中《贾谊集》的传播时断时续。魏晋人辑录的《贾谊集》4 卷,在陈隋时期散失;唐人重新辑录了《贾谊集》2 卷,又在宋元时期亡佚;明末张燮重新辑录《贾长沙集》3 卷附录 1 卷,张溥抄为 1 卷,后者在明末、清代和民国时期广为流播。但今人并不满意,于是有吴云、李春台《贾谊集校注》(中州古籍出版社 1989 年版)、王洲明、徐超《贾谊集校注》(人民文学出版社 1996 年版)、方向东《贾谊集汇校集解》(河海大学出版社 2000 年版)的出版。需要说明的是,今人的三种校注,既不同于魏晋唐宋的《贾谊集》,也不同于明清的《贾长沙集》,而是将《新书》也编入集中。于是,作为作家别集的新编《贾谊集》,便兼具了子部文献的性质。对于第三种传播方式,源头难考,最迟可以追溯到宋人陈振孙的记述,明清人多有效法,今人则与第二种合并,编成新的《贾谊集》。

第四种传播方式是贾谊辞赋的最主要传播途径,自汉迄今,一直都在进行。东汉至南北朝时期,以《汉书》传播为主,《史记》传播为辅。这时期的文献注释,诠解《汉书》者有东汉服虔《汉书音训》、应劭《汉书集解音义》,三国孟康《汉书音义》、韦昭《汉书音义》,晋晋灼《汉书集注》《汉书音义》,北魏崔浩《汉书音义》,齐陆澄《汉书新注》、孔文祥《孔氏汉书音义钞》,梁韦棱《汉书续训》、刘孝标《汉书注》、刘显《汉书音》、夏侯咏(泳)《汉书音》、包恺等《汉书音》、梁元帝《汉书注》,陈姚察《汉书训纂》《汉书集解》、刘嗣等《汉书音义》等,总数近 20 种,而注释《史记》者仅有东汉延笃

《史记音义》、南朝宋徐广(野民)《史记音义》、裴骃《史记集解》、梁邹诞生《史记音》等寥寥数种,可知《汉书》的流传更广。降至唐代,随着"文选学"的兴盛,则以《文选》为主要传播途径。初唐有许淹《文选音义》10卷、李善《文选注》60卷、公孙罗《文选注》60卷及《音义》10卷,其中李善注尤为精湛。后来吕延济、刘良、张铣、吕向、李周翰五人重注《文选》,是为"五臣注",风靡唐代。此后五臣注和李善注交替流行,甚至合并刊刻,是唐宋以至清代文人士子的案头必备书籍,这使得贾谊《鹏鸟赋》《吊屈原文》成为文人心目中赋(鸟兽类)和吊文的典范。时至今日,《文选》已经远离普通读者,但人们仍在直接或间接地阅读《文选》。朱东润主编之《中国历代文学作品选》(上海古籍出版社 1979 年版,高校教材广为流播)在选录贾谊《鹏鸟赋》时特意注明"据胡刻《文选》本",瞿蜕园选注之《汉魏六朝赋选》(上海古籍出版社 1964 年版)在《吊屈原赋》题解中指明"现在所根据的是《文选》本",龚克昌等《全汉赋评注》(花山文艺出版社 2003 年版)、费振刚等《全汉赋校注》(广东教育出版社 2005 年版)在移录贾谊《吊屈原赋》《鹏鸟赋》时亦以《文选》李善注本为底本,尤可以见出《文选》在贾谊赋传播史上的重要地位和深远影响。《艺文类聚》《古文苑》在唐宋时传播不广,但至明清时期亦很受学者们的青睐,不仅多次刊刻,还成为张燮、严可均乃至当代学者从事文献辑佚的重要取资来源。

三、从《旱云赋》异文考证贾谊集的唐代辑本

由上可见,《吊屈原赋》《鹏鸟赋》作为汉赋名篇(前者同时是吊文之祖),自汉代起就广为流传,唐代之后则主要借助《文选》传播;《惜誓》主要靠《楚辞》流播;《虡赋》传播不广,依赖《艺文类聚》《古文苑》而保存。这些事实不仅见于文献记载,也可以通过异文比对加以验证,限于篇幅,不再赘述。《旱云赋》比较特殊,该赋主

要依靠《古文苑》而保存至今,但考察明清两代最为流行的张溥《贾长沙集》、李鸿《赋苑》、陈元龙《历代赋汇》等所载之《旱云赋》,其文字却与《古文苑》各版本都有较大差异。为了便于比较,现将《旱云赋》唐代之后主要版本的异文罗列如下:

《旱云赋》异文对照表

《古文苑》9卷本卷一,宋淳熙六年婺州韩元吉刻本	《古文苑》21卷本卷三,宋淳祐年间盛如杞重修本(丛初影守山阁本)	《文选补遗》卷三一,明刻本	《广文选》卷二,明嘉靖十六年陈蕙刻本	《七十二家集·贾长沙集》卷一(《汉魏六朝百三名家集·贾长沙集》)	《赋苑》卷二,明末刻本	《历代赋汇》卷六,康熙四十五年内府刻本
溶澹澹而妄止	同左	溶溶澹澹而妄止	同左	同左	同左	同左
妄倚俪而时有	同左	妄俪倚而时有	妄俪倚而时有	妄俪倚而时有	同左	同左
遂积聚而砼沓兮	同左	同左	遂积聚而合沓兮	同左	遂积聚而砼沓兮	遂积聚而合沓兮
扬波怒而澎濞	同左(丛初:扬)	扬波怒而澎濞	同左	同左	同左	同左
正(一作云)惟布而雷动兮	正帷布而雷动兮(丛初同)	正云布而雷动兮	同左	同左	同左	同左
相击冲而破碎	相击冲而碎破	相击冲而破碎	同左	同左	同左	同左
或窈窕而四塞兮	同左	或窈窕而四塞兮	同左	同左	或窈窕而四塞兮	或窈窕而四塞兮
更惟贪邪而狼戾	同左	更惟贪婪而狼戾	同左	同左	同左	同左
终风解而雾散兮	终风解而霾散兮(丛初同)	终风解而雾散兮	终风解而雾散兮	终风解而雾散兮	同左	同左

续表

《古文苑》9卷本卷一，宋淳熙六年婺州韩元吉刻本	《古文苑》21卷本卷三，宋淳祐年间盛如杞重修本（从初影守山阁本）	《文选补遗》卷三一，明刻本	《广文选》卷二，明嘉靖十六年陈蕙刻本	《七十二家集·贾长沙集》卷一（《汉魏六朝百三名家集·贾长沙集》）	《赋苑》卷二，明末刻本	《历代赋汇》卷六，康熙四十五年内府刻本
陵迟而堵溃	同左	遂陵迟而堵溃	同左	同左	同左	同左
争离而并逝	同左	争离刺而并逝	同左	同左	同左	争离刺而并逝
廓荡荡其若涤兮	同左	廓荡荡其若条兮	廓荡荡其若涤兮	廓荡荡其若条兮	同左	廓荡荡其若涤兮
日照照而无秽	同左（从初：照）	日昭昭而芜秽	日照照而无秽	日昭昭而芜秽	同左	同左
煎砂石而烂渭	同左	煎砂石而烂煟	同左	同左	同左	同左
汤风至而合（一作含）热兮	汤风至而含热兮（从初同）	阳风吸习熇熇	汤风至而含热兮	阳风吸习熇熇	阳风吸习而熇熇	同左
群生闷满而愁愦	同左	群生闷懑而愁愦	群生闷满而愁愦	群生闷懑而愁愦	同左	同左
畎亩枯槁而失泽兮	同左	垄亩枯槁而允布	畎亩枯槁而失泽兮	垄亩枯槁而失（泽兮）	垄亩枯槁而允布	垄亩枯槁而失泽兮
农夫垂拱而无事兮	农夫垂拱而无聊兮（从初同）	农夫垂拱而无事兮	农夫垂拱而无聊兮	农夫垂拱而无事兮	同左	同左
释其鉏耨而下泪	同左	释其耰鉏而下涕	释其鉏耨而下涕	释其耰鉏而下涕	同左	同左

续表

《古文苑》9卷本卷一，宋淳熙六年婺州韩元吉刻本	《古文苑》21卷本卷三，宋淳祐年间盛如杞重修本（丛初影守山阁本）	《文选补遗》卷三一，明刻本	《广文选》卷二，明嘉靖十六年陈蕙刻本	《七十二家集·贾长沙集》卷一（《汉魏六朝百三名家集·贾长沙集》）	《赋苑》卷二，明末刻本	《历代赋汇》卷六，康熙四十五年内府刻本
忧疆（一作壤）畔之遇害兮	同左	悲疆畔之遭祸	忧疆畔之遇害兮	悲疆畔之遭祸	同左	同左
惜稚稼之旱夭兮	同左	惟稚稼之旱夭兮	惜稚稼之旱夭兮	惟稚稼之旱夭兮	惟稚稼之旱夭兮	惜稚稼之旱夭兮
离天灾而不遂	同左	离天灾而不遂	同左	同左	同左	罹天灾而不遂
猒暴至而沉没	同左（丛初：厌）	猒暴戾而沉没	同左	同左（张溥：厌）	猒暴戾而沉没	厌暴戾而沉没
嗟乎！惜叶大剧	嗟乎！惜旱大剧（丛初同）	嗟乎！作蘖大剧	嗟乎！惜旱大剧	嗟乎！作蘖大剧	同左	同左
何辜于天无恩泽。忍兮啬夫，何寡德矣。既已生之，不与福矣	同左	何辜于天，恩泽弗宣。啬夫寡德，群生不福	同左	同左	同左	同左
憭兮栗兮	同左	憭兮慓兮	同左	同左	同左	同左
白云何怨	同左	白云何愬	同左	同左	同左	同左
奈何人兮	同左	同左	奈何人兮	同左	同左	同左

从上表 28 条异文可以明显看出,《文选补遗》之后各种典籍中的《旱云赋》,与《古文苑》所载该赋之文字显然不同①。最突出的就是将"汤风至而合(一作含)热兮"改为"阳风吸习熇熇",将"嗟乎!惜叶大剧,何辜于天无恩泽。忍兮啬夫,何寡德矣。既已生之,不与福矣"一段改为"嗟乎!作孽大剧,何辜于天,恩泽弗宣。啬夫寡德,群生不福",版本差异极其明显。于是我们推测,在《古文苑》之外,尚有另外一种版本的《旱云赋》在广为流传。就目前可见之文献,这"另一版本"始于宋末元初陈仁子编纂的《文选补遗》。当然,这决非陈仁子凭空杜撰,而自有其版本依据。

那么,陈仁子到底依据何本呢?如前所述,唐代人重新编集了《贾谊集》二卷(新旧《唐志》),宋代仍在流传(《玉海》注引《崇文总目》),其中必然载有贾谊《旱云赋》。据《四库全书总目》卷一百七十四,陈仁子,字同俌,号古迂,茶陵人。咸淳十年(1274)漕试第一,宋亡不仕。元初隐居东山,故人称东山陈氏。其《文选补遗》很可能编于宋末。可见陈氏所录之《旱云赋》,很有可能取自宋代流行的《贾谊集》,而绝非《古文苑》。北宋国家藏书已在金人入侵时散亡,但民间藏书仍有流传,陈仁子很可能是根据民间藏书辑录的。此外,宋人陈振孙《直斋书录解题》卷九所著录之《贾子》11 卷,"首载《过秦论》,末为《吊湘赋》",书中是否含有《旱云赋》,则难以考证。如果有,则亦有可能为陈仁子所取资。

由此上溯至唐代,《北堂书钞》《艺文类聚》《文选》李善注等文献亦载录或摘录过《旱云赋》。其中《北堂书钞》卷一百五十六《岁时部》摘录以下数句:"阴阳暑盛,煎砂石而烂煨。阳风至而含热。"②考其文字,首句与众本皆异,第二句接近《文选补遗》,第三

---

① 只有严可均《全上古三代秦汉三国六朝文》改以《古文苑》为据,但该书卷帙浩繁,在清代流传不广。

② [唐]虞世南:《北堂书钞》,《唐代四大类书》影印清孔广陶校刻本,清华大学出版社 2003 年版,第 721 页。

句却接近《古文苑》。《文选》李善注仅征引两句,亦难以分辨其归属。而《艺文类聚》卷一百《灾异部》所载《旱云赋》(误为东方朔《旱颂》)之文字却值得研究:

> 维昊天之大旱,失精和之正理。遥望白云之郁淳,滃曈曈而亡止。阳风吸习而熇熇,群生闵懑而愁愦。陇亩枯槁而允布,壤石相聚而为害。农夫垂拱而无为,释其耰鉏而下涕。悲坛畔之遭祸,痛皇天之靡济。①

这段文字与今天所见之《旱云赋》诸本并不相同。但仔细比较后我们发现,赋中"阳风吸习而熇熇""闵懑""陇亩枯槁而允布""耰鉏""遭祸"等词语不同于《古文苑》,而与《文选补遗》所录之《旱云赋》相同。由此可知,陈仁子所见之《旱云赋》,与《艺文类聚》所载之《旱颂》具有某种渊源关系。最大的可能性是,《艺文类聚》所依据的《贾谊集》2卷,为宋代的《贾谊集》2卷(或4卷)所继承,进而又成为《文选补遗》的版本依据。至于《艺文类聚》为何误题为东方朔所作,是否贾谊辞赋误入了东方朔文集,则尚有待进一步研究。

与明清学者不同,当代学者在校辑《全汉赋》或者《贾谊集》时,几乎无一例外地选择了《古文苑》系统的《旱云赋》。通过异文的比对和研究,我们发现《古文苑》所载之《旱云赋》,在文字上确实更为可靠,应该比《文选补遗》系统更接近该赋的原貌。在使用《古文苑》时,建议使用宋淳熙六年(1179)婺州韩元吉校刻本(此本9卷无注,实为以后各版本之祖本,有中华再造善本影印本),或者宋淳祐六年(1246)盛如杞重修本(共21卷,有章樵注,有《四部丛刊初编》第二次影印本和中华再造善本影印本)。

---

① [唐]欧阳询:《艺文类聚》,上海古籍出版社1982年版,第1725页。

在 2011 年 10 月举行的第九届国际辞赋学学术研讨会上,笔者拜读了何易展先生的《〈旱云赋〉异文及其流变考述》,颇受启发。何先生发现《旱云赋》有两个版本系统,颇具慧眼;何文指出:"追本溯源,唐宋以来对此赋征引繁多,加之五代之后,刊书渐盛,书法摹草及钞书亦众,此为异文产生之大条件。……溯流异文来源,大致于元明之初,既(今按,当作"即")已形成了以《古文苑》和《汉魏六朝百三家集》两个不同的版本系统。"①笔者通过梳理贾谊辞赋编集与传播的历史,认为何文所谓的"《汉魏六朝百三家集》版本系统"可以正名为"《文选补遗》系统",其文字很可能源于宋代流行的《贾谊集》2 卷(或 4 卷),或者《贾子》11 卷,而源头正是唐代初年的两卷本《贾谊集》。

附记:原载王立群主编《第十届文选学国际学术研讨会论文集》,河南大学出版社 2014 年 8 月版。

---

① 何易展:《〈旱云赋〉异文及其流变考述》,《第九届辞赋学国际学术研讨会论文集》(上册),第 253 页。

《司马相如集》版本叙录

司马相如(前169？—前118)，字长卿，蜀郡成都人。他是汉景帝、武帝时期著名的赋作家、诗人、语言文字学家和政治家，曾任中郎将、孝文园令等职。作为"汉赋四大家"之首，司马相如在赋体文学发展史上有着十分崇高的地位，被宋人林艾轩、明人王世贞誉为"赋圣"，而与"骚圣"屈原并驾齐驱(《朱子语类》卷一百三十九、《艺苑卮言》卷二)。但在相如生前，他的作品不仅没有结集，甚至曾大量散失。《史记》相如本传载其妻卓文君语："长卿固未尝有书也。时时著书，人又取去，即空居。"①西汉末年刘向父子在校理群籍时，曾辑录《司马相如赋》29篇(《汉书·艺文志》)，虽然远非完备，但也许是历史上规模最大的一次结集了，可惜这些作品在王莽之乱中被毁。此后，相如作品仍主要以单篇的方式流传。降至六朝，曾有人辑录《汉文园令司马相如集》一卷(《隋书·经籍志》)，从卷数看，作品数量已经锐减。《旧唐书·经籍志》《新唐书·艺文志》皆曾著录《司马相如集》二卷，郑樵《通志·艺文略》也著录《文园令司马相如集》二卷，但皆在唐宋时佚失。今天所能见到的司马相如文集，大多是明代以后辑录的，远非旧帙。

---

① [汉]司马迁：《史记》，中华书局1959年标点本，第3063页。

本文即对司马相如文集的不同辑本略作介绍，旨在表彰明清学者（尤其是明代）在文献辑录方面所做的贡献，同时为学术界研究司马相如、研究汉代文学提供一些最基本的资料。

一、《司马长卿文钞》一卷

明末李宾《八代文钞》本。今日可见者有明刻本，天津图书馆藏，《四库全书存目丛书·集部》第341—345册据此影印。李宾，字烟客，梁山人，生平不详。其《八代文钞》凡106卷，辑录自楚、汉以迄明代共92名作家的诗文。此本左右双边，单鱼尾，鱼尾上方镌篇目名，下方镌页码。正文半叶9行，行20字。其中《司马长卿文钞》仅1卷，24叶，所辑录篇目有：《子虚赋》《大人赋》《美人赋》《长门赋》《谏猎书》《封禅书》《谕巴蜀父老檄》《与蜀父老诘难》《答牂牁盛览》，各篇均不载出处。核其文字，《子虚赋》以"其辞曰"三字开头，显然录自史传；赋中"齐王悉发境内之士，备车骑之众"句同于《史记》，异于《汉书》《文选》；但"江蓠蘪芜，诸柘巴苴"句又异于《史记》而与《汉书》《文选》略同①。看来此篇乃综合《史记》《汉书》《文选》三书文字而成，不本一家。其余各篇，《美人赋》录自《古文苑》，《长门赋》录自《文选》，《答牂牁盛览》录自《西京杂记》，《大人赋》等录自《汉书》并参照了《史记》。该钞缺《上林赋》《哀二世赋》等篇，系明显遗漏。文字亦有讹误，如《大人赋》"靡屈虹绸"句，《史记》《汉书》并作"靡屈虹而为绸"，此处脱"而为"二字。但该书系司马相如作品的早期辑本，亦不可谓之无功也。

---

① [汉]班固：《汉书》，中华书局1962年标点本，第2535页；[南朝梁]萧统：《文选》，中华书局1977年影印清胡克家本，第120页。

二、《司马长卿集》一卷

明汪士贤校订,明万历十一年(1583)南城翁少麓刊刻《汉魏诸名家集》本,国家图书馆善本部藏,索书号为14112。《汉魏诸名家集》乃大型诗文总集,共辑录两汉三国时期21家诗文,132卷。全书封面正中刻"汉魏名家"字样,上钤"重刻新版"4字,可见国图所藏乃重刻(或重印)本。第一函第二种为《司马长卿集》,仅一卷,此集封面刻"梅禹金先生订正,司马长卿集,南城翁少麓梓"字样。卷首为明天启六年(1626)春三月王忠陛撰写的《司马长卿集序》,比初刻时间(1583)晚43年,应是重刻(或重印)时补入的。版框高19.5厘米,宽14厘米,四周单边,单鱼尾,鱼尾上方刻"司马长卿集"5字,下方刻卷次和页码。正文半叶9行,行20字,共26叶。所辑篇目按文体分为6类,依次是:赋(《子虚赋》《上林赋》《哀二世赋》《大人赋》《美人赋》《长门赋并序》)、琴歌二首、书(《谏猎书》《遗言封禅事》)、檄(《谕巴蜀父老檄》)、难(《与蜀父老诘难》),共12篇,附卓文君《白头吟》1篇。体例较为严谨。正文首页题"汉成都司马相如著,明新安汪士贤校"字样,可知该集校定者为汪士贤,明末新安人,但其生平难考。《子虚赋》开篇仍有"其辞曰"三字,首句同于《史记》,而下文却大多同于《汉书》,看来此集乃是以《汉书》为底本,参校《史记》《文选》诸书而成。该书国图所藏尚有3套:索书号00259者藏于善本部,版式全同,但没有王忠陛序,或许是初刻本;索书号80740:1者藏于普通古籍阅览室,版式亦同,惟使用黑鱼尾,亦无王忠陛序,但有误字,不详刻印时间;索书号XD6982者为郑振铎先生捐出之本,亦藏于普通古籍阅览室,白鱼尾,行款、版式亦同。

三、《司马文园集》二卷

明张燮《七十二家集》本,明末天启、崇祯间刻本。张燮,字绍和,别号海滨逸史,福建龙溪人,万历二十二年(1594)举人。所辑《七十二家集》始于战国宋玉,终于隋薛道衡,共72家,409卷,可谓洋洋大观。该书有国家图书馆善本部藏本,索书号为02941。《总目》页钤有"长春室图书记"和"江安傅增湘沅叔珍藏"二枚小篆印章。版式左右双边,白口,单鱼尾,鱼尾上方刻文集名,下方刻卷次、页码,最下以小字刻刻工名。涉及刻工有江荣、吴德、张杰、陈英、黄恩、张柱、余子朝、梁弼、王宇、陈今、陈五弟、杨明、叶华等十余人。正文半叶9行,行18字。第一函第三种即为《司马文园集》,凡2卷。卷首有张燮所撰《重纂司马文园集引》,论及相如的人生际遇、文学成就及政治风采,认为"长卿它文,俱以赋家之心发之,故成巨丽,凡拙速辈无此格力",见解独到,令人击节叹赏。卷之一辑录赋体,有《子虚》《上林》《大人》《长门》《美人》《哀二世》,共6篇,19叶;卷之二辑录诗文,有歌(《琴歌》二首)、书(《谏猎书》《报卓文君书》)、檄(《谕巴蜀檄》)、难(《难蜀父老文》)、符命(《封禅文》)、传(《自序传》)6体,共8篇,13叶。全书合计14篇,32叶。较之汪本,多出《报卓文君书》和《自序传》2篇,但这2篇是否作于相如,本有争议,所以张燮在《自序传》之后又附有数百字的考证文字。另外,张氏将汪本中的《遗书言封禅事》从"书"类独立出来,恢复《封禅文》之名,另立"符命"一体(《文选·符命》首篇为相如《封禅文》),尽管文体分类各有所据,见仁见智,但张氏回归传统之举,庶可免去不少纷扰。最值得注意的是,张燮在《司马文园集》之末附有不少研究相如的资料,包括司马迁《司马相如传略》、嵇康《司马相如传》2篇传记资料,卓文君《长卿诔》、陈子良《祭司马相如文》、苏轼《梦作司马相如赞》等历代题咏17篇,遗事 11 条，集评 13 条，凡 8 叶，用功勤苦，便利研究，创拓之功，实堪称道。其中遗事、集评还以小字标注材料出处，尤为可贵。可惜后来的张溥、严可均、丁福保等皆未继承这一传统。取《子虚赋》33 条异文加以比勘，发现有 19 条同于《文选》李善注本，13 条同《史记》，9 条同《汉书》，另有数条采自《文选》五臣注、六臣注本。看来张燮乃是根柢于《文选》李善注本，参照其他诸书而成。其文字明显优于汪士贤校本。如《子虚赋》"其石则赤玉玫瑰"句，汪校各本皆讹作"其土"，张氏予以订正；《大人赋》"载云气而上浮"句，汪本误"浮"为"游"（上句韵脚字为"游"，当是涉上而讹），张氏正之；"靡屈虹而为绸"句，汪本脱"而为"二字，张氏补之，等等。由上可见，张氏校本后来居上，远胜汪本，但有学者却以汪本为底本撰写《司马相如集校注》，去取不可谓当也。该书国图善本部所藏尚有另外两套：索书号 A01785 者与此版式全同，原为贵阳某氏藏本（印鉴模糊难辨），《续修四库全书》第 1583 册据此影印，易得；索书号 15183 者亦同此，封面钤有"程四得"印，首页钤有"五知斋"阴文方章、"国立中央图书馆收藏"阳文方章和"香港图书馆管理"长形印，可知该书曾数易其主。

四、《司马文园集》一卷

明张溥辑，《汉魏六朝百三家集》（又称"百三名家集"或"一百三家集"）本。此书易寻，各大图书馆多有。张溥（1602—1641），字天如，江苏太仓人。所辑《汉魏六朝百三家集》始于汉贾谊，终于隋薛道衡，凡 103 家，118 卷。该书乃是以张燮《七十二家集》为根柢，又吸收冯惟讷《古诗记》、梅鼎祚《历代文纪》的部分内容而成。有明末娄东张氏刊本，国家图书馆善本部藏，索书号为 19394。此套书共 80 册，《司马文园集》在第一函第一册《贾长沙集》之后。封面无标签，仅在右上方以铅笔书"61498/共 80 册"字样。书根印有"凡八十/一/汉魏六朝百三家集/贾长沙集/司马文园集"字样。《贾长沙集》正文首页右下方钤"饮冰室"小篆章,可知曾为梁启超收藏。该书版框高 19.5—20 厘米,宽 13.8 厘米。左右双边,白口,单鱼尾,鱼尾上方刻"司马文园集"5 字,下方刻"卷全"二字,再下刻页码。题辞半叶 6 行,行 14 字,凡 2 叶;目录、正文皆半叶 9 行,行 18 字,凡 41 叶。

《司马文园集题辞》效法张燮《重纂司马文园集引》的写法,而更为精湛。如称"《子虚》《上林》非徒极博,寔发于天材,扬子云锐精揣炼,仅能合辙","琴心善感,好女夜亡,史迁形状,安能及此?"等,在与司马迁、扬雄等人的比较中彰显出相如才华横溢、风流潇洒的个性特征,乃千古之论。所辑篇目、篇名及其次序亦与张燮略同,首先列赋 6 篇,其次为书二、檄一、难一、符命一、传一(目录缺篇名)、歌二,共 14 篇。细加比较,可知《琴歌二首》的位置由赋之后移至最后,乃是遵循赋——文——歌的排列顺序。值得注意的是,张溥于集后仅附本传一篇,而将张燮所附录的其他参考资料全部删除,反不及燮书内容丰富。对此,张溥在《叙》中也有明确交代:"古人诗文,不容加点,随俗为之。聊便涉,无当有无。评骘之言,惧累前人,何敢复赘?"原来他担心后人的圈点评论可能会误读原著,亦会误导读者,于是因噎废食,删削殆尽。逐字比勘,我们吃惊地发现,张溥所辑文字与张燮书几乎全同,甚至在刊刻时也使用了半叶 9 行 18 字的版式,其袭用燮书之迹,可谓昭昭在焉。

由上可见,二张辑录的《司马文园集》各有所长,张燮以资料丰富取胜,而张溥以题辞精湛著称。但由于张溥的声名和威望,其书在清代广为流传,多次重印,成为家喻户晓的辑本。今日可见者除《文渊阁四库全书》本外,尚有清光绪五年(1879)彭懋谦信述堂刊本,江苏古籍出版社 2002 年据此影印;国家图书馆普通古籍阅览室还藏有光绪十八年(1892)善化章经济堂刊本(索书号

90973:1)和同年长沙谢氏翰墨山房刊本（索书号 88303:1）。但是，仔细比对书影，发现光绪十八年的两个刊本，其版式、文字、笔画、圈点皆与光绪五年刊本全同，很可能是使用信述堂旧版重印的，只有《叙》版式略异，属于重刻。而谢氏刊本尽管在扉页背面刻有"长沙谢氏翰墨山房重刊"字样，但在每卷之末仍保留着"善化蓝田章氏重刊"字样，两处矛盾，正说明谢氏刊本乃是使用章氏旧版重印之本，但挖改未尽，露出破绽，其重印时间当然要晚于光绪十八年。此外，国家图书馆还藏有民国六年（1917）上海扫叶山房刊本，不赘。

五、《司马长卿集》一卷

明末张运泰、余元熹《汉魏六十名家集》（又称《汉魏名文乘》）本。此书辑录西汉三国时期六十家文集，但并不限于集部，而以《京氏易传》《吴越春秋》《法言》诸书入之，颇为庞杂。有清刻本，国家图书馆普通古籍阅览室藏，索书号为 107349。函面蓝色，书签上未题书名，但印有"图整库"简体楷书章、"石"（第一函作"金"）字和"尚德堂图书"小篆章。《司马长卿集》在第二函第二册《东方曼倩集》之后，题"武陵杨鹗无山、豫章黄国琦五湖鉴定，古潭张运泰来倩、余元熹延稚汇评"。诸家生平不详，惟知杨鹗为崇祯四年（1631）进士，后归南明弘光帝，大略与张溥年辈接近，但编纂时间不详，姑置于张溥之后。版框高 21 厘米，宽 12.4 厘米，四周单边，白口，无鱼尾，无界行。版心上方镌刻"西汉文"三字，中间刻"长卿"二字，下方刻篇名、卷数和页码。正文半叶 10 行，行 27 字，共 25 叶。本集收相如文、赋凡 12 篇，依次是：《上谏猎书》《谕巴蜀檄》《难蜀父老文》《报卓文君书》《答牂牁盛览书》《封禅书》《子虚赋》《上林赋》《大人赋》《长门赋》《美人赋》《哀二世赋》。赋居文后，与诸书迥异。《子虚赋》开篇无"其辞曰"三字，首句同于《史记》，但核其篇内文字，则与张燮、张溥本略同，大致是录自《文选》李善注本，而以《史记》《汉书》等校之。值得注意的是，是集卷首有黄石斋所撰《司马子》一文，简介相如生平及成就，全文如下：

  司马相如，字长卿，蜀郡人，景帝时以辞赋见召。帝初见《长门赋》，曰："朕独不得与此人同时哉！"因召用，有《长杨》《上林》诸赋传世。陈明卿曰："赋之推汉，犹法书之推晋也；相如之在汉，犹右军之在晋也。""巨丽"二字，尤是相如自评，谅哉！

此序甚简，而颇有讹误："景帝"当为"武帝"之讹，"长门赋"当为"子虚赋"之讹，"长杨"当为"上谏猎书"（即《谏猎疏》）之讹，本事详见《史记·司马相如列传》，可见作者之草率。集中各篇多有圈点批评，而以旁批为主。如《上谏猎书》"是胡越起于毂下，而羌夷接轸也，岂不殆哉！虽万全无患，本非天子之所宜近也"诸字侧有圈，句旁批以"老成之言，何等婉曲"8字。文末又录陈明卿语："忧深肯款，语厚意长，可为奏疏法。"这些赏鉴之语，颇便读者。

六、《司马相如文》二卷

  清严可均辑，清光绪年间王毓藻刻《全上古三代秦汉三国六朝文》本，中华书局1958年据此影印。严可均（1762—1843），字景文，号铁桥，浙江乌程（今浙江吴兴）人。所辑《全上古三代秦汉三国六朝文》旨在囊括先唐时期的所有散文，多达3497人，746卷，规模庞大，功垂青史。其中《全汉文》卷二十一、卷二十二主要辑录司马相如文，卷二十二之末还有廷尉翟公、张汤、缯它、杨贵文数篇。该集四周单边，大黑口，单鱼尾，鱼尾下刻"全汉文卷二十一"字样，接下以小字刻"司马相如"4字，又以大字刻页码。正文半叶 13 行,行 25 字。卷二十一开篇有相如生平简介,共 62 字,接下全文辑录《子虚》《哀秦二世》《大人》3 赋,凡 8 叶;卷二十二辑《美人》《长门》《梨》(残句)、《鱼葅》(佚)4 赋,和《上书谏猎》《喻巴蜀檄》《报卓文君书》《答盛览问作赋》《难蜀父老》《封禅文》《题市门》7 文,最末有《凡将篇》残句,亦 8 叶。其中《子虚赋》实含《子虚》《上林》2 篇,严氏在"何为无用应哉"下以小字注"案:《文选》以此下为《上林赋》"10 字。由此,该集实辑录 8 赋 7 文,凡 15 篇,比张溥《司马文园集》多出《梨》《鱼葅》2 赋和《答盛览问作赋》《题市门》2 文。因本集专选散文,故不录《琴歌》2 首。本书是明清时期辑录相如作品最为完备的一部文献,厥功至伟。不惟如此,所辑各篇皆注明出处,便于读者检核。如在《子虚赋》下以小字标注"《史记》本传、《汉书》本传、《文选》、《艺文类聚》六十六"字样,《凡将篇》"淮南宋蔡舞嗙喻"下又标注"《说文》二上"字样,等等。《报卓文君书》不详出处,则以阙字号"□□□□□"标之,态度审慎,体例严谨。这比明代诸家向前迈进了一大步。有些文句下还附有简单的校勘记,如《美人赋》"金鉔熏香,黼帐低垂"下以小字标注:"《文选·别赋》注作'金炉香薰,黼帐周垂',《舞赋》注亦作'周垂'。"《封禅文》"上第垂恩储祉,将以庆成"句下以小字标注"《文选》少此二语"6 字。不难看出严氏心思之细腻,用功之勤苦。此外,严氏还注意到对亡佚文献的揭示。例如,《梨赋》残存 4 字"唰嗽其浆",严氏加以罗列,并标注出处:"《文选·魏都赋》刘逵注";《鱼葅赋》只字无存,严氏亦加以枚举,并注明"《北堂书钞》一百四十六"字样。这不仅有助于我们全面了解相如的文学成就,也为后人的辑佚工作提供了线索。不足之处在于,由于时间和精力的限制,严氏未能为所有作品撰写详细的校勘记。另外,《哀二世赋》亦名《吊二世赋》或《宜春宫赋》,此为古代通称,严氏却题作《哀秦二世赋》,衍出了"秦"字。

七、《司马长卿集》二卷

　　近代丁福保《汉魏六朝名家集》初刻本,上海文明书局宣统三年(1911)出版,国家图书馆普通古籍阅览室藏,索书号为79325:1。丁福保(1874—1952),字仲祜,别号畴隐居士,江苏常州人(后居无锡),所辑《汉魏六朝名家集》初刻本共收40家诗文集,分装4函。《司马长卿集》在第一函第一册《枚叔集》之后。书名页刻有"宣统三年七月出版,司马长卿集,上海文明书局发行"字样。版框高15.4厘米,宽11.4厘米,四周双边,单鱼尾,鱼尾上方刻大字"司马长卿集",鱼尾下以小字刻卷次、页码,再下为象鼻,象鼻右侧以小字刻"无锡丁氏藏版"6字。正文半叶14行,行31字,凡12叶。因系32开本,故排字颇密,有句读。该集所收篇目、顺序及分卷情况与严可均《全汉文·司马相如》全同,唯将《凡将篇》替换成《琴歌》二首,略有差异。细核文字,亦与严氏所录几乎全同,甚至连出处、校勘记等基本信息亦因袭严氏,很少改进。总之,该集乃严氏辑本之摘录,在相如作品之辑校方面并无突出贡献。

八、《司马相如集》校注(或笺注)本四种

　　当代学人撰述。20世纪80年代以来,古典文学研究渐趋兴盛。司马相如作为汉赋代表作家而得到较多关注,对其作品的校注本至少已有四五种,远远超过了扬雄、班固、张衡、蔡邕诸家。下面即略作介绍。

　　1. 金国永《司马相如集校注》,上海古籍出版社1993年版,226页,约16万字。金国永,四川省成都市杜甫草堂研究员。该书以张溥《司马文园集》(明末娄东张氏刊本)为底本,以汪士贤《司马长卿集》(明万历间汪氏刻本)为校本,并取《史记》《汉书》

《文选》《艺文类聚》等参校。故其所录篇目与张燮、张溥本全同，依次为赋6、书2、檄1、难1、符命1、传1、歌2，共14篇。附录一包括《题市门》《答盛览问作赋》《梨赋》和《凡将篇》残句，附录二为《史记·司马相如列传》的结尾部分，附录三为张溥《司马文园集题辞》。所辑相如作品较为完备。该书开头有《前言》1篇，简介相如生平仕履、文学创作、后人论争及本书的校注体例，有一定参考价值。各篇均有题解，言简意赅，且有独到之见。如《美人赋》题解驳斥《西京杂记》所谓"长卿素有消渴疾，作《美人赋》，欲自刺"的观点，认为此说与《长门赋序》相类，"皆好事者强以寓言托辞攀附史实，以耸人听闻"，实际上是相如"自许为远胜孔墨之徒，坐怀不乱之君子，固非所以自刺也"，并对该赋的创作背景进行蠡测（125页）。析理深刻，令人信服。校勘与注释是全书的主体内容，作者将其合在一处，俾省篇幅。如《子虚赋》"子虚过诧乌有先生，而亡是公存焉"句校注云："诧，夸耀，夸饰。诧，《汉书》《文选》作'姹'，同声相假。存，《史记》作'在'。"（3页）该书的长处在于态度审慎，对于聚讼较多的问题往往诸说并举，让读者自作取舍。

2. 朱一清、孙以昭《司马相如集校注》，人民文学出版社1996年版，138页，约10万字。朱、孙二人系安徽大学教授。该书以明末汪士贤辑刻《司马长卿集》为底本，以张燮《司马文园集》、张溥《司马文园集》为校本，并取《史记》《汉书》《文选》等参校。首录赋6篇，其次为歌2，书2，檄1，难1，凡12篇，附古辞《白头吟》。比金国永本少《报卓文君书》《自叙传》2篇，且不及金本附录资料之丰富。各篇正文之后先列校记，再作注释。校注简明，便于阅读。

3. 李孝中《司马相如集校注》，巴蜀书社2000年版，189页，约16万字。李孝中，四川南充人，西华师范大学（原四川师范学院）文学院教授。该书鉴于明人辑本多所舛讹，于是从旧籍中径行辑录。前8篇《子虚赋》《上林赋》《谕巴蜀檄》《难蜀父老》《谏猎疏》《哀二世赋》《大人赋》《封禅书》即录自《史记》宋黄善夫刻本（即《四部丛刊》本），《长门赋》录自《文选》胡克家刻本，《美人赋》录自《古文苑》，《琴歌》录自《玉台新咏》，《报卓文君书》录自张溥《司马文园集》，《答盛览问作赋》录自《西京杂记》，《凡将篇》（残句）录自诸书，凡14篇。《自叙传》聚讼纷纭，删之。虽然未按文体类型排列，但出处明确，版本较优，方法亦甚得当。该书前有《校注说明》，介绍相如作品存佚情况及校注体例宗旨；后有附录，附有《史记》本传、轶事9条，历代题咏72首，集评58条，有关自叙传的论争2则，侯柯芳论文2篇，约5万字，较之张燮所辑可谓广博宏富矣。其中有些资料辑自方志文献，尤为罕见。校勘与注释合在一处，每条校注皆先注后校。后来，李孝中、侯柯芳合作出版了《司马相如作品注译》一书，四川人民出版社2007年版，篇目及校注与上书相同，只是增加了侯柯芳的译文；附录亦略有调整，增加了《风月瑞仙亭》话本和《杂剧传奇中相如文君戏曲目录》等内容。

4. 张连科《司马相如集编年笺注》，辽海出版社2003年版，337页，约25万字。张连科，宝坻人，天津师范大学文学院教授。该书以《史记》中华书局标点本为主要依据，参考《汉书》颜师古注本、《文选》李善注本和六臣注本、《艺文类聚》《古文苑》诸书汇辑而成。既是"编年笺注"，自应以作年先后为序。正文部分依次辑录《美人赋》《子虚赋》《上林赋》《长门赋并序》《谕巴蜀檄》《难蜀父老》《哀秦二世赋》《上书谏猎》《大人赋》《封禅文》，凡10篇，校注甚详；辑佚部分依次编录《梨赋》《凡将篇》《题市门》《答盛览问作赋》《报卓文君书》凡5篇，亦有注释；附录部分有《琴歌》二首、《司马相如列传》和《司马相如研究资料选辑》。其中《资料选辑》部分辑录历代相如资料，约8万字，用功十分勤苦。该书前有《前言》《体例》，末有《后记》。《前言》中称："司马相如不仅有《子虚赋》《上林赋》之巨丽，也有《长门赋》之缠绵、《大人赋》之高远，应该能够占尽宇宙间赋之归趣。"(21页)见解十分精湛。该书用力最多者应为各篇之注释,以引证丰富、注而兼校见长。如《子虚赋》"阳子骖乘,纤阿为御"句注释,指出阳子、纤阿皆有二解,征引《史记集解》《史记索隐》《汉书》颜师古注等加以说明,最末指出"若阳子为伯乐,纤阿则应以后者为是"(25页)。

九、《司马相如赋》

费振刚等《全汉赋》、《全汉赋校注》本。费振刚,辽宁辽阳人,北京大学中文系教授。费氏曾与仇仲谦合作出版《司马相如文选译》(巴蜀书社1991年版),是较早的相如集译注本。1993年,北京大学出版社出版了费振刚、胡双宝、宗明华辑校的《全汉赋》,该书是第一部汉赋文学总集,在学术界影响很大。其中"司马相如"部分依次辑校《子虚赋》《上林赋》《哀二世赋》《大人赋》《美人赋》《长门赋》全文,《梨赋》残句,《鱼葅赋》(存目)、《梓桐山赋》(存目)和赋体散文《难蜀父老》,共10篇,65页,约5万字。该书最大的贡献就是对相如诸赋进行了十分详细的校勘。如《子虚赋》以《汉书》本传为底本,以《史记》本传,《文选》李善注本、五臣本、六臣本和《艺文类聚》卷六六为校本,搜罗颇为完备。其中"齐王悉发车骑"句校记云:"'王'上《文选》李善本无'齐'字。《史记》、《类聚》、五臣本'悉发'下有'境内之士备'五字,'车骑'下有'之众'二字。"(50页)体例规范,交代明晰,比严可均《全汉文·司马相如文》前进了一大步。

2005年,广东教育出版社又出版了费振刚、仇仲谦、刘南平的《全汉赋校注》,这是汉赋研究领域的又一桩盛事。该书第69—144页为"司马相如"部分,约8万字,所辑篇目与《全汉赋》无异,但后出转精,不仅纠正了《全汉赋》的文字错误,而且增加了注释。注释与校语合并,先注后校,层次井然。如第92页《上林赋》校注

第四条云:"封疆划界,划定诸侯国的疆界。'疆',《史记》《文选》作'彊'。"此外,《子虚赋》之前有司马相如小传,简介相如生平、仕履及文学成就。各赋之后大都列有"历代赋评",资料十分丰富。如《子虚赋》之末即辑录了班固、葛洪、刘勰等45家评论,约7000字,对理解、欣赏该赋有极大帮助。编者为此付出了巨大劳动,着实令人钦佩。刘南平另外撰有《司马相如考释》(天津古籍出版社2007年版),其中作品考释部分对此略有改进,且增补了"今译"的内容,不赘。

除以上所录外,高步瀛《文选李注义疏》(中华书局1985年版)第四册对司马相如《子虚》《上林》二赋有极其详细的疏注,约18万字,引证富赡,观点精湛。张启成等《汉赋今译》(限于《文选》所选诸赋,贵州人民出版社2001年版)、龚克昌等《全汉赋评注》(篇目同费振刚本,花山文艺出版社2003年版)等书亦对相如赋有所注释、翻译或评析,可以参考。

总之,自明代以来,对相如作品的辑录、校勘、注释、翻译工作已经取得很大进展,但还有一些领域需要加强。比如,相如作品大多已经佚失,对它们的研究有助于我们认识相如多方面的艺术才能与学术造诣,并且能为以后的辑佚工作提供线索。严可均《全汉文》曾列举《鱼葅赋》并注明出处,难能可贵。李孝中在《司马相如集校注·校注说明》中有简单勾勒,张连科在《司马相如集编年笺注》中专列"辑佚"部分,但还很不够。相如已佚(或未署名)作品除《鱼葅赋》《梓桐山赋》《梨赋》《凡将篇》之外,起码还有:

1.《玉如意赋》。明曹学佺《蜀中广记》卷七十引《西京杂记》云:"司马相如作《玉如意赋》,梁王悦之,赐以绿绮之琴,文木之几,夫余之珠。琴铭曰:桐梓合精。"《西京杂记》旧题汉刘歆撰,今人多以为出自晋葛洪之手。今见《西京杂记》本无此条,但元陶宗仪《说郛》卷一百、清王琦《李太白集注》卷二十六引宋虞汝明《古琴疏》、明董斯张《广博物志》卷三十四等文献皆载此事,所言略同。据此,司马相如应有《玉如意赋》,今已佚。该赋很可能是咏物小赋,与刘安《屏风赋》、刘胜《文木赋》等同俦。虽然此赋已佚,但充分证明司马相如除创作《子虚赋》《上林赋》《哀二世赋》《长门赋》等散体大赋、抒情小赋之外,还创作过一些咏物小赋,其成为汉赋代表作家,决非偶然。

2.《遗平陵侯书》。《史记》本传载:"相如他所著,若《遗平陵侯书》《与五公子相难》《草木书篇》不采,采其尤著公卿者云。"此为书信体,具体内容待考。

3.《与五公子相难》。出处同上。此为答难体散文,与《难蜀父老》结构相似,但其论难的主题与过程皆不得而知。

4.《草木书篇》。出处同上。司马相如既是文学家,也是文字学家、书法家,所谓"草木书"很可能是一种书体。也有可能是博物学著作,罗列众多花草树木的名称。

5.《荆轲赞》。南朝梁任昉《文章缘起》云:"赞——司马相如《荆轲赞》。"刘勰《文心雕龙·颂赞》亦云:"至相如属笔,始赞荆轲。"皆将司马相如视为赞体的鼻祖。清方熊《文章缘起补注》:"昔汉司马相如初赞荆轲,后人祖之,著作甚众。唐时用以试士,则其为世所尚久矣。"可见相如《荆轲赞》的影响。不仅如此,此篇咏史述怀,还反映了相如渴望建功立业、报效祖国的豪迈情怀,当是相如早期的作品。这与相如少时慕蔺相如之为人、更名相如的举动可以互证。每每有人指责相如阿谀奉承,不敢劝谏,皆皮相之见也。

6.《钓竿诗》。晋崔豹《古今注》卷中:"《钓竿》,伯常子妻所作也。伯常子避仇河滨,为渔父。其妻思之,每至河侧,作《钓竿》之歌。后司马相如作《钓竿》之诗,今传为古曲也。"据此,相如《钓竿诗》很可能是怀人之作,可配乐歌唱。

7.《郊祀歌》数章。《汉书·佞幸传》载:"是时上方兴天地诸祠,欲造乐,令司马相如等作诗颂。(李)延年辄承意弦歌所造诗,为之新声曲。"《汉书·礼乐志》亦有类似记载,可见司马相如曾经参与了汉代《郊祀歌》的创作,但具体篇目不详。李昊博士从声韵学角度加以考证,认为今存《郊祀歌》中的《练时日》《帝临》《青阳》《朱明》《西颢》《玄冥》《天地》《五神》八章,为相如所作的可能性比较大①,可以参考。另外,《广东通志》卷五十二《物产志·果》引《草木状》云:"诸蔗一名甘蔗,南人云可消酒,又名干蔗。司马相如乐歌曰'太尊蔗浆析朝醒',是其义也。泰康六年秋,扶南国贡诸蔗一丈三节。"元陶宗仪《说郛》卷一百四下"诸蔗"条亦如是说。据此,似乎司马相如曾作有《乐歌》一篇。但经过核查,"太尊蔗(一作柘)浆析朝醒"一句实出自《汉郊祀歌·景星》,见宋郭茂倩《乐府诗集》卷一。《景星》又名《宝鼎歌》,《汉书·武帝纪》载:"(元鼎)四年六月,得宝鼎后土祠旁,秋马生渥洼水中,作《宝鼎》《天马》之歌。"《礼乐志》亦载:"《景星》,元鼎(五)[四]年得鼎汾阴作。"元鼎四年当在公元前113年,时相如已殁五载,不可能作此诗;《武帝纪》和《礼乐志》也没有交代此诗作于何人。《草木状》的编者根据《汉书·佞幸传》《礼乐志》中有汉武帝"令司马相如等作诗颂"的记载,就草率地把《景星》也定为相如所作,这是不恰当的。

另外,唐韦续《墨薮》卷一云:"气候书。汉文帝(按:当为汉武帝)时,令蜀郡司马长卿采晨禽屈伸之体,升伏之状,象四时为书。"认为司马相如是一种书体——气候书的开创者。明陆深《俨山外集》卷三十二亦云:"气候直时书。司马相如采日辰之虫,屈伸其体,升降其势,以象四时之气云。又后汉东阳公徐安子,搜诸史籀,得十二时书,盖象神形云。"宋朱长文《墨池编》卷一、宋陈思《书苑菁华》卷三、清倪涛《六艺之一录》卷二百六十七皆有类似记

---

① 参见李昊《司马相如作品考辨》,《中华文化论坛》2006年第3期。

载。这些材料反映了司马相如在书法领域的造诣。又明王世贞《寄许左史兼讯西亭王孙》云:"还夸白雪相如赋。"(《弇州山人四部稿》卷十九)《写晋王存问》亦云:"已夸相如赋梁雪。"(同上卷四十一)似乎相如曾作过《雪赋》。其实《雪赋》乃南朝宋谢惠连所作,见《文选》卷十三,此处系王世贞误记。至于《题市门》《自叙传》和《琴歌》2 首,颇有些传说的成分,所以历来受到质疑。在证据不足的情况下,我们只能暂从旧说,将其归入相如名下,且待以后再考。

附记:原载《古籍整理研究学刊》2011 年第 6 期。

东汉赋注家及其赋注研究

一、引言

　　赋体文学发端于战国,繁盛于汉代,并迅速成长为两汉四百年间最主要的文学样式,被后世誉为"一代之文学"(王国维《宋元戏曲考序》)。早在西汉初年,就有枚乘、司马相如、司马迁等对其加以评论和研究,中国赋学即滥觞于此①。但由于早期赋作大量使用口语词汇,并且主要借助口诵的方式传播,时人一听便知,无需加以注音或解释②,因而在西汉两百年间,未见有关赋注的历史

---

　　① 中国最早的赋论当产生于汉初梁孝王门下,以赋之创作论为主。枚乘《七发》"原本山川,极命草木,比物属事,离辞连类"(《文选》卷三十四)数语,指出了早期赋作铺陈名物、排比辞藻的特色。而见载于《西京杂记》卷二的司马相如《答盛览问作赋》"合綦组以成文,列锦绣而为质,一经一纬,一宫一商,此赋之迹也;赋家之心,苞括宇宙,总览人物,斯乃得之于内,不可得而传",则提出了著名的"赋迹""赋心"说,触及作赋的艺术想象和写作技巧两大方面。详见李天道《司马相如赋的美学思想和地域文化心态》,中国社会科学出版社、华龄出版社2004年版。司马迁赋论主要见于《史记·屈原贾生列传》和《司马相如列传》,参见郑良树《司马迁的赋论》,(香港)《新亚学术集刊》第十四辑,1994年。
　　② 简宗梧先生指出:"我们有足够的理由可以肯定:早期汉赋的玮字词汇,该是当时活生生的口语,是通俗而贴切的语汇,绝不是什么'佶屈聱牙'的怪物。"详见简宗梧:《汉赋源流与价值之商榷》,台北文史哲出版社1980年版,第47页。

记载①。降至东汉,由于词汇更迭,语音变迁,某些早期赋作已不太好懂;新近产生的赋作也趋于典雅,注重藻饰和用典,于是赋的注释工作便应运而生了。现存最早的赋注应当是东汉曹大家(即班昭)为其兄班固《幽通赋》所作的注释,见于《文选》李善注的征引。此为单篇赋注。《史记》《汉书》曾为保存早期赋作做出了突出贡献,其中《史记》全文载录贾谊《吊屈原赋》《鵩鸟赋》及司马相如《子虚赋》《上林赋》《哀二世赋》《大人赋》,凡2家赋6篇②;《汉书》除贾谊、司马相如赋之外,还载录了东方朔《答客难》、刘彻《李夫人赋》、班婕妤《自悼赋》、扬雄《甘泉赋》《河东赋》《校猎赋》《长杨赋》《解嘲》《解难》《酒赋》、班固《幽通赋》《答宾戏》,凡7家,18篇赋。东汉注释家在注释《史记》《汉书》时,也附带着注释了其中的赋作。这就是早期赋注的基本情况。尽管这些注释较为简略,但因其与赋作产生年代较为接近,所作注释也就更能贴近作者本意。它们不仅有助于当时读者对赋作的阅读和理解,也对后代赋注乃至诗文注释产生重要影响。

对于赋注之起源,前贤亦有关注。清人王芑孙《读赋卮言·注例》云:"古赋不注。世传张平子自注《思玄赋》,李善已辨之矣。盖两汉魏晋四朝皆无自注之例。赋之自注者,始于宋谢灵运《山居赋》。"③今按:李善注《文选》时保留《思玄赋》之古注,晋人挚虞曾认为系张衡自注,李善云:"未详注者姓名。挚虞《流别》题云衡注。详其义训,甚多疏略,而注又称'愚以为',疑非衡明矣。但行

---

① 西汉扬雄、刘向各有《天问解》(见王逸《天问章句叙》),但本文视楚辞与赋为两种不同的文体,故有关楚辞之注释皆不纳入"赋注"之域。
② 对于《子虚》《上林》二赋,《史记·司马相如列传》《汉书·司马相如传》皆视为一篇,题为《天子游猎赋》。萧统《文选》将其分为两篇,题曰《子虚》《上林》,后人多从之。为便于指称和统计,本文亦从萧氏。
③ [清]王芑孙:《读赋卮言》不分卷,王冠辑:《赋话广聚》第3册,北京图书馆出版社2004年影印清《国朝名人著述丛编》本,第337—338页。

来既久,故不去。"①李善据其语气判定并非张衡所为,所言甚是,②但究竟出自何人,却未有交代。由于相关证据灭失,本文亦无法考证其真实作者和年代。但王芑孙以为赋之自注始于南朝宋谢灵运,而论赋之他注,则以晋人刘逵、张载、郭璞、薛综为例,不及汉代。当代赋学家许结曾撰有专文,论述赋注批评及其章句学意义,认为:"赋注兴起于晋、宋时期,有同时人注与后人注之分,及自注与他注之别。"③立论多本于《读赋卮言》,亦没有关注到以曹大家《幽通赋注》为代表的汉代赋注。有鉴于此,本文拟对汉代赋注进行钩沉、考论,旨在揭示早期赋注的基本内容和特点,抉发其赋学与注释学意义。

二、东汉赋注家及其赋注考述

东汉赋注大都已经亡佚,但《史记》三家注、《汉书》萧该音义④、《汉书》颜师古注、《文选》李善注对其有零星的征引。将这些征引资料加以钩稽、汇总、分析,结合相关文献,我们仍可以大略考见这些赋注家及其赋注的基本情况。有些赋注家的赋注成果已经完全散佚,只字无存,因其曾对早期赋作的传播和研究有贡

---

① [南朝梁]萧统编,[唐]李善注:《文选》卷十五,中华书局1977年影印清胡克家刻本,第213页。
② 《文选·思玄赋》:"羡上都之赫戏兮,何迷故而不忘。"李善注引旧注曰:"何惑旧故而不忘新? 愚以为当去己之迷故之心也。"(上揭书,第220—221页)既然出现"愚以为"三字,自然不像是张衡自己的口气。虽非张衡自撰,但其中亦多有可取之处,故李善保存旧注甚多。"详其义训,甚多疏略"云云,无乃欺人之语乎?
③ 许结:《论赋注批评及其章句学意义》,《中国韵文学刊》2011年第4期。
④ 隋代萧该撰有《汉书音义》12卷。《隋书·经籍志》云:"《汉书音义》十二卷,国子博士萧该撰。"但该书在唐宋之际遗失,宋人有辑本3卷,宋祁校理《汉书》时曾加以利用。今人所见,乃系清嘉庆二年(1797)臧镛堂辑本,有北京图书馆出版社2004年影印本。

献,亦钩沉史料,加以介绍。①

(一)《幽通赋注》一卷,汉曹大家(班昭)撰,残

《旧唐书·经籍志》著录:"《幽通赋》一卷,班固撰,曹大家注。"《新唐书·艺文志》:"曹大家注班固《幽通赋》一卷。"

曹大家,原名班昭(49?—120?),字惠班,扶风安陵(今陕西咸阳)人,东汉著名史学家、文学家。班固之妹,嫁曹世叔,早寡。博学多才,屡受诏入宫,皇后妃嫔皆师事之,尊称"大家"。曾奉诏续撰《汉书》。据《隋书·经籍志》,曹大家有《班昭集》3卷、《列女传注》15卷、《女诫》1卷。两《唐志》著录其《曹大家集》2卷、《幽通赋注》1卷。

曹大家是今日可考的最早的赋注家,曾为其兄班固之《幽通赋》作注,惜已亡佚。但《文选·幽通赋》李善注共征引曹大家《幽通赋注》61条(其中有2条存疑),《文选·上林赋》李善注征引1条,《史记·伯夷列传》张守节正义征引1条,萧该《汉书音义》征引3条,《汉书·王贡两龚鲍传》颜师古注引1条,共计67条。去其重复,共得64条。合而观之,可以大致考知《幽通赋注》的主要内容及风格。例如《文选·幽通赋》:"谟先圣之大猷兮,亦邻德而助信。"李善注引曹大家曰:"谟,谋也。猷,道也。言大常当谟先圣之道,亦当为邻人所助也。孔子曰:'天所助顺也,人所助信也。'孔子曰:'德不孤,必有邻。'"不难看出,曹大家赋注的基本体例是:先解释字词,再疏通句意,最后征引文献。有省去释词,直接解句者,亦有无征引者,形式灵活,遵循具体情况而定。其中释

---

① 本文钩稽赋注时所用版本如下:1.[汉]司马迁撰,[南朝宋]裴骃集解、[唐]司马贞索隐、[唐]张守节正义:《史记》,中华书局1959年标点本,参照《文渊阁四库全书》本。2.[隋]萧该撰,[清]臧镛堂辑:《汉书音义》,《两汉书订补文献汇编》本,北京图书馆出版社2004年影印清光绪十四年(1888)刻本;3.[汉]班固撰,[唐]颜师古注:《汉书》,中华书局1962年标点本,参照《文渊阁四库全书》本;[南朝梁]萧统编,[唐]李善注:《文选》,中华书局1977年影印清胡克家刻本。另外,景晶硕士协助统计,特此致谢。

词多按"A,B 也"的训诂体式,偶用"B 曰 A"式。解句多以"言"字开头,在疏通句意的基础上,能够结合背景加以分析,表达个人观点。征引文献较为丰富,显示出注者学识之渊博。

由于曹大家系班固之妹,对于赋中所叙班氏之家世、历史以及作者之思想、性格十分熟谙,因而所作注释大都准确可靠,言简意深。并且其注释体例十分严明,眉目清晰,能够一以贯之,这是十分可贵的。

(二)《史记音义》一卷,汉延笃撰,佚

司马贞《史记索隐后序》云:"古今为注解者绝省,音义亦希。始后汉延笃,乃有《音义》一卷;又别有《音隐》五卷,不记作者何人。近代鲜有二家之本。"①今按:延笃(? —167),字叔坚,南阳犨县(今河南省平顶山市西南)人。桓帝以博士征,拜议郎,著作东观。曾任左冯翊、京兆尹。著有诗、论、铭、书等 20 篇,另有《史记音义》1 卷。

《史记音义》流传不广,唐代就已经很难见到。《史记》所载之贾谊、司马相如诸赋,颇有僻字难字,应该成为延笃注音、释义的重要篇章,惜未见征引,估计已经完全佚失。

又,陈直先生认为延笃很可能是最早为《汉书》作注的学者,其《汉书新证·自序》云:"《汉书》最早之注释,当始于东汉桓帝时之延笃。自司马贞《索隐后序》谓延笃有《史记音义》一卷,近世鲜有其本。今《汉书·天文志》记昭帝始元中,'流星下燕万载宫极东去',李奇注引'延笃谓之堂前楯也'。疑延笃所注,在《史记音义》之外另有《汉书音义》。……延笃盖为注《汉书》最早之一人。《风俗通·声音篇》两引《汉书注》,疑即为延笃之注。"②按:仅从

---

① [唐]司马贞:《史记索隐后序》,载司马迁《史记》卷末,附录第 9 页。
② 陈直:《汉书新证》卷首,天津人民出版社 1979 年版,第 1—2 页。

《汉书》李奇注引延笃说,就认定延笃有《汉书音义》,未免过于武断,亦有可能出自延笃《史记音义》或者其他文章,只是由于延著皆已散佚,难以考实。故本文不取此说,仍以服虔、应劭为最早的《汉书》注释者。

(三)《汉书·贾谊传》注一篇、《汉书·扬雄传》注一篇,汉胡广撰,佚

未见著录。今按:胡广(91—172),字伯始,南郡华荣(今属湖南)人,东汉末年名臣,训诂学家。曾任尚书侍郎、太中大夫、大司农、大司空等职,位高权重。所编《百官箴》并注,是研究汉朝官吏制度的宝贵资料,其余所著诗、赋、铭、颂等凡 22 篇。《隋书·经籍志》著录胡广《汉官解诂注》3 篇,《新唐书·艺文志》作 3 卷,已佚。

作为一名训诂学家,胡广对赋的注释也有贡献。《史记》三家注、《文选》李善注各征引胡广《吊屈原赋注》2 条,略同;《文选》李善注又征引《长杨赋注》1 条。四家注合计征引 5 条,去除重复,仅得 3 条。胡广注擅长释词、解句,例如:《史记·屈原贾生列传》录《吊屈原赋》:"贤圣逆曳兮,方正倒植。"《史记索隐》引胡广云:"逆曳,不得顺随道而行也。倒植,贤不肖颠倒易位也。"释词清楚明白,颇便理解。

今按:据史书记载,胡广曾撰有《百官箴注》48 篇,《汉官解诂注》3 篇,但不载其为《史记》或《汉书》作注,今存 3 条赋注,遂不详所出。但是,《后汉书》本传载胡广"所著诗、赋、铭、颂、箴、吊及诸解诂,凡二十二篇"[1],说明胡广曾有"诸解诂"问世。又,《太平御览·职官部》云:"《汉书》胡广注曰:秋冬岁尽,各计县户口……"[2]

---

[1] [南朝宋]范晔:《后汉书》卷七十四,中华书局 1965 年标点本,第 1511 页。
[2] [宋]李昉:《太平御览》卷二六六,中华书局 1960 年影印本,第 1245 页。

则可知胡广曾经为《汉书》作注,至宋代仍有流传。故胡广赋注,当出自其对《汉书·贾谊传》和《扬雄传》的注释。或许未能注完全书,故不见于正史。但此系孤证,尚待进一步考索。

(四)《汉书音训》一卷,汉服虔撰,佚

《隋书·经籍志》史部著录:"《汉书音训》一卷,服虔撰。"两《唐志》、郑樵《通志》同。清王鸣盛《十七史商榷》称:裴骃《史记集解》"于徐广旧注外,但袭取服虔《汉书注》……"①按:此处《汉书注》,当为《汉书音训》之省称。

服虔,字子慎,荥阳(今河南荥阳市东北)人。东汉经学家。官至尚书侍郎、高平令。著有《春秋左氏传解谊注》31卷、《春秋汉议驳》2卷、《通俗文》1卷、《汉书音训》1卷等,俱佚。另有赋、碑、诔、连珠等十余篇。

经钩稽、统计,《史记》三家注共征引服虔赋注10条,《汉书》萧该音义征引4条,《汉书》颜师古注征引55条,《文选》李善注征引82条,五家注共征引151条。去除重复,合并相同、相近赋注后,乃得122条。服虔的赋注以注音、释义为主,且二者并重。其注有单独注音者,亦有单独释义者。音义兼释时,大都遵循先释义、后注音的顺序,如:"惝,大貌也。音敞。"(《文选·甘泉赋》:"正浏滥以弘惝兮,指东西之漫漫"李善注引服虔曰。)服氏注音大都采用直音法,间用比拟标音法,其释词以准确凝练、言简意赅为特色。亦有较为详尽者,例如:《文选·幽通赋》:"盍孟晋以迨群兮?"李善注引服虔曰:"盍,何不也。孟,勉也。晋,进也。迨,及也。何不早进仕以及辈也?"本条赋注连训四词,兼及解句,反而不常见。

---

① [清]王鸣盛著,黄曙辉点校:《十七史商榷》卷一,上海书店出版社2005年版,第8页。

服虔的赋注,应该全部出自其《汉书音训》一卷。从卷数可知,该书不录《汉书》正文,只是以《汉书》各篇为单位,将其中之疑难字词抄出,逐一进行释义、注音而已。

(五)《汉书集解音义》二十四卷,汉应劭等撰,晋臣瓒汇集,佚。《汉书集解》一百一十五卷,汉应劭等撰,晋蔡谟汇集,佚

《隋书·经籍志》史部:"《汉书》一百一十五卷,汉护军班固撰,太山太守应劭集解。《汉书集解音义》二十四卷,应劭撰。"按:钱大昕以为"应劭"下当有"等"字,甚是,今补之;据颜师古《汉书叙例》,《汉书集解》115卷的编纂当在《汉书集解音义》24卷之后,今乙正之。

事实上,《汉书集解音义》与《汉书集解》并不出自应劭一人之手,而是分别由晋人臣瓒、蔡谟汇集成书的。《汉书叙例》云:

《汉书》旧无注解,唯服虔、应劭等各为音义,自别施行。至典午中朝,爰有晋灼,集为一部,凡十四卷;又颇以意增益,时辩前人当否,号曰《汉书集注》。属永嘉丧乱,金行播迁,此书虽存,不至江左。是以爰自东晋,迄于梁、陈,南方学者皆弗之见。有臣瓒者,莫知氏族,考其时代,亦在晋初,又总集诸家音义,稍以己之所见,续厕其末,举驳前说,喜引《竹书》,自谓甄明,非无差爽,凡二十四卷,分为两帙。今之《集解音义》,则是其书。而后人见者,不知臣瓒所作,乃谓之应劭等集解,王氏《七志》、阮氏《七录》并题云然,斯不审耳。学者又斟酌瓒姓,附著安施,或云傅族,既无明文,未足取信。蔡谟全取臣瓒一部,散入《汉书》,自此以来,始有注本。①

---

① [汉]班固:《汉书》卷首,第1—2页。

显而可见,应劭原书名为《汉书音义》,与服虔《汉书音训》内容、体例相仿佛,估计仅有一两卷而已。后来晋人晋灼汇聚诸家注解,成《汉书集注》14卷;东晋初年,臣瓒又总集诸家音义,成《汉书集解音义》24卷;稍后蔡谟又将臣瓒书的内容散入《汉书》正文之中,是为《汉书集解》115卷。《隋志》将《汉书集解音义》和《汉书集解》皆题为应劭撰,不知乃分别出自臣瓒、蔡谟,当予以纠正。究其本质,《汉书集解音义》与《汉书集解》实为一种,差异在于前者无《汉书》正文,而后者有正文而已。

应劭(约153—196),字仲瑗(一作仲援、仲远),汝南郡南顿县(今属河南省项城市)人,东汉学者。曾任萧令、御史营令、泰山郡太守。博学多识,著述甚丰。除了《汉书音义》外,应劭还撰有《汉官注》5卷、《汉官仪》10卷、《汉朝议驳》30卷、《风俗通义》31卷。(并见《隋书·经籍志》)今仅存《风俗通义》10卷。

《史记》《汉书》《文选》注所征引之应劭赋注,很可能取自《汉书集解》115卷,并不全出于应劭之手。但因为其他作者名字早已佚去,目前只能归于应劭名下,且俟异日再考。

经查考,《史记》三家注共征引应劭等赋注24条,《汉书》萧该音义征引2条,《汉书》颜师古注征引92条,《文选》李善注征引87条,五家注共205条,去除重复,合计征引138条。与服虔注相比,应劭等赋注的内容更为详尽。注音较少,但对于赋中人名、地理、名物、制度的诠解却颇见功力。例如:《文选·上林赋》:"丹水更其南,紫渊径其北。"李善注引应劭曰:"丹水出上洛冢领山,东南至析县入沟水。更,公衡切。"(《汉书》颜注略同。)介绍丹水之源头与走向,甚为详悉。此外,应劭等还长于征引和解句,例如:《史记·司马相如列传》:"于是乎卢橘夏孰。"《索隐》引应劭曰:"《伊尹书》'果之美者,箕山之东,青鸟之所,有卢橘夏孰'。"(《汉书》颜注、《文选》善注略同。)此处以引代释,别具一格。但由于题为"应劭"的赋注来源复杂,很可能掺杂有魏晋时期的赋注,所以本文主要论点皆不以应劭赋注为主要依据。

应劭等《汉书集解》115 卷,只见于《隋志》,《旧唐志》已经不见记载,看来亡佚于唐代;《汉书集解音义》24 卷,新、旧《唐志》皆有记载,可能亡于两宋之际。萧该、司马贞、张守节、颜师古、李善等皆生活在隋唐之际,因而能够看到这两种文献,并加以征引。

(六)《汉书注》若干卷,汉伏俨撰,佚

颜师古《汉书叙例》曰:"诸家注释,虽见名氏,至于爵里,颇或难知。传无所存,具列如左:……伏俨,字景宏,琅邪人。"①可知伏俨曾经注释《汉书》,但卷数不详。东汉时琅邪国相当于今山东省日照市和临沂市部分地区,治开阳(今临沂市北)。

伏俨赋注保存较少。《汉书》颜师古注征引伏俨《子虚赋注》2条,《史记》三家注、《汉书》颜师古注、《文选》李善注各征引其《上林赋注》1 条,内容相同。五家注合计征引 5 条,去除重复,仅得 3条。试举一条如下:《汉书·司马相如传上》:"右夏服之劲箭。"李善注引伏俨曰:"服,盛箭器也。夏后氏之良弓名烦弱,其矢亦良,即烦弱箭服也,故曰夏服。"指出"夏服"即夏后氏的盛箭器,以展示楚王狩猎工具之非凡,颇有助于读者理解《子虚赋》的夸饰手法。

(七)《汉书注》若干卷,汉刘德撰,佚

颜师古《汉书叙例》曰:"诸家注释……刘德,北海人。"可知刘德曾经注释《汉书》,但卷数不详。东汉时北海国相当于今山东潍坊市大部和青岛市部分地区。

其赋注保存情况如下:《汉书·外戚传》颜师古注征引刘德

---

① [汉]班固:《汉书》卷首,第 4 页。下引"诸家注释"云云出处同此。

《自悼赋注》1条、《幽通赋注》3条,《文选》李善注征引其《幽通赋注》2条。两家注合计征引6条,去除重复,共4条。刘德赋注的特点是语言简洁,例如:《汉书·外戚传下》:"夐冥默而不周。"颜师古注引刘德曰:"夐,远也。周,至也。冥默,玄深不可通至也。"有时也使用征引之法,例如:《文选·幽通赋》:"既仁得其信然兮,仰天路而同轨。"李善注引刘德曰:"人道既然,仰视天道,又同法也。仁,谓求仁而得仁也。冯衍《显志赋》曰:'惟天路之同轨。'"此处征引冯衍《显志赋》,既揭示了"仰天路而同轨"的语源,亦从细微处证明了《显志赋》在思想和语言上对《幽通赋》的影响。

(八)《汉书注》卷数不详,汉郑氏撰,佚

颜师古《汉书叙例》曰:"诸家注释……郑氏,晋灼《音义序》云不知其名,而臣瓒《集解》辄云郑德。既无所据,今依晋灼但称郑氏耳。"可知郑氏曾经注释《汉书》,其名字、籍贯皆不详。

郑氏《汉书注》早已亡佚。《汉书》萧该音义征引郑氏赋注4条,《汉书》颜师古注征引5条,《文选》李善注征引3条,合计12条。郑氏赋注留存不多,但品质很高。首先,其内容十分翔实。例如《汉书·司马相如传下》:"孙叔奉辔,卫公参乘。"颜师古注引郑氏曰:"孙叔者,太仆公孙贺也,字子叔。卫公者,大将军卫青也。大驾,太仆御,大将军参乘。"此处郑氏释"孙叔"为公孙贺,释"卫公"为卫青,可备一说。值得注意的是,郑氏从汉代车马制度入手,指出汉代皇帝大驾出行,应该由太仆为御(驾车),大将军参乘(陪乘),这就使他的解释具有很强的说服力。其次,郑氏还善于征引,尤其是注意到对当代文献(如王逸《楚辞章句》、应劭《通俗文》)的征引,尤其可贵。关于这一点,将在下文中讨论。

(九)《汉书注》若干卷,汉李斐撰,佚

颜师古《汉书叙例》曰:"诸家注释……李斐,不详所出郡县。"

可知李斐曾经注释《汉书》，但其籍贯、生平、《汉书注》卷数皆不详。《史记》三家注、《汉书》颜注、《文选》李善注皆曾征引"李斐曰"若干条，应该取自其《汉书注》，但似乎均与赋无关。看来李斐赋注已无遗存。

（十）《汉书注》若干卷，汉李奇撰，佚

颜师古《汉书叙例》曰："诸家注释……李奇，南阳人。"今按：李奇生平不详，陈直以为系西晋人，不知所据。颜氏《叙例》列在建安时期文人邓展、文颖之前，故视为汉末学者。

据查考，《史记》三家注共征引李奇赋注8条，《汉书》萧该音义征引2条，《汉书》颜注征引25条，《文选》李善注征引25条，合计征引60条。去除重复，共37条。李奇赋注，内容包括注音、释词与解句。注音多用直音法与反切法，释词言语精练，且长于天文地理、名物典制方面的考据。如《汉书·扬雄传上》："举洪颐，树灵旗。"李善注引李奇曰："欲伐南越，告祈太一，画旗树太一坛上，名灵旗，以指所伐之国也。见《郊祀志》。"（《文选》李善注同。）此处以《汉书·郊祀志》为据，指出树立灵旗的经过及其文化内涵，颇见功力。亦有兼有释词与解句者，例如《汉书·司马相如传》："骛于盐浦，割鲜染轮。"颜师古注引李奇云："鲜，生也。染，擩也。切生肉，擩车轮盐而食之也。"（《史记索隐》、《文选》李善注同。）先释词，后解句。其中"切生肉，擩车轮盐而食之"一句颇能摹状出齐王饮食方式之原始与野蛮，旨在反衬楚王饮食的高雅和考究，甚合赋意。

（十一）《汉书注》若干卷，汉邓展撰，佚

颜师古《汉书叙例》"诸家注释"下云："邓展，南阳人，魏建安中为奋威将军，封高乐乡侯。"可知邓展为汉末建安时将领。建安十八年（213），邓展曾与刘勋、刘若、夏侯惇等上书劝曹操进爵魏公。大约卒于建安末期。曾注《汉书》,卷数不详。

其赋注情况如下:《史记》三家注征引邓展赋注 2 条,《汉书》萧该音义征引 2 条,《汉书》颜师古注征引 6 条,《文选》李善注征引 7 条。六家合计征引 17 条,去除重复,共 11 条。与李奇相似,邓展赋注亦兼有注音、释词和解句。一般先释词,再注音,例如《文选·上林赋》:"临坻注壑,瀺灂霣坠。"李善注引邓展曰:"坻,水中山也。坻,音迟。"解句亦甚恰当,如《汉书·贾谊传》:"于嗟默默,生之亡故兮!"颜师古注引邓展曰:"言屈原无故遇此祸也。"(《文选》李善注同。)在翻译赋句时,亦包含有对"生"(屈原)、"亡"(无)的解释。

(十二)《汉书音义》若干卷,汉文颖撰,佚

颜师古《汉书叙例》"诸家注释"下有云:"文颖,字叔良,南阳人。后汉末荆州从事,魏建安中为甘陵府丞。"今按:此处"甘陵府"或为"甘陵郡"之误,郡址在今河北省临清县东十公里。据《后汉书·百官志》,东汉无府丞之官,而州、郡、国皆置丞一人。

文颖《汉书注》已佚。考《文选·两都赋》"是故横被六合,三成帝畿"李善注曰:"《汉书音义》文颖曰:'关西为横。'"据此,将书名定为《汉书音义》。此外尚有《移零陵文》,亦佚。

经查考,《史记》三家注共征引文颖赋注 13 条、《汉书》颜师古注征引 18 条,《文选》李善注征引 22 条。五家注合计征引 53 条,去除重复,共 29 条。这 29 条注释,只有一条注音(采用直音法),其余 28 条皆为释词或解句,尤其善于诠释地理名物、典章制度。如《文选·上林赋》:"巴渝宋蔡,淮南干遮,文成颠歌。"李善注引文颖曰:"文成,辽西县名也。其县人善歌。颠,益州颠县,其人能作西南夷歌也。颠与滇同也。"(《史记索隐》、《汉书》颜注同。)对文成县和颠县的介绍,颇有助于理解赋中歌舞场面之宏大,歌舞种类之繁多,显示出天子以四海为家的气象。文注有时还兼及方

言,如《汉书·司马相如传下》:"罢池陂陀,下属江河。"颜师古注引文颖曰:"南方无河也。冀州凡水大小皆谓之河,诗赋通方言耳。"(《文选》善注同。)所言甚是。水流之名,南方多称"江",如珠江、金沙江;北方多称"河",如淮河、黄河,古今并无二致。由于文颖赋注对人名地名、典章制度、民俗民风、草木鸟兽的解释皆甚精确,因而被后人广泛征引。

以上东汉赋注12家,完全散佚者有延笃、李斐2家,其余10家皆有佚注留存。现将10家赋注进行综合统计,列表如下:

东汉赋注遗存情况汇总表

单位:条

	曹大家	胡广	服虔	应劭等	伏俨	刘德	郑氏	李奇	邓展	文颖	总计
《史记》三家注	1	2	10	24	1			8	2	13	62
《汉书》萧该音义	3		4	2			4	2	2		17
《汉书》颜师古注	1		55	92	3	4	5	25	6	18	212
《文选》李善注	62	3	82	87	1	2	3	25	7	22	293
总计	67(64)	5(3)	151(122)	205(138)	5(3)	6(4)	12(12)	60(37)	17(11)	53(29)	584(423)

据上表,今存东汉赋注凡584条,去其重复,共有423条。保存最多者为应劭,达205条,但题名"应劭"的赋注实际上掺杂着其他赋注家的成果,并不全部出自东汉,故暂且存疑。其余诸家,以服虔(151条)、曹大家(67条)、李奇(60条)、文颖(53条)保存较多,可见其成就之高,影响之大。此外尚有三点说明:

1. 关于《史记音隐》。司马贞《史记索隐后序》云:"古今为注解者绝省,音义亦希。始后汉延笃,乃有《音义》一卷,又别有《音隐》五卷,不记作者何人。近代鲜有二家之本。"今按:《史记音隐》5卷,早已散佚,其作者姓名及年代亦不详,备考。

2. 关于荀悦。颜师古《汉书叙例》在介绍"诸家注释"时首列荀悦,称:"荀悦,字仲豫,颍川人,后汉秘书监。"据此,似乎荀悦为注释《汉书》第一人。今按:《史记》三家注、《汉书》颜注、《文选》李善注皆有"荀悦曰"云云,但考其内容,似乎皆取自荀悦所撰《汉纪》而约言之,未必真有《汉书注》也。故不计在内。

3. 关于《思玄赋》旧注。晋挚虞《文章流别集》认为系张衡自注,李善已驳其非。既然旧注之作者、年代皆难以确考,本文亦不予统计。

三、东汉赋注的内容与特点

(一)东汉赋注的内容

东汉赋注内容丰富,主要包括注音、辨字、释词、解句、揭示写法等几个方面。

1. 注音。主要使用直音法与比拟标音法,间用反切法。直音法最为常见,是一种用同音字来注音的训诂方法,基本格式为"A音B"。例如:"峪音踊。嵷音竦。"(《汉书·扬雄传上》"凌高衍之嵤嵷兮"颜师古注引李奇曰。《文选》李善注同。)"昒音昧。"(萧该《汉书音义》卷下"昒昕"条引邓展曰)。比拟标音法是用音读相近或相同的字来比拟被注字的读音,常用"A,音如B"、"A、B声相近"或者"A读BC之B"的形式。例如:"嬗,音如蝉。"(《史记·屈原贾生列传》"变化而嬗"《集解》引服虔曰。)"雊、夷声相近。"(《汉书·扬雄传上》"列新雊于林"颜师古注引服虔曰。)"汇,音近卉。"(萧该《汉书音义》卷下"柯叶汇"条引服虔曰。)"蹶音马蹄蹶之蹶。"(《汉书·扬雄传上》"蹶浮麋"颜师古注引郑氏曰。)所谓反切法,是用两个汉字来为一个汉字注音的方法,其中反切上字取声母,反切下字取韵母及声调。其基本形式为"A,BC 反"或者"A,BC 切"。例如:"更,公衡切。"(《文选·上林赋》"丹水更其南"李善注引应劭曰。)"祳,……音之忍反也。"(《史记·司马相如列传》"盘石振崖"《索隐》引李奇曰。)

2. 辨字。例如:《文选·长杨赋》:"脑沙幕,髓余吾。"李善注引郑氏曰:"折其骨,使髓膏水也。《通俗文》曰:'骨中脂曰䯅,古髓字。'"此处征引应劭《通俗文》,以揭示古今字。《文选·上林赋》:"文成颠歌。"李善注引文颖曰:"颠,益州颠县,……颠与滇同也。"(《史记索隐》、《汉书》颜注同。)此释通假字。又如,《史记·屈原贾生列传》:"怵迫之徒兮,或趋西东。"《索隐》曰:"《汉书》亦有作'私东'。……李奇曰:私多作西者,言东西趋利也。"这说明李奇不仅注意到了《鹏鸟赋》的异文,而且有自己的分析与判断。"私"与"西"读音相近,也许是造成异文的真正原因。

3. 释词。释词是文献注释的主体内容,也是注释是否成功的关键所在。东汉赋注中的释词,大都言简意赅,惜墨如金。这是由其依附史书注释而存在的性质所决定的。但注释内容极为广泛,人物、动物、植物、典制、天文、地理、风俗等无所不包。例如:《史记·屈原贾生列传》:"莫邪为顿兮,铅刀为铦。"《史记集解》引应劭曰:"莫邪,吴大夫也,作宝剑,因以冠名。"此处释人物。又,《汉书·司马相如传下》:"鲔鳣渐离。"颜师古注引李奇曰:"周洛曰鲔,蜀曰鲌。鳣出巩山穴中,三月溯河上,能度龙门之限,则得为龙矣。渐离,未闻。"此条释动物,而且指出了各地方言之不同。"未闻"二字,可见注者之严谨。又,《汉书·扬雄传上》:"平原唐其坛曼兮,列新雉于林薄。"颜师古引服虔曰:"新雉,香草也。"此释植物,但不够具体。《汉书·司马相如传下》:"垂旬始以为幓兮,曳彗星而为髾。"颜师古引李奇曰:"旬始,气如雄鸡,见北斗旁。"此释天文。《文选·上林赋》："丹水更其南,紫渊径其北。"李善注引应劭曰："丹水出上洛冢领山,东南至析县入沔水。"此释水名(地理)。《汉书·扬雄传上》："举洪颐,树灵旗。"颜师古引李奇曰："欲伐南越,告祈太一,画旗树太一坛上,名灵旗,以指所伐之国也。见《郊祀志》。"此释郊祀文化。以上释名词。又如《文选·长杨赋》："莫不跞足抗首,请献厥珍。"李善注引服虔曰："跞,举足也。"此释动词。又如《文选·甘泉赋》："正浏滥以弘惝兮,指东西之漫漫。"李善注引服虔曰："惝,大貌也。"此释形容词。又,《史记·屈原贾生列传》："彼寻常之污渎兮,岂能容吞舟之鱼!"《史记集解》引应劭曰："八尺曰寻,倍寻曰常。"此释量词。又,《文选·幽通赋》："盍孟晋以迨群兮? 辰倏忽其不再。"李善注引服虔曰："盍,何不也。"此释虚词。不难看出,赋注对赋作中的语词有较为全面的注释,尽管用语极简,却能有效地疏通语词疑窦,为读者理解赋意扫清障碍。

释词形式亦多种多样,十分灵活。多采用"A,B 也""A,谓 B 也""A,犹言 B 也""B 曰 A""B 为 A"等形式,不拘一格。或以单字为训,释词用字往往比被释字更为浅显,例如:"迮,触也。御,止也。"(《文选·幽通赋》"上圣迮而后拔兮,岂群黎之所御"李善注引曹大家曰。)"袭,重也。或曰:袭,覆也,犹言察也。"(《史记·屈原贾生列传》"袭九渊之神龙兮"《集解》引邓展曰。)此处引"或曰",提供别说,让读者自做取舍。或以两字或多字为训,例如:"韶,舜乐也。濩,汤乐也。武,武王乐也。"(《汉书·司马相如传上》"韶濩武象之乐"颜师古注引文颖曰。)"跖,秦大盗也。楚之大盗为庄蹻。"(《汉书·贾谊传》"谓跖蹻廉"颜师古注引李奇曰。)或作定义,如:"南风曰飋风。"(《文选·幽通赋》"飋飋风而蝉蜕兮"李善注引曹大家曰。)"宵猎为獠。"(《汉书·司马相如传上》"于是乃群相与獠于蕙圃"颜师古注引文颖曰。)或状形貌,如:"慆慆,乱貌也。"(《汉书·叙传上》"安慆慆而不萉兮"颜师古注引邓展曰。)

"扁,战斗车陈貌也。"(《汉书·扬雄传上》"鲜扁陆离"萧该音义引服虔曰。)或在解句时换字、增字以释词,例如《史记·司马相如列传》:"夷嵕筑堂。"《索隐》引服虔曰:"平嵕山以为堂也。"在通释句意的同时,释"夷"为平,释"嵕"为嵕山。或征引先秦典籍以佐证词义之训释,如《汉书·扬雄传上》:"圣皇穆穆,信厥对兮。"颜师古注引李奇曰:"对,配也,能与天地相配也。《诗》云:'帝作邦作对。'"此处征引《诗经·大雅·皇矣》的句子,以佐证"对"字之释。或解释用词缘由,如《汉书·司马相如传下》:"贯列缺之倒景兮。"颜师古注引服虔曰:"列缺,天闪也。人在天上,下向视日月,故景倒在下也。"此处分析"倒景"一词的含义,乃是想象人在天上所见到的景象,十分独特。又《史记·司马相如列传》:"扈从横行,出乎四校之中。"集解引文颖曰:"凡五校,今言四者,一随天子乘舆也。"此处解释为何不称"五校",而只言"四校",所言颇有道理。或揭示内蕴之义,如《史记·屈原贾生列传》:"弥融爚以隐处兮,夫岂从蚁与蛭螾?"《索隐》曰:"《汉书》作'偭蠛獭',……应劭云:'偭,背也。蠛獭,水虫害鱼者。以言背恶从善也。'"此处揭示"偭蠛獭"内蕴的比喻意义,化隐为显,解人疑惑。

4. 解句。在诠释疑难字词的基础上,赋注家还往往通释全句大意,以便使读者能够更为清楚地理解赋的内容。最常见的便是翻译性解句。曹大家《幽通赋注》主要使用翻译性解句,但并非机械性翻译,而多有补充、索隐与深化。例如《文选·幽通赋》:"靖潜处以永思兮,经日月而弥远。"李善注引曹大家曰:"言己安静长思,不欲毁绝先人之功迹,日月不居,忽复大远"。解句以"言"字领起,语言简洁,清楚明白。其中"不欲毁绝先人之功迹",补充"永思"的内容,十分妥帖。胡广、服虔、邓展等也常用此法,例如《文选·吊屈原文》:"阘茸尊显兮,谄谀得志。"李善注引胡广曰:"阘茸不才之人,无六翮翱翔之用,而反尊显,为谄谀得志于世也。"在通释全句之时,亦对"阘茸"进行了解释。此外还有说明性解句,这是一种对所解文句不作翻译,而对其意义从不同的方面加以说明的训诂方法。说明的角度各不相同:有分析原因者,例如《史记·屈原贾生列传》:"亦夫子之辜也。"《索隐》引李奇曰:"亦夫子不如麟凤翔逝之故,罹此咎也。"句中"辜"为罪过,屈原何"罪"? 李奇在此进行了说明:他不像麒麟、凤凰那样知道避祸远逝,所以会遭此祸殃。亦有揭示背景者,例如《汉书·扬雄传上》:"同符三皇,录功五帝,恤胤锡羡,拓迹开统。"颜师古注引应劭曰:"时成帝忧无继嗣,故修祠泰畤、后土,言神明饶与福祥,广迹而开统也。"此句介绍汉成帝为了求子嗣而祭祀泰畤、后土的史实,说明作赋之背景。有说明律法者,例如《汉书·扬雄传下》:"旷以岁月,结以倚庐。"颜师古注引应劭曰:"汉律,以不为亲行三年服不得选举。"此句说明汉代律法,解释之所以"旷以岁月"的原因。亦有说明典故者,例如《汉书·扬雄传下》:"或倚夷门而笑。"颜师古注引应劭曰:"侯嬴也。为夷门卒,秦伐赵,赵求救,无忌将十余人往辞嬴,嬴无所戒。更还,嬴笑之,以谋告无忌也。"此处简介夷门卒侯嬴向信陵君献计的过程,揭示"倚夷门而笑"5字背后的故事。还有举例训解者,例如《文选·幽通赋》:"上圣迕而后拔兮。"李善注引曹大家曰:"言上圣之人,舜有焚廪填井,汤囚夏台,文王拘羑里,孔子畏匡、在陈绝粮,皆触艰难然后自拔。"通过列举虞舜、商汤、文王、孔子四位圣人历经磨难而不屈不挠,终于摆脱困境、成就伟业的经历,使赋意更为显豁。不难看出,说明性解句比翻译性解句更能揭示赋句背后所隐藏的深刻含义,当然也更能显示出注释者的学养和才华。需要补充说明的是,以"言"字领起的解句方法,在《毛传》中已经出现,但只是偶或为之,曹大家则将其大量使用,并且使这一训诂体式具备了阐发言外之意、挖掘内蕴之旨的功能。例如:《文选·幽通赋》首句:"系高顼之玄胄兮",李善注引曹大家曰:"系,连也。胄,绪也。高,高阳氏也。顼,帝颛顼也。言己与楚同祖,俱帝颛顼之子孙也。"班固此句,显然效法了屈原

《离骚》之首句"帝高阳之苗裔兮"的写法,而曹大家释为"言己与楚同祖",化隐为显,不仅彰显了作者尊祖敬宗之情思,更从血缘的角度阐发了此赋采用楚辞句式、富有楚骚情韵的内在原因。

5. 揭示写法。在释词、解句时,赋注家亦没有忽略对修辞手法的揭示和分析。例如《汉书·扬雄传下》:"昔有强秦,封豕其士,窦窬其民,凿齿之徒,相与摩牙而争之。"颜师古注引李奇曰:"以喻秦贪婪,残食其民也。"今按:封豕、窦窬、凿齿,皆见于《淮南子·本经训》,是神话中吃人的野兽。李奇指出此处比喻秦人贪婪而凶残,甚确。又如《汉书·叙传上》:"昊尔太素,曷渝色兮。"颜师古注引服虔曰:"守死善道,不染流俗,是谓'浩尔太素,何有变渝'者哉?"班固此赋以色彩为喻,表达个人情怀、志趣之高洁,服虔以"守死善道,不染流俗"为释,极为准确凝练。又,《文选·上林赋》:"前皮轩,后道游。"李善注引文颖曰:"皮轩,以虎皮饰车。天子出,道车五乘,游车九乘,在乘舆车前。赋颂为偶辞耳。"(《汉书》颜注同)这里指出:道车、游车皆在乘舆车前,赋中"后道游"一语乃是出于对偶修辞的需要,不必拘泥。

不难看出,东汉赋注已经兼具注音、辨字、释词、解句、揭示写作手法等文献注释的基本要素,内容全面,蕴涵丰富,体现了较高的注释水平,颇有助于赋的阅读、理解和传播。需要说明的是,这里称东汉赋注已具备六大要素,乃是就其整体成就而言,至于具体赋注家,其侧重点却颇有差异。例如延笃、服虔、应劭诸人主要采用音义体,其注释则以注音、释词为主,而解句、揭示手法之处较少;曹大家注采用章句体,侧重于释词、解句,并使用征引手法,却几乎没有辨字和注音。合而观之,方见特色。

(二)东汉赋注的特点

东汉赋注处在中国注释学史的早期阶段,它是注释学发展的必然结果,同时也为注释学的演进做出了积极贡献。分析东汉赋

注之佚文,可知其主要有三个特点:

1. 体例完善。前已言之,曹大家在注释《幽通赋》时,大致按照"释词——解句——征引"的顺序进行,体例较为严谨。服虔《汉书音训》音义兼释,则遵照先释词、后注音的顺序。例如《文选·甘泉赋》:"蛟龙连蜷于东厓兮,白虎敦圉乎昆仑。"李善注引服虔曰:"象昆仑山,在甘泉宫中也。蜷音拳。"先解释赋中"昆仑"一词的含义,指出其并非昆仑山,而是在甘泉宫中建造的一座形似昆仑的假山;然后再为"蜷"字注音。这种注释体例和方法,显然受到汉代经注(如《毛诗故训传》)的影响。如果有征引,亦将征引内容置于最后,例如,《史记·司马相如列传》:"出乎椒丘之阙。"《索隐》引服虔云:"邱名也。案,两山俱起象双阙,故云椒邱之阙。《楚词》曰:'驰椒邱且焉止息',是也。"(《汉书》颜注、《文选》善注略同。)释词准确,征引恰当,脉络十分清晰。其余诸家,亦大致遵循"释词——解句——征引"的顺序,但往往仅具其一或其二,三项俱备者甚鲜。事实上,今存东汉赋注大都为片言只语,散金碎玉,倘若合而观之,仍然可以看出其注释体例较为完备,具有次序井然、有条不紊的特征。

2. 施注密集。所谓施注密集,是指相邻赋注之间间隔很小,有时甚至是句句加注,没有间隔。比如李善在注释《文选·幽通赋》时,除了首二句之外,皆为两句一注,故全赋 170 句,李注共有 86 条。而征引曹大家注,就已经多达 61 条。出于征引者的特殊需要,难免会对旧注有所取舍。① 倘若考虑到李善对曹注的舍弃这一重要因素,则可以大胆推测,曹大家《幽通赋注》很可能也是每两句一注,其施注之频繁、密集,是可以想见的。因曹注系单篇赋注,篇幅较短,易于集中精力;又因曹大家是著名史家和学者,

---

① 李善《幽通赋注》除了征引曹大家注 61 条之外,还征引应劭、项岱等人赋注 51 条。可见其对曹、应、项诸人之赋注皆有摒弃与删节。

学识渊博,注释水平高于常人;更因其所注之《幽通赋》乃系其兄长班固的名作,出于兄妹之情以及对班氏家族的责任感、自豪感,她在作注时自然会投入充沛的精力和饱满的热情。这些都是曹注内容博赡、注释密集的重要原因。至于其他赋注家,由于是在注释《史记》《汉书》时顺便注释了书中所收录的赋作,注赋并非其首要任务,所以注语亦较曹注简略。但赋体文学本身铺陈藻饰、喜用典故的特点,又向注释家们提出挑战,成为史书注释的难点。倘若与史书正文之注释、史书中所载散文之注释相比,史书中赋之注释却又体现出密度大、内容详的特点。例如《汉书·贾谊传》,全文共10055字(此数据包括标点,下同),其中叙述传主生平的文字仅有1355字,颜师古所征引之东汉注释仅有2条59字,平均每千字包含注释1.48条,注文43.54字;本传所载之《陈政事疏》《请封建子弟疏》《谏立淮南诸子疏》三文共计7768字,颜师古所征引之东汉注释共30条604字,平均每千字包含注释3.86条,注文77.75字,其密度远远大于正文。令人惊讶的是,本传所载录之《吊屈原赋》《鵩鸟赋》两篇共计932字,而颜师古所征引之东汉注释却有24条463字,平均每千字包含注释多达25.75条,注文496.78字,其密度是正文注释的17.40倍,是散文注释的6.67倍。显然,东汉注释家在注释史书时,对其中之赋篇倾注了大量的心血和劳动。究其原因,亦在于文本内容和文体特征之异。史传正文浅显易懂,不需多注;贾谊三文旨在议论国事,其预设读者乃是帝王,因而言辞恳切,笔力雄健,没有难字僻字,亦较少使用典故,其注释亦相应简略;贾谊二赋意在抒发贬谪之悲和生命之忧,其预设读者乃是作者自己,赋中对历史和现实中善恶不分、贤愚倒置的现象进行深刻的揭露和批判,借助道家思想来自我开解,其语词多来自《离骚》和《鹖冠子》,并且铺陈藻饰,频频用典,其注释亦不得不密集,不得不详尽。

3. 用语凝练。现存西汉注释以经注为主,《毛诗故训传》即是其中最杰出的代表。毛传的注释方法,兼有释词义、释句义、揭示义理、概括主题等方面,其"内容的完备,方法的科学与灵活,堪称古代注释的楷模"。① 西汉末年,由于功名利禄的诱惑,章句之学大兴。《汉书·艺文志》载:

> 古之学者耕且养,三年而通一艺,存其大体,玩经文而已。是故用日少而畜德多,三十而五经立也。后世经传既已乖离,博学者又不思多闻阙疑之义,而务碎义逃难,便辞巧说,破坏形体,说五字之文,至于二三万言。后进弥以驰逐,故幼童而守一艺,白首而后能言。安其所习,毁所不见,终以自蔽。此学者之大患也。②

又,《后汉书·郑玄传论》曰:

> 汉兴,诸儒颇修艺文;及东京学者,亦各名家,而守文之徒,滞固所禀,异端纷纭,互相诡激,遂令经有数家,家有数说,章句多者或乃百余万言,学者徒劳而少功,后生疑而莫正。③

五字之文而说至二三万言,一家章句竟多至百余万言,在以竹简为主要书写工具的汉代,尤可见其臃肿庞杂,大而无当;学者读之,劳神苦形,而茫然无绪,不知所指。正因如此,有识之士大都鄙弃章句之学。《汉书·扬雄传》载:"雄少而好学,不为章句,训诂通而已。"《后汉书·桓谭传》称"(谭)博学多通,遍习五经,皆诂训大义,不为章句",《班固传》亦称"(固)所学无常师,不为章句,

---

① 汪耀楠:《注释学纲要》,语文出版社1997年版,第304页。
② [汉]班固:《汉书》卷三十,第1723页。
③ [南朝宋]范晔:《后汉书》卷六十五,第1213页。

举大义而已"。据王逸《离骚经章句叙》,班固亦曾撰《离骚经章句》(已佚)。班固、王逸之作虽然皆名为"章句",但已经摆脱了俗儒繁琐寡要、妄说经义的弊端,因而为后人所重。

曹大家(班昭)处在章句之学由盛转衰的东汉前期[1],已经敏锐地感受到了时代思潮的变化。作为杰出的历史学家和文学家,她自然而然地采用了"举其训诂,不为章句"的研究方法,以简洁凝练的语言为其兄《幽通赋》作注。今存东汉赋注,即以此注为代表。至于其他各家,因其赋注依附《史记》《汉书》注释而存在,语言更为简洁。此外,在汉代,赋的地位远远不及经书,注赋、解赋并不能带来任何现实的功名利禄,因而无法引起俗儒的兴趣,而成为少数精英人士自觉的选择,这也是东汉赋注言简意赅、与俗儒章句之学风格迥异的重要原因。而且东汉赋注原本皆佚,即便是曹大家注,亦因李善注的征引才得以保存,所以今存东汉赋注,都是不完整的,只能部分反映原注的一些面貌。尽管如此,我们通过这些珍贵的佚文,仍然不难看出其语言凝练的特点。比如,注音多用直音法,释词多采用"A,B也"的形式,可谓是惜墨如金。贾谊《吊屈原赋》,李奇曰:"谇,告也。"邓展曰:"汩音昧。"服虔曰:"蝯音枭。"(并见《汉书·贾谊传》颜师古注引)便展示了这种简洁凝练的风格。即便是疏解句意,语言亦简练明晰,例如《史记·屈原贾生列传》:"好恶积意。"《集解》引李奇曰:"所好所恶,积之万亿也。"用语无多,清晰明了;其释"意"为"亿",不需辞费。曹大家注较为详尽,每条赋注亦大都在50字左右,不枝不蔓,意尽而已。

需要说明的是,东汉赋注语言凝练的特点,是在与两汉章句之学的比较中得出的。倘若与东汉末年的文献注释如王逸《楚辞章句》、赵岐(108—201)《孟子章句》、郑玄(127—200)《毛诗传笺》

---

[1] 关于章句之学的兴衰,可以参考林庆彰《两汉章句之学重探》,台湾政治大学中文系主编:《汉代文学与思想学术研讨会论文集》,台北文史哲出版社1991年版,第255—278页。

等相比,这一特点并不突出。但曹大家比王逸、赵岐等早半个多世纪,①章句之学方盛未衰之时,其《幽通赋注》显然有冲破俗儒章句之藩篱、引领注释学新风的作用,代表了一种朴素而健康的注释学发展方向。

四、征引之法的形成与影响

汉代是经学昌盛的时代,解经、注经蔚然成风。在此风影响下,"一些汉代学者用经书笺注的方式去注释其他作品,诸如《战国策》《孟子》《吕氏春秋》《淮南子》等,都得到整理和阐释,其中与文学关系最为密切的是《楚辞》注释"②。由解经、注经而拓展至子史注释和文学注释,是汉代注释学发展之大势。其实,《毛诗故训传》的撰写虽着眼于经学,但由于《诗经》本身的文学特质,亦可视为文学注释之发端。故以今日之眼光观之,西汉毛亨的《毛诗故训传》和东汉王逸的《楚辞章句》堪称是汉代文学注释之代表,前者为传注体,后者为章句体,卓然汉代,影响深远。但东汉赋注亦为汉代文学注释之重要成果,却为古今学者所忽略。东汉赋注主要使用章句体(如曹大家)和音义体(如服虔、应劭),而以曹大家《幽通赋注》出现最早,保存最完整,成就也最为突出。《幽通赋注》产生于《毛诗故训传》之后,《楚辞章句》之前,为汉代文学注释的发展演进起到了承前启后的作用,尤其值得重视。试看《毛诗故训传》的体例:

---

① 据《后汉书·列女传》和《文苑传》,曹大家主要生活于汉明帝、章帝、和帝时,大约于49—120年在世;王逸曾在汉顺帝时(126—144)为侍中。若将王逸生年定在100年左右,则其晚于曹大家约半个世纪。

② 郭英德、谢思炜、尚学锋、于翠玲:《中国古典文学研究史》,中华书局1995年年版,第77页。

《毛诗·齐风·南山》:"南山崔崔,雄狐绥绥。"毛传:"兴也。南山,齐南山也。崔崔,高大也。国君尊严,如南山崔崔然;雄狐相随,绥绥然无别,失阴阳之匹。"①

这是《毛诗故训传》最典型的注释方法:先标明比兴,再释词、解句。释词主要采用"A,B 也"的格式,亦用"A,B 貌"或"B 曰 A"式;解句不仅通释全句大意,还往往揭示内蕴之旨,与《诗序》配合诠释经义。曹大家《幽通赋注》即继承了《毛传》的注释体例和方法,但亦有所扬弃与发展,例如:

　　《文选·幽通赋》:"巨滔天而泯夏兮,考遘愍以行谣。"李善注引曹大家曰:"滔,漫也。泯,灭也。夏,诸夏也。考,父也。言父遭乱,犹行歌谣,意欲救乱也。《诗》云:'我歌且谣。'"②

首先,曹注没有揭示比兴和阐释经义的成分,其释语更加准确恰当,切合赋意。其次,《毛传》以释词为主,兼有解句(大多数条目都不含解句),而曹注却将二者并重,其解句皆以"言"字领起,体例比《毛传》更为谨严。再次,曹注增加了"征引"一项,并且依照释词、解句、征引的顺序进行。

　　此处征引《诗经》,以揭示"行谣"的出处。《诗经·魏风·园有桃》:"心之忧矣,我歌且谣。"毛传:"曲合乐曰歌,徒歌曰谣。"郑笺:"我心忧君之行如此,故歌谣以写我忧矣。"据《毛诗序》,《园有桃》是一篇"刺时"之作,"大夫忧其君国小而迫,而俭以啬,不能用

---

① [汉]毛亨传,[汉]郑玄笺,[唐]孔颖达疏:《毛诗正义》卷八,中华书局 1980 年影印《十三经注疏》本,第 352 页。
② [梁]萧统编、[唐]五臣-李善注:《日本足利学校藏宋刊明州本六臣注文选》,人民文学出版社 2008 年版,第 220 页。

其民,而无德教,日以侵削,故作是诗也"。不难看出,《园有桃》抒发了作者忧时、济世的情怀。在东汉,《诗经》作为儒家典籍早已为文人士子所熟谙,毛传所抉发的儒家文化精神亦颇为世人所推崇、敬仰。因而,此处曹大家援古证今,以经注赋,能够更为深刻地揭示出《幽通赋》的作者对其父班彪身处乱世而忧国忧民之精神的赞扬。

曹大家《幽通赋注》凡 61 条,征引前代典籍 12 条,征引出现的频率为 19.67%。征引最多者为《诗经》《易传》(各 4 条);其次是《论语》(2 条)、《庄子》(1 条)、贾谊赋(1 条)等。包括经书、诸子,甚至还有汉赋,尤为难得。由曹大家开始倾力采用的征引之法,不仅能揭示典故出处,佐证词、句之释,而且在挖掘赋意赋旨、保存古代文献(包括早期注释成果)等方面都具有十分重要的意义,因而是训诂学的一次重要突破。但这种训释方法,似乎并不是曹大家的首创。追溯其渊源,早在先秦时期就已经有了征引的思维方式,并且常常用于政治外交活动或者个人著述。春秋时期聘问赋《诗》,《左传》《论语》《孟子》之引《志》、引《诗》,《庄子》《墨子》《国语》之"谚曰""古语有曰""仲尼曰"等,都是先秦时期征引思维较为发达的表现。① 但作为一种训诂方法而运用于文献注释,则应该始于西汉。据王逸《天问章句叙》,西汉刘向、扬雄皆曾经注解《天问》,"援引传记(一作经传),以解说之,亦不能详悉。所阙者众,日无闻焉。"②尽管王逸批评二人注解疏略,阙漏甚多,但指出他们都运用了"援引传记(一作经传)"以解说《天问》的方法,当为"征引"之法的最早记载。惜二人之《天问解》皆佚,不可详考。又,王逸《离骚经章句叙》所提及的班固《离骚经章句》,或许亦曾使用征引之法,并影响于曹大家《幽通赋注》的撰写,但此

---

① 参见刘刚《论先秦文献征引的自觉》,《山东理工大学学报》2012 年第 5 期。
② [宋]洪兴祖注,白化文点校:《楚辞补注·天问第三》,中华书局 1983 年标点本,第 119 页。

书亦已失传。其实,追溯征引之法的渊源,不能不提及屡遭后人挞伐的汉代章句之学。关于章句之学,最早的记载应该出自《汉书·夏侯胜传》:

> 胜从父子建,字长卿,自师事胜及欧阳高,左右采获,又从五经诸儒问与《尚书》相出入者,牵引以次章句,具文饰说。胜非之曰:"建所谓章句小儒,破碎大道。"建亦非胜为学疏略,难以应敌。建卒自颛门名经,为议郎博士,至太子少傅。①

夏侯胜、夏侯建生活于汉宣帝时代,章句之学兴起之时。夏侯建曾师从夏侯胜、欧阳高学习《尚书》,但其学风与老师大为不同。夏侯胜承继西汉初年的学风,阐说圣人之道,注重语词训诂,因而语言十分简练。夏侯建却将夏侯胜和欧阳高的解说综合起来,又从五经诸儒那里采获不少与《尚书》相出入的资料,荟萃一处,因而内容庞杂,卷帙浩博。其长处是资料丰富,在与其他学派争论时能够左右逢源,迅速驳倒对方;短处是往往固执己说,而远离经典本意。章句之学内容庞杂,多而无当,甚至畸形膨胀,茫无头绪,早已为历史所淘汰,但夏侯建"左右采获,又从五经诸儒问与《尚书》相出入者,牵引以次章句",对于其师之论说、五经诸儒之观点皆加以援引、荟萃,排列在特定的章句之下,分明是采用了征引之法。这也许是饱受诟病的章句之学留给后人的一点微薄的遗产吧。但夏侯建等使用此法,主要用于不同学派之间的辩难、论争,是建立和巩固"家法"的需要;而曹大家使用此法,则着眼于语词的训释和句意的解说,以阐明赋意为旨归,因而虽有征引,而并不烦琐。曹大家对章句之学的批判性继承,使征引之法走向了科学健康的发展之路,对此后的文学注释

---

① [汉]班固:《汉书》卷七十五,第3159页。

乃至经史注释都产生了积极影响。此外，在"省思与突破：骈文国际学术研讨会"（南京，2015 年 10 月）上，笔者得到南京大学徐兴无先生教示：曹大家《幽通赋注》的征引方式，乃是对汉代经学传注体例中"训"的引申。"训"不同于"传"对经书含义的阐发，也不同于"故"或"诂"对经书中语词的诠解，而是以征引先师之言为特色。《幽通赋》并非经书，没有"先师之言"，于是曹大家便从先秦典籍（主要是六经）中征引相关文字，以代替"师说"，借此提高《幽通赋》的地位。由于先秦典籍语言凝练，不像汉代经学中的"师说"那样庞杂烦琐，因而自然形成了言简意赅、语言凝练的特色。

当然，曹大家长于征引、以经注赋的特色，其根本原因仍在于赋之文本。降至东汉，由于受时代风气熏染，赋体文学引经用经、承载经义的特征更为突出。① 班固作为正统儒家，其《幽通赋》屡次化用《周易》《尚书》《诗经》《左传》《论语》等先秦经书中的语言和典故，非征引不足明其意，非征引不足阐其旨。其次，通过征引，既能展示个人才学，又能显示注释内容并非向壁虚造，而是于古有征，从而增强注释的可靠性与说服力，具有一定的论辩色彩。但较之章句之学，辩难特征已经大为减弱。再次，在读经成风的年代，以经注赋更容易为读者所接受，同时也有助于巩固赋体文学作为文坛正宗的地位。不过，面对同一文本，并非所有注释者皆使用征引之法。例如《文选·幽通赋》："养流睇而猿号兮，李虎发而石开。"李善注引曹大家曰："睇，眄也。《淮南子》曰：'楚有白猨，王自射之，则搏矢，而顾使养由基射之。始调弓矫矢，未发，而猨抱树号矣。'……《汉书》曰：'李广居右北平猎，见草中石，以为虎而射之，中石没矢。视之，石也。他日射之，终不能入。'"曹大家通过征引《淮南子·说山训》和《汉书·李广传》，分别介绍养由

---

① 参见许结、王思豪《汉赋用经考》，《文史》2011 年第 2 辑。

基矫矢未发而猿号、李广夜射而中石没镞的故事。而《汉书·叙传上》颜师古注曰:"养,养由基也,楚之善射者。游晲,流昳也。楚王使由基射猿,操弓而昳之,猿抱木而号,知其必见中也。李,李广也,夜遇石,以为猛兽而射之,中石没羽也。"直接叙述史事,言简意赅,但没有交代出处,读者无从查验。

曹大家之后,征引之法被广泛采用,不断完善。稍后于曹大家的王逸,在其名著《楚辞章句》中即采用此法,例如:

《楚辞·离骚》:"忽奔走以先后兮,及前王之踵武。"王逸《章句》:"踵,继也。武,迹也。《诗》曰:'履帝武敏,歆。'言己急欲奔走先后,以辅翼君者,冀及先王之德,继续其迹,而广其基也。奔走先后,四辅之职也。《诗》曰:'予曰有奔走,予曰有先后',是之谓也。"①

与曹大家略有不同,王逸将征引之内容夹杂在词语的训释中间,适时进行,形成了"释词——释词(征引)——解句(征引)"的顺序。其征引《诗经·大雅·生民》,只是针对"武"字而发,因而紧随"武,迹也"之后,是对释词的补充;征引《诗经·大雅·绵》,旨在揭示"忽奔走以先后兮"的语源,所以置于解句之后,是对解句的佐证与深化。王逸的处理方式似乎更为合理,但其征引文献十分有限,而且没有贯穿全书。例如《离骚》373句,王逸加注240条(或一句一注,或两句一注),征引文献39条,征引出现的频率仅有16.25%,尚不及曹大家《幽通赋注》(19.67%)。王逸之后,胡广、服虔、应劭、刘德、郑氏、李奇等皆曾采用征引之法,使这一训诂方法逐渐趋于成熟。例如《汉书·司马相如传下》:"使灵娲鼓琴而舞冯夷。"颜师古注引服虔曰:"灵娲,女娲也。伏牺作琴,使

---

① [宋]洪兴祖注,白化文点校:《楚辞补注·离骚经第一》,第9页。

女娲鼓之。冯夷,河伯字也。《淮南子》曰:'冯夷得道,以潜大川。'"此处征引《淮南子·齐俗训》,以补充"冯夷"之释,可广见闻。又如,《文选·羽猎赋》:"狭三王之陿僻,峤高举而大兴。"李善注引郑氏曰:"陿僻,陋小也。王逸《楚辞注》曰:'峤,举也。'峤,音矫。"此处郑氏引用《楚辞·九章·惜诵》王逸注,可见其对当代著述成果的重视。另外,今本《楚辞》"峤"作"矫",郑氏保存了一条重要的《楚辞》异文,十分珍贵。

降至三国两晋,征引更为普遍,而唐代李善(630?—689)在注释《文选》时,则将这种训诂方法加以推广,几乎达到了以引代释、无注不引的程度。例如:

《文选·子虚赋》:"罢池陂陀,下属江河。"李善注:"郭璞曰:'言旁颓也。属,连也。罢音疲。陂音婆。陀音驼。'文颖曰:'南方无河也。冀州凡水大小皆谓之河,诗赋通方言耳。'晋灼曰:'文章假借,协陀之韵也。'"①

《文选·甘泉赋》:"登椽栾而羾天门兮。驰阊阖而入凌兢。"李善注:"服虔曰:'椽栾,甘泉南山也。凌兢,恐惧貌也。'李奇曰:'羾音贡。'苏林曰:'羾,至也。'善曰:《楚辞》曰:'令帝阍开阊阖而望予。'王逸曰:'阊阖,天门也。'兢,巨陵切。"②

第一条征引郭璞、文颖、晋灼之赋注,以引代释,不加按断,可见李善对前人赋注成果的充分吸收和认同;第二条先征引服虔、李奇、苏林三人之赋注,然后以"善曰"的方式加以补充,但李善所补充的内容仍然借助征引,通过对《楚辞》王逸注的征引来诠释"阊阖"

---

① [南朝梁]萧统编,李善注:《文选》卷七,第119页。
② 同上书,第112页。

一词之含义,只有"兢,巨陵切"四字为李善自注。不难看出,不论是注音、释词,还是说解句意,揭示创作手法,李善大都通过征引古代典籍或者前人注解的方式进行。李善将征引的训诂方法发挥到极致,于是形成了一种颇具特色的训诂体式,成为古代诗文注释之典范。① 追溯这种体式之渊源,我们不能不提及以曹大家《幽通赋注》为代表的东汉赋注。

不过,无论是曹大家、王逸、服虔还是唐代的颜师古、李善等人,在征引前代典籍时皆未标注篇名,给读者查检带来不便。这是古代文献注释的共同缺陷。

五、结论

赋注是赋体文学传播和接受的重要媒介,是联系赋家与读者的桥梁。一方面,它反映了当时赋注家的学术水平,反映了不同赋注家对赋作内涵的独特领悟以及对赋作语言修辞的分析能力;另一方面,它有效地帮助当时读者去阅读和理解这些赋作,促进了赋体文学在一般文人中的传播。通过对东汉赋注之探讨,本文得出以下结论:

(一)东汉赋注今日可考者凡 12 家:曹大家、延笃、胡广、服虔、应劭、伏俨、刘德、郑氏、李斐、李奇、邓展、文颖。除了延笃、李斐之外,其余 10 家皆有佚注保留。通过《史记》三家注、《汉书》萧该音义、《汉书》颜师古注、《文选》李善注等 4 种文献,我们共钩稽出东汉赋注之佚文 584 条,去其重复,共有 423 条。保存最多者为服虔(151 条)、应劭(近百条)、曹大家(67 条)、李奇(60 条)、文颖(53 条)5 家,可见其成就之高,影响之大。

---

① 参见王宁、李国英《李善的〈昭明文选注〉与征引的训诂体式》,郑州大学古籍所编:《中外学者文选学论集》,中华书局 1998 年版,第 462—473 页。

（二）东汉赋注内容丰富，兼有注音、辨字、释词、解句、揭示修辞手法等诸多方面，并且观点稳妥，方法科学，颇有助于赋的阅读、理解和传播。东汉赋注具有体例完善、施注密集、用语凝练等特征，是一宗重要的赋学和注释学遗产，但除了曹大家《幽通赋注》之外，皆非专门赋注，而是在注释《史记》《汉书》时顺便注释了书中所收录的赋作，这说明东汉赋注尚未取得独立的地位。而这种依附性又恰好造就了此期赋注释义简明、语言凝练的特点，与当时内容庞杂、繁琐寡要的经注大异其趣，代表了一种朴素而健康的注释学发展方向。

（三）以曹大家《幽通赋注》为代表的东汉赋注，对章句之学的征引、辩难之法进行了批判性继承，突出其实用性，而淡化其辩难特色。征引之法不仅能佐证词、句之诠释，亦能深化对赋意、赋旨之挖掘，是对中国训诂学的发展与提升。而曹注重视征引、以经注赋的特色，在读经成风的年代，既易于为文人士子所接受，亦有助于巩固赋体文学文坛正宗的地位。征引之法在六朝被广为效法，渐趋完善，直至唐代李善而形成一种重要的训诂体式。

（四）东汉赋注的学术价值已经得到时人和后人的广泛认可，并且对读者读赋、学者论赋、注释家注赋都产生了长期而深刻的影响。《史记》三家注、《汉书》萧该音义、颜师古注、《文选》李善注共征引东汉赋注584条，这一数据本身就说明其价值与影响不可低估。即使没有征引东汉赋注的文献，如果我们仔细分析，仍然能够寻觅出东汉赋注的影响。例如班固《幽通赋》"巨滔天而泯夏兮，考遘愍以行谣"，李善注引曹大家曰："滔，漫也。泯，灭也。夏，诸夏也。考，父也。言父遭乱，犹行歌谣，意欲救乱也。《诗》云：'我歌且谣。'"（《文选》卷十四）而唐人颜师古注曰："滔，漫也。言不畏天也。泯，灭也。夏，诸夏也。考，班固自言其父也。遘，遇也。愍，忧也。徒歌曰谣。"（《汉书·叙传上》）与曹注相较，颜师古没有征引，读者无从理解赋中用典之深意（详见上文），而且其"滔,漫也"云云几乎照抄曹注,而不加注明。同赋"上圣迕而后拔兮,岂群黎之所御"句,颜师古注亦显然因袭曹注。无怪乎王鸣盛断言:"师古剿袭旧注,不著其名者亦时时有之。"①以管窥豹,不难看出东汉赋注对后世的潜在影响。

对于东汉赋注的内容、体例、特征及其在赋学史、注释学史上的意义,本文只是抛砖引玉,希望能够引起学术界对于这笔文化遗产的重视和研究。

附记:此文原名《东汉赋注考》,刊于《文学遗产》2015年第2期。收入本书时有增补。

---

① [清]王鸣盛著,黄曙辉点校:《十七史商榷》卷一,第46页。

汉魏六朝的汉赋整理与编录

汉赋作为一代之文学,不仅盛极一时,而且影响深远。从六朝骈赋到唐宋诗词、古典戏曲、元明小说甚至清代弹词,都或多或少地从她那里汲取了乳汁与养料。① 这固然是汉赋本身的艺术成就所决定的,但汉魏六朝以来众多学者的整理与注释也是必不可少的重要环节。倘若没有他们的辛苦努力,汉赋这宗辉煌灿烂的文化遗产也许还未来得及传播就被掩埋于地下,甚至永世不见天日,更谈不上沾溉后人泽被百代了。(尹湾汉墓出土了《神乌傅(赋)》,是极其珍稀的一个特例。)本文拟探讨一下汉魏六朝时期的学者对汉赋进行收集整理与编录分类的情况,揭示他们在汉赋研究史与传播史上的独特贡献。

汉赋的整理与著录始于何时?现在已难以确考。估计在汉赋诞生之际,就应该有人对其加以保存、抄录、阅读与传播。做这项工作的未必是赋家自己,有可能是他的亲友、熟人、学生或崇拜

---

① 详见陶秋英《汉赋之史的研究》,上海中华书局1939年版;韦凤娟《谈汉代辞赋对建安文学的影响》,《光明日报》1983年3月29日;马亚平《张衡抒情小赋对陶渊明辞赋的影响》,《西南民院学报》1998年汉语言文学专辑;徐扶明《古典戏曲作品中的赋体文》,《光明日报》1983年9月20日;胡士莹《话本小说概论》,中华书局1980年版;曲德来《汉赋综论》,辽宁人民出版社1993年版。

者。贾谊赋之所以能被司马迁见到,《子虚赋》之所以能得到武帝的赏识,无疑都是传抄的结果。《史记》司马相如本传记载,相如因病免官,汉武帝说:"司马相如病甚,可往从悉取其书;若不然,后失之矣。"大有拯救文化遗产的紧迫感。他派所忠前往,但相如已死,家无藏书。其妻卓文君说:"长卿(相如字)固未尝有书也。时时著书,人又取去,即空居。"①看来相如很不爱惜自己的作品,他的赋之所以能被保存并流传下来,即有赖于时人的传抄诵读与后人的著录整理。

当作品积累到一定数量,自然会有人将其结为一集,以便保存与传播。汉初吴王、梁孝王、淮南王门下及汉武帝朝廷都曾聚集过大量的赋家,有大量的赋作涌现,汉赋的结集应该始于这个时候。《汉书·艺文志》载,淮南王刘安有赋 82 篇,淮南王群臣赋 44 篇,这 126 篇赋(应该包括楚辞体和颂体)倘若未曾被有意识地结为一集,就很难被刘向完整地见到,并将其视为一体加以记录。据此推测,汉赋的结集至迟应始于淮南王刘安或者更早,但其具体情形已眇然难睹。考察一下汉魏六朝时期的汉赋整理、著录与结集的状况,大致有以下几种类型:

一、正史的整理与载录:《史记》《汉书》与《后汉书》

司马迁在其历史巨著《史记》中全文载录了贾谊《吊屈原赋》《鹏鸟赋》(见《屈原贾生列传》)和司马相如《子虚赋》《上林赋》《哀二世赋》《大人赋》(见本传),凡 2 家 6 篇赋作,开后代史书大量载录文学作品的先例。但由于司马迁生活在西汉武帝时代,距离高祖建国只有一百年,汉赋刚刚开始崛起,因而其所见汉赋数量不多,所录作品十分有限。班固则不同,他生活在西汉灭亡后不久,

---

① [汉]司马迁撰:《史记》卷一一七,中华书局 1959 年标点本,第 3063 页。

几乎能看到西汉时期的所有赋作,这使他在编纂《汉书》时有大量的汉赋资料可供选择。所以《汉书》不仅过录了《史记》所载 6 赋,而且还记载了东方朔《答客难》(见本传)、刘彻《李夫人赋》(见《外戚传》)等汉赋作品,总数凡 7 家 18 篇(详见表 2),比《史记》多 12 篇。这 12 篇赋作在历史上是第一次著录,当然十分珍贵;而所载贾谊赋、司马相如赋也与《史记》文字有异,为后人提供了可资参考的异文。例如《史记》载《鹏鸟赋》云:"拘士系俗兮,攌如囚拘。"《说文解字》:"攌,大木栅也。"而《汉书》载此赋"攌"作"僒"。胡克家《文选考异》云:"《文选》中的'窘'当作'僒',注同。《汉书》作'僒',《选》文与之同,故善云'囚拘之貌'。其五臣良注'窘困也',乃作'窘'耳。各本皆以五臣乱善。《史记索引》云:'《汉书》作僒,音去殒反。'与善读求殒反正合。"到底应该是作"攌",作"僒",还是作"窘"?各家见仁见智,是非难以遽断。但有一点隐约可见:古代典籍(包括汉赋)在传抄过程中已经过了后人的加工整理,文字使用上也经历了由繁到简、由僻字到通行字的过程。《汉书》的记载,为我们研究汉赋本身、研究汉赋的传播提供了很有价值的资料。南朝宋范晔《后汉书》也对汉赋的保存有功,该书载录的东汉赋作有:崔篆《慰志赋》、崔骃《达旨》(见《崔骃传》)、蔡邕《释诲》(见本传)等,凡 9 家 11 篇(详见表 2)。篇数虽不算多,但大都是在文学史上影响深远的长篇赋作,因而颇令后人看重。剔除重复,前三史共载录汉赋 15 家 29 篇,数量相当可观。此外,前三史提及篇名的汉代赋作还有:枚皋《皇太子生赋》、傅毅《七激》等 25 篇,但没有载录赋文。据笔者统计,《汉书·艺文志·诗赋略》提及姓名的汉赋作家多达 60 家;《后汉书》没有《艺文志》,但该书明确交代了 45 位赋家(实际数量远远不止这些)。限于篇幅,不具述。

我们不难看出,汉赋四大家的代表赋作,都可以从前三史中找到原文(唯有张衡《二京赋》因"文多故不载",是个例外)。比如

《史记》《汉书》司马相如本传,都以超过三分之二的篇幅来载录相如的4篇赋作,真正用来叙述赋家生平的笔墨不及本传的三分之一。看来,司马迁等人都是有意"借传以录文",体现了他们对汉赋作品的重视与赏爱。这些赋作在当时肯定有不同的抄本流传,三人都选择了自己最满意的一种加以著录,在著录前或许还经过了他们的一些校勘、整理和改动。史书是钦定的国家级文献,汉赋有幸成为第一种被大量载入史册的文学作品,这不仅充分肯定了它作为"一代之文学"的社会价值,也完全保障了它流传万代、永不泯灭的历史地位。梁萧统编纂的大型文学总集《文选》,其选录的许多汉赋都出自《史记》《汉书》和《后汉书》。司马迁等人为这些著名赋作的整理、著录、保存与传播作出了巨大贡献。比较而言,《汉书》载录汉赋作品数量最多,提供的汉赋研究资料(赋家生平事迹、作赋经过、文学集团的活动、汉赋评点等)也最为丰富,这是因为班固颂汉赋是"古诗之流","雅颂之亚","炳焉与三代同风"(《两都赋序》),对汉赋的社会价值及历史地位有着高度的认识。① 但作为一位正统的官方学者,他较多地选录了那些符合儒家思想观念与价值体系的赋作,而对于批判性较强的文人之作以及大量的民间作品则视而不见,暴露出明显的保守性与局限性。

二、文献学家的编集与分类:刘向《别录》与刘歆《七略》

史官的整理仅限于成就较高、影响较大的少数名作,而历史上第一次对当时所有汉赋进行整理与编录工作的,却是西汉的刘向、刘歆父子。《汉书·艺文志·总序》云:"至成帝时,以书颇散亡,使谒者陈农求遗书于天下。诏光禄大夫刘向校经传、诸子、诗

---

① 参见踪凡《班固对汉赋的研究》,《南京师范大学文学院学报》2006年第2期。

赋,步兵校尉任宏校兵书,太史令尹咸校数术,侍医李柱国校方技。每一书已,向辄条其篇目,撮其指意,录而奏之。"①可见刘向不仅分校经传、诸子、诗赋三大类书,而且为每本书编制目录,撰写提要,进献给皇帝。下文又云:"会向卒,哀帝复使向子侍中奉车都尉歆卒父业。歆于是总群书而奏其《七略》,故有《辑略》,有《六艺略》,有《诸子略》,有《诗赋略》,有《兵书略》,有《术数略》,有《方技略》。今删其要,以备篇籍。"②据陆侃如先生《中古文学系年》考证,刘歆于河平三年(前26)即为黄门郎,受诏与其父刘向领校秘书,当时年仅二十余。至绥和元年(前8)刘向卒时,歆已四十岁,已有了十八年校定群书的经验。此时他"复领五经,卒父前业"(《汉书·刘歆传》),只用了大约两年的时间,就撰成了《七略》。可以推知,刘向《别录》的写作,有其子刘歆的功劳;而刘歆《七略》的撰成,更吸收了乃父刘向的研究成果。③ 班固"删其要,以备篇籍",实际上也只对《七略》作了些"删去浮冗,取其指要"(颜师古《汉书注》)的工作。所以《汉书·艺文志》并非班固自撰,而是《七略》的精要,它在客观上反映了刘向父子的文献学成果。下面即以《汉书·艺文志·诗赋略》为据,参照其他文献资料,探讨刘氏父子对汉赋研究的贡献。

(一)汉赋的搜集、校勘与编定

自高祖建汉(前206年)至汉成帝(前32—前7年在位)时代,约有200年之久。其间产生的汉赋作品数以千计。有的赋作已进献给皇帝④,有的在民间流传,当然也有些自娱之作尚未流传就

---

① [汉]班固:《汉书》卷三十,中华书局1962年标点本,第1701页。
② 同上。
③ 据《汉书·艺文志》《叙传》及《山海经》、刘向《别录》佚文等典籍,参加这次文献整理工作的至少还有任宏、尹咸、李柱国、杜参、班斿、臣望等。
④ 班固《两都赋序》:"孝成之世,论而录之,盖奏御者千有余篇。"

已佚失。陈农、刘向等人努力把这些作品集中在国家图书馆，必然经过了一番艰苦的搜集、网罗工作。他们不仅搜罗不同赋作，而且要搜罗同一赋作的不同抄本以备参校。至于具体的搜罗、参校的情况，刘向在各家赋的叙录中作了明确交代。可惜这一类叙录几乎已全部失传，我们从现存的《管子叙录》《列子叙录》《关尹子叙录》《子华子叙录》等可知，刘向在校书时所搜集、依据的版本很多，包括中书、太常书、太史书及大臣私人藏书等。所谓"博求诸本，乃得雠正一书，则副本固将广储，以待质也"①。当然，汉赋产生于汉代，不像先秦古书那样抄本众多，流派纷呈，有的还有今古文之别，雠正一书实非易事。但刘向之前200年间，汉赋不断地产生，不断地传抄，不断地进献，在流传过程中难免会有妄改字句，以讹传讹的情况。并且主要抄写传播的工具是竹简，若保存不善，断简、错简、虫蚀、霉烂的情况也在所难免。所以，我们推测刘向曾像对待先秦古书那样，对汉赋的不同抄本进行了一番搜集、校订的工作，当不会有错。

刘向校书主要使用本校法和对校法，他本人对此就有所说明。《文选·魏都赋》注引《风俗通》云："案刘向《别录》：雠校：一人读书，校其上下，得谬误为校；一人持本，一人读书，若怨家相对，[为雠]。"②校雠的内容主要是订正讹脱窜乱的文字，脱字补之，误字改之，遂得善本。有时也涉及篇章的增删排定，如《管子叙录》云："凡中外书五百六十四，以校，除复重四百八十四篇，定著八十六篇。"③意思是说，各家抄本互有重复，刘向等将重复的内容予以删除，互异的内容加以保留，重新编定次序，从而得到一本

---

① [清]章学诚撰，叶瑛校注：《文史通义校注》附《校雠通义·校雠条理》，中华书局1994年版，第984页。

② [南朝梁]萧统编，[唐]李善注：《文选》卷六，中华书局1977年影印清胡克家刻本，第106页。

③ [清]严可均：《全上古三代秦汉三国六朝文·全汉文》卷三十七，中华书局1958年影印本，第332页。

篇目最全、文字最精的《管子》。刘向校理汉赋时,恐怕也涉及这些内容,使用了这些方法,可惜有关记载失传,无法窥其一斑,更不得见其"全豹"了。

(二)汉赋叙录的撰写

令后人感到欣慰的是,《七略》的精要内容毕竟因《汉书·艺文志》的载录而保存下来,这是班固的一大贡献。《汉书·艺文志·总序》云:"每一书已,向辄条其篇目,撮其指意,录而奏之。"梁阮孝绪《七录序》说得更具体:"昔刘向校书,辄为一录,论其指归,辨其讹谬,随竟奏上,皆载在本书。时又别集众录,谓之《别录》,即今之《别录》是也。"《隋书·经籍志》亦云:"每书就,向辄撰为一录,论其指归,辨其讹谬,叙而奏之。"由此可知,刘向曾经为每本书都撰写了叙录,附在各书之后。将各书的叙录抽出来结为一集,便是《别录》。从上引文字及今存《战国策叙录》《晏子叙录》《荀卿子叙录》等可以看出,刘向《别录》大致包括以下内容:篇目编次,校勘说明,作者介绍,评论思想内容,探究学术源流,考辨真伪,权衡价值等。所以,刘向在《别录》中对其所编定书籍的方方面面都介绍得非常详细,几乎相当于今日所说的解题、提要或简介,对于读者阅读、理解原书大有助益。这是刘向的创举。正如孙钦善先生所说:"至于校理群书而撰叙录,以刘向为始,从此开解题目录之先河,对后世产生了深远影响。"①

据严可均《全汉文》的辑录,刘向曾为诸子一大类书中的《晏子》《孙卿子》(儒家)、《列子》(道家)、《邓析子》(名家)等书撰写了叙录,以此类推,他必定也曾为诗赋一类书中的《屈原赋》《司马相如赋》《扬雄赋》等书(章学诚以为是早期的作家别集)撰写叙录。这种类推并非毫无根据。因为据《汉书·艺文志》,《七略》的编写

---

① 孙钦善:《中国古文献学史》,中华书局1994年版,第109页。

结构有总略、流派、别集(书)三个层次,如下:

  诸子略——道家者流——《列子》八篇
  诗赋略——屈原赋之属——《司马相如赋》二十九篇

显然可见,《司马相如赋》29篇与《列子》8篇都属于第三个层次,即别集(书)的范畴。既然有《列子叙录》,也应该有《司马相如赋叙录》,区别只在于前者有幸保存下来而后者却已全部佚失。但两者的体例、结构、内容应该没有太大区别。《史记·屈原贾生列传》南朝宋裴骃《集解》引了一条刘向评贾谊《吊屈原赋》的佚文:"刘向《别录》曰:'因以自谕自恨也。'"毫无疑问,刘向这句话应出自他的《贾谊赋叙录》,一语道破了《吊屈原赋》的创作主旨。所谓"自谕",是指贾谊以屈原的不幸来比拟自己的遭遇;所谓"自恨",是指该赋借追悼屈原,来抒发自己有志难酬的憾恨和人生多艰的感慨。刘向同时看出了这两点,比班固"谊追伤之,因以自谕"的解释更为全面、贴切。《贾谊赋叙录》对贾谊七篇赋的分析阐发肯定还有更精彩的地方,只可惜已无从知其详了。严可均《全汉文》还辑录了几条与汉赋有关的《别录》佚文,今查核校对,迻录如下:

  1. 淮南王有《薰笼赋》。(《太平御览》卷七一一引刘向《别录》云云。又见《北堂书钞》卷一三五。)
  2. 向有《芳松枕赋》。(《太平御览》卷七〇七引刘向《别录》云云。《白氏六帖》卷四作《芳松赋》。)
  3. 向有《合赋》。(《太平御览》卷七一七引刘向《别传》("别传"当为"别录",余同)云云。)
  4. 有《麒麟角杖赋》。(《北堂书钞》卷一三三引刘向《别录》云云。《太平御览》卷七一〇引刘向《别传》作"有麒麟角杖○"。又见《事类赋注》卷一四。)

5. 有《行过江上弋雁赋》《行弋赋》《弋雌得雄赋》。(《太平御览》卷八三二引刘向《别录》云云。明杨慎《丹铅总录》云:"刘向赋雁云:顺风而飞,以助气力;含芦而翔,以避矰缴。"杨慎所录,虽无标题,但大致不出这三篇。)

6. 待诏冯商作《灯赋》。(《艺文类聚》卷八○引刘向《别传》云云。)

7. 商字子高。(严可均《全汉文》谓《汉书·艺文志》注引。今按:《汉书·艺文志》"冯商赋"条颜师古注未引此句。)

8. 臣向谨与长社尉杜参校中秘书。(《汉书·艺文志》颜师古注引刘向《别录》云云。)

9. 骠骑将军史朱宇。(《汉书·艺文志》颜师古注引刘向《别录》云云。)

10. 隐书者,疑其言以相问,对者以虑思之,可以无不喻。(《汉书·艺文志》颜师古注引刘向《别录》云云。)

11. 有《丽人歌赋》。汉兴以来,善雅歌者鲁人虞公,发声清哀,盖动梁尘。[《文选》李善注引作:……远动梁尘。其世学者莫能及。](《艺文类聚》卷四三引刘向《别录》云云。又见《文选·啸赋》注,《事类赋注》卷一一,《初学记》卷一五。)

这些辑文是否真的全部出自刘向《别录》,现在已很难一一考辨。但它们辑自《艺文类聚》《北堂书钞》《太平御览》《初学记》《事类赋注》《文选注》《史记集解》《汉书注》等诸多典籍,不可能全属作伪;并且以上各书大都是唐人所撰,有的还出自六朝,当时《别录》原文尚未佚失,若有人作伪,定会受人指责。[①] 所以,刘向《别

---

① 据顾实《汉书艺文志讲疏》,《隋书·经籍志》《唐书·艺文志》仍著录刘向《七略别录》20 卷,刘歆《七略》7 卷。《通志》也著录《七略》,但《文献通考》已无。看来二书相继亡于唐末及南宋。

录》中定有不少内容论述汉赋,换言之,刘向肯定为汉人赋作撰写了叙录,这是不容争辩的事实。出于征引者的特殊需要,他们较多地征引了《别录》中关于各家赋标题(第1、2、3、4、5、6、11条)、赋家生平(第6、7、8、9、11条)的内容,兼及校勘经过(第8条)、赋作构思(第10条)、创作主旨(贾谊赋条)、归类分析(第10条)等。或许《别录》本来的内容还远远不止这几个方面。综上,我们可以肯定地说,刘向为汉赋所作的叙录,有着非常具体、丰富、细致的内容,与今存的《战国策叙录》《晏子叙录》等没有什么两样。此外,佚文中有一条论贾谊,而贾谊是《诗赋略》中位置非常靠前的赋家(第一类即屈原赋之属的第六位);还有一条论隐书,而隐书是所有辞赋的最后一家(第四类即杂赋之尾)。由此可见,刘向生前可能已为所有的辞赋作家都撰写了叙录。这是有史以来第一次也是规模最大的一次汉赋整理、研究、评介工作,涉及赋家之多(60家),赋作数量之巨(900余篇),研究范围之广,评论内容之丰富,不仅空前,而且绝后。尽管各家赋叙录几乎已全部失传,但它们必定对当时及后代的汉赋解读、传播与研究产生了很大影响。

(三)汉赋的分类

在遍研西汉赋作、撰写各家叙录的基础上,刘向父子还对汉赋进行了一次系统的归纳与分类工作。孙钦善先生认为:"刘向汇集众书序而成《别录》,并不是将各书序录杂乱无章地凑在一起,在编排上当是以类相从。其大类从校书时的分工可以推知。……至于大类下的小类,有些也是刘向等校理群书时所分,并不是至《七略》始有。"[①]可见《七略》虽出自刘歆之手,其实也反映了刘向的目录分类学思想。《七略》也在唐以后佚失,由"删其要"而成的

---

① 孙钦善:《中国古文献学史》,第110页。

《汉书·艺文志》可知，刘氏父子将周秦西汉的诗赋分为五个小类。除去第五小类"歌诗"，前四个小类皆为辞赋。

第一类是屈原赋之属，包括：屈原赋25篇，唐勒赋4篇……王褒赋16篇，①凡20家，361篇。除去楚屈原、唐勒、宋玉赋45篇，实际上著录汉代辞赋凡17家，316篇。至于此类辞赋的特色以及分类的具体标准，刘歆、班固都没有任何交代，后人颇多推测。刘师培《论文杂记》说此类为"写怀之赋"，"即所谓言深思远，以达一己之中情者也"，顾实先生《汉书艺文志讲疏》也说是"盖主抒情者也"，都非凿空之论。屈原《离骚》是我国文学史上第一篇抒情长诗，其《九章》《九歌》《天问》等都有浓郁的抒情色彩；今存唐勒、宋玉、贾谊、刘安、汉武帝等人的辞赋也都以抒情写怀为主。值得注意的是司马相如《子虚赋》《上林赋》，二赋是大赋体制的奠基，的确是声情少而丽辞多，"长于叙事，而或昧于情"（徐师曾《文体明辨序说》）的作品，与屈原赋不侔。但相如赋凡29篇，今仅存7篇，其中的《哀二世赋》《长门赋》《美人赋》皆主抒情，亡佚的22篇赋中或许还有更多的抒情篇什。相如的大赋成就高，影响大，这是事实，但不能据此否定抒情赋是他创作的主体。所以，刘师培、顾实的推测是不能驳倒的。此外，刘向父子将屈原赋置于《诗赋略》之首，显然有尊屈原为辞赋祖的意思。这种认识始于司马迁，但都未明言，至东汉班固才在《离骚序》中明确提出了"其文弘博丽雅，为辞赋宗"的观点。

第二类是陆贾赋之属，包括：陆贾赋3篇，枚皋赋120篇……骠骑将军朱宇赋3篇，凡21家，275篇，（《汉书》原作274篇，盖有误。）全属汉代辞赋。班固自注"入扬雄八篇"，除去这8篇赋，在《七略》原本中此类赋应为267篇（或266篇）。刘师培《论文杂

---

① 限于篇幅，不具引。详见[汉]班固《汉书》卷三十，第1747—1756页。以下三类同此。

记》称之为"骋词之赋","即所谓纵笔所如,以才藻擅长者也",顾实《汉书艺文志讲疏》也说是"盖主说辞者也。大概此类赋,尤与纵横之术为近"。都有一定的道理。此类赋以陆贾为首,但陆赋今已失传。《文心雕龙·才略》云:"汉室陆贾,首发奇采,赋《孟春》而选典诰,其辩之富矣。"可见陆贾《孟春》等赋富于才辩,辞藻华丽,颇有纵横家驰骋翰藻、汪洋辟阖之风。其他各家赋作多佚,而《汉书》将朱建与陆贾同传,亦辩士之流;枚皋、严助、朱买臣等工于言语,严助亦纵横之流(《汉书·艺文志》列之于纵横家),司马迁、冯商皆良史之才,《史记》也颇带纵豪横壮之气。存赋较多者为扬雄,但扬雄赋有8篇是班固后来加进去的,不能代表刘向父子的意见;况且其早期创作的《长杨》《校猎》诸赋辞藻富丽,亦近乎骋词之赋。大概此类赋作多取法于《孟子》《庄子》及战国纵横家说辞,铺张扬厉,气势充沛,颇具感染力与说服力。章学诚以为汉赋中有"苏、张纵横之体"(《校雠广义·汉志诗赋》),应该就是指这类赋作。

第三类是孙卿赋之属,包括:孙卿赋10篇,秦时杂赋9篇……左冯翊史路恭赋8篇,凡25家,136篇。除去荀卿及秦杂赋,实际上著录汉赋23家,117篇。刘师培称之为"阐理之赋","所谓分析事物,以形容其精微者也",顾实也认为是"盖主效物者也"。此类赋多亡佚,今唯存荀子《赋篇》及《成相篇》(或以为《赋篇》有《礼》《知》《云》《蚕》《箴》《佹诗》凡6篇,《成相篇》亦5篇,共得荀卿赋11篇。)《成相》颇具民歌风味,但已近于赋体,其考列往迹,阐明事理,已开后世之连珠;《赋篇》实取法民间隐语(谜语),然即小验大,析理至精,阐理至明,发人深省,故可称之为阐理之赋。旨在阐发义理而状物精切微妙,当为此类赋之特色。

第四类是杂赋,包括:《客主赋》18篇,《杂行出及颂德赋》24篇……《隐书》18篇,凡12家,233篇。难辨其产生年代,但多出西汉,当无可疑。顾实曰:"此杂赋尽亡,不可征。盖多杂诙谐,如

《庄子》寓言者欤?"实属推测,未必准确,如其中《杂中贤失意赋》《杂思慕悲哀死赋》皆为感情伤痛之作,必不与诙谐嬉笑之《庄子》同侪。推其本意,当是有一批作者失考或者不宜归入前三类的赋作,不能弃掷不论,故全部归入第四类,统名之为"杂赋",又因屈原、唐勒、宋玉、荀卿赋及秦杂赋已见录于前,故判断此类杂赋,大都是汉人的作品。① 萧统编《文选》时,将无法归入前几类的歌谣与诗作名之为"杂歌"与"杂诗",放置在诗类之最后,盖与此相类。但刘氏父子并没有将这233篇"杂赋"杂乱无章地放置一起,而是把不同内容、题材及写法的赋作略作区分,各编一集,这在文献学史和汉赋研究史上还是第一次。其中《客主赋》18篇,必是假设主客问答以组织成篇的赋作,如子虚、乌有、子墨、客卿之类,因系汉大赋之体制而列之于首。《杂行出及颂德赋》24篇,盖赋家随帝王出行时所进献的歌功颂德之作;《杂四夷及兵赋》20篇,应是外交及战争题材的篇什;《杂中贤失意赋》12篇,恐怕与司马迁的《悲士不遇赋》、董仲舒《士不遇赋》属于同一题材;《杂思慕悲哀死赋》16篇,应与《文选》的"哀伤"及"情"类赋相似;《杂鼓琴剑戏赋》13篇,主要描写击鼓、奏琴、舞剑、杂戏之类,应负载着很深的文化内涵;《杂山陵水泡云气雨旱赋》16篇,显然是一部山水风景气象赋的结集;《杂禽兽六畜昆虫赋》18篇,则与今存公孙诡《文鹿赋》、路乔如《鹤赋》无甚差别;《杂器械草木赋》33篇,则为今存刘胜《文木赋》、邹阳《几赋》、羊胜《屏风赋》之侪;至于《大杂赋》34篇,又是《杂赋》中的杂赋,是一批在《杂赋》诸类中也找不到归属作品。另外还有《成相杂辞》11篇,恐怕与荀卿《成相》相似;还有《隐书》18篇,据《别录》佚文及《文心雕龙·谐隐》,应是"遁辞以隐意,谲譬以指事"的谜语,但含义深刻,耐人寻味。不著作者的《杂赋》一类,最

---

① 万光治先生《汉赋通论》亦云此类杂赋"大抵是汉代佚名者之所为"(巴蜀书社1989年版,第11页)。

能向我们展示汉赋描写题材及艺术手法的多样性,因而具有前三类辞赋无法替代的价值。更重要的是,这其中必定包含有不少民间俗赋,因正统文人的轻视而未能流传下来。这些俗赋具有独特的艺术价值及文学史地位,曾对当时及后代文学,尤其是说唱文学的发展做出过杰出贡献。刘向父子对此类赋的整理与著录,为后人研究两汉俗赋提供了极为珍贵的线索。

以上对《汉书·艺文志·诗赋略》所著录的四类赋逐一进行了介绍与分析。这四类赋的总数为 78 家,凡 1005 篇;剔除楚秦辞赋 5 家,64 篇,及班固补入的扬雄赋 8 篇,实际上被刘氏父子整理分类的汉代辞赋为 73 家,933 篇。仅就数量而言,也是空前绝后。(由于作品的散佚和流失,后人已见不到这么多汉赋作品,客观条件的限制使他们整理汉赋的规模大为缩小。)这里还有两点值得注意:(1)刘氏父子持有广义的赋体观。在他们的心目中,楚辞体、赋体、颂体、七体,以至《成相杂辞》《隐书》,皆可称之为"赋"。这与司马迁、扬雄、班固等人的看法基本一致,实际上反映了汉人的一般认识。辞、颂、七体入赋,至今仍有不少学者认同;但对于《成相杂辞》11 篇及《隐书》18 篇,则历来颇有非议。如周寿昌《汉书注校补》说:"据刘向《别录》言,则近乎庾辞,绝非赋体,乃与《成相杂辞》同入赋家何也?"汉代处于文学发展的早期阶段,各种文体之间的界限还很模糊,作家与学者们都没有明晰的文体学概念,这是很自然的。刘向曾编辑过《楚辞》,而实际上他只是把楚辞当作赋体文学中的一种特殊样式,并没有视为另一种文体。(2)至于分类的原则及标准,因《别录》之说湮没无闻,刘歆、班固也未置一词,遂使后世学者颇多推测。明胡应麟《诗薮·杂编卷二》首倡"杂赋"为"后世总集所自始也"之说。清人章学诚《校雠通义》乃云:"(前)三种之赋,人自为篇,后世别集之体也;杂赋一种,不列专名,而杂叙为篇,后世总集之体也。"刘师培《论文杂记》发扬章说,以为:"客主赋以下十二家,皆汉代之总集类也；(此为总集之始。)余则皆为分集。而分集之赋，复分三类：有写怀之赋，有骋辞之赋，有阐理之赋。"章炳麟《国故论衡·辨诗》亦云："屈原言情，孙卿效物，陆贾赋不可见，其属有朱建、严助、朱买臣诸家，盖纵横之变也。"四人所论，皆中要害。屈原赋之属主抒情，体兼比兴，言近旨远；陆贾赋之属骋丽辞，纵横才思，旨诡词肆；荀卿赋之属阐义理，体物精微，理深味长：在赋多散亡、文献失载的情况下，我们至多只能做如此推论。按刘歆《七略》的体例，《六艺略》分易、书、诗、礼等九种，《诸子略》有儒、道、名、法等十家，各家(种)之间区分鲜明，各有渊源，而汉代经师恪守家法，抱残守缺，已成一代风气。据此，抑或刘氏父子亦将楚秦西汉赋分为屈、陆、荀三家欤？在刘氏眼中，三家亦源流判然，特色各异，俨然为辞赋之三大宗。但刘氏父子并未死守旧规，泥古不化，而是尊重事实，态度审慎，他们将不能归入这三家的赋作(也可能全是无名氏作品)又单列《杂赋》一类，以免削足适履之讥。刘氏父子对每位赋家的赋作都整理校勘，编定目次，撰写叙录，结为一集，这当是非常规范的作家别集；杂赋诸种，区分细密，以类相从，又应是总集之始。梁孝王、淮南王等门下应该有赋集出现，但史料缺载；刘向父子无疑成了历史上的总集、别集之祖。

在《诗赋略》的最后，还有一段综论周秦西汉诗赋的文字，学术界习称《诗赋略论》。该文系统地讨论了汉赋的性质渊源、兴盛原因、发展嬗变、社会作用等诸多方面，但基本上没有超越汉人政治功利的汉赋观。限于篇幅，不再赘述。

三、大型文学总集的选录：萧统《文选》

至南朝梁代，昭明太子萧统主持编纂大型文学总集《文选》时，对汉赋又进行了一次大规模的筛选、整理、分类、编录的工作。①凡被选录的汉赋,都因《文选》的普及和传播而成为历代文人士子诵读与摹习的范本,对后代各种实用文体及文学作品的写作造成了潜移默化的影响与沾溉。而那些为《文选》弃而未录的汉赋,大都未能逃脱湮没无闻甚至散失亡佚的命运,给今天的研究者带来很多惋惜与遗憾。所以,《文选》的编纂是汉赋传播与接受史上的一桩盛事,堪称是汉赋研究史上的一座里程碑。

魏晋以后,五言勃兴,文人诗的创作,呈兴盛之势,但在六朝人的心目中,赋仍居于文坛正宗的地位。萧统等编《文选》时将赋置于卷首,正是这种时代意识的体现。《文选·赋》共收历代赋 56 篇,数量虽不算多,但共有 19 卷,几乎达到《文选》卷数(60 卷)的三分之一,分量可观。其中汉赋占 23 篇,另有 6 篇被归入吊文、七、檄、设论类,加在一起,《文选》实际收录汉赋凡 15 家,29 篇。(其中《两都赋》《二京赋》各计两篇)具体情况如下:

表 1 《文选》收录汉赋一览表

类	种	作 者	篇 名	卷 次
赋	京都	班固	两都赋二首	1
		张衡	西京赋	2
			东京赋	3
			南都赋	4
	郊祀	扬雄	甘泉赋	7
	(耕藉)			
	畋猎	司马相如	子虚赋	7
			上林赋	8
		扬雄	羽猎赋	8
			长杨赋	9

---

① 据有关考证,参加这次工作的至少还有刘勰、刘孝绰、殷钧、刘杳等人。

续表

类	种	作 者	篇 名	卷 次
赋	纪行	班彪	北征赋	9
		班昭	东征赋	9
	游览	王粲	登楼赋	11
	宫殿	王延寿	鲁灵光殿赋	11
	(江海)			
	(物色)			
	鸟兽	贾谊	鵩鸟赋	13
		祢衡	鹦鹉赋	13
	志	班固	幽通赋	14
		张衡	思玄赋	15
			归田赋	15
	哀伤	司马相如	长门赋	16
	(论文)			
	音乐	王褒	洞箫赋	17
		傅毅	舞赋	17
		马融	长笛赋	18
	(情)			
七		枚乘	七发	34
设论		东方朔	答客难	45
		扬雄	解嘲	45
		班固	答宾戏	45
吊文		贾谊	吊屈原文	60
总 计		15家	28篇	

我们认为,萧统等人起码为汉赋作了以下几方面的工作:

(一)筛选、校勘与整理

据有关考证,东汉产生的赋作远远多于西汉。但萧统并没有效法刘氏父子将他所能见到的所有汉赋进行编集、分类,而是从中遴选出最具代表性的 28 篇赋作,其间必定下了一番斟酌取舍的功夫。其取舍的标准,是兼顾作品的情义(思想性)和辞彩(艺术性),偏于一方者概予不录。这就是他自己所说的"事出于沉思,义归乎翰藻"(《文选序》)。萧统已明确认识到了文艺作品与经、史、子等学术著作的区别,并提出了鲜明的文学主张,充分体现了文学的自觉意识。其次,萧统具有非常明细的文体观念。他在赋类中只收录标明为"××赋"的作品,而对于其他文体诸如楚辞体(骚)、颂体、七体、答难体(设论)等一概不予收录。我们认为,楚辞与颂在实质上属于诗歌的范畴,萧统把它们从赋中分离出去,正体现了一种历史的进步,是文学走向自觉的时代所带来的必然结果,这一点是汉人没有做到也不可能做到的。但七体与答难体虽未以"赋"名篇,而其创作主旨、体制结构、运笔技巧、语言特色等诸多方面实与赋体没有区别,萧统把它们也割离出去,则表现出重名轻实、简单武断的倾向。清陈元龙编纂《历代赋汇》时也采用了这种"一刀切"的做法,实际上是不可取的。总的看来,萧统的分类虽然过于琐碎,颇多可商之处,但他已充分认识到赋的文体性质及其与其他文体的区分,显示出新的时代特色,因而较之刘向父子向前迈进了一大步。

尽管萧统对汉赋的编选有自己独特的观点,但也受到时代思潮及传统思想的影响。六朝时集赋、注赋之风盛行,据载刘义宗、新渝侯、宋明帝、谢灵运、崔浩等皆编有《赋集》,卷帙繁简不等;而梁武帝萧衍有《历代赋》10 卷,萧统《文选》亦有赋 10 卷。我们不能说《文选》照搬了萧衍的《历代赋》,但萧统受到前人赋集及乃父萧衍的启发影响,当毫无疑问。① 因这些赋集皆已失传,无从考知

---

① 曹道衡先生认为《文选》赋的部分可能依据了萧衍《历代赋》,参见曹道衡《〈文选〉与辞赋》,中国文选学研究会:《文选学新论》,中州古籍出版社 1997 年版,第 108—113 页。

其详。如果我们把《文选》与《史记》《汉书》《后汉书》详加对照还可以发现,《文选》所录汉赋大半取自前三史。这固然反映出这些赋作成就高,影响大,流布广,同时也可见出萧统对正史的依赖心理。请看下表:

表2 《史记》《汉书》《后汉书》著录汉赋被《文选》收录情况

	史记(6篇)	汉书(18篇)	后汉书(11篇)	文选(13篇)
贾谊	吊屈原赋	同左		收(入吊文类)
	鵩鸟赋	同左		收
司马相如	子虚赋	同左		收
	上林赋	同左		收
	哀二世赋	同左		
	大人赋	同左		
东方朔		答客难		收(入设论类)
刘 彻		李夫人赋		
班婕妤		自悼赋		
扬 雄		甘泉赋		收
		河东赋		
		校猎赋		收(改称《羽猎赋》)
		长杨赋		收
		解 嘲		收(入设问类)
		解 难		
		酒赋(酒箴)		
班 固		幽通赋		收
		答宾戏		收(入设问类)
			两都赋	收(析为两篇)
杜 笃			论都赋	
崔 篆			慰志赋	
崔 骃			达旨	
冯 衍			显志赋	

续表

	史记(6篇)	汉书(18篇)	后汉书(11篇)	文　选(13篇)
张　衡			应间	
			思玄赋	收
赵　壹			穷鸟赋	
			刺世嫉邪赋	
边　让			章华赋	
蔡　邕			释诲	

《文选》把《两都赋》析为两篇，可见在萧统的思想观念中，前三史共载录汉赋 30 篇（29＋1），他从中选录了 14 篇，占总数的 46.7％。萧统更多地从《史记》《汉书》中选录，取自《史记》的汉赋篇数（4 篇）占《史记》载录总篇数（6 篇）的 66.7％，取自《汉书》的汉赋（11 篇）占《汉书》载录总篇数（18 篇）的 61％，而取自《后汉书》的汉赋（3 篇）只占《后汉书》著录总篇数（11＋1 篇）的 25％。显然，萧统对司马迁与班固的选赋观有较多的认同。考察被萧统弃而未录的汉赋，多为抒写个人块垒与抨击黑暗现实的作品，因其锋芒毕露、批判性太强而予以刊落；而那些被选录的篇章，虽然题材十分广泛，但仍以歌功颂德或委婉讽谏的作品为主。这与萧统作为太子的政治地位及其正统的文学思想是分不开的。

《文选》所录汉赋，大多是汉魏六朝时期有定评的作品，表现出萧统对前人汉赋观的继承和吸收。但有两个例外，一是司马相如《大人赋》，一是冯衍《显志赋》，二者不仅多受好评，且又载入正史。未录前者，或许与扬雄、王充批判它"劝而不止""言仙无实效"有关。（在汉代赋家中，萧统最崇拜扬雄、班固，各选赋 4 篇，同时也接受了他们的汉赋讽谏说。）未录后者，也恐怕与后者牢骚太多、有失温柔敦厚的雅正之风有关。傅刚先生以为冯衍在政治上忠于更始帝，没有及早降服光武，这样的人物，在梁武帝代齐之后不久，自不宜表彰。① 这或许是不录《显志》的原因之一。

需要说明的是，萧统对于选录的 28 篇汉赋作品，还进行了一番整理与校勘的工作。因为汉赋流传到梁代，必定有大量的抄本流传，异文、错讹更其严重。萧统选定善本，精心校勘，进而将最完善的赋作录入《文选》。今存《文选》中的汉赋与《史记》《汉书》文字有异，可见三书选择的底本不同，校勘时所作的判断取舍也见仁见智。但《文选》作为专门的文学总集，在文学史上流传更广，影响更大。

（二）分类、编序与著录

《文选·赋》把楚汉魏晋赋分为 15 种（类），汉赋就占其中的 10 种，10 种之外还有"物色"与"情"两种收有楚宋玉的赋作。可见在萧统心目中，赋体文学所涉及的题材与主题，至汉代就已基本齐备，而且几乎每一种都有杰出的作品出现。萧统以选文的方式表达了他对于汉赋的高度评价与充分重视。所收录的 10 种汉赋，我们又可以把它们归纳为三大类：(1)政教讽谕类，京都、郊祀、(耕藉)、畋猎是也；(2)观览咏物类，纪行、游览、宫殿、(江海)、(物色)、鸟兽是也；(3)情志艺文类，志、哀伤、(论文)、音乐、(情)是也。这恰恰印证了萧统在《文选序》中的一段论述："述邑居则有'凭虚''亡是'之作，戒畋游则有《长杨》《羽猎》之制（政教讽谕类），若其纪一事，咏一物，风云草木之兴，鱼虫禽兽之流（观赏咏物类），推而广之，不可胜载矣。"详论政教讽谕而略谈情志艺文，充分反映了萧氏汉赋观的正统性和落后性。

《文选》次赋首列"京都"，并且收录汉赋最多（共 5 篇），就是这种正统性和落后性的具体表现。在萧统眼里，京都是天子所

---

① 参见傅刚《从〈文选〉选赋看萧统的赋文学观》，《北京大学学报》2000 年第 1 期。

居,政令所出,是一个国家的政治、经济、军事、文化的中心,具有首等重要的地位;那么描写京都的汉大赋也便成了最雅正、最经典、最崇高、最杰出、最能称作范本与楷模的作品。京都类又首选班固《两都赋》,该赋体制宏大,风格儒雅,极力赞扬东都的法度,批判西都的淫奢,是集颂扬与讽谏于一体的作品。其中的《西都赋》控引天地,纵横古今,长于铺陈和渲染,而《东都赋》务在写实,崇尚教化,长于论证和说理。自此以后,汉大赋沿着《东都赋》的方向发展,渐渐向经学靠拢,失去其固有的光彩,成为"五经之鼓吹"(《晋书·孙绰传》),"经典之羽翼"(《世说新语·文学》刘孝标注)。时人对京都赋的高度重视与极力吹捧,完全是被政治功利的汉赋观所左右,是与文学走向自觉的潮流背道而驰的。萧统并没有完全超脱经学的束缚,这是他的局限性。《两都赋》前还有一篇序文,充分肯定了汉赋的社会地位,强调了汉赋的美刺尤其是颂美的功能。萧统列之于首,实际上表明了他对班固汉赋观的高度重视与基本认同,同时也是借此序来作为几乎占《文选》三分之一的赋体文学作品的总说明。他对前人汉赋观的继承性是很明显的。

京都以下,又列郊祀(选汉赋 1 篇)、耕藉(未选汉赋)、畋猎(选汉赋 4 篇)三种。所谓郊祀、耕藉、畋猎,都是天子所举行的盛大典礼活动。"国之大事,在祀与戎。"(《左传·成公十三年》)典礼莫重于祭祀,祭祀莫大于祭天的郊祀礼。可见郊祀是治国的大典,是天子众多典礼中最重要、最庄严、最肃穆的一种,所以《文选》在京都之下,首列郊祀一类。耕藉之礼,旨在劝农;畋猎之礼,旨在阅兵,皆为治国之大业。刘向《说苑·修文篇》曰:"搜苗狝狩之礼,简其戎事也。"所以扬雄《羽猎赋》说汉成帝狩猎的目的在于"开北垠,受不周之制,以奉终始颛顼玄冥之统",即接受颛顼、玄冥主杀的传统,习马练兵,炫耀武威,以备开拓北方边陲。(实际上汉成帝没有这么高的思想境界,这只是扬雄的一种委婉劝谏的方式。）

　　以上几种是政教讽谕类的作品，铺陈的是京城帝都的繁华景象，描绘的是天子郊祀田猎的盛大典礼，客观上展现了大汉帝国的文明、强大、统一和昌盛，具备颂美的功能；而其创作主旨不外乎讽谕最高统治者修明法度、去奢从俭、归田养民、励精图治，并且都使用了委婉含蓄、旁敲侧击的劝谏方法，具有典丽润泽、温柔敦厚的风格，堪称是雅颂之遗，最为统治者所赏识、喜爱，也最为正统文人所推崇、尊奉，其被萧统列为众赋之首是势在必然的了。

　　至于观览咏物类的作品，则风格迥异。其描写的对象多在帝都宫廷之外，赋中的主人公多为文人士大夫。抒发的情感、寓含的哲思或者关乎国政，但更多地则从个人的切身感受出发，记叙见闻历历如见，抒情写怀哀婉悠长，指摘时弊心热辞切，艺术手法丰富多变。其中"纪行"有班彪《北征》、班昭《东征》，"游览"有王粲《登楼》，"鸟兽"有贾谊《鵩鸟》、祢衡《鹦鹉》。披览诸赋不难发现，它们都以外在风光景物、草木鸟兽为契机，主人公游览的目的并不在于娱目，咏物的目的也不在于消遣，而是借此抒发个人的情志和怀抱，堪称是《国风》《小雅》之亚。唯王延寿《鲁灵光殿赋》旨在状物颂德，与此颇不相类，照理应归入京都一种，或许编者以为灵光乃诸侯之宫殿，不得忝入京都之列？或许认为该赋专咏一殿，与概写都邑者有异？今已难知其详了。

　　最后一类是情志艺文类，包括志（收汉赋3篇）、哀伤（收汉赋1篇）、论文（未收汉赋）、音乐（收汉赋3篇）、情（未收汉赋）数种，都属于社会生活方面的内容。志类中收班固《幽通》、张衡《思玄》与《归田》三赋，或作通达之幽思，或探玄远之哲理，或抒归隐之乐趣，都是抒写个人志向情趣的作品，表达了赋家对社会人生的深入思考与独特抉择，充满了哲学思辨的色彩与超脱尘世的逸趣。哀伤类收有司马相如《长门赋》，此为代言体，细腻地刻画了宫女被幽锁长门的寂寞、痛苦和哀伤。论文与音乐类比较独特,是研究古代文学理论、艺术活动的珍贵资料。情类虽然未收汉赋,但很值得一提。因为该类收有宋玉《高唐》《神女》《登徒子好色》及曹植《洛神》四赋,都是"发乎情,止乎礼义"的作品。这说明萧统一方面尊重客观现实,对文学界出现的男欢女爱之作给予一定的地位,另一方面又只选其中最能恪守礼法的作品。对于陶渊明的名作《闲情赋》,不仅未加收录,还在《陶渊明集序》中批评它是"白璧微瑕",是"扬雄所谓劝百而讽一者","卒无讽谏,何足摇其笔端!"并长声浩叹:"异哉!无是可也。"可见扬雄与班固所张扬的讽谏说对萧统的影响是多么巨大!汉代也有描写男女之情的赋作,如蔡邕《检逸赋》《协初赋》等,但终因描写直露、"卒无讽谏"而不予选录,显示出萧统的正统性与保守性。

总之,萧统对汉赋的分类与编排,处处彰显着他对汉赋的基本看法。一方面他视赋(汉赋)为文学之一大宗,列之于《文选》之首并大量选录高乘之作,表现出鲜明的文学主流观;他时常冲破传统观念的束缚,从文学艺术的角度审视、考察、评价、选录汉赋,展示了汉赋文学题材的丰富性和多样性,并在一定程度上肯定了爱情赋的地位,显示出文学自觉时代的新特点;他还冲破了汉人辞、赋、颂混同的文体观念,有意将三者加以区别,具有超凡的识别力与洞察力。另一方面,萧统"三岁受《孝经》《论语》,五岁遍读《五经》,悉能讽诵"的读书经历以及他作为太子的政治地位,使他在很大程度上接受了汉人的讽谏说并显示出新的特点。他把京都列于赋首并重视郊祀、田猎赋的选录,固然反映了他对于作为"一代之文学"汉赋中最杰出的散体大赋的欣赏与肯定,但他的认识角度更多地来自于社会政治方面而非文学艺术方面,错误地把班固、张衡的京都赋置于司马相如之上,就是这种正统性与保守性所决定的。他认同班固《两都赋序》的观点,强调汉赋的美刺尤其是颂美的功能,并对于抒情直率、大胆浪漫的爱情赋作大加批判,也是正统儒家的价值观与文学观所决定的。所以,萧统的汉赋观中进步性与落后性并存,继承性与开创性同在。这一点是我们必须仔细鉴别并认真对待的。

四、其他

《文选》是汉赋整理与分类史上的一座高峰。但这座高峰并不是突兀而起、拔地耸立的,而是吸收了众多前辈学者的研究成果最终成其高的,并且有许多同时或在此前后的研究成果如雨后春笋般纷纷涌现,共同铸成了六朝时汉赋研究的辉煌鼎盛局面。据《隋书·经籍志》《旧唐书·经籍志》《新唐书·艺文志》及《二十五史补编》的记载,六朝时编定的赋集、赋抄起码有以下几种:

历代赋 10 卷:梁武帝萧衍撰(《隋志》)

赋集 50 卷(亡):南朝宋新渝惠侯刘义宗撰(《隋志》、聂崇歧《补〈宋志〉》)

赋集 40 卷(亡):宋明帝刘彧撰(《隋志》、聂崇歧《补〈宋志〉》)

赋集 92 卷:宋谢灵运撰(《隋志》)

赋集钞 1 卷:无名氏钞(《隋志》)

赋集 86 卷:后魏秘书丞崔浩撰(《隋志》)

续赋集 19 卷(残):无名氏撰(《隋志》)

献赋集 10 卷:卞铄撰(新、旧《唐志》)

从以上赋集的名称、卷数及编者等诸方面分析,可知这些赋集乃是历代赋的总集或选集。此外,《隋志》及新旧《唐志》还著录了宋御史褚诠之《百赋音》10 卷、梁郭征之《赋音》2 卷(佚),估计是赋集而兼有注音的功能。如此算来,六朝时产生的赋集不下十余种。其卷数有多寡之别,恐怕是由于各家的选赋观互有差异,他们对赋的文体性质、赋与其他文体的区分、具体赋作的价值判断及斟酌取舍应有很大不同。但这些赋集均已失传,难以确考。

有一点不可否认:既有刘向父子的《别录》《七略》在先,各家对所选赋(汉赋)绝非杂乱无章地堆在一起,肯定都有各自的分类及排序方法;他们的研究成果又必然为《文选》的编纂者所取法、借鉴。

此外,这时期还出现了不少分门别类的赋集:

五都赋 5 卷:张衡及左思撰,晋人辑(《隋志》,新、旧《唐志》,丁国钧《补〈晋志〉》,秦荣光《补〈晋志〉》)

杂都赋 11 卷(梁 16 卷):无名氏撰(《隋志》)

相风赋 7 卷(亡):傅玄等撰(《隋志》、丁国钧《补〈晋志〉》)

遂志赋 10 卷(亡):无名氏撰(《隋志》)

乐器赋 10 卷(亡):无名氏撰(《隋志》)

伎艺赋 6 卷(亡):无名氏撰(《隋志》)

七集 10 卷:宋谢灵运集(《隋志》)

七林 10 卷(梁 12 卷,录 2 卷):卞景撰(《隋志》)

七林集 12 卷:卞氏撰(新、旧《唐志》)

七林 30 卷(亡):梁无名氏撰(《隋志》)

设论集 3 卷(亡):东晋人撰(《隋志》)

设论连珠 10 卷(亡):宋谢灵运撰(《隋志》)

客难集 20 卷(亡):梁以前无名氏撰(《隋志》)

《五都赋》辑于晋代,历南北朝隋唐而不衰,可见重视京都赋不止萧统一人,也绝对不自萧氏始,而是汉魏六朝隋唐人的共识。《杂都》《相风》《遂志》《乐器》《伎艺》等是按题材辑录的赋体文学总集,或许受刘向父子"杂赋"诸集的启发;至于《七集》《七林》,则专录枚乘《七发》及后人仿作;而《设论》《客难》,则是自东方朔以来答难体作品的总集。显然,将七体与答难体从赋中分离出去,也不自萧统始,至迟在晋宋之时就有人这样做了。

至于文学总集的编纂,《隋书·经籍志》说得更明白:"总集者,以建安之后,辞赋转繁,众家之集,日以滋广,晋代挚虞,苦览者之劳倦,于是采摘孔翠,芟剪繁芜,自诗赋下,各为条贯,合而编之,谓为《流别》。是后文集总钞,作者继轨,属辞之士,以为覃奥,而取则焉。"①《隋志》除了著录晋挚虞《文章流别集》41卷外,还著录了谢混《文章流别集体》12卷,孔宁《续文章流别》3卷,无名氏《集苑》45卷,宋刘义庆《集林》181卷、孔逭《文苑》100卷等,这些都是萧统《文选》所取则、效法的范本。当然,《文选》集各家之长,青出于蓝而胜于蓝,遂成为众作中之翘楚而彪炳史册,荫泽后人。

除了以上各种总集、选集外,汉魏六朝时的赋家别集也为汉赋的整理和研究作了不小贡献。《隋书·经籍志》以为:"别集之名,盖汉东京之所创也。"②实际上早在西汉的刘向、刘歆父子就已开创了总集、别集之体,说详上文。《后汉书·列女传》载:"(班昭)所著赋、颂、铭……凡16篇,子妇丁氏为撰集之,又作《大家赞》焉。"③这应是私人编纂的作家别集。《隋志》载录的汉赋作家别集有《贾谊集》4卷(佚),《司马相如集》1卷、《王褒集》5卷、《扬雄集》5卷、《冯衍集》5卷、《傅毅集》2卷、《班固集》17卷、《张衡集》11卷等。这些别集后来都已佚失,但曾经为名家名赋的传播做出贡献。

最后需要重点谈到的是,汉魏六朝时期的其他典籍也整理、载录了一些汉赋作品。比如东汉班固、刘珍等编纂的《东观汉记》载有梁竦《悼骚赋》全文,署名为西汉孔鲋撰、实出于魏晋人之手的《孔丛子》载有孔臧《谏格虎》《杨柳》《鸮》《蓼虫》四赋,托名刘歆、实为东晋葛洪采辑的《西京杂记》载录了枚乘《柳赋》、邹阳《酒赋》《几赋》、公孙乘《月赋》、路乔如《鹤赋》、公孙诡《文鹿赋》、羊胜《屏风赋》、刘胜《文木赋》等西汉初年7家凡8篇赋作,北魏郦道元撰写的《水经注》征引了刘歆《遂初赋》、班彪《冀州赋》、傅毅《反都赋》、张衡《温泉赋》、蔡邕《述行赋》、徐幹《齐都赋》、刘桢《鲁都

---

① [唐]魏徵、令狐德棻:《隋书》卷三十五,中华书局1973年版,第1089—1090页。
② 同上书,第1081页。
③ [南朝宋]范晔:《后汉书》卷一一四,中华书局1965年版,第2792页。

赋》《大暑赋》、应场《灵河赋》《西征赋》等汉代赋作的段落或句子。在汉赋作品大量佚失、十不存一的情况下,这些典籍无疑为今天的汉赋研究者提供了极可珍贵的资料。此外,有些典籍还记载了赋家的奇闻轶事、作赋经过、论赋观点、文学集团的活动等内容,例如著名的司马相如"赋迹""赋心"说即出自《西京杂记》,是对《史记》《汉书》的有效补充。这已溢出了本题的范围,不再赘述。

综上所述,汉魏六朝时期的学者为汉赋的收集、校勘、分类、编录作出了划时代的贡献。经过前三史及《文选》的选录,汉赋中最为典雅、最具代表性的篇章得以广泛流传并基本固定下来,汉赋作为一代之文学的形象也渐渐进入了人们的思想观念之中。而刘向父子的《别录》《七略》,则在校勘方法、汉赋叙录、汉赋分类、别集与总集的编纂等方面成就了不朽的开创之功;更重要的是,他们对汉赋所进行的一次空前绝后的大规模搜集与整理,既有利于汉赋作品的集中保存,也为魏晋南北朝编纂各类总集、选集、别集提供了丰富的资料。南北朝时期涌现出大量的赋集,是汉赋整理与编录史上的第一个辉煌时代。但这一时期封建文人的正统性与保守性也是不容忽视的。比如班固、萧统等人都过分强调汉赋的颂美、讽谏功能,更多地选录了歌功颂德或旨在微讽的作品,而对于那些现实性、批判性较强,或者反映下层人民思想与生活的赋作却很少记载,致使两千年以下的人们无法窥知汉赋的"全豹"。而他们对于两汉民间俗赋的轻视与刊落,正是造成此类赋失传殆尽的直接原因。今天的学者只能从《汉书·艺文志·诗赋略》的记载以及地下出土的《神乌赋》来推想此类赋在当年的繁荣情况。对此,汉魏六朝时期的学者也有不可推卸的责任。

附记:原载《中国诗歌研究》第 4 辑,中华书局 2007 年版。

檀道鸾赋论发微

在中国文学批评史上,檀道鸾不仅是着力批判玄言诗的第一人①,而且是第一位将楚辞与赋分而论之,并率先从多方面探讨赋体文学之渊源的学者。对于第二点,今人却鲜有论及。

檀道鸾,字万安,南朝宋高平金乡(今山东省金乡县)人,曾任国子博士、永嘉太守。撰有《续晋阳秋》20卷(见《隋书·经籍志》),久已亡佚。《世说新语·文学篇》梁刘孝标注征引了一段《续晋阳秋》的佚文,其中有一条非常珍贵的赋论材料:

> 自司马相如、王褒、扬雄诸贤,世尚赋、颂,皆体则《诗》、骚,傍综百家之言。及至建安,而诗章大盛。②

明陈耀文《天中记》卷三十七、冯惟讷《古诗纪》卷一百四十八所引与此同,而清严可均《全宋文》未辑录。其中"世尚赋、颂"一句,

---

① 郁沅称:"檀道鸾是最早对玄言诗进行研究并提出批评的理论家。"详见郁沅、张明高《魏晋南北朝文论选》,人民文学出版社1996年版,第285页。
② [南朝宋]刘义庆撰,[南朝梁]刘孝标注,余嘉锡笺疏:《世说新语笺疏》,上海古籍出版社1993年版,第262页。

《文选》卷五十沈约《谢灵运传论》唐李善注引作"代尚诗、赋"①,清仇兆鳌《杜诗详注》卷十一《戏为六绝句之三》注所引同。今按:李善所引有误。首先,众所周知,两汉文学是赋的天下,诗歌创作极为寥落。西汉末年刘向等人曾将诗赋分为五类,其中前四类为赋,共1004篇;最后一类为歌诗,仅314篇。② 这正如南朝梁钟嵘《诗品序》所云:"自王、扬、枚、马之徒,词赋竞爽,而吟咏靡闻。"③"词赋"即辞赋,"吟咏"即诗歌。两汉文人尚"赋"而不尚"诗",并没有二者兼尚,所以,李善所引"代尚诗、赋"一语与事实明显不符。其次,"代尚诗、赋"还与下文"及至建安,而诗章大盛"(这句话李善注未征引)相矛盾。"而"字表转折,倘若汉代已经"尚诗、赋",这里就无需转折了;正因为汉代只尚"赋、颂",不尚诗歌,所以建安时期"诗章大盛"才体现了文学创作的新变。檀道鸾着一"而"字,揭示了主流文体的兴衰更替,表现出敏锐的洞察力和进步的文学史观,对钟嵘等人的论述颇有影响。因而,此句当从刘孝标注,作"世尚赋、颂"为宜。另外,"傍综百家之言"一句,《文选》李善注引作"诗总百家之言",杜诗仇兆鳌注同。今按:"诗"字为名词,不应该用在动词"总"之前,这明显不合语法;而刘孝标"傍综百家之言"不仅语法规范,而且语意顺畅。"傍"者,旁也,侧也;"傍综"者,兼综也。"傍综"与"体则"相对,说明赋、颂两种文体主要效法《诗经》和楚辞,同时也广泛吸收了先秦诸子百家的艺术养料。刘孝标是南朝梁代(502—557)人,比唐代李善(630?—689)早一百余年,所引文字当更为可靠。清人黄奭辑《续晋阳秋》

---

① [南朝梁]萧统编,[唐]李善注:《文选》,中华书局1977年版,第703页。此句"代"字本当作"世",李善为避唐太宗李世民名讳而改之。
② 参见[汉]班固《汉书》,中华书局1962年版,第1747—1755页。
③ [南朝梁]钟嵘撰,曹旭集注:《诗品集注》,上海古籍出版社1994年版,第11页。

时,即据《世说新语》刘孝标注录入。① 鉴于以上原因,本文所用檀道鸾《续晋阳秋》佚文皆以刘孝标所引为准。

檀道鸾认为赋、颂是两汉时期颇为风行的文体,并把司马相如、王褒、扬雄等人视为早期赋、颂文学的杰出代表,用语简练而又精确恰当。但檀氏对于赋学批评史的独特贡献在于:

第一,檀道鸾称司马相如、王褒、扬雄等人的赋、颂"体则《诗》、骚",显然把《诗经》、楚辞一并尊奉为文学经典,并充分肯定了汉赋在《诗经》、楚辞等先秦文艺的滋养下所取得的艺术成就。"体则《诗》、骚"的"体"是一个宽泛的概念,它不仅指体式结构,而且涵盖了语词声韵、修辞技巧乃至艺术风格、文化精神等诸多方面;"则"是效法、学习之意。一句话,汉赋的兴盛并不是异军突起、孑然而立的,它全面继承了前代文学所取得的成就,离不开《诗经》、楚辞所创立的文学传统。而"这一《诗》、骚并列作为后世文学之祖的提法,影响非常深远"②。在"及至建安,而诗章大盛"之下,刘孝标还引用了以下文字:

> 逮乎西朝(指西晋——笔者)之末,潘、陆之徒,虽时有质文,而宗归不异也。正始中,王弼、何晏好庄老玄胜之谈,而世遂贵焉。至过江,佛理尤盛,故郭璞五言,始会合道家之言而韵之。(许)询及太原孙绰转相祖尚,又加以三世之辞,而《诗》、骚之体尽矣。

檀道鸾认为,从司马相如到潘岳、陆机的文学发展,尽管体式有更迭,质文有代变,但都以《诗经》、楚辞为准的,即所谓"宗归不异";

---

① [南朝宋]檀道鸾著,[清]黄奭辑:《续晋阳秋》1卷,《汉学堂丛书》本,清光绪年间刻本,第10叶。

② 王运熙、杨明:《中国文学批评通史·魏晋南北朝卷》,上海古籍出版社1996年版,第219页。

而以许询、孙绰为代表的玄言诗出入《老》《庄》，大谈玄理，语言晦涩，淡乎寡味，完全脱离了这一传统，把诗歌创作引向迷途。这段文字主要梳理汉、魏、晋三代诗歌的发展嬗变，并且第一次对玄言诗提出批评，因而颇为后代诗歌研究者所重。但檀氏将汉赋也纳入诗歌发展史来进行考察，并肯定其继承《诗》、骚传统，广泛吸收前代文学营养来发展自己的文学特色，这无疑为后来的诗赋创作指出了方向，也树立了楷模。檀氏的这些开创性见解，对此后沈约《宋书·谢灵运传论》、刘勰《文心雕龙·明诗》《时序》、钟嵘《诗品序》等的论述皆有明显影响。

其二，从"世尚赋、颂"，"皆体则《诗》、骚"诸语看来，檀道鸾已将诗、骚、赋、颂视为四种不同的文体，这反映出精微明细的文体观念。在此之前，汉代人将《诗经》尊奉为儒家经典，却把骚（楚辞）、赋、颂等文体混为一谈，统称为赋，司马迁、刘向、刘歆、扬雄、班固等人莫不如此。比如刘向、刘歆父子在校理典籍时，就把歌诗之外的文学作品如楚辞体、颂体、七体、连珠、对问、成相杂辞、隐书等全部纳入赋类。建安时期，由于文学作品的大量积累以及文章的社会功用日益多样化，人们的文体观念日趋明晰。三国魏曹丕《答卞兰教》云："赋者，言事类之因附也；颂者，美盛德之形容也。"晋陆机《文赋》曰："赋体物而浏亮……颂优游以彬蔚。"曹、陆二人明显视赋、颂为二体，但并未言及骚（楚辞）体，这说明在他们眼中，骚仍然隶属于赋。晋挚虞《文章流别论》云："前世为赋者，有孙卿、屈原，尚颇有古诗之义，至宋玉则多淫浮之病矣。楚辞之赋，赋之善者也。故扬子称赋莫深于《离骚》。"①其《文章流别集》选录颂、赋、诗、七等11种文体的文学作品，但并未单列骚体，而将屈原、宋玉等人的作品纳入赋类。准此，檀道鸾第一次把骚（楚

---

① ［清］严可均辑：《全上古三代秦汉三国六朝文》，中华书局1958年版，第1905页。

辞)体从赋体文学中剥离了出去,的确是一种新人耳目的见解,为我国古代文体分类的细密化、准确化起了推波助澜的作用。从今天的文体学角度来看,《诗经》、楚辞、颂、成相杂辞等皆可视为诗歌,而赋则是一种介于诗歌与散文之间的文学体裁。檀道鸾最早感受到了楚辞与赋在体制、风格、文学地位等方面的差异,这是十分可贵的。

此后,齐梁时期任昉《文章缘起》、刘勰《文心雕龙》、萧统《文选》等都接受了檀道鸾的文体观念,在赋类外另设诗、骚、颂诸类。其中《文选》最为典型,该书将梁代之前的文学作品分为赋、诗、骚、七……辞、序、颂、赞等凡39体,分别编选名篇佳作,影响极为深远。明人王世贞、胡应麟、清人程廷祚等更从内容、体制、风格、发展演变、阅读效果等方面来辨析骚、赋二体之异同,从理论上深化了对这一问题的讨论。此外,宋李昉《文苑英华》、姚铉《唐文粹》、元苏天爵《元文类》、明程敏政《明文衡》、清吴曾祺《涵芬楼古今文钞》等诗文总集也以不同的处理方式将骚、赋、颂诸体区分开来加以编选,可见古人对这一观点的认同与实践的情况。

其三,在骚、赋、颂三者分离的前提下,檀道鸾进一步从《诗经》、楚辞、诸子百家凡三个方面探讨了赋体文学的渊源。这不仅在刘宋时绝无仅有,即便在整个古代的赋学批评史上也是难得一见的。赋体文学的诗源说与辞源说都孕育于司马迁的《史记》。所不同的是,在班固之前就有人明确提出了"赋者,古诗之流也"(《两都赋序》引)的观点,此后经过晋左思、唐白居易、元祝尧、明徐师曾、清李调元以及今人瞿蜕园、简宗梧等人的鼓吹与张扬,诗源说几乎成了近两千年来相沿不改的经典之论。①辞源说却是个难产儿,尽管赋与楚辞的血缘关系较之《诗经》要近得多,但由于

———————

① 详见左思《三都赋序》、白居易《赋赋》、祝尧《古赋辩体》、徐师曾《文体明辨序说》、李调元《赋话》、瞿蜕园《汉魏六朝赋选·前言》、简宗梧《汉赋史论·汉赋为文为诗之考辨》。

两汉魏晋人将骚与赋合二而一,所以不可能提出赋源于骚的见解。檀道鸾在骚、赋二体的基础上,率先揭示了赋与骚的这种渊源传承关系,可谓前无古人,后启来者。梁刘勰、元祝尧、明吴讷、清程廷祚、刘熙载、今人铃木虎雄(日)、丘琼荪等人无不吸收或发展了他的观点。①

檀道鸾不仅首倡辞源说,还将其与前人的诗源说相融合,同时又认识到先秦诸子百家对赋的浸润和沾溉,创立了赋体文学的多源说,这无疑把中国古代的赋源探讨推向了一个更高的阶段。可惜的是,他并未对这一超前的、颇具开创意义与理论价值的多源说详加论证,而号为体大思精的《文心雕龙》又仅仅在《诠赋》一篇中继承了他的诗源说与辞源说,却对于"傍综百家之言"一语视而不见,置若罔闻。自此,古人对赋之渊源的探讨便游移于诗源说与辞源说之间,或者将二者兼综融会,表现出不同的形态,而檀道鸾的赋源诸子说却几无嗣响。直到清代乾嘉年间,章学诚(1738—1801)才在《校雠广义·汉志诗赋》中重新提出了所谓的"多源说":

> 古之赋家者流,原本《诗》、骚,出入战国诸子。假设问对,《庄》《列》寓言之遗也;恢廓声势,苏、张纵横之体也;排比谐隐,韩非《储说》之属也;征材聚事,《吕览》类辑之义也。虽其文逐声韵,旨存比兴,而深探本原,实能自成一子之学。②

这完全可视为檀道鸾"体则《诗》、骚,傍综百家之言"一句的注脚。当然,章氏发展并完善了檀氏的论述,使这一观点更加系统、缜密、深刻,因而为现当代大多数赋学研究者所接受,其功自不可

---

① 详见刘勰《文心雕龙·诠赋》、祝尧《古赋辩体》卷一、吴讷《文章辨体序说》、程廷祚《骚赋论》、刘熙载《艺概·赋概》、〔日〕铃木虎雄《赋史大要》第一编第一章《赋原——赋与骚》、邱琼荪《诗赋词曲概论》第二编第二章《赋的起源》。

② [清]章学诚撰,叶瑛校注:《文史通义校注》,中华书局1994年版,第1064页。

没。但今人皆称章学诚"创立"了多源说,而不知在先于章氏1300余年的刘宋时代,檀道鸾早就提出了这一观点。例如曹明纲先生在《赋学概论》中说:"在历代相沿的'诗源说'和'辞源说'的基础上,清代出现了一种兼收并取的'综合说'。它的创立者是章学诚。"①马积高先生也认为:"此说出自清人章学诚","此说是对赋的渊源的研究的重大突破"②。因此,本文着力表彰檀道鸾在赋学研究领域的贡献,并对刘勰等人抛弃檀氏多源说的做法深表惋惜。

需要指出的是,赋源问题是一个聚讼千年、迄今未有定论的问题,也许永远都不会形成定论。但是,对赋源问题的探讨却促进了古今学者对赋体文学兴起原因的思考,尤其是通过全面考察赋体文学对于《诗经》、楚辞、先秦诸子、纵横家与倡优说辞等前代文学艺术的继承关系,进而从特定角度揭示了文学发展演进的某些内在逻辑和必然规律,因而是有意义的。所以,当代著名赋学家马积高、龚克昌、章沧授、叶幼明、万光治、郭建勋等皆对赋源问题有所探讨,并且都是多源说者③,檀道鸾、章学诚的学术影响昭然可见。笔者认为,赋与其他文体一样,也是文人在学习民间文艺的基础上,吸收了前代各种文学样式的营养,并在新的历史条件下而成长为汉代的一代之文学的④。檀道鸾的多源说并非尽善尽美,但他的努力无疑使古代的赋源讨论向着真理的认识迈进了一大步。因而,我们应该重视檀道鸾的赋论,还他以赋学批评史上应有的地位。

附记:原载《天中学刊》2015年第4期。

---

① 曹明纲:《赋学概论》,上海古籍出版社1998年版,第32页。
② 马积高:《历代辞赋研究史料概述》,中华书局2001年版,第6页。
③ 详见马积高《赋史·导言》、龚克昌师《汉赋研究·汉赋探源》、章沧授《汉赋美学·汉赋的美学渊源》、叶幼明《辞赋通论·赋的渊源与流变》、万光治《汉赋通论·汉赋三体溯源及变迁》、郭建勋《辞赋文体研究·辞赋的文体渊源与文体特征》。
④ 详见踪凡《赋源新论》,《清华大学学报》2010年第4期。

附录:《神乌赋》集校集释

《神乌傅(赋)》于1993年出土于江苏省连云港市尹湾村汉墓,《文物》1996年第8期公布了该赋的释文(即《尹湾汉墓简牍释文选》,以下简称《释文选》)和大部分原简的照片,立即在学术界引起强烈反响。该赋是目前唯一的一篇保持原始状况的汉赋作品,对于研究汉赋的表现题材、艺术风格、语词声韵、用字习惯以至赋体文学的渊源等问题都具有极为珍贵的价值。迄今为止,海内外已发表专论或主要讨论此赋的论文三十余篇,许多问题的研究都取得了重大进展,但不少问题仍未取得一致意见。本文仅对近十年间(1996—2005)考订与注释《神乌赋》的成果作一归纳总结,间出己意,以供进一步研究之参考。

《神乌赋》释文主要依据裘锡圭先生《〈神乌赋〉初探》而略有改

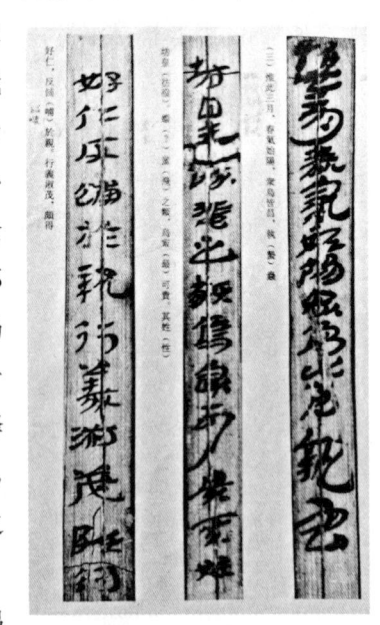

《神乌赋》简,江苏尹湾汉墓出土

动;凡征引诸家论说,皆标注姓名,出处见文末"主要参考文献"。若有己意,则标明"凡按"以示区别。四川大学罗国威先生帮我觅得三篇极为难得的论文,在此谨向罗先生表示诚挚感谢!张敏硕士撰有《〈神乌赋〉今译》,亦附于文末,以供参考。

惟此三月,春氣始阳,众鸟皆昌(唱),执(蛰)虫坊皇(彷徨)。

【集校】1. 此:《释文选》、裘锡圭等原皆如此。后裘锡圭引台湾大学中文系周凤五说,谓"此"当释"岁",字形与下文"今岁不翔"之"岁"同。朱晓海、李零、臧正一亦释为岁。张敏硕士释为"此",认为"'惟此'连用,古籍中可见,如《左传·文公四年》:'诗云:惟彼二国,其政不获;惟此四国,爰究爰度。'且本简字形与'汉武梁祠画像题字'中屮字形相同(见《碑别字新编》,秦公辑,文物出版社1985年版)。"凡按:该字笔画粗厚拥挤,难辨其详,但揣摩文意,仍以释"此"为优(详参"诚写遇,以意傅之"句集释)。先秦两汉典籍中屡见"岁某月"之语,但皆无"惟"字,与此句式不合;且皆不在篇首,承上省略"某某年"之语,与此位置、语境亦不同。又罗国威先生疑此字乃峕(时)的简体,唐人有将时字写成山字下加一横者,此字近之(2005年12月示)。可备一说。2. 氣(气):臧正一径释为"气",非是。3. 虫:裘锡圭曰:"虫,简文原如此作。从秦汉简帛文字看,当时已多用'虫'为'蟲'。"费振刚等《全汉赋》《全汉赋校注》径释为"蟲",不确。

【集释】1. 阳:罗国威引《尔雅·释天》曰:"春为清阳。"郭璞注:"气清而温阳。"费振刚亦曰:"阳,温和。"朱晓海读为"扬",称:"古人以十二月阳气始生于子,至三月阳气由下上跻地表,位当辰,故汉人俱训辰为振……振,举也,升也。"臧正一从之。凡按:朱、臧求之过深。读如本字即甚明白,无需曲为假借。此处"阳"用为动词,指天气变暖。《诗·豳风·七月》:"春日载阳。"郑玄笺:"阳,温也。"朱熹集传:"阳,温和也。"《文选》张衡《东京赋》:"春日载阳。"薛综注:"阳,暖也。"2. 昌:裘锡圭曰:"昌,兴盛。《荀子·礼论》:'江河以流,万物以昌。'"周宝宏曰:"此指鸟在春暖之时开始活跃。"李零曰:"昌读唱。"臧正一同。凡按:李、臧之说为优。此句指鸟儿在阳春三月"呼朋引伴地卖弄清脆的喉咙,唱出宛转的曲子"(朱自清《春》),群聚歌唱,兴奋无比。且"昌(唱)"与下句"坊皇"皆为动词,文意相对。骆名楠译为"伶俐群鸟,飞翔歌唱",差为近之。3. 执:扬之水曰:"执当即蛰之省。银雀山汉简'执虫求穴',亦此例。《礼记·乐记》:'蛰虫昭苏,羽者妪伏。'第17简'交龙执而深藏'亦同,《淮南子·原道训》:'昆虫蛰藏。'"凡按:扬之水言"执"为"蛰"之省,不确,而引证颇丰。"执"字甲骨文从幸从丮,象人两手加梏之形,本义是拘执或捉拿,此处假借为"蛰伏"的"蛰";"蛰"是后起本字,从虫执声。(关于本字后造的假借,可参看裘锡圭《文字学概要》第181—182页,商务印书馆1988年版。)周宝宏、虞万里皆云"执通蛰",罗国威曰:"执虫,冬季蛰伏之虫。"并引《淮南子·天文篇》:"执徐之岁。"高诱注:"执,蛰也。"所言甚是。4. 虫:凡按:蟲的简体。《说文·蟲部》:"有足谓之蟲。"《集韵·冬韵》:"蟲,李阳冰曰:裸、毛、羽、麟、介之总称。"段玉裁《说文解字注》:"蟲者,蝡动之总名。"此处蛰蟲与众鸟相对,指在冬季蛰伏于洞穴中的各种动物。5. 坊皇:各家所言略同。虞万里曰:"坊与方古通用……坊皇,即方皇、仿偟、彷徨,不自安貌。盖春气既发,伏蛰之虫皆不能自安而蠢蠢欲动也。"凡按:坊皇、方皇、仿偟、彷徨音义并同,联绵字,阳部迭韵,此处形容动物们在温暖阳光下来回走动逍遥自得的样子。　○数句大意是:就在今年三月,天气转暖之时,成群的鸟儿欢聚一处,纵情歌唱;冬季蛰伏的动物都爬出洞来,自由地徜徉。裘锡圭曰:"曹植《感婚赋》首四句说:'阳气动兮淑清,百卉郁兮含英,春风起兮萧条,蛰虫出兮悲鸣。'(丁晏《曹集诠评》卷二)语意与此赋首四句相近。"凡按:裘说可从,惟曹赋始句即悲凉凄清,与此赋以乐景反衬哀情的手法有别。又曹植《与杨德祖书》云:"夫街谈巷说,必有可采,击辕之歌,有应风雅",并称"今往仆少小所著辞赋一通相与",看来他很重视民间文学,其送给杨修的"少小所著辞赋一通"中,估计有不少俗文学作品。今存曹植《鹞雀赋》亦述禽鸟故事,或许曾受《神乌赋》或者类似禽鸟类俗赋的影响。　○阳、昌、徨,阳部平声。

蠉(?)蜚(飞)之类,乌冣(最)可贵。其姓(性)好仁,反餔(哺)于亲。行义淑茂,颇得人道。

【集释】1. 蠉蜚:有四种解释,①虞万里曰:"蜚与飞古通用,先秦两汉文献用例甚多。《说文·虫部》:蠉,虫行也。《羽部》:翻,小飞也。鸟为飞禽,非虫类,蠉蜚即翻飞,以同音而通用。"费振刚同。②朱晓海曰:"蠉指昆虫之飞行,蜚指禽鸟之飞行。"臧正一从之。③罗国威曰:"蠉蜚之类,谓鸟兽也。"凡按:罗说甚是。蠉、蜚皆为动词:蠉谓虫行,蜚指鸟飞;"蠉"与上文"执虫"对,"蜚"与上文"众鸟"对。"蠉蜚之类"犹言"地上爬的,天上飞的",今日苏北等地方言犹如是说。骆名楠译为"鸟类家族,乌鸦高贵",未免失之太偏。2. 冣:臧正一以为是冣(聚)之形讹,冣(聚)通最。3. 姓:扬之水曰:"姓通性。皆从生得声。《孟子·告子上》:'生谓之性'。《说文·女部》:'姓,人生也','从女,从生,生亦声。'"周宝宏、万光治、罗国威诸家略同。4. 餔:周宝宏曰:"餔音 bū,给食,喂食,后来写作哺。"凡按:该义项音 bǔ。5. 淑茂:裘锡圭曰:"《汉书·刘向传》'资质淑茂,道术通明'颜注:'淑,善也。茂,美也。'"6. 人道:费振刚曰:"人道,为人之道,即社会规范。《礼记·丧服小记》:'亲亲、尊尊、长长,男女之有别,人道之大者也。'"
○数句大意是:天下的飞禽走兽数不可数,只有乌鸦最为高贵。它们本性仁厚,懂得反哺双亲;品行善良美好,通晓为人之道。裘锡圭曰:"乌鸦长大后反哺其亲的传说,古书中习见。"李零曰:"'蠉飞之类,乌最可贵。其性好仁,反哺于亲',下文简131有'鸟兽且相忧,何况人乎',这是古人常用的比喻。案:北京西郊八宝山出土汉幽州书佐秦君石阙(现藏北京石刻艺术博物馆),其铭有

'维乌维乌,尚怀反报,何兄于人',一般称为'乌还哺母'刻石,也是用此典故。"万光治、虞万里皆征引大量文献,证明乌鸦在汉代被称为"孝鸟""慈乌",有反哺双亲的美德。凡按:亲指父母。以上数句仍泛论乌类之德,并未言及雌乌,骆名楠译为"族中一妇,资质淑茂,心灵手巧,夸她品好。"明显失当。　○类、贵,微部去声(虞万里定为脂部)。仁、亲,真部平声。茂、道,幽部上声。裘锡圭曰:"'茂'古有上声读法,且多与'道'押韵,见江有诰《唐韵四声正》,《音学十书》311—312页,中华书局,1993。"

今岁不翔(祥),一乌被央(殃)。何命不寿,狗丽(遘罹)此蓉(咎)?

【集释】1. 翔:虞万里曰:"《易·丰》上六象曰:'丰其屋,天际翔也。'陆德明释文:'翔,郑、王肃作祥。'唐李鼎祚《集解》亦作祥。又《易·履》上九'考祥',马王堆汉墓帛书《易·礼》作'巧翟'。翟即翔。是翔、祥古通用。不翔,犹言不吉利。"其说颇精。2. 被:周宝宏曰:"被:动词,遭受。"凡按:被音 bèi,下"亡乌被创"之"被"同此。《易纬通卦验》卷下:"六畜鸟兽被殃。"汉王符《潜夫论》卷五:"内郡之士不被殃者。"《史记·项羽本纪》:"项王身亦被十余创。"《汉书·武五子传》:"御史章赣被创突亡,自归甘泉。"以上"被"皆为遭受、蒙受之意。3. 央:虞万里曰:"《老子》五十二章'无遗身殃',马王堆帛书甲本作'毋遗身央'。《隶释·无极山碑》'为民来福除央',《故民吴仲山碑》'年寿未究,而遭祸央'等,皆以央为殃。被央犹遭殃。"引证有力,其说可从。4. 寿:罗国威引《国语·楚语》曰:"臣能自寿也。"韦昭注:"保也。"臧正一曰:"寿当如字读,训为尽其天年。"凡按:臧说是。不寿即不长寿,典籍中"不寿"皆此义。何命不寿,犹言何命不延,为下文雌乌重伤而死张本。5. 狗:起初裘锡圭读为"拘",万光治、罗国威读为"苟",后俱从李零、扬之水、虞万里说,称"狗"通"遘",遇见、遭受之义。虞氏云:"狗,通'姤'。《易·姤》上九'姤其角',马王堆帛书《易》作'狗其角'。《姤》卦下陆德明释文云:'古豆反,薛云古文作遘,郑同。序卦及象皆云遇也。'《广雅·释言》：'姤,遇也。'王念孙谓姤遘同。"虞说甚精,可从。6. 丽:裘锡圭曰:"丽(lí),遭遇,《诗·小雅·鱼丽》'鱼丽于罶';字通'罹',《书·洪范》'不罹于咎'。"诸家所释略同。7. 茖:扬之水曰:"茖乃咎之俗写。汉代俗写常在字上加艹旁,如瓦当文'长乐未央'或作'长乐未英';'新世所作'或作'薪世所作',皆其例。"凡按:《说文·人部》:"咎,灾也。" ○大意谓:今年很不吉祥,一只雌乌遭受了祸殃。为何她的性命不能长久,平白无故地遇到这种灭顶之灾? 凡按:上文泛言虫鸟熙熙,乌最可贵,类似戏剧中的楔子(扬之水以为近似后世讲唱文学中的"入话",甚有见地);此句雌乌出场,才开始敷衍禽鸟夺巢故事。 ○祥、殃,阳部平声。寿、咎,幽部上声。裘锡圭曰:"寿古有上声读法,见王力《汉语语音史》,《王力文集》第十卷 132 页,山东教育出版社,1987。"

欲勋(循)南山,畏惧猴猨(猿)。去色〈危〉就安,自诧(托)府官。高树纶棍(轮囷),支(枝)格相连。

【集校】1. 勋:裘锡圭、李零、虞万里等皆如此。扬之水曰:"勋,疑是剿。《字汇补·力部》:'剿与巢同。''剿''勋',草书形近。"万光治、臧正一引周凤五说,认为"此字左旁似从喜,疑此字当读为徙"。凡按:谛审原简,该字左旁绝非"巢"字,亦非"喜"字,还应该释为"勋"。2. 猨:裘释如此。凡按:该字左旁与上"猴"字左旁全同,为"猨"无疑。《释文选》误释为援助之"援",但其发表早于裘释,扬之水、周宝宏、万光治、罗国威皆从其讹。3. 色:凡按:此字亦非"色"字,疑为"危"的简体。

【集释】1. 勋:该字众释纷纭。①裘锡圭、李零、虞万里皆读为循。虞氏曰:"二字先秦皆文部,勋晓纽而循邪纽。古晓邪之字相通或一字有晓邪两音者甚多。循,行也,依也。"②周宝宏谓"此简之勋当读为逊,逃遁之义"。③万光治读为"巡"。④罗国威读为"阍"(宫门),用如动词,指筑巢。⑤朱晓海读为"运",谓徙行。

凡按：周说误解文意，罗说较为曲折，裘、李、虞庶几近之。2. 诧：扬之水、裘锡圭、罗国威、臧正一等皆读为"托"，寄托。又虞万里曰："诧，宅也。……武威汉简《仪礼·士相见礼》'宅'正作'诧'（简十六）。宅，居住也。"凡按：作"托"是。下文有"家姓自它"语，与此义同。3. 府官：裘锡圭曰："官舍。"4. 纶棍：诸家皆读为"轮囷"。裘锡圭、李零引《礼记·檀弓下》"美哉轮焉"注："轮，轮囷，言高大。"而虞万里曰："棍囷，汉代真部迭韵。棍匣母，囷溪母，喉牙相转。《文选》邹阳《狱中上书自明》：'蟠木根柢，轮囷离奇。'左思《吴都赋》：'轮囷虬蟠。'枚乘《七发》：'中郁结之轮菌，根扶疏以分离。'北齐刘昼《新论·因显》：'夫樟木盘根钩枝，瘿节蠹皮，轮箘臃肿。'纶棍、轮囷、轮菌、轮箘声近义同，皆树枝盘曲之意。"朱晓海以为此迭韵词或作轮菌、仑菌、邻菌、辚囷、嶙囷，"此句乃状树之粗壮须根与树干，以及须根彼此纠结凹凸之貌。"臧正一从之。凡按：虞、朱之说颇当。纶棍非言高大，《礼记》注有误。5. 支格：扬之水曰："支、枝，古今字。《诗·大雅·文王》'本支百世'，《左传·庄公六年》作'本枝百世'。司马相如《上林赋》：'翩幡互经，夭蟜枝格。'"裘锡圭曰："枝格，伸出的枝条。庾信《小园赋》：'草树混淆，枝格相交。'"万光治曰："支：木条。格：支架。支格：谓以木条为鸟巢的支架，即成公绥《乌赋》所谓'列巢布干'也。"扬、裘近是。　　○数句大意为：一心想去食物丰盈的南山定居，但又害怕受到猿猴的掳掠骚扰。为了躲避危险，重新选择安全的地方，于是到官府院内安身。这里有高耸的大树，树根盘旋曲折，枝条彼此交错。万光治曰："此段追述神乌被害前曾有隐居南山之想，但因惧怕灾祸，不得已乃托身太守府署。"　　○山、猿、安、官、连，元部平声。困，文部平声。裘锡圭曰："以上六句，可以认为第五句不入韵，也可以认为是元、文合韵。"虞万里以为是元真通谐。

府君之德，洋汹（溢）不测。仁恩孔隆，泽及昆虫。

【集释】1. 汹：裘锡圭曰："汹，此处实用作'溢'字简体，字形与沟洫之'洫'相混。汉代人往往以'洫'为'溢'。"虞万里引《庄子·齐物论》陆德明释文:"老洫,本亦作溢,同。音逸。"又引马王堆汉墓帛书《经法·四度》:"声洫于实。"谓声名溢于实际。凡按:裘、虞之说甚当,可从。《尔雅》卷一郭璞注:"洋溢,亦多貌。"《礼记》卷五十三《中庸》:"是以声名洋溢乎中国,施及蛮貊。"《汉书》卷五十六《董仲舒传》:"德泽洋溢,施虖方外,延及群生。"吴又辛认为"洫"与"溢"异形而同义,乃"镒"之借字;罗国威谓"洫"为城池,"言府君之德,如洋如洫,深不可测",俱不合文意。2.昆虫:凡按:《礼记》卷十一《郊特牲》引古歌曰:"土反其宅,水归其壑,昆虫毋作,草木归其泽。"注:"昆虫,暑生寒死。"《诗经·皇矣》序云:"文王受命,而民乐其有灵德,以及鸟兽昆虫焉。" ○此数句言府君道德深广,如大水般丰盈洋溢,深不可测;品行崇高,连昆虫也能分得爱心,蒙受恩泽。皆为赞美之辞。《后汉书》卷七十八《杨终传》:"万姓廓然,蒙被更生,泽及昆虫,功垂万世。"又《文苑英华》卷七百五十二朱敬则《魏武帝论》:"昔周武之泽及昆虫,不能感食薇之士。" ○德、测,职部(即之部入声)。隆、虫,冬部平声。

莫敢抠(驱)去,因巢而处。为狸狌(狌)得,围树以棘。

【集校】1.巢:臧正一释为菓,以为是汉代俗写多加"艹"形之例,可从。

【集释】1.抠:李零读为"驱";裘锡圭初读如本字,释为探取,后引台湾清华大学蔡雄祥说,以为读"驱"为优。朱新华、扬之水、虞万里读为"殴",引《集韵·厚韵》云:"殴,《说文》:捶击物也。或从手。"殴去谓以棍棒捶击迫使其离去。凡按:二说殊途同归,含义相近。罗国威引《礼记·曲礼》:"抠衣趋隅。"释文:"抠,提也。"非是。臧正一引《说文》曰:"驱,驱马也。"以为"此句之主词当为二鸟,因为前文言欲去危就安,而自托府官,府君又有仁德,所以不再离去,与下句因巢而处,可以相应。"亦非是。该句谓二鸟猜想此处有府君呵护,没有人敢来为非作歹,驱赶他们。2. 狌:裘锡圭曰:"狌,应即狌字异体,'圣''生'音近。狌即黄鼠狼。《庄子·秋水》'捕鼠不如狸狌',亦以狸、狌连称。"费振刚曰:"狸,小兽名,俗称野猫。狌,俗称黄鼠狼。"虞万里曰:"狸狌即野猫。"未知孰是,待考。3. 得:虞万里曰:"得,知晓。《礼记·乐记》:'礼得其报则乐。'郑玄注:'得谓晓其义,知其吉凶之归。'"凡按:虞说曲折,不如径释为"获得"意思明朗。费振刚曰:"得,抓获。"甚是。 ○裘锡圭曰:"为了防止狸、狌来抓他们,用有刺的棘围住他们在上面筑巢的树。"万光治曰:"此段叙神乌筑巢树上,得府君呵护。"凡按:大意是:没有谁敢来驱逐,于是决定在官府内建巢居住。府君担心鸟巢会受到狐狸或黄鼠狼的破坏,还在树的四周围上了长满刺的荆棘。裘、万二家皆把"围树以棘"的主语理解为府君,而虞万里则理解为乌鸦(详下文),当以前者为是。 ○去、处,鱼部。得、棘,职部。裘锡圭曰:"今读去声的'去'字,汉以前多押平声韵,但《广韵》上声语韵羌举切有'去'字,训'除'。此处与上声'处'字押韵的'去'字有可能就读羌举切。"

逎(?)作宫持,鸠行求材。鹧往索菆,材见盗取。未得远去,道与相遇。见我不利,忽然如故。

【集校】1. 逎:《释文选》释为"[遂]",裘锡圭释为"道(?)"。审其字形,与下文"道与相遇"之"道"不同,与"遂弃故处"之"遂"相距更远。疑为"逎"字,"逎"同"乃"。2. 宫:臧正一释为"官",非是。3. 鸠:裘锡圭将右旁作鸟的鸠、鹧径释为雄、雌。凡按:鸠同雄,鹧同雌。《集韵·平东》:"雄,《说文》:鸟父也……或从鸟。"又《平支》:"雌,《说文》:鸟母也……或从鸟。"4. 材:裘锡圭曰:"'求'下一字,右旁磨灭,据上下文及上句韵脚定为'材'字。"所言甚是。5. 盗:裘锡圭曰:"'盗鸟'之'盗'原作汇,……皇象本《急就章》第廿七章'盗'字作汇,简文可能是由这种草体进一步简化的。"臧正一径释为次,以为"简文此字系省皿形",可参。

【集释】1. 持：①裘锡圭曰："汉代较草之字，在左的'木'旁与'手'旁每每不分。简文'持'字也可释为'持'。不管如何释，可能都应读为'榯'。《玉篇·木部》：'榯，是之切，树木立也。'在此可能即指围树而立的棘墙。"②李零、王志平读为"埘"，以为是"凿垣而栖的鸡窝，这里指鸟巢"。③虞万里曰："持，即寺。寺、侍、恃、持古多通用。《两周金文辞大系图录考释·郑公䋣钟》：'至于万年，分器是寺。'郭沫若考释：'寺，持也，守也。'慧琳《一切经音义》卷二十三引《三苍》曰：'寺，官舍也。'《尔雅·释宫》：'宫谓之室，室谓之宫。'此处'宫寺'乃房舍之通称。"朱晓海从之，以为"宫持（寺）乃同义复词，犹言馆舍。"周宝宏谓"持：当通室"，与此相近。凡按：诸说皆通。但此处"宫持"二字连用，显然系拟人手法，不必拘泥于生活实际，释"持"为鸡窝，反而应该将二字合而观之，因而以虞、朱二人之说为上。又，臧正一将"宫持"释为"官持"，称："官持，即官寺，官署也。"以为"乌鸟已有窠巢，所以此句当不必言筑巢之事；另一方面，因为被举荐修筑官署，所以才会引起盗鸟之争功"。与众人俱不同。若从臧说，则故事情节大变，不得不慎。谛审原简，首字绝非"官"字，与上文"府官"之"官"明显不同。（缺中间一竖笔）而简文中"口"字常简写作两横笔，如"昆虫"之"虫"，"何兄"之"兄"等。此字下方宜定为二"口"，则为"宫"无疑。且下文又有"唯就宫持"句，字形明显作"宫"。前文云"因巢而处"，谓决意在此筑巢定居，并非已经筑成了巢穴。臧说误。2. 材：木材，这里指树枝。虞万里以为即"上文之棘"。凡按：虞氏将"围树以棘"的主语理解为乌鸦，谓二乌外出寻棘，围在树周，旨在阻止狸狌的破坏。此说不妥。在大树周围布满荆棘，断非一二只鸟所能做到，故其主事（施事）者当为府君。且"棘"专指带刺的小木枝，"材"的本义是木梃（树干），后泛指各种木材，含义并不相同。3. 菆：裘锡圭曰："'菆'可当麻秆或草讲，在此疑指可用来筑巢的轻小材料。"李零曰："'菆'，可训麻蒸或蓐（《说文》卷一下艹部），后者指草垫,还有一种解释则是鸟巢(《广韵·遇韵》),这里应指乌巢中铺的草。"凡按:释草为是。雌雄二乌有所分工,雄乌寻找建巢用的树枝(主要材料),雌乌则寻找巢内铺垫的干草。4. 我:第一人称代词。作者站在雌乌一边,故以"我"指代雌乌。5. 不利:万光治曰:"疑反用《易》辞'利涉大川'语,谓盗鸟以道遇失主为'不利'。"凡按:万说不妥。此处"不利"应指雌乌与盗鸟相比体弱力薄,处于劣势。6. 忽然:虞万里曰:"轻视,不经心的样子。《玉篇·心部》:'忽,轻也。'" ○大意是:于是开始筹建巢室。雄乌负责寻找木材,雌乌负责寻找干草,不料建材被一只恶鸟盗取。盗鸟没有走远,在半路上与雌乌相遇。盗鸟见雌乌势单力薄,就毫不在意,继续偷盗。对于这段话的理解很是分歧,裘锡圭曰:"后两句文义待研究,可能是说盗鸟遇见雌乌,先有某种反常表现,接着就恢复了原来状态。"非常慎重。骆名楠译为:"盗见不妙,故作答语。"万光治曰:"如故:疑谓盗鸟以佯作故人状自我解嘲。"而虞万里曰:"盗鸟尚未远去,在道与雌乌相遇,见雌乌处于不利地位,轻忽之而偷盗如故。"凡按:余尝从万先生说。但从下文雌乌追赶盗鸟并厉声呵斥"咄!盗还来"可知,盗鸟并未"佯装故人""故作答语",而是我行我素,大模大样地行窃,若无其事地离开,这才引起雌乌的强烈愤怒。故以虞说为优。 ○持、材,之部平声。菆、取、去、遇、故,鱼部。裘锡圭曰:"'菆''取''遇'在先秦为侯部字,汉代转入鱼部。"

□□发忿,追而呼之:"咄!盗还来!吾自取材,于颇(彼)深莱。止(趾)行(胻)胱腊,毛羽随(堕)落。

【集校】1. □□:《释文选》缺释。李零、虞万里认为是"亡乌",扬之水说应为"雄乌"。裘锡圭曰:"'发忿'的主事者当是雌乌,但句首二字不可辨。"凡按:从下文看,李、虞二说近之。2. 止:《释文选》、朱凤五释为"巳",扬之水、罗国威释为"已",虞万里释为"己"。所释不同,对"□行胱腊"一句的理解也就因之而异。凡按:此字与下文"云云青绳,止于杆"之"止"同形,但脱去右侧一点,所以造成歧义。

【集释】1. 发忿:虞万里曰:"发怒也。刘向《九叹·远逝》:'悲故乡而发忿兮,去余邦之弥久。'"2. 咄:周宝宏、虞万里曰:"呵叱。"臧正一亦曰:"此处当为呵叱之语。"费振刚略同。凡按:诸说是。段玉裁《说文解字注·口部》引《仓颉篇》曰:"咄,啐也。"汉乐府《东门行》:"咄!行!吾去为迟!"《史记·滑稽列传》载郭舍人疾言相骂之语:"咄!老女子!何不疾行!"可见"咄"字乃是汉代人常用的俗语,用以表达愤怒难遏或呵骂斥责的强烈感情,约略相当于现代汉语的"呸"。骆名楠译为"嗨",不确。3. 颇:裘锡圭、周宝宏、臧正一以为通"彼"。虞万里征引大量文献证明:颇、彼、跛皆皮声,罢音皮,可通用;又引《敦煌变文集·庐山远公话》:"阇黎自称,却道莫生颇我之心。"谓:"'颇我'即'彼我'。得简文,知汉代已有'颇'假借为'彼'之例。"其说甚精。4. 莱:周宝宏曰:"草本植物,一种野菜。"虞万里曰:"莱,草也。《诗·小雅·南山有台》:'南山有台,北山有莱。'毛传:'莱,草也。'孔颖达疏:'莱为草之总名。深莱,杂草丛生之地。"罗国威略同。凡按:虞、罗之说可从。5. 止(趾)行(胻)胱腊:①裘锡圭如此释,谓:"胻,即胫,小腿。腊,皴裂。《山海经·西山经》:'华山之首,曰钱来之山……有兽焉,其状如羊而马尾,名曰羬羊,其脂可以已腊。'郭璞注:'治体皴腊,音昔。'趾胻胱腊,意谓腿脚皴裂,与'毛羽堕落'为对文。"后又引虞万里说释胱为臩或膀,训为"肿"。②万光治从《释文选》之释,以为:"巳:巳时,相当于上午九时至十一时。胱:疑为光的借字。腊:晒干。此句疑神乌自谓每日巳时即出,日晒雨淋。"③虞万里曰:"行,乃形之假借。《列子·汤问》:'太形、王屋二山。'张湛注:'形当作行。'《太平御览》卷四十引作'太行。'《老子》二十四章:'余食赘行。'帛书本亦作'赘形'。……胱,膀胱字,于义无涉,疑此乃臩字。古代光旁、广旁多互换,如纩字或从糸光声,洸字或从水广声。《集韵·去宕》：'膀，肿皃。'又《平唐》：'膀，病肿。'广旁黄旁亦多互换，如从水广声之字又从水黄声，从火广声之字又从火黄声。……已形胱腊，谓因子往深菜取材，形体已肿而皲裂。"④罗国威以为"行"犹为也；"胱"当作"膀"，胁也；"腊"谓干肉；"已行胱腊，言翅与胁几成干肉也"。凡按：诸家殚精竭虑，皆有所得，而裘、虞二家之说正可两参互补。裘先生读"止"为"趾"，读"行"为"胻"，以为"止行胱腊"与"毛羽堕落"为对文，可以进行对比研究，尤具启发意义。虞先生释"胱腊"为红肿、皲裂，正可与下句"堕落"相对矣。二句真谛，经诸家努力，或许已得正解。又，臧正一从周凤五说，释为"已（肥）行（胫）胱腊"，谓"肥硕的小腿都脱皮皲裂"。细看原简，首字右上为一点，并非"已"字；且自言小腿肥硕，与雌鸟的形象很不协调，故不取。　○大意是：雌鸟大怒，边追边喊："呸，你快回来！我自己从荒野之中寻觅建材，腿脚红肿皲裂，羽毛片片脱落。　○之、来、材、菜，之部平声。腊、落，铎部。

子不作身，但行盗人。唯（虽）就宫持，岂不怠哉？"

【集校】1. 哉：裘释如此，而《释文选》作"裁"。凡按：此字左下角写作两撇，当是"口"的简化，与下文"女不亟走"之"亟"的左侧相同，所以应释为"哉"。

【集释】1. 作身：裘锡圭曰："犹言'身作'，亲自劳作。可能是为了趁韵而倒作'作身'的。"周宝宏曰："作：起。"凡按：裘说是。2. 唯：万光治以为是"难"的误字，裘锡圭、虞万里、臧正一则读为"虽"。虞万里曰："唯即虽字。《易·丰》初九'虽旬无咎'，马王堆汉墓帛书《易》作'唯'。《战国策·楚策四》'楚君虽曰攻燕'，马王堆汉墓帛书《战国纵横家书》'虞卿谓春申君章'作'唯'。"凡按：虞说是。"虽"字从虫唯声，与"唯"读音相同，故可通假。3. 怠：万光治曰："怠，殆。"罗国威引《尔雅·释言》："怠，懒也。"凡按：万说可从，怠通殆，危殆。"岂不……哉"乃上古习用的反问句式。《墨子·非攻上》：" 此乐贼灭天下之万民也，岂不悖哉！"《吴越春秋·勾践入臣外传第七》：" 犹纵毛炉炭之上幸其（不）焦，投卵千钧之下望必全，岂不殆哉？"《史记·司马相如列传》载《谏猎疏》：" 是胡越起于毂下，而羌夷接轸也，岂不殆哉！" ○大意是：你不亲身劳作，只管偷盗他人，虽然筑起了鸟巢，不也是很危殆的吗？ ○身、人，真部平声。持、哉，之部平声。

盗乌〈鸟〉不服，反怒作色："弟（？）呵（何？）洦〈汩〉涌（？），家姓自它？今子相意，甚泰不事。"

【集校】1. 乌：诸家俱称"乌"为"鸟"的讹字。据下文"盗鸟溃然怒曰"句，此说可从。唯周凤五、臧正一以为"乌"字不讹。臧曰："就吉凶征兆而言，同类之乌方有善与恶之别，用以寓同样是人，也有善与恶之别，……故仍作'乌'为宜。"录以备考。2. 弟呵：凡按：诸家缺释。虞万里以为"前者似井之形"，非是。审其笔画，上字与下文"涕泣从横"之"涕"的右偏旁相似，故暂定为"弟"；下字左旁与本简"唯就宫持"之"唯"的左旁相同，为口字旁无疑，右旁估计是"可"的草书，此字暂定为"呵"。3. 洦：《释文选》释作"汩"，裘锡圭释为"洦"。凡按：字形本作洦，但洦涌不词，疑为"汩"的误字。4. 家：《释文选》释为"泉"，裘锡圭释为"众"，万光治释为"豪"。凡按：此字与上文"众鸟皆昌"之"众"不同，倒与下文"何恋亘家"的"家"字相似，故暂定为"家"字。5. 它：《释文选》作"它"，裘锡圭缺释。凡按：此字右上漫漶，但很像是"它"字。

【集释】1. 服：虞万里曰："畏服，慑服。" 2. 作色：虞万里曰："变脸色。……《庄子·天地》有忿然作色、勃然作色、怫然作色等语。"臧正一曰："作色，脸色改变也。" 3. 弟呵洦涌：凡按：诸家缺释。骆名楠译为"泪流满面，实在小气"，纯属臆测。弟，《说文·弟部》："韦束之次第也。"后写作"第"。此处用为动词，审定高下、评判优劣之义。《史记·陈涉世家》："藉弟令毋斩。"裴骃集解引服虔曰："弟，次弟也。"意思是假使论罪轻重而终不令斩首。汉刘向《晏子书录》："谨弟录。"谓将校勘整理后的《晏子春秋》条其篇目，依次编录。呵，通"何"，俱从可声。洰，当作"泪"，《文选》左思《蜀都赋》："泪若汤谷之扬涛。"李周翰注："泪，水壮盛儿。"此处泪、涌同义连用，俱为大水涌出貌，比喻品德盛大，超出常人。（同上文"洋溢"义近。）弟呵洰涌，是盗乌贬低神乌之词，谓仔细思量，看不出你到底有什么超出常人的品德。4.家姓自它：万光治释为"豪姓自它"，谓："豪姓犹言豪门，此指太守府署。它：托。"臧正一略同。凡按：家姓指神乌全家老小，自它谓将自身寄托于官府。又，研究生杨晶瑜以为当作"……洰涌，泉姓（性）自它（托）"，谓泉水汹涌不断，乃是依靠自己的力量向上托起；以此来指责雌乌一家托身官府，实为不光彩之行为。可通，录以备考。5.相意：扬之水曰："《汉书·梁孝王刘武传》：'于是天子意梁。'颜注：'意，疑也。'（承朱新华示）"裘锡圭曰："意，凭空猜想。"周宝宏曰："相貌意志。"万光治曰："疑犹言称意。"凡按：周说不妥，扬、裘之说可参。6.泰：李零、罗国威以为"泰"应读"大"。臧正一曰："'甚泰'于汉代乃至晋代为成词，作'大'解。"虞万里曰："甚、泰同意，皆过分之辞。"7.事：周宝宏曰："事：当读作倳（音 zì），《释名·释言语》'事，倳也……故青徐人言立曰事'。不事即不立，贬低之词。"万光治曰："泰：平安。事：作事。此段叙盗乌强辞夺理，称乌既托身豪门，平安无虞，自不必行筑巢之事。"罗国威引《尔雅·释诂》曰："事，宜也。"臧正一曰："事，役使也。"凡按：与上句相联系，似有二解：①从扬、裘、周诸人说，则大意是盗乌反咬一口，指责雌乌胡乱猜疑，心思不正，太不应该。②从万说，谓盗乌见雌乌一家住在官府、生活安逸而心生嫉妒，愤愤不平。　○这段话可臆测为：盗乌先贬低神乌的德行，说它们无权借住官府院内，为自己的盗窃行为寻找借口；接着又指责神乌不该猜疑它，全是无中生有之辞。

○服、色，职部。意、事，之部去声。凡按：中间涌、它失韵，可能有误字或误释。

亡乌曰:"吾闻君子,不行贪鄙。天地刚(纲)纪,各有分理。今子自己(已),尚可为士。夫惑知反(返),失路不远。悔过迁臧,至今不晚。"

【集校】1. 亡:裘锡圭曰:"亡乌,指雌乌。因有所亡失而称'亡乌',与'盗乌'相对。"周凤五释为此(雌),引《武威汉代医简》此作??或七,通"雌"。万光治、臧正一从之。凡按:裘说甚是。汉简中亡、此二字形近而有别,不可混同。2. 悔:《释文选》释为"晦"。凡按:此字左旁原本是竖心旁,《释文选》误断为日旁。

【集释】1. 刚纪:诸家皆读为纲纪。虞万里曰:"《战国策·秦策三》'号为刚成君',《史记·范雎蔡泽列传》作'纲成君'。纲纪谓法度也。"臧正一曰:"天地纲纪犹言宇宙法则。"2. 分理:虞万里曰:"即纹理,引申指事物之情理。"朱晓海谓分当读如分际之分,引《太平经合校》卷一一二《写书不用徒自苦诫》:"变化有时,不失纲纪……夺其所主,各有分理。"凡按:朱说近之。"各有分理"谓事物互有差别,各不相同;在此用来说明人应该各守本分,不可占有本应属于他人的财物。3. 己:裘锡圭读为"改";万光治、虞万里认为是"已"的误字,意思是停止;朱晓海、臧正一以为应读如本字,"自己"用在此处乃是"靠自身努力之意",正可与下文"尚可为士"相呼应。(士者,事也。)凡按:古书中己、已、巳形近相混。赋中雌乌的直接目的是劝说盗乌停止盗窃行为,故以读"已"为上。4. 反:诸家皆认为通"返",是。5. 臧:善。万光治引《易·益卦》:"君子以见善则迁,有过则改。"王弼注:"迁善改过,益莫大焉。" ○万光治曰:"此段系神乌晓以大义,劝盗乌改恶从善。"大意是:雌乌说:"我听说君子,不行贪心卑鄙之事。天地之间有永恒的法则,事物与事物互有不同。你现在若能停止盗窃(归还不应该属于自己的东西),尚可称为良士。误入迷途而知道返回,错路走得还不算太远。反悔过错改恶从善,到今天也并不算晚。" ○子、鄙、纪、理、已、士,之部上声。反(返)、远、晚,元部上声。

盗鸟溃(?)然怒曰:"甚哉!子之不仁。吾闻君子,不意不信。今子相(?)鼓(?),毋宁(?)得辱?"

【集校】1. 溃:《释文选》释为"贲",扬、虞等从之;裘锡圭作"喷"。凡按:此字左旁漫漶,但右旁显然是贵字,暂释为"溃"。臧正一与予同。2. 哉:《释文选》释为"裁",非。理由见上。3. 意:《释文选》释为"忘"。凡按:此字上部是"音"的简写,与"今子相意"的"意"笔画相同,显非"忘"字。4. 相鼓:诸家缺释。凡按:上字与下文"遂相拂伤"的"相"笔画相似,暂定为"相";下字与"尚敢鼓口"的"鼓"字极为相似,故暂定为"鼓"。(臧正一定为"取",取、辱为韵,备考。)5. 宁:裘锡圭曰:"'得'上一字初释为'令',谛审字形,下部实与'令'字不类,故定稿缺释。"凡按:裘说是。今从万光治说,暂定为"宁"字。6. 辱:裘锡圭曰:"'辱'字写法与皇象本《急就章》第卅章末句'辱'字极近似。"

【集释】1. 溃然:裘锡圭曰:"喷然:当是发怒之貌,疑'喷'当读为'溃'。《诗·邶风·谷风》'有洸有溃',《毛传》:'溃溃,怒也。'"凡按:此处形容盗鸟突然发怒,如大水溃决,其势凶猛。宋严粲《诗缉》卷四释"有洸有溃"曰:"洸洸然武,溃溃然怒,既遗我以暴,而习以为常矣。"可证。2. 不意不信:裘锡圭、万光治引《论语·子罕》:"子绝四:毋意、毋必、毋固、毋我。"认为"意"谓猜度,"信"谓任意。朱晓海曰:"此乃引成句。刘宝楠《论语正义》卷十七'不逆诈,不亿不信,拟亦先觉者,是贤乎',黎靖德编《朱子语类》卷四四《论语二六》:'彼未必诈,而逆以诈待之;彼未必不信,而先亿度其不信',与上文'今子相意'正相应。"费振刚曰:"意,任意,胡作非为。……信,通申,引申为飞扬跋扈。"凡按:朱说近之,"不意不信"谓不胡乱猜疑,随随便便地说别人"不信"。3. 相鼓:犹言相责。"鼓"字甲骨文像手持鼓槌敲鼓之形,敲鼓必发声,引申为鼓动口舌,说长道短。汉桓宽《盐铁论》卷五《利议》:"乃安得鼓口舌、申颜眉、预前论议、是非国家之事也?"4. 毋宁:同无宁,表示反问语气。《左传·襄公三十一年》:"宾至如归,无宁灾患?"○万光治曰:"此段叙盗鸟教训神鸟不得任意揣度他人,为其盗窃行为辨护。"数句谓:盗鸟大怒,如水溃堤:"太过分了!你才不仁!我听说世上君子,不以恶意猜度别人。你竟敢如此责备我,难道不怕吃亏受辱?" ○哉、子,之部隔句相谐;仁、信,真部隔句相谐。鼓,鱼部上声;辱,屋部入声,失韵。

亡乌沸(怫)然而大怒,张曰(目)阳(扬)麋(眉),挟(?)翼申(伸)颈,襄而大□。□□□□,迺(?)详车薄。

【集校】1. 曰:诸家俱视为"目"的误字,是。2. 挟:《释文选》、万光治、虞万里如此,裘锡圭释为"喷(奋)",周凤五断为"拚"。今存疑。3. 迺:诸家并同,惟虞万里断为"趋"。凡按:审其字形,作"迺"是。

【集释】1. 沸然:虞万里曰:"沸然,犹怫然、艴然,愤怒貌。《楚辞·七谏·自悲》:'心沸热而内伤。'洪兴祖考异:'沸,一作怫。'《吕氏春秋·重言》'艴然充盈',马聪《意林·吕氏春秋》引作'沸然'。"2. 阳麋:诸家皆读为"扬眉"。虞万里曰:"《易·夬》:'扬于王庭。'马王堆汉墓帛书本作'阳'。《诗·小雅·正月》:'燎之方扬。'《汉书·谷永传》引'扬'作'阳'。《左传·文公八年》'解扬',《汉书·古今人表》作'解阳'。凡先秦典籍之'扬',汉人著作引述作'阳'者甚多。《仪礼·士冠礼》:'眉寿万年。'郑玄注:'古文眉作麋。'欧阳修《集古录跋尾·后汉北海相景君铭》:'碑铭有云不麋寿,余家集录三代古器铭,有云眉寿者皆为麋,盖古字简少通用,至汉犹然也。'《大戴礼记·主言》:'孔子愀然扬麋',亦用麋代眉。《武威汉代医简》简六十八'须麋'即须眉。张目扬眉,状其怫然大怒之貌。"引证丰富,其说可从。3. 襄:扬之水、臧正一读为攘,臧曰:"襄,通攘,抵御,抗拒也。"万光治曰:"襄:升高,上举。《尚书·尧典》:'荡荡怀山襄陵。'《汉书·邹阳传》:'蛟龙襄首奋翼。'"虞万里曰:"襄,通'骧'。骧,仰起、上举。《诗·郑风·大叔于田》'两股上襄',《史记·司马相如列传》司马贞索隐引'襄'作'骧'。《汉书·邹阳传》:'交龙襄首奋翼。'颜师古注:'襄,举也。'《文选》邹阳《上吴王书》作'蛟龙骧首奋翼'。"凡按:二说皆通。襄、骧同音,皆有上举义。费振刚曰:"襄,通嚷,怒叫貌。"非是。
4. □:虞万里曰:"大字后残泐,此句似谓亡乌举首大进。"5. 详:通"翔"。6. 车薄:裘锡圭曰:"薄疑当读为簿。"万光治曰:"疑车读为斥,斥责;薄,迫近。"虞万里曰:"车,通'攫'。……车薄,即攫搏。《淮南子·齐俗训》:'鸟穷则搏,兽穷则攫。'慧琳《一切经音义》卷二引《仓颉篇》:'攫,搏。'卷二一引同。是攫、搏对文则异,散文则通。攫搏,同义连文。"凡按:虞说近之。 ○此数句言雌乌忍无可忍,为维护个人尊严和家庭财产而向盗乌发起进攻。 ○怒、麇,鱼脂通谐。颈,耕部,与"大"后一字相谐或通谐。薄,铎部,与前句末字相谐或通谐。

"女(汝)不亟走,尚敢鼓(?)口。"遂相拂伤,亡乌被创。

【集释】1. 亟:通"急",赶快。2. 鼓口:裘锡圭曰:"鼓口,疑犹言'鼓舌'。"虞万里曰:"鼓口犹鼓舌。《逸周书·芮良夫》:'小人鼓舌。'欲与'走'谐韵,故改舌为口。"凡按:鼓口亦称鼓舌、鼓口舌,谓驰骋言辞,与人辩论,也专指道人长短,搬弄是非。汉桓宽《盐铁论》卷五:"乃安得鼓口舌、申颜眉、预前论议是非国家之事也?"又卷六曰:"若疫岁之巫,徒能鼓口耳。"3. 拂:虞万里曰:"《说文·手部》:'拂,过击也。'拂伤犹击伤。"4. 被创:蒙受创伤。凡按:句式与"被殃""被患"同。《说文·刃部》:"刅,伤也。从刃,从一。创(刅),或从刀,仓声。"段注:"从刀,仓声也。凡刀创及创痍字皆作此。" ○"女不"二句,裘锡圭以为"应是亡乌的话",骆名楠则说是盗乌冷笑之语。凡按:该赋写盗乌偷取建材,并非抢占乌巢,所以二句应该是雌乌驱赶盗乌之语。万光治曰:"此段叙雌乌奋身驱逐盗乌,相搏而受伤。"其说颇允。数句大意是:雌乌呵斥盗鸟:"你不快点离开,还敢胡说八道!"二鸟互相攻击,雌鸟遭受重创。　○走、口,鱼部上声;伤、创,阳部平声。裘锡圭曰:"'走'和'口'是由先秦的侯部转入鱼部的。"

随(堕)起击耳,闻(睧)不能起。

【集校】1.击:《释文选》缺释,裘锡圭等释为"击",虞万里释为"涔"。凡按:裘说是。此字左旁绝非"氵",简文中的"氵"皆作三提,与此迥异。2.耳:《释文选》、裘锡圭疑为"耳",周凤五断为"诃"(万光治引,下同),李零疑是"焉"字的异写。凡按:作"耳"是。

【集释】1.随起击耳:有三说,①万光治曰:"随起□[耳]:疑为随起而诃。……疑句谓雌鸟与盗鸟相斗,忽闻诃斥之声,皆不敢妄动。"凡按:审原简,后二字绝非"而诃",万说误。②虞万里曰:"随,通'坠'……起,飞也。涔与降互为异文。……《礼记·曲礼下》:'羽鸟曰降。'孔颖达疏:'降,落也。羽鸟飞翔之物,今云其降落,是知死也。'此谓亡鸟被创昏死。"臧正一曰:"随起,乃指起落之际。"凡按:"随起"释为堕落和飞起,语义可通,但说"涔"为死亡,则与文意不合。"耳"字亦缺解。③王继如曰:"'击'为除去之义,'击耳'意当为打掉了耳朵。"又曰:"起似可读齿。据《广韵》,起是墟里切,齿是昌里切,都在止摄开口三等上声止韵,上古同在之部。"又通过详细论证,发现齿、起两字在汉代同属溪母,声母也是相同的,今日盐城市响水县(与连云港市毗邻)仍将起、齿同读为[ts'i]。"随起"句意思是"毁了牙齿,掉了耳朵"。凡按:王氏从音韵学角度立论,资料充分,言之成理。惟释"击"为除去,似觉牵强。"击耳"犹敦煌《燕子赋》所谓"剐耳捆腮",谓雌鸟耳部又遭受重击,结果才导致头晕眼花、"闻(昏)不能起"的后果。2.闻:裘锡圭读为"昏",可从。虞万里曰:"闻,《说文》古文作'睧'。昏字声兼义。《毛公鼎》'无唯正睧,引其唯王智',马承源等释为:'睧,闻之古文,假为昏。'简文'闻'亦为昏迷义。"正可补充裘说。　○理解此段文字,可参考敦煌《燕子赋》中的有关描写,如"左推右耸,剜耳掴腮","头不能举,眼不能开","伤毛堕翮,起止不能,命垂朝夕",等等。(扬之水曾指出这一点。)大意为:雌鸟落地,重又飞起,搏斗之间,耳部又遭重击,只觉两眼昏花,动弹不得。　○耳、起,之部上声。

贼曹捕取,系之于树(?)。幸(?)得免去,至其故处。绝系有余,纨树櫂楝。

【集校】1. 曹:《释文选》释为"皆",多从之;裘锡圭缺释,谓该字上部实不作"比";周凤五、臧正一断为"曹"。凡按:该字上部为一长横,中间不断开,故释"曹"为优。2. 系之于树:万光治、臧正一如此,《释文选》作"□之于□",裘锡圭作"系之于柱"。凡按:前□与下文"绝系有余"之"系"为同一字,故可释为"系";后□漫漶,但其字宽度近似下文"纨树櫂楝"之"树",故从万、臧之说。3. 幸得免去:《释文选》作"□得免厷",臧正一作"雄得免去",虞万里释为"作计得免,厷坐其故处"。凡按:"得"上一字,审笔画绝非"计"字,今从裘释,暂定为"幸"。4. 櫂楝:裘锡圭如此,《释文选》作"椊楝",万光治疑为"惧悚"的误字。今从裘说。

【集释】1. 贼曹:扬之水曰:"贼或财之异写。"万光治曰:"汉代郡设门下贼曹,主捕贼断狱,为郡之佐吏。"凡按:万说是。贼曹负责捕捉犯人,并协助府君断案。其执行公务时多有蛮横霸道、瞒上欺下之举,对民众颇有伤害。今日民间仍有"阎王好过,小鬼难缠","大官好说,衙役难缠"的说法,所谓"小鬼""衙役",就是指贼曹一类的办事人员。赋中雌鸟的悲剧,实际上是恶毒的盗鸟和凶狠的贼曹共同造成的。臧正一曰:"此二句乃言盗鸟拂伤雌鸟,贼曹却逮捕雌鸟,而听任盗鸟逍遥法外。正与上文'豪姓自它'相应。"意亦可通,录以备考。2. 故处:虞万里曰:"谓'作宫持'之处。"是。3. 绝系有余:裘锡圭曰:"疑谓'贼'所加于雌鸟的'系'虽已断绝(故雌鸟能逃回原来营巢之处),但捆在雌鸟身上的那段

'系'仍未脱落。"万光治曰:"绝,断绝。"虞万里曰:"'绝(纪)系'谓解理系缚也。'有余'谓良久。王引之《经传释词》卷三:'有,语助也。一字不成词,则加'有'字以配之。'《广雅·释诂》:'余,久也。''凡按:裘说近之。4. 纨:裘锡圭读为"环",二者皆匣母元部字,臧正同;虞万里读为"剜",指剜削树枝;万光治以为是"绕"的误字;周宝宏引《玉篇》曰:"纨,结也。"凡按:周说是,见《玉篇·系部》。今日苏北方言犹称打绳结为"纨绳疙瘩","纨"通"绾",缠绕也。纨树谓绳索缠绕在树上。5. 瞿椽:万光治释为惧悚,吴又辛释为"瞿疏"(附离)。裘锡圭曰:"疑其义与音近之'局躅'相似。《史记·淮阴侯传》:'骐骥之局躅,不如驽马之安步。'当指受拘束而不能正常行走的一种状况。"费振刚同。周宝宏曰:"椽:字不见字书,当通作縲,这里也应是结之义。椽:短椽。"虞万里曰:"椽,通'擢'。《尔雅·释木》:'梢,梢椽。'陆德明《尔雅释文》椽作'擢',并引《方言》云:'拔也。'《说文·木部》:'椽,短椽。'擢椽谓拔取短木条。此皆言雄乌急欲解开亡乌束缚之状。"凡按:裘、万之说于义颇优,但皆视为假借字,未免曲折。瞿、椽二字疑为同义连用,皆指绳索缠绕的树枝或者短木条。　○大意是:贼曹捉住雌乌,把她系在树上。雌乌有幸逃脱,回到筑巢之所。无奈腿上余绳未脱,仍缠在树杈上。周凤五曰:"似指两鸟相争,斗殴成伤,惊动官府前来呵禁制止","盗乌拂击雌乌成伤,贼曹不拘盗乌,反捕系雌乌而听盗乌逍遥法外。"万光治曰:"似贼曹不分黑白,拘两造以候审,究其原因,并非着意偏袒盗乌,实有不可言说的苦衷在。"凡按:余尝从万说,但万先生从《释文选》,误将"贼曹"释为"贼皆",故有"两造以候审"的论断。盗乌是否被捕,赋中并未明确交代,但最后称"盗反得完",显然是毫发无损,逍遥法外。此数句实言贼曹将身受重伤的雌乌捉住,拴在树上,对她造成了新的伤害。　○取、树、去、处、余,鱼部;椽,屋部。鱼、屋合韵。裘锡圭曰:"取、柱由侯部转入。"

自解不能,卒上傅之。不肯他措,縛之愈固。

【集校】1. 傅:《释文选》释为"伏"。裘锡圭曰:"傅原作𫝀,当是草体简写,下文'以意傅(赋)之'之'傅'写法略同。"凡按:裘说甚确。2. 肯:裘锡圭缺释,今从《释文选》。3. 措:《释文选》如此,而裘锡圭释为"拱(?)"。今审字形,右下方三点实为"日"的草书,(该赋屡次将作为偏旁的"日"或"口"省写作三点,如"君子不意不信"的"信"字、"贼曹捕取"的"曹"字等。)故应释为"措"。4. 縛:裘锡圭如此,而《释文选》作"缚"。二字义近,但未审孰是。

【集释】1. 傅:帮助。《说文·人部》:"傅,相也。"《汉书·陈平传》:"日傅教帝。"颜师古注引如淳曰:"傅,相之。"2. 不肯他措:臧正一引《说文·手部》曰:"措,置也。"言不肯他去。费振刚曰:"措,掀开。"又张敏释为"不肖他措",以为"肖"通"晓",该句谓"雌鸟不知道还有别的办法"。凡按:张说可从。3. 縛:裘锡圭曰:"在此当'束'讲。《广雅·释诂·三》:'约、缚……束也。'"○雌鸟自己无法解开绳扣,雄鸟前去帮她,可是用尽了各种办法,绳索还是没有解开,反而越缠越紧。扬之水曰:"据上下文义,雌鸟似落入一处捕鸟机关,故自解不能,缚之愈固。"骆名楠同。万光治曰:"自解其缚者似为雌鸟。因解系不尽,乃惊惧而飞,愈缠愈紧,只得重新止于树上。"裘锡圭曰:"大概是说,雌鸟不能自解其系,雄鸟把她弄到树上帮助她。""雌鸟身上的系无法解开,反而束得越来越紧。"凡按:裘说近之。　○能(如来切)、之,之部平声。措,铎部,固,鱼部。虞万里曰:"能、之、措、固之铎鱼通谐。"

其雄惕而惊,扶翼申(伸)颈,比天而鸣:"仓=天=(苍天苍天)! 视颇(彼)不仁。方生产之时,何与其淄?"

【集校】1. 惕:裘锡圭如此,而《释文选》作"悌"。虞万里曰:"雄下一字录文作悌,审简文似惕字,惕亦惊也。"凡按:简文中弟、易字形相混,此处似可释为"惕"。2. 扶:裘锡圭如此,《释文选》释为[挟]。凡按:典籍中挟、扶常相混。《庄子·齐物论》"挟宇宙"

陆德明释文:"挟,崔本作扶。"《读书杂志·墨子第二·节葬下》"扶而埋之"王念孙引王引之曰:"扶,当为挟。"此处似应作"扶",《释文选》因竹简变形而误释。3. 比:《释文选》、裘锡圭、周凤五、李零等疑是"卬"(仰)之误字。凡按:作"比"不误。4. 视:《释文选》作"亲",裘锡圭作"视"。吴又辛以为该字与"反哺于親"的"親"字左旁写法不同,故从裘说。凡按:裘、吴甚是。该字左旁明明是"示",无疑应释为"视"。5. 淄:诸家缺释,惟许全胜谓:该字"从氵,右旁不清,以意揆之,当是淄字之讹"。臧正一释为(盗)。凡按:许说颇确,"淄"与"时"同属之部,正可相谐。

【集释】1. 惕:内心惊恐貌。《易·乾》:"夕惕若厉。"陆德明释文:"惕,怵惕也。"司马相如《长门赋》:"惕寤觉而无见兮。"张铣注:"惕,惊也。"2. 扶:《说文·手部》:"扶,左也。"释此不确。疑"扶翼"即展开双翼。无佐证,录此备考。3. 比天而鸣:诸家谓仰天而鸣,而虞万里曰:"犹对天而鸣。"费振刚曰:"比天,冲天。"凡按:虞、费甚是。《汉书·齐悼惠王肥传》:"菑川地比齐。"颜师古注:"比,近也。"4. 仓=天=:苍天苍天。扬之水曰:"《诗·王风·黍离》:'悠悠苍天',《释文》:'苍本亦作仓。'此即苍天苍天。"虞万里曰:"仓天即苍天,汉碑多作仓,如《孟郁修尧庙碑》《北海相景君碑》《益州太守无名碑》等皆是。"臧正一略同。凡按:扬、虞所说甚是。5. 视:许全胜曰:"应读为示,视古通示。"臧正一曰:"视彼,为古籍常见之语。《诗·小雅·巷伯》:'苍天苍天!视彼骄人,矜此劳人。'"凡按:许氏理解为上天显示其残忍的一面,可通。但原字义顺,无须曲意假借,故以臧说为优。6. 方生产之时:有四解,①裘锡圭曰:"万物生长之时,指春天而言。"②万光治曰:"春三月正是禽鸟繁衍之时,故云。"③虞万里曰:"生产,谓'作宫持'。"臧正一曰:"生产犹生计也。"④扬之水曰:"叹恨之辞,谓天既生我,何不佑我也。"许全胜曰:"人与鸟兽生子皆可曰产,赋中'生产'即用此义。赋文之义应为雄鸟怨苍天之不仁,若天仁,则为何于其出生之时,又降灾祸于其身?"凡按:裘、万之说较优,今从万说。《玉篇·生部》:"生,产也。"《集韵·梗韵》:"生,育也。"又《说文·生部》:"产,生也。"《说文·乙部》:"乳,人及鸟生子曰乳,兽曰产。"此处生、产同义连用,谓生儿育女。春天是万物复苏的季节,也是群鸟组建家庭、生儿育女的季节,因而生机勃勃,充满希望。雌、雄二鸟衔材筑巢,就是为了生育子女,繁衍后代。(后面雌鸟托孤,当指未出生之幼子,因为禽鸟皆为卵生。)《诗缉》卷二十七《生民》"载生载育,时维后稷"严粲曰:"则生产之,则长育之,是为后稷也。"晋陈寿《三国志·吴志·骆统传》:"又闻民间非居处小能自供,生产儿子,多不起养。"皆为生育之义。许全胜释"生产"之义颇确,但通释时又偷换概念,将其说成是"出生",实际上理解为生存。7. 何与其淄:许全胜曰:"淄,读为菑。"万光治曰:"疑为何与其灾。"与此意同。臧正一释为何与其盗,曰:"与,助也。……为何要帮助这小人呢?"凡按:许、万之说较优。　○大意是:雄鸟惊恐万状,他振动双翅,伸长脖颈,仰望苍天,大声呼喊:"青天啊青天,你太不仁慈!正是生儿育女之时,为何降下如此大灾!"凡按:此言雄鸟见雌鸟伤势严重,且又被绳索缠缚,境况十分危险,于是向上天发出质问,悲怨愤怒已达极点。人在遭遇极大挫折无法排遣时,往往呼问苍天或父母。《诗·鄘风·柏舟》:"母也天只,不谅人只!"《诗·小雅·巧言》:"悠悠昊天,曰父母且。无罪无辜,乱如此怃!"汉司马迁以为天是"人之始",父母是"人之本",所以"劳苦倦极,未尝不呼天也;疾痛惨怛,未尝不呼父母也"(《史记·屈原贾生列传》)。对这种现象作出了解释。又元关汉卿《窦娥冤》第三出:"地也,你不分好歹何为地;天也,你错勘贤愚枉做天!"此处雄鸟之语与窦娥相似,都表达了对天道规律与人世法则不公的困惑、不满。　○惊、颈、鸣,耕部平声。时、淄,之部平声。裘锡圭曰:"颈"字古读平声,见《音学十书》第 294 页(中华书局,1993)。天、仁,真部平声。

顾谓其雌曰:"命也夫！吉凶浮泭,愿与女(汝)俱。"

【集校】1. 凶:费振刚释作"兇",非。

【集释】1. 浮泭:有三解,①裘锡圭曰:"泭,竹木筏。《论语·公冶长》:'子曰:道不行,乘桴浮于海,从我者其由与?''桴'即'泭'之通用字。敦煌写本《经典释文》,'乘桴'作'乘泭',谓字亦作'桴'。'泭'即'桴'字别体。雄乌的意思是说,不管吉凶,即使乘泭浮海,也跟你在一起。"周宝宏、万光治略同。②罗国威引《楚辞·惜往日》王逸注:"编竹木曰泭。"虞万里曰:"浮泭,指漂泛之舟。《尔雅·释言》:'舫,泭也。'漂泛之舟浮沈无定,以况吉凶之无常也。"臧正一曰:"人生犹如乘筏渡水,吉凶不定,福祸难料。"③李零疑"浮泭"是与"吉凶"类似的词组,含义与"浮沈"类似。朱晓海曰:"泭恐乃俯的借字,详高亨、董治安《古字通假会典》(齐鲁书社,1989,页365—367)。'浮泭(俯)'犹言浮沈、俯仰,与'吉凶'两种互异状态相应,意谓无论何种情况,或生或死、或福或祸。"张敏从之。凡按:裘、朱二家论证颇详,皆可疏通。若从裘说,则"吉凶"已成偏义复词,主要指"凶";若从朱说,则"吉凶"与"浮泭"都是由一对反义词组成的联合词组。 ○大意是:回头对雌乌说:"这是命啊！不管吉凶浮沉,我愿与你风雨同舟,生死一处。"万光治曰:"此段叙雄乌无可奈何,愿以身殉之。" ○夫、泭、俱,鱼部平声。裘锡圭曰:"泭""俱"由侯部转入。

雌曰:"佐=子=(佐子佐子)!"涕泣侯(疾?)下:"何恋亘家？家(?)□□□。曰为(?)君故(?),我求(?)不死(?)。

【集校】1. 雌:诸家释为"雌"。2. 恋:裘锡圭缺释,今从《释文选》。3. 家(?)□□□:《释文选》作"□[欲]□",裘锡圭作"□□□巳(?)",恐非。4. 曰为君故:《释文选》作"[曰]□[君]□",裘锡圭作"□子(?)□□",今从万光治说。5. 我求不死:《释文选》如此,裘锡圭作"我(?)□不□"。凡按:裘释极为谨慎,缺字甚多。以上有许多字是根据残留笔画和上下文推测出来的,仅供参考。

【集释】1. 佐＝子＝：①李零读为"嗟子嗟子"。裘锡圭初未破读，后引锦州读者蔡伟来信云："'佐子'疑读为'嗟子'。《书·大传》：'诸侯在庙中者，愀然若复见文武之身，然后曰："嗟子乎！此盖吾先君文武之风也夫！"'又作'嗟嗞''嗞嗟'，详见王氏《释词》卷八。"以为其说可信。周凤五、臧正一、王志平略同。②虞万里引《国语·晋语九》"佐食"韦昭注："佐犹劝也。"以为"佐有劝意，或即劝子之意"。③罗国威引《释名·释言语》："佐，左也，在左右也。"以为"雌雄二鸟，比翼齐飞，不离左右，故称其雄为佐子。"④费振刚曰："佐子，照顾孩子去吧。"凡按：诸说皆有见地。若从文意考虑，读为"嗟子嗟子"似更能传达出雌鸟临终托孤时的感伤和哀叹，故以李、裘之说为上。又，《释名·释言语》："嗟，佐也。言之不足以尽意，故发此声以自佐也。"可证"嗟""佐"可互训。2. 侯：裘锡圭疑是"疾"之误字，万光治说是"泪"的误字，虞万里曰："侯，何也，疑问词。《战国策·秦策三》'何不使人谓燕相国'，马王堆汉墓帛书《战国纵横家书》'秦客卿造谓穰侯章'作'侯'。"罗国威引《史记·司马相如列传》李奇注云："侯，何也。"臧正一曰："侯，乃也。"凡按：此字与"疾行去矣"之"疾"笔画小异，或许就是"疾"。若如此，则可释为迅疾，谓眼泪迅速落下；"涕泣疾下"应是描写雌鸟动作神态的插入语。又汉乐府《妇病行》："妇病连年累岁，传呼丈人前一言。当言未及得言，不知泪下一何翩翩。属累君两三孤子，莫我儿饥且寒。"亦写妻子临终托孤，声泪俱下，可与此参看。若从虞、罗之说，则是雌鸟劝导雄鸟不要流泪，应服从命运的安排。万、臧不妥。3. 亘家：虞万里曰："亘即垣。林义光《文源》云：'[亘]当为垣之古文，像垣墙缭绕之形。'垣家，即垣屋。《史记·萧相国世家》：'为家不治垣屋。'"扬之水曰："蒋礼鸿《敦煌变文字义通释》释家为妻，书证引《左传·僖公十五年》：'逃归其国，而弃其家'，杜注：'家谓子圉妇怀嬴'；孔疏：'夫称妻曰家。'"凡按:细绎文意,似以扬说为优。而且今日苏北等地方言仍称妻子为"家里"或"某某家(的)",称丈夫为"外头"或"外头人",与孔颖达说正相合。唯妻子自称"家",似不通行。但此处文意,显然是雌乌劝导雄乌不要留恋她,下文还劝说雄乌再娶贤妻,所以只能将"家"理解为雌乌的自称。 ○此段文字缺漏甚多,而文意甚明,谓雌乌自知性命难保,劝导雄乌不要再留恋她。后二句的弦外之音是:我如今已经伤残,不宜再勉强活在人世,否则只会加重家庭的负担,表现了雌乌关心家人、置个人生死于度外的品质。 ○子,之部;下、家、故,鱼部;死,脂部。之鱼脂部合韵。

死生有期,各不同时。今虽随我,将何益哉!见危授命,妾志所持。以死伤生,圣人禁之。疾行去矣,更索贤妇。毋听后母,愁苦孤子。

【集校】1. 哉:《释文选》作"栽",非是。2. 持:《释文选》释作"践",谬甚。裘锡圭释为"待(持)"。凡按:该字左旁为提手旁,应该直接释为"持"。周凤五、臧正一同予说。3. 苦:裘锡圭如此,而《释文选》作"若"。凡按:苦、若二字,汉代草书相近。此处应释作"苦"。

【集释】1. 死生有期:虞万里曰:"《论语·颜渊》'死生有命',《庄子·大宗师》'死生命也',皆简文'死生有期'所本。"万光治、罗国威略同。2. 见危授命:裘锡圭引《论语·子张》:"士见危授命,见得思义。"罗国威曰:"授命,言不爱其生,持以与人也。"3. 持:臧正一曰:"守也,指抱持之思想而言。"4. 以死伤生,圣人禁之:裘锡圭引《孝经·丧亲章》:"三日而食,教民无以死伤生,毁不灭性,此圣人之政也。"虞万里略同。5. 索:聘娶。虞万里曰:"《三国志·魏志·吕布传》:'[袁]术欲结布为援,乃为子索布女,布许之。'据简文,知汉代已有此义。"6. 孤子:万光治曰:"指雌乌的遗孤。"虞万里曰:"谓失母之子。"义同。 ○大意是:人的生死自有天定,在危难之时奉献生命,正是我持守的志向。圣人反对以死伤生,劝你节哀,保重身体,不要因为我的死亡而过于悲伤。你赶快离开,再娶个贤良的妻子。不要轻听后母的闲言,以免使孩子愁苦孤单。凡按:这两句写雌乌既希望雄乌再娶新妻,获得幸福,又担心雄乌听信后母谗言,亏待子女,内心充满矛盾。贤妇之德与母子人伦之爱在此矛盾交织,催人泪下,感人至深! ○期、时、哉、持、之,之部平声。矣、妇、母、子,之部上声。命、生,耕部隔句相谐。

《诗》[云]:'云=(云云)青绳(蝇),止于杆。幾自(？)君子,毋信儳(谗)言。'惧惶向论,不得极言。"

【集校】1. 诗[云]云=:《释文选》释为"诗云"。裘锡圭曰:"简文作'云云青绳(蝇)',应该一连用三个'云'字。但实际上只写了一个加重文号的云字。所以释文在诗字下补加一个加□(补原文缺字的符号)的云字。不过也有可能书写者在这里是用重文号的每一点代表一个重文的,云字加两点就代表三个云字,跟一般以两点或两短横代表一个重文不同。"凡按:裘补甚确。2. 杆:《释文选》作"杆"。裘锡圭曰:"这个字是跟'毋信谗言'的'言'押韵的,所以释作跟'樊''言'同属元部的'杆'字。也可以把这个字释为'杆〈杆〉',看作'杆'的形近误字。"3. 幾自:裘锡圭曰:"(《诗经》)岂弟(恺悌)君子,简文作'幾自(？)君子'。'岂'是溪母微部字,'幾'是见母微部字,古音很近。'弟'是定母脂部字,'自'是从母脂部字,古音也相当接近。但'幾'下一字不清,究竟是否'自'字尚待研究。"又万光治依简体释文将"幾自"(几自)断为"凡百"的误字,与原简不符。4. 儳:裘如此,《释文选》、臧正一作"谗"。凡按:该字左旁为"亻",裘释甚确。所引诗句虞万里以《释文选》为据断为"青绳(蝇)止于杆几,自君子毋信谗言",误上加误。

【集释】1. 云云青绳句:凡按:云云:《毛诗·小雅·青蝇》作"营营",往来貌。但依字面理解于义更顺:云云,众多貌。《庄子·在宥》：" 万物云云。" 成玄英疏："云云，众多也。" 此处引诗为《诗经》研究提供了很有价值的异文，也许写作"云云"更接近《诗经》原貌。（费振刚曰："云云，通纭纭，纷多貌。"与予意同。）青绳（蝇）：大头苍蝇。"云云青蝇"比喻谗言之众多而纷扰。杅：通"樊"，《青蝇》毛传："樊，藩也。"《文选》谢庄《月赋》"长自丘樊"李善注引《尔雅》郭璞曰："樊，樊篱也。"幾自：通"岂弟"，《青蝇》郑笺："岂弟，乐易也。"又《诗·齐风·载驱》"齐子岂弟"马瑞辰《传笺通释》："岂弟，犹开明，即闿圛之假借。"似以马瑞辰说为优。"儳"通"谗"，谗言指造谣中伤、颠倒黑白的话。罗国威引《毛诗·青蝇》郑笺："蝇之为虫，污白使黑，污黑使白，喻佞人变乱善恶也。言止于樊，欲外之，令远物也。"可参。2. 惧惶：虞万里曰："犹惶惧。" 3. 向论：裘锡圭曰："可能指雌乌上面所引的前人的话。" 虞万里曰："对雄乌道上述之言。" 臧正一曰："向论，指雄乌与前贤之言。向，刚才也。"凡按："向"的本义是朝北的窗户，（《说文·宀部》："北出牖也。"）后引申为朝向，对着。《广韵·漾韵》："向，对也。"向论犹言致论，谓向雄乌表达自己的想法。4. 极言：虞万里曰："极言，竭力陈述。《礼记·礼运》：'夫子之极言礼也，可得而闻与？'"凡按：极言犹言尽言，谓雌乌临死前有千言万语，但在惊恐之余，不得一一申说。 ○大意是："《诗经·青蝇》里说：'一大群苍蝇飞来飞去，落到了门前的篱笆上；开明通达的君子啊，不要相信小人的谗言。'惊惧惶恐之间向你表白，但千言万语难以尽诉。"凡按：此处雌乌借用《诗经》成句，向雄乌表达自己的劝告。虞万里曰："亡乌愿雄乌毋信后妻之谗言，以愁苦孤子。既欲其更娶，又不欲其信谗而苦己爱子，深恐不能两全，故叮咛反复。然而对雄乌，只能惶恐、婉转借喻，不敢竭力陈述。中心之隐忧，形于言表。"乃切中肯綮之言。 ○杅、言，元部平声。

遂縛两翼，投于污则（侧）。支（肢）躬折伤，卒以死亡。

【集校】1. 縛：裘锡圭如此，《释文选》作"缚"，义同。2. 于：

《释文选》误释为"其",臧正一从之。3. 躬:《释文选》释为"體",臧正一释为"體(体)",恐非。

【集释】1. 缚两翼:裘锡圭曰:"当指收束两翼。"臧正一曰:"缚,拘束,限制也。"2. 污则:①裘锡圭曰:"疑读为'污厕',指厕所一类地方。"②扬之水曰:"则与侧通。《庄子·列御寇》:'醉之以酒而观其侧',《释文》:'侧,或作则。'沈文倬《礼汉简异文释》(二):'视则杀,今本则作侧,则、侧同声通假。'见《文史》第三十四辑,第53页。"③虞万里曰:"污,积水不流之小洼坑。《左传·隐公三年》:'潢污行潦之水。'孔颖达疏引服虔曰:'水不流谓之污。'则即侧。"臧正一略同。凡按:诸家皆将"污"理解为脏水坑,甚是。惟万光治读为"樊",以为与上"杆"(杆)通"樊"类似。其实读如本字即通,无需假借。则,或读为"厕",或读为"侧",皆通。而朱晓海云"污则"即雌乌"产子之秽恶",未免联想过多,反而违离本旨。(一般情况下,新产妇的任务在于照顾幼子,不会外出"索莸"。可见该赋中的雌乌尚未生产,筑巢是生产前的准备工作。)3. 支躬:支,后来写作"肢"。肢躬谓四肢躯体。　○大意是:雌乌说罢,收束双翼,投向水坑之侧。四肢断折,身受重伤,终于死亡。○翼、则,职部。伤、亡,阳部平声。

其鸠大哀,储躅非回(徘徊)。尚羊(徜徉)其旁,涕泣从(纵)横。

【集校】1. 鸠:臧正一释为左,非。2. 储:裘锡圭如此,谓:"储(?)躅,疑与'踟躅'义近。"《释文选》径作踟,非是。

【集释】1. 储躅:①许全胜从声韵角度考察,认为赋文"储躅"当读为"踌躅",又引《文选》陆士衡《招隐》"振衣聊踯躅"李善注:"《说文》曰:'踌躅,住足也。'踌与踯同。"又引《汉书·外戚传上》汉武帝赋:"何灵魂之纷纷兮,哀裴回以踌躇。"与《神乌赋》用语正同。②虞万里曰:"踯躅,即蹢躅。《文选·古诗十九首》:'沈吟聊踯躅。'李善注:'《说文》:蹢躅,住足也。踯躅与蹢躅同。'"凡按:许、虞皆通。储躅、踯躅、蹢躅,用字不同而音义则一,皆为驻足踌踌之义。臧正一释为"赵躅",以为是"一会疾行一会顿足,状其悲愤之态"。割裂联绵字作解,不妥。2. 非回:扬之水曰:"非应裴之省,汉诗、汉赋,徘徊多作裴回。《汉书·燕刺王传》载华容夫人歌:'裴回两渠间兮,君子独安居';《外戚传》载武帝《李夫人赋》:'哀裴回以踌躇'。《史记·司马相如列传》载《上林赋》:'乘舆弥节裴回',《文选》裴回作徘徊。"凡按:非回是联绵字,来回走动、犹豫不决的样子。《龙龛手鉴》卷四曰:"徘徊,彷徨进退也。"后来又写作裴回、裵回、俳回、徘徊、徘徊等。虞万里引《尚方镜铭》十一:"非回名山采之草。"可见"非回"是较早的写法。扬之水"非应裴之省"的说法不妥。3. 尚羊:扬之水曰:"《楚辞·惜誓》'托回飙乎尚羊',《考异》:'一云:托回风乎倘佯。'"周宝宏曰:"尚羊,即徜徉,徘徊之义。"虞万里曰:"踯躅、非回、尚羊义一,皆行不进之貌。"罗国威亦云:"踯躅、徘徊、徜徉,义同也。"凡按:诸家甚当。尚羊亦为联绵字,写法非一,而以尚羊、相羊为古。《别雅》卷二云:"相羊、攘佯、襄羊、常羊、儴佯、相佯、尚羊、倡佯、常翔、相翔、仿佯、方洋、仿佯、倘佯也。" ○大意是:雄鸟极其悲哀,驻足徘徊,在雌鸟身旁走来走去,泪流满面,不能离开。 ○哀、徊,微部平声。旁、横,阳部平声。裘锡圭曰:"如认为横已转入耕部,则是阳、耕合韵。"

长炊〈叹〉泰(太)息,忧㤒(懑)嘑(号)呼,毋所告愬(诉)。盗反得完,亡鸟被患。遂弃故处,高翔而去。

【集校】1. 忧㤒:裘释如此,臧正一从之;《释文选》作"径逸"。凡按:简文中写在下方的心字简化为一长横,与走之旁(辵)相混同,故两家所释各有其据。但上字据笔画似非"径"字,且"径逸"费解,不及"忧㤒"义顺。2. 完:《释文选》如此,裘释作"免"。凡按:该字上面是一点,应该释为"完"。

【集释】1. 长炊泰息:炊,诸家多视为"欷"(叹)的误字,甚是。周宝宏、臧正一称"炊,通吹","长吹"不辞,周释不可从。泰息,虞万里曰:"泰息即太息。(此句)谓长声叹息也。"甚是。2. 忧悤:裘锡圭曰:"悤即悗字,据此处文义应读为懑,二字音近(悗字在《集韵》中有'母本切'一音,与懑同音,见上声混韵懑小韵)。"李零略同。扬之水、虞万里从《释文选》,扬曰:"径逸,疑为哽咽(噎?),《说文·口部》哽读为井,与径同部。(朱新华说)"虞曰:"径,用同惊。径惊古音皆见纽耕部。惊,《说文·马部》:'马骇也。'《玉篇·马部》:'马骇也,逸也。'是惊犹逸也。惊逸连文谓马因受刺激而神情紧张、行动失常。转以用之雄鸟,因雌鸟之亡而紧张、失常。"凡按:裘、虞二家之说可参。此句紧承"长炊(叹)泰息"句,似以裘说为优。3. 嘑呼:裘锡圭曰:"嘑、呼二字同音,故嘑呼应为唬呼之讹,唬当读为号。"李零曰:"简文嘑应改释为嚆。参看《急就章》第廿九章'疝瘨保辜諯(唬)呼犕(噂)',諯同嚆,即今啼字。"凡按:号呼义顺,裘说优。而罗国威引《说文》曰:"嘑,唬也。"可见嘑呼即号呼,未必字讹。4. 毋:裘锡圭曰:"通无。"5. 告愬:裘读为"告诉"。罗国威曰:"愬,诉,说也。"张敏曰:"《说文·言部》'诉,告也。……愬,诉或从朔心。''愬'为'诉'的异体,二字同义通用。《吕氏春秋·振乱》:'黔首无所告愬。'"凡按:诸家并是。6. 完:虞万里曰:"完谓保全,患谓祸难。此雄鸟大哀而毋所告愬之言。"
〇大意是:长声叹息,悲愤呼号,满腹忧苦无处申诉。盗鸟反而完好无损,雌鸟却遭受祸患。雄鸟抛弃这令人伤感的窠巢,独自高翔而去。万光治曰:"此段叙雌鸟死后,雄鸟投告无门,乃弃故处,高翔而去。"骆名楠曰:"长嘘短叹,忧懑呼号,不断控诉。"凡按:"毋所告愬"意思是没有地方诉说是非曲直,表达内心痛苦,并非"不断控诉"。这近似于现代汉语中的"无处伸冤",充分反映了现实的残酷和社会的不公。　　〇呼、愬,鱼部。免、患,元部。处、去,鱼部。"息"字失韵,万光治疑有脱句。裘曰:此"处"字为名词,但大概仍读上声。"去"也有上声读法。或谓此处"处""去"二字皆当如后世读为去声,待考。

伤曰:"众鸟丽于罗罔(网),凤皇(凰)孤而高羊(翔)。鱼鳖得于芘(笓)笱,交(蛟)龙执(蛰)而深臧(藏)。良马仆于衡下,勒薪(麒麟)为之余(徐)行。"

【集校】1. 伤:《释文选》如此,裘释作"传"。凡按:审其字形,似应作"伤"。2. 薪:诸家作"靳",费振刚作"蕲",唯刘乐贤作"薪"。细审原简,上面很可能是"艹",故从刘释。3. 余:虞万里据简体释文转换成"餘"字,非是。

【集释】1. 伤:虞万里曰:"楚辞、汉赋末有用乱用歌用叹者,此赋用伤。伤者,伤辞。《礼记·曲礼上》:'知生者吊,知死者伤。'郑玄注:'吊、伤皆谓致命辞也……伤辞未闻。说者有吊辞云:"皇天降灾,子遭罹之,如何不淑。"此施于死者,盖本伤辞。'据郑注,则施于死者之辞为伤辞。简赋之末乃有感于亡乌而发,是以其为伤辞。"可参。2. 丽:通"罹",遭遇。诸家并同。3. 罗罔:凡按:罗字从网从维,是一种专事捕鸟的网。《说文·网部》:"罗,以丝罟鸟也。"罔字甲骨文作"网",像捕捉鱼或鸟兽的网,后加声符"亡"作"罔",后又加义符"糸"作"網","网""罔""網"为古今字。"罗""网"乃同义复词。4. 羊:通"翔",诸家一致。虞万里曰:"高羊,犹高翔。《春秋·昭公十一年》'盟于祲祥',《公羊传》作'侵羊'。汉镜铭'吉祥'之'祥'多作'羊'。'祥''翔'互借。"扬之水曰:"东方朔《七谏》:'凤皇飞而高翔。'《楚辞·惜誓》:'独不见鸾凤之高翔兮。'"凡按:虞、扬二家可互补。5. 芘笱:有二解:①裘锡圭曰:"芘,读为'笓',《广韵·平声·齐韵》部迷切鼙小韵:'笓,取虾竹器'。笱,见《说文·三上·句部》,注为:'曲竹捕鱼笱也。'《诗·齐风》有《敝笱》篇。"虞万里亦曰:"笓,捕虾竹器;笱,捕鱼竹器。统言之,指捕鱼虾蟹鳖之竹具。"②吴又辛曰:"窃疑芘笱即敝笱,芘在并母脂部,敝在并母月部,旁对转,例可通假。"凡按:"芘笱"结构同"罗网",亦为同义复词,故以裘、虞之说为优。且芘、笓二字形近,皆从比声,读音全同,无需旁转或对转。6. 交龙句:万光治曰:"交:蛟。执:蛰。《易·乾卦》:'潜龙勿用。'"虞万里曰:"交龙即蛟龙。《周礼·春官·司常》:'交龙为旗。'《文选·潘岳〈藉田赋〉》李善注引作蛟龙。执,蛰也,见前释。臧,藏也。《诗·小雅·隰桑》:'中心藏之。'陆德明释文作臧。"所言甚是。7. 良马句:裘锡圭曰:"仆,'前仆后继'之仆,不是简化字。衡,车辕前端横木,服马的轭即固定在衡上。"凡按:裘说是。《说文·人部》:"仆,顿也。从人,卜声。"段注:"顿者,下首也。以首叩地谓之顿首,引申为前覆之辞。"此处意为向前倒地。费振刚作"僕",释为"服役",误。8. 勒靳:①裘锡圭曰:"勒靳,读为骐骥,良马之称。骐为群母之部字。勒与革、棘通。革、棘都是见母职部字。见、群二元音近,之、职二部阴入对转。骥是见母微部字,靳是见母文字部,二字间有严格的阴阳对转关系。所以勒靳可以读为骐骥(其实是骐骥有可能因音近被错写成勒靳)。"②周宝宏、虞万里读如本字。周曰:"勒,带嚼子的笼头。靳,马当胸的皮革。勒靳,这里指拉车服驾的马。"虞曰:"勒靳,谓辕马。《说文·革部》:'勒,马头络衔也。'又:'靳,当膺也。'《左传·定公九年》:'吾从子,如骖之靳。'杜预注:'靳,车中马也。'原谓套御马口及马胸之物,引申之指马。"③朱晓海以为此处"以众鸟/凤皇、鱼鳖/交龙、良马/勒靳三组禽、鳞、兽的处境说明人间险厄,惟有混迹遁世方能保生",而骐骥与良马不能形成对照,所以"勒靳"二字"当自庸鄙得全的畜类这角度索解"。臧正一曰:"'勒靳'均为驾驭马匹的工具,此处借代为凡马、劣马。"④刘乐贤征引《孟子·公孙丑》《大戴礼记·易本命》等上古文献,指出"在古人看来,凤凰是鸟类之长,麒麟是兽类之长,蛟龙是鱼类之长",赋中良马为"有毛之虫"即走兽,其长应为麒麟;又说"鸟、鱼、兽类遭殃后,各自的长物凤凰、蛟龙、麒麟随之隐藏不出",故简文中"勒靳"应与传世文献的"麒麟"相当。刘氏以为"从古音看,勒可以读为麒……靳是见母文部字,麟是来母真部字。文、真二部音近可通……来、见二母初看起来相距较远,但古代来、见二母相谐或通假的例子也很多。……读蕲为麟也是讲得通的。"⑤费振刚曰:"勒,约束,统率。……勒蕲,率马,乘马。"凡按:朱晓海虽未得出最后结论,但其将三组动物对比考察的方法却极有启发性。裘释长于声韵,文意亦大致可通,但骐骥与良马意思相近,对比不明显。要之,应以刘乐贤释为优。旧说麒麟是瑞兽,政治清明、天下太平时就会出现,遇到浊世则隐藏不出。三国吴陆玑《毛诗草木鸟兽虫鱼疏·卷下·麟之趾》:"麟,麇身、牛尾、马足、黄色、圆蹄、一角,角端有肉,音中钟吕,行中规矩,游必择地,详而后处。不履生虫,不践生草,不群居,不侣行,不入陷阱,不罹罗网,王者至仁则出。"该赋写凤凰、蛟龙、麒麟隐遁不出,正是西汉末年时局动荡、邪恶横行、生灵涂炭的社会现实的艺术反映。又臧正一引《列女传·贤明传·周南之妻》"凤凰不罹于厨罗,麒麟不入于陷阱,蛟龙不及于枯泽。鸟兽之智犹知避害,而况于人乎?"之语,以为与赋语几近相同,所言极是。唯未将勒蕲与麒麟联系,距真相仅一步之遥。9. 余行:裘锡圭、万光治等释为"徐行",谓缓慢行走,甚是。虞万里曰:"余有宽裕之义,余行谓行步悠然余裕。"与文意不符。 ○大意是:众鸟遭受罗网的搜捕,凤凰只好孤独地远走高飞;鱼鳖被竹笼捕获,蛟龙只能到水底蛰伏深藏;良马累倒在车辕之下,麒麟便缓慢行走,不再出现于人世。凡按:以上数句乃感叹之辞,大意是众鸟、鱼鳖、牲畜受到伤害时,其长物凤凰、蛟龙、麒麟都会因悲伤、怜悯而远离尘世。骆名楠说:"众鸟依附罗网中生存,凤凰却孤傲地高高飞翔;鱼鳖苟且于竹笼里栖身,蛟龙却入蛰深深潜藏;良马累倒在车辕下,千里马却自由地奔走四方。"其对"丽""得"的理解有明显错误。 ○冈、羊、臧、行,阳部平声。裘锡圭曰:如认为"行"已转入耕部,可看作阳、耕合韵。

鸟兽且相慢(忧),何兄(况)人乎？哀=哉=(哀哉哀哉)！穷通(痛)其䈼(?)。诚写遇(?),以意傅(赋)之。

【集校】1. 慢:裘如此,《释文选》作"忧"。凡按:该字左有竖心旁,裘释佳。2. 哀=哉=:裘如此,而《释文选》作"哀哉"。凡按:二字之下皆有重文符号,故从裘释。3. 遇:裘锡圭作"悬",《释文选》作"愚",张敏曰:"据四言句式,'愚'字后疑有脱文'哀'字,'诚写愚哀'和文意十分相符。"凡按:简文中写在下方的"心"字和走之旁(辶)十分相似,比如同一支简中的"意"字、"通"字分别写作：、,下部相混。此字作:,据文意应释为"遇"。

【集释】1. 相慢:凡按:"慢"同"忧"。相忧谓互相担心、同情。2. 兄:诸家认为通"况",甚是。虞万里曰:"兄,况也。《老子》二十三章:'天地尚不能久,而况于人乎！'马王堆汉墓帛书《老子》乙本作'有兄于人乎'。'汉故幽州书佐秦君神道'石刻文'何兄于人',即'何况于人'。此句乃赋之寓意所在。"3. 䈼:扬、裘等皆视为菑之或体,菑读为灾。虞万里、罗国威言从草从竹之字古常通用,甚是。扬之水曰:"典籍多假菑为灾。《诗·鲁颂·閟宫》'无灾无害',《释文》:'灾本亦作菑。'《吕氏春秋·审时篇》:'稼就而不获,必遇天菑。'亦是其例。"周凤五曰:"䈼即菑,读为'赍'。赍诚,谓怀抱诚心;写愚,谓抒发情志。"万光治曰:"䈼可通才、材。䈼诚写愚;疑为才诚洿愚。"凡按:数句犹言:悲哀啊悲哀啊,遇此大灾,令人伤痛！扬、裘诸家甚确。周、万二家未见图版,仅据《释文选》的误释,将这段文字断为"哀哉穷通,其䈼诚写愚",故捍格难通。李零曰:"今疑此句当读为'悖痛其灾成洿宣',指哀其不幸,情不能已,终宣泄之。"似可通,但该赋无七言句,且与下句不能衔接。4. 诚写遇:裘存疑,周、万、李所释未当。罗国威曰:"此句当作'诚写愚意以傅之',文意方顺。"凡按:不需将以、意倒乙。此句意甚明白,诚谓真实,遇指遭遇,意思是真实描写所目睹亲历的事件。古代俗文学作品多在开头交代故事发生的时间、地点、环境,或者声明该事件乃作者亲身经历,原原本本,皆非虚构,旨在显示叙述者的诚实,引起读者或听众的兴趣。如东晋干宝《搜神记》卷一云:"汉董永,千乘人。少偏孤,与父居。"先指出董永生活的朝代、籍贯(千乘相当于今天的山东省高青县、博兴县一带),再讲述董永与七仙女的人神之恋。又唐佚名《补江总白猿传》开头云:"梁大同末,遣平南将军蔺钦南征,至桂林,破李师古、陈彻。别将欧阳纥略地至长乐,悉平诸洞,深入深阻。"将故事发生的历史背景、相关人物交代得更加具体。明清戏曲小说也大致继承了这种传统。该赋首句即言"惟此三月",说明故事就发生在今年的三月,作者记忆犹新;此处再次强调故事的真实性,恰恰反映出作者针砭时弊的愿望之强烈、态度之恳切。 5. 傅:裘锡圭曰:"傅、赋古通,详王念孙《读书杂志·汉书第九》'离骚传'条。"虞万里曰:"傅,通敷,亦即赋,布陈之意。《书·益稷》:'敷纳以言。'《汉书·成帝纪》引作'傅纳以言',颜师古注:'傅,读曰敷。敷,陈也。'《左传·僖公二十七年》《潜夫论·考绩》引作'赋纳以言'。《论语·公冶长》:'可使治其赋也。'陆德明释文:'郑云:军赋。赋,梁武云:《鲁语》作傅。'"凡按:以意傅之,谓事件的主角是禽鸟,作者不能用语言与之沟通,只好靠自己的猜测或理解铺陈出来。汉贾谊《鵩鸟赋》:"口不能言,请对以意。"曹植《鹞雀赋》:"二雀相逢,似是公妪,相将入草,共上一树,仍叙本末,辛苦相语。"都是假想的人鸟对话或禽鸟之间的对话。 ○数句大意是:鸟兽尚且互相担忧同情,更何况人呢?悲哀啊悲哀啊,遇此大灾,令人伤痛!我把亲身遇到的事情原原本本地记下来,根据自己的理解去铺叙它。○忧、乎,幽鱼通谐。哉、箇、之,之部平声。

曾子曰:"乌〈鸟〉之将死,其唯(鸣)哀。"此之谓也。

【集释】1. 曾子句:诸家俱引《论语·泰伯》:"曾子言曰:'鸟之将死,其鸣也哀。人之将死,其言也善。'"凡按:此处"鸣"字简文写作"唯",学者多视为讹字。笔者于1997年注释《神乌赋》,认为"唯同鸣",唯与鸣是异体字。后又在一篇文章中说:"在古文字中,'佳'与'鸟'都象鸟之形,并无明显区别。《说文·佳部》云:'佳,鸟之短尾总名也。'《鸟部》又云:'鸟,长尾禽总名也。'所以,'佳'和'鸟'在作偏旁时常常可以互换,'雞'也写作'鷄','雁'也写作'鴈','雕'也写作'鵰','雅'也写作'鴉',等等。当然,'唯'也可以写作'鸣',本义都是鸣叫。"(见《古籍整理出版情况简报》2004年第12期。)最近读虞万里文,虞云:"古从佳从鸟之字多有互用者,就《说文·鸟部》所载之籀文或体有鶍或从佳,鷟或从佳,鶏或从佳,鸽或从佳等。佳、鸟物类相同,故简文雌雄亦作鵻鳩。今既引述曾子语,字当作鸣,颇疑'唯'乃'鸣'字之别体。"同笔者不谋而合。臧正一称,此处"似可视为将'佳'形与'鸟'形之字可以互替之例",也看到了这一点。 ○曾子说:"鸟在临死之前,其鸣声往往充满了哀悯。"大概说的就是这种情况吧!万光治曰:"此段系作者因事立论,颇有寄托。" ○死,脂部;哀、谓,微部。脂、微合韵。

神乌傅(赋)

【集校】1. 傅:裘锡圭曰:"此是标题简,赋文的抄写多用草书,此简所书则是相当标准的隶书。第三字'傅'的右旁上部与赋文中二'縛'字右旁上部有别。"

【集释】1. 神乌:作者以为雌乌品德高尚,一言一行皆符合儒家的伦理规范,堪为世人楷模,故尊之为"神",为赋以赞美之。2. 傅:裘锡圭曰:"用来表示诗赋之'赋'这个词的'赋'字或'傅'字,不消说都是假借字。其本字大概是《说文》训为'布'的'尃'字。西周晚期的毛公鼎铭有'于外尃命尃政'等语。……'尃'训'布','布'有陈述之义。"周宝宏曰:"赋作为一种文体,它的特点是铺张陈述,而赋字的本义引申义并无此义,赋字作为文体的名称可能是从汉代或汉代以后才有的,当是借用之义,而其本字当作敷,敷有铺陈之义,正代表了汉赋的特色。此《神乌傅》写于西汉末年,不用赋,而用傅,傅正是敷的借字,古书中赋敷也常通用。由此可知,传世汉赋之赋,当是后世用字。"凡按:裘、周所言极是。赋(本义是敛)、傅(本义是相,助也)皆为借字,本字当作"尃",后来又写作"敷"。《说文·寸部》:"尃,布也。"裘引毛公鼎铭正用此字。《管子·水地》"叩之其音清搏彻远"集校引孙星衍云:"《太平御览》八百三、《事类赋注》引搏作尃。尃,古敷字。"典籍多用敷为尃,或许系后人所改。《尚书·舜典》:"敷奏以言。"孔颖达疏:"敷者,布散之言,与陈设义同。"《穆天子传》:"曾祝敷筵席设几。"郭璞注:"敷,犹铺也。"但作为一种文体,似乎借字傅通行,(起码在汉代是如此)故刘安曾作《离骚傅(赋)》,后因形近而讹作《离骚传》(详参王念孙《读书杂志·汉书第九》"离骚传"条);该赋篇题、文中俱用傅字,亦是明证。后来又借用赋字,而本字尃(敷)似乎从未使用过。当代赋学研究者多拘泥于"赋"字本身的本义和引申义去探讨赋体文学的性质和渊源,可谓舍本逐末也。

□[廿八]书佐(?)风(?)朐(?)□病(书?)。兰陵游微宏(?)光,故襄贲(?)□沂县功曹掾(?)□

【集校】1. 裘锡圭以为该简"文字多模糊不可确识,与赋文的关系不明",故略去。臧正一也说此简与本赋无关。而学者多努力寻觅二者之关系。2. 风朐:《释文选》作□朐。李零原释风阳,后改释风阳。3. 宏光:《释文选》缺释。4. 沂县:《释文选》缺释。

【集释】1. 廿八:不详,可能是书佐的排行。2. 书佐:万光治曰:"汉代郡设簿曹、都官、典郡三书佐,县设门下书佐。"虞万里曰:"书佐,汉代郡国诸曹掾史下之属吏,犹六朝时之书记,主记录、缮写、起草、宣读等文书工作。下文有功曹掾,则此书佐疑为功曹掾之属吏。"3. □病:可能是人名。4. 朐、兰陵、襄贲:万光治曰:"朐、兰陵、襄贲,系东海郡所辖县名,见《汉书·地理志》。"虞万里曰:"朐,县名,秦置,汉属东海郡。兰陵,亦县名,战国时置,汉属东海郡。二县名皆见于同墓出土之《东海郡属县乡吏员定簿》木牍。"凡按:《汉书·地理志》载,东海郡辖三十八县,包括兰陵、襄贲、朐、临沂等。5. 游徼:虞万里曰:"游徼,县乡中主巡行禁缉奸盗之吏。《东海郡属县乡吏员定簿》载兰陵吏员八十人中有游徼四人。"6. 宏光:应该是人名。7. 沂县:"沂"上一字据残存笔画似非"临"字,则沂县实为临沂县之简称。8. 功曹掾:万光治曰:"郡佐吏,职与功曹史同。" ○周宝宏说,该简有"功曹掾"的字样,则此赋"显系墓主所作,因为墓主生前做过'王官掾''功曹史'等官。"臧正一说该赋作者就是墓主师饶,"作为其抒发失意情志与关心民瘼的作品。"罗国威曰:"此二句当是作者及书手之署名,因多处漫漶,已无从考释矣。"凡按:罗说近之。墓主未必即是该赋的作者,但他对此赋尤其钟爱,甚至以之为殉,说明该赋曾使他的内心产生过强烈震撼,也有可能就是他本人政治遭际的艺术反映。

综上,学术界对《神乌赋》语词的考释,大致有以下几种情况。1. 不少语词经诸家努力,已得正解。由于尹湾汉墓简牍整理组的辛勤劳动,《神乌赋》在公布之时就已经得到了较为深入的研究。如裘锡圭等先生为散乱的竹简排序,使该赋顺畅可读,其功至伟;又如标题简"傅"通"赋",正文中"执虫坊皇"通"蛰虫彷徨","张曰阳麋"中"曰"为"目"之讹,"阳麋"通"扬眉",等等。但也有不少语词是在公布之后才渐得正解的。例如"何命不寿,狗丽此菑",句中的"狗"字,起初裘锡圭读为"拘",万光治、罗国威读为"苟",后俱从李零、扬之水、虞万里说,认为"狗丽"通"姤罹"或"遘罹",乃遭遇、遭受之义。裘、万诸先生否定自我、追求真理的学术胸襟委实令人钦佩。2. 有些语词歧见较多,但有高下之别。例如"众鸟皆昌,执虫坊皇",句中的"昌"字,裘锡圭、周宝宏等读如本字,释为"兴盛"。唯李零云:"昌读唱。"今按:二说皆通,似以李说为优。此句指鸟儿在阳春三月群聚歌唱,兴奋无比。且"昌(唱)"与下句"坊皇"(彷徨,来回走动、逍遥自得的样子)皆为动词,文意相对,描写出一幅春意盎然、生机勃勃的图画。3. 诸说各有所长,难定其是非高下。例如"迺(?)作宫持,鸠行求材"句,学界对"持"字理解不同:裘锡圭读为"㭙",李零、王志平读为"坿",以为是"凿垣而栖的鸡窝,这里指鸟巢"。此说甚合文意,且在音韵与典籍上有根据。虞万里、朱晓海以为"持,即寺","宫寺"乃房舍、馆舍之通称。若理解为拟人手法,虞、朱之说亦不误,二说难定高下。4. 诸家缺释或所释欠安,需要进一步研究。例如"哀=哉=! 穷通其筘(?)。诚写悬(?)以意傅之"句,《释文选》释作"哀哉穷痛其筘诚写愚以意傅之。"哀哉下遗漏二重文符号,周凤五、万光治等从之,不妥。"写"下一字有二释:①《释文选》作"愚",罗国威同之。②裘锡圭、李零释为"悬",李说"今疑此句当读为'悍痛其灾成泻宣',指哀其不幸,情不能已,终宣泄之"。均觉未安。今按:简文中写在下方的"心"字和走之旁(辶)相混,此处据文意应释为"遇"。"诚写遇"一句意甚明白,"诚"谓真实,"遇"指遭遇,意思是将目睹亲历的事件真实地描写下来。又如"不□他措"句,缺字笔画清晰,有人释为"肯"字,但于义未安,还需要进一步研究。

在《神乌赋》的考释和研究中,发现有以下几个方面的问题,值得我们深思。

一、早期考释与竹简照片中的公布问题。《神乌赋》首次与公众见面,是《文物》1996年第8期发表的《尹湾汉墓简牍释文选》以及同期公布的部分图版。《释文选》虽有卓见,但错误也不少。例如"畏惧猴猨"的"猨",简文中该字左旁为犭,与"猴"字左旁完全相同,《释文选》却误作"援"。扬之水"援应即猨",周宝宏"援:应通猨,同猿",万光治"援:猨的误字",罗国威"援乃猨之同音假借",皆据《释文选》误释而来,徒费口舌,惜哉! 又如"悔过迁臧"的"悔"误释为"晦","贼曹捕取"的"曹"误释为"皆","投于污则"的"于"误释为"其","哀=哉="一句漏掉重文符号,等等。此类错误多达20处,这对于一篇664字的赋来说比例并不算低。而早期发表的扬之水、虞万里、万光治、周宝宏、罗国威等人的论文,几乎无一不是从《释文选》出发来进行研究的,不仅枉费了许多精力,而且误导了不少读者。费振刚先生等辑校的《全汉赋》,在1997年重印时又据此录入,更促进了该文的流传①。还有一点,《文物》此期所附的图版并不完整,许多释文无法参照原简,只能以《释文选》为据。例如《释文选》将"见危授命,妾志所持。以死伤生,圣人禁之"一句中的"持"误释为"践",虞万里据此得出"命、生耕部隔句相谐,践、禁元部隔句通谐"的结论,其实应该是"持"与"之"字之部相谐。赋中引《诗经·青蝇》"幾自君子"一句,万光治据简体释文"几自"将其断为"凡百"的误字,于义虽通,但同原简完全不符。又如"勒靳为之余行"句,虞万里误以为原简应作"餘",所以解释为:"餘有宽裕之义,餘行谓行步悠然餘裕。"其实原简即作"余","余"通"徐",谓缓慢行走。这些教训提醒我们:如此珍贵的出土文献,在其第一次面世的时候是否应该更为慎重,把错误尽量消灭在公布之前?图版是否应该完整地展示出来,以便读者参照、研究?释文是否可以采用繁体字,以免因字体转换而引起不必要的误解?

二、"大胆假设"与"小心求证"的关系问题。这似乎无需讨论,首先要"大胆假设",然后再"小心求证",二者互相结合,才能得出确解。在本赋的考释中,裘锡圭先生读"纶棍"为"轮囷",读"止行"为"肚脐",李零先生读"狗丽"为"遘罹",读"佐子"为"嗟子",王继如先生读"随起"为"堕齿",刘乐贤先生读"勒薪"为"麒麟",等等,都是先做出大胆假设,然后又从声韵上寻找依据,提出

---

① 费振刚、胡双宝、宗明华编:《全汉赋》,北京大学出版社1993年版。该书是2005年之前辑录汉赋最全、校勘最精的一个本子,可惜在转录《神鸟赋》时除沿袭《释文选》之误外,又产生了新的错误,如"虫"讹作"蟲"、"勋"讹作"动"、"官"讹作"宫"、"腊"讹作"臘"等,且有两处断句错误。幸好费振刚、仇仲谦、刘南平后来又出版了新著《全汉赋校注》,广东教育出版社2005年版,改以裘锡圭先生释文为底本迻录,纠正了《全汉赋》的大部分错误。

了十分精辟的见解。又如赋中雌乌有段临终嘱托,其中数字已漫漶不清,《释文选》释为"[曰]□[君]□我求不死",万光治先生定为"曰为君故,我求不死",应该是最合理的推测。该赋除标题简外,还有一简。裘锡圭先生以为该简字迹模糊不清,且与正文关系不明,故略去不释,显然有些保守;周宝宏先生、臧正一考释此简,根据其中有"功曹掾"三字,就断定曾做过功曹的墓主师饶即是该赋的作者,未免又过于武断。该简中有朐、兰陵、襄贲等地名,还有官名和人名,很可能是"作者及书手之署名"(从罗国威说),所以也很值得研究。当然,"大胆假设"并非胡猜乱想,"小心求证"绝非裹足不前。曾有学者将"洋溢不测"的"溢"读为"镒",把"今子相意"的"相意"解释成"相貌意志",前者拆散联绵字,曲折为说,后者望文生义,羌无故实,都与简文原意大相径庭,应当引以为戒。

三、《神乌赋》的今译问题。学术界对《神乌赋》的研究已较深入,应该有一篇吸收最新研究成果而又语言精炼优美的译文与之相应。目前只能见到骆名楠先生于1998年发表的译文。骆译筚路蓝缕,精神可贵,译诗中亦颇有精彩之笔。如赋中"亡乌沸然而大怒"诸句译为:"雌乌听罢,怫然大怒,睁大眼睛,扬起怒眉。扇动翅膀,伸长脖子,扑向盗乌……一场搏斗,一番冲杀,惊声怪叫,撞、扭、撕、抓……新巢践踏,雌难招架。"可谓刀光剑影,扣人心弦,让读者为雌乌的命运紧捏了一把冷汗。但骆译形成于该赋刚刚公布之时,且多据个人理解而译,难免会有一些偏差。如"行义淑茂,颇得人道"句,乃是泛论乌类鸟品德高尚,言行得体,通晓人性,并未言及雌乌,骆名楠却译为"族中一妇,资质淑茂,心灵手巧,夸她品好。"又如对于雌乌呵斥盗乌之语"咄!盗还来",骆氏译为"嗨,你还敢来"明显不确。因为"咄"字乃是汉代人常用的俗语,用以表达愤怒难遏或呵骂斥责的强烈感情,约略相当于现代汉语的"呸"。骆氏译为"嗨"字,语气大变。目前《诗经》《楚辞》、汉赋名篇的今译皆有多种,《神乌赋》也需要有一篇更精彩的译文,以便更多的读者能够欣赏它。

四、书刊资料建设及所谓刊物级别问题。最早发表《神乌赋》研究论文的有扬之水、裘锡圭、虞万里、万光治诸家。其中虞万里文考证细密,颇有精审之见,是一篇非常重要的研究成果。可惜该文发表于上海远东出版社 1997 年出版的《学术集林》第十二卷上,据说该刊向国外发行,而国内大多数学者都没有见到,甚至连素以藏书丰富、资料齐全著称的中国国家图书馆也查不到该期刊物,这不能不令人惊讶!幸有四川大学罗国威先生热心帮助,我才于 2005 年底读到此文。也许正是因为该文篇幅过长,一般所谓的核心刊物不愿刊载,虞先生才将它发表在以书代刊的《学术集林》上。这不能不令我们深思:各大图书馆的资料建设到底出了什么问题?为什么书刊收藏机构对这类高质量的学术刊物完全漠视?所谓核心期刊的编辑原则是否需要反思?如果将刊物级别作为衡量论文水平、进行科研管理乃至高等学校评估的重要依据,这对于学者、对于刊物无疑都将产生不小的束缚和制约作用,从而在一定程度上影响到中国学术研究及学术风气的良性发展。《神乌赋》研究成果的公布和传播,从一个侧面反映了这种情况。

【附】张敏《〈神乌赋〉今译》:

在这阳春三月,天气刚刚转阳。群鸟纵情歌唱,蛰伏动物徜徉。飞禽走兽之中,乌鸦最为高贵。它们本性好仁,知道反哺双亲;品行善良美好,合乎为人之道。

今年很不吉祥,一乌遭受祸殃。为何性命短暂,遇到这等灾难?原想迁往南山,却又害怕猴猿。只为避危求安,托身官府内院。这里树木高大,树根曲折盘旋,枝条彼此交缠。府君高尚品德,盛多不可量测。仁义恩情之大,昆虫也受恩泽。没人敢来驱逐,可以筑巢定居。为防野猫捕获,树周布满荆棘。

于是筹建巢室,雄乌外出寻材。雌乌觅取干草,不料木材被盗。

盗鸟未及远去,半路与之相遇。见我势单力薄,盗鸟照偷不避。

雌鸟气愤异常,急忙追赶呼叫:"呸!小偷你快回来!在那荒草野外,我们自己取材。腿脚红肿皲裂,羽毛片片脱落。你不亲自劳作,反行偷盗之恶。即使筑成宫室,不是危险之极?"

盗鸟毫不服软,反而发怒变脸:"仔细思量权衡,你有多大德行?竟然全家住在,偌大官府院中!现你随意猜疑,也太不会来事!"

雌鸟应声说道:"我曾听说君子,不做贪鄙之事。天地自有法则,万物各有分理。你若停止偷盗,尚能称为贤士。误入迷途知返,错路不算太远。如你改过从善,至今并不算晚。"

盗鸟勃然大怒:"你也真是不仁!我听说那君子,不会随意猜度,别人是否诚信。今你如此粗鲁,难道不怕受辱?"

雌鸟听后,勃然大怒,扬起眉毛,张大双目,扇动翅膀,伸长脖颈,腾空而起,奋力搏击……边飞边打,撞扭厮杀。"你不快点撤退,竟然还敢贫嘴?"于是互相击伤,雌鸟遭受重创。随后奋起一击,昏厥不能再起。

贼曹捕取雌鸟,把她捆系于树。幸而获得逃脱,飞回筑巢之处。断绳还有剩余,将她绕于短木。自己不能解开,雄鸟上前帮助。不知其他办法,缠束愈加紧固。

雄鸟惊恐万分,只有展翅伸颈,对天发出悲鸣:"苍天呀苍天呀,看你太不仁爱。正值生育之时,为何降此大灾?"回头对着雌鸟:"难道这就是命!无论祸福吉凶,我愿与你同行。"雌鸟凄然而叹:"夫君啊夫君啊!你勿泪流满面。我这受伤之妻,有何值得留恋?……虽因你和孩子,我望能够生还。生死自有定数,不在同一时间。现在即使随我,有何益处可言?临危之时献身,是我恪守之志。因为死而害生,圣人反对禁止。请你快快离去,再娶贤良之妇。不要听信后母,而使孤儿愁苦。《诗经》有段话说:'群蝇飞来飞去,落在篱笆上面。君子豁朗开明,不要听信谗言。'惊惧惶恐之间,表白内心所感。只是万语千言,难以尽情展现。"于是收束两翼,投撞污坑旁边。四肢折断受伤,最终永别世间。

雄乌痛不欲生,踌躇雌乌身旁,走来走去徘徊,眼泪流满面庞。雄乌长吁短叹,忧伤愤懑号呼,却又无处申诉。盗乌反而完好,雌乌遭受祸殃。于是抛弃故处,独自高飞远方。

伤辞说:"众鸟在罗网中被捕,凤凰孤独地高高飞翔。鱼鳖在苊笱中受困,蛟龙到深水中蛰伏潜藏。良马累倒在车辕之下,麒麟缓慢前行避免祸殃。"鸟兽尚且互相担忧,更何况人是万物灵长?悲哀啊悲哀啊!遇此灭顶之灾,令人摧肝断肠!诚献我心悲哀,故以己意铺扬。曾子曾经说过:"鸟儿快要死亡,鸣声也变哀伤。"大概就是指这种情况吧。

【主要参考文献】

1.《尹湾汉墓简牍释文选》,《文物》1996 年第 8 期,第 31 页。

2. 扬之水:《〈神乌赋〉谫论》,《中国文化》第十四辑(1996 年秋季号),第 83—88 页。

3. 裘锡圭:《〈神乌赋〉初探》,《文物》1997 年第 1 期,第 52—56 页;后收入《尹湾汉墓简牍综论》,科学出版社 1999 年版,第 1—7 页,有按语。

4. 周宝宏:《汉简〈神乌傅〉整理和研究》,《古籍整理研究学刊》1997 年第 2 期,第 7—8 页。

5. 万光治:《尹湾汉简〈神乌赋〉研究》,《四川师范大学学报》1997 年第 3 期,第 64—67 页;其修订稿载南京大学中文系编《辞赋文学论集》,江苏教育出版社 1999 年版,第 163—185 页。

6. 虞万里:《尹湾汉简〈神乌赋〉笺释》,《学术集林》第 12 卷,上海远东出版社 1997 年版,第 203—225 页。

7. 骆名楠:《文坛古珍〈神乌傅(赋)〉》,《许昌师专学报》1998 年第 1 期,第 30—32 页。

8. 朱晓海:《论〈神乌傅〉及其相关问题》,台湾《清华学报》新 28 卷 2 期,1998 年 6 月;后收入朱氏《汉赋史略新证》,陕西人民出版社 2004 年版,第 197—241 页。

9. 罗国威:《尹湾汉简〈神乌赋〉订诂》,《学术集林》第 16 卷,上海远东出版社 1999 年版,第 273—283 页。

10. 吴又辛:《〈汉简神乌傅整理和研究〉读后记》,《古籍整理研究学刊》1999 年第 3 期,第 12—13 页。

11. 臧正一:《〈神乌赋〉的笺注》,载《尹湾汉简〈神乌赋〉研究》,台湾暨南大学硕士论文 1999 年,第 11—47 页。

12. 许全胜:《〈神乌赋〉琐议》,《古文字研究》第 23 辑,中华书局、安徽大学出版社 2002 年版,第 175—179 页。

13. 刘乐贤:《尹湾汉简〈神乌赋〉"勒靳"试释》,《古籍整理研究学刊》2003 年第 5 期。

14. 李零:《尹湾汉简〈神乌赋〉》,载李氏《简帛古书与学术源流》,生活·读书·新知三联书店 2004 年版,第 351—355 页。按:李零曾于 1996 年校读《神乌赋》,其观点部分为扬之水采纳。

15. 王继如:《〈神乌赋〉"随起击耳"试释》,载《古汉语研究》2004 年第 3 期。

16. 费振刚、仇仲谦、刘南平:《全汉赋校注·佚名〈神乌赋〉》(文中简称"费振刚"),广东教育出版社 2005 年版,第 344—349 页。

附记:原载台湾辅仁大学中国文学系《先秦两汉学术》第 6 期,2006 年 9 月。此文发表的同时及以后,又有数篇考释《神乌赋》的论文,未能吸收。为保留论文原貌,不再进行增补。这些论文是:1. 刘丽娟:《尹湾汉简〈神乌傅(赋)〉释文考五则》,《乐山师范学院学报》2007 年第 4 期;2. 许云和:《尹湾汉简〈神乌傅(赋)〉考论》,《中山大学学报》2008 年第 3 期;3. 杨晶瑜:《〈神乌赋〉"□□汨涌,泉姓自㕥"试释——兼论〈神乌赋〉今译问题》,《科技展望》2015 年第 34 期。有兴趣的读者可以自行参阅。

第二编　文献保存与赋境开拓

——唐宋元赋学文献研究

《艺文类聚》与中国赋学

《艺文类聚》的编者欧阳询(557—641),字信本,潭州临湘(今湖南长沙)人,唐代著名书法家、学者。古代"楷书四大家"(欧阳询、颜真卿、柳公权、赵孟頫)之一。幼时聪敏勤学,博闻强记。隋朝时曾官至太常博士。入唐,累迁银青光禄大夫、给事中、太子率更令、弘文馆学士,封渤海县男。与同代的虞世南、褚遂良、薛稷并称"初唐四大家"。其楷书法度之严谨,笔力之险峻,举世无匹,被誉为"唐人楷书第一"。后人以其书于平正中见险绝,最便初学,号为"欧体",与虞世南并称"欧虞"。传世的墨迹有《卜商帖》《张翰帖》等,碑刻有《九成宫醴泉铭》《皇甫诞碑》等,都堪称书法艺术的瑰宝。另外编有《艺文类聚》100卷,是我国古代著名的类书。

类书起源于三国,被尊为类书之祖的魏文帝《皇览》业已失传。现存较早又比较完整的类书是隋唐之际虞世南(558—638)的《北堂书钞》。该书完成于虞氏任隋秘书郎时,书中摘录了不少诗文作品,有些作品今已失传。如傅毅《扇赋》、崔骃《武都赋》、张衡《扇赋》、崔瑗《七苏》等,就只能在该书中见到一些片断。稍后,唐欧阳询等奉敕撰集《艺文类聚》一书,则是古代类书中保存先唐诗文最为丰富的一种。

《艺文类聚》(以下简称《类聚》)是唐高祖李渊下令编修的,给事中欧阳询主编,参与其事者还有秘书丞令狐德棻、侍中陈叔达、太子詹事裴矩、詹事府主簿赵弘智、齐王府文学袁朗等十余人,武德七年(624)成书。《艺文类聚》与《北堂书钞》《初学记》《白氏六帖》合称"唐代四大类书"。此书分46部,727子目,百余万言。该书开创事文兼备,隶事在前、引文在后的体例,层次极为分明。隶事在前,均注出处;所引诗文,均注时代。诗文体既不一,又标明"诗""赋""赞""箴"等字加以区别。所引用的古籍,据北京大学研究所在1923年所作的统计,共为1431种,这些古籍大多散失,现存不足十分之一。① 很多先唐古籍皆已失传,借助此书的征引才得以窥其一鳞半爪。即使未散佚的古书,亦因《类聚》所引者多为唐前古本,可用以校正今传之本,而为研究者所重。早在宋代,周必大、彭叔夏校《文苑英华》,就已利用本书。至清代的校勘、辑佚学者研究先秦、两汉迄南北朝的古籍,就更广泛地运用这部类书。

本书对于先唐辞赋的保存,功绩尤其突出。请看下表:

《艺文类聚》收录赋作及其与《初学记》比较表②

分部	子目	选录赋作(尽录"赋""七""客难"三类作品,选录部分楚辞体和吊文,酌收赋序,不录颂、赞、铭、诔、碑、连珠等韵文,不录"隶事"部分所摘赋句。)	卷次	各部收赋篇数及其与《初学记》的比较
天部	天 月	*晋成公绥《天地赋》 宋周祗《月赋》、*宋谢灵运《怨晓月赋》、*宋谢庄《月赋》、梁沈约《八咏·望秋月》	卷一	《艺文类聚·天部》共收赋44篇。《初学记》(以下简称《初》)亦首列天部,

---

① [唐]欧阳询撰,汪绍楹校:《艺文类聚·前言》,上海古籍出版社1999年版,第3页。本文所论,皆以此本为据。

② 表中加下划线的篇目,皆不以"赋"名篇,而《艺文类聚》纳入赋类。细读其文,杂有赋句与诗句,而以赋句居多,今亦视为赋体。凡是被《初学记》选录的篇目,左侧皆标以*号。

续表

分部	子目	选录赋作	卷次	各部收赋篇数及其与《初学记》的比较
天部	云	楚荀况《云赋》、*晋陆机《浮云赋》、又《白云赋》、*晋成公绥《云赋》、晋杨乂《云赋》	卷一	除了选录《类聚》中的部分赋作（左侧加*者，凡 16 篇）外，又增补了（"星"目）宋张镜《观象赋》、梁陆云《公星赋》，（雷）晋夏侯湛《雷赋》，（雨）卢照邻《秋霖赋》，（霁晴）魏缪袭《喜霁赋》，傅玄《喜霁赋》6 篇，共收赋 22 篇。
	风	*楚宋玉《风赋》、后汉赵壹《迅风赋》、晋李充《风赋》、晋陆冲《风赋》、*晋湛方生《风赋》、晋江逌《风赋》、晋王凝之《风赋》、*齐王融《拟风赋》、齐谢朓《拟风赋》、梁沈约《拟风赋》、又《八咏》		
	雪	晋孙楚《雪赋》、晋李颙《雪赋》、*宋谢惠连《雪赋》、*周刘璠《雪赋》、宋谢庄《杂言·咏雪》	卷二	
	雨	魏文帝《愁霖赋》、魏陈王曹植《愁霖赋》、又《愁霖赋》、魏应场《愁霖赋》、*晋潘尼《苦雨赋》、晋陆云《愁霖赋》、晋傅咸《患雨赋》、又《喜雨赋》、晋成公绥《阴霖赋》、又《时雨赋》、*宋傅亮《喜雨赋》、梁张缵《秋雨赋》		
	霁	魏文帝《喜霁赋》、魏陈王曹植《喜霁赋》、*晋陆云《喜霁赋》		
	雷	*晋李颙《雷赋》		
	电	*晋顾凯之《雷电赋》		
	虹	*梁江淹《赤虹赋》		
岁时部	春	*晋傅玄《阳春赋》、*晋湛方生《怀春赋》、周庾信《春赋》、晋夏侯湛《春可乐》、晋王廙《春可乐》	卷三	《艺文类聚·岁时部》共收赋 52 篇。其中《春可乐》《秋可哀》等皆在"赋"目之下，今据其句式，视作赋体。（江淹《四时赋》凡 3 次摘录，只计 1 篇。）《初学记·岁时部》有 21 篇赋因袭《类聚》，此外还增补了晋谢万《春游赋》、宋刘义恭《感春赋》、梁简文帝《晚春赋》、梁孝元帝
	夏	晋傅玄《述夏赋》、梁江淹《四时赋》、晋李颙《悲四时赋》		
	秋	*晋潘岳《秋兴赋序》、晋卢谌《感运赋》、晋江逌《述归赋》、宋袁淑《秋晴赋》、宋沈勃《秋羁赋》、梁简文帝《秋兴赋》、又《临秋赋》、梁江淹《四时赋》、晋夏侯湛《秋可哀》、又《秋夕哀》、晋湛方生《秋夜诗[赋]》、宋谢琨《秋夜长》、宋苏彦《秋夜长》、宋何瑾《悲秋夜》、宋伏系之《秋怀》		
	冬	*晋陆机《感时赋》、梁江淹《四时赋》		

续表

分部	子目	选录赋作	卷次	各部收赋篇数及其与《初学记》的比较
岁时部		（篇目重出）、*晋陆云《岁暮赋》、*梁萧子云《岁暮直庐赋》、*晋傅玄《大寒赋》	卷四	《春赋》、隋萧悫《春赋》、隋卢思道《纳凉赋》、汉繁钦《秋思赋》、晋曹毗《秋兴赋》、齐褚彦回《秋伤赋》、虞世南《秋赋》、晋王沈《正会赋》11篇，总数为32篇。（包括唐赋1篇。）此外，"魏繁钦"改作"后汉繁钦"。
	元正 三月三日	*晋傅玄《朝会赋》 后汉杜笃《祓禊赋》、*晋成公绥《洛禊赋》、*晋张协《洛禊赋》、*晋褚爽《禊赋》、晋夏侯湛《禊赋》、*晋阮瞻《上巳会赋》、梁萧子范《家园（三月）三日赋》①、*周庾信《三月三日华林园马射赋》		
	七月七日 七月十五 九月九日	*（隋）[周]庾信《七夕赋》②、*南齐谢朓《七夕赋》 *（唐）杨炯《盂兰盆赋》 *宋傅亮《九月九日登陵嚣馆赋》		
	社 热	晋嵇含《社赋序》（入序类） *魏繁钦《暑赋》、魏陈王曹植《大暑赋》、魏刘桢《大暑赋》、魏王粲《大暑赋》、*晋夏侯湛《大暑赋》、晋卞伯玉《大暑赋》、晋傅咸《感凉赋》	卷五	
	寒 腊	梁裴子野《寒夜赋》、晋夏侯湛《寒苦谣》 晋嵇含《娱蜡赋序》（入序类）		
地部	关 冈 峡 石	*后汉李尤《函谷关赋》 宋傅亮《登龙冈赋》 梁萧子范《建安城门峡赋》、隋江总《贞女峡赋》 *陈张正见《石赋》	卷六	《艺文类聚·地部》选赋5篇，《州部》1篇，《山部》13篇，《水部》38篇。《初学记》将《艺文类聚》的《地部》《山部》《水部》归并为《地部》，其中有19篇
州部	冀州	*汉班彪《冀州赋》		

---

① 括号内的文字，是依据通行本校补的。余同。
② 庾信为北周作家，此处误作隋代。误字用圆括号括起，正字用方括号括起。下同。

续表

分部	子目	选录赋作	卷次	各部收赋篇数及其与《初学记》的比较
山部	总载山	魏刘桢《黎阳山赋》、晋潘岳《登虎牢山赋》、晋潘璪《巫咸山赋》、*梁江淹《江上之山赋》、梁吴筠《八公山赋》、陈张正见《山赋》、晋潘尼《西道赋》	卷七	赋因袭《类聚》,此外还增补有唐太宗《小山赋》、汉班固《终南山赋》、东晋王彪之《水赋》、梁简文帝《海赋》(四库本作晋庾阐《海赋》)、南齐谢朓《楚江赋》、隋杜台卿《淮赋序》、魏曹植《述行赋》(摘句)、东晋王彪之《(井)赋》、晋江统《函谷关赋》9篇,总数为28篇。此外,将"魏王粲"改为"后汉王粲",将"吴杨泉"改为"西晋杨泉",将魏应场置于晋成公绥之前,将西晋庾倏置于东晋顾恺之之前,甚是。《初·地部》无"州"目,另设《州郡部》,也选了班彪《冀州赋》。
	庐山	宋支昙谛《庐山赋》		
	北芒山	晋张协《登北芒赋》		
	天台山	晋孙绰《游天台山赋》		
	首阳山	(后)汉杜笃《首阳山赋》		
	罗浮山	宋谢灵运《罗浮山赋》		
	交广诸山	宋谢灵运《岭表赋》		
水部	总载水	魏文帝《济川赋》、又《临涡赋》、晋应贞《临丹赋》、晋左九嫔《涪沤赋》	卷八	
	海水	后汉班叔皮《览海赋》、*魏王粲《游海赋》、魏文帝《沧海赋》、*晋木玄虚《海赋》、晋潘岳《沧海赋》、晋庾阐《海赋》、晋孙绰《望海赋》、齐张融《海赋》		
	河水	*晋成公绥《大河赋》、*魏应场《灵河赋》		
	江水	*东晋郭璞《江赋》、晋庾阐《涉江赋》、晋曹毗《涉江赋》		
	淮水	*魏文帝《浮淮赋》、*魏王粲《浮淮赋》		
	汉水	*后汉蔡邕《汉津赋》		
	洛水	魏曹子建《洛神赋》		
	壑涛	梁简文帝《大壑赋》晋顾恺之《观涛赋》、晋曹毗《观涛赋》、晋伏滔《望涛赋》	卷九	
	泉	*后汉张衡《温泉赋》、晋傅咸《神泉赋》		
	湖池	*吴杨泉《五湖赋》晋张载《蒙汜池赋》、晋郭璞《盐池赋》、		

续表

分部	子目	选录赋作	卷次	各部收赋篇数及其与《初学记》的比较
水部	溪谷井冰	宋谢庄《悦曲池赋》 宋谢灵运《长溪赋》 晋胡济《瀍谷赋》 *晋郭璞《井赋》、*晋孙楚《井赋》、*晋江逌《井赋》 *晋顾恺之《冰赋》、*晋庾倏《冰井赋》	卷九	
储宫部	储宫	*魏卞兰《赞述太子赋》	卷十六	仅1篇。《初·储宫部》亦选此赋。
人部	耳舌发髑髅	晋祖台之《荀子耳赋》 梁简文帝《舌赋》 晋左思《白发赋》、晋嵇含《白首赋序》（入序类） *后汉张衡《髑髅赋》、晋吕安《髑髅赋》	卷十七	《艺文类聚·人部》内容丰富，子目繁多，选赋多达179篇。《初学记·人部》下不设髑髅、说、嘲戏、言志、行旅、游览、哀伤、愁、隐逸等子目，精简之意颇佳，但删除的子目又不见踪影，甚觉遗憾。选赋方面，除了因袭《类聚》所录18篇外，各子目增补的作品有：（机敏目）增补魏祢衡《鹦鹉赋序》、（师）晋潘岳《闲居赋》、汉班固《西都赋》（摘句）、（讽谏）谢偃《惟皇诫德赋》、（美妇人）宋玉《高唐赋》并序、魏曹植《洛神赋》宋谢灵运《江妃赋》（灵异部）；（丑人）刘谧之《庞郎赋》、朱彦时《黑儿赋》、刘思真《丑妇赋》、宋玉《登徒子好
	美妇人	楚宋玉《登徒子好色赋》、*汉司马相如《美人赋》、后汉张衡《定情赋》、后汉蔡邕《协初赋》、又《检逸赋》、魏陈琳《止欲赋》、魏阮瑀《止欲赋》、魏王粲《闲邪赋》、魏应玚《正情赋》、魏陈王曹植《静思赋》、晋张华《永怀赋》、梁江淹《丽色赋》、梁沈约《丽人赋》	卷十八	
	言语啸笑	楚宋玉《大言赋》、又《小言赋》、晋傅咸《小语赋》、魏陈暄《应诏语赋》 晋成公绥《啸赋》、晋殷仲堪《将离咏》（残句） 晋孙楚《笑赋》	卷十九	
	孝	*魏陈王曹植《怀亲赋》、晋陆机《祖德赋》、又《述先赋》、又《思亲赋》、*晋刘柔妻王氏《怀思赋》、宋谢灵运《孝感赋》、*梁武帝《孝思赋》	卷二十	
	智性命友悌	楚荀况《智赋》 晋仲长敖《核性赋》 魏陈王曹植《离思赋》、又《释思赋》、晋	卷二十一	

续表

分部	子目	选录赋作	卷次	各部收赋篇数及其与《初学记》的比较
人部	交友	陆机《述思赋》、梁丘迟《思贤赋》	卷二十一	色赋》(摘句)、(长人)汉司马相如《大人赋》(灵异)、(短人)汉蔡邕《短人赋》、(奴婢)汉王褒《责须髯奴辞》14篇,总数为32篇。不及《类聚》的五分之一。另外,汉武帝《李夫人赋》和成帝班婕妤《自伤悼赋》2篇,《初·中宫部·嫔妃》选录。汉张衡《髑髅赋》,《初·礼部·死丧》中选录。
	鉴诫	魏文帝《戒盈赋》、吴杨泉《赞善赋》	卷二十三	
	讽谏	楚荀况《赋》(实为《佹诗》)、楚宋玉《讽赋》、又《钓赋》、晋陆机《豪士赋》、(汉)东方朔《非有先生论》(入论类)	卷二十四	
	嘲戏	汉东方朔《答客难》、汉扬雄《解嘲》、后汉班固《答宾戏》、后汉崔骃《达旨》、后汉崔寔《答讥》、后汉蔡邕《释诲》、魏陈琳《应讥》(以上7篇入客难类)①	卷二十五	
	言志	后汉冯衍《显志赋》、后汉班固《幽通赋》、魏陈王曹植《玄畅赋》、又《幽思赋》、魏刘桢《遂志赋》、魏丁仪《厉志赋》、魏韦诞《叙志赋》、晋夏侯惇《怀思赋》、晋枣据《表志赋》、晋潘尼《怀退赋》、晋傅咸《申怀赋》、晋曹摅《述志赋》、晋陆机《遂志赋》、又《怀土赋》、梁元帝《玄览赋》、又《言志赋》	卷二十六	
	行旅	汉刘歆《遂初赋》、后汉班彪《北征赋》、后汉曹世叔妻班氏《东征赋》、后汉蔡邕《述行赋》、魏崔琰《述初赋》、晋陆机《行思赋》、又《思归赋》、晋潘岳《西征赋》、晋郭璞《流寓赋》、晋张载《叙行赋》、晋袁宏《东征赋》、宋谢灵运《归涂(途)赋》、宋鲍照《游思赋》、齐谢朓《思归赋》、梁简文帝《述羁赋》、又《阻归赋》、梁江淹《待罪江南思北归赋》、梁丘迟《还林赋》、梁沈约《憩涂赋》、梁张缵《南征赋》、陈沈炯《魂归赋》	卷二十七	

---

① 《艺文类聚》未纳入赋类,但与赋体十分接近的作品,如对问、七、九、吊文等,皆加波浪线以别之。

续表

分部	子目	选录赋作	卷次	各部收赋篇数及其与《初学记》的比较
人部	游览	后汉班彪《游居赋》、魏陈王曹植《节游赋》、又《感节赋》、魏杨修《节游赋》	卷二十八	
	别	*魏文帝《离居赋》、又《感离赋》、又《永思赋》、又《出妇赋》、魏陈王曹植《出妇赋》、又《愍志赋》、又《归思赋》、魏王粲《出妇赋》、晋陆机《别赋》、晋傅咸《感别赋》、*梁江淹《别赋》、又《去故乡赋》、*梁刘孝仪《叹别赋》、*梁张缵《离别赋》	卷三十	
	怨	汉董仲舒《士不遇赋》、汉司马迁《士不遇赋》、汉司马相如《陈皇后长门赋》、*(汉)班婕妤《自伤赋》(即《自悼赋》)、魏丁廙《蔡伯喈女赋》、梁江淹《恨赋》		
	赠答	梁邵陵王《赠言赋》、梁张缵《怀音赋》、梁陆倕《感知己赋》、梁任昉《苔陆倕感知己赋》	卷三十一	
	闺情	梁元帝《荡妇秋思赋》、梁江淹《倡妇自悲赋》、周庾信《荡子赋》	卷三十二	
	报恩	齐谢朓《酬德赋》	卷三十三	
	怀旧哀伤	西晋向秀《思旧赋》、晋潘岳《怀旧赋》、*汉武帝《李夫人赋》、后汉苏顺《叹怀赋》、魏文帝《悼夭赋》、又《寡妇赋》、又《感物赋》、魏陈王曹植《思子赋》、魏高贵乡公《伤魂赋》、魏王粲《伤夭赋》、又《思友赋》、又《寡妇赋》、魏丁廙妻《寡妇赋》、晋陆机《叹逝赋》、又《愍思赋》、又《大暮赋》、晋潘岳《悼亡赋》、又《寡妇赋》、晋王恽妻钟氏《遐思赋》、晋刘滔母孙氏《悼艰赋》、宋孝武帝《拟汉武帝李夫人赋》、宋谢灵运《感时赋》、又	卷三十四	

续表

分部	子目	选录赋作	卷次	各部收赋篇数及其与《初学记》的比较
人部	怀旧哀伤	《伤己赋》、宋颜延之《行殣赋》、宋鲍昭《伤逝赋》、梁沈约《伤美人赋》、梁江淹《伤友人赋》、梁萧子范《伤往赋》、周庾信《哀江南赋》、又《伤心赋》	卷三十四	
	妒愁	梁张缵《妒妇赋》 魏陈王曹植《叙愁赋》、又《愁思赋》、又《九愁赋》、魏繁钦《愁思赋》、又《弭愁赋》、梁简文帝《序愁赋》	卷三十五	
	贫	＊汉扬雄《逐贫赋》、＊晋束晳《贫家赋》		
	奴婢	＊汉王褒《僮约》（入书类） ＊后汉蔡邕《青衣赋》、＊后汉张安超《讥青衣赋》		
	隐逸	后汉张衡《归田赋》、魏陈王曹植《潜志赋》、晋张华《归田赋》、晋陆机《幽人赋》、又《应嘉赋》、晋陆云《逸民赋》、晋孙承《嘉遁赋》、宋谢灵运《逸民赋》、《入道至人赋》、又《辞禄赋》、梁简文帝《玄虚公子赋》、梁陆倕《思田赋》、宋陶潜《归去来》、梁沈约《八咏·守山东》	卷三十六	
礼部	礼郊丘辟雍	＊楚荀况《礼赋》 ＊晋郭璞《南郊赋》 ＊后汉李尤《辟雍赋》、晋傅玄《辟雍乡饮酒赋》	卷三十八	《艺文类聚·礼部》收赋 23 篇。《初·礼部》照录 7 篇，又增补（祭祀）魏孙该《三公山下祠赋》、晋嵇含《祖道赋序》、（郊丘）后汉邓耽《郊祀赋》、（明堂）唐刘允济《万象明堂赋》、（亲蚕）晋闵鸿《亲蚕赋》、（朝会）晋傅玄《朝会赋》、（飨燕）魏曹植《娱宾赋》、晋王沈宴《嘉宾赋》、晋成公绥《延宾赋》、隋薛道衡
	巡守籍田社稷	汉扬雄《甘泉赋》、又《幸河东赋》 ＊晋潘岳《籍田赋》、宋任豫《籍田赋》、陈江总《劳酒赋》 晋张华《朽社赋》	卷三十九	
	婚吊	魏陈王曹植《感婚赋》、＊晋张华《感婚赋》 汉司马相如《吊二世赋》、晋傅咸《吊秦始皇赋》、汉贾谊《吊屈原文》（入文类）、后汉蔡邕《吊屈原文》、晋潘安仁《吊孟尝君文》、晋陆机《吊魏武帝文》、	卷四十	

续表

分部	子目	选录赋作	卷次	各部收赋篇数及其与《初学记》的比较
	冢墓	晋庾阐《吊贾生文》、宋袁淑《吊古文》入文类 ＊后汉张衡《冢赋》、＊晋陆机《感丘赋》、晋傅咸《登芒赋》	卷四十	《宴喜赋》、（婚姻）后汉蔡邕《协和婚赋》、（死丧）汉张衡《髑髅赋》、晋吕安《髑髅赋》、晋陆机《大墓赋》、宋鲍昭《伤逝赋》15篇,共计22篇。
乐部	舞 歌	＊后汉傅毅《舞赋》、＊后汉张衡《舞赋》、梁简文帝《舞赋》 （晋）袁山松《歌赋》	卷四十三	《艺文类聚·乐部》收赋30篇。《初·乐部》照录24篇,又增补唐杨师道《听歌管赋》、谢偃《听歌赋》、陈顾野王《舞影赋》、谢偃《观舞赋》、陈陆瑜《琴赋》、陈顾野王《筝赋》、晋傅玄《琵琶赋》、唐薛收《琵琶赋》、虞世南《琵琶赋》、晋陆士衡《鼓吹赋》、夏侯湛《笙赋》、陈顾野王《笙赋》、陈傅縡《笛赋》13篇,总数为37篇,超过《类聚》。
	琴	＊后汉傅毅《琴赋》、后汉马融《琴赋》、＊后汉蔡邕《琴赋》、晋嵇康《琴赋》、＊晋成公绥《琴赋》		
	筝	＊后汉侯瑾《筝赋》、魏阮瑀《筝赋》、＊晋陶融妻陈氏《筝赋》、＊晋贾彬《筝赋》、＊晋顾恺之《筝赋》、梁简文帝《筝赋》		
	箜篌	＊晋钮滔母孙氏《箜篌赋》、＊晋曹毗《箜篌赋》、＊宋临川王刘义庆《箜篌赋》	卷四十四	
	琵琶	＊晋孙谅（该）《琵琶赋》、＊晋成公绥《琵琶赋》		
	笋簧	＊汉贾谊《簧赋》		
	箫	＊汉王褒《洞箫赋》		
	笙	＊晋潘岳《笙赋》、＊晋王廙《笙赋》、晋夏侯淳《笙赋》		
	笛	＊楚宋玉《笛赋》、＊后汉马融《长笛赋》		
	笳	魏杜挚《笳赋》、晋孙楚《笳赋》、晋夏侯湛《夜听笳赋》		
职官部	诸王	＊魏夏侯玄《皇胤赋》	卷四十五	《初·帝戚部》选录此赋。《初·职官部》无赋。
治政部	赦宥	＊（后汉）崔寔《大赦赋》	卷五十二	《初·政理部》亦选此赋,又增补隋江总《辞行李赋》1篇。

续表

分部	子目	选录赋作	卷次	各部收赋篇数及其与《初学记》的比较
刑法部	刑法	晋傅咸《明意赋》	卷五十四	《初》无刑法部,亦不选此赋。
杂文部	经典读书	后汉杜笃《书槌赋》 晋束皙《读书赋》	卷五十五	《艺文类聚·杂文部》收赋40篇。其中扬雄《反骚》等6篇为楚辞体,但本书编入"赋"目之下,姑从之。《初·文部》照录5篇(左侧有*者),没有增补。数量仅有《类聚》的八分之一。《初》对七体文学没有涉及,甚觉粗略。
	赋	*晋陆机《文赋》、汉扬雄《反骚》、后汉班彪《悼离骚》、晋挚虞《愍骚》、魏陈王曹植《九咏》、梁元帝《拟秋气摇落》、梁张缵《拟若有人兮》、梁武帝《赋体》、梁任昉《赋体》、梁王僧孺《赋体》、梁陆倕《赋体》、梁柳憕《赋体》	卷五十六	
	七	(晋)傅玄《七谟序》(隶事)、汉枚乘《七发》、汉傅毅《七激》、后汉刘广世《七兴》、后汉崔骃《七依》、后汉李尤《七款》、后汉桓麟《七说》、后汉崔琦《七蠲》、后汉刘梁《七举》、后汉张衡《七辩》、魏陈王曹植《七启》、魏徐幹《七喻》、魏王粲《七释》、魏刘邵《七华》、晋张协《七命》、晋陆机《七征》、晋湛方生《七欢》、宋颜延之《七绎》、齐竟陵王宾僚《七要》、梁萧子范《七诱》	卷五十七	
	纸笔砚	*晋傅咸《纸赋》 *后汉蔡邕《笔赋》、*晋傅玄《笔赋》、晋成公绥《故笔赋》、梁吴均《笔格赋》 *晋傅玄《砚赋》	卷五十八	
武部	战伐	后汉崔骃《大将军西征赋》、魏文帝《述征赋》、魏陈王曹植《东征赋》、魏应玚《撰征赋》、魏徐幹《西征赋》、又《序征赋》、魏王粲《初征赋》、魏阮瑀《纪征赋》、魏陈琳《武军赋》、又《神武赋》、魏繁钦《征天山赋》、魏杨修《出征赋》、晋陆士龙《南征赋》、宋傅亮《征思赋》、宋谢灵运《撰征赋》、梁沈约《悯国赋》	卷五十九	《艺文类聚·武部》收赋16篇,《军器部》3篇。《初·武部》将其合并,照录军器赋2篇,又增补(猎)后汉张衡《羽猎赋》、魏王粲《羽猎赋》、(渔)晋潘尼《钓赋》3篇,凡5篇。《初》对左栏中征

续表

分部	子目	选录赋作	卷次	各部收赋篇数及其与《初学记》的比较
军器部	牙刀弹	*吴胡综《大牙赋》、*魏陈王曹植《宝刀赋》、晋夏侯孝若（夏侯湛）《缴弹赋》	卷六十	战之赋一篇未选，甚憾。
居处部	总载居处	汉杨（扬）雄《蜀都赋》、*后汉班固《西都赋》、又《东都赋》、后汉张衡《西京赋》、又《东京赋》、*又《南都赋》、后汉杜笃《论都赋》、后汉崔骃《反都赋》、*（后）汉傅毅《洛都赋》、魏徐幹《齐都赋》、魏刘桢《鲁都赋》、魏刘邵《赵都赋》、晋左思《蜀都赋》、又《吴都赋》、*又《魏都赋》、晋庾阐《扬都赋》、晋傅元（傅玄）《正都赋》	卷六十一	《类聚·居处部》收赋63篇。《初·居处》分为都邑、城廓、宫、殿、楼、台等十余目，照录14篇，增补（园囿）梁江淹《梁王兔园赋》（该赋《类聚》入产业部）、（市）晋成伯阳《平乐市赋》2篇，总数为16篇。《初》将"总载居处"目改为"都邑"目，甚好。
	宫	*汉刘歆《甘泉宫赋》、魏卞兰《许昌宫赋》、魏杨修《许昌宫赋》、北齐邢子才《新宫赋》、汉王褒《甘泉宫颂》（入颂类）		
	阙	魏繁钦《建章凤阙赋》		
	台	魏文帝《登台赋》、*魏陈王曹植《登台赋》、晋陆云《登台赋》、晋孙楚《韩王台赋》、晋卢谌《登邺台赋》	卷六十二	
	殿	后汉李尤《德阳殿赋》、后汉王延寿《鲁灵光殿赋》、魏何晏《景福殿赋》、魏韦诞《景福殿赋》、魏夏侯惠《景福殿赋》、宋孝武《华林清暑殿赋》、宋刘义恭《华林清暑殿赋》、*宋何尚之《华林清暑殿赋》		
	坊	梁萧子范《直坊赋》		
	楼	魏王粲《登楼赋》、*晋孙楚《登楼赋》、晋枣据《登楼赋》、晋郭璞《登百尺楼赋》		
	橹	晋欧阳建《登橹赋》	卷六十三	
	观	后汉崔骃《大将军临洛观赋》、后汉李尤《平乐观赋》、又《东观赋》、魏陈王曹植《游观赋》、又《临观赋》		
	堂	*陈江总《云堂赋》（《初》作隋）		
	城	魏文帝《登城赋》、晋孙楚《登城赋》		

续表

分部	子目	选录赋作	卷次	各部收赋篇数及其与《初学记》的比较
居处部	馆	（有重复）、*宋鲍照《芜城赋》、*梁吴筠（均）《吴城赋》晋张协《玄武馆赋》、晋潘尼《东武馆赋》	卷六十三	
	宅舍	魏陈王曹植《闲居赋》、晋潘岳《闲居赋》、晋庾阐《闲居赋》、晋束皙《近游赋》、梁沈约《郊居赋》	卷六十四	
	庭室斋	陈沈炯《幽庭赋》晋潘岳《狭室赋》、晋庾阐《狭室赋》宋谢灵运《山居赋》		
产业部	农园	晋束皙《劝农赋》汉枚乘《梁王兔园赋》、齐谢朓《游后园赋》、梁裴子野《游华林园赋》、*梁江淹《梁王兔园赋》、周庾信《小园赋》	卷六十五	《类聚·产业部》收赋22篇。《初》无产业部，相关作品散在武部和居处部，照录4篇。《类聚》在该部设田猎目，选录马、扬、张、王、应诸赋，既不符合这些赋作的基本内容，也违背了赋家的创作意图。
	蚕织针	晋杨泉《蚕赋》后汉王逸《机赋》、晋杨泉《织机赋》楚荀况《针赋》、（后）汉曹大家《针缕赋》		
	田猎	汉司马相如《子虚赋》《上林赋》、汉扬雄《羽猎赋》、*后汉张衡《羽猎赋》、魏文帝《校猎赋》、*魏王粲《羽猎赋》、魏应玚《西狩赋》、又《驰射赋》、晋夏侯湛《猎兔赋》、晋潘岳《射雉赋》	卷六十六	
	钓	*晋潘尼《钓赋》		
衣冠部	貂蝉玦佩袍	陈江总《华貂赋》魏文帝《玉玦赋》陈江总《山水衲袍赋》	卷六十七	《类聚·衣冠部》收赋3篇，《仪饰部》收赋8篇，《服饰部》收赋21篇。《初学记》设立《器物部》，照录8篇，增补（屏风）芊胜（羊胜之讹）《屏风赋》、（香炉）陈傅宰《博山香炉赋》、（舟）西晋枣据《船赋》（《类聚》入舟车部）、
仪饰部	鼓吹相风	晋陆机《鼓吹赋》晋傅玄《相风赋》、晋张华《相风赋》、晋潘岳《相风赋》、晋陶侃《相风赋》、晋孙楚《相风赋》	卷六十八	
	漏刻	*晋陆机《漏刻赋》、*宋鲍照《观漏（刻）赋》		

续表

分部	子目	选录赋作	卷次	各部收赋篇数及其与《初学记》的比较
服饰部	屏风 杖 扇	*汉淮南王《屏风赋》 晋张翰《杖赋》、周庾信《竹杖赋》 魏陈王曹植《九华扇赋》、吴闵鸿《羽扇赋》、晋张载《扇赋》、晋傅咸《羽扇赋》、又《扇赋》、*晋陆机《羽扇赋》、晋江逌《扇赋》、梁昭明太子《扇赋》、*梁江淹《扇上彩画赋》、梁周兴《白鹤羽扇赋》	卷六十九	后梁甄玄成《车赋》、(灯)周庾信《灯赋》、梁江淹《灯赋》、(烛)梁简文帝《对烛赋》、周庾信《对烛赋》、(火)西晋潘尼《火赋》(以上5篇赋在《类聚·火部》)、戴逵《流火赋》10篇,共计18篇。
	枕 香炉 钗 梳枇 囊 镜	后汉张纮《瑰材枕赋》 *梁昭明太子《铜博山香炉赋》 晋夏侯湛《雀钗赋》 晋傅咸《栉赋》 梁简文帝《眼明囊赋序》(入序类) *梁刘缓《(照)镜赋》、周庾信《镜赋》、*晋傅咸《镜赋》	卷七十	
舟车部	舟	*晋枣据《船赋》	卷七十一	《艺文类聚·舟车部》收赋1篇,《食物部》收赋5篇,《杂器物部》收赋6篇,《巧艺部》收赋18篇,《方术部》收赋3篇,《灵异部》收赋18篇,《火部》收赋13篇。《初》有《道释部》,无赋。《初》不设《杂器物部》《巧艺部》《方术部》,左栏中相应赋作亦不见选录。《初·服食部》合并了《艺文类聚·食物部》和《服饰部》的部分内容,除了照录《类聚·食物部》4赋外,又增补(冠)魏齐干赋、(羹)张翰《豆羹赋》、(脯)唐陈子昂
食物部	饼 酒	*晋束皙《饼赋》 *汉扬雄《酒赋》、魏陈王曹植《酒赋》、*魏王粲《酒赋》、*晋张载《酃酒赋》	卷七十二	
杂器物部	盘 卮 碗	魏毋丘俭《承露盘赋》 晋傅咸《污卮赋》 魏陈王曹植《车渠碗赋》、魏应玚《车渠碗赋》、魏徐干《车渠碗赋》、陈江总《玛瑙碗赋》	卷七十三	
巧艺部	书 画 围棋 弹棋 樗蒲 投壶 塞	晋阳泉《草书赋》、齐王僧虔《书赋》 (晋)傅咸《画像赋》 后汉马融《围棋赋》、晋曹摅《围棋赋》、晋蔡洪《围棋赋》、梁武帝《围棋赋》、梁宣帝《围棋赋》 后汉蔡邕《弹棋赋》、魏文帝《弹棋赋》、魏丁廙《弹棋赋》、晋夏侯惇《弹棋赋》 后汉马融《樗蒲赋》 魏邯郸淳《投壶赋》 后汉边孝先(边韶)《塞赋》	卷七十四	

续表

分部	子目	选录赋作	卷次	各部收赋篇数及其与《初学记》的比较
	藏钩 四维 象戏	晋庾阐《藏钩赋》 东晋李秀《四维赋》 周庾信《象戏赋》	卷七十四	《麈尾赋》、（饼）庾阐《恶饼赋序》4篇，共计8篇。
方术部	疾医	晋挚虞《疾愈赋》、梁裴子野《卧疾赋》、晋嵇含《寒食散赋》	卷七十五	
灵异部	仙道	汉司马相如《大人赋》、后汉桓君山（桓谭）《仙赋》、后汉黄香《九宫赋》、晋陆机《列仙赋》、梁陶宏景《水仙赋》、梁江淹《丹砂可学赋》	卷七十八	
	神	（楚）宋玉《高唐赋》、又《神女赋》、魏陈王曹植《洛神赋》（与水部重复）、魏陈琳《神女赋》、魏王粲《神女赋》、魏杨修《神女赋》、晋张敏《神女赋》、晋杨该《三公山下神祠赋》、宋谢灵运《江妃赋》、梁江淹《水上神赋》	卷七十九	
	梦 魂魄	后汉王延寿《梦赋》 梁沈炯《归魂赋》		
火部	火 灯	*（晋）潘尼《火赋》 汉刘子骏（刘歆）《灯赋》、魏殷臣《鲸鱼灯赋》、晋夏侯湛《缸灯赋》、晋孙惠《百枝灯赋》（残句）、（晋）范坚《蟾灯赋》、梁简文帝《列灯赋》、*梁江淹《灯赋》、*周庾信《灯赋》	卷八十	
	烛	晋傅咸《烛赋》、*梁简文帝《对烛赋》、梁元帝《对烛赋》、*周庾信《对烛赋》		
药香草部	空青 芍药 款冬草	梁江淹《空青赋》 宋王徽《芍药华赋》 晋傅咸《欸（款）冬花赋》 （魏）嵇康（稽康）《怀香赋序》（入序类）、晋傅玄《紫华赋》、梁萧子晖《冬草赋》、梁沈约《愍衰草赋》	卷八十一	《艺文类聚·药香草部》收赋52篇。《初·花草部》除了照录5赋外，还增补（五谷）晋张翰《豆羹赋》(重)、（兰）唐颜师古《幽兰赋》、（菊）晋潘尼《秋菊赋》、（萱）梁徐勉《萱草花赋》
	兰 菊	陈周弘让《山兰赋》 *魏钟会《菊花赋》、晋孙楚《菊花赋》、晋潘岳《秋菊赋》、晋卢谌《菊花赋》、晋		

续表

分部	子目	选录赋作	卷次	各部收赋篇数及其与《初学记》的比较
药香草部	杜若	傅玄《菊赋》、齐卞伯玉《菊赋》、齐谢朓《杜若赋》	卷八十一	4篇,总数为9篇。今按:《初》将珍花异草附于《宝器部》之后,甚为牵强。
	郁金	(后)汉朱公叔《郁金赋》、晋傅玄《郁金赋》		
	迷迭	魏文帝《迷迭赋》、魏陈王曹植《迷迭香赋》、魏王粲《迷迭赋》、魏应玚《迷迭赋》、魏陈琳《迷迭赋》		
	芸香	晋傅咸《芸香赋》、晋成公绥《芸香赋》、晋傅玄赋(残句)		
	鹿葱	(晋)嵇含赋序、晋傅玄《宜男花赋》、晋夏侯湛《宜男花赋》		
	蜀葵	晋傅玄《蜀葵赋序》、虞繁《蜀葵赋》、梁王筠《蜀葵花赋》		
	蓝	后汉赵岐《蓝赋》		
	芙蕖	后汉闵鸿《芙蓉赋》、*魏陈王曹植《芙蕖赋》、吴苏彦《芙蕖赋》、晋孙楚《莲花赋》、晋潘岳《莲花赋》、晋夏侯湛《芙蓉赋》、晋潘岳《芙蓉赋》、宋傅亮《芙蓉赋》、*宋鲍昭(照)《芙蓉赋》、梁简文帝《采莲赋》、梁元帝《采莲赋》、梁昭明太子《芙蓉赋》、梁江淹《莲花赋》	卷八十二	
	萍	*晋夏侯湛《浮萍赋》、晋苏彦《浮萍赋》		
	苔	*(梁)江淹《青苔赋》		
	蓍	晋傅玄《蓍赋》		
	茗	晋杜育《荈赋》		
	艾	(晋)孔瑶之《艾赋》		
	荠	(晋)夏侯湛赋、齐卞伯玉《荠赋》		
	蓼	汉孔臧《蓼虫赋》		
宝玉部	玉	*晋傅咸《玉赋》	卷八十三	《艺文类聚·宝玉部》收赋8篇。《初·宝器部》中设有金、银、珠、玉、锦、绣、罗、绢诸目,除照录2赋外,又增补梁张率《绣赋》1篇,凡3篇。
	珠	*梁吴筠《碎珠赋》		
	玛瑙	魏文帝《马瑙勒赋》、魏王粲《马瑙勒赋》	卷八十四	
	瑠璃	晋潘尼《瑠璃碗赋》		

续表

分部	子目	选录赋作	卷次	各部收赋篇数及其与《初学记》的比较
	车渠	魏文帝《车渠碗赋》、魏王(粲)《车渠碗赋》	卷八十四	
	瑚珉	晋潘尼《瑚珉碗赋》		
百谷部	黍豆	晋嵇含(嵇含)《孤黍赋》 ＊(晋)张翰《豆羹赋》	卷八十五	《类聚》收赋2篇。
布帛部	素布	汉班婕妤《捣素赋》 晋殷臣奇《布赋》		《类聚》收赋2篇。
果部	李 桃 梅 甘 橘 石榴	＊晋傅玄《李赋》 ＊晋傅玄《桃赋》、陈张正见《衰桃赋》 ＊梁简文帝《梅友(花)赋》、(陈)陈喧《食梅赋》 晋胡济《黄甘赋》、＊宋谢惠连《甘赋》 ＊魏陈王曹植《橘赋》、晋潘岳《橘赋》、宋谢惠连《橘赋》、梁吴筠《橘赋》 ＊晋潘尼《安石榴赋》、晋张载《安石榴赋》、晋张协《安石榴赋》、晋应贞《安石榴赋》、＊晋夏侯湛《石榴赋》、晋傅玄《安石榴赋》、晋庾儵《石榴赋》、晋范坚《安石榴赋》、宋颜测《山石榴赋》	卷八十六	《类聚·果部》收赋37篇，《木部》收赋46篇。《初》将二部合并成《果木部》，精简部类之举，实堪称道。除了照录《类聚》19篇赋，又增补（樱桃）后梁宣帝《樱桃赋》、（枣）晋傅玄《枣赋》、陈后主《枣赋》、（栗）陈陆琼《栗赋》、（甘）晋刘瑾《甘树赋》、（槐）王济《槐树赋》、（桐）南齐萧子良《梧桐赋》、宋刘义恭《梧桐赋》、（竹）陈顾野王《拂崖筱赋》、梁江淹《灵丘竹赋》、隋萧大圜《竹花赋》11篇，总数为30篇。
	栗 枇杷 木瓜 杜梨 蒲萄 荔枝 芭蕉 甘蔗 瓜	＊(后)汉蔡邕《伤故栗赋》 宋周祇《枇杷赋》、宋谢瞻安《成郡庭枇杷树赋》 宋何承天《木瓜赋》 晋孙楚《杕杜赋》 《魏都赋》(残句)、魏钟会《蒲萄赋》、晋傅勋《蒲萄赋》 后汉王逸《荔枝赋》 梁徐摛《冬蕉卷心赋》 晋张协《都蔗赋》 魏刘桢《瓜赋》、＊晋陆机《瓜赋》、晋嵇含《瓜赋》、晋张载《瓜赋》、＊晋傅玄《瓜赋》、梁张缵《瓜赋》	卷八十七	

续表

分部	子目	选录赋作	卷次	各部收赋篇数及其与《初学记》的比较
木部	木	晋刘柔妻王氏《春花赋》、周庾信《枯树赋》、晋庾阐《浮查赋》	卷八十八	
	松	＊齐王俭《和竟陵王高松赋》、＊齐谢朓《高松赋》、梁沈约《高松赋》		
	柏	＊晋左九嫔《松柏赋》		
	槐	晋傅选（巽）《槐赋》、魏文帝《槐赋》、＊魏陈王曹植《槐赋》、魏王粲《槐树赋》、＊晋挚虞《槐赋》、晋庾儵《大槐赋》		
	桑	魏繁钦《桑赋》、晋陆机《桑赋》、晋潘尼《桑树赋》、晋傅咸《桑树赋》		
	桐	晋傅咸《梧桐赋》、晋夏侯湛《愍桐赋》、宋袁淑《桐赋》、齐王融《应竟陵王教桐树赋》、梁沈约《桐赋》、<u>又《八咏·悲落桐》</u>		
	杨柳	＊魏文帝《柳赋》、魏应玚《杨柳赋》、魏繁钦《柳赋》、＊魏王粲《柳赋》、晋成公绥《柳赋》、晋伍辑之《柳花赋》、＊（晋）傅玄《柳赋》	卷八十九	
	茱萸	晋孙楚《茱萸赋》		
	长生	晋嵇含《长生树赋》		
	木槿	晋卢谌《朝华赋》、晋傅咸《舜华赋》、晋羊徽《木槿赋》、晋夏侯湛《朝华赋》、陈江总《南越木槿赋》、晋傅玄《朝华赋序》、晋成公绥《日及赋序》、晋潘尼《朝菌赋序》（入序类）、晋嵇含《朝生暮落树赋序》		
	木兰	晋成公绥《木兰赋》		
	竹	晋江逌《竹赋》、齐王俭《灵邱竹赋》、＊梁简文帝《修竹赋》、晋伏滔《长笛赋序》（入序类）		
鸟部	鸟	后汉赵壹《穷鸟赋》、晋夏侯湛《观飞鸟赋》、梁沈约《天渊水鸟应诏赋》	卷九十	《类聚·鸟部》收赋79篇。《初·鸟部》除了照录10篇外，又增补了（凤）唐太宗《凤赋》、晋傅咸
	凤	晋桓玄赋、晋傅咸《仪凤赋序》		
	鸿	晋成公绥《鸿雁赋》、梁沈约<u>《八咏·听晓鸿篇》</u>		

续表

分部	子目	选录赋作	卷次	各部收赋篇数及其与《初学记》的比较
鸟部	鹤	魏王粲《白鹤赋》、*魏陈王曹植《白鹤赋》、晋桓玄《鹤赋》、宋临川康王《鹤赋》、*宋鲍照《舞鹤赋》、梁沈约《八咏·闻夜鹤篇》	卷九十	《仪凤赋》、(鹰)隋魏彦深《鹰赋》、(乌)晋成公绥《乌赋》、(鹊)梁徐勉《鹊赋》、(雁)陈后主《夜亭度雁赋》6篇，总数为16篇。
	雉	晋王叔之《翟雉赋》、晋傅纯《雉赋》、晋傅玄《雉赋》、晋孙楚《雉赋》		
	鹖	魏陈王曹植《鹖赋》、魏王粲《鹖赋》		
	孔雀	魏杨修《孔雀赋》、魏钟会《孔雀赋》、晋左九嫔《孔雀赋》	卷九十一	
	鹦鹉	*后汉祢衡《鹦鹉赋》、*魏陈王曹植《鹦鹉赋》、魏应玚《鹦鹉赋》、魏王粲《鹦鹉赋》、魏阮瑀《鹦鹉赋》、晋傅玄《鹦鹉赋》、晋左九嫔赋、晋卢谌赋、晋傅咸赋、晋曹毗赋、晋桓玄《鹦鹉赋》、*宋颜延之《白鹦鹉赋》、*宋谢庄《赤鹦鹉赋》、梁昭明太子《鹦鹉赋》		
	雁	*魏陈王曹植《离缴雁赋》、晋羊祜《雁赋》、晋孙楚《雁赋》		
	鹅	宋鲍照《野鹅赋》、晋沈充《鹅赋序》		
	鸭	晋蔡洪《斗凫赋》、宋王徽《野鹜赋》、齐谢朓《野鹜赋》		
	鸡	*晋傅玄《斗鸡赋》、晋陆善《长鸣鸡赋》、*晋习凿齿《长鸣鸡赋》		
	野鸡	晋傅玄《山鸡赋》、宋临川康王《山鸡赋》		
	鹰	晋傅玄《鹰赋》、晋孙楚《鹰赋》		
	鹍	魏陈王曹植《鹖雀赋》		
	乌	*梁何逊《穷乌赋》、晋成公绥《乌赋序》(入序类)	卷九十二	
	雀	后汉曹大家《大雀赋》		
	燕	晋傅咸《燕赋》、晋卢谌《燕赋》、晋夏侯湛《玄鸟赋》		
	鸠	晋傅咸《班鸠赋》、晋阮籍《鸠赋序》		
	反舌	梁沈约《反舌赋》、梁萧子晖《反舌赋》		
	仓庚	魏文帝《莺赋》、魏王粲《莺赋》、晋王浑妻钟夫人《莺赋》		

续表

分部	子目	选录赋作	卷次	各部收赋篇数及其与《初学记》的比较
	鹡鸰	晋张华《鹡鸰赋》	卷九十二	
	鸳鸯	梁简文帝《鸳鸯赋》、梁元帝《鸳鸯赋》、周庾信《鸳鸯赋》、陈徐陵《鸳鸯赋》		
	鸡鹈	晋挚虞《鸡鹈赋》、梁简文帝《鸡鹈赋》		
	鸂鶒	宋谢惠连《鸂鶒赋》		
	白鹭	宋谢惠连《白鹭赋》		
	鹭鹚	晋张望《鹭鹚赋》		
	鹏	晋贾彪《鹏赋》		
	翡翠	梁江淹《翡翠赋》		
	鹏鸟	汉贾谊《鹏鸟赋》、汉孔臧《鸮赋》		
兽部	马	魏应德琏（应玚）《慜骥赋》、晋曹毗《马射赋》、晋傅玄《乘舆马赋》、*宋颜延之《赭白马赋》、*宋谢庄《乘舆舞马赋》	卷九十三	《艺文类聚·兽部》收赋13篇。《初·兽部》选录其中5篇，增补虞世南《师子赋》、宋刘义恭《白马赋》、宋孔宁子《驶牛赋》、唐虞世南《白鹿赋》、东晋王廙《兔赋》、后魏卢元明《剧鼠赋》6篇，共计11篇。
	牛狗	臧道颜《驶牛赋》*晋傅玄《（走）狗赋》、*魏贾岱宗《大狗赋》	卷九十四	
	兔 猨 猕猴	晋王廙《白兔赋序》 晋傅玄《猨猴赋》 *后汉王延寿《王孙赋》、晋阮籍《猕猴赋》	卷九十五	
	果然	魏钟毓《果然赋》		
鳞介部	龙 龟 鳖 鱼	晋刘琬《神龙赋》、魏缪袭《青龙赋序》 *魏陈王曹植《神龟赋》 晋陆机《鳖赋》、晋潘尼《鳖赋》 晋王庆《钓鱼赋》、*晋挚虞《观鱼赋》	卷九十六	《艺文类聚·鳞介部》收赋8篇。《初·鳞介部》选其2篇，增补魏刘劭《龙瑞赋》、缪袭《青龙赋》2篇，凡4篇。
	石劫	梁江淹《石劫赋》		
虫豸部	蝉	后汉蔡邕《蝉赋》、后汉曹大家《蝉赋》、*魏陈王曹植《蝉赋》、晋明帝《蝉赋》、晋陆士龙《寒蝉赋》、晋傅咸《黏蝉赋》、晋孙楚《蝉赋》、宋颜延之《寒蝉赋》	卷九十七	《艺文类聚·虫豸部》收赋22篇。《初·虫部》仅仅设有蝉、蝶、萤凡3个子目，删减幅度极大。除选录《类聚》3赋外，又增补(蝉)西晋傅玄《蝉
	蝇	晋傅咸《青蝇赋》		
	蚊	晋傅选《蚊赋》		
	蜉蝣	晋傅咸《蜉蝣赋》		

《艺文类聚》与中国赋学

续表

分部	子目	选录赋作	卷次	各部收赋篇数及其与《初学记》的比较
虫豸部	萤火	＊晋傅咸《萤火赋》、＊晋潘安仁《萤火赋》	卷九十七	赋》、陈褚玠《凤里蝉赋》、（萤火）梁萧和《萤火赋》3篇，凡6篇。
	蝙蝠	魏陈王曹植《蝙蝠赋》		
	叩头虫	晋傅咸《叩头虫赋》		
	蛾	晋支昙谛《赴火蛾赋》		
	蜂	晋郭璞《蜜蜂赋》		
	蟋蟀	晋卢谌《蟋蟀赋》		
	尺蠖	宋鲍照《尺蠖赋》		
	蚁	晋郭璞《蚍蜉赋》		
	蜘蛛	晋成公绥《蜘蛛赋》		
	螳螂	晋成公绥《螳螂赋》		
祥瑞部	祥瑞龙	魏刘劭《嘉瑞赋》 魏刘劭《龙瑞赋》	卷九十八	《艺文类聚》收赋3篇。
	凤皇	晋顾恺之《凤赋》	卷九十九	
灾异部	祈雨	晋傅咸《喜雨赋序》（人序类）	卷一百	《艺文类聚》收赋1篇。

据上表，可以统计出《艺文类聚》各部的收赋情况：天部44篇，岁时部52篇，地部5篇，州部1篇，郡部0篇，山部13篇，水部38篇，符命部0篇，帝王部0篇，后妃部0篇，储宫部1篇，人部179篇，礼部23篇，乐部30篇，职官部1篇，封爵部0篇，治政部1篇，刑法部1篇，杂文部40篇，武部16篇，军器部3篇，居处部63篇，产业部22篇，衣冠部3篇，仪饰部8篇，服饰部21篇，舟车部1篇，食物部5篇，杂器物部6篇，巧艺部18篇，方术部3篇，内典部0篇，灵异部18篇，火部13篇，药香草部52篇，宝玉部8篇，百谷部2篇，布帛部2篇，菓部37篇，木部46篇，鸟部79篇，兽部13篇，鳞介部8篇，虫豸部22篇，祥瑞部3篇，灾异部1篇。总数为902篇。去掉3篇重出之作，实际收录赋作899篇。除了1篇

唐赋外,皆为先唐赋作。

这是一个非常惊人的数字。众所周知,汉魏六朝是中国古代赋体文学鼎盛的历史时期,产生了浩如烟海的作品。而此期赋作的保存,则主要依靠两类文献:

1. 史书

司马迁《史记》全文载录了贾谊、司马相如的6篇赋作,为后代史书保存文学作品树立了楷模。此后,正史录赋已成风尚:

东汉班固《汉书》录赋18篇:贾谊《吊屈原赋》《鹏鸟赋》,司马相如《子虚赋》《上林赋》《哀二世赋》《大人赋》,东方朔《答客难》,刘彻《李夫人赋》,班婕妤《自悼赋》,扬雄《甘泉赋》《河东赋》《校猎赋》《长杨赋》《解嘲》《解难》《酒赋》,班固《幽通赋》《答宾戏》;

南朝宋范晔《后汉书》录赋12篇:班固《两都赋》2篇,杜笃《论都赋》,崔篆《慰志赋》,崔骃《达旨》,冯衍《显志赋》,张衡《应间》《思玄赋》,赵壹《穷鸟赋》《刺世疾邪赋》,边让《章华赋》,蔡邕《释诲》;

唐房玄龄《晋书》录赋19篇:左芬《离思赋》,张华《鹪鹩赋》,向秀《思旧赋》,庾敳《意赋》,挚虞《思游赋》,陆机《豪士赋序》,潘岳《藉田赋》《闲居赋》,李昌(李玄胜)《述志赋》,成公绥《天地赋》《啸赋》,张协《七命》,皇甫谧《释劝》,束皙《玄居释》,夏侯湛《抵疑》,郭璞《客傲》,王忱《释时论》,曹毗《对儒》,陶渊明《归去来兮辞》;

南朝宋沈约《宋书》录赋6篇:傅亮《感物赋》,谢灵运《撰征赋》《山居赋》,宋武帝《拟汉武帝李夫人赋》,谢庄《舞马赋》,陶潜《归去来辞》;

南朝梁萧子显《南齐书》录赋2篇:张融《海赋》,卞彬《蚤虱赋序》;

唐姚思廉《梁书》录赋4篇:沈约《郊居赋》,张率《舞马赋》,张缵《南征赋》,梁简文帝《围城赋》末章;

唐姚思廉《陈书》录赋 1 篇：江总《修心赋》；

北朝齐魏收《魏书》录赋 7 篇：拓跋顺《蝇赋》，李骞《释情赋》，李谐《述身赋》，袁翻《思归赋》，阳固《演赜赋》，裴伯茂《豁情赋序》，张渊《观象赋》；

隋李百药《北齐书》录赋 1 篇：颜之推《观我生赋》；

唐令狐德棻《周书》录赋 3 篇：庾信《哀江南赋》，刘璠《雪赋》，萧詧《愍时赋》；

唐魏徵《隋书》录赋 3 篇：萧皇后《述志赋》，卢思道《孤鸿赋》，虞世基《讲武赋》。

将 12 部史书所载录之赋作合并一起，共 82 篇，去其重复 7 篇，共得先唐赋作 75 篇。正史所载录之赋作，按理说应该与政治或者社会发展密切相关，具有较高的思想性和艺术性，但是其中某些赋作（例如拓跋顺《蝇赋》），并未因为载入正史而流芳千古，甚至连陈元龙《历代赋汇》亦没有收录。这是令人惊讶的。这或许反映出后人对北朝文学的偏见或者忽略。

2. 诗文总集

六朝时产生了大量的诗文总集，其中不乏专门的赋集，例如：晋挚虞《文章流别集》60 卷，梁萧统《文选》30 卷，《集苑》60 卷，宋临川王刘义庆《集林》200 卷，谢灵运《赋集》92 卷，宋新渝惠侯《赋集》50 卷，宋明帝《赋集》40 卷，后魏秘书丞崔浩《赋集》86 卷，梁武帝《历代赋》10 卷（见《隋书·经籍志》）等。但是除了《文选》外，皆已湮灭不传。《文选·赋》收录赋作 56 篇（不计《两都赋序》和《三都赋序》），再加上七体、设论体等赋体文 7 篇，共收赋作和赋体文 63 篇。其数量略低于 12 部史书载录赋作之数，但质量远远超过史书，因而对后代文人影响极大。

如果将 12 部史书和《文选》所载录的赋作加以合并，去其重复，共得赋作 117 篇。但这与《艺文类聚》载录先唐赋的篇数（898）相比，仍然有天壤之别。我们不能不承认，《艺文类聚》是先唐赋之渊薮,该书为保存先唐赋体文学作品做出了不可替代的贡献。

当然,《艺文类聚》是一部类书,书中载录赋作主要是为了满足读者征事与作文的需要,所载作品不如《文选》和史书精确,有的有删削,有的有错讹。但是,在先唐赋作十不存一、早期类书和诗文总集亦大都散佚的情况下,该书的文献价值就得以凸显。与现存其他类书相比,《艺文类聚》的价值也是独特的。唐虞世南《北堂书钞》、白居易《白氏六帖》、宋李昉《太平御览》等类书亦曾摘录一些先唐赋作,但大都是散句,鲜有完整的篇幅。例如司马相如《子虚赋》,《艺文类聚》卷六十六《产业部·田猎》加以载录,虽有删削,但也基本完整,从"楚使子虚使于齐"到"何为亡以应哉",大约一千字。(《子虚赋》在本书中只出现一次。)《北堂书钞》摘引《子虚赋》多达11次,但每次都是摘句,十分零散。例如该书卷一百二十《武功部·旌》"翡翠"注云:"司马相如《子虚赋》云:错翡翠之葳蕤,缪绕玉绥,眇眇忽忽,若神仙之髣髴。"该书卷一百三十二《仪饰部·帷》"张翡帷"注云:"司马相如《子虚赋》云:张翡帷,连羽盖。"如此简短的征引,对我们了解《子虚赋》的整体内容帮助不大,其文献价值也就大为降低了。《白氏六帖》《太平御览》等书亦大致如此。唯有《初学记》一书效法《艺文类聚》之体例,较为完整地载录先唐赋作,但其篇帙有限,选赋亦少,文献价值亦远远逊于《艺文类聚》。

从《艺文类聚》选录赋作的情况,可以考知编者对先唐赋的基本认识。倘若与《文选》选赋相比较,便可清楚地看出六朝至唐初赋学观的变迁:

《文选》选赋与《艺文类聚》比较表

《文选》63篇		《艺文类聚》898篇（先唐赋）	
选录各代赋数量及其所占比例	代表作家及其入选赋作之数量	选录各代赋数量及其所占比例	代表作家及其入选赋作之数量
战国4篇，占6.35%	宋玉4篇	战国14篇，占1.56%	宋玉9篇，荀况5篇
西汉11篇，占17.46%	扬雄4篇，司马相如3篇，贾谊、枚乘、东方朔、王褒各1篇	西汉36篇，占4.01%	扬雄10篇，司马相如6篇，贾谊3篇，王褒3篇，枚乘2篇
东汉15篇，占23.81%	张衡5篇，班固4篇，班彪、傅毅、曹大家、马融、祢衡、王延寿各1篇	东汉81篇，占9.02%	张衡11篇，蔡邕11篇，班彪、班固、班昭、马融各4篇，王延寿3篇
三国5篇，占7.94%	曹植2篇，王粲、何晏、嵇康各1篇	三国173篇，占19.27%	曹植40篇，曹丕26篇，王粲23篇，徐幹5篇
两晋21篇，占33.33%	潘岳8篇，左思3篇，陆机2篇，木华、郭璞、孙绰、向秀、成公绥、张华、张协、陶渊明各1篇	两晋364篇，占40.53%	傅咸30篇，傅玄29篇，陆机24篇，夏侯湛18篇，潘岳17篇，成公绥17篇，郭璞9篇，左思4篇，袁宏1篇
南朝宋5篇，占7.94%	鲍照2篇，谢惠连、谢希逸、颜延年各1篇	南朝宋66篇，占7.35%	谢灵运13篇，鲍照6篇
南朝齐0篇		南朝齐17篇，占1.89%	谢朓8篇
南朝梁2篇，占3.17%	江淹2篇	南朝梁114篇，占12.69%	江淹19篇，沈约17篇，梁简文帝16篇
		南朝陈8篇，占0.89%	张正见3篇
		北朝齐1篇，占0.11%	邢子才1篇
		北朝周15篇，占1.67%	庾信13篇
		隋7篇，占0.78%	江总7篇

不难看出,《类聚》录赋最多者为三国(173篇,其中魏167篇、吴6篇)、两晋(364篇)、南朝宋代(66篇)、梁代(114篇)四朝,其中尤以两晋为甚,数量竟达全书的40.72%,可以看出编者对两晋赋的青睐。所录两晋赋,以西晋为大宗,东晋篇目较少(原书大都标为"晋",由于时间关系,未暇细分)。所以,全书录赋最多者,依次为:西晋、三国魏、南朝梁、南朝宋。这当然与四朝赋创作之兴盛密切相关,但两汉录赋较少,原因却并不在此。史载两汉赋有数千篇之多,但遭受了王莽之乱、董卓之乱等重大浩劫,散失殆尽。降至唐代,文人所能见到的两汉赋亦不过三四百篇,已经是十不存一了。《类聚》选录两汉赋较少,乃是由于作品大量散佚的缘故,与创作盛衰和编者个人旨趣无关。事实上,两汉赋今仅存约300篇,其中完整者约100篇,大都是通过《类聚》才得以流传至今的。

如果与《文心雕龙》的论述和《文选》的编录情况加以对比,仍然可以看出《艺文类聚》对六朝赋论家的因袭和变革。《文心雕龙·诠赋篇》云:"观夫荀结隐语,事数自环;宋发巧谈,实始淫丽;枚乘《兔园》,举要以会新;相如《上林》,繁类以成艳;贾谊《鵩鸟》,致辨于情理;子渊《洞箫》,穷变于声貌;孟坚《两都》,明绚以雅赡;张衡《二京》,迅发以宏富;子云《甘泉》,构深玮之风;延寿《灵光》,含飞动之势:凡此十家,并辞赋之英杰也。"① 刘勰所论"辞赋之英杰"凡10家:战国末年荀况、宋玉,西汉贾谊、枚乘、司马相如、扬雄、王褒,东汉班固、张衡、王延寿,皆为先秦两汉时期代表赋家。萧统《文选·赋》选录8家(以上10家中舍弃荀况、枚乘2家),增补5家(班彪、傅毅、曹大家、马融、祢衡),在七、设论中增补枚乘、东方朔2家,总数为15家。尤其是增补东汉赋5家,比《文心雕

---

① [南朝梁]刘勰撰,范文澜注:《文心雕龙注》,人民文学出版社1958年版,第135页。

龙》更能全面反映楚汉赋的创作实绩。选赋最多者为：张衡5篇，宋玉、扬雄、班固各4篇，司马相如3篇，这又与刘勰的论述基本相符。但荀况作为中国赋体文学的开创者，却在《文选》中没有反映，这不能不说是《文选》的重大疏漏。而《艺文类聚》选荀况赋多达5篇，突出了荀况作为赋体文学先驱的历史地位，其对于赋学史的研究具有重要意义。此外，蔡邕是汉魏之际的重要赋家，他拓展了赋的创作题材，倾力反映世俗情怀，描绘琴棋笔扇，篇幅短小，内容清新，对建安和三国赋有深刻影响。但《文心雕龙》和《文选》皆弃置不论，令人惋惜。也许是蔡邕曾被董卓征用，在董卓被杀时表示过叹息，于是被一些正统文人所不齿，进而忽视其在辞赋发展史上的重要地位，这是不公允的。《艺文类聚》辑录蔡邕赋多达11篇，居两汉之首，与张衡赋数量相等，而多于扬雄(10篇)、司马相如(6篇)、班固(4篇)等大家，恰恰表现出一种实事求是的学术精神。

《文心雕龙·诠赋篇》又云："及仲宣靡密，发端必遒；伟长博通，时逢壮采；太冲、安仁，策勋于鸿归；士衡、子安，底绩于流制；景纯绮巧，缛理有余；彦伯梗概，情韵不匮：亦魏晋之赋首也。"①刘勰所谓"魏晋之赋首"，依次为：三国魏王粲、徐幹，晋左思、潘岳、陆机、成公绥、郭璞、袁宏，凡8家。《文选》选录其中6家(舍弃徐幹、袁宏2家)，又增补了曹植、何晏、嵇康、木华、孙绰、向秀、张华、张协、陶渊明凡9家，总数为15家。所弃2家，其赋学成就并不突出；所增9家，皆为赋学名家，如曹植《洛神赋》、木华《海赋》、向秀《思旧赋》、陶渊明《归去来》等，无不影响深远。故《文选》较之《文心雕龙》，更能全面、客观地反映魏晋赋创作情况，也更具有赋学研究价值。选赋最多者为：潘岳(8篇)、左思(3篇)、曹植(2篇)、陆机(2篇)。而稽查《艺文类聚》，三国时期录赋最多者为：曹

① ［南朝梁］刘勰撰，范文澜注：《文心雕龙注》，第135—136页。

植(40篇)、曹丕(26篇)、王粲(23篇)、陈琳(6篇)、刘桢(6篇),两晋时期录赋最多者为:傅咸(30篇)、傅玄(29篇)、陆机(24篇)、夏侯湛(18篇)、潘岳(17篇)、成公绥(17篇)、孙楚(15篇),而曾经使洛阳纸贵的左思仅仅有赋4篇。这些统计数字与《文心雕龙》和《文选》皆有较大差距,而这种差距恰好反映了文学选本与类书的本质区别。大凡文学选本,其目光皆聚焦在文学名篇,以作品的艺术成就和文学影响为考虑依据,并不考虑作家是否多产;而类书出于编纂的需要,则尽可能在每一类之下都能选录相关作品,于是多产作家的作品便得到了较多的展示机会。《类聚》录赋较多的三国作家曹丕、陈琳、刘桢,两晋作家傅咸、傅玄、夏侯湛、孙楚等人,皆非赋史上的大家,但因其存赋较多,而迎合了类书编纂的需要,所以大量作品被选入类书之中。当然,他们作为赋史上的名家,在赋学研究中亦有较为重要的参考价值。

《文选》收录南朝赋7篇,正史载录之赋亦仅有13篇,此期大量作品皆依赖《类聚》保存至今。其中录赋较多者为:宋谢灵运13篇、鲍照(或作鲍昭)6篇,齐谢朓8篇,梁江淹19篇、沈约17篇、梁简文帝16篇、梁元帝7篇,北周庾信13篇,隋江总7篇(《类聚》或题陈,或题隋,今作隋代)。这是一批研究南北朝辞赋史的珍贵资料,具有十分重要的文献价值。

总之,《艺文类聚》是先唐赋之渊薮,在保存先唐赋方面具有不可替代的价值,它为后人全面了解先唐赋、研究先唐赋提供了十分宝贵的资料。当然,书中文字或有讹误,朝代或有错讹,需要加以认真的研究、辨析。

《艺文类聚》版本较多,有南宋绍兴年间(1131—1162)浙江地区刻本,明正德十年乙亥(1515)锡山华坚兰雪堂铜活字本,嘉靖六年丁亥(1527)天水胡缵宗在苏州刊刻的小字本,嘉靖七年戊子(1528)陆采加跋本,嘉靖九年庚寅(1530)宗文堂刊本,嘉靖二十八年乙酉(1549)张松在山西重刻小字本,万历十五年丁亥(1587)

王元贞在南京重刻的大字本,清光绪五年己卯(1879)成都宏达堂刻本等。现在最为通行的是汪绍楹先生以宋刻本为底本加以校理句读的本子,中华书局上海编辑所1965年版,上海古籍出版社1982年重印。重印时编制了人名和篇目索引,尤其便于使用。

研究类书与文学关系的著作有:方师铎《传统文学与类书之关系》(天津古籍出版社1986年版)、唐光荣《唐代类书与文学》(巴蜀书社2008年版)、田媛《隋暨初唐类书编纂与文学》(北京大学博士论文,2008年,袁行霈指导)等。专门研究《艺文类聚》的著述有:郭醒《〈艺文类聚〉研究》(南京大学博士论文,2003年,张伯伟指导)、孙翠翠《〈艺文类聚〉所引"艺文"研究》(鲁东大学硕士论文,2009年,陈冠明指导)。

附记:此文据《唐宋类书的汉赋摘录与编类》一文的部分内容加以修改、增补而成,原刊《中国韵文学刊》2006年第2期。

《事类赋》版本叙录

一、引言

　　《事类赋》是一部重要的类书,也是一部十分独特的赋学文献。著者吴淑(947—1002),字正仪,润州丹阳(今江苏省丹阳市)人。以属文敏速、工于篆籀荐试学士院,授大理评事。参与修纂《太平御览》1000卷、《太平广记》500卷、《文苑英华》1000卷等。尝献《事类赋》百篇,诏命注释,淑乃分注成30卷上之。迁水部员外郎。至道二年(996)兼掌起居舍人事,参与修纂《太宗实录》。再迁职方员外郎。著有《文集》10卷,《江淮异人录》3卷,《秘阁闲谈》5卷,《说文五义》3卷等。《宋史》有传。

　　《事类赋》原名《一字题赋》,是以赋体形式写成的类书。对于本书的编写缘由,吴淑《进注事类赋状》云:"伏以类书之作,相沿颇多,盖无纲条,率难记诵。今综而成赋,则焕焉可观。"①其使用赋体的形式铺陈天地山川万物,旨在帮助读者记诵,解决一般类书枯燥乏味、难以记诵的缺点。《事类赋》完成后,流传甚广,宋代

---

① [宋]吴淑:《事类赋注》卷首,宋绍兴十六年(1146)两浙东路茶盐司刻本。

就多有著录。宋陈振孙《直斋书录解题》卷十四类书类称："《事类赋》三十卷，校理丹阳吴淑正仪撰进并注。"《郡斋读书志》卷五上宋赵希弁附志："《补注事类赋》三十卷。右吴淑所进也。始淑进一字赋百首，为二十卷，奉旨令其注释，遂广为三十卷云。淑，勃海人。"宋郑樵《通志·艺文略》类书类："《事类赋》三十卷，吴淑撰。"此后各代皆有著录和介绍。元马端临《文献通考·经籍考》子部类书类："《事类赋》三十卷。陈氏曰：校理丹阳吴淑正仪撰进并注。"《宋史·艺文志》子部类事类："吴淑《事类赋》三十卷。"而明清时期的目录学著作如《钦定天禄琳琅书目》卷九、《四库全书总目·子部》等记载尤其详尽，限于篇幅，不赘。

《事类赋》分为14个部类：天部、岁时部、地部、宝货部、乐部、服用部、什物部、饮食部、禽部、兽部、草木部、果部、鳞介部、虫部；每部之下又分若干子目，全书凡100个子目。这些都与类书大略相同。一般类书的体例，大都从经史子集各类典籍中摘录相关资料，荟萃于各个子目之下，以资料丰富、广人见闻、便于检索、提供辞藻为目的。亦有大量引录前人诗赋作品者，如《艺文类聚》100卷，先征引资料，再抄录诗文，开创"事、文兼备"之体例。而《事类赋》则不相同，作者既不摘录资料，也不抄录诗文，而是将这些丰富的经史和诗文资料加以剪裁、融合，形成一篇篇短赋。全书100个子目，实际上就是100篇短赋，完全可视为吴淑的文学创作。例如"天部"之下，依次有《天赋》《日赋》《月赋》《星赋》《风赋》《云赋》《雨赋》《雾赋》《露赋》《霜赋》《雪赋》《雷赋》，凡12篇（原书无"赋"字），音韵铿锵，朗朗上口。因为赋题皆使用一个字，故名《一字题赋》。本为20卷，为了帮助读者理解，作者又奉旨加以注释，广为30卷，名为《事类赋注》。现将笔者所查阅之《事类赋注》不同版本情况略作介绍，以展示该书的历代流传情况，且为研究《事类赋》的学者提供参考。

二、《事类赋》的版本

(一)宋绍兴十六年(1146)两浙东路茶盐司刻本

国家图书馆善本部藏,索书号:11351(胶卷)。原书不可见,据中华再造善本原大影印本,本书共 16 册,书高 28.8 厘米,宽 18.2 厘米,内衬 B 面钤有"五福五代堂古稀天子宝""八征耄念之宝""太上皇帝之宝"3 枚大方朱印,乃乾隆皇帝晚年之印。此书无目录,首边惇德序 1 叶,钤"天禄继鉴""乾隆御览之宝""秀野草堂顾氏藏书印",以下即为正文。左右双边,白口,单黑鱼尾,版框高 22.2 厘米,宽 15.9 厘米。版心有刻工名:余竑、徐兴、楼仅、顾忠、孙免、朱琰(1 册)、阮于、陈明仲、徐高、徐皋、陈锡、薛茂、王宝、施蕴、毛谅、包正、梁济(8 册)等。半叶 8 行,行 16 或 17 字,小字双行每行 23—25 字不等。卷端题"事类赋卷第一",次行署"勃海吴淑撰奉敕注",三行"天部一",四行"天,日,月",五行低 3 字刻篇名"天赋",六行顶格刻《天赋》正文,夹注为双行小字。此页钤有"赵礼用观""赵""造玄道人"(阴文)、"蒋氏珍藏""成之之印""项元汴印""子京父印""檇李"(圆章)、"项笃寿印"(阴文)、"项氏字长"(阴文)、"北京图书馆藏",凡 11 枚小篆朱印。卷一之末钤有"乾隆御览之宝"(圆章)、"天禄琳琅""玄斋""天水郡"(阴文)、"赵礼用观""清如许""琴书自娱"(阴文)、"赵彦和"(阴文)、"赵生印"(阴文)、"礼用"(阴文)、"芸西清思"(阴文)、"清白传家"(阴文)、"天水郡图书印""云间赵礼用印彦和章""子子孙孙其永宝之",凡 15 枚朱印。可知此本曾先后被元赵礼用、明项笃寿、项元汴、蒋成之、清天禄琳琅藏书楼(乾隆皇帝御览)、北京图书馆等藏书家或藏书机构收藏。

（二）明刻本（元广平王盘校勘本）

北京大学图书馆所藏善本，索书号：SB/031.85/2637。本书1函12册，书高27.1厘米，宽17.7厘米。书衣黄色，下方印"瞿氏藏书/第　号"章，空格处以墨笔书"壹"字。首边惇德《事类赋序》1叶，次吴淑《进注事类赋状》1叶；次目录5叶，以下为正文。半叶12行，行20字，小字双行同。左右双边，白口，单黑鱼尾。版框高19.9厘米，宽15.4厘米。卷端题"事类赋卷之某，宋博士渤海吴淑撰注，元学士广平王盘校勘"，版心刻"事类赋卷某"和页码。第12册书末余纸有墨笔所书之衔名三行："宋绍兴丙寅右迪功郎特差监潭州南岳庙边惇德，左儒林郎绍兴府观察推官主管文字陈绶，右从政郎充浙东提举茶监司干办公事李端民校勘。"又有"甲午季冬购于淮浦，其值番钱三十。郁秋华阁主记"一行。钤有"国立北京大学藏书"印。

按：王盘（1202—1293），字文炳，号鹿庵，金元间广平永年（今河北邯郸东北）人。金正大四年（1227）进士，不就官。入元，拜益都等路宣抚副使，病免。后又拜翰林直学士，迁太常少卿。卒谥文忠。《元史》有传。

（三）明嘉靖间新安陆氏刻本（明新安岩镇潘氏校刊本）

北京大学图书馆所藏善本，索书号：SB/031.5/2637.2。本书1函6册，书高27.8厘米，宽17.2厘米。首边惇德《事类赋序》1叶，版心下部有"黄琏刊"3字；次吴淑《进注事类赋状》1叶；次《事类赋目录》5叶，以下为正文。版框高20.1厘米，宽15.3厘米。半叶12行，行20字。卷端题"事类赋卷之一，宋博士渤海吴淑撰注，皇明新安岩镇潘仕、杰校刊"。钤印"徐思曾印"（阴、篆、朱、方）、"孝则"（阳、篆、朱、方）、"北京大学藏书"（阳、篆、朱、方）。

按：潘仕、潘杰，明嘉靖年间新安严镇人，兄弟二人合刻《事类赋》30卷。黄珽(1513—?),字廷用,明嘉靖间歙县虬村人,刻字工人,参刻过《文心雕龙》《双溪文集》等。可知此书由潘仕、潘杰校勘,黄珽参刻,时间在明嘉靖年间。北大图书馆以为陆氏刻本,不详所据,暂从之。

衬页上贴一纸条,有向达墨笔识语8行,如下:"抗战前,傅增湘先生从北大图借去明刊本《事类赋》一部六册(尚未盖馆章),最近由其子傅晋生先生检出,交还本馆,请复函致谢。晋生先生现在团城社会文化事业管理局第四处任职,谢函可径寄该处。《事类赋》可查城内旧账。若查不出,另行登录。(致)童先生。向达廿七(1938)(未查出。)"承北大图书馆李云先生告知,向达先生于1938年任北平图书馆馆长。傅增湘先生之子傅晋生先生送还《事类赋》一部(经有关人员查检,账本无记录),诚信可嘉;向达先生特撰此笺,嘱馆内人员覆函致谢,亦恭谦有礼。堪称一段佳话。傅晋生,文博专家傅熹年之父也。

(四)明嘉靖十一年(1532)锡山蔡弼刻本

国家图书馆善本部藏,索书号:02670(胶卷)。本书凡6册。首边惇德《事类赋序》1叶,钤印"淮阳杜氏藏书""文素松印"(阴文)、"北京图书馆藏";次吴淑《进注事类赋状》1叶;次《事类赋目录》5叶,钤印"卧园珍藏""龙彬眼福"(阴文);以下为正文。半叶12行,行20字,小字双行同。左右双边,白口,单黑鱼尾。卷端题"事类赋卷之一,宋博士渤海吴淑撰注,皇明锡山后学蔡弼校刊",钤有"卧园所得善本"印。

(五)明嘉靖十一年壬辰(1532)崇正书院华麟祥校刻本

北京大学图书馆藏,索书号:LSB/1472。本书1函4册,书高25.7厘米,宽17.4厘米。首边惇德《事类赋序》1叶,钤有"□麓居士""钱氏家藏书印""北京大学藏"三枚小篆章;次吴淑《进注事类赋状》1叶；次《事类赋目录》5叶，以下为正文。半叶12行，行20字，小字双行同。左右双边，白口，单黑鱼尾。版框高19.8厘米，宽15.4厘米。卷端题"事类赋卷之一，宋博士渤海吴淑撰注，皇明都事锡山华麟祥校刊"。版心上部刻"崇正书院"4字；鱼尾下刻"事类赋卷某"和页码；最下刻书写者和刻工名字。例如卷一第1叶版心下部刻"王辉书，何瑞刊"6字。统观全书，涉及的书家名有：王辉、周慈、明之、陆臣、叶臻（蓁）、莫拙、秦鋆，刻工名有：何瑞、何恩、何忠、何文、何子荣、何凤、何表、何求（球）、何良、何钲、何受、陆准、陆儒、顾铨、陆鏊、陆宣、章悦、章元、章守中、章亨、李清、李泽、潘祈、唐琼、唐璃、顾迁、周永日（周允日）、方敖、方瑞。每个版面左上角皆有书耳，刻篇名和次第，如"天赋第一""日赋第二""蚁赋第一百"等。卷三十之末刻有衔名12行："宋绍兴丙寅右迪功郎特差监潭州南岳庙边惇德，左儒林郎绍兴府观察推官主管文字陈绶，右从政郎充浙东茶监干办公事李端民校勘，皇明嘉靖壬辰常州府无锡县学生倪奉、施渐、浦锦、陆子明、苗之寔、秦采、俞寰、华复初、安如石重校。"最后为华云《刻事类赋叙》2叶。

按：华麟祥，字时正，无锡人，嘉靖年间曾任浙江布政使。执掌崇正书院，所刻《事类赋》被后人屡次翻刻，影响十分深远。

又，国家图书馆普通古籍阅览室藏本，索书号：142446。本书1函12册（缺第8册）。卷首有华云《刻事类赋序》2叶；边惇德《事类赋序》1叶；以下为目录和正文。版式与北大藏本全同，盖为重印本。有书耳，刻"天赋第一"字样。钤印"季忠（?）""大中臣""无求备斋藏书图记""灵峰藏书""连严氏""北京图书馆藏"等。

又，国家图书馆善本部藏本，索书号：14565（胶卷），原书4册。钤印"国立北平图书馆珍藏"。

(六)明嘉靖十三年(1534)白玶刻本

国家图书馆善本部藏，索书号：11934（胶卷）。此本共8册。

首李濂《刻事类赋序》1叶,次吴淑《进注事类赋状》1叶;次《事类赋目录》5叶,以下为正文。半叶11行,行20字,小字双行同。四周单边,大黑口,单黑鱼尾。卷端题"事类赋卷之一,宋博士渤海吴淑撰注",第三行空白,不知何故。书末有陈全《刻事类赋后序》2叶。钤有"如兰""五福堂""五福堂收藏明版善本书""黄绍斋家珍藏""谦牧堂藏书记"(阴文)、"茂陵秋雨""沈国夏原名大来""玄圃堂""涤中氏""谦牧堂书画记"等印。

按:白玶,河北南宫人,嘉靖十三年曾刊刻《事类赋》30卷和王銮《幼科类萃》28卷。

国家图书馆善本部又一本,索书号:16291(胶卷),亦8册。钤有"冯雄""柏崖""南通冯氏景岫楼藏书""长乐郑氏藏书之印""长乐郑振铎西谛藏书""北京图书馆藏"诸印。

(七)明锡山秦汴覆刻华麟祥校本

国家图书馆普通古籍阅览室藏,索书号:41049。本书1函6册(存5册,缺第14—19卷),原书高24.3厘米(修复后高32.5厘米),宽17.4厘米。书衣钤有一紫色楷书竖印"苏州吴梅(字瞿安,别号霜崖,1884—1939)藏书",墨书:"缺十四之十九。"内书衣有题记3行:"事类赋六册/明嘉靖翻宋本,董文敏藏/乙酉六月程子和赠。"首边惇德《事类赋序》1叶,钤印"董其昌印""太史氏",皆阴文方印;次吴淑《进注事类赋状》1叶;次《事类赋目录》5叶,钤印"芴盦";以下为正文。半叶12行,行20字,小字双行同。左右双边,白口,单黑鱼尾。版框高19.8厘米,宽15.4厘米,与华麟祥校刻本全同。第1册卷端题"事类赋卷之一,宋博士渤海吴淑撰注,明锡山后学秦汴校刊",钤印"潘志万印长寿""北京图书馆藏"。版心简括,仅在鱼尾之下刻"事类赋卷某"和页码。后书衣钤有楷书长印:"献书人吴良士、见青、炼青、南青捐赠。"刻工有:易、赞、晋、定、介、王良鲁、林三、刘六、余三、彦、周、銮、昶、见、大可、元、尚显(刊)、奇、蔡武、叶十、中、升、亮、福、何、叶、元四(刻)、相、国、贤、赵、舜、胡、式、叶华。此本第2—5册卷端仍署为"皇明都事锡山华麟祥校刊",可见41049乃拼合之本也。

今按:秦汴(1511—1581),字景宁,号次山,明嘉靖间无锡人,室号绣石书堂。著有《怀里斋集》,辑录《三才通考》3卷并自刻之。此外尚刻过《锦绣万花谷》150卷、《事类赋》30卷、《古今合璧事类备要》206卷等。

(八)明嘉靖乙未(1535)叶氏作德堂覆刻无锡华氏本

北京大学图书馆藏,索书号:LSB/4813(胶卷)。本书1函6册,有抄配。首边悖德《事类赋序》2叶;次《事类赋目录》6叶,每叶右下方刻一阴文,分别为"智、仁、圣、义、中、和";以下为正文。卷端题署与华麟祥刻本相同:"事类赋卷之某,宋博士吴淑撰注,皇明都事锡山华麟祥校刊",但版式不同。此本半叶10行,行20字。四周单边,大黑口,双鱼尾(黑、顺)。上鱼尾上方有小象鼻,再上刻"事类赋注第一卷";上下鱼尾之间刻"某某部";下鱼尾之下刻页码,最下为象鼻。书末有一长方形牌记:"皇明乙未孟冬叶氏作德堂刊。"此本显然系明叶氏作德堂覆刻无锡华麟祥本,其刻印当然晚于华氏本。刊刻年乙未,应系嘉靖十四年(1535)。

按:作德堂,明嘉靖间人叶一兰、叶天熹的书坊名。刻印过《事类赋》30卷、《性理大全书》70卷等。

(九)明覆刻华麟祥本

国家图书馆普通古籍阅览室藏,索书号:38019。本书1函4册,书高24.4厘米,宽16.7厘米。首边悖德《事类赋序》1叶;次华云《刻事类赋叙》2叶;次《事类赋目录》4叶;以下为正文。半叶12行,行20字,小字双行同。左右双边,白口,单黑鱼尾。版框高18.7厘米,宽15.4厘米。卷端题"事类赋卷第一,宋博士渤海吴淑撰注,明后学无锡华麟祥校刊",钤印"松坡图书馆藏""北京图书馆藏"。显然系覆刻华麟祥校本。版心刻"事类赋卷一(天)"和页码。刻工有:徐已先、诸心简、诸心见、李业、吉山、柏秀、张公化(公化)、陶在方(在方)、徐遵王、汪云企、赵效文(效文)、邵可士、玉山、用良、茂元、毕敏来、宗玉、陈宪章、陈圣宗、穆圣传、王子祥、子先、李王、诸帝简、陈子云、邵子国、朱见心、元亦、赵效友、兆明、贤如、薛圣先、诸友忠、潘玉。

(十)明覆刻华麟祥校本

国家图书馆普通古籍阅览室藏,索书号:37045。本书1函6册,版式、文字与上本同,亦为覆刻华麟祥校本。不同之处在于,此本版框高19.4厘米,宽15.2厘米,且无刻工名。

(十一)明万历间徐守铭宁寿堂刻本

国家图书馆善本部藏,索书号:9836(胶卷)。本书已残,仅存1册(卷十三、十四、二十二)。书衣上贴一书签"元版事类赋/第十九册"。内衬有墨书6行,移录《天禄琳琅书目》相关内容。内衬B面钤有"五福五代堂古稀天子宝""八征耄念之宝""太上皇帝之宝"3枚大方朱印,皆乾隆皇帝晚年之印。卷端题"事类赋卷之二十二,三吴徐守铭警卿校梓,长洲杜大中子庸同校"。半叶12行,行20字,小字双行同。左右双边,白口,单黑鱼尾。版心刻书名、卷次和页码,鱼尾之上刻"宁寿堂"3字。钤印"天禄琳琅""天禄继鉴""乾隆御览之宝"。

按:徐守铭,字警卿,吴郡(今江苏苏州)人,室名宁寿堂,生活于明万历年间,刻印过《初学记》《元白长庆集》等。

(十二)清康熙三十八年(1699)无锡华氏剑光阁刻本

北京大学图书馆所藏善本,索书号:SB/031.85/2637.3。此本凡3册,与《广事类赋》5册合函。书高24.4厘米,宽16.2厘米,内封镌"宋本校刻,事类赋,剑光阁藏版"字样。首边惇德《事类赋序》1叶,次吴淑《进注事类赋状》1叶,次《事类赋目录》,以下为正文。半叶12行,行20字,小字双行同。左右双边,白口(或细黑口),单黑鱼尾,版框高19.4厘米,宽15.4厘米。卷端题"事类赋卷第一,宋博士渤海吴淑撰注,明后学无锡华麟祥校刊",版心镌"事类赋卷一"和页码。钤有"北京大学图书馆藏印"章一枚。刊刻时间据华希闵《广事类赋序》所署。

(十三)清乾隆二十九年甲申(1764)无锡华氏剑光阁刻本

国家图书馆普通古籍阅览室藏,索书号:39176。本书1函6册,书高24.7厘米,宽16.1厘米。内封B面镌"乾隆甲申新镌,重订事类赋,剑光阁藏版"字样。首边惇德《事类赋序》1叶,华云《刻事类赋叙》2叶,次吴淑《进注事类赋状》1叶,次《事类赋目录》,以下为正文。半叶12行,行20字,小字双行同。左右双边,白口,单黑鱼尾,版框高19.1厘米,宽15.4厘米。卷端题"事类赋卷第一,宋博士渤海吴淑撰注,明后学无锡华麟祥校刊",鱼尾之下镌"事类赋卷一(天)"和页码,版心下方刻"会成堂"3字。

又北京大学图书馆藏本,索书号:X/9297/2334。此本亦1函6册,书高25.5厘米,宽16.4厘米。内封B面亦镌有"乾隆甲申新镌,重订事类赋,剑光阁藏版"字样,并且钤有"锡山华氏图书口"圆形章。但仔细核对,与上本版式显然不同。此本半叶仅11行,行20字,版框高仅18.1厘米,宽13.8厘米,字体也有明显差异。卷一"太初之始,玄黄混并"一句,"玄"此本作"元";注释"列子曰"此本作"列子"加外围。版心下方无"会成堂"3字。首页钤有"剑光阁""燕京大学图书馆"2印。至于此本与国图本之关系,何者为真正的乾隆甲申本,则有待进一步考证。

(十四)清乾隆四十三年(1778)《文渊阁四库全书》本(抄本)

此本不可见,据影印本介绍如下:共 8 册,第一册书衣题签:"钦定四库全书(事类赋,目录、卷一、二)"。首《事类赋目录》9 叶(含提要),次吴淑《进注事类赋状》1 叶,次边惇德《事类赋原序》1 叶,以下为正文。半叶 8 行,行 21 字,小字双行同。四周双边,白口,单黑鱼尾。卷端题"钦定四库全书,事类赋卷一,宋吴淑撰",鱼尾之下镌"事类赋"3 字。

(十五)清乾隆五十八年癸丑(1793)绣谷周氏令德堂刻本

北京大学图书馆藏,索书号:LSB/5934(胶卷)。原书 1 函 4 册,书名页镌:"乾隆癸丑新镌,重订事类赋,令德堂藏板。"首华云《刻事类赋叙》2 叶,次边惇德《事类赋序》1 叶,次《事类赋目录》5 叶,以下为正文。半叶 11 行,行 20 字,小字双行同。四周单边,白口,单黑鱼尾。卷端题"事类赋卷第一,宋博士渤海吴淑撰注,明后学无锡华麟祥校刊",首行下方有"绣谷周令德堂校刊"字样,似为墨笔补书。版心中部刻有"事类赋卷一(天)"和页码,上部刻本版字数,下部刻"令德堂校刊"5 字。钤印"北京大学藏"。

(十六)清覆刻明华麟祥校本

国家图书馆普通古籍阅览室藏,索书号:38024。本书 1 函 4 册,书高 24.6 厘米,宽 16 厘米。首华云《刻事类赋叙》2 叶,次边惇德《事类赋序》1 叶,次《事类赋目录》5 叶;以下为正文。半叶 11 行,行 20 字,小字双行同。左右双边,白口,单黑鱼尾。版框高 18.3 厘米,宽 13.8 厘米。卷端题"事类赋卷第一,宋博士渤海吴淑撰注,明后学无锡华麟祥校刊",钤印"朱师辙观""飞青阁藏书印""松坡图书馆藏""北京图书馆藏"。

(十七)清嘉庆四年(1799)刻本

国家图书馆普通古籍阅览室藏,索书号:7154。本书1函4册,书高24.8厘米,宽16厘米。内封B面镌"嘉庆四年新镌,重订事类赋,剑光阁藏版"字样。首边惇德《事类赋序》1叶,次华云《刻事类赋叙》2叶,次《事类赋目录》5叶,以下为正文。半叶11行,行20字,小字双行同。左右双边,白口,单黑鱼尾,版框高17.6厘米,宽13.9厘米。卷端题"事类赋卷第一,宋博士渤海吴淑撰注,明后学无锡华麟祥校刊"。版心上方刻有本版字数。钤印"国立北平图书馆珍藏"。

(十八)清嘉庆六年辛酉(1801)文盛堂刻本

北京大学图书馆藏,索书号:LSB/8480。本书1函6册,书高16.4厘米,宽10.6厘米,接近32开本。内封B面镌:"嘉庆辛酉重镌,宋本校刊,事类赋,文盛堂藏版。"首边惇德《事类赋序》2叶,次《进注事类赋状》及校勘者衔名2叶,次华云《刻事类赋叙》2叶,次《事类赋目录》5叶,以下为正文。半叶10行,行20字,小字双行同。左右双边,白口,单黑鱼尾,版框高10.7厘米,宽8.9厘米。卷端题"事类赋卷第一,宋博士渤海吴淑撰注,明后学无锡华麟祥校刊"。钤有"北京大学藏"印。

(十九)清道光十七年(1837)善成堂刻本

国家图书馆普通古籍阅览室藏,索书号:39534。本书1函6册,书高18.6厘米,宽12.5厘米。内封B面镌:"道光丁酉年镌,重订事类赋,善成堂藏版。"首边惇德《重订事类赋序》1叶,次华云《重刻事类赋叙》2叶,次《重订事类赋目录》6叶,以下为正文。半叶9行,行20字,小字双行同。首页左右双边(正文大都是四周双边),白口(偶有黑口或细黑口),单黑鱼尾。版框高 13.5 厘米,宽 10 厘米。卷端题"重订事类赋卷第一,宋博士渤海吴淑撰注,明后学无锡华麟祥校刊"。钤有"北京图书馆藏"印。

(二十)清道光十七年(1837)务本堂刻本

国家图书馆普通古籍阅览室藏,索书号:39981。本书 1 函 6 册,书高仅 17.2 厘米,宽 11.5 厘米,比上本更小。内封 B 面镌:"道光丁酉年镌,重订事类赋,务本堂藏版。"其版式、文字与善成堂刻本同,笔画亦相似,看来同出一源。但此本四周双边,细黑口,单黑鱼尾。版框高 13.2 厘米,宽 10 厘米。盖与善成堂本同年刻印,各自发行,以应时需。

(二十一)清同治三年(1864)刻本

国家图书馆普通古籍阅览室藏,索书号:39149。此本共 6 册,与《广事类赋》10 册合并成 2 函。书高 17.5 厘米,宽 11.1 厘米,书衣钤有"大旱逢霖"阴文方章 1 枚。内封 B 面镌:"宋本校刊,事类赋,本衙藏版。"首华云《刻事类赋叙》2 叶,钤有"大兴"章;次边惇德《事类赋序》2 叶,序末有衔名 12 行;次《事类赋目录》6 叶;以下为正文。半叶 9 行,行 23 字,小字双行同。左右双边,大黑口,无鱼尾。版框高 12.7 厘米,宽 9.4 厘米。卷端题"事类赋卷第一,宋博士渤海吴淑撰注,明后学无锡华麟祥校刊"。校刻时间据《广事类赋》所题。

不难看出,在《事类赋》刊刻、传播史上,明嘉靖十一年华麟祥刻本具有里程碑意义,成为此后众多刻本的祖本。明代就有锡山秦汴刻本、叶氏作德堂刻本、佚名刻本(2 种),清代又有康熙三十八年无锡华氏剑光阁刻本、乾隆二十九年无锡华氏刻本、乾隆五十八年绣谷周氏令德堂刻本、佚名刻本、嘉庆四年刻本、嘉庆六年文盛堂刻本、道光十七年善成堂刻本、道光十七年务本堂刻本、同治三年刻本等，无不以华麟祥校刻本为据加以覆刻，卷端大都题为"事类赋卷第某，宋博士渤海吴淑撰注，明后学无锡华麟祥校刊"。明代四本和清初二本皆为半叶12行本，乾隆、嘉庆年间，则改为半叶11行、半叶10行本，降至道光、同治年间，则以半叶9行本最为流行。形制变小、书价降低，更便于下层文人购置和收藏。

三、《事类赋》的价值和影响

《事类赋》本为赋体，用典甚多，"经史百家传记，方外之说，靡所不有"（宋边惇德《事类赋原序》），读者必须熟悉古代相关历史事件或者语词出处，才能读懂赋文。为帮助读者理解赋意，宋太宗遂命吴淑为其作注。《进注事类赋状》又称："所征既繁，必资笺注，仰圣谟之所之，在陋学以何称？今并于逐句之下，以事解释，随所称引，本于何书，庶令学者知其所自。"[①]读其注文，方觉取材广泛，资料丰富，确实是类事之体。原书凡20卷，大约4万字；后在每句之下加以注释，篇幅增至25万字，遂厘为30卷，更名为《事类赋注》。请看"天部"《天赋》之开篇（注文本系双行小字，现改为括号）：

> 太初之始，玄黄混并。（《列子》曰："太易者，未见气也；太初者，气之始也。"陈思王植《魏德论》曰："在昔太初，玄黄混并。"）及一气之肇判，生有形于无形。（潘岳《西征赋》曰："化一气而甄三才。"《列子》曰："夫有形者，生于无形。"）于是地居下而阴浊，（徐整《三五历》曰："阳清为天，阴浊为地。"）天在上而轻清。（《易乾凿度》曰："轻清者上为天，重浊者下为地。"）……

---

① ［宋］吴淑：《事类赋注》卷首。

一字一句皆注出处，征引内容涉及四部典籍和各类杂书，极为详赡。赋用骈体，句多四六，明人李濂以为"其赋体皆俳，匪古之轨，盖遵当时取士之制云尔"（《刻事类赋序》），差为近之。但赋为吴淑自撰，注文则交代其作赋之资料依据。以这种体裁编撰类书，实为吴淑的首创。《四库全书总目》云："唐以来诸本，骈青妃白，排比对偶者，自徐坚《初学记》始；镕铸故实，谐以声律者，自李峤《单题诗》始；其联而为赋者，则自（吴）淑始。"这种体例对后世影响颇大，续、仿、增补之作甚多。清朝有华希闵撰并自注的《广事类赋》，吴世旃撰并自注的《广广事类赋》，王凤喈撰并自注的《续广事类赋》，张均撰并自注的《事类赋补遗》，黄葆真汇辑的《增补事类统编》，等等。后人常常将《事类赋》与后人的仿续之作如《广事类赋》《广广事类赋》等合刊。

该书"赋既工雅，又注与赋出自一手，事无舛误，故传诵至今"（《四库全书总目》）。并且注文中所征引的古籍，如谢承《后汉书》、张璠《汉纪》、徐整《长历》等皆已失传，因而具有珍贵的文献价值，成为清代以来学者辑佚、校勘古书的重要资料来源。

《事类赋》既具类书功能，亦有鲜明的文学特色。该书"在善于镕铸典故、妙于采撷文献、章法错综繁复等以赋述类的特色外，同时也能在诸多篇章中表现出作为赋文学的文彩与情韵"[1]。若从赋文学史和学术史的角度审视，那么"《事类赋》的出现反映了宋初踪武汉晋赋艺的风尚，标志着宋初赋重学习尚的形成"[2]。

研究《事类赋》，首先应该参考冀勤等点校的《事类赋注》（中华书局1989年版）。研究论文有：权儒学《宋刻本吴淑〈事类赋〉》（《文献》1990年第2期）、周笃文、林岫《论吴淑〈事类赋〉》（《文史

---

[1] 郭维森、许结：《中国辞赋发展史》，江苏教育出版社1996年版，第636页。
[2] 刘培：《事类赋简论》，《济南大学学报》2001年第5期。

哲》1990年第5期)、王恩保《吴淑〈事类赋〉用韵研究》(《古汉语研究》1997年第3期)、刘培《〈事类赋〉简论》(《济南大学学报》2001年第5期)、程章灿《〈事类赋注〉引汉魏六朝赋考》(《古籍整理研究学刊》2000年第2期)、魏小虎《〈事类赋注引汉魏六朝赋考〉疏误考》(《津图学刊》2004年第1期)等。

附记:原载《历史文献论坛》第二辑,国家图书馆出版社2016年版。与景晶硕士合作。

赋学视阈下的《韵补》

吴棫(1100？—1154)，字才老，同安(今属福建)人，一说建安(今福建省建瓯市)人，两宋之际著名经学家、语言文字学家。其所撰《韵补》，是一部运用《诗经》、楚辞、汉魏六朝赋等韵语材料来考察古韵的古音学著作。全书依四声举列，将206韵分成5卷，其体例仿照《广韵》，韵目用字和顺序也与《广韵》接近。但它并不是每一个韵目下都收字，所列206韵中，收字的却仅有35韵，旨在补《切韵》《广韵》之阙遗，故名《韵补》。不过，吴棫对所收每个字都诠音释义，并列出古韵语、声训、异文、前人音读等加以佐证。其中以古韵语资料最为丰富。赋是中国古代四种主要韵文体裁(诗赋词曲)之一，汉赋作为早期韵文，自然就成了重要的语料来源。据笔者统计，《韵补》征引先秦至北宋赋共有728条，其中汉赋共447条，占61.40%；此外有战国赋23条，魏晋南北朝赋230条，唐宋赋28条[1]。如此不均衡的征引状况，既充分肯定了汉赋作为文学经典的历史地位，也使本书在探讨上古声韵方面具有了特殊的意义。

由于汉赋距今年代久远，大量作品在流传过程中失传或者残

---

[1] 数据由研究生郭晓明同学协助统计，特此致谢。

损。据班固《两都赋序》和《汉书·艺文志》，西汉时期的赋就有一千余篇，东汉赋数量更多，总之两汉赋的总和当在三千篇以上。而据费振刚等《全汉赋校注》的辑录，今存两汉赋却只有319篇，其中可以判定为完篇或基本完整者约100篇，存目39篇，余为残篇。① 在汉赋作品十不存一的情况下，《韵补》中的汉赋佚句便显得弥足珍贵了，它对于我们全面认识汉赋、研究汉赋具有重要意义。当然，《韵补》所引赋句大部分已见于《史记》《汉书》《文选》《艺文类聚》诸书，但也有些句子似乎仅见于《韵补》。例如：汉崔骃《反都赋》，卷一"消"字注引16字："干弱枝强，末大本消。祸起萧墙，不在须臾。"同卷"巢"字注引16字："大汉之初，雍土是居。哀平之世，鸲鹆来巢。"卷二"饶"字注引20字："开鄘鄗之富，散紫苑之饶。践宜春之囿，转胡亥之丘。"卷五"遏"字注亦引16字："勒威赫斯，果秉其钺。如川之流，动不可遏。"合并一处，共有68字。又如三国魏陈琳《悼龟赋》，《韵补》卷一"阐"字注征引"探赜索隐，无幽不阐。下方太祭，上配青纯"，凡16字；"怨"字注征引"参千镒而不贾兮，岂十朋之所云。通生死以为量兮，夫何人之足怨"，凡26字；"韫"字注又征引"山节藻棁，既椟且韫。参千镒而弗卖兮，岂十朋之所云"，凡21字②。三处拼合，去其重复，乃得54字。又三国魏刘邵《赵都赋》，卷一"千"字注征引24字："宫妾盈兮数百，食客过兮三千。越信孟之卑体，慕姬旦之懿仁。"卷二"盘"字注引16字："牛首湡溟，波池潺湲。经络畴邑，诘曲萦盘。"同卷"烦"字注引12字："出云中，涉居延，径林胡，过楼烦。"同卷"披"字注引16字："布护中林，绿延陵阿。从风发曜，猗靡云披。"同卷"箫"字注引12字："击灵鼓，鸣籁箫。乘素波，镜清流。"合在一起，共80字。又如晋陆机《感丘赋》，卷一"仇"字注征引26字：

---

① 参见费振刚、仇仲谦、刘南平《全汉赋校注》，广东教育出版社2005年版。
② [宋]吴棫：《韵补》，《丛书集成初编》本，中华书局1985年版。以《中华再造善本》（金元编）影印元刻本参校，北京图书馆出版社2004年版。

"抨神爽以婴物兮,济性命而为仇。忘大暮于千祀兮,争朝荣于须臾。"卷二"夸"字注征引 26 字:"或趋时以风发兮,或遗荣而婆娑。或冲虚以后已兮,或招世而自夸。"同卷"奢"字注亦引 26 字:"或被褐以敦俭兮,或侯服以崇奢。或延祚于黄耇兮,或丧志于札瘥。"共 78 字。这些文字不见于宋以前的其他典籍,《韵补》对其有保存之功。

其他如《韵补》卷一"绳"字条征引三国魏陈琳《武库赋》(亦名《武军赋》)"陵九城而上跻,起齐轨乎玉绳。车轩辚于雷室,骑浮厉乎云宫",共 24 字;同卷"鹝"字条征引汉傅毅《洛都赋》"属蒲且以矰红,命詹何使沉纶。维高冥之独鹄,连轩鹫之双鹝",凡 24 字;同卷"绵"字条引魏文帝(曹丕)《闵思赋》:"神爽纷其暧昧,忧虑结而缠绵。迥夜旷其既祛,明星烂而曜晨",凡 24 字;同卷"径"字注引晋孙楚《韩王台赋》"卉木郁以成行兮,屯羽嘈以成群。剪榛楛以投迹兮,披笼丛以为径",共 26 字;卷二"单"字条引魏文帝曹丕《寡妇赋》:"北风厉兮赴门,食常苦兮衣单。伤薄命兮寡独,内惆怅兮自怜",前 12 字不见于他书;卷三"有"字条征引三国魏徐幹《齐都赋》"主人盛飨,期尽所有。三酒既醇,五齐惟醹","鲤"字条又征引该赋"三酒既醇,五齐惟醹。烂豕腯羔,包鳖鲙鲤",两处拼合,共 24 字;卷四"司"字条引三国魏王粲《酒赋》"酒正膳夫,冢宰是司。处濯器用,敬涤蕴馈",凡 16 字;同卷"汉"字条引三国魏繁钦《建章凤阙赋》"长唐虎圈,回望漫衍。盘旋昭峣,上刺云汉",凡 16 字;卷五"宿"字条引汉班彪《冀州赋》"遵大路以北逝兮,历赵衰之采邑。丑柏人之恶名兮,圣高帝之不宿",凡 26 字;同卷"骨"字注引晋吕安《髑髅赋》"令子飘零,露子白骨。夏冒时暑炎赫,冬载冰霜凄切",凡 20 字;同卷"气"字注引晋嵇康《寒食散赋》"当吐利之困患兮,守危殆而假气。喜乳哺之遂安兮,信众疾之日歇",凡 26 字,等等。

以上所列佚句大都仅见于《韵补》,在赋的辑佚方面具有不可替代的重要意义。① 由于韵书的特殊需要,所引赋句主要是供佐证声韵之用,因而多为四句或六句一引,很少超过 30 字者,这与《史记》《汉书》《文选》等全篇载录辞赋的情况不可同日而语。但散金碎玉,不可轻弃,其辑佚学价值是不言而喻的。

　　需要说明的是,《韵补》的语料来源较广。从其所征引的汉赋条目来看,不仅有散体大赋名篇如司马相如《子虚赋》(征引 11 条)、《上林赋》(27 条),班固《西都赋》(29 条)、《东都赋》(17 条),张衡《西京赋》(39 条)、《东京赋》(21 条),而且有很多不知名的小赋,如贾谊《旱云赋》(1 条),孔臧《鸮赋》(1 条),汉武帝《李夫人赋》(1 条),李尤《东观赋》(2 条),张超《诮青衣赋》(2 条),陈琳《大荒赋》(16 条),崔琰《述初赋》(1 条),等等,不少小赋佚文依赖《韵补》得以保存至今。据笔者统计,《韵补》征引的 447 条汉赋句子,涉及作品多达 90 余篇,这正是它的可贵之处。从以上资料不难看出,吴棫征引次数最多的汉赋作品依次是张衡《西京赋》、班固《西都赋》、相如《上林赋》,这以实践的方式表明了他对三篇大赋经典地位的高度认同。我们还发现,吴棫对建安作家陈琳推崇有加,征引陈琳《神女赋》《武军赋》《止欲赋》《大暑赋》《大荒赋》《迷迭赋》《玛瑙勒赋》《柳赋》《车渠碗赋》《悼龟赋》《答客难》等凡 11 篇,多达 45 条,远远超过同时代的曹植(7 篇 17 条)、王粲(4 篇 4 条)、繁钦(2 篇 3 条),而与汉赋大家司马相如(5 篇 45 条)、扬雄(5 篇 29 条)、班固(4 篇 55 条)基本相当。这反映了吴棫个人的阅读兴趣,也成为《韵补》在保存陈琳赋佚文方面超过其他典籍的重要原因。

　　其次,《韵补》征引的赋句或者已见于他书,但文字互有歧异,这为后人的校勘与研究提供了重要的异文资料。略举数例如下:

---

① 个别佚句又见于清人编纂的《康熙字典》《古今通韵》《叶韵汇辑》等书,这些书显然因袭《韵补》。

卷一"嶟"字条引扬雄《甘泉赋》："洪台崛其独出兮，撠北极之嶟嶟。"《文选》李善本同。《汉书·扬雄传》引该赋"崛"作"掘"，颜师古注引应劭曰："掘，特貌也。"今按：作"崛"是。《汉书》颜师古注曰："言高台特出，乃至北极，其状竦峭嶟嶟然也。"既言"高台特出"，便不应作"掘"。《说文·手部》："掘，搰也。"慧琳《一切经音义》卷七十八引《玉篇》："掘，谓以锹插发地也。"查"掘"字诸义，皆与"特出"无关，故知"掘"为讹字。而《文选》李善注亦引应劭语："崛，特貌也。"字恰恰作"崛"。《说文·山部》："崛，山短高也。"意思是山陡而高的样子。《玉篇·山部》："崛，特起也。"《文选》张衡《西京赋》"隆崛崔崒"李善注引《埤苍》亦曰："崛，特起也。"此外，宋王应麟《玉海》卷一百五十五、元祝尧《古赋辩体》卷四、明王志庆《古俪府》卷十一、郑朴辑《扬子云集》卷五、张溥辑《汉魏六朝百三家集·扬子云集》、清陈元龙《历代赋汇》卷四十七引此赋俱作"崛"，明邹德溥《郊禋赋》"洪台崛其独隆兮"一句典出于此，字亦作"崛"（《历代赋汇》卷四十八）。可见，《韵补》《文选》作"崛"为是，《汉书》讹作"掘"。

卷一"獢"字条引张衡《西京赋》："千乘雷动，万骑龙趋。属车之簉，载猃猲獢。""猲"，《文选》六臣本同，而李善本作"獫"。胡克家《文选考异》云："案：'獫'当作'猲'。茶陵本作'猲'，校语云：五臣作'獫'。袁本作'獫'，用五臣也。二本注中字，善'猲'，五臣'獫'，皆不误。"①考其文字，"猲""獫"为异体字，无所谓正误，故胡克家所言极是。但宋祝穆《古今事文类聚·续集》卷一、王应麟《玉海》卷七十九、明张溥《汉魏六朝百三家集·张衡集》、清陈元龙《历代赋汇》卷三十一皆引作"猲"。又《诗经·驷驖》："輶车鸾镳，载猃歇骄。"毛传："猃、歇骄，田犬也。长喙曰猃，短喙曰歇

---

① ［清］胡克家：《文选考异》卷一，载［南朝梁］萧统编，［唐］李善注：《文选》，中华书局1977年影印本，第845页。

骄。"其中"歇骄"即"猲獢"，短嘴猎狗。而李善注引《毛诗》正作"猲獢"，可见李善原本正文、注释皆当作"猲"，后人以五臣乱善，遂有此误。既然张衡此句源出《毛诗》，且有以上诸家所引异文为证，则张衡原赋当从《文选》六臣本和《韵补》作"猲"为是。

卷四"绂"字条引张衡《西京赋》："降尊就卑，怀玺藏绂。更旋间阎，周观郊遂。""更旋"，《文选》李善注本、五臣注本、六臣注本、《北堂书钞》卷二十、张溥《汉魏六朝百三家集·张衡集》、《历代赋汇》卷三十一俱作"便旋"。《广雅》卷六："徘徊，便旋也。"《类篇》卷五、《集韵》卷二、《古今韵会举要》卷四、《音韵阐微》卷二同。则"便旋"犹回旋，"便旋间阎"谓在间巷之间徘徊，于义颇佳。但综观此四句，皆两两相对："降尊就卑"与"怀玺藏绂"句中自对，"间阎"与"郊遂"名词相对①，"更旋"与"周观"当然也应该对仗。"旋"和"观"动词相对，"更"和"周"副词相对，真可谓天衣无缝了。张衡赋中多用对仗，如《归田赋》"仲春令月，时和气清""仰飞纤缴，俯钓长流"之类。所以，"便旋"当从《韵补》作"更旋"，"更旋间阎，周观郊遂"谓（微服私访的）天子又到闾里小巷中徘徊，广泛观览远郊之外的景色。

最后，《韵补》引赋偶有阙误，利用时需要加以甄别考辨。如卷一"厓"字条引扬雄《甘泉赋》："樵蒸焜上，配藜四施。北爌幽都，南炀丹厓。"查《汉书·扬雄传》和《文选》卷七，"配藜四施"下有"东烛沧海，西耀流沙"八字，《韵补》夺之。同卷"旒"字条引扬雄《甘泉赋》："腾清霄而轶浮景兮，夫何旄旐之旖旎。流星旄以电爥兮，咸翠盖而鸾旗。""旒"字下夺"郅偈"二字。卷四"贝"注引司马相如《子虚赋》："浮文鹢，扬旌栧。罔瑇瑁，钩紫贝。"同卷"栧"字注同。查《史记·司马相如列传》《汉书·司马相如传》和《文

---

① 李善注："闾，里门也。阎，里中门也。"《周礼·春官·肆师》："〔肆师〕与祝侯襘于畺及郊。"郑玄注："远郊百里，近郊五十里。"《礼记·王制》："不变，移之遂，如初礼。"郑玄注："远郊之外曰遂。"则闾阎、郊遂皆为联合式名词短语。

选》卷七,"扬旌栱"下夺"张翠帷,建羽盖"六字。又,卷一"橦"字条引张衡《西京赋》"乌获扛鼎,都卢寻橦。冲挟燕濯,胸突铦锋",句中"挟"字,《文选》李善本、六臣本、《艺文类聚》卷六十一等皆作"狭"。薛综《西京赋注》云:"卷簟席,以矛插其中,伎儿以身投,从中过。"即杂技中的穿刀圈。因为缝隙狭窄,速度极快,故称"冲狭",《韵补》因字形相近而讹作"挟"。卷四"沛"字条引扬雄《甘泉赋》:"云飞扬兮雨滂沛,子胥德兮丽万世。"通行本"子"作"于"。《汉书·扬雄传》颜师古注曰:"于,曰也。胥,皆也。丽,美也。"《文选》卷七《甘泉赋》李善注曰:"言恩泽之多,若云行雨施,君臣皆有圣德,故华丽至于万世也。《毛诗》曰:'于胥乐兮。'郑玄曰:'于,於;胥,皆也。'丽,光华也。"既然《甘泉赋》此语源出《诗经·有駜》,字当作"于"为是,《韵补》因形近而讹作"子"。当然,我们不必将这些错讹全部归咎于吴棫本人,很可能系后人传抄所致。据清张穆《重刻吴才老〈韵补〉缘起》,《韵补》至清代流传已稀,"虽有刻本,而荒芜潦草,未惬雅观","搜借各家刻本、写本及大兴刘侍御所藏汲古阁景宋本,大抵讹谬踵仍,各家本、毛本皆不足据。"①可见该书在传抄、刻印过程中错讹颇多,幸有清人及时抢救、整理,才得以流传至今。所以,我们应该珍视《韵补》,在对其文字进行仔细考辨的基础上,充分挖掘其在音韵学、诗学、赋学领域中的价值,这不仅能够拓宽文学研究的视野,对于融通语言学研究和文学研究之间的关系也有一定意义。

附记:原载《古籍整理研究学刊》2011 年第 2 期。

---

① [清]张穆:《重刻吴才老韵补缘起》,载[宋]吴棫:《韵补》卷首,《丛书集成初编》本,中华书局 1985 年版,第 1—2 页。

《会稽三赋》的注本和版本

《会稽三赋》是赋史名篇,也是中国方志史上的名作,具有不可忽视的文学价值和地方文献价值,被《四库全书》收入史部地理类。作者王十朋(1112—1171),字龟龄,号梅溪,温州乐清(今属浙江省)人,南宋高宗、孝宗时期著名的政治家、文学家、教育家。曾在故乡梅溪讲学,后入太学,主司异其文。绍兴二十七年(1157)中进士第一,被擢为状元,历任绍兴府签判、秘书郎、著作郎、起居舍人,知饶州、夔州、湖州、泉州等地,后除太子詹事,以龙图阁学士致仕。他在政治上力主北伐,受到主和派排挤;出任地方官时,救灾除弊,政绩卓著,时人绘像而祠之。卒年六十,谥曰忠文。一生著述颇丰,后人辑有《梅溪王先生文集》(前集诗,后集文)54卷,计有诗约1700篇、赋7篇、奏议46篇。《宋史》有传。

三赋乃王十朋担任绍兴府签判时所作。绍兴古名会稽,秦代始设会稽郡,两汉、三国、两晋、南北朝因之;隋大业中改为越州,唐、五代、北宋因之;南宋绍兴元年(1131)升越州为绍兴府,治山阴、会稽两县。《宋史·地理志》云:"绍兴府,本越州,大都督府,会稽郡,镇东军节度,大观元年升为帅府。旧领两浙东路兵马铃辖,绍兴元年升为府。……县八:会稽、山阴、嵊、诸暨、余姚、上虞、萧山、新昌。"①其中《会稽风俗赋》作于绍兴二十八年戊寅（1158），赋中假设子真、无妄先生、有君三人之问答，历叙会稽郡的山峦、水脉、物产、人物、古迹，上溯勾践、禹、舜，下及当代名贤，充溢着对会稽优秀文化传统的颂扬，赋末还表达了对南宋王朝"复侵疆而旋京阙"的期盼。该赋内容丰富，体制恢宏，纵横捭阖，最为脍炙，是古代散体大赋的杰作。《民事堂赋》亦作于戊寅（1158）冬季，表达了作者心系百姓、关心民瘼的情怀。《蓬莱阁赋》稍晚于前二赋，记叙登临蓬莱阁的所见所感，对历史人物进行怀思与评议，抒发了深沉的感慨，赋末则表达了对一代贤相范仲淹的倾慕。

《会稽三赋》在宋代就有很大影响，出现了周世则注、史铸补注本，明代又有南逢吉注、尹坛补注本，后者在明清时期十分流行，翻刻不衰。最早关注《会稽三赋》版本问题的是周作人先生（1885—1967），他于1915年撰文介绍《会稽三赋》云："湖海楼刻周、史注，会稽章氏刻南、尹注，皆颇佳；唯今陈板闻已毁，章板亦不知存否。《三赋》一书，唯于旧书肆中偶一遇之，已鲜新本可得；尺木堂刊本虽粗，今亦少见矣。"②1932年撰写的《题〈会稽三赋〉》又云："案《会稽三赋》注通行有两本。甲，一卷本，宋周世则、史铸注，有史序，萧山陈氏、山阴杜氏均有重刊本。乙，四卷本，明南逢吉、尹坛注，有南跋，凌弘宪、陶望龄序，天启中吴兴凌氏刊朱墨印本。"③两段文字，已经涉及该书的5种版本。周作人先生作为绍兴人，对于乡邦文献倾力收藏，用情独深，亦在情理之中。另一位绍兴籍学者陈桥驿先生（1923—2015）所撰《绍兴地方文献考录》一书，对《会稽三赋》在明清时期的著录情况有详尽介绍，涉及版

---

① ［元］脱脱等：《宋史》卷七，中华书局1985年版，第2174页。
② 启明（周作人）：《会稽三赋》，原刊《绍兴教育杂志》第5期，1915年3月。
③ 周作人：《知堂书话》下，岳麓书社1986年版，第743—744页。

本甚夥①。经笔者查考,目前北京大学图书馆藏有《会稽三赋》的10种版本,共12套;而国家图书馆则藏有该书的16种版本,共23套,尤可见出该书在古代士人心目中的地位,不独为绍兴人所珍秘也。本文拟对《会稽三赋》的版本情况略作介绍,并将两馆所藏诸本进行归纳、梳理,试图揭示三赋在宋元明清时期被解读和传播的情况。

一、宋周世则注,史铸补注本(一卷本,唯四库本三卷)

周世则,南宋绍兴府嵊县人,生平不详。史铸,字颜甫,号愚斋,南宋绍兴府山阴县人,著有《百菊集谱》7卷;另外存诗122首,有《艾菊》《白菊》等。据史铸《会稽三赋序》,其完成补注的时间当为嘉定十年丁丑(1217),在王十朋卒后约四十年间。

周世则仅仅注释了《会稽三赋》的第一篇《会稽风俗赋》,但襜褛开疆,功不可没。明代的南逢吉注,即是对周世则注的合并与改造,详见下文。周注之体例效法《文选》李善注,以征引代替诠释,因而保留了大量的第一手文献资料。比如《会稽风俗赋》"越于九域,分曰扬州。仰瞻天文,度当斗牛。在辰为丑,自夏而侯"一段,周注就征引了《尚书·禹贡》《周礼》《图经》《史记·越王勾践世家》《汉书·地理志》《晋书·天文志》、白居易诗等7种文献,大约二百字的篇幅,内容十分丰富,并且备载出处,体例完善,有重要史料价值。当然,也有直接解释的文字。例如"郡于秦汉"句,周注便撮述《史记》《汉书》的相关记载,略作介绍:"秦始皇灭荆,置会稽郡。汉以地属吴国。景帝诛吴王,复为会稽郡。"寥寥数语,会稽置郡及变迁情况便一目了然。不过,这类文字相对较少。当然,周注偶尔还会进行辨字、注音,如"瀼天门兮墼户"注:

---

① 陈桥驿:《绍兴地方文献考录》,浙江人民出版社1983年版,第24—26页。

"墬,籀文'地'。""号天下之无尐"注:"尐,渠尤切,匹也。"

史铸对《会稽风俗赋》的周世则注进行了增注,又注释《民事堂赋》《蓬莱阁赋》2篇,三赋合并刊刻,遂成完璧,其于三赋之功,当不亚于周氏矣。史铸序云:"窃惟《风俗》一赋,虽有剡溪周君之注,唯以表出山川事物为意,而公之文章,以经史百家之言盘屈于笔下者,殊未究其根柢。"又云:"凡读之者,尝患乎奇字之为梗,从而为释音,区布于句读之下,庶几不俟讨论,可以助眼过电,而口倾河也。"①可知其对《风俗赋》的增注,主要在两个方面:揭示语源,辨字注音。例如"分曰扬州"句,史铸增注引李巡注《尔雅》曰:"江南之气躁劲,厥性轻扬,故曰扬州。"②"仰瞻天文"句增注引《易·系辞》曰:"仰以观于天文。"前者指出扬州得名由来,后者揭示语源,皆有为而发,有助于阅读。又"其山则郁郁苍苍,岩岩嵬嵬,磅礴蜿蟺"诸句,增注曰:"韩文《送廖道士序》:'郴之为州,在岭之上,又当中州清淑之气,蜿蟺扶舆,磅礴郁积。'注云:'皆气积之貌。'又引《选》云:'虬龙腾骧以蜿蟺。'沈佺期《西岳诗》云:'磅礴压洪源。'磅礴,上音滂,又披庚切,下音薄。磅礴,犹混同也。蜿蟺,上于元、于阮二切,下市衍切。五臣注《灵光殿赋》:'蜿蟺,盘屈皃。'"征引韩愈散文、沈佺期诗歌、《文选》赋及相关注释,资料丰富,便于研究,但对于初学者而言,未免显得冗长。至于后二赋之注释,亦大致如此。因《民事堂赋》与《蓬莱阁赋》由史铸单独注释,一空依傍,更可显见其开拓之功。

周、史注本最早刻于宋代,当时即广泛流传,至今犹有宋刻元

---

① [宋]王十朋撰,[宋]周世则、史铸注:《会稽三赋》卷首,《中华再造善本》影印宋刻元修本。

② 此条当取自宋乐史《太平寰宇记》卷一二三"淮南道·扬州"条引《尔雅》曰云云。今按:今本《尔雅》无此句,当出自李巡《尔雅注》。《晋书》卷十五《地理志》,宋陈彭年《广韵》卷二"扬"字条引李巡曰,宋祝穆《方舆胜览》卷一"两浙转运置司"条引《图经》、卷十四引《元和郡县志》,宋刘昌诗《芦浦笔记》卷四引《广陵志》,《通典》卷一百八十一"古扬州"条,皆征引此句,用语略同。

修本传世,可见其被珍爱的程度。明代有大黑口本,刻印时间不详,但清四库全书本即据此本抄录,又巩固了该本的地位。至于清嘉庆湖海楼重刻,道光杜春生摹刻,近年中华再造善本又彩色影印,更促进了周、史注本的流传。现将诸版本基本情况介绍如下:

(一)宋刻元修本(有顾千里钞补)

国家图书馆善本部藏。原书不可见,亦未见胶卷,现据中华再造善本原大影印本著录如下:本书不分卷,凡2册,书高28.5厘米,宽20厘米,衬页钤有"海源楼"章。

首史铸序3叶,序首钤有"汪士钟印"(阴文)、"阆源真赏""北京图书馆藏"章,序末钤有"绍和协卿"(阴阳章)、"聊摄杨氏宋存书室珍藏""晴佳吟馆""澄印"(阴文)、"镜汀"章。以下为正文。左右双边,

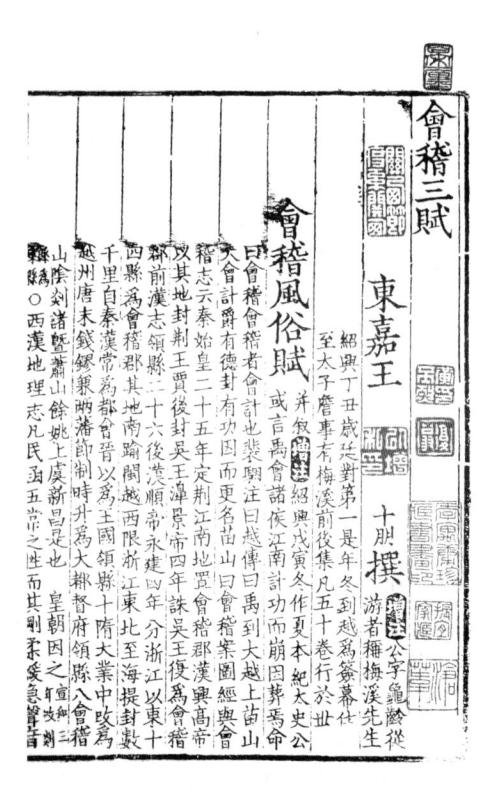

《会稽三赋》,宋刻元修本

白口,无鱼尾,半叶9行,行18字,小字双行每行约30字。版框高24.7厘米,宽17.1厘米。首行顶格刻"会稽三赋"4字;第二行空五格刻"东嘉王十朋撰",下为双行小字,以阴文"增注"2字领之;钤有"百宋一廛""关西节度系关西"(阴文)、"黄丕烈印"(阴文)、

"复翁"(阴文)、"以增私印"(阴文)、"季寓庸珍藏书画印""振宜家藏""沧苇"诸印。第四行空三格刻"会稽风俗赋(并叙)",下有阴文小字"增注",以下皆双行小字。再下刻"剡溪周世则注,郡人史铸增注(并撰释音附入)"。版心刻"三赋"和页码,版心上方刻本版字数。

《会稽风俗赋》凡37叶,基本完整,赋末钤有"杨绍和读过"(阴文)、"东郡杨氏宋存书室珍藏"(阴文)、"世德雀环子孙洁白"诸印。《民事堂赋》署为"愚斋处士注",首叶钤有"宋存书室"(阴文)、"协卿珍赏"(阴文)2印;本赋共5叶(第38—42叶),赋末钤有"杨绍和读过"(阴文)印。《蓬莱阁赋》亦署"愚斋处士注",首叶钤有"宋存书室珍藏"、"杨绍和审定"(阴阳)2印;本赋共8叶(第42—50叶),赋末钤有"汪士钟印"(阴文)、"阆源真赏""士礼居""荛圃卅年精心所聚"(阴文)、"东郡杨绍和字彦合藏书之印""东郡杨氏宋存书室珍藏"(阴文)。据以上藏印,可考定此书收藏源流如下:

明季振宜(号沧苇)——清汪士钟(字阆源)——清黄丕烈(号荛圃,又号复翁)——清聊城杨以增(字益之)、杨绍和(字彦合)父子——民国吴熙曾(字镜汀)——北京图书馆

书末附页有清人黄丕烈题跋一通,全文如下:"宋刻《会稽三赋》,余所见有三本。此本得诸东城顾八愚家,首尾皆有残阙,每以无从补录为恨。后于五柳居书肆见一本,印已胡涂,纸多裱托,因未购之,卒归余友顾抱冲。既访得八愚之兄五痴亦有是书,遂假以对勘,其中阙叶俱可补录。爰取旧纸,倩馆师顾涧苹手影足之。其弟四十九叶系五痴本所重,丐主人赠余,顿成完璧。命工装池,俟他日有更好于五痴本者,俾书中缺字一一补录,不亦快乎!嘉庆元年冬至前四日,棘人黄丕烈识。"可知该书最初

购自顾八愚家,有阙叶,后又从顾五痴处借得一部对勘,请馆师顾千里(涧苹)进行抄补,终成完璧。黄丕烈爱书之情,充溢于字里行间。

(二)明刊大黑口三鱼尾本

国家图书馆善本部藏本,索书号:14054(胶卷)。此本首史铸序(残),次绍兴府图,次正文。四周双边,大黑口,三黑鱼尾,半叶11行,行21字,小字双行同。首行刻"会稽三赋"4字;第二行刻"东嘉王十朋撰",下为双行小字,以阴文"增注"2字领之;第五行刻"会稽风俗赋(并叙)",下有阴文小字"增注",以下皆双行小字。再下刻"剡溪周世则注,郡人史铸增注(并撰释音附入)"。实据宋刻本重刊,文字基本相同,而版式稍异耳。上鱼尾之下刻"会稽三赋"4字,中鱼尾和下鱼尾之间刻页码。全书凡51叶,其中《会稽风俗赋》38叶,《民事堂赋》第39—43叶,《蓬莱阁赋》第44—51叶(第51叶为抄补)。不分卷。

又,北京大学图书馆藏本,索书号:LSB/56。原书凡1函1册,摄为一卷,前接《蔡中郎集》。著录如下:"会稽三赋三卷,宋王十朋撰,周世则注,史铸增注。明刊黑口本,四库底本。一册一函。卷中、卷下用钞本配补。袁漱六旧藏。"据国图藏本,可知此处"三卷"当为"一卷"之误。由于此本首尾皆残,藏者据四库全书本抄补了卷中《民事堂赋》和卷下《蓬莱阁赋》,故误为三卷也。另外,将史铸序抄在书末,题为《会稽三赋原跋》,亦不妥。钤有"麐见馆印""古潭州麓□□□□藏""北京大学藏"等印。

(三)清乾隆四十六年(1781)《文渊阁四库全书》本(三卷本)

此本凡三卷。原书藏台北故宫博物院,不可见,据影印本介绍如下:共1册,书衣题签:"钦定四库全书(史部/会稽三赋,卷上至下）。"首四库馆臣《提要》，下为正文。半叶 8 行，行 21 字，小字双行同，四周双边，白口，单黑鱼尾。卷端题"钦定四库全书，会稽三赋卷上，宋王十朋撰"，第四行空一格刻"会稽风俗赋（周世则注，史铸增注）"，下为小字题解，再下为正文。卷中、卷下格式相同，题"会稽三赋卷中，宋王十朋撰，民事堂赋（史铸注）"、"会稽三赋卷下，宋王十朋撰，蓬莱阁赋（史铸注）"，最后附《会稽三赋原跋》（即史铸序）。内容与次序皆与明刊黑口本同，实以后者为底本。但后者本为一卷（详见上条国家图书馆藏本），四库本却厘为三卷。

（四）清嘉庆十七年壬申（1812）萧山陈氏湖海楼刻本

国家图书馆普通古籍阅览室藏，索书号：113654。本书 1 函 1 册，不分卷，书高 24.2 厘米，宽 15.5 厘米。封面叶刻有："重雕宋本会稽三赋，嘉庆壬申七月萧山陈氏湖海楼藏版。"首史铸序 2 叶，钤印"国立北平图书馆珍藏"，下为正文。半叶 10 行，行 20 字，小字双行同。左右双边，大黑口，无鱼尾，版心刻"三赋"2 字，版心下方刻有小字"湖海楼雕本"5 字。版框高 17.3 厘米，宽 13.5 厘米。卷端题："会稽三赋，东嘉王十朋撰。"三赋分别题为"会稽风俗赋，剡溪周世则注，郡人史铸增注（并撰释音附入）""民事堂赋，郡人史铸注""蓬莱阁赋，郡人史铸注"。其中大字为王十朋赋正文，双行小字为注释。《会稽风俗赋》的小字注释，不加"增注"的部分为周世则注，"增注"之下为史铸增补的注释。封三印有紫色楷书 3 行："廿七年三月廿三日，王□泰先生赠送，5182"，可知该书于 1938 年入藏北图。

又，北京大学图书馆藏本，索书号：X/9100/3234/32。凡 1 册，为《湖海楼丛书》32 种之一。书末附有汪继培、陈书跋语 1 叶，版心刻"三赋跋"。

(五)清道光十五年(1835)山阴杜春生摹刻宋本

国家图书馆普通古籍阅览室藏,索书号:105077。本书1函1册,不分卷。开本阔大,书高31.7厘米,宽20.8厘米(金镶玉式修复)。内封A面刻有:"会稽三赋,皖桐吴廷康题于鉴舫";内封B面印有牌记2行:"道光乙未中秋土月,山阴杜氏仿宋刊本。"首史铸序3叶,下为正文。左右双边,白口,无鱼尾,半叶9行,行18字,小字双行每行约30字。版框高24.2厘米,宽17.3厘米。版式与宋刻本全同,不赘。卷末附有杜春生跋半叶,最后是《宋本三赋勘误》2叶。书中有墨印"张廷枚印""惟言""朱之赤印""正气堂""小云巢主沈复粲手摹"等,朱印"苦雨斋藏书印""会稽周氏""浙西何氏白英收藏印""北京图书馆藏"等。

按:苦雨斋,周作人藏书斋。周作人是浙江绍兴人,鲁迅(周树人)之弟。原名櫆寿(后改为奎绶),字星杓,又名启明、启孟、起孟,笔名遐寿、仲密、岂明,号知堂、药堂、独应等。曾任国立北京大学教授、燕京大学新文学系主任、"新潮社"主任编辑,为"文学研究会"发起人之一,与鲁迅、林语堂、孙伏园等创办《语丝》周刊,任主编和主要撰稿人。后担任北平世界语学会会长。1939年被日伪利用,抗战胜利后被南京政府判处有期徒刑。1949年后主要从事翻译和写作工作。其藏书钤有"会稽周氏""苦雨斋藏书印""知堂收藏越人著作"等,多被国家图书馆收藏。

除了《文渊阁四库全书》本外,周、史注本皆不分卷。四库本篇各为卷:卷上为《会稽风俗赋》,凡49叶(另附补遗1叶);卷中为《民事堂赋》,凡7叶;卷下为《蓬莱阁赋》,凡10叶。虽然眉目清晰,但各卷内容多寡不一,显然失衡。此系四库馆臣擅自分割,有损周、史注本之原貌。

周、史注本的版本源流表

```
宋刻元修本 ──→ 明刊大黑口11行本 ──→ 清乾隆间文渊阁四库全书本，8行本
         ├───────────────────→ 清嘉庆十七年湖海楼刻本，10行本
         └───────────────────→ 清道光十五年刻本，9行本
```

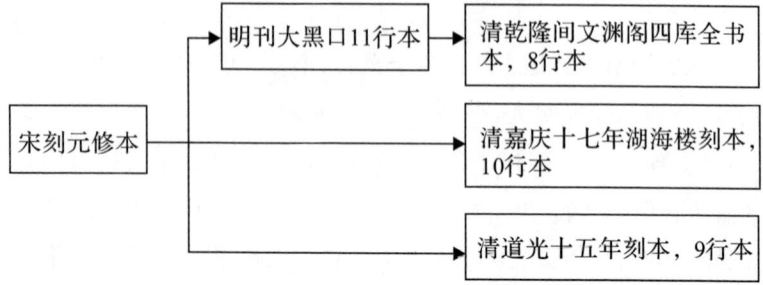

二、明南逢吉校注本（一卷本）

南逢吉(1494—1574)，字元贞，一字元命，号姜泉，陕西渭南人，曾师事王守仁。明嘉靖十七年(1538)进士，授礼部主事，历保宁、归德知府，官至山西按察副使，触忌罢归。著有《姜泉集》《越中述传》等。据其兄南大吉《刻会稽三赋序》，南大吉于嘉靖二年(1523)以户部郎中出任绍兴府知府，读《会稽三赋》，以为"其事该而核，义严而正，虑深而远，皆为政者之所当知"，但旧注"牵合纰缪，而弗可尽据"，于是命其弟南逢吉重注三赋，注成刻之①。时逢吉年仅27岁。

《会稽三赋》南逢吉注，乃是将宋人周世则、史铸二家注进行合并删改而成，但在体例上有较大调整。周、史注释义详尽，资料丰富，但常常每两句一注，有时甚至句句加注，注文紧接在正文之下，以小字排印。这当然便于比较，但由于注文穿插在正文之中，读起来颇病割裂。南注本为了读者阅读的方便，将正文大段刻印，而将注释集中在正文之后。例如《会稽风俗赋》，将"越于九域……号天下之无公"一段大约一百字正文集中刻印，读起来十

---

① ［宋］王十朋撰，［明］南逢吉校注：《会稽三赋》卷首，明嘉靖二年(1523)南大吉刻本。

分酣畅。对于注中文字,南注本也进行了归并与修改。首先,南逢吉将分散在各句之下的辨字注音集中在一起,以小字刻印,并且有所增补。例如,上引"越于九域"一段下以小字排印:"矦,古文侯。使去声。谬音留。种,章勇反。蠡音礼。峙音豸。瀷省作法。墬,籀文地。厹音仇。"(原注仅注矦、墬、厹3字,其余6字为南氏增补)其次,对于注释文字也加以合并,低一格以大字刻印,以便与正文相区别。为了与正文相对应,释文前往往加上提示语,如:"越于九域属扬者,《禹贡》曰……天文当牛斗之度,在丑辰者,……侯于夏者,……郡于秦汉者,……霸于春秋者,……"这些调整颇有利于一般读者的阅读与思考,体例上也往往略去出处,直接撮述大意,因而语言简明,流畅自然。南注本在明清时期广为流传,几乎取代了周、史注本。

  对于周、史二家注,南逢吉有删有增,亦有润色修改。以"越于九域……号天下之无厹"一段为例,南注删除周注3条(白乐天诗、元微之诗、《春秋经》各一条)、史铸注3条(《周礼》《尔雅》《易》各一条),使得注文更为精炼、纯粹。增加的内容有3处:1."廓蠡城而外周",南注:"廓,开也,故《释名》曰:'郭,廓也,廓落在城外也。'蠡城,范蠡所筑之城也。"2."龙楼翼而乾峙,石窦伏而巽流",南注:"乾,西北方也;巽,东南方也。"3."瀷天门兮墬户"南注:"不敢壅塞内以取吴,故缺西北而吴不知也。"无不准确、简洁,堪补周、史注之遗漏。当然,还有一些注释来自周、史注,但文字上有一些改动。例如"自夏而矦"句,周世则注曰:"《史记·越王句践》:'其先禹之苗裔,夏少康之庶子也,封于会稽,以奉禹祀。'《图经》:'封少子无余于越,是为越侯。'"而南注云:"侯于夏者,夏少康封少子无余于越,是为越侯也。"在此,南注将周注中的两条材料融会一处,凝练为19字,语言简洁,不枝不蔓。正因为南注有这么多优点,所以才得到后人青睐,出现了评点本、增注本等多种形态。

单纯的南注本，笔者见到两种版本，介绍如下：

（一）明嘉靖二年（1523）南大吉刻本

北京大学图书馆藏本，索书号：16686（胶卷）。原书凡 2 册，书衣有墨笔题记："会稽三赋，宋王十朋撰，明南逢吉校注，明嘉靖二年绍兴刊本。茉微藏。"并钤有"李盛铎印"一枚。今按：李盛铎（1859—1934），字义樵，又字茉微，号木斋，别号师子庵旧主人、师庵居士等，晚号麂嘉居士。德化县（今江西省九江市）人。清光绪十五年（1889）乙丑科榜眼，晚清、民国政要，著名藏书家。其藏书多被北京大学收藏。

首南大吉《刻会稽三赋序》2 叶，次《宋史王龟龄传略》3 叶，次南宋绍兴府图、图说 3 叶，下为正文。半叶 10 行，行 21 字，小字双行同，白口，四周单边，无鱼尾。版心刻书名和页码。卷端题"会稽三赋，宋东嘉王十朋撰，明渭南南逢吉校注"。正文凡 69 叶。书末附南逢吉《叙注会稽三赋》1 叶。另外附南大吉《远期篇》3 叶，乃七言诗也。《远期篇》篇末署："嘉靖□年春三月丙寅吉书，后学张士

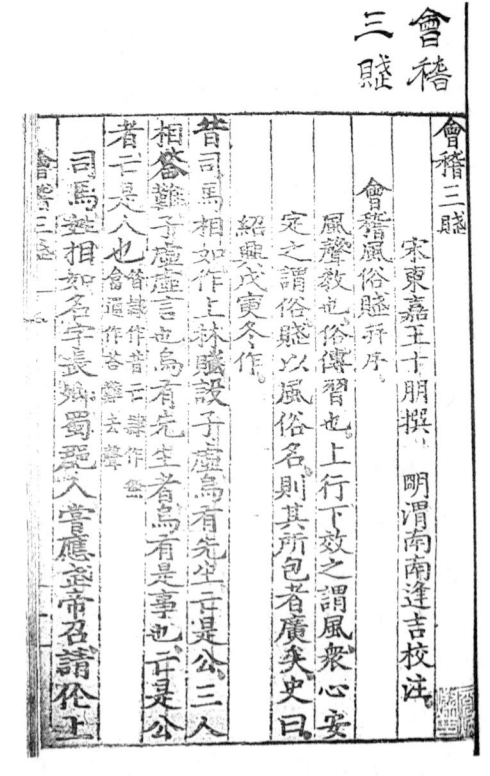

《会稽三赋》，明南大吉刻本

佩刻附。"此语乃是交代《远期篇》一文的书者(南大吉)、书写时间(嘉靖□年春三月丙寅)和刻工(张士佩),加一"附"字,显然并非针对全书。而北京大学图书馆编目员据此认定《会稽三赋》为张士佩刻本,不妥。由于南大吉序作于明嘉靖二年(1523)冬十月有九日,并且序中有"比其成也,取而览之……乃遂刻之,俾传之永久"之类的话,故将其定为嘉靖二年南大吉刻本。钤有"麇嘉馆印""木犀画藏书""北京大学藏"等印。

又,国家图书馆善本部藏本,原书一册,摄为一卷,索书号:16686。版式与北大本同,唯阙《本史王龟龄传略》3叶、《南宋绍兴府图》(含图说)3叶,正文阙第8叶,书末阙南逢吉《叙注会稽三赋》1叶。钤印"祝炳灿印""北京图书馆藏"。

南大吉(1487—1541),字元善,号瑞泉,陕西渭南人。明正德六年(1511)进士,历官户部主事员外郎郎中。嘉靖二年(1523)出任绍兴府知府,锄奸兴利,政尚严猛,善任事,不避嫌怨。浚郡河,修禹庙,建稽山书院,刻王守仁之《传习录》,受谗罢归。著有《瑞泉集》《少陵纯音》《绍兴志》《渭南志》等。

(二)明末刻本

国家图书馆善本部藏,原书一册,索书号:03757(胶卷)。首《本史王龟龄传略》(有抄配)、《南宋绍兴府图》《图说》凡6叶,下为正文。半叶9行,行20字,小字双行同,白口,左右双边,无鱼尾。卷端题"会稽三赋,宋东嘉王十朋撰,明渭南南逢吉注"。正文大字顶格,分段刻印;注音、释义皆为双行小字,紧接在正文之下,中间用"〇"隔开。凡45叶。书末有跋语2行:"崇祯丁丑闰四月,收自吴阊,舟过娄东,止旅社阅此。盛暑,稽舟五日,以备□使者对簿也。子牧识。"可知该书为明崇祯十年丁丑(1637)以前刻本。

三、明南逢吉注,明尹坛补注本(四卷本,唯彭富本一卷)

南注本虽然是整合旧注、略加增删而成,但由于体例完善,语言简明,而颇受下层士人欢迎。该书问世后不久,便有尹坛为之补注。尹坛,明末绍兴府上虞县人,生平不详。据《中华尹氏通志》,尹坛曾于明嘉靖二十九年(1550)撰写《浙江上虞慈溪尹氏会修宗谱序》,可见亦为嘉靖年间人。

宋人史铸为周世则注作增补,皆附于周注之后,前标"增注"二字,以示区分。而尹坛为南注本作补注,则将补注的内容直接嵌入南注之中,不加任何标记,倘若不逐字逐句地进行核对,就很难发现哪些是南逢吉注,哪些是尹坛的补注。周作人先生甚至误以为南注"本来如此",而忽略了尹坛的补苴之功。例如"因种山而中宅,廓蠡城而外周"句,南、尹注云:

> 种山,一名重山,即今卧龙山也。越王葬文种于此山之西,故名。《望海亭记》云:"山周连数里,盘屈于江湖上,状卧龙也。龙之腹,府宅也;龙之口,府东门也;龙之尾,西园也;龙之脊有望海亭也。"《吴越春秋》:"葬文种于山西,一年,伍子胥从海潮穿山胁而持种去,与之俱浮于海,今西山有缺处是也。"廓,开也,故《释名》曰:"郭,廓也,廓落在城外也。"蠡城,范蠡所筑之城也。会稽治山阴以来,此城即为郡城。

其中加着重号的部分为尹坛补注,其余为南逢吉原注,南注、尹注已经浑然一体,不可区分。仔细考察,尹坛补注的内容主要有两个方面:1. 恢复被南逢吉摒弃的周、史注内容。例如:"分曰扬州"句,尹坛补注:"《尔雅》曰:'江南之气躁劲,厥性轻扬,故曰扬州。'"此条材料出自史铸增注,本为南逢吉摒弃,尹坛加以恢复,旨在交代扬州之所以得名。又"舒为屏障,峙为楼台"句,尹坛补注:"元稹《州宅》诗曰:'四面无时不屏障,一家终日在楼台。'"这条材料亦出自史铸增注(唯将"对"改为"不",当另有所据),可以揭示"舒为屏障,峙为楼台"句的语源,故予以恢复。2. 新增内容,主要介绍古地名在后来的沿革与变化。例如"州于隋而使于唐"句,尹坛补注:"故治所称州宅。至高宗时,方升为府。"又"龙楼翼而乾峙,石窦伏而巽流。瀍天门兮墬户,唯昆仑兮是侔"句,尹坛补注:"此勾践时制也。今城隋越国公杨素建,周遭四十五里。"将会稽郡由越州到绍兴府的沿革、会稽城的建造年代及其规模进行了必要的交代,便于读者在理解赋句内涵的基础上进行古今对比,更深刻地认识古越文化的源远流长。当然,亦有将恢复旧注与新增内容拼合一处者。如上引"因种山而中宅,廓蠡城而外周"句,尹坛补注(加着重号部分),《吴越春秋》云云取自周世则原注,而《望海亭记》云云为尹坛新补,古籍新篇,前后辉映,并且为下文"龙楼翼而乾峙"句作铺垫。

总之,尹坛的补注虽然内容有限,并且淹没在南注之中,很难辨识,但大都有所取资,也有助理解,故长期以来与南注合并刊行,风靡于明清两代,而单纯的南注本则罕见流传。就连热衷于搜集乡邦文献的周作人先生,也没有见到单纯的南注本。下面即对南、尹注合刻本的存留情况介绍如下:

(一)明天启元年(1621)凌氏刻朱墨套印本(有陶望龄批点)

此本凡4卷,国家图书馆善本部藏。原书4册,摄为一卷,索书号:19282。首凌弘宪《陶石篑评会稽三赋叙》5叶(行书,5行12字);次陶望龄《会稽三赋叙》3叶,钤有"会稽周氏"楷书章;次《本史王龟龄传略》《南宋绍兴府图》《图说》8叶(有朱色眉批、末批),

下为正文。半页8行,行18字,小字双行同。四周单边,白口,无鱼尾,无界行。版心刻书名、卷数、篇名简称和页码。卷端题"会稽三赋卷之一,宋东嘉王十朋撰,明渭南南逢吉注,上虞尹坛补注,会稽陶望龄评"。正文大字顶格,分段刻印;注音为双行小字,紧接在正文之下;释义另起一行,大字,低一格刻印。钤有"苦雨斋藏书印""北京图书馆藏"等印。

本书最大特色在于,各赋皆有眉批和总批。例如《会稽风俗赋》卷首眉批云:"何土无风俗?而赋会稽,便可想见禹迹。"指出了该赋的特殊性。又赋序眉批:"援虚证实,发议委婉。""卢橘、黄甘,亦不忝于上林,上林亦未必无此。""似不取相如之谲,而于相如却有深理会。"理解颇为深刻。正文"越于九域,分曰扬州"句眉批:"眉段精核,金石初宣。""其山则郁郁苍苍,岩岩嵬嵬"一段眉批:"居此间者习而不察,察而不能言,自非超世襟期,旷世才逸,多负此山。"这是抒发个人感想。但眉批并不限于正文,对于南逢吉注也多有批点。例如"廓蠡城而外周"句南注征引《吴越春秋》伍子胥事,陶氏眉批云:"阴风击浪,白马东来,千载而下,令人毛发都竖。嘻,壮哉!"此外,书中多处施以圈点。如"郁郁苍苍"一段,加点;"若骞若奔"一段,加圈。注释文字也在圈点之列。例如尹坛补注引元稹《州宅》诗,右侧加圈,又在天头作批云:"描写应接不暇,许多光景。千秋骚雅,采在志中者,尚不十之一,夫岂寸纸之所能宣哉?"

今录三赋之总批(朱色末批)如下,以供参考:1. 总批《风俗赋》:"首赋典雅精核,庄整骈丽,真称杰作。末二赋寄慨抒怀,亦复宛转流利,荡然可观。其不能方汉魏诸名士,则所谓时代压之,不能高古,具眼者自知之矣,过督也。"2. 总批《民事赋》:"此赋第见龟龄忧国与民,往往溢于言表。遣词布悃,忠诚恺切,悠然可会。至于文章之不能汉魏,则所为时代压之,不能高古,非其咎也,具眼者须原之。"3. 总批《蓬莱赋》:"凭高吊远,穆然咨嗟,上下数千载间,宛然在目。龟龄生不逢时,回视偏安孱主,胸中于治乱兴亡之故,盖已了然。援笔摛词,意可言表。"

此外,国家图书馆善本部藏有另一本,原书2册,索书号:4894。此本卷首多出《守令懿范跋》1叶(有残缺),讲为官之道,价值不高;而删去凌弘宪《陶石篑评会稽三赋叙》。此外,各赋总批移至赋前。正文和批点皆与上本同。钤有"云居□业""金传桂印""五如""澡雪庐冯氏印""鼎采图章"等印。

又,北京大学图书馆藏本,索书号:SB/811.35/1047.1。此本1函4册,书高26.6厘米,宽17.3厘米。本书始于《本史王龟龄传略》,阙凌弘宪叙和陶望龄序。版式与国图本同,实为同一版本。据此本可知,原书版框高20.6厘米,宽14.4厘米。钤有"北平孙氏""北京大学藏书"印。

(二)明滇南彭富刻本(一卷本)

此本凡1卷,国家图书馆善本部藏。原书2册,摄为一卷,索书号:01387。首南逢吉《叙注会稽三赋》1叶;次南宋绍兴府图1叶,下为正文。半叶10行,行20字,小字双行同。四周单边,白口,无鱼尾。版心刻书名和页码,或有刻工名"罗文""王槐刊""鲁福刊""马忠刊""朱□刊"等。卷端题"会稽三赋,宋东嘉王十朋撰,明渭南南逢吉校注,明滇南彭富梓,上虞尹坛补注"。不分卷,共80叶,基本完整。钤有"毛子晋印""汲古阁""吴先毛氏珍藏图书""国立北平图书馆收藏"印。

又,北京大学图书馆藏本,索书号:LSB/55(胶卷)。原书1册,书衣有墨书:"道光丙申三月上浣,萧山韩为川藏,会稽三赋全。"版式与国图本略同,但未见刻工名。抄补内容有:《王梅溪先生会稽三赋目录》《本史王龟龄传略》《图说》,正文中亦有多处抄补。钤有"麐嘉馆印""木犀画藏书""北京大学藏"等印。

(三) 明山阴丁氏致远堂刻本

国家图书馆善本部藏,索书号:19281(胶卷)。原书 1 册,凡 4 卷。衬页有题记 2 行:"此书别无可取,唯因其为山阴丁氏刻本故耳。民国三十年十二月在北京所得,廿八日知堂记。"钤有"知堂书记"楷书章。按:周作人,自号知堂。首陶望龄《重刻会稽三赋序》5 叶;次《本史王龟龄传略》《会稽三赋目》《南宋绍兴府图》《图说》8 叶,下为正文。半叶 8 行,行 18 字,小字双行同,白口,四周单边,单黑鱼尾。板框高 20.5 厘米,宽 14 厘米。卷端题:"会稽三赋卷之一,宋东嘉王十朋撰,明渭南南逢吉注,上虞尹坛补注,会稽胡大臣订正。"钤有"□三阅目""苦雨斋藏书印""北京图书馆藏"等印。

(四) 明朱启元校刻本

国家图书馆善本部藏,索书号:15032(胶卷)。原书 4 册,凡 4 卷。首朱启元《刻会稽三赋序》4 叶;次《重刻会稽三赋目录》1 叶;次《本史王龟龄传略》《南宋绍兴府图》《图说》7 叶,下为正文。半叶 8 行,行 18 字,小字双行同,四周双边,白口,单黑鱼尾。版心刻书名、卷数、篇名简称和页码。版心下方或刻有字数。卷端题"重刻会稽三赋卷之一,宋东嘉王十朋撰,明渭南南逢吉注,上虞尹坛补注,山阴朱启元订正"。钤有"北京图书馆藏"章。

(五) 清康熙五十九年(1720)尺木堂刻本(署名"山阴周炳曾增注")

国家图书馆普通古籍阅览室藏,索书号:94693。本书 1 函 4 册,书高 21.5 厘米,宽 15.3 厘米。首周炳曾序 2 叶,序末有周作人墨笔题记 2 行:"书中胤、弘、丘皆不避讳,所云'庚子'当是康熙五十九年,即公历一六六〇年也。知堂记。"次《王梅溪先生会稽三赋目录》1叶；次《本史王龟龄传略》3叶；次《南宋绍兴府图》《图说》3叶；以下为正文。正文半叶9行，行20字，白口，四周双边，单黑鱼尾。版框高18.1厘米，宽13.5厘米。卷首题："王梅溪先生会稽三赋卷之一，渭南南逢吉注，山阴周炳曾增注，会稽王佺龄订定。"钤有"苦雨斋藏书印""北京图书馆藏"印。

又，北京大学图书馆藏本，索书号：SB/811.35/1047.2。此本1函2册，书高25.4厘米，宽15.2厘米。书衣浅灰色缀有白色碎花，墨书"会稽三赋四卷，宋本难得，此亦少见，大方"数字。内封B面镌："王梅溪先生，会稽三赋，尺木堂梓行。"版式与国图藏本同。钤有"艺云藏书""北京大学图书馆藏印"等。

今按：周作人《知堂书话》云："明南逢吉所注，……有上虞尹坛、山阴周炳曾两增注本，实无所异，疑南注本来如是也。"经核对，所谓周炳曾补注本与尹坛补注本确实未见差别，实际上以尹氏旧本重刻，周炳曾序所谓"因与王子介山取三赋注解四卷，增订付梓，半月毕工"，恐怕是不实之词。但知堂先生称"南注本来如是"，乃属臆测。仔细核查发现，尹氏对南注确有增补，详见上文。

（六）清乾隆五十二年（1713）刻本（四卷本，附广会稽三赋一卷）

国家图书馆普通古籍阅览室藏，索书号：108942。本书1函1册，凡4卷。书高24.4厘米，宽15.4厘米，书衣右侧墨书"王梅溪会稽三赋（陶凫亭广会稽三赋附）"1行。内封B面镌："王龟龄撰，会稽三赋，山阴致远堂丁氏藏版。"半叶8行，行18字，其版式与明丁氏致远堂刻本同。钤有"双鉴楼""国立北平图书馆藏"等印。

书末附陶元藻《广会稽风俗赋》1卷。首钱塘梁同书《广会稽风俗赋序》2叶，以下正文。左右双边，白口，单黑鱼尾，半叶9行，行20字。卷端题："广会稽风俗赋，会稽陶元藻凫亭撰，男廷琡蕴川，侄鹤鸣闻远全校，余姚翁元圻载青注。"本赋凡42叶，有朱笔圈点。钤有"云岩氏"印。

（七）清道光至光绪间《惜阴轩丛书》本

1. 道光二十六年（1846）宏道书院刻本（原刻本）

北京大学图书馆藏，索书号：X/9100/9675/22-23。本书共2册，凡4卷。为《惜阴轩丛书》之一种，与《授经图》《京畿金石考》合函。书高25.6厘米，宽14.7厘米，内封B面镌"会稽三赋注"5字。首陶望龄《会稽三赋注序》2叶（版心刻有小字"惜阴轩丛书"）；次《本史王龟龄传略》3叶，次《会稽三赋图》3叶，以下为正文。半叶10行，行22字，小字双行同。四周单边，黑口，单黑鱼尾。版框高17.6厘米，宽13厘米。卷端题："会稽三赋注卷一，三原李锡龄孟熙校刊，宋东嘉王十朋撰，明渭南南逢吉注，上虞尹坛补注。"第6行低一格为首赋《会稽风俗赋》标题。版心刻"会稽三赋注（风俗）"、页码和小字"惜阴轩丛书"。卷一至卷三为《会稽风俗赋》（卷二题"志物"，卷三题"志人"），卷四为《民事堂赋》和《蓬莱阁赋》。书末附有南逢吉《叙注会稽三赋后》1叶。

今按：宏道书院，明清时期陕西省四大书院之一，明弘治七年（1494）由陕西省三原县王承裕创办，地址在三原县城北。道光年间，该院曾刊刻《惜阴轩丛书》，风靡于世。清光绪二十六年（1900）改名为宏道高等学堂。

又一本，国家图书馆普通古籍阅览室藏，索书号：7930:22-23。本书2册，凡4卷，为《惜阴轩丛书》之一种。书高26厘米，宽15厘米，封面内页大字题"会稽三赋注"。内容、版式与上本同，疑为重印本。钤有"国立北平图书馆珍藏"印。

2. 光绪十四年（1888）长沙重刊惜阴轩书局本

北京大学图书馆藏，索书号：X/081.17/4082a/c2。该书亦2册，内容、版式与上本同。但版框高17.4厘米，宽12.9厘米（盖为风干缩版所致）。内封A面镌"会稽三赋注"，B面镌"光绪十四年秋月长沙惜阴轩书局重刊,长沙袁继韩校"。字迹模糊,盖为重印之本。

3. 光绪二十二年(1896)长沙重刊惜阴轩丛书本

国家图书馆普通古籍阅览室藏,索书号:40698:16。本书1册,与《战国策注》《东西洋考》合函。内封A面镌有小篆书名"会稽三赋注",墨印"胡元常印";内封B面印有长形牌记:"光绪丙申七月重刊于长沙。"内容、版式与上本同。钤有"饮冰室""北京图书馆藏"印。

(八)清同治十二年(1873)会稽章氏刻本

国家图书馆普通古籍阅览室藏,索书号:113656。本书1函2册,凡4卷,书高26.3厘米,宽16.6厘米,封面内页A面题:"会稽三赋四卷",B面印有牌记:"同治十二年秋会稽章氏重刊。"首《本史王龟龄传略》4叶,次《会稽三赋目》,再次为《南宋绍兴府图》,配《图说》1页,下为正文。半叶8行,行18字,小字双行同,白口,左右双边,单鱼尾。板框高20厘米,宽13.9厘米。卷端题:"会稽三赋卷之一,宋东嘉王十朋撰,明渭南南逢吉注,上虞尹坛补注,会稽胡大臣订正。"钤有"北京图书馆藏"印。

除了彭富刻本外,南、尹注本皆为四卷本。其中卷一至卷三为《会稽风俗赋》(卷一"志山""志水",卷二"志物",卷三"志人"),卷四为《民事堂赋》和《蓬莱阁赋》。这样,各卷内容较为均衡,不再有虎头蛇尾之嫌。其版式也固定下来:正文大字顶格,分段刻印;注音为双行小字,紧接在正文之下;释义另起一行,大字,低一格刻印。其中《惜阴轩丛书》本在道光、光绪年间多次重印,最为流行。

南逢吉注本的版本源流

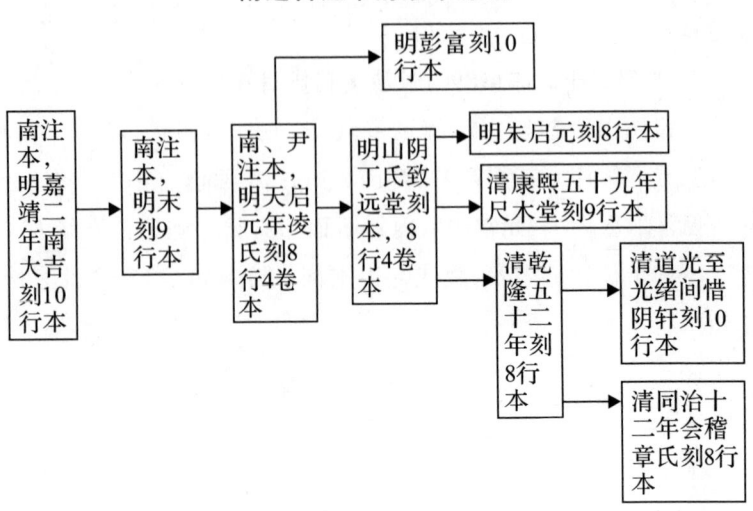

```
南注本，明嘉靖二南大吉刻10行本
    ↓
南注本，明末刻9行本
    ↓
南、尹注本，明天启元年凌氏刻8行4卷本
    ├──→ 明彭富刻10行本
    └──→ 明山阴丁氏致远堂刻本，8行4卷本
            ├──→ 明朱启元刻8行本
            ├──→ 清康熙五十九年尺木堂刻9行本
            └──→ 清乾隆五十二年刻8行本
                    ├──→ 清道光至光绪间惜阴轩刻10行本
                    └──→ 清同治十二年会稽章氏刻8行本
```

附记：原载《绍兴文理学院学报》2014年第4期，与方利侠馆员合作。

《古赋辩体》版本研究

一、前言

元祝尧所编之《古赋辩体》十卷(又写作"古赋辨体"),是一部以辨析赋体为手段,以指导古赋创作为旨归的赋选,同时也是一部杰出的赋学理论著作,在赋学思想史上堪与梁刘勰《文心雕龙·诠赋篇》、清刘熙载《艺概·赋概》鼎足而三。编者祝尧,字君泽,号佐溪子,元代信州路上饶县(今江西上饶)人①,延祐五年(1318)进士。《(嘉靖)广信府志》卷十四《选举志·进士》"元延祐五年戊午霍希贤榜"下"上饶县"有"祝尧"之名,注曰:"[君]泽,传见《文苑》。"②卷十六《文苑传》记载较详:

祝尧,字君泽,号佐溪子,上饶人。博学能文,登延祐进士,授南城丞,存心抚字,莅政维勤,兴学校,课农桑,清狱讼,

---

① 明钱溥《古赋辩体序》称祝尧为"信之佐溪人","信"即信州路(明代改称广信府)。据《元史·地理志》,元代信州路下领上饶、玉山、弋阳、贵溪、永丰五县。明吴与《上饶祝氏族谱序》云:"祝氏世居上饶,其乡灵峰佐溪之凤凰墩。"(《康斋集》卷九)则"佐谿(溪)"位于上饶县境内,为祝氏家族的聚居地,故取以为号焉。
② [明]张士镐、江汝璧等:《(嘉靖)广信府志》,《四库全书存目丛书》影天一阁藏明嘉靖刻本,第186册,第100页。

革奸回,吏畏民怀,号称良吏。改江山令,升萍乡州同。所著有《大易演义》《四书明辨》《策学提纲》《古赋辩体》。①

乾隆间《广信府志》《上饶县志》,同治间《广信府志》《上饶县志》所载略同,而更为简略。查《(嘉靖)江西通志》卷十一《人物》,却明言祝尧"升无锡州同知"②,明李贤等《明一统志》卷五十一同,这与《广信府志》稍异。很可能祝尧曾先后在萍乡、无锡两地任职,但具体时间不详③。综合诸书所记,可知祝尧曾任南城县(今属江西)县丞,他勤于政事,爱护百姓,法律严明,有"良吏"之誉;后改任江山县(今属浙江)县尹④,升任萍乡州(今江西省萍乡市)同知,又改任无锡州(今江苏省无锡市)同知。从明代两任无锡守顾与新、吴子贞相继刊刻《古赋辩体》的事实(详见康河本《跋》)和《金匮县志》卷十五的相关记载,祝尧任无锡州同知的时间比较长。其著述四种,今仅存《古赋辩体》一种。

《古赋辩体》正集把赋体文学按其历史发展和体制特点划分为楚辞体、两汉体、三国六朝体、唐体、宋体凡五种体式,每体选录若干赋作,共8卷,86篇;外录选录后骚、辞、文、操、歌等接近赋体的韵文,凡2卷,48篇。全书共10卷,选录先秦至宋代辞赋和赋体文134篇。何新文先生指出:"《古赋辩体》内容丰富,作者在选

---

① [明]张士镐、江汝璧等:《(嘉靖)广信府志》,第153页。
② [明]林庭昂、周广等:《(嘉靖)江西通志》,《四库全书存目丛书》影明嘉靖刻本,第182册,第502页。
③ 《(乾隆)上饶县志》两说并存,该书卷九《选举》称祝尧任"无锡州同",卷十《人物·宦迹》又说是"萍乡州同"。详见[清]连柱、程肇丰等:《(乾隆)上饶县志》,台湾成文出版社1983年影印乾隆四十九年(1784)刻本,第417、578页。
④ 查《元史·地理志》,元代诸县设县尹,不设县令,故《(嘉靖)广信府志》"江山令"当系"江山尹"之误。《四库全书总目》卷一八八"古赋辩体"条恰作"江山尹",是。按:据《元史·地理志》和《食货志》,元代南城县属建昌路,是上县,县丞秩从七品,俸一十五贯;江山县属衢州路,是下县,县尹秩亦从七品,俸一十七贯。萍乡州、无锡州皆为中州,同知秩从六品,俸二十贯。

注楚汉六朝及唐宋赋篇之时，辨析了古、骈、律、文诸赋体的体制特点，叙述了赋的发展历史、渊源流变，同时也论述了赋的创作原则，评论了作家作品，是刘勰之后、清代之前最为重要的赋学论著，对元代以后的赋论产生了较大的影响。"①马积高先生更说，《古赋辩体》"在我国古代赋论史上具有极为重要的地位，至今犹有很高的价值和较大的影响"，"在辞赋研究史上，这是一部具有重要意义的著述，决不能以一般选本视之"②。学术界在充分肯定《古赋辩体》理论成就的同时，却对它的版本问题关注较少。为避免书中某些文字因反复征引而以讹传讹，本文拟对该书的不同版本进行比勘和研究，指出各版本的优劣得失，并揭示有价值的异文。这对于使用和研究《古赋辩体》的学者，或不无些微之助。

二、《古赋辩体》版本叙录

《古赋辩体》今日可见的版本有 6 种，皆为 10 卷。为便于比较，现将诸版本基本情况介绍如下。

（一）明成化二年（1466）金宗润刻本（以下简称"成化本"）

北京大学图书馆藏③，索书号：NC/5235/3141。此本 2 函 10

---

① 何新文：《中国赋论史稿》，开明出版社 1993 年版，第 112 页。
② 马积高：《历代辞赋研究史料概述》，中华书局 2001 年版，第 139、195 页。
③ 对于《古赋辩体》各版本的馆藏地，马积高先生《历代辞赋研究史料概述》云："明成化二年（1466）金宗润刻本，南京图书馆藏。又，明嘉靖十一年（1532）刻本，上海、复旦、南京、浙江（有丁丙跋）图书馆藏。又，明嘉靖十六年（1537）刻本，浙江、首都、人大、北师大、天津、江西、西南师院图书馆藏。又，明嘉靖二十一年（1542）刻本，北大、南京、扬州、天一阁、中山大学图书馆藏。"（第 296 页）今按：马先生的著录主要依据《中国古籍善本书目·集部》，其间阙漏、错讹较多，但限于时间和精力，未能一一查考，姑抄录于此，以待来者。本文所论，皆笔者亲自目验之书；若系前贤所见，则予以注明，并略作辨析。

册,6 眼装订,书高 29.5 厘米,书衣蓝色,正中钤有"燕京大学图书馆章"一枚。首钱溥《古赋辩体序》,次《古赋辩体篇目》(含祝尧小序),以下为正文。半叶 9 行,行 17 字,小字双行同,白口,左右双边,单白鱼尾,版框高 19.0 厘米,宽 13.8 厘米。卷端题"古赋辩体卷之某",版心刻有"古赋辩体卷某"字样。钤有"焕枢危印""万石""燕京大学图书馆"诸印。金宗润,字守信,生平不详,钱溥序称其为淮阳人,"发迹贤科,历守名郡,绰有文誉"。又熊氏刻本李一泯跋以为曾任"上饶守",非是,详下文。作序者钱溥(1408—1488),字原溥,号九峰,一号瀛洲遗叟,明松江府华亭(今上海市)人。正统四年(1439)进士,累官至南京吏部尚书。有《使交录》《秘阁书目》。

台湾学者游适宏曾查阅台湾"国立中央图书馆"藏本,并有所征引①,笔者未见。又,杨赛在《祝尧〈古赋辩体〉研究》一文中说:

> 成化本现藏于复旦大学图书馆和北京大学图书馆,是现存最佳版本。复旦藏本著为"宋祝尧君泽编,东京张鲲校",共四册,半页九行,每行二十字。北大图书馆厘此本为十册。②

称成化本为"现存最佳版本",所言极是。但复旦藏本"半页九行,每行二十字",而北大藏本则"每行十七字",行款不同,当然不是同一刻本③。既然复旦本题"宋祝尧君泽编,东京张鲲校",显然是由张鲲校定、熊氏重刻于西川的本子,版式亦与之完全相合,只是

---

① 游适宏:《祝尧〈古赋辩体〉研究》,《古典诗歌研究汇刊本》第四辑第 20 册,台北花木兰文化出版社 2008 年版,第 12 页注 24,第 32 页。
② 杨赛:《祝尧〈古赋辩体〉研究》,湖南师范大学硕士论文,2003 年,第 3 页。
③ [清]邵懿辰撰,邵章续《增订四库简明目录标注》"古赋辩体"条附录引星诒语:"成化刊,前有钱溥序,半叶九行,行十七字。"(上海古籍出版社 1979 年版,第 904 页)可见所谓"行十七字"者,才是真正的明成化二年刊本。

脱张鲲于嘉靖十一年(1532)所撰《叙古赋辩体刻》而已。因此,所谓复旦大学"成化本",其实是明嘉靖十一年壬辰熊氏西川刻本,详参下条。

(二)明嘉靖十一年壬辰(1532)熊氏西川刻本(简称"熊氏本")

国家图书馆善本部、普通古籍阅览室及复旦大学图书馆藏。笔者曾于古籍馆查阅该本原件,索书号79537,1函8册,书高27.4厘米。首张鲲《叙古赋辩体刻》,次《古赋辩体篇目》(含祝尧小序),次正文,书末附有钱溥《古赋辩体序》(残)。半叶9行,行20字,小字双行字数不等,白口,无界行,四周双边,单黑鱼尾,版框高20.4厘米,宽14.9厘米。卷端题"古赋辩体卷之某,宋祝尧君泽编",版心刻"古赋卷之某"。张鲲《叙古赋辩体刻》云:"云梦侍御大梁熊君重刊兹编于西川,命余校雠。"可知此本由张鲲校定,熊氏刻于四川。据嘉靖十六年(1537)康河本《刻古赋辩体跋》,熊氏名子修,大梁(今河南省开封市西北)人,生平不详,曾任职于四川。校定者张鲲系东京(今开封市)人,与熊子修有同乡之谊,故接受校雠之命焉。

普通古籍阅览室还藏有西谛(郑振铎)本一部,索书号XD7023。原书1函4册,存3册,缺第1册(叙、篇目、卷一、卷二),始于卷三;又缺书末钱溥序。卷端钤有"家在元泸之上"章一枚。

善本部藏有李一氓跋本,索书号18662。原书4册,摄为1卷。每册书签上皆题有书名,书名下分别题以小字"元、亨、利、贞",以示区别。内衬有李一氓跋7行,全文如下:

祝尧,字君泽,江西上饶人,延祐进士,仕至无锡同知。元人钱序、张序皆已为宋人,大误。辑《大易演义》及《古赋辩体》。是编元镌不可见,成化二年上饶守金宗闰以元刻覆刊,嘉靖十一年张鲲又依成化本再覆校,镌于四川,即此本也。余得之哈尔滨市上,多处墨圈涂抹。留京之日,重整装之,因为识。成都李一氓。

指出祝尧本为元代人,此书却误题宋人,所言极是。但此段话错讹较多:1. 称"元人钱序、张序",不妥,因为钱序作于"成化二年丙戌秋八月既望",张序作于"明嘉靖壬辰春二月望",钱溥、张鲲显然是明代人。2. "金宗润"讹作"金宗闰"(此处沿熊氏本钱序之讹)。3. 称金宗润为"上饶守",不确。查《(道光)上饶县志》卷十九《秩官》,明成化年间广信府知府6人,上饶县知县6人,并无金宗润或金守信之名(只有一名知府名金纯,成化中期上任,名下无注,别无金姓者)①。故李一氓"上饶守"之说,乃属臆测。4. "以元刻覆刊"句亦不确。钱溥序明言金宗润以祝氏家藏稿本重刻(详下文),并非覆刻元本。书末尚有佚名题跋和云松巢主人于光绪年间书写的题跋,价值不高,不论。此外,本书有少量圈点和眉批,间有可取者,如卷四祢正平《鹦鹉赋》眉批云:"有才如此,竟以殒身,所谓才胜德也。可为后人炯鉴。"(卷四,21b)。书中钤有"无晟楼藏书""成都李氏收藏故籍""无所住斋"等藏印。

需要说明的是,普通古籍阅览室所藏二本均题"宋祝尧君泽编",而善本部藏本则题"宋祝尧君泽编,东京张鲲校"(复旦藏本同),稍有区别,未审何者为初刻。

---

① [清]陶尧臣、周毓麟等:《(道光)上饶县志》,台湾成文出版社1983年影印清道光六年(1826)刻本,第567、627页。

（三）明嘉靖十六年丁酉（1537）江西赣州康河刻本（简称"康河本"）

中国人民大学图书馆、北京师范大学图书馆、台湾"国立中央图书馆"藏①。笔者所见为人大图书馆藏本，索书号 4172/180。原书 1 函 4 册，书高 27.5 厘米。书衣上有题签："古赋辩体/第一册"，右侧贴一纸条："覆校许　共签四十七处。"首钱溥《古赋辩体序》，次《古赋辩体篇目》（含祝尧小序），次正文。半叶 10 行，行 18 字，小字双行字数不等，白口，四周单边，单黑鱼尾，版框高 17.5 厘米，宽 13.5 厘米。卷端题"古赋辩体卷之某"，版心刻"古赋卷某"。此书显然为《四库全书》之底本，理由如下：1. 卷首钱溥序上方钤有"翰林院"朱色大方章，后书衣左下角印有"江苏巡抚采购□□□□"楷书章，这与《四库全书总目》卷一八八"古赋辩体"条题注"江苏巡抚采进本"②一语恰好相合。2. 每册书前衬页 B 面皆有格式模本（唯第 1 册阙），以墨笔书之。如第三册书前衬页上有（改横排）：

```
钦定
○古赋辩体卷六
　　　　　　宋○祝尧○撰○○
○三国六朝体下
○○孙兴公
○兴公为云云
○○天台山赋
```

---

① 游适宏先生所谓"明刊白口十行本"，即此。见游适宏《祝尧〈古赋辩体〉研究》，第 12 页注 24。

② ［清］永瑢、纪昀：《四库全书总目》，中华书局 1965 年版，第 1708 页。

其中"钦定"下省"四库全书"4字,"○"表示空格,这与《文渊阁四库全书》本该卷卷首的格式完全相同①,显然是为抄写者提供的格式样本。3. 书中有墨笔批校百余处,大都与《文渊阁四库全书》本相合。这些批校或者以便签的形式出现,如卷三第12叶《子虚赋》天头便签:"拽,应从木作栧。阳云,别作云阳。大讹太。夸讹芋。覆校许焴(章)。"但更多的情况下则是在原字上直接校改,如卷八第7—8叶《秋声赋》"故其为色也,凄凄切切,呼号奋发"句,"色"字讹,墨笔改作"声";"夫秋,刑官也,于是为金"句,"是"字讹,墨笔改作"时",等等。这些校勘成果十之八九被抄写者采纳,但也偶有摒弃者。如格式样本中有"宋○祝尧○撰"字样,编者朝代有误,而《文渊阁四库全书》本改"宋"作"元",甚是。此书覆校官为许焴,分校官有李荃、叶兰等数人。书末有康河《刻古赋辩体跋》,全文如下:

> 《古赋辩体》凡十卷,前守无锡顾君与新尝命工刻之,未及告完,寻升广东臬司宪副。是时吉安节推金城吴君子贞来署府事,踵而成之。然中多遗阙讹误,观者病焉。偶得侍御大梁熊君子修按蜀时所刻全本,乃今方伯颖川、张公南溪所校者,因取而补正焉,庶几阙讹之病得少免于斯云。嘉靖丁酉六月甲戌,赣州府知府关中康河跋。

可知此本由顾与新、吴子贞两任无锡守相继刊刻,最后经康河校定。文渊阁本、文津阁本照录此跋。康河(1490—1534),字德清,号沣川居士,明陕西武功人,嘉靖二年(1523)进士,官至赣州知府。有《沣川集》传世。

又北京师范大学图书馆藏本,索书号832/106善。该本1函

---

① 参见[元]祝尧《古赋辩体》卷六,《文渊阁四库全书》本,第1366册,第789页。

6 册,书高 25 厘米,行款同人大本,唯书末佚康河跋,甚憾。钤有"北山书籍"印。

(四)明嘉靖二十一年壬寅(1542)苏祐刻本(简称"苏祐本")

国家图书馆普通古籍阅览室藏,索书号:79538。此本 1 函 4 册,书高 27.5 厘米。每册书签上皆有书名,书名下分别以小字刻"元、亨、利、贞",以示区别。首钱溥《古赋辩体序》,次苏祐《重刻古赋辩体序》,次《古赋辩体篇目》(含祝尧小序),次正文。半叶 9 行,行 17 字,小字双行同,白口,左右双边,单白鱼尾,版框高 18.9 厘米,宽 13.9 厘米。卷端题"古赋辩体卷之某",版心刻"古赋卷某"和页码。钤有"延古堂李氏珍藏""琅邪王士禛贻上氏一字曰阮亭""潍郭申堂架藏""王士禛印""北京图书馆"诸印。苏祐(1492—1571),字允吉,号谷原,明山东濮州人。嘉靖五年(1526)进士,官至兵部尚书。工诗,有《谷原集》《谷原文草》等。苏祐《重刻古赋辩体序》云:"先是,方伯海亭黄公乡请于侍御少溪谢公九仪,又重刻之,余受而代成事焉。"可知刊刻始末。

(五)清乾隆四十三年(1778)《文渊阁四库全书》本(系抄本,简称"文渊阁本")

台北故宫博物院藏。原书不可见,但有台湾商务印书馆 1986 年影印《文渊阁四库全书》本(第 1366 册)、上海古籍出版社 1993 年影印之四库文学总集选刊本、北京图书馆出版社 2007 年汇辑之《赋话广聚》本(第 2 册),十分易得,是目前最为通行的本子。此本半叶 8 行,行 21 字,白口,四周双边,单黑鱼尾。卷首为《古赋辩体目录》(目录前有祝尧小序,目录后有纪昀等《提要》),接下为正文。卷端题"钦定四库全书,古赋辩体卷某,元祝尧撰",版心鱼尾上方刻大字"钦定四库全书",鱼尾下刻双行小字"古赋辩体卷某"和页码。钤有"文渊阁宝"阴文小篆朱色大方章。按,《四库全书》总纂官纪昀(1724—1805),字晓岚,号石云,又号春帆,清直隶献县人。乾隆十九年进士,官侍读学士、四库总纂等。撰有《纪文达文集》《阅微草堂笔记》《四库全书总目》等。

(六)清乾隆年间文津阁四库全书本(系抄本,简称"文津阁本")

国家图书馆藏。此本亦不可见,但有北京商务印书馆 2005 年影印本(第 457 册),可窥其大概。此本亦半叶 8 行,行 21 字。影印本卷首无目录,不知是原书如此,还是为影印者所删。首纪昀等《古赋辩体提要》,次钱溥《古赋辩体序》(此序文渊阁本无),接下为正文。正文卷端题"钦定四库全书,古赋辩体卷某,宋祝尧编"。钤有"文津阁宝"阴文小篆朱色大方章。

此外,尚有 2 种版本未见。一为明安南国(今越南)刻本。清朱学勤《结一庐书目》卷四"总集类"著录:"《古赋辩体》十卷,计十本,元祝尧编,明安南国刊本。"①或云:"安南国刊本以元刻本为底本。"②盖为臆测,待考。二为汲古阁影元抄本。《增订四库简明目录标注》"古赋辩体"条邵章叙录曰:"汲古阁影元抄本,曾藏刘喜海家,今归邓孝先。安南刊本。"③朱学勤(1823—1875)、邓孝先(1868—1939)生活于清末民初,当时二书尚存。倏忽已逾百年,不知此二本尚在天壤否?

---

① [清]朱学勤:《结一庐书目》卷四,清光绪壬寅(1902)叶德辉观古堂刊本,第 22b 页。
② 杨赛:《祝尧〈古赋辩体〉研究》,第 5 页。
③ [清]邵懿辰撰,邵章叙录:《增订四库简明目录标注》,中华书局 1963 年版,第 904 页。

三、《古赋辩体》异文研究

　　《古赋辩体》在元代颇有影响,惜元刻本早已佚失,难窥其貌;以元刻本为底本的明安南刊本和汲古阁影元抄本亦不得见。明成化二年(1465)金宗润刻本乃是今日可见之最早版本,也是此后诸版本之祖本,具有不可替代的校勘价值。明钱溥《古赋辩体序》云:"淮阳金君宗润守信,得是原集于君泽家而喜之,命工覆刻以传。"若此言可信,则成化本据祝尧(字君泽)后人家藏之稿本进行刊刻,应该是最接近原书的本子。有鉴于此,笔者以成化本作为校勘之底本,以嘉靖三本(熊氏本、康河本、苏祐本)、四库二本(文渊阁本、文津阁本)为校本。以下词条皆以成化本为据。

　　(一)书名:古赋辩体

　　校:辩,成化本如此,熊氏本、康河本、苏祐本、文渊阁本同,唯文津阁本作"辨"。

　　凡按:《说文·辡部》:"辩,治也。"段注云:"俗多与辨不别。"其实辩、辨二字音同义近,在古代通用已久。但明代诸本皆作"辩",当与祝氏原稿合,故以"辩"为是。

　　(二)钱溥序:宋有祝尧君泽,信之佐溪人。

　　校:诸版本同(文渊阁本无此序)。

　　凡按:"宋"为"元"之讹。祝尧为元代信州路上饶县人,而明刻诸本皆误作"宋祝尧"。文渊阁本正之,题"元祝尧撰",甚是;但文津阁本又讹作"宋祝尧编",谬甚。李一氓跋亦指出熊氏本之误,详上文。

　　(三)钱溥序:岂宜平居无事,而竟为有韵之文,以荣仕进之阶乎?

　　校:竟,康河本、苏祐本、文津阁本同,唯熊氏本作"竞"。

　　凡按:竟,竟然;竞,争胜。玩其文意,以"竟"为是。

（四）目录：大司命，小司命

校：小，熊氏本、康河本、苏祐本目录同，而文渊阁本作"少"。

凡按：据中华书局1983年标点本《楚辞补注》，"小"当作"少"。正文标题作"少司命"，不误。

（五）目录：黄鹤赋，汤泉赋

校：鹤，熊氏本、苏祐本同，而康河本、文渊阁本作"楼"。

凡按：据正文所题，作"楼"是。秦少游（秦观）《黄楼赋》发端云："子瞻与客游于黄楼之上。"故篇题应作"黄楼赋"。"汤泉赋"，康河本、文渊阁本目录夺之。

（六）卷一标题：楚辞体

校：明代四种刻本同，而文渊阁本、文津阁本作"楚辞体上"。

凡按：有"上"是。本书"两汉体""三国六朝体""外录"皆分两卷，以上、下别之。卷一、卷二同为楚辞体，故亦应标明上、下，以示区分。目录作"楚辞体上"，是。

（七）《离骚》"皇览揆余于初度兮"旁注：父伯庸观我始生年时，度其日月皆合。

校：苏祐本同，熊氏本此句无旁注。康河本在"皇""览""揆""度"之右侧以小字注："考""观""度""时节"，甚简略。

凡按：明代诸版本皆有旁注，颇能发蒙解惑，启人思索，为读者理解此赋提供方便。文渊阁、文津阁本为照顾丛书体例，尽行删削，憾甚。

（八）《离骚》"何桀纣之昌披兮"句"昌披"旁注：衣不带貌。

校：苏祐本同，熊氏本、康河本"不"作"下"。

凡按：玩其文意，作"衣不带貌"（衣服不系腰带的样子）义更显豁，故以成化本、苏祐本为上。

（九）《云中君》解题：言神降而与人接，神去而人思不忘，以寄臣子慕君之情。

校：忘，苏祐本、文渊阁本、文津阁本同，熊氏本、康河本作

"忠"。

凡按:作"忘"是。《九歌》乃祭神乐歌,此句谓神灵远去后祭神者仍念念不忘,旨在寄托臣子对国君的拳拳之心。

(十)《渔父》解题:用"倡曰""少歌曰"体,赋尾作"歌",如齐梁以来诸人所作,用此篇体。

校:"体,赋",诸版本同,唯文津阁本作"赋体"。

凡按:作"体,赋"是。此段论赋之"体"(结构)。有中间用"歌"者;有赋末用"谇曰""重曰"者;至于齐梁以来辞赋中间用"倡曰""少歌曰",而篇末用"歌"的体式,即可溯源于《渔父》。可见《渔父》在赋史上的地位和影响。文津阁本妄改,非是。

(十一)宋玉简介:景差、唐勒、宋玉、枚乘之赋也益乎?

校:益,熊氏本、苏祐本同,康河本作"盖",文渊阁本、文津阁本作"善"。

凡按:"益""善"皆通,但应作"益"。语出扬雄《法言·吾子》,原文即作"益"。康河本讹作"盖"。文渊阁本以康河本为底本,以为"盖"与"善"形近而讹,故改作"善"。

(十二)卷三两汉体总序:是以子云悔之曰:"诗人之赋丽以淫。"

校:诗,诸本同,唯文渊阁本作"词"。

凡按:诸本皆讹。祝氏原文应该是:"是以子云悔之,曰:'诗人之赋丽以则,词人之赋丽以淫。'"理由如下:

1. 这段文字引自《汉书·艺文志》,原文作:"是以扬子悔之,曰:'诗人之赋丽以则,辞人之赋丽以淫。'"[1]今按:"辞"通"词"。扬子即扬雄,字子云,成都人,汉代哲学家、赋家、语言学家。

2. 扬雄此语最早见于《法言·吾子》,原文如下:"或问:'景差、唐勒、宋玉、枚乘之赋也益乎?'曰:'必也淫。''淫则奈何?'曰:

---

[1] [汉]班固:《汉书》卷三十,中华书局1962年版,第1756页。

'诗人之赋丽以则,辞人之赋丽以淫。'"①

3.《古赋辩体》卷二宋玉简介引扬雄此语,正作:"诗人之赋丽以则,词人之赋丽以淫。"

4. 宋以前文献典籍如晋左思《三都赋序》(《文选》卷四)、梁沈约《宋书·谢灵运传》、北齐颜之推《颜氏家训·文章篇》、唐令狐德棻《周书·王褒庾信传》、欧阳询《艺文类聚·杂文部》、颜真卿《刑部侍郎赠右仆射孙文公集序》(《文苑英华》卷七百二)等引扬雄此语,俱作"诗人之赋丽以则",或者"诗人之赋丽以则,辞(词)人之赋丽以淫",从无引作"诗人之赋丽以淫"者。

5. 从文意上看,自扬雄以来的历代学者无不对以《诗经》《离骚》为代表的"诗人之赋""骚人之赋"啧啧称赞,甚至顶礼膜拜,而对宋玉以下的"辞人之赋"批评甚多。倘若作"诗人之赋丽以淫",则成为对"诗人之赋"的批评,这与赋学思想史上的主流观念明显不符,也与祝氏《两汉体序》的基本观点截然相反。

6. 明吴讷(1372—1457)《文章辨体序说·古赋》、清王修玉《历朝赋楷·论赋十二则》等征引祝尧此语,恰作:"扬子云云:'诗人之赋丽以则,词人之赋丽以淫。'"吴讷的卒年早于成化本的刊刻(1466),可证其所见之《古赋辩体》绝非成化本,而是元代刻本。元刻本此句不误。

不难看出,成化本误将扬雄的两句话拼成一句,"丽以"之下夺"则,词人之赋丽以"凡7字。熊氏本、康河本皆与成化本同,亦讹作"诗人之赋丽以淫"。文渊阁本以康河本为底本,四库馆臣发现了这处错误,于是将"诗人之赋"改作"词人之赋",其意大致可通,但与原文并不相符。

(十三)两汉体总序:愚谓骚人之赋与诗人之赋虽异,然犹有古诗之义。

---

① [汉]扬雄:《扬子法言》,《诸子集成》本(七),中华书局1985年影印本,第4页。

校：诗人之赋，诸版本同，唯文渊阁本作"词人之赋"。

凡按：诸本是，文渊阁本误。祝尧原文如下："愚谓骚人之赋与诗人之赋虽异，然犹有古诗之义，辞虽丽而义可则，故晦翁不敢直以词人之赋视之也。至于宋、唐以下，则是词人之赋，多没其古诗之义，辞极丽而过淫伤，已非如骚人之赋矣，而况于诗人之赋乎？"祝尧将《诗经》中的抒情作品视为诗人之赋，极力推崇；将宋玉、唐勒以后的辞赋视为词人之赋，多有批判；而将屈原作品视为骚人之赋，认为骚人之赋虽然不同于诗人之赋，但"犹有古诗之义"，远远高于词人之赋。文渊阁本改"诗"为"词"，文义遂不通。明吴讷《文章辨体序说·古赋》、清王修玉《历朝赋楷·论赋十二则》二书征引祝尧此语，皆作"骚人之赋与诗人之赋虽异"。

（十四）两汉体总序：此辞之合乎理者，然其理莫不本于情。

校：莫，熊氏本、苏祐本同，康河本、文渊阁本、文津阁本作"本"。本，明代诸本同，文渊阁本、文津阁本作"出"。

凡按：作"莫""本"是。祝尧原文如下：

> 是以三百五篇之《诗》，二十五篇之《骚》，莫非发乎情者。为赋为比为兴，而见于风雅颂之体，此情之形乎辞者，然<u>其辞莫不具是理</u>；为风为雅为颂，而兼于赋比兴之义，此辞之合乎理者，然<u>其理莫不本于情</u>。理出于辞，辞出于情，所以其辞也丽，其理也则，而有风比雅兴颂诸义也与。①

其中"其理莫不本于情"句，与前面"其辞莫不具是理"句意相承，句式相近，并无错讹；而下句"理出于辞，辞出于情"八字，正是对"其理莫不本于情"句的具体解释，其意甚明。祝氏论赋，尤重情

---

① ［元］祝尧：《古赋辩体》卷三，明成化二年（1466）金宗润刻本，北京大学图书馆藏，第2b页。

感,一书之中,反复申说。本书卷七唐体总序云:"辞者,情之形诸外也;理者,情之有诸中也。有诸中,故见其形诸外;形诸外,故知其有诸中。辞不从外来,理不由他得,一本于情而已矣。"正可为"其理莫不本于情"句作注脚。

康河本此句"莫"字讹作"本",全句遂作:"其理本不本于情。"四库馆臣发现此句用二"本"字,修辞上显得笨拙,于是改作"其理本不出于情",不仅没有改正错字,又增加了新的错讹,语意也与原文恰恰相反。

(十五)《吊屈原赋》:仄闻屈原兮,自湛汨罗。

校:湛,诸本同,唯文渊阁本作"沉";"汨",苏祐本同,余皆作"汨"。

凡按:"湛""沉"皆可,"泪"为"汨"之形讹。《说文·水部》:"湛,没也。"段玉裁注:"古书浮沈字多作湛。湛、沈,古今字,沉又沈之俗也。"《汉书·贾谊传》引本赋作"湛",《史记·屈原贾生列传》《文选》卷六十引作"沈",皆是。汨罗,水名,在今湖南省东北部,屈原自沉之处。

(十六)《吊屈原赋》:阘茸尊显兮,谗谀得志。

校:苏祐本同。其余诸本"阘"下小字注"塔","茸"下小字注"冗"。

凡按:熊氏诸本以同音字注音,甚佳。苏祐本乃据成化本重印,故完全相同。

(十七)《吊屈原赋》:使骐骥可得系而羁兮,岂云异夫犬羊。

校:骐骥,苏祐本同,其余诸本作"麒麟"。

凡按:皆通。《史记》本传、《文选》卷六十作"骐骥",骏马也;《汉书》本传、《艺文类聚》卷四十作"麒麟",兽之长者。

(十八)《吊屈原赋》:般纷纷离此邮兮,亦夫子之故也。

校:邮,诸版本同,唯文渊阁本作"尤"。

凡按:皆可。邮,通"尤",罪过,过失。《史记》本传、《文选》卷六十恰作"尤"。

(十九)《鵩赋》:贪夫狥财兮,烈士狥名。

校:二"狥"字,苏祐本同,余本作"徇"。

凡按:皆可,以"徇"为优。狥,通"徇"。《篇海类编·犬部》:"狥,俗徇字。"唐刘知几《史通·直书》"盖烈士狥名,壮夫重气",盖本诸此。但《史记》《汉书》《文选》五臣本、六臣本皆作"徇",故以"徇"为优。

(二十)《鵩赋》:乘流则逝兮,得坎则止。

校:坎,诸本同,唯文津阁本作"坻"。

凡按:皆通。《汉书》作"坎",《史记》《文选》作"坻"。坻,水中小洲。作"坻"义长。

(二十一)《子虚赋》题解:首尾是文,中间乃赋。

校:乃,熊氏本、苏祐本、文渊阁本同,康河本、文津阁本作"及"。

凡按:玩其文意,作"乃"是。"及"字讹。

(二十二)《子虚赋》题解:其首尾之文,以议论为便。

校:便,苏祐本同,熊氏本、康河本、文津阁本作"使",文渊阁本作"驶"。

凡按:皆通。但应尊重原本,以"便"为是。

(二十三)《子虚赋》题解:取风云山川之形态,使其词媚;取鸟兽草木之名物,使其词媚。

校:下"媚"字,苏祐本同,余本皆作"赡"。

凡按:作"赡"是,富赡之意。成化本涉上文而讹,苏祐本因之。

(二十四)《子虚赋》题解:材知深美,可与图事。

校:事,苏祐本、文津阁本同,余本作"串"。

凡按:作"事"是。语出《汉书·艺文志》:"言感物造端,材知深美,可与图事,故可以为列大夫也。"原本作"事"。熊氏本讹作"串",康河本、文渊阁本沿其讹。

(二十五)《子虚赋》:其石则赤玉玫瑰,琳珉琨珸,瑊玏玄厉,碝石碔砆。

校:琨珸,苏祐本同,余本作"昆吾"。碝、砆,熊氏本、苏祐本同,余本作"礝""砆"。

凡按:皆可,唯"砆"当作"砆"。昆吾、琨珸,古今字。昆吾,山名,产美玉,后人以山名为玉名,于是加"玉"旁以别之。《史记》作"琨珸",《文选》作"昆吾",皆是。碝石,一种似玉的美石,颜色白中带赤。《史记》作"瑌",《汉书》作"碝",《文选》作"礝",王先谦《汉书补注》引钱大昭说,以为当作"碝"。碔砆,《汉书》作"碔砆",《文选》作"武夫",古字。根据联绵字造字规律,二字偏旁应相同,故以"碔砆"为是。

(二十六)《长门赋》解题:篇中如"天飘飘而疾风""孤雌跱于枯杨"之类。

校:跱,苏祐本、文津阁本同,熊氏本、康河本作"时",文渊阁本作"峙"。

凡按:作"跱"是。跱,独立,尤指孤鸟之特立。《淮南子·修务篇》:"鹤跱而不食,昼吟夜哭。"此处喻指陈皇后形影相吊,茕茕独立,比"峙"(屹立)更为贴切。"时"为"跱"之形误。又,诸本《长门赋》正文皆作"跱",不误。

(二十七)《羽猎赋》解题:然子云之所谓风,与长卿之所谓风,盖出一律,有非复诗骚之风矣。

校:诸版本同。唯文津阁本无"与长卿之所谓风"七字。

凡按:诸版本是。文津阁本夺此七字,"盖出一律"便不知所指。文津阁本擅改之处甚多,不足凭据。又如同卷《鹦鹉赋》解题云:"比而赋也,其中兼含风、兴之义。"诸本皆同,唯文津本讹作"此比赋也",语意便不顺。

(二十八)班孟坚简介:雍容揄扬,著于后词,抑国家之遗美,亦雅颂之亚也。

校：词，明代诸本同，文渊阁本、文津阁本作"嗣"。

凡按：作"嗣"是。后嗣，后世也。明代四本皆讹。

（二十九）祢正平简介：正平性刚褊，恃才傲物。

校：褊，诸本皆同，唯康河本作"偏"。

凡按：二字皆可。褊，同"偏"，偏执，偏激。《集韵·仙韵》："褊，《说文》：'颇也。'字亦作偏。"本句谓祢衡（字正平）性格刚强，心理偏狭，自恃才高，睥睨一切。

（三十）《鹦鹉赋》解题：读之可为长欷。

校：长，苏祐本同，熊氏本、文渊阁本作"哀"，康河本作"畏"。

凡按："长""哀"皆可。原文作"虚以物为比，而寓其羁栖流落、无聊不平之情，读之可为长欷。""长欷"谓长声哀欷，于义更优。"畏欷"不词。

（三十一）卷五"三国六朝体"总序：辞之所为，馨矣而愈求，妍矣而愈饰。又其于情，直外焉而已矣。

校：又，苏祐本同，熊氏本、康河本、文渊阁本作"文"，文津阁本作"彼"。

凡按："又""彼"皆可，"文"字误。这段话是对辞人之赋的批评，认为汉代之后的辞人之赋，用尽了所有的辞藻，还要继续追求；语言华丽雕琢，还要更加修饰。而这对于抒写感情，则如隔靴搔痒，肤浅之至。文津阁本作"彼"，于义颇顺，且明吴讷《文章辨体序说·古赋》、清王修玉《历朝赋楷·论赋十二则》皆引作"彼"，可见文津阁本亦有所据。

（三十二）三国六朝体总序：然非此辞之深远矣，情之深远矣。

校：然非，熊氏本、苏祐本同，康河本、文渊阁本作"然指"。文津阁本"然"下无"非"字，"情"上有"非"字。

凡按：作"然非"是。祝尧论赋，崇尚真情比兴。前面称赞古之"小夫妇人"，虽然不知修饰文辞，但因"胸中一时之情，不能自已，故形于辞，而为风比兴雅颂等义，其辞自深远矣。"有了真情实感,就会有精练深刻的文学语言,故下云:"然非此辞之深远矣,情之深远矣。"指出起决定作用的并非语言形式("辞"),而是作者深刻的思想感情("情")。若作"然指",则语意含糊不明;文津阁本作"然此辞之深远矣,非情之深远矣",显然强调文辞,否定情感,则与祝尧原意完全相反。

(三十三)陆士衡简介:二十时作《文赋》,以述先生之盛藻。

校:二,诸本同,唯康河本作"一"。生,明代诸本同,文渊阁本、文津阁本作"士"。

凡按:作"二""士"是。陆机在十岁不可能写出《文赋》。《杜诗详注》卷三《醉歌行》:"陆机二十作《文赋》,汝更小年能缀文。"后人多引用之。《文选》卷十七陆机《文赋序》云:"故作《文赋》,以述先士之盛藻,因论作文之利害所由。"《文赋》曾对"先士之盛藻"(前人的名篇佳作)进行评论和总结,故应作"士"。

(三十四)卷七唐体总论:或疑《诗序》谓"发乎情,止乎理义",言情言理,而不言辞。

校:理,诸版本同,唯文津阁本作"礼"。

凡按:作"理"是。《毛诗序》本作"发乎情,止乎礼义",此处有意改"礼"作"理",为下文讨论情、辞、理三者之关系张本。

(三十五)卷八《秋声赋》题解:迨宋玉赋《风》与《大言》《小言》等,其体遂盛。

校:赋《风》,诸本同,唯文津阁本作"风赋"。

凡按:作"赋《风》"是,"赋"为动词。《风赋》《大言赋》《小言赋》是宋玉创作的三篇赋,祝尧视之为文赋的早期形态。

(三十六)《秋声赋》解题:迂斋云:此赋描写精工……自是文中翘楚者。

校:翘楚者,苏祐本同,熊氏本作"■楚者",康河本作"着翘者",文渊阁本作"著翘者",文津阁本作"楚翘欤"。

凡按:作"翘楚者"是。成化本"翘"字漫漶,故熊氏重刻时以墨丁代替。"着翘""著翘"皆不词；文津阁本语意颇顺,但系擅自改动,亦不可从。

四、结论

通过比勘、分析我们发现,6种版本皆有错讹,但也各有佳胜。约而言之,可以得出以下几点结论：

(一)从本文第十一至十四条,第二十四条、三十二条等可知,成化本虽有错误,但仍是最接近《古赋辩体》原貌的本子,对我们正确理解祝尧的赋学思想甚有帮助,其价值不能低估。熊氏本、康河本为后刻本,错讹较多,价值远在成化本之下。

(二)苏祐本与成化本文字全同。笔者曾比对书影,发现两种版本不惟行款、字体相同,几处断版的位置也完全相合。由此可以初步断定：所谓苏祐本并非新刻,而是据成化本重印之本,只是增加了苏祐《重刻古赋辩体序》而已。

(三)明代四种版本皆有旁注。这些旁注以注释语词为主,但有时也揭橥作家身世,提示作品结构,挖掘内在情感。例如卷三《子虚赋》"其石则赤玉玫瑰,琳珉琨珸,瑊玏玄厉,礝石碔砆"一段,成化本于"玫瑰"之右以小字注曰："火齐珠也。""琳珉"旁注："玉也。""瑊玏"旁注："石次玉者。""玄厉"旁注："黑石可磨。"又如卷一《离骚》"帝高阳之苗裔兮,朕皇考曰伯庸"句,"高阳"之右批曰："楚祖也。"又卷三《吊屈原赋》"讯曰"旁批："告也,即乱辞。""历九州岛而相其君兮,何必怀此都也。凤凰翔于千仞兮,览德辉而下之"诸句旁批："原之自沉,正以不忍忘君去国。谊言虽是,岂原之心哉？"这些文字曾经对读者阅读、分析、理解赋作提供有效的帮助,同时也是祝尧赋学观的不可缺少的部分。文渊阁本、文津阁本为照顾丛书体例,将这些旁注悉加删削,不仅有损原书之风貌,亦大大降低了《古赋辩体》固有的价值。所以,如果要全面考察祝尧的赋学成就，就必须去参考明代诸本，尤其是最接近祝著原貌的成化本。

（四）文渊阁本之文字大都同于康河本，该书乃是以康河本为底本，参照他本校理而成。文渊阁本虽有几处错误，但它纠正了成化本、熊氏本、康河本的不少缺点，文字可靠，书法隽秀，版式亦佳，是目前最完善也最通行的本子。不过，在使用时需要将上文第五条、十二至十四条、二十四条、三十一条、三十二条、三十六条所揭示的错误进行改正。

（五）文津阁本虽然比文渊阁本多出钱溥序一篇，但在文字上颇有擅改，讹误较多。除了上文第十条、二十一条、二十七条、三十二条、三十五条外，尚有：《离骚》解题："不以文害辞，不以辞害意"，文津阁本"意"讹作"志"；卷三两汉体总序"间如《子虚》《上林》"，文津阁本"间"讹作"问"；《吊屈原赋》解题"有投文吊屈之语"，文津阁本脱"屈"字；《藉田赋》解题"奠都藉田，国家大事"句，文津阁本"奠"讹作"三"，等等。所有这些，均需提醒学界同仁加以留意。

（六）明代有 4 种《古赋辩体》刻本相继问世，吴讷《文章辩体》、徐师曾《文体明辨》、王世贞《艺苑卮言》、徐学夷《诗源辩体》等也大量引用祝尧之语，这与明代复古风气的盛行与翰林馆阁试古赋的政策密切相关。孙海洋先生认为，祝尧的祖《骚》宗汉论在明代仍有深远影响，"明人继祝尧之后，继续对辞赋创作进行理论上的总结，倡导复古。……理论家们对楚汉古赋及六朝赋的不断推崇，促使整个明代的辞赋创作始终沿着复古的道路发展演变。"①马积高先生说："明代翰林馆阁试赋承元之绪，例为古赋；清远绍唐、宋试赋之制，改为律赋，则不相同。"②因而《古赋辩体》在复古之风盛行的明代多次刊行，畅销不衰，甚至流播海外，在安南

---

① 孙海洋：《明代辞赋述略》，中华书局 2007 年版，第 3 页。
② 马积高：《历代辞赋研究史料概述》，第 142 页。

国也有刊刻,而在以律赋为宗的清代则未见刊印。但是,清代有识见的赋论家如王修玉《历朝赋楷》、赵维烈《历代赋钞》、何焯《义门读书记》、浦铣《历代赋话》、李调元《赋话》等,皆大量征引祝尧成说,重视真情实感,标榜比兴寄托,这就在很大程度上纠正了清代律赋晦涩雕琢、庸俗僵化的倾向。学术研究受文化风气和文教政策之左右,于此可见一斑;《古赋辩体》对后代赋学理论与辞赋创作的深远影响,也于此可见一斑。

综上,《古赋辩体》的版本主要有两个系统:一是元刻本系统,一是明刻本系统。其中明成化二年(1466)金宗润刻本最接近祝氏原稿,《文渊阁四库全书》本质量最高。现将这两个系统的版本源流状况列表如下:

1. 元刻本系统:

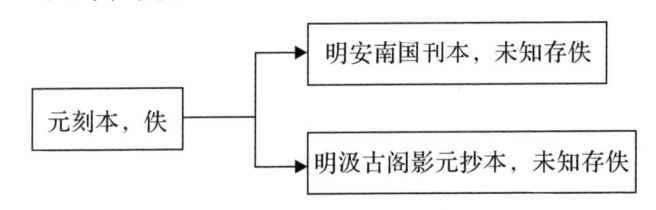

```
元刻本,佚 ──┬── 明安南国刊本,未知存佚
            └── 明汲古阁影元抄本,未知存佚
```

2. 明刻本系统:

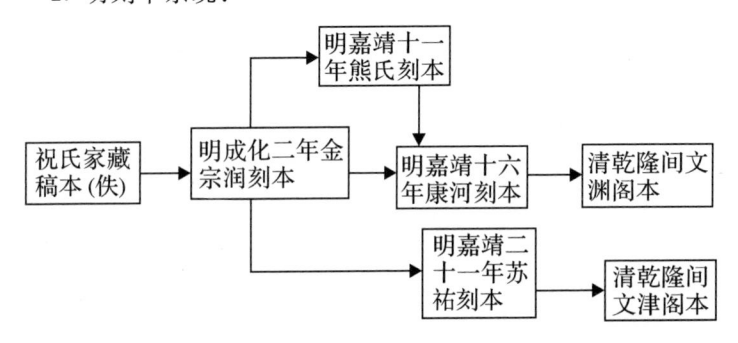

```
                      ┌── 明嘉靖十一年熊氏刻本
                      │
祝氏家藏   明成化二年   ├── 明嘉靖十六年康河刻本 ── 清乾隆间文渊阁本
稿本(佚) ─ 金宗润刻本 ─┤
                      └── 明嘉靖二十一年苏祐刻本 ── 清乾隆间文津阁本
```

附记:原载《南京大学学报》2012年第5期,有增补。

第三编 评点与集成
——明清赋学文献研究

何景明的一篇集外赋

何景明(1483—1521),字仲默,号大复,信阳(今属河南)人。明弘治十五年(1502)进士,授中书舍人。官至陕西提学副使,病归而卒。政治上直言敢谏,力排阉竖,关心民生疾苦;文学上与李梦阳齐名,并称"何李"。作为"前七子"中的重要作家,何景明的文学思想和诗歌作品得到了较为充分的研究,但学术界对其辞赋却关注较少。何景明辞赋主要见于《何大复先生集》卷一、卷二,凡32篇,内容丰富,感情真挚,颇有楚骚情韵,在一定程度上实践了何、李二人提出的复古观念,为明代赋坛增添了色彩。

一、《石楼赋》的内容和情感

在全面搜集何景明研究资料时,笔者从《(雍正)山西通志》卷二百二十意外地发现了何景明的《石楼赋》。该赋不见于各种版本的《何大复先生集》或者《何氏集》(包括中州古籍出版社1989年标点本《何大复集》),也不见于《历代赋汇》《赋海大观》等大型辞赋总集,是何景明的一篇佚赋。全文如下:

> 石楼先生既捧檄于外台,将命驾于中州。乃假道以省乎

高堂,驰太行之阻修。展其旷怀,慰兹远游。览山川之如故,访风景于石楼。念旧游之所在,举壶觞以优游。

遂与客沿清溪,跨绝涧,控天梯,钩石栈。罗群山于膝下,挺层台于天半。抚千载而孤瞪,纵万户于一眴。此其大观也。而重峰结翠,檐牙之回薄也;迭嶂周遭,墙垣之连络也;列岫吞吐,户牖通也;树色渺蔼,施帘栊也。若其璇题约月,画栋承云。乘长风,迸斜曛。烟霏雾冥,郁乎氤氲;横披风雨,侧逼星辰,又晦明之相因也。时而穷八极之表,九垓之垠。高寒冽乎肌骨,寥廓荡乎神魂。已而叹曰:"是则天下之奇也。彼丽谯齐云,井干落星。极匠士之工巧,破人力以经营。贮丝竹以待夜,艳罗绮而娇春。及其尽也,莫不华落声沉,墙颓基湮。向之靡丽雄杰,悉风散而波沦。此不可称于大人也。曷若兹楼,根于凝成,肇于鸿蒙。天造地设,禹凿神功。丹艧不御,斧斤何庸。俯兮无极,仰兮无穷。日月之所出纳,乾坤之所骈懞。拟闿辟而不闶,等古今而同荣。"

客曰:"先生亦知夫遇乎?遇则重,不遇则轻。故水以龙而灵,山以仙而名。峨嵋显于三苏,龙门显于二程。盘谷托昌黎以不朽,匡庐得六一而益尊。吾今始知石楼之遇。观其岘崿隐显,即德之深远也;振拔闳闾,即才之高旷也。旁合而独起,中立而崔嵬,乃其威也;万仞壁立,乃其直也;四境俱通,[乃其]①聪也。突兀峥嵘,睥睨遥空,乃其器之宏也;白露飘飘,芙蓉碧霄,乃其出尘之清标也。龙虎交蟠,凤凰双攀,群峭互出,纤绿流丹,乃其文彩之翩翩也;至其所积之久,所培之厚,则又仁者之寿也。况君子之所爱,或假情以自寓,或托物以自省。趋合而形忘,机会而神领。岂徒恃谲崛以夸奇,玩清绝以炫景耶!"

---

① 按:原文脱此二字,据文意补之。

于是攀翠磴,及瑶巅,玉巢栖鹤,铜柱擎仙,洞雪积素,山月连娟。排石囱而挤涧户,咸兴极而言旋。但闻岩屿风生,万籁始声,天高水清,山空谷鸣。醉下白玉京,伫立清霞城。谒帝阁于阊阖,接卢敖于太清。①

山西省沁水县城南有石楼山,石楼山上有石楼寺。《(雍正)山西通志》卷二十三《泽州府·沁水县》云:"石楼山,在县南二里。峻嶒崒崔,形似楼台。山半旧有石楼,后废。下有濯缨泉,入杏谷水。"据此,石楼山之所以得名,即在于此山巍峨陡峭,形如楼台。半山腰的石楼,就地取材,以山石垒砌而成,本赋所谓"曷若兹楼,根于凝成,肇于鸿蒙",盖即此也。可惜石楼在清代雍正年间已经不存。又《(雍正)山西通志》卷一百七十《寺观·沁水县》载:"石楼寺,在县南二里石楼山,所谓石楼精舍也。王徽、李瀚有诗。"其中李瀚字叔渊,号石楼,沁水县人,官至户部尚书,赋中的石楼先生指的就是他。石楼先生李瀚对何景明有知遇之恩。樊鹏《何大复先生行状》云:"(何景明)治书才九月,沁水李御史瀚,时按汝宁(今河南省汝南县),调试信阳诸生,先生从其兄往试。御史读其文,曰:'奇才,奇才!吾未见山川何盛,生此人也!'遂复如信阳观之。"②当时何景明年仅十五岁,御史李瀚就对他的文章如此重视,称叹不止,还亲自往观,可谓慧眼独具一伯乐也。这让何景明内心深为感动,所以对于石楼先生李瀚,何景明一生感念于心。《何大复集》卷二十三有何景明的一首长诗《上李石楼方伯》,就是写给李瀚的,本诗开篇云:"三晋多人杰,吾师出固然。素汾经太岳,紫塞入幽燕。"诗人感念恩师李瀚的知遇之恩,并赞扬他的道德、文

---

① [清]觉罗石麟:《山西通志》卷二二〇《艺文》,清雍正十二年(1734)刻本,第18—19页。

② [明]樊鹏:《何大复先生行状》,《何大复先生集》附录,明嘉靖十年(1531)刻本,第5—6页。

章和政事。而在《石楼赋》中,作者是借对石楼山风光景物的描写,来对李瀚的品质、人格、修养等进行赞美的。

《石楼赋》开篇写石楼先生李瀚接到朝廷任命,将要去河南任职。中途绕道山西沁阳,看望父母和亲朋,同时游览家乡名胜——石楼山。接着便具体描写石楼山上的所见所感。其中"重峰结翠,檐牙之回薄也;迭嶂周遭,墙垣之连络也;列岫吞吐,户牖通也;树色渺蔼,施帘栊也"一段,效法杜牧《阿房宫赋》"明星荧荧,开妆镜也;绿云扰扰,梳晓鬟也"的句式和笔法,极力摹状石楼山自然而壮丽的美景:重峰迭翠,如迂回相迫的檐端;山峦环绕,如连绵不断的垣墙;岩岫间云气吞吐,如门户畅通;树木郁郁葱葱,如帘栊陈设……整个石楼山,就是一座天然的楼阁,确实如《山西通志》所言的"峻嶒崒崣,形似楼台",亦如明王徽《石楼精舍》所咏"乱山重迭似楼台"。对于"此楼",李瀚感叹它"天造地设,禹凿神功。丹艧不御,斧斤何庸",日月出入其间,天地将其负载,人世间的任何宫室殿宇,都无法与之比拟。

石楼先生的感叹,饱含着对家乡美景风物的热爱,充溢着热爱故乡的真挚情感;而"客"(实际上是何景明的化身)的一番陈词,则是借物喻人,表达了作者对恩师的热爱和赞美。"客"说:"先生亦知夫遇乎?遇则重,不遇则轻。故水以龙而灵,山以仙而名。峨嵋显于三苏,龙门显于二程。盘谷托昌黎以不朽,匡庐得六一而益尊。吾今始知石楼之遇。"峨眉山因"三苏"(苏洵、苏轼、苏辙)而显赫,龙门因"二程"(程颐、程颢)而闻名,盘谷寺借昌黎先生(韩愈)《送李愿归盘谷序》而名垂不朽,庐山借六一居士(欧阳修)《庐山高歌》而更加尊贵。作者把石楼先生与历史上的著名文人学士相提并论,言外之意是,石楼山必将借石楼先生之品德声望而名扬四海,其对恩师的推尊与仰慕,可谓极矣!下面又笔锋一转,对石楼山的"德之深远""才之高旷",其威、其直、其聪,其"器之宏""出尘之清标""文彩之翩翩""仁者之寿"等优秀品质进行赞美,实际上恰恰是对石楼先生李瀚的道德、才情、为人、为官原则的颂扬。作者以山水写人写志,把对人物的赞美暗含在对自然景观的描写之中,构思极为巧妙。赋的最后,写师徒二人继续攀登山岩,观赏山中美景,聆听天籁之音,仿佛在天境徜徉,与神仙相接。

二、《石楼赋》的体制特点

考察何景明现存 33 篇辞赋作品,我们发现这些辞赋无不饱含着作者的真实情感:或揭露社会弊端,表达伤世忧民的思想抱负,如《塞赋》《述归赋》《渡泸赋》《进舟赋》《石矶赋》《忧旱赋》《东门赋》等;或抒发与家人、师友之间的朴实率真的情感,如《秋思赋》《别思赋》《后别思赋》《寡妇赋》《寿母赋》《结肠赋》《待曙楼赋》等;也有些作品表现丰富多彩的品物世界,寄托个人的情操和品格,如《画鹤赋》《水车赋》《白菊赋》《后白菊赋》《荷花赋》等。总之,何景明的赋包含了作者一生中所能体会到的各种情感①。这与明代前期那种故作雅正、缺少生气的辞赋完全不同,为明代中后期辞赋的发展输入了新鲜血液,开辟了新的创作路向。

李开先《词谑》二十七引何景明语曰:"十五《国风》,出诸里巷妇人之口者,情词婉曲,有非后世诗人墨客操觚染翰,刻骨流血所能及者,以其真也。"②何景明《明月篇序》更明确指出:"夫诗,本性情之发者也。"③可见其对真性情、真感情的重视和追求。其诗、其赋,大都践行了这种"重情"理论。有些赋甚至直接化用《楚辞》中的句子,抒发自己怀才不遇、磊落不平的情怀,如《进舟赋》《述归

---

① 详见王海燕《何景明辞赋研究》,首都师范大学硕士论文,2011 年,第 16—29 页。
② [明]李开先:《李开先全集》,中华书局 1959 年版,第 945 页。
③ [明]何景明:《何大复先生集》卷十四,第 12 页。

赋》《寒赋》等。《石楼赋》同样是一篇饱含深情的作品。该赋抒发了作者对自然山川景色的赞美以及对恩师的热爱,同时也表达了对高尚品德、正直人格的推崇和向往,是一篇"情动于中而形于言"的作品。所不同的是,《石楼赋》并非直抒胸臆,而是寓抒情于写景之中,在赞美自然美景的同时巧妙地表达对恩师品德、才华、人格、情操的礼赞。

从赋体上看,《石楼赋》是一篇典型的文赋作品。首先,句式上运用骈散相间的句法,有三字句、四字句、五字句、六字句、七字句、八字句,句式长短不一,错落有致。同时赋中也有骈句,如"罗群山于膝下,挺层台于天半""高寒冽乎肌骨,寥廓荡乎神魂""日月之所出纳,乾坤之所蚌蠓",等等,与灵活多样的散句相结合,并且用"乃""而""若其""时而""彼""况""于是"等连接起来,形成散文诗一样的错落之美。

其次,本赋在押韵方面比较自由,不再有任何限制,这与骈赋、律赋汲汲于声律的做法迥然不同。例如本赋第二段,"涧""栈""半""昕""观"为韵,"薄""络"为韵,"通""栊"为韵,"云""曛""氲""因""垠""魂"为韵,"星""营"为韵,"春""湮""沦""人"为韵,"蒙""功""庸""穷""蠓""荣"为韵。频繁换韵,转韵自然,形成自然流利的声韵之美。

最后,本赋运用主客问答的形式组织成篇,这与文赋名篇欧阳修《秋声赋》假设欧阳子与童子的问答、苏轼《前赤壁赋》假设苏子与客的问答如出一辙。其实这种体式源自先秦,是赋体文学的基本体式。《文心雕龙·诠赋篇》云:"遂客主以首引,极声貌以穷文。"① 意思是假设主客问答来组织成篇,极力铺张描绘,形成有文采的赋篇。洪迈《容斋五笔》卷七"东坡不随人后"条云:"自屈原

---

① [南朝梁]刘勰撰,范文澜注:《文心雕龙注》,人民文学出版社1958年版,第134页。

词赋假为渔父、日者问答之后,后人作者悉相规仿。司马相如《子虚赋》《上林赋》以子虚、乌有先生、亡是公,扬子云《长杨赋》以翰林主人、子墨客卿,班孟坚《两都赋》以西都宾、东都主人,张平子《两都赋》以凭虚公子、安处先生,左太冲《三都赋》以西蜀公子、东吴王孙、魏国先生,皆改名换字,蹈袭一律,无复超然新意,稍出于法度规矩者。"①这是自屈原《卜居》《渔父》以来延续千年的结构形式。《石楼赋》采用这种传统的主客问答方式,但也稍有变化。前代赋大都是客人先言,主人后说,以客人的陈说为辅,主人的观点为正;而《石楼赋》却主客易位,主人先言,客人后说,以主人的陈说为铺垫,以客人的陈说为主旨。究其原因,本赋中的"客",实际上是何景明本人的化身,作者试图借"客"之口,来表达对恩师的赞美和对社会人生的思考。内容决定形式,形式服务于内容,亦于此可见。

三、从《石楼赋》看何景明的赋学思想和人生观念

《石楼赋》的发现表明,作为"前七子"之一的何景明虽然提出过明晰的复古理论,但并没有走向固执和偏激,他在创作中没有排斥六朝以后产生的新的文学体式,是一位观念较为通达的文学思想家和赋家。

《明史·文苑传序》称:"弘、正之间,……李梦阳、何景明倡言复古,文自西京,诗自中唐而下,一切吐弃。操觚谈艺之士,翕然宗之。明之诗文,于斯一变。"②弘治、正德年间兴起的复古思潮,迅速席卷明代文坛,以至于"天下语诗文必称何、李"(《明史·何景明传》)③当时就有徐祯卿、康海、边贡、王廷相、王九思等与之唱

---

① [宋]洪迈:《容斋五笔》,《文渊阁四库全书》本,第 851 册,第 843 页。
② [清]张廷玉等:《明史》卷二八五,中华书局 1974 年版,第 7307 页。
③ 同上书,卷二八六,第 7350 页。

和,被称为"前七子"。后来又有李攀龙、王世贞等"后七子"继其踵武,大力鼓吹,声势浩大,影响直到明末。

何景明与李梦阳一样主张"文必秦汉,诗必盛唐"(《明史》卷二八六《李梦阳传》),以秦汉古文和盛唐诗歌为标的。在辞赋领域,何景明也提出了明确的观点:

> 经亡而骚作,骚亡而赋作,赋亡而诗作。秦无经,汉无骚,唐无赋,宋无诗。(《杂言》之五)①

这与李梦阳在《潜虬山人记》中提出的论述"已问唐所无,曰:唐无赋哉。问汉,曰:无骚哉"如出一辙,似乎都将楚骚、汉赋视为辞赋领域的最高典范,对于六朝之后的辞赋作品一概否定。② 何、李二人的论调不仅在明代备受推崇,即便是二十世纪的文学史家和赋学研究者也大都沿袭这种观点,论赋以汉赋为宗,限以六朝,很少关注唐代以后的辞赋,可见其影响之深远。

其实这是一种历史的误解。何景明虽然主张"文必秦汉",甚至还说过"汉无骚,唐无赋"之类的话,但这主要是为了纠正明代前期以台阁体为代表的贫弱平庸的文风,为天下士子指出创作的目标和方向,这反映了何景明作为一代文宗所特有的社会责任心和历史使命感。而在文学实践中,他并没有拘泥此说,也没有完全抛弃六朝骈赋、唐代律赋、宋代文赋等文学体式。其《渡泸赋》《白菊赋》《后白菊赋》《待曙楼赋》《画鹤赋》都是骈赋体,使用四六句式,而且对仗工稳,用典贴切,风格雅赡,辞采华美。其中《画鹤

---

① [明]何景明:《何大复先生集》卷三十八,第13页。
② 何景明的辞赋创作确实践行了李、何提出的复古理论。《何大复集》有骚体赋11篇,又有楚辞体作品10篇,合在一起有21篇,占何氏辞赋总数(33篇)的64%,尤可见其对早期辞赋(主要是楚辞)的推崇与仿效。至于《东门赋》,则是以汉乐府《东门行》的情节敷衍而成,文风质朴,颇有古韵。

赋》用韵整齐,几乎与律赋无别。

尤其值得注意的是,本篇《石楼赋》和见载于《何大复先生集》卷二的《石矶赋》,使用了宋代流行的文赋体。宋代文赋是"以散体语势为行文风格,以议论治乱、心性修养和抒发人生感悟为内容的一种赋体,它的语言浅显平易,追求理趣韵致"①。《石矶赋》以石矶子和玄洲先生的问答组织成篇,散句颇多。此赋借石矶子之口,认为养性修身应该以"义"为钓竿,既直且坚;以"知"为钓绳,不纠不缠;以"诗书为薮泽,道德为渊泉,天地为网罟,人物为鲔鲢",所获甚丰,取用不尽,表达了对圣贤思想与高尚人格的执著追求,充满了理趣与哲思。② 据傅开沛《何大复年谱》,该赋乃是何景明从信阳去往云南途中,经过湖南华容,受到孙士奇盛情接待时所作③。赋中的"石矶子",显然暗指孙士奇,旨在赞扬孙士奇隐居华容的高风亮节。合而观之,两赋的结构、写法、风格完全步趋宋人,在赞美石楼先生和石矶子品格情操的同时,表达自己的心性修养,抒发对人生的思考和感悟,追求理趣,耐人寻味,是十分典型的文赋。可见,何景明往往能够突破"唐无赋"的复古理论,其文学观念是比较通达的。

细读这两篇文赋作品,我们还可以考见何景明思想性格的丰富性和复杂性。何景明一生积极入仕,勇斗权奸,刚直不阿,淡泊名利,表现出一名正直儒生的思想和节操。《明史》本传还说"其教诸生,专以经术世务。遴秀者于正学书院,亲为说经,不用诸家训诂。"(《何景明传》)其对儒家经典精研深思,坚守不移,并且用以教导弟子,冀其发扬光大,是儒家思想的信奉者与传承者。但《石矶赋》中"太上忘名,混混泯泯。孰为其伪,孰为其真?"《石楼赋》中"攀翠磴,及瑶巅,玉巢栖鹤,铜柱擎仙……醉下白玉亭,伫

---

① 刘培:《北宋辞赋研究》,山东人民出版社 2009 年版,第 154 页。
② [明]何景明:《何大复先生集》卷二,第 1—3 页。
③ 参见傅开沛《何大复年谱》,《信阳师范学院学报》1982 年第 2 期。

立清霞城。谒帝阁于阊阖,接卢敖于太清",则又似乎可见其受到道家乃至神仙家思想的影响。其中"太上忘名"源出《庄子·逍遥游》"至人无已,神人无功,圣人无名";"孰为其伪,孰为其真",正是《庄子·齐物论》中"物无非彼,物无非是……是亦彼也,彼亦是也,彼亦一是非,此亦一是非,果且有彼是乎哉"的取消是非、善恶、真伪、生死、祸福之差别的哲学思想的反映。"白玉亭""清霞城"乃上帝所居,"阊阖"即天门,"太清"是道教徒对天空的称呼。至于"卢敖",本为燕国人,据《史记·秦始皇本纪》,秦始皇派他去求仙,往而不返。《淮南子·道应训》说他曾经"游乎北海,经乎太阴,入乎玄阙,至于蒙谷之上。见一士焉,深目而玄鬓,泪注而鸢肩,丰上而杀下,轩轩然方迎风而舞。顾见卢敖,慢然下其臂,遁逃乎碑。卢敖就而视之,方倦龟壳而食蛤梨。"①后人便将卢敖视为仙人或者得道之人。《石楼赋》将"谒帝阁"与"接卢敖"并举,显然也将卢敖视为仙人。此处虽然使用了夸张手法极写石楼山之高大,但也不难看出道家和神仙家思想的影子。考察何景明的为官经历,他在与权奸刘瑾的斗争中,在十余年的中书舍人职位上,因正直敢言而屡屡受挫,或遭免官之厄,或长期羁延而不得升迁。在政治黑暗、个人抱负难以实现的情况下,于是便有了"独善其身"的想法。这两篇文赋都从一个侧面反映了何景明对高尚道德、人格、情操的追求,以及归隐山林、求道访仙的愿望,尽管这愿望并不鲜明强烈,也不是何景明思想的主导方面。

因而,将何景明的两篇文赋与其他诗文作品进行综合考察,可以发现何景明文学思想和人生观念的不同层面,从而认识了一位完整的、立体的、性格丰满的何景明。我们还发现,何景明对于不同赋体的风格与特点、长处与短处是了如指掌的,他常常根据创作主旨的需要而选用不同的赋体。在揭露社会黑暗、反映民生

---

① 何宁:《淮南子集释》,中华书局1998年版,第881—882页。

疾苦、表达忧国忧民情怀时，他使用骚体赋的形式；在描写花鸟物品，寄托个人志趣情操时，则使用小赋或者俳赋体；如果是叙述游览经历、抒写个人的山林情怀和人生感悟，则使用文赋体。这种不拘一格、因"体"制宜的创作态度，既有明晰的文学主张而又通达权变、实事求是的文学观念，无疑为后代辞赋作家和文学思想家提供了有益的借鉴。

附记：原载《中州学刊》2011年第4期，与王海燕硕士合作。中国人民大学书报资料中心《中国古代、近代文学研究》2012年第1期全文转载。小标题为收入本书时所拟。

《药性赋》版本考论

导论

旧题元李杲所撰之《药性赋》是一部著名的医药学经典,该书将248味中药划分为寒、热、温、平四大类,分别介绍其药性、功效和相关注意事项。因为分类妥当,药性准确,功效可靠,言简意明,并且采用了赋体文学的语言,读起来朗朗上口,便于记诵,因而在明清两代流传不衰,成为广大从医者的案头必备之书,直到今天仍有很大影响。1960年以来,整理、校注、翻译《药性赋》的著作达七八种之多,可见其生命力之顽强。本文拟对《药性赋》的版本问题略作考论,管中窥豹,试图从一个侧面反映中华医药学发展演进的历史脉络。

《药性赋》旧题元李杲撰,亦有题金张元素者,但金元典籍及《明史·艺文志》均未见著录。明李时珍《本草纲目》卷一上著录刘克用《药性赋》一书,明末清初黄虞稷《千顷堂书目》卷十四著录熊宗立《原医图药性赋》8卷和冯鸾《药性赋》1卷,而张元素《药性赋》、李杲《药性赋》皆未见记载。此外,明刻《医要集览》本《药性赋》亦未题撰人。因此,不少学者提出质疑。例如《四库全书总目》卷一百五《子部·医家类存目》认为此书"首载寒、热、温、平四赋,次及用药歌诀,俱浅俚不足观。盖庸医至陋之本,而亦托名于杲"①。至于作者名号,日本《杏雨书屋藏书目录》贵 29-4 著录此书曰:"《药性赋》一卷,明严萃撰?《医书七种》所收。"似乎不太确定;而贵 42-5、贵 43-6 则干脆著录:"《药性赋》一卷,明严萃撰,《医要集览》所收。"今人王今觉也撰文指出:"《药性赋》的成文年代晚于金张元素,晚于元李杲,著者并非金张元素,亦非元李杲,而是明严萃。"②笔者认同此说。因为清《(雍正)浙江通志》卷二百四十七《经籍·子部医家》著录:"《药性赋》四篇(《嘉禾征献录》:严萃著,字蓄之)。"所谓"《药性赋》四篇",即是寒、热、温、平四赋,与今存题名李杲之《药性赋》正好相合。据清盛枫《嘉禾征献录》和康熙年间《嘉兴县志》的记载,严萃,字蓄之,明浙江嘉兴人。自太祖起六代为医,乃是医药世家。严萃曾于弘治年间贡太学,弘治戊午(1498)授广东阳江令。他遍览群方,曲畅旁通,撰《药性赋》4 篇。卒年 65 岁。

《药性赋》版本甚多,卷数不一,名称也互有异同,令人疑窦丛生。仅国家图书馆所藏,就有 13 种版本,17 套文献③,而中国中医研究院图书馆所藏竟达 34 种版本,41 套文献(含民国)。现将包含有《药性赋》四篇(即寒、热、温、平药性赋)的诸种版本加以梳理,介绍如下。

一、白文本

明刻《医要集览》本《药性赋》,是今存《药性赋》的最早版本。

---

① [清]纪昀等:《四库全书总目》,中华书局 1965 年版,第 883 页。
② 王今觉:《〈药性赋〉著者探析》,《中国医药学报》1999 年第 1 期。
③ 国家图书馆普通古籍阅览室尚藏有清宏兴堂刻佚名《药性赋》1 卷、清抄本佚名《药性四言赋》1 卷、清嘉庆三年(1798)刻陆老封《药性赋注》2 卷,内容与此不同,不论。

其他诸本,皆从此出。此本系白文,无序跋,亦无附录。笔者所见为国家图书馆善本部藏本,索书号:18643。《医要集览》凡 8 种 8 卷,装订为 1 函 6 册,分别题"礼""乐""射""御""书""数",以示区别。现将各册收书情况介绍如下:

  礼集(第一册):脉赋 1 卷附王叔和脉诀等、复真刘三点先生脉诀 1 卷

  乐集(第二册):用药歌诀 1 卷

  射集(第三册):药性赋 1 卷、珍珠囊 1 卷

  御集(第四册):伤寒活人指掌提纲 1 卷

  书集(第五册):诸病论 1 卷

  数集(第六册):难经 1 卷

其中射集(第三册)首列《药性赋》1 卷,仅有 7 叶,共 2436 字。该赋之下有《珍珠囊》1 卷,卷首有插图 1 叶,正文 20 叶。二书合订为一册,大概是篇幅较小且内容相近的缘故①,这就为后人将二书合并刊刻开了先河,也造成了某些学者误将二书混为一谈、甚至视为同一种书的情况。该书四周双边,大黑口,对鱼尾。半叶 10 行,行 20 字,有句读。版心正中刻"药性赋"和页码。此本在清康熙三十八年(1699)曾加以翻刻,国家图书馆藏有一部,但处于提善过程中,不可见。此后未见刊刻。

二、明罗必炜校正增补本(上下两截本)

  丁福保、周云青主编之《四部总录医药编》(中册),著录明弘治癸丑(1493)桂堂刊本《珍珠囊补遗药性赋》四卷,嘉靖丁未(1547)宋之翰重刊本《珍珠囊补遗药性赋》四卷,皆未见,盖即罗

---

  ① 《药性赋》与《珍珠囊》各自标示页码,版心刻有各自书名,可见是两部著作,不可混同。

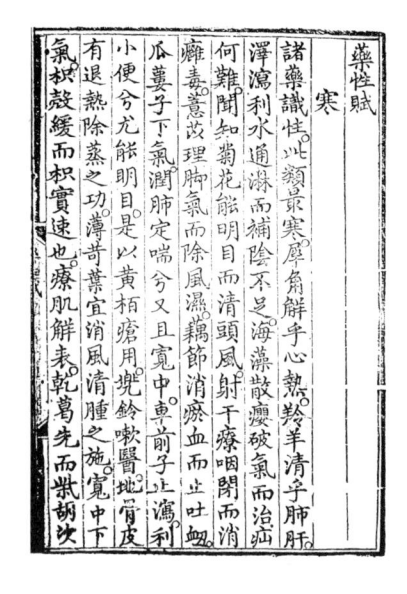

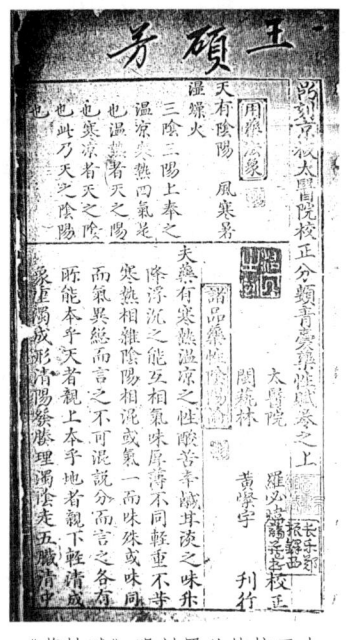

《药性赋》,明刻《医要集览》本　　《药性赋》,明刻罗必炜校正本

必炜参订本。笔者查阅了明罗必炜校正、书林黄灿宇刻本,国家图书馆善本部藏,索书号:16382。本书3卷,装订为2册。左右双边,白口,无鱼尾,无界行。分上下两截,半叶10行,每行上截8字,下截18字。卷端题"鼎刻京板太医院校正分类青囊药性赋卷之上,太医院罗必炜校正,闽艺林黄灿宇刊行",书末有一牌记"闽建书林黄灿宇刊"。钤有"长乐郑振铎西谛藏书""长乐郑氏藏书之印""北京图书馆藏"诸印。罗必炜,字右源,生平不详,明万历年间(1573—1620)任太医院堂上官。当时的礼部尚书兼东阁大学士李廷机(1542—1616)在《李文节集·谢恩疏》中说:"本月初二日卯时,接到圣济殿一札。本日五鼓,圣济殿提督太监崔文升等传奉圣旨,着太医院堂上官罗必炜,御医吴翼儒、何其高随奉钦遣,到臣寓所同诊臣脉。"①这是仅有的记载。

---

① [清]李廷机:《李文节集》,台北文海出版社1970年版。

此本分上下两截,内容十分丰富。为便于研究,现将各卷内容列表如下:

明黄灿宇刻本《鼎刻京板太医院校正分类青囊药性赋》
上下两截内容一览表

分卷	上截		下截
卷之上	B 用药法象　D 四时用药法 D 用药丸散　D 用药身稍根法 C 禽兽部　　C 果品部 C 米谷部　　C 蔬菜部 D 用药心法　D 诸药主病		B 诸品药性阴阳论 B 药性升降浮沉补泻法 B 五脏所欲　B 五脏所苦 B 五气凑五脏例 B 五行五色五味走五脏主禁例 B 手足三阳表里引经主治例 B 诸药泻诸经之火邪 B 诸药相反例 B 五脏补泻主治例 B 用药凡例 A 寒性类　A 热性类 A 温性类　A 平性类 B 诸品药性主治指掌
卷之中	D 诸药主病(续) D 初学万金一统要诀		C 玉石部　C 草部上 C 草部中
卷之下	D 初学万金一统要诀(续)		C 草部下　C 木部类 C 人部类　C 虫鱼部类

将此本与《医要集览》射集之《药性赋》和《珍珠囊》比对,可知上表中凡篇名冠以"A"者均为《药性赋》正文,冠以"B"者均为《珍珠囊》正文。不难看出,校正者罗必炜将二书的内容作了穿插处理。卷之上的下截部分以《药性赋》4 篇为核心,赋前 11 篇、赋后 1 篇取自《珍珠囊》;上截部分第 1 篇《用药法象》亦取自《珍珠囊》。这样,卷上就囊括了原本《药性赋》和《珍珠囊》的全部内容。(仅

有《珍珠囊》插图一叶被舍弃不用。)如此处理,很可能是考虑到了内容的类聚。下截诸篇形成了以介绍药物品性、功能、主治为内容的格局,而上截部分则是介绍用药方法的资料之汇编。

篇题前冠以"C"者,仍然是以赋体的形式介绍药物品性与功效,但不再分为寒、热、温、平四性,而是根据药材的性质和形态划分为玉石部、草部(上中下)、木部、人部、虫鱼部、果品部、米谷部、蔬菜部和禽兽部,再进行介绍。这部分可以视为《药性赋补遗》。考其内容,这9部11篇共介绍了412种药物的品性、功能主治、炮制方法,对《药性赋》既有补充,也有修正,赋句之下还有详细的注释,内容十分丰富。至于冠以"D"者,仍然以用药方法为主,姑且名之为《珍珠囊补遗》。《珍珠囊补遗》共7篇,以《诸药主病》和《初学万金一统要诀》为核心,全部编在上截。《药性赋补遗》与《珍珠囊补遗》这两部分内容,资料丰富,语言精练,代表了罗必炜等太医院御医们对中药学的重大贡献。

综上,罗必炜校正之《分类青囊药性赋》,实际上分为《药性赋》《珍珠囊》《药性赋补遗》《珍珠囊补遗》凡4个部分,编者将其内容进行了穿插处理。上截包括:《珍珠囊》1篇(卷首)、《珍珠囊补遗》6篇、《药性赋补遗》4篇;下截包括:《珍珠囊》12篇、《药性赋》4篇(全)、《药性赋补遗》7篇。究其实质,上截以介绍用药方法为主,下截以介绍药物品性、功能、主治为主。这样处理,便于阅读和使用,并且卷帙不大,价格适中,因而颇受下层民众之欢迎。

清代翻刻此书者,有清经纶堂刻《重订医方药性合编》本2卷,彰府聚盛堂刻本4卷。此二本卷数不同,但内容基本相同。与明代黄灿宇刻本比较,主要有两点变化:1. 卷一上截收录《珍珠囊》多达7篇,下截仅收2篇,舍弃4篇;2. 卷二(聚盛堂本卷四)下截之末附有《制方君臣佐使法》《用药各定分两》《汤液煎造》《古人服药活法》《古服药法》凡5篇,亦可视为《珍珠囊补遗》。

三、明钱允治校订本（附清王晋三、濮礼仪重校本）

明天启壬戌年（1622），吴郡钱允治将《药性赋》《珍珠囊》与相关资料合并刊刻，题为《珍珠囊指掌补遗药性赋》，厘为 4 卷。该书笔者未见，但查到清人影抄本，藏于国家图书馆普通古籍阅览室，索书号：129896。本书 1 函 4 册，使用怀初堂固定纸型抄写，书口下方印有"怀初堂"字样。四周双边，白口，单鱼尾，版心钞书名、卷次和页码。每半叶钞 9 行，行 20 字，版框高 17.3 厘米，宽 12.2 厘米。首《珍珠囊指掌补遗药性赋总目》1 叶，次《珍珠囊指掌补遗药性赋目录》8 叶，次正文。卷端题"珍珠囊指掌补遗药性赋卷之一，元东垣李杲编辑，明吴郡钱允治校订"，无印章。钱允治（1541—?），本名钱府，以字行，后更字功父，明苏州府长洲（今江苏苏州）人，贫而好学，读书不辍，享年八十余。著有《少室先生集》，编有《国朝诗余》5 卷。《明诗综》选诗 9 首。

现将该书目录抄录如下，以见其内容之大概：

卷之一：
  总赋：
    A 寒性类（六十六种）、A 热性类（六十种）、A 温性类（五十四种）、A 平性类（六十八种）。
  用药发明（十六则）：
    B 药性阴阳论、D 标本论、D 用药法、B 药性升降浮沉补泻法、B 五脏所欲、B 五脏所苦、B 五臭凑五脏例、B 五行五色五味走五脏主禁例、B 手足三阳表里引经主治例、B 诸药泻诸经之火邪、B 诸药相反例、D 十八反歌、D 十九畏歌、D 六陈歌、B 五脏补泻主治例、B 用药凡例。

卷之二：
　　诸品药性主治指掌：
　　　　B 逐段锦（凡九十种）。
　　用药须知（五则）：
　　　　B 用药法象、D 四时用药法、D 用药丸散、D 药本五味歌、D 炮制药歌、D 妊娠服药禁歌。
卷之三（勿听子著）：
　　　　C 玉石部（四十六种）、C 草部（一百七十二种）。
卷之四（勿听子著）：
　　　　C 木部（七十二种）、C 人部（七种）、C 禽兽部（十九种）、C 虫鱼部（三十八种）、C 果品部（十六种）、C 米谷部（十五种）、C 蔬菜部（二十一种）。

　　显然，钱允治校正本将《药性赋》4 篇置于卷首，称为"总赋"，以突出其核心地位①。其下有：卷一《用药发明》16 则，卷二《诸品药性主治指掌》一文和《用药须知》5 则，实际上是将《珍珠囊》和《珍珠囊补遗》穿插起来进行编排的。卷三、卷四为《药性赋补遗》。这样处理眉目清晰，主次分明，比上下两截本更为科学合理。

　　清代还出现了王晋三重校本。笔者查阅了清嘉庆十九年（1814）黎照楼刻本，国家图书馆普通古籍阅览室藏，索书号：131552。本书 4 卷，1 函 2 册，书名页镌"雷公炮制，重订药性赋解，黎照楼藏板"。四周单边，白口，单黑鱼尾，无界行。版框高20.3 厘米，宽 13.4 厘米。半叶 10 行，行 24 字。卷端题"珍珠囊

---

① 钱校本之《药性赋》仍然无注，但在《珍珠囊指掌补遗药性赋目录》中对每味中药皆有简单介绍。如《药性赋·寒性》有"犀角解乎心热，羚羊清乎肺肝。泽泻利水通淋而补阴不足，海藻散瘿破气而治疝何难"一段，与其相对应的目录是："犀角（味苦，酸醎，微寒，无毒）羚羊角（味苦醎，微寒，无毒）泽泻（味甘醎，寒，无毒）海藻（味苦醎，寒，无毒）。"这样虽使目录显得冗长，但可以起到注释作用，并能够与《主治指掌》《药性赋补遗》的目录协调一致。从目录即可看出全书所涉之中药名，颇便读者翻检之用。

指掌补遗药性赋卷之一,东垣李杲编辑,吴门王晋三重订"。核其内容与编排次序,实与钱允治校正本无异,当据钱校本重刻,唯卷首多出元山道人《药性赋原叙》一篇。王子接(1658—?),字晋三,长洲(今江苏苏州)人。清代医学家。原习儒,制举之余致力于医学,苦学二十余年,遂成名医。早年著《脉色本草伤寒杂病》一书,年五十岁时焚之。晚年又著《绛雪园古方选注》三卷,刊于雍正十年(1732),时年七十五岁。其本草著作《绛雪园得宜本草》载药354种,于本草学史上也有一定地位。门徒甚多,叶桂为最。事迹见《绛雪园古方选注·序》《郑堂读书记》《四库全书总目提要》《清史稿·艺文志》《中国医籍考》等书。王晋三与钱允治同为长洲人,他精熟钱氏校正之《药性赋》,于是重加校理,锓版刊行。此书尚有道光元年(1821)苏州扫叶山房刻本、光绪三十二年(1906)扫叶山房刻本等,流传较广。

此外尚有清濮礼仪重校本,现有清光绪二十三年(1897)李光明庄刻本。此本笔者未见,据《四库全书存目丛书》影印本,该书左右双边,白口,单黑鱼尾,半叶11行,行22字。无界行。卷端题"珍珠囊指掌补遗药性赋卷之一,东垣李杲编辑,金陵凤笙濮礼仪重校"。版心刻有"雷公药性赋,卷一(总赋)"、页码和"李光明庄"字样。濮礼仪,字凤笙,金陵(今江苏南京)人,生平不详,清末医学家。

总之,王晋三、濮礼仪重校本在内容与编排次序上完全因袭钱允治校正本,仅有个别文字改动。但二本对于《药性赋》之传播,亦甚有功。

四、《药性赋》的民间价值与启示意义

《药性赋》产生之初,应该是单篇流传的,后来才编入《医要集览》,与《脉赋》《珍珠囊》《难经》等合并刊刻,流传世间,这就奠定

了其作为药学经典的地位。明末万历年间,罗必炜又将《药性赋》《珍珠囊》《药性赋补遗》《珍珠囊补遗》4种合并一处,穿插编排,取名《分类青囊药性赋》,由书林黄灿宇刊行。此本资料丰富,使用方便,颇受欢迎。稍后又出现了钱允治校正本,取名"珍珠囊指掌补遗药性赋",内容有所调整,编排更为合理,眉目更为清晰。降至清代,王晋三对钱校本重新校订,锓版刊行,书名页镌"雷公药性赋",卷端仍题"珍珠囊指掌补遗药性赋",此本流传甚广。濮礼仪重校本亦大致相同。从《药性赋》反复刊刻、广为流传的现象,不难看出其在医药学领域的重要价值与地位。诚然,与皇皇190万字、体大思精的药学巨著《本草纲目》相比,区区2436字的《药性赋》似乎微不足道。但有一点不可否认,在物质条件极为匮乏的古代,民间从医者与普通百姓都难以购买卷帙浩繁的《本草纲目》,于是简明扼要、方便实用而又价格低廉的《药性赋》便大行其道。据研究,明清时期流传着不同内容、不同版本的《药性赋》,正好验证了这种民间需求。甚至著名清代小说家蒲松龄也撰有《伤寒药性赋》和《药祟书》,后者已佚,但《药祟书序》尚存,序中云:"山村之中,不惟无处可以问医,并无钱可以市药。思集偏方,以备乡邻之急。志之不已,又取《本草纲目》缮写之,不取长方,不录贵药。检方后立遣村童,可以携取。"①民间的医疗条件十分有限,下层百姓求医甚难,即使遇到名医,亦往往因药价昂贵而无钱医治。《药性赋》所介绍的廉价中草药,庶可解决这一难题。蒲松龄所谓"以备乡邻之急",恰好道出了《药性赋》一类中医药文献的民间价值。笔者查阅了十余部《药性赋》,大都是袖珍本或抄本,纸张、印刷质量皆差强人意。四库馆臣称此书为"庸医至陋之本",虽有贬低之嫌,但也无意间道出了《药性赋》的民间性质。

---

① [清]蒲松龄著,路大荒整理:《蒲松龄集·聊斋文集》,上海古籍出版社1986年版,第61页。

此外,《药性赋》还是古代科学与文学完美结合的典范。《药性赋·寒性》云:"诸药赋性,此类最寒。犀角解乎心热,羚羊清乎肺肝。泽泻利水通淋而补阴不足,海藻散瘿破气而治疝何难。"又云:"又闻治虚烦,除哕呕,须用竹茹;通便秘,导瘀血,必资大黄。宣黄连治冷热之痢,又浓胃肠而止泻;淫羊藿疗风寒之痹,且补阴虚而助阳。"又云:"若乃消肿满,逐水于牵牛;除毒热,杀虫于贯众。金铃子治疝气而补精血,萱草根治五淋而消乳肿。侧柏叶治血山崩漏之疾,香附子理血气妇人之用。"以上引文中,"寒""肝""难"相谐,"黄""阳"相谐,"众""肿""用"相谐。不难看出,作者严格使用赋体文学的语言,不仅通过押韵的句子来帮助读者背诵,而且使用了对仗的修辞手法,句式整齐,语言精练,表现出高超的文学功底。例如"犀角解乎心热","解"字亦可用"清",但为了避免与下一句重复而选用"解"字,可见作者在练字上曾下过功夫。赋是一种长于铺陈的文体,句式可长可短,篇幅也没有限制,适宜进行穷形尽态的描绘。《药性赋》充分利用这一文体特点,句式上或三言,或四言,或六言,或七言,甚或有十言、十一言、十二言的现象,对于药物的品性、功能、主治进行准确而全面的介绍。尤其善于使用长句,如《热性》:"葫芦巴治虚冷之疝气,生卷柏破症瘕而血通",用九言;《寒性》:"地骨皮有退热除蒸之功,薄荷叶宜消风清肿之施",用十言;《寒性》:"泽泻利水通淋而补阴不足,海藻散瘿破气而治疝何难",用十一言;《温性》:"红蓝花通经治产后恶血之余,刘寄奴散血疗烫火金疮之苦",用十二言,等等,对药效的铺陈与描绘,较之五言、七言歌诀都更为全面、细致。赋中使用"闻知""又闻""若乃""又况""若夫"等连接词加以连缀,又避免了平铺直叙,给人以整饬中有变化的效果。《药性赋补遗》亦采用赋体文学的语言,例如《玉石部》云:"药能治病,医乃传方。……生银屑镇惊安五脏,钟乳粉补虚而助阳。代赭石能坠胎而可攻崩漏,伏龙肝治产难而吐血尤良。"《补遗》对药性的介绍更为细致,尤其是增加了大量注释，以注文来弥补正文之不足，但其文学性比《药性赋》略逊一筹。

所以，《药性赋》和《药性赋补遗》不仅是著名的医药学经典，同时也是重要的赋学文献，是利用赋体文学的特点和长处而进行医药学普及的典范作品，理应得到药学研究者和赋学研究者的重视。当然，《药性赋》和《补遗》无关性灵，算不上严格意义上的文学作品，但它们却体现了作者对赋体文学的创造性利用和对下层民众的深切关怀，该书不断翻刻、广受欢迎的历史事实，对于当代科普著作的写作，恐怕也不无启示意义。

据中国中医科学院图书馆网站资料，该馆还藏有《明医指掌药性赋药性解合刻》，明王肯堂(宇泰、损庵、念西居士)编，明天启二年壬戌(1622)古吴汪复初刻本(估计为钱允治校正本)；《本草大成药性赋》5卷，明徐凤石汇编，明余泸东校阅，复印明建阳书林刘元初刻本；《本草炮制药性赋》13卷，明龚信(瑞芝)增补，明万历书林洪宇李良臣刻本。这与《中国古籍善本总目》的著录颇有偏差，亦不知其与罗必炜、钱允治诸本之关系。笔者曾前往查阅，但由于该馆正在进行馆舍翻修，书已封存，只好待异日查考。

《药性赋》版本源流表

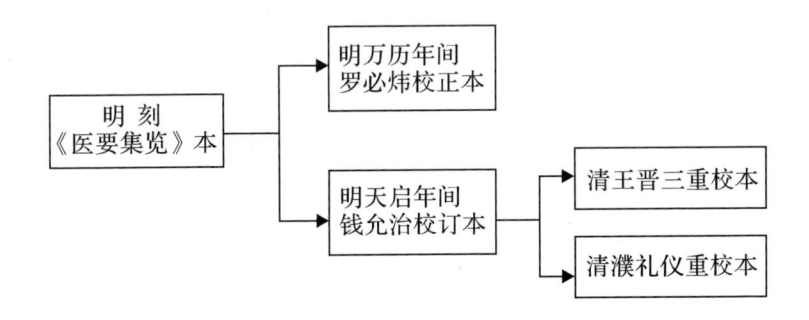

```
                          ┌──明万历年间
                          │  罗必炜校正本
明刻《医要集览》本────────┤
                          │                      ┌──清王晋三重校本
                          └──明天启年间──────────┤
                             钱允治校订本         └──清濮礼仪重校本
```

《辞赋标义》的编者、版本及其赋学观

《辞赋标义》是明末万历年间出现的一部很有特色的辞赋总集。该书凡18卷,选录先唐辞赋120篇,表现出十分鲜明的复古倾向。由于该书版式独特,眉目清晰,正文、注释、批点互相参照,颇便初学,因而在明末清初刊印不衰,影响甚大。下面即对其编者、版本和赋学观略作考论。

一、俞王言的籍贯与著述

《辞赋标义》的编者俞王言,字皋如,大约出生于明末嘉靖年间,活动于万历年间。生平不详,主要以教授为业,本书参订者金溥即是他的弟子。对于俞王言的里籍,各书所题不一。《辞赋标义》俞氏自序署"海阳俞王言皋如著",该书金溥参订本卷首题"海阳俞王言皋如标义",可知其为海阳人。有先生以为系"今广东海阳"[1],非是;又有学者以为"俞王言应为歙县人"[2],亦不确。其实,此处"海阳"乃是安徽省休宁县的古称。宋乐史(930—1007)

---

[1] 崔富章:《楚辞书录解题》上册,高等教育出版社2010年版,第117页。
[2] 杨清琴:《〈辞赋标义〉研究》,首都师范大学文学院硕士论文,2010年,第2页。

《太平寰宇记》卷一百四《江南西道二·歙州》载：

> 休宁县，(歙县)西六十六里，元一十一乡，本吴孙权所置也。按《邑图》云：吴割歙县西北，分置休阳县，在此县之西二里杨村东三里灵鸟山上。吴避孙休名，改为海阳县，仍移于万岁山上。晋平吴之后，改为海宁县新安郡，晋宋齐梁陈不改。隋平陈，并省黟、歙二县，百姓总属海阳，改隶东阳郡。开皇十年，东阳郡去邑遥远，即于黟县割置新安郡，以黟、歙、海宁三县属焉，仍复改海宁县为休宁县，以邑城因立郡，仍隶焉。唐武德初，复移于万岁山旧城理，天宝九载移于旧邑西三十里，即今理也。……废海阳县，在今县东十三里东。旧名休阳，在灵鸟山上，避孙休之讳，改为海阳县，仍移于万岁山上。至晋武帝平吴，又改为海宁也。①

宋罗愿(1136—1184)《新安志》卷四《休宁沿革》记载与此略同，而有所补充。综合二书所记，可知海阳县本为"歙县之西乡"，②三国吴孙权时从歙县分出，初名休阳县，治灵鸟山(鸺山)；后因避吴主孙休之名讳，更名为海阳县，治万岁山(万安山)。晋武帝时更名海宁县。隋文帝开皇十年(590，一说大业中)置新安郡，下领黟、歙、海宁三县，郡治海宁，又改海宁县为休宁县；义宁中，郡治迁至歙县。唐天宝九年(750)，海宁县县治西迁十三里(从罗愿《新安志》)。

不难看出，由于历史沿革，海阳县先后被称为休阳县、海阳县、海宁县、休宁县等，但从隋代以后一直名为休宁县。尽管该县被称为海阳县的时间不长，大致从吴孙休永安元年到晋武帝太康

---

① ［宋］乐史：《太平寰宇记》卷一〇四，《文渊阁四库全书》本，台北商务印书馆1986年版，第470册，第117—118页。

② ［宋］罗愿：《新安志》卷四，《文渊阁四库全书》本，第485册，第392页。

元年(258—280),只有 23 年的时间,但作为休宁县的古称,却印在该县人民的记忆中。休宁县文人自称海阳人,也在情理之中。俞王言、金溥皆自称海阳人,可证。

另外,《辞赋标义》郑之盘参订本卷端题"新安俞王言皋如标义",而俞王言《刻楞严经标指序》亦署"新安俞王言皋如著",①又可知其为新安人。考新安为古代郡名,旧称歙州、新都郡,晋武帝太康元年改称新安郡,沿至唐代,又名歙州(一度亦称新安郡),宋徽宗时改称徽州。此后"徽州""新安"二名并行不悖,官方文书多称徽州,而文人学士则追求古雅,习称新安。所以,歙州、新都、新安、徽州,其实一也。据《晋书·地理志下》和谭其骧《中国历史地图集》(三国西晋时期),西晋时新安郡下领海宁(休宁)、歙县、黟县、黎阳、始新、遂安 6 县,郡治始新。② 隋时治休宁,后移至歙县。因而不仅始新、休宁、歙县人可以自称新安人,即便其他各县的文人亦可自称为新安人。当然,新安郡在明代称为徽州府,所以,准确地说,俞王言是明徽州府休宁县(今属安徽省)人。

徽州有黄山,黄山西南有天都峰,是一著名景点,不少徽州人引为自豪,甚至自称为天都人。如张潮自称"天都张潮",汪道昆自称"天都外臣"等。《楞严经证疏广解》卷一《姓氏·会译》栏又称俞王言是"天都居士",③原因即在于此。但这是文人(或礼佛者)雅称,并非严格的里籍或者出生地。

需要指出的是,《辞赋标义》的参订者、刊印者为金溥,字次公,亦为徽州府休宁县人,曾经师事俞王言。金溥《刻辞赋标义

---

① [明]俞王言:《刻楞严经标指序》,[明]凌弘宪:《楞严经证疏广解》卷一,上海涵芬楼 1933 年影印《日本续藏》本,第 2 页。
② 谭其骧:《中国历史地图集》第三册《三国·西晋时期》,中国地图出版社 1982 年版,第 55—56 页。
③ [明]凌弘宪:《楞严经证疏广解》卷一,第 3 页。

跋》云:"溥自束发,从皋如先生游。其弹射古人,往往破的。"对其师颇为敬仰、钦佩,因而为其刊刻此书,并撰写跋文。跋末署"海阳金溥次公著",可知其为休宁县(古称海阳县)人。查《休宁金氏族谱》,金溥为休宁金氏第二十五世孙,父金璋,弟金汶。金溥娶妻吴氏,妾朱氏,生有三子,余不详。① 金溥深受其师俞王言影响,雅好古文辞,亦钟情于佛教典籍。

《辞赋标义》的另一参订者郑之盘,字逸少,徽州(古称新安)人,生平不详,很可能是位出版家。曾校订、刊刻《石丈斋集》4卷(明葛应秋撰)、《辞赋标义》18卷。

另外,俞王言《辞赋标义序》末刻有小字"新安剞劂氏黄鋑",金溥《刻辞赋标义跋》末又有小字"黄一桂刻"。查《中国古籍版刻辞典》,黄鋑、黄一桂皆为歙县人,是明代黄氏刻书的第二十五、二十七代传人。黄鋑(1553—1620),字君佩,号秀野、琯子,嘉靖间歙县虬村人,刻字兼版刻工人。参与刊刻过《张氏统宗世谱》《徽州府志》《筹海图编》《辞赋标义》②等书。黄一桂(1570—?),字子芳,号樵夫,明万历间歙县人,刻字工人兼刻书家。参刻过《医说》《海岳山房存稿》等书。歙县在休宁县东66里,两县紧邻,同属徽州府。

俞王言是明代的评点家,除编集并批点《辞赋标义》外,还曾评点汪道昆所辑之《秦汉六朝文》十卷,现藏于清华大学图书馆与浙江省图书馆(见《中国古籍善本书目》),国家图书馆藏有胶卷。又据《明史·艺文志》和《千顷堂书目》,他还评点过佛经四种,合称《佛经标指》,包括《金刚标指》1卷、《心经标指》1卷、《楞严标指》12卷、《圆觉标指》1卷。此书尚存,国家图书馆普通古籍阅览室藏。俞氏有较高的儒学与佛学修养,他以佛学的眼光来评点文

---

① [清]金门诏等:《休宁金氏族谱》卷十,清乾隆十三年(1748)活字本,第6页。
② 《中国古籍版刻辞典》讹作"辞赋释义"。参见瞿冕良《中国古籍版刻辞典》,苏州大学出版社2009年版,第789页。

学作品，因而观点独到。金溥《辞赋标义跋》称其"尝解《南华》矣，兼以《阴符》《道德》《文始》《冲虚》，名《玄圣五宗》，直剖混元之窍；又解《楞严》矣，兼以《般若》《金刚》《圆觉》《维摩》《楞伽》《华严》，名《西天七曜》，直蹑须弥之巅；又解《楚辞》矣，兼以汉魏晋宋齐梁诸赋，直扣文人之阃奥"，可知其在道教、佛教与古代辞赋研究等方面皆有建树。

二、《辞赋标义》的版本

《千顷堂书目》卷三十一《骚赋类》、《明史》卷九十九《艺文志四》、《中国古籍善本书目·集部》皆著录："俞王言《辞赋标义》十八卷。"该书现存十余部，海内外多家图书馆皆有收藏，甚至美国、加拿大、日本亦有藏本，可见其流传之广。现将其版本状况介绍如下：

（一）金溥参订本，明万历二十九年辛丑（1601）休宁金氏浑朴居刻本

北京大学图书馆藏本，索书号 SB/811.3/8010。此本 1 函 8 册，书高 28.4 厘米，内封 B 面镌："休宁县新刻，辞赋标义，浑朴居藏版。"首俞王言《刻辞赋标义序》5 叶，序末刻有小字"新安剞劂氏黄鋑"；次《辞赋标义凡例》2 叶凡 4 条；次《辞赋标义目录》6 叶（第 3—8 页）；下为正文。卷端题"辞赋标义卷之一"，顶格；第二、三行署"海阳俞王言皋如标义，金溥次公参订"；四行起"离骚经第一 屈原"。篇题之后有题注，低三格，双行小字；正文大字，顶格。书末有海阳金溥次公跋 4 叶，跋尾有"黄一桂刻"4 字。此本四周单边，白口，单白鱼尾，版心刻卷数和页码。每半叶 6 大行，行 17 字，只刻正文，读之畅通无碍；大行之间又别有小行，刻单行小字注释，辅助理解之用，每行约 50 字。正文与注释随处可以参照，

设计颇为巧妙。文中偶有注音、析字、小字夹注；眉栏镌有评语，论析章句结构。版框高24.3厘米（其中正文栏高20.4厘米，眉批栏高3.9厘米），宽14.8厘米。① 诸版本中此本版框最高，估计为初印之本。书中有朱笔圈点。钤有"诵芬书屋""曹荄黼印""云樵""北京大学文学院图书室藏书印""北京大学图书馆藏印"等篆文朱印。

又清华大学图书馆藏本，2函10册。此本亦完整，版式同北大本。但第6册第11卷（扬雄《羽猎赋》）的第21、22页次序颠倒。

又浙江省图书馆藏本。笔者未见原书，国家图书馆普通古籍阅览室有该本之缩微胶卷，共2卷，索书号：S1424。卷端有简介，如下："原件收藏：浙江省图书馆；原件书号：3738；原件状况：原件有部分虫蛀，原件有部分有污迹。《辞赋标义》十八卷，（明）俞王言撰，金溥参订。明万历二十九年休宁金氏浑朴居刻本。清梅一枝校跋。十六册。"此本卷首阙序言、凡例及部分目录，凡6叶。卷端"辞赋标义卷之一"之右侧小行内以墨笔书写："光绪十年岁次甲申六月之下浣，慈溪梅一枝自修重读。"（今按：此即所谓"梅跋"。慈溪，今属浙江省。）又于"离骚经第一"两侧小行内墨书："离，犹隔也；骚，动扰有声之谓。盖遭谗放逐，幽忧而有言，故以'离骚'名篇。王逸《楚辞章句》作'离骚经'，洪兴祖云：'古人引《离骚》，未有言经者。盖后世之士祖述其辞，尊之为经耳，非屈原意也。'"（卷一，1a）钤有"浙江公立图书馆之钤记""浙江图书馆珍藏善本"两枚小篆方章和楷书"民国五年藏"，可知该书于1916年入藏浙江图书馆。

又美国普林斯顿大学葛思德东方图书馆藏本。《普林斯顿大学葛思德东方图书馆中文善本书志》著录此书，如下："《辞赋标义》十八卷，十四册，二函，明俞王言撰。明万历二十九年（1601

---

① 按：版框高度、宽度以卷一《离骚》首页为准。下同。

刊本。六行十七字。版框高 20.2 公分，宽 14.2 公分，上栏高 3.9 公分。是编取《文选》中辞赋，更增益三十余篇，而为之训解。字句之义，标注于正文之旁；章段之义，标注于书眉：为便初学也。其训解，以取于张凤翼纂注者为多。《四库全书总目》未著录。有万历二十九年王言自序；序后有题识云：'新安剞劂氏黄鋑。'卷内钤'环山楼藏书印'等印记。"①其版框高度不含眉批栏，版框宽度亦不包括版心，所以数字互有出入。但其版本信息与北大藏本接近，很可能系金溥参订本。

（二）郑之盘参订本，明崇祯年间据休宁金氏浑朴居刻本重印本

中国人民大学图书馆藏本，索书号：417/415。此本 1 函 10 册，书高 27.5 厘米，书衣贴有蛋清色书签，刻"辞赋标义"4 字，钤有"中国人民大学图书馆藏书"章。首俞王言《刻辞赋标义序》5 叶，次《辞赋标义凡例》2 叶，次《辞赋标义目录》（第 3—8 叶），以下为正文，书末亦附有金溥《刻辞赋标义跋》，顺序与北大藏本同。比对《离骚》首页书影，其版式、文字、笔画

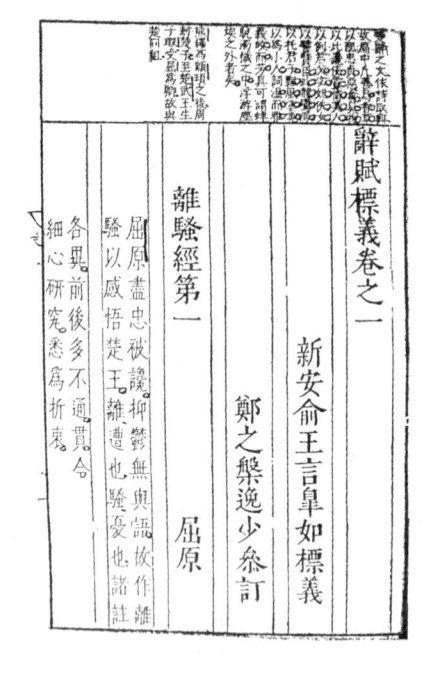

《辞赋标义》，明郑之盘参订本

---

① 屈万里：《普林斯顿大学葛思德东方图书馆中文善本书志》，台湾联经出版事业公司 1984 年版，第 534 页。

等亦皆与北大藏本同,当然是同一版本。但也有差异:第一,人大本版框高23.9厘米(其中正文栏高20厘米,眉批栏高3.9厘米),比北大本(24.3厘米)显然缩小了一些,估计是书版长期存放、干燥萎缩所致。第二,此本卷端题"辞赋标义卷之一,新安俞王言皋如标义,郑之盘逸少参订",俞王言的里籍和参订者姓名有了变化。至于郑之盘在本书文字上的修订,则由于书藏两馆,比对不便,未能详知。可以肯定,该本是据休宁金氏浑朴居刻本修订、重印之本。因郑之盘校订、刊印的《石丈斋集》4卷刻于明末崇祯年间,故将此《辞赋标义》的印行时间也暂定为明末崇祯年间(1628—1644)。

又浙江大学西溪校区(原杭州大学)图书馆藏本。姜亮夫先生《楚辞书目五种》中据此著录:"《辞赋标义》十八卷,楚辞部分六卷。明新安俞王言皋如标义,郑之盘逸少参订。……大体旨义多本王、朱旧说,而特为简要,去取谨严。凡注皆在本字旁。字音、字形,则注本字下;篇章大意,则在书眉;探词底之意蕴,则旁注而上下括之。分段处则乙之。音有直音与叶音二者。……万历海阳金溥刻本。杭大藏。前有俞氏《自序》及《凡例》四则。《自序》后有'新安剞劂氏黄鋑'七字,则刻家姓氏也。书凡十八卷,前六卷为《楚词》。自七卷起,录《两都》《两京》《三都》等赋续之,下及江淹、陶潜诸人之作。卷十八又别加'附'字,则录者为《七发》《七启》《七命》《封禅》《剧秦美新》《典引》六篇也。《目录》凡六页也。正文起'辞赋标义卷之一',下署'新安俞王言皋如标义','郑之盘逸少参订'二行。下接'离骚经第一　屈原'。每篇之下有篇题说明。正文皆全录内文,其注释皆在文旁。文中偶及字音及字形,眉语皆举篇章大义,《凡例》言之详矣。正文每半页六行,行十七字,行间又别有小行,小行中即注文。乌丝栏,上眉双层。白口,口心记卷数及页数。自卷七之后,眉语甚少。书末有'海阳金溥次公跋',四页,最末跋尾有'黄一桂刻'四字。"①其著录情况与人大藏本同。因《楚辞书目五种》主要是介绍与《楚辞》相关的书籍,故在介绍《辞赋标义》时以该书《楚辞》部分为主。

又加拿大多伦多大学东亚图书馆藏本。《加拿大多伦多大学东亚图书馆藏中文古籍善本提要》称:"《辞赋标义》十八卷,明俞王言辑,明万历二十九年刻本。十册。半叶六行十七字,行间有夹注,眉栏镌评。四周单边,白口,无鱼尾。版心中镌卷次。匡高24厘米,宽14.3厘米,前有万历二十九年俞王言序,凡例,目录。"②据该书插图,实为郑之盘逸少参订本。但人大藏本版框宽14.8厘米,似与此异,盖此本著录者未计版心之故也。

据《中国古籍善本书目·集部》,国内尚有中共中央党校图书馆、四川大学图书馆、陕西历史博物馆、西北师范大学图书馆、宁波天一阁博物馆藏有此书,皆著录为明万历辛丑(二十九年,1601)休宁金氏浑朴居刻本。对于天一阁本,崔富章先生《楚辞书录解题》有著录:"天一阁藏本,六册。每半叶六行,行十七字。白口,四周单边。上设增格,刻有眉批。行间有小直格,刻夹注。钤有'沈邦基''莱山''趣园伏老'等明印。"③不知系何人参订本。又,日本东洋文献连络协议会《汉籍分类目录·集部(东洋文库之部)》著录:"《辞赋标义》十八卷,明俞王言标义,明万历二十九年序,刊本。小一〇　XI3-A-d-64。"④亦不知参订者姓名。

---

① 姜亮夫:《楚辞书目五种》,云南人民出版社2002年版,第562页。
② 多伦多大学郑裕彤东亚图书馆编:《加拿大多伦多大学东亚图书馆藏中文古籍善本提要》,广西师范大学出版社2009年版,第434页。
③ 崔富章:《楚辞书录解题》上册,高等教育出版社2010年版,第117页。
④ 〔日〕东洋文献连络协议会编:《汉籍分类目录·集部》,昭和四十二年(1967)铅印本,第114页。

三、《辞赋标义》选赋情况及其赋学观

《辞赋标义》既是一部版式独特、备受欢迎的辞赋总集，也是一部重要的赋学理论著作。该书凡 18 卷，卷一至卷六为楚辞部分，卷七至卷十七为汉魏六朝赋，卷十八（附）收录类赋之作。《凡例》云："是编所选，恢拓昭明，收其逸也；旁及《七发》《封禅》等篇，聚其类也。"可见是对《文选》加以增补而成的。

卷一至卷六收录楚辞和拟骚之作 41 篇，约占全书的三分之一。其编纂顺序大体依照王逸《楚辞章句》。其中卷一至卷四收录屈原作品 25 篇，依次为《离骚》《九歌》（计 11 篇）、《天问》《九章》（计 9 篇）、《远游》《卜居》《渔父》；卷五收录宋玉、景差的作品 11 篇：《九辩》（计 9 篇）、《招魂》《大招》；卷六为汉代拟骚之作 5 篇，包括贾谊《惜誓》《吊屈原》、淮南小山《招隐士》、严忌《哀时命》、扬雄《反离骚》。总数比《文选》（17 篇）多出 24 篇。

卷七至卷十七收录汉魏六朝赋 73 篇，比《文选》增补 19 篇。这是全书的主体部分，所收皆为以"赋"名篇的作品，按其题材和内容分类编次，但不标类目，依次为：京都、宫殿、郊祀、耕藉、仙、畋猎、纪行、游览、江海、物色、鸟兽、志、哀伤、论文、音乐、草木、情。其类别及次序都与《文选》大致相同，但亦有调整：1.《文选》把宫殿类置于游览类之后，而《辞赋标义》则提前到第二位，置于京都类之下，可见编者对宫殿类价值与地位的重视。2. 新增仙、草木两类赋，其中仙类只收司马相如《大人赋》1 篇，草木类收录刘胜《文木赋》、庾信《枯树赋》、夏侯湛《浮萍赋》凡 3 篇，这体现了俞王言对先唐赋的全面关照。3. 尽管该书不标类目，但从其具体编录情况可以看出，俞王言的分类比《文选》更为细致。例如在哀伤类之下，先是描写宫怨题材的司马相如《长门赋》、班婕妤《自悼赋》《捣素赋》，接下是抒发个人情怀的江淹《恨赋》《别赋》，哀悼题

材的司马相如《哀二世赋》、汉武帝《悼李夫人赋》,怀旧题材的向秀《思旧赋》、陆机《叹逝赋》、潘岳《怀旧赋》《寡妇赋》。这种类别之下又分细目的方法对清代的赋集编纂有一定影响。

卷十八加一"附"字,收录七、符命两种接近赋体的作品,凡6篇。其中七体3篇(《七发》《七启》《七命》),符命3篇(《封禅》《剧秦美新》和《典引》),与《文选》同。

不难看出,俞王言将先唐辞赋划分为三大板块:楚辞体、赋体、类赋之作,而以赋体部分为核心,前为赋源,后为赋流。俞氏一方面辞、赋并重,甚至将楚辞置于赋前,显然有为赋体文学溯源的意味,认识到楚辞在文体形式上对赋的影响;另一方面,他又说"辞则屈子从容于骚坛,赋则马卿神化于文苑"(《刻辞赋标义序》),将两种文体分而论之,则又体悟到了二者之间的差异。这种观点看似模棱两可,其实能够客观地反映辞、赋二体既彼此互异又血肉相连的关系。在中国古代,辞、赋关系问题一直含混不清。汉代人持有广义赋体观念,除了以"赋"名篇者外,楚辞、颂、七、对问、连珠、隐语、成相杂辞等皆可称"赋"。自从《文选》将骚(楚辞)、赋分立,不少学者认同了辞、赋二体论,于是产生了狭义的赋文体观,各类赋集一般只选录以"赋"名篇的作品,如《唐文粹·赋》《文苑英华·赋》《赋苑》《赋略》《历代赋汇》等。但是,广义赋体观并未消失,仍有一些学者在赋集中辞、赋并选,在论赋时亦兼论楚辞,元祝尧所编之《古赋辩体》、今人马积高之《赋史》即是代表。这两种观点都有道理,但又各执一端,皆有偏颇。狭义的赋体观将楚辞体排除在赋外,看不到辞、赋之间的密切关系;而广义的赋体观则又将辞、赋混同,抹煞了二者之间的区别。唯有俞王言虽然将辞、赋视为两种文体,但又共同选入一部书中,先辞后赋,以直观的方式揭示两种文体的渊源承继关系,这比狭义赋体观与广义赋体观都更为稳妥。尤为可贵的是,俞王言是第一个在书名中使用"辞赋"一词的赋学家,这在古代似乎是绝无仅有的。直到1927年,陈去病出版《辞赋学纲要》一书,学术界才渐渐认同"辞赋"连称的做法,而大量的辞赋学研究著作则是在1980年之后出现的。尽管"辞赋"一词早在《史记》中就已经出现,但是真正将其视为两种文体、明确地认识到二者之间的辩证关系,并且用来作为书名的,则以明代俞王言为发端。值得一提的是,俞王言几乎将所能见到的全部楚辞作品都纳入书中,可见他对楚辞文学的高度推崇。其门生金溥认为"域中有三奇,则《南华》《楞严》《楚辞》是也",即受此影响。至于七、符命,《文选》曾将其与赋、骚、辞并列,视为不同的文体形式。但自明代以来,学者多认为七体实为赋之一种,枚乘《七发》即是汉代散体大赋的滥觞;而符命一体,学者皆斥之赋外,唯有俞王言将之纳入赋集。其实俞王言并未真正视之为赋,他在卷十八下加一"附"字,旨在考察赋体文学对其他文体的渗透与旁衍,为读赋、治赋者提供参考。这与张溥在《司马文园集题辞》中评价相如《难蜀父老》《封禅文》等"皆赋流也"如出一辙,都是在努力揭示一种重要的文学现象:在赋体文学鼎盛的汉代,七、符命、吊文、对问等相关文体无不受其影响。可见,俞王言既对楚辞与赋的关系有着公允的认识,同时又注意到了赋对其他文体的影响与沾溉,其文体观念是比较通达的。

其次,对于古代各体文学,俞王言独尊辞赋,具有十分浓厚的复古倾向。俞氏《刻辞赋标义序》开篇即云:"艺林之技,首推辞赋。辞则屈子从容于骚坛,赋则马卿神化于文苑。屈子发愤于忠肝,存君兴国之外,无他肠焉。而篇各异轴,语各殊制,触意成声,矢口成响,譬之橐籥,虚而不屈,动而愈出,其天行者乎!马卿藻思渊涵,才情霞起,立乎四虚之地,游乎万有之途;有境必穷,无象不肖;譬之大壑,舟焉者浮,饮焉者饱,其泉涌者乎!……故侪马卿于屈平,兄弟也。"认为司马相如在赋坛上的地位与屈原在楚辞领域中的地位相当,二人堪称伯仲。这种观点或许受到王世贞

(1526—1590)"屈氏之骚,骚之圣也;长卿之赋,赋之圣也"(《艺苑卮言》卷二)的影响,①显示了明代学者对于屈、马文学成就的高度推崇。其对二人艺术风格的比较,亦卓有见地。屈马并尊之外,俞氏对六朝赋有所贬低,而对于唐赋的对仗精工,宋赋的淡泊闲远,皆以其违背古赋的精神实质而不屑置评。《序》云:"倚马卿于屈平,兄弟也;宋、景、杨、贾,父子也;班、张、潘、左、曹、陆辈,祖孙也;其余皆曾玄耳。后之作者如林,然唐以绮偶,宋以淡泊,古道衰矣。"该书《凡例》亦明言:"赋以雄浑典丽为主,故虽两汉六朝诸名家,亦时有采择焉。至骈偶靡曼之音,则一概不录。"显然推崇"雄浑典丽"的先秦两汉辞赋,而排斥对仗雕琢的骈赋、律赋。该书专选唐以前辞赋,唐宋以后赋只篇未取,便是这种复古观念的具体实践。当然,这种复古思想并非俞王言独有,而是元明以来赋学家们的共识。元祝尧《古赋辩体》卷一云:"《离骚》为词赋祖。……自汉以来,赋家体制,大抵皆祖原意。"②对楚辞体、两汉体辞赋(古赋)极为推崇,而对后代的三国六朝体(俳赋)、唐体(律赋)、宋体(文赋)则颇有微词。明初吴讷《文章辨体》继承了祝尧的赋学思想,亦尊古轻律。而"前七子"领袖李梦阳更是提出了"汉无骚""唐无赋"的著名论断:"已问唐所无,曰:唐无赋哉。问汉,曰:无骚哉!山人于是则又究心赋骚于汉唐之上。"③这种复古思想尽管有其偏颇之处,但对明代末年的赋学批评和赋集编纂都产生了巨大影响。明末编纂的赋体文学总集中,李鸿《赋苑》、俞

---

① 俞王言与王世贞同时,故观点相近,但不知孰先孰后。杨清琴以为俞王言应与其生徒金溥的父亲金章年龄相仿,大约生于嘉靖癸未(1523),则其生年与王世贞亦十分接近。详见杨清琴《〈辞赋标义〉研究》,首都师范大学文学院硕士论文,2010年,第2页。

② [元]祝尧:《古赋辩体》卷一《楚辞体上》,《文渊阁四库全书》本,第1366册,第718页。

③ [明]李梦阳:《空同集》卷四十八《潜虬山人记》,《文渊阁四库全书》本,第1262册,第446页。

王言《辞赋标义》都专门辑录先唐赋，只不过《赋苑》按照时间先后顺序编排，而《辞赋标义》则依照内容分类编排而已。周履靖《赋海补遗》虽然选录历代赋，但也以先唐赋为主，唐宋赋仅寥寥数篇。倘若究其根本，元明时期复古思想的盛行无疑是这种观念产生的现实土壤；而科举考试只考古赋，不考律赋，也对这种赋学观的产生起了推波助澜的作用。

附记：原载《社会科学》2015年第5期。

《赋海补遗》编者考

《赋海补遗》二十八卷,附录二卷①,题沛国子威刘凤、嘉禾逸之周履靖、四明纬真屠隆同辑,明万历年间书林叶如春绣梓。马积高先生在《历代辞赋研究史料概述·辞赋要籍叙录》中指出:

> (《赋海补遗》)卷三〇附录履靖自作《螺冠子自叙》,列其著述,首举《赋海补遗》,则此书实履靖所辑,刘凤、屠隆盖挂名耳。②

马先生所言极是,惜未作具体阐述。本文拟从六个方面加以论证,说明《赋海补遗》实为周履靖一人所辑。

一、从卷一周履靖自序来看

《赋海补遗》卷一周履靖自序云:"余观作赋,始祖风骚,创于荀宋,盛于两汉,迨至魏晋六朝,贾、曹、傅、陆之俦纵横玄圃,司

---

① 国家图书馆善本部、北京师范大学图书馆古籍阅览室藏。北师大本为完帙。
② 马积高:《历代辞赋研究史料概述》,中华书局2001年版,第195页。

马、江、王之辈驰骋艺苑。浩如河汉,灿若斗星。惭余管见,不能遍阅,仅纂题雅词玄、句寡意长者七百余篇,名曰《赋海补遗》。少俟暇时披览,倚韵追和,无暇计其工拙也。观者幸毋大噱。周履靖识。"此序中并未提到刘凤、屠隆之名。倘若刘、屠二人参与了此书的编纂,周履靖理应在自序中加以交代,并且说明其共同辑赋的缘由、经过、宗旨等。"余观作赋""惭余管见"云云,分明是说自己水平有限,不能遍阅古代优秀赋作,仅仅选取"题雅词玄、句寡意长"的赋篇编辑成集。实际上,整部赋集一直贯穿着周履靖个人的选赋标准,丝毫没有反映刘凤、屠隆的赋学观念。可见刘凤、屠隆二人并没有参加《赋海补遗》的编纂工作。

二、从卷末周履靖《螺冠子自序》来看

《赋海补遗》卷三十周履靖《螺冠子自序》称:"螺冠子所著有《赋海补遗》三十卷,《江左周郎诗苑》三十二卷,《螺冠子咏物诗》二十六卷……"其中也并未言及刘凤、屠隆二人。这一点马先生已经提及。

三、从卷首陈懿典序来看

《赋海补遗》卷首为明陈懿典序。陈懿典,字孟常,号如冈,秀水(今浙江嘉兴)人。万历二十年(1592)进士。曾任侍读学士,官至中允,乞假归,崇祯初起为少詹事,不赴。著有《吏隐斋集》,此外尚有《读史漫笔》一卷、《读左漫笔》一卷、《广橚李往哲传》十卷、《陈氏家乘》四卷。陈序首先叙述战国以来赋家林立,佳作如云,学者未能观其全,而后引出周履靖所辑之《赋海补遗》。这与周履靖自序中所述之辑赋缘由略同。陈序又称:"周逸之氏(笔者按:周履靖字逸之),傲寄北窗,才高东箭,著述之富,甲于一时。暇日

探遗珠于学海,采夕秀于艺林,爰自汉初,迄于宋季,略耳目之所逮,搜蔽隐之奇文,比类相从,都为二十八卷。"并未提及刘凤、屠隆二人。由此也可以看出,这二十八卷的《赋海补遗》乃周履靖个人所辑。

据陈序,周履靖在搜集、编录前代优秀赋作的同时,还会感时而作,倚韵和之:"或载赓前韵,或独创新裁。譬珪璧之蝉联,俨宫商之迭奏。言玄象不必《梁园》《雪》《月》之奇,咏坤舆非借《江》《海》《天台》之笔。至于侈宫室之壮丽,则追踪《鲁殿》《铜台》;指人事之繁多,则媲迹《思玄》《感士》。……今欲墨守旧型,兼步群哲,一一若化工肖物,均就炉冶,可谓取材富而用力劳矣。"对于周履靖潜心作赋、劳神苦思的情形,陈氏也有生动的描绘:"闻逸之,居恒授简。时销烛沉膏,映檐滴露,每茗寒不啜,发垢不沐,冥思一往,数千言若倾峡而出。……是编之成,曾未四阅月,亦才人之极致也。夫网罗古昔者易为工,独出新杼者难为力。是编也,其搜葺之勤,与类聚之巧,要有不可泯者。没人之于大海,珊瑚明月与惝怳光怪之物兼收并蓄,总之皆宇宙之奇观云尔。题曰《赋海补遗》,并为叙而存之,以俟后世之有杨子云者。而登高能赋之君子,亦有所取资焉。"陈序自始至终都在交代周履靖编纂《赋海补遗》的原因、过程,描写周履靖沉迷作赋、深居简出、茶饭不思的生活状态,并对其"曾未四阅月"(不到四个月的时间)就编辑成一部有规模的赋集而深为敬佩,赞为"才人之极致也"!如果刘凤、屠隆二人实际上参加了《赋海补遗》的编辑,陈懿典理应在序中加以提及。

四、从刘凤、屠隆的生平著述来看

查阅纪昀等《四库全书总目提要》、吴新苗《屠隆研究》、张㧑之等《中国历代人名大辞典》、池秀云《历代名人室名别号辞典》等书,可知刘凤、屠隆二人的生平著述情况。刘凤,字子威,长洲(今江苏苏州)人。嘉靖二十三年(1544)进士,勤学博记,曾为侍御,官至河南按察佥事,投劾罢归。家多藏书,有藏书楼曰扉载阁。著有《刘子威集》五十二卷、《续吴先贤赞》十五卷和《澹思》《太霞》二集等。并没有编过《赋海补遗》。屠隆(1542—1605),字纬真,一字长卿,号赤水、鸿苞居士,浙江宁波人。明万历五年(1577)进士。曾任河南颍上知县,官至礼部仪制司主事,后因被诬陷而罢官。屠隆"既不仕,遨游吴越间,寻山访道,啸傲赋诗",一面耽言学道,一面诗酒风流,最终落拓而终。屠隆风流豪放,既擅诗文,复倾心戏剧。自王世贞、汪道昆谢世,士林推为词宗,居"末五子"之列。他一生著述宏富,流传至今的有诗文集《由拳集》二十三卷、《白榆集》二十八卷、《栖真馆集》三十一卷、《娑罗馆逸稿》二卷,杂著《鸿苞集》四十八卷、《考盘余事》四卷,佛教哲学著作《佛法金汤》一部,传奇《昙花记》二卷、《彩毫记》二卷、《修文记》二卷,又有清言小品《娑罗馆清言》二卷、《续娑罗馆清言》一卷。也没有关于其编纂《赋海补遗》的记载。

五、从《赋海补遗》的收赋情况来看

《赋海补遗》所辑之赋,爰自汉初,迄于唐末,不收宋金元三代赋①。明代赋较多,但皆为周履靖自撰,并未收录同时代其他赋家之作。如果刘凤、屠隆也同为编者,书中既有作为编者之一的周履靖的赋作,其他二位编者之赋也理应收入其中。但是《赋海补遗》却并未收录刘凤、屠隆的赋。其实,刘、屠二人并非没有赋作。检《刘子威集》,刘凤有赋近20篇,其中有时序赋,如《凌秋赋》《清

---

① 笔者按:陈懿典《赋海补遗序》称"迄于宋季",可能是把南朝宋的作家误认为赵宋所致。

暑赋》《秋霁赋》等;有登览赋,如《登楼赋》《小山赋》等;有居处赋,如《斋居赋》《眺后园赋》等;亦有述志赋,如《拙赋》《优笑赋》等①。其赋多为长篇巨制,文采斐然。据《历代赋汇》,屠隆有《欢赋》《明月榭赋》《五色云赋》《溟海波恬赋》等②。刘、屠二人之赋质量并非不高,数量也非罕少,但是遍阅全卷,却找不到他们的作品。这于情于理都说不通。唯一的解释是:刘凤、屠隆并未参加《赋海补遗》的编纂。

六、从《赋海补遗》的命名和编纂旨趣来看

周履靖所纂"题雅词玄、句寡意长"之赋,大都是汉初至唐代有定评的作品。或广为流传,妇孺皆知;或词婉意长,备受推崇;或文辞华美,脍炙人口。如汉刘安《屏风赋》、张衡《归田赋》,魏王粲《登楼赋》、曹植《秋思赋》,晋陶潜《闲情赋》、向秀《思旧赋》,宋谢灵运《怨晓月赋》,梁江淹《四时秋赋》,唐王勃《涧底寒松赋》、陆龟蒙《杞菊赋》,等等。这些作品频频出现于各种文学总集、别集、史书、类书或者其他典籍之中,十分易得。因此,所谓《赋海补遗》,其实并没有辑佚学的价值,因为其宗旨并不在于辑录罕见之赋篇,为前人赋集拾遗补缺。统观全书,凡 617 题。其中 272 题选录前人之赋(除 2 题外,270 题皆有周履靖次韵之作,即陈序所谓"载赓前韵");另外 345 题皆为周履靖自作之赋(即陈序所谓"独创新裁")。这批"载赓前韵"(270 篇)和"独创新裁"(345 篇)的 615 篇赋,构成了《赋海补遗》的主体内容,乃是周履靖补"赋

---

① [明]刘凤:《刘子威集》五十二卷,《四库全书存目丛书》集部第 119 册,齐鲁书社 1997 年影印明万历刻本。

② [清]陈元龙:《历代赋汇》,凤凰出版社 2004 年影印清光绪间双梧书屋刻本。

海"之遗的真意所在①。从中不难看出周履靖睥睨古今的自信和气魄。既然他以一己之赋来补茫茫"赋海"之遗,对前人创作题材进行大规模地增补,自然就不会有其他编者参与其中。因此可以断定,《赋海补遗》只有一位编者,即周履靖。

　　既然刘凤、屠隆没有真正参与《赋海补遗》的编辑,周履靖为什么还要署上他们的姓名呢?笔者以为可能有以下几点原因:1. 刘凤是个藏书家,可能为周履靖提供了编书所需的图书资料。2. 刘凤非常关心《赋海补遗》的编纂,并且为该书撰写了《螺冠子传》以附于后。3. 刘、屠二人有功于该书的出版,可能为其提供了资金支持,或者帮助联系出版者书林叶如春。4. 三人来往甚密,诗酒唱和,颇有惺惺相惜之感。尤其是屠隆,在遭受政治打击后,隐居不仕,求仙访道,且长于诗、文、曲,与周履靖志趣相投。为了纪念三人之间的友谊,周履靖署上了刘凤、屠隆的姓名。5. 周履靖将自作赋 615 篇编入集中,占全书总篇数(887)的 69.33%,有违总集编纂之旨。为了避免后人讥评,他将好友刘凤、屠隆也署名为编者,造成三人同编此书的假象,借以掩饰自己的自负与放达。

　　最后,我们应该对《赋海补遗》的真正编者周履靖略作介绍。周履靖(1542—1632)②,字逸之,檇李(今浙江嘉兴)人。生活于明末嘉靖至万历年间。据李日华、郑琰《梅墟先生别录》,"先生父为东庄翁,而母李氏。……翁素无子,一夕梦黄冠乘鹤者入室,觉而生先生。聪慧与人殊,且又善病也。"③周履靖少时读书刻苦,不仅

---

①　所谓"独创新裁"之赋 345 篇,亦不可一概而论。如南朝宋傅亮有《春雨赋》,周履靖不收,自作一篇;唐贾崇有《夏日可畏赋》,周氏不收,自作一篇;唐张鼎有《霹雳赋》,周氏亦不收,自作一篇。由此可见他对自己创作才能的自信乃至自负。

②　对于周履靖的生卒年,学术界说法不一。徐朔方先生认为他生于嘉靖二十一年(1542),卒于崇祯五年(1632),享年九十一岁,大致可信,今从之。详见徐朔方《晚明曲家年谱》第二卷,浙江古籍出版社 1993 年版,第 293—308 页。

③　[明]李日华、郑琰:《梅墟先生别录》卷一,《四库全书存目丛书》史部第 85 册,齐鲁书社 1997 年影印明万历间夷门广牍本。

博涉经史诸子百家言，而且"旁及书画、鼎彝诸谱，以至草木禽鱼，天星地术，异域方言，无不涉入"①。性嗜梅，曾于房前屋后种梅三百株，因号梅墟、梅居士、梅颠道人，又号茹草生。游海上获大螺以为冠，遂号螺冠子。又因羡战国时代魏国隐士侯生，故又号夷门。据《嘉兴县志》《嘉禾征献录》等典籍记载，周履靖一生不屑仕进，虽"郡县交辟，不应"，常年幽栖于郁秀观。但与刘凤、茅坤、王世贞、屠隆、郑琰、陈继儒、陈懿典、文嘉、董其昌、王穉登、周天球、张凤翼、项元汴等艺苑名流交好。晚年更是远离尘世，倾心于修道养生、炼丹成仙的生活。

周履靖一生读书广博，兴趣多样，潜心著述，成果丰硕。他能诗善咏，著有诗词集《闲云稿》四卷、《泛柳吟》一卷、《骚坛秘语》二卷、《青莲觞咏》二卷、《咏物诗》十卷、《梅颠稿选》二十卷（陈继儒选）等，传奇《锦笺记》二卷、《鹤月瑶生》四卷、《山家语》一卷等。此外还钻研书法、篆刻、绘画、医学、养生、气功、美食、茶道、游冶、园艺、博物等，皆有著述。晚年汇为《夷门广牍》一百五十八卷，收书 106 种。所编《赋海补遗》三十卷，是中国赋集编纂史上的一部奇书。该书选录先秦至唐代抒情咏物小赋 272 篇，另有周履靖个人赋作 615 篇（马积高先生说是 606 篇，不确），总数为 887 篇（自序称七百余篇，不确）。总集而兼有别集的性质，可谓前无古人。更重要的是，该书所录周履靖自作赋 615 篇，清人编纂的大型赋集《历代赋汇》《赋海大观》等皆未收录，其文献价值是不言而喻的。周履靖也因此成为中国历史上存赋最多的作家。在保存周履靖个人赋作的同时，《赋海补遗》还能在一定程度上展现明赋创作的情况，进而反映出明末文人远离政治、啸傲自适的生活状态。

附记：原载《中国典籍与文化》2011 年第 1 期，与孙晨硕士合作。

---

① ［明］周履靖：《螺冠子自叙》，《赋海补遗》卷三十，明万历间书林叶如春刻本。

《赋珍》补论

《赋珍》八卷,明施重光辑,明万历年间住邢(刑)部韩铺刻本。据《代州志》记载,施重光,字庆征,代州振武卫(今山西省代县)人。万历七年(1579)举人,万历二十九年(1601)进士,官至刑部郎中,以刚直罢归。撰有《主臣言》《代州志》《赋略》《唐诗近体集韵》四种①。后两种尚存于世。《赋珍》是明代末年出现的一部颇有特色的赋集,程章灿先生《〈赋珍〉考论》一文对编者施重光的字号、籍贯、仕履,作序者吴宗达的生平、字号,《赋珍》中体现的赋学观点等进行了十分精湛的研究②,本文拟对程先生未暇顾及的几个问题进行补充和引申。

一、《赋珍》的版本及印行情况

《赋珍》一书,海内外有四家图书馆收藏:1. 美国哈佛大学燕京图书馆;2. 中国国家图书馆善本部;3. 北京大学图书馆古籍特藏部;4. 西北大学图书馆古籍珍藏部。程氏所论乃是依据哈佛大

---

① [清]吴重光纂:《代州志》卷四,乾隆五十年(1785)刻本。
② 程章灿《〈赋珍〉考论》,《赋学论丛》,中华书局2005年版,第111—128页。

学燕京图书馆藏本,程先生还曾经将哈佛本与《北京图书馆古籍善本书目》的信息进行对照,认为两馆所藏"虽则装订册数不同,但据版式来看,二者应属于同一刻本"①。这一观点无疑是正确的。笔者未见哈佛本,但曾对国家图书馆所藏之《赋珍》胶卷(原件8册,共摄2卷,索书号5744)、北京大学图书馆所藏之《赋珍》原件(4函20册,索书号:SB/811.308/0829)、西北大学图书馆所藏《赋珍》之原大复制品(2函8册,尚未编号)进行比勘,发现三者皆为半叶十行二十字,小字双行同,白口,单黑鱼尾,四周双边,版框高22.9厘米,宽15.7厘米,版本状况与哈佛藏本相同。此外,国图本、北大本、西大本在卷一、卷二、卷五、卷六、卷八的书口皆有刻工名和字数,出现的位置也相同。例如在卷一第5叶版心下方皆刻有"夏三百一十八"字样,卷六第47叶版心下方皆刻有"靳应林四百廿八"字样。这些都足以证明四馆所藏实为同一个刻本。唯北大本阙吴宗达序,哈佛本阙卢枏赋1篇。又,国图本、西大本在吴宗达《赋珍序》之版心下方皆刻有"住邢部街韩铺刊"7字,交代了出版单位。至于编纂时间,据吴宗达序当在施重光万历二十九年(1601)中进士之后任职刑部的数年间,其刊刻亦应在此时或者稍后。程章灿先生指出,吴宗达于万历三十二年(1604)探花及第,随后授翰林院编修,而序中却无丝毫反映,这说明吴序当作于万历二十九年至三十二年之间,其刊刻也不会太迟②。其说甚是。

笔者认为,四家图书馆所藏《赋珍》的印行时间并不完全一致。首先,据程先生《〈赋珍〉考论》,哈佛本中"卷五《机赋》,作者为汉代王逸而误为汉王起"③,而国内三本皆刻作"汉王逸",不误,北大本、国图本尤为清晰。其次,哈佛本、国图本皆无目录,使用

---

① 程章灿:《赋学论丛》,第113—114页。
② 参同上书,第121页。
③ 同上书,第128页。

颇为不便，所以程章灿先生整理出《赋珍目录》附在《考论》之后①。但是，西大藏本在吴宗达序之下刻有《赋珍总目》，尽管其中有不少失误（详下文），还是为读者使用该书提供了很大便利。这是西大藏本与其他三本的最大区别。根据图书纂修过程中"前修未密，后出转精"的规律，可以初步断定哈佛藏本为初印本；国图本、北大本次之，它纠正了哈佛本的一些错误，并且在书末多出了卢柟《幽鞠赋》1篇。卢柟是王世贞十分激赏的作家，《赋珍》吴宗达序曾将其与何景明、李梦阳、王世贞并称为何李王卢，施重光也在卷八的按语中对其加以称扬。因而《赋珍》不可能不选录卢柟之赋。程章灿先生以为施重光编书之时身在旅途，手头乏书，故有此憾。但笔者认为，更大的可能是：施重光原本已经选入此篇，刊刻发行，但由于编在全书之末，易于毁损；而哈佛本数易其主，辗转流散到国外，因保存不善而佚失此篇，也不足为奇。可以肯定的是，西大本印行时间最晚，因为其增加了《赋珍总目》，并且字迹模糊，偶有脱文，这正是反复印刷、印版磨损所造成的现象。

程章灿先生《〈赋珍〉考论》称，哈佛本钤有"清仪阁""嘉兴张廷济字未行二居履仁乡张林里藏经籍金石书画印"和"哈佛大学汉和图书馆珍藏印"三枚印章。张廷济（1768—1835），字未未，浙江嘉兴人，斋号清仪阁，清代著名藏书家、金石学家。此《赋珍》原为张廷济旧藏，大概于民国期间流入美国②。据笔者所见，北大本品相完好，墨迹清晰，显然也是较早的印本，但该本仅在每卷卷首、卷末钤有"北京大学藏书"朱文小篆方章，收藏源流不详。国图本《赋珍序》下有三枚印章："明善堂珍藏书画印记"长形小篆章、"安乐堂藏书记"长形小篆章和"北京图书馆藏"方形小篆章。明善堂又名安乐堂，清代藏书楼，其主人为第二代怡亲王爱新觉

---

① 参见程章灿《赋学论丛》，第129—142页。
② 参同上书，第113页。

罗·弘晓①。弘晓(1722—1778),号秀亭,又号冰玉道人,清代藏书家,诗人,著有《明善堂全集》。明善堂藏书于同治年间散失,今国家图书馆尚有少量收藏,《赋珍》乃其中之一。吴序首页之书眉处尚有"崇祯丁丑仲冬行人吴泰来查"和"崇祯丙戌秋日行人司杨抡查"两枚长形楷书章,可知此本之印行年代仍在崇祯丁丑(1637)之前。西大本在《赋珍序》首页有三枚印章:"画荻堂藏书"长形小篆章、"西北大学图书馆藏书"方形小篆章和"真州吴氏有福读书堂藏书"方形小篆章。画荻堂本为欧阳氏堂号,钤印时间不详;吴有福原名吴福茨,清末光绪、宣统年间人,儒雅好学。据藏印不足以考证该本之印行年代,只能推测其为明末清初印本。

二、西大本之《赋珍总目》

前已言之,西北大学所藏之《赋珍》刻有《赋珍总目》,颇便读者。不过,《总目》的编纂比较粗糙,与正文颇有不一致之处。现择取数条,列表如下:

《赋珍总目》	《赋珍》正文
五星同色(唐张叔良)	五星同色赋(唐张叔良)
景星赋(唐李子兰)	景星(唐李子兰)
老人星赋(唐杨炯)	老人星(唐杨炯)
秋河赋(张环)	秋河(张环)
五色卿云(唐李恽)	五色卿云赋(唐李恽)

---

① 叶昌炽《藏书纪事诗》按语云:"怡府藏书之印,曰'怡府世宝',曰'安乐堂藏书记',曰'明善堂览书画印记'。"[清]叶昌炽:《藏书纪事诗》卷四,北京燕山出版社 2008 年版,第 269 页。

续表

《赋珍总目》	《赋珍》正文
夏云赋（刘元淑）	夏云（刘元淑）
浮云赋（晋陆机）	浮云（晋陆机）
协风赋（王起）	协风（王起）
熏风赋（李淑）	熏风（李淑）
迅风赋（汉赵壹）	迅风（汉赵壹）
黄钟（唐佚名）	黄钟宫为律本赋（唐佚名）
历者赋（宋苏颂）	历者天地之大纪赋（宋苏颂）
中和节赋（贾悚）	中和节献农书（贾悚）
乾坤为天地（唐陆肱）	乾坤为天地赋（唐陆肱）
掌上莲峰（唐吕令问）	掌上莲峰赋（唐吕令问）
昆明池赋（张仲素）	昆明池（张仲素）

不难看出，有些作品在正文中题为"某某赋"，而《总目》省去"赋"字，如《五星同色赋》（唐张叔良）、《五色卿云赋》（唐李恽）、《乾坤为天地赋》（唐陆肱）等；与此相反，有些作品在正文中的题目无"赋"字，而《总目》增之，如《景星》（唐李子兰）、《老人星》（唐杨炯）、《迅风》（汉赵壹）、《昆明池》（张仲素）等；还有一些作品，正文中的题目为全称，《总目》却用简称，如《黄钟宫为律本赋》（唐佚名）、《历者天地之大纪赋》（宋苏颂）等。这虽不算是大问题，但作为一部完整的赋集，理应前后统一，避免产生歧义。

此外，《赋珍》一书辑录了不少参考资料，皆以双行小字排印，旨在为读者学习作赋提供相关资料，其实它们不是赋，也被《总目》的编者误为赋篇而列入。例如，卷一《秋雾》（谢良辅）之下，以小字排印了一首题为《秋雪》的诗："遍览古今集，都无秋雪诗。阳春先唱后，阴岭未消时。草讶霜凝重，松疑鹤散迟。清光莫独占，还对白云司。"《总目》中却误标为《秋雪赋》。又如卷二《岭表赋》

(宋谢灵运)之下,编者辑录了《谷》(韩退之)、《丘》(柳子厚)两段文字,以双行小字排印。其实两篇分别是韩愈的《送李愿归盘谷序》、柳宗元《钴锅潭西小丘记》,《总目》题为《谷赋》《丘赋》,大误。类似的例子还有《潭》(柳子厚)、《冰壶》(佚名)、《毛颖传》(韩退之),它们本来的题目分别是《小石潭记》(柳宗元)、《冰壶诫》(姚元崇)、《毛颖传》(韩愈),《总目》却题为《潭赋》《冰壶赋》《毛颖传赋》,这就混淆了赋与记、诫、传等文体的区别,甚不可取。同理,编者将《五行志》(汉班孟坚)、《五行论》(欧阳永叔)也在《总目》中列出,当然也是不恰当的。

第三,《总目》有遗漏。正文卷二有《西岳望幸赋》(阎随侯)、《黎阳山赋》(刘桢)、《虎牢山赋》(潘岳)、《大孤山赋》(李德裕)、《临楚江赋》(谢朓)、《河水赋》(应场)、《金在镕赋》(范仲淹),卷三有《辟雍乡饮酒赋》(晋傅玄)、《六瑞赋》(唐李子卿)、《更是岐山之会赋》(佚名),卷五有《簏赋》(贾谊)、《埙篪相须赋》(许尧佐)、《延和殿奏新乐赋》(宋苏子瞻),等等,《总目》皆遗漏不载。

此外,卷六收入唐梁肃《三如来赞》1篇,包括《毘卢遮那佛赞》《卢舍那佛赞》《释迦牟尼佛赞》和《总赞》,皆为四言,与赋接近,可以考见赋对佛教典籍的影响。《总目》编者不晓其隶属关系,竟然将总名《三如来赞》与下面3条赞语并列,成为4篇。3条赞语之后有"右毘卢遮那赞""右卢舍那佛赞""右释迦牟尼佛赞"字样,其中"右"表方位,《总目》的编者照样抄录,成为衍文,尤其不该。

总的看来,《赋珍总目》虽然为读者查阅正文提供了不少方便,但其编纂颇为粗疏,不可尽信,应该是书商仓促为之。其实,《赋珍》有着自己独到的编纂体例,而《总目》的编者不理解这些体例,甚至对一些文学名篇(如《送李愿归盘谷序》《小石潭记》等)也不甚熟悉,所以才出现了这些不应有的错误。

三、《赋珍》的体例特点

明末万历崇祯年间,赋集的编纂颇为兴盛。在今日可见的七、八种明末赋体文学总集中①,《赋珍》的特色十分鲜明。编者不拘成规,在编纂体例方面进行了一些有益的探索。吴宗达《赋珍序》说施重光"今宦迹所履,犹然刑名钱谷中,而能澄心玄览,吊三闾之陫恻(侧),探六义之幽深",惊叹其才华之高。由于任职刑部,公务繁忙,编者未能对赋作进行分类,甚至没有撰写凡例、编制目录,留下一些遗憾。但仔细揣摩,《赋珍》确实有着自己独到的编纂体例。最突出的有以下三点:

(一)荟萃名篇,分级编录。《赋珍》选录历代赋346篇,皆为赋史名篇,按其内容和题材分类编集,依次排列。对于这346篇赋,编者的处理方式是不同的,正文部分或顶格排印,或低一格排印,或全篇录入,或节取其中的片断,可见其推重程度的差别。凡顶格排印者,皆为必读篇目,是有开创性和典型性的名赋;凡底一格排印者,则为参考篇目。例如卷一前10篇赋,只有3篇赋的正文是低一格排印的,分别是第二篇《太极赋》(元黄晋卿)、第四篇《碧落赋》(唐翟楚贤)、第六篇《日五色赋》(唐李程)。其中李程《日五色赋》乃律赋名篇,影响极大,编者却将其降格处理,或许是由于它同上篇赋《日赋》(唐李邕)内容接近的缘故。这些低一格排印的赋作,又可以划分为两类:凡是全篇录入者,皆题写完整赋名,如前面提到的《太极赋》《碧落赋》《日五色赋》等篇;凡节录之赋,一般赋题中省去"赋"字,如赵壹《迅风赋》、苏轼《快哉此风赋》、潘尼《火赋》、王起《钻燧改火赋》、范仲淹《金在镕赋》等。编者有时还将作者名以小字形式附在正文之下,如王起《协风赋》、

---

① 参见马积高《历代辞赋研究史料概述》,中华书局2001年版,第296—297页。

李淑《熏风赋》、刘桢《黎阳山赋》、应玚《河水赋》等。这些不同的处理方式,恰好反映了编者对不同赋作之文学意义和应用价值的理性思考。

《赋珍》所编录的赋作,皆以大字排印。检视这些作品,我们发现编者对赋的文体范围有着较为通达的看法。例如,卷四收录宋陈希夷的《龙图序》,卷五收录唐王勃的《乾元殿颂》,卷六收录唐梁肃的《三如来赞》、梁简文帝的《大法颂》《菩提树颂》,卷八还收录了当代作家何景明的《九咏》。这些近似赋体的序、赞、颂、九等作品入选《赋珍》,说明编者注意到赋与其他文体之间有交叉渗透关系,其间的划分并不是泾渭分明的。

(二)资料丰富,不拘一格。编者在选赋之余,还辑录了一些与本题相关的历史资料和诗文作品,全部排印成双行小字,为读者聚材征事、锤炼辞藻提供参考。这是《赋珍》与其他赋集迥异之处。例如在卷二《地赋》《土风赋》之下,编者以 15 叶的篇幅排列相关的历史地理文献,包括"颛顼始制""尚制""周职方""秦郡县""汉置州""隋地志""唐十道"等条目,甚至还附有《元命苞十二州》、《十二州牧箴》(扬雄)、《闵广刺帅序县令箴》等相关作品(卷二,3—17)①,内容十分丰富,既可以帮助读者理解所选各赋,也可供进一步创作之参考。这种处理当然是有意义的,但有时资料过于芜杂,漫无统绪,使人不得要领。而且,所录资料多为节录,不载出处,处理方式也颇不统一。例如在元赵子昂《吴兴赋》之下,编者辑录了《长沙土风碑》(唐张谓)、《楚州修城南门记》(唐佚名)、《信州修造记》(宋王安石)、《测景台记》(唐佚名)、《儵然台记》(佚名)、《朝阳楼记》(唐皇甫湜)、《道山亭记》(宋曾巩)凡 7 篇作品(卷五,39—43),显然贪多务得,失于铨选。除了《测景台记》以大字排印外,其余 6 篇作品皆以小字双行排印,亦不知其中区

---

① 《赋珍》卷二,第 3—17 页。以下格式同此,不再出注。

别何在。在资料的编选和处理上,显然有粗疏和随意之处。

（三）批注灵活,颇有文采。对于所选名赋,编者概不加注,但对不少赋作进行了批点,或眉批,或尾批,方式十分灵活。如全书首篇《天地赋》(晋成公绥)下以小字注云:"《文苑英华》载唐赋几千首,求其矫矫若子安言,少双矣。余谓《选》后更无赋,是耶非耶?"(卷一,3a)既可见出施重光对成公绥(字子安)赋的高度推崇,也可借以考察施氏编纂此书的资料源。① 书中眉批异于他书,一般不分析章句,也不评点隽语,只是抒发个人感受。如晋庾阐《扬都赋》眉批云:"黄旗紫盖,扬都之王气长久;虎踞龙蟠,金陵之地体贞固。"(卷五,33a)对仗工稳,颇类赋句。元赵子昂《吴兴赋》眉批:"溪上玉楼楼上月,清光合作水晶宫。"(卷五,38a)又像是两句七言诗。梁昭明太子《博山赋》眉批如下:"下实上虚,外圆内郎(朗)。玉铉金耳之饰,巽木离火之象。法三台之位,均九州之壤。镂厥奇状,文有鸾凤蛟龙;御其不若,怪无魑魅魍魉。"(卷五,66a)这俨然就是一篇短赋。这样的眉批比比皆是。据台湾辅仁大学王欣慧教授考证,这些眉批"绝大多数皆出自前人旧作,而非施氏自为之语。"②以上所引眉批,分别出自徐陵《太极殿铭》、杨汉公《九月十五日夜绝句》、梁德裕《宝鼎赋》。这些眉批与正文互相补充,相得益彰。当然,也有些批点颇能启人思考。如赵壹《迅风赋》眉批:"永叔《秋声赋》,出于此。"(卷一,41a)苏轼《快哉此风赋》眉批:"王融烈士英风,谢朓幽人之风,沈约羽客仙风。○君子风见《艺文类聚》引《风俗通》,小人风见《北史》芒山之役。"(同上)或者将同类赋加以对比,指出其因袭递嬗之迹;或者把近似或相异的意象拈来列举,并揭示其出处,借以拓展读者的视野与境界。

---

① 程章灿先生对《赋珍》的编排顺序、数据源、选赋标准等论之甚精审,本文不赘。
② 王欣慧:《作赋津梁——明代万历年间辞赋选本研究》,台中五南图书公司2015年版,第150页。

有些眉批还涉及文字校勘,如梁元帝《玄览赋》"祖三条于宰邑"句眉批:"一作班六条于宰邑。"(卷五,49b)唐舒元舆《牡丹赋》"淡者如赫"句眉批:"赫,无谓。作赭是。"(卷六,64a)"或亭亭露奇"句眉批:"前有露,此或作雨。"(64a)此类批点虽不多,但皆精当深刻,令人信服。

　　总之,尽管《赋珍》有体例不纯、分类不明、前后失照等缺点①,但仍然堪称是明代末年的一部很有特色的赋集,它在选录经典赋作、提供相关资料、拓展读者阅读视野等方面进行了可贵的探索。至于该书卷八选录当代之赋,也可见出编者的魄力与识见。同时代的赋集中,李鸿《赋苑》、俞王言《辞赋标义》仅辑录先秦至六朝之赋;周履靖《赋海补遗》颇为有趣,除辑录汉初至唐末赋以外,明代赋较多,但均为周氏个人赋615篇,显然欲借编书以求不朽;袁宏道《精镌古今丽赋》、陈山毓《赋略》通选各代之赋,袁选有系统的批点,陈选将选赋、评赋与辑录赋学资料相结合,价值甚高,但仍局限于赋学之内。只有《赋珍》立足于赋而又不局限于赋,所录资料从赋拓展到颂、赞、七等赋体文,进而延伸到诗歌以及与此相关的文史资料。施重光试图以自己的编选实践来为读赋、作赋者提供尽可能丰富完备的参考资料,进而证明"功夫在赋外"这样一个再浅显不过的道理。

附记:原载《辽东学报》2012年第6期。

---

① 《赋珍》在赋作篇名、作者、时代等方面也存在一些失误,程章灿先生亦有论述,本文不赘。

陈山毓《赋略》及其赋学观

《赋略》34卷绪言1卷列传1卷外篇20卷,凡56卷,明陈山毓辑,明崇祯七年(1634)陈临、陈舒、陈皋、陈庞校刻本,国家图书馆善本部藏。该书未能引起学术界的重视,仅何新文、马积高先生有极为简短的介绍。① 下面即详细讨论之。

陈山毓(1584—1621)②,字贲闻,私谥靖质居士,浙江嘉善人。据《千顷堂书目》卷二十六、《(雍正)浙江通志》卷一百四十、《(光绪)嘉善县志》卷二十四,山毓为万历四十六年(1618)"戊午科"解元。为人敦伦好善,恬怀雅度,善骚赋,为世所宗。撰有《靖质居士集》6卷、《赋略》56卷。《赋略》陈氏自序作于万历四十六年(1618)孟夏,这大盖是《赋略》成书之年。

《赋略》不是普通的赋选,而是一部将选赋、论赋与辑录赋学资料相结合的赋学专著,体现了编者深刻的赋学思想。该书卷首有陈山毓《赋略序》,其实是一篇精粹的赋学论文,它从裁、轴、气、情、神五个方面来探讨赋学的基本理论问题。"裁"指体裁,即赋

---

① 参见何新文《中国赋论史稿》,开明出版社1993年版,第104页;马积高:《历代辞赋研究史料概述》,中华书局2001年版,第154页。
② 陈山毓生卒年据何新文先生考证补入。详见何新文、苏瑞隆、彭安湘《中国赋论史》,人民出版社2012年版,第248—249页。

的文体特征与范围。陈氏认为"屈子诸什皆赋也","颂者,赋之别目",视赋、骚、颂为同一种文体,这当然不符合今天的文体学思想,但也体现了一种明确的学术观点。"轴"指个性,即赋家创作的独特性与个性色彩。陈氏崇尚个性与创新,反对模拟与因袭,认为作赋应该"胸驰意骛,不受他人驱策,自我报玉,无取效眉"。"气"指的是行文的气势与逻辑力量。陈氏非常强调气在赋中的作用,认为"作者之气正可引,读者之气而使不歇,自然行挟风云,字洒珠玉。"赋篇或长或短,或一韵或数韵,但只要有气充溢其间,就能汪洋恣肆,一泻千里。"情"指赋家的真情实感。陈氏认为赋家要有强烈的情感体验与创作冲动,才能援笔为赋,切忌勉强动笔,无病呻吟,即所谓"胸无郁结,不必抒词;中有徘徊,才御楮墨,自然吐言逼真,中情妙达"。"神"指的是赋家的艺术想象力。陈氏以屈原、司马相如为例,认为作赋应该"神思独往,不以俗物缠心。故夫寓心万代,游神八方"。至于张衡《二京》、左思《三都》,虽然创作时间长达十余年,也仅仅是"博取充栋,漫录图纪,虽云富才,只是储宝,非神之谓也"。显然对赋作中神思(浪漫主义的想象与夸张)十分重视。陈山毓编选此书的目的,即在于为作赋者提供可资学习的范本,但他告诫读者,学习古人要有取有舍,所谓"凝情屈宋,不数张左,下则枚马,无取潘陆",其优劣评判的标准,恐怕就在于"五秘"中的轴、气、情、神。总之,《赋略序》对赋的文体范围、赋家的创作个性、行文气势、情感抒发、艺术想象力等诸方面进行了全面而精辟的阐述,或深化前人论点,或独出机杼,自创新说,对今天的赋学研究仍不无启发。

在选赋之前,陈氏还编有《绪言》1卷,《列传》1卷。《绪言》辑录历代赋论资料,并将这些资料分成源流、历代、品藻、志遗、统论凡五个部分来加以编排,从中可见编者的赋学思想。"源流"主要探讨辞赋的起源、文体范围及流变;"历代"描述楚汉时期辞赋创作的盛况(建安以后"阙而不录");"品藻"辑录前人对屈原、司马相如以至明人刘凤等历代辞赋家的评论；"志遗"研究那些失传的佳作；"统论"讨论赋的体裁、讽谕、情文、气、比兴、夸饰、物色、迟速等诸多方面的问题。这五部分都大量征引前人论述，体现了编者对这些观点的认同。如"品藻"部分论司马相如，征引《西京杂记》一段，刘辰翁语一段，王元美（世贞）语竟达六段，显然对王氏评论十分信服，并借以表达个人见解。陈氏还"述而兼作"，不时以"按语"或直接论述的方式来申述己见。如"源流"部分"颂者赋之统称"一段，先引述《文选注》中"赋之言颂者，颂亦赋之统称"的论述，然后自下按语云："《九章》有《橘颂》，《大人赋》史迁谓之《大人颂》，《洞箫颂》昭明谓之赋，《艺文志·赋略》中入《孝景皇帝颂》，《长笛赋》本称《长笛颂》，《籍田赋》臧荣绪《晋书》称《籍田颂》，然则赋可称颂，颂之取裁于赋者，即得称赋也。"①用大量的资料证明：赋与颂本为一体，显然是对李善论点的深化。又如"历代"部分"武帝淮南王宣帝"一段，指出"孝武雅好艺文，求之如不及。征枚生以蒲轮，读《子虚》而太息，得枚皋而大说，伤佳丽而制赋，赏悦既具，自制亦优。才士云会，辞章竞发，遗风余采，莫与比京"②。既肯定了汉武帝卓越的艺术品鉴才能与创作水平，又肯定了他领导一代赋风、引导汉赋创作走向兴盛的历史功绩，所论颇为中肯，且为独到之见。"志遗"部分感叹"汉赋千首，存者特百中之二三。所为云蒸霞蔚，呕心析胆者，俱灰飞烟灭，而不复见，岂不悲哉"！于是尽录《汉志》所载各赋之名，指出刘、班分赋为四种，乃是出于对赋之"上下工拙"的判断，"如枚叔、长卿入上等，而称枚皋好诙笑，不甚闲靡，则入第二"③。这种观点未必正确，但在诸赋散佚、刘班义例不复可见的情况下，仍不失为一种可资参考

---

① ［明］陈山毓撰，陈临、陈舒、陈皋、陈庞校：《赋略·绪言》，明崇祯七年（1634）刻本，第4页。
② 同上书，第5—6页。
③ 同上书，第28页。

的解释。这五部分体例严明，资料丰富，反映了陈氏对赋学问题的思考。至于《列传》1卷，专门辑录历代赋家的传记资料，其中汉代部分就从《史记》《汉书》《后汉书》中钩稽了关于贾生等20名赋家的资料，这无疑为读者提供了很大方便。

《赋略》正篇选赋始于先秦，迄于"国朝"（即明代），但不选宋金元三代之赋，可见出编者的倾向。该书卷一至卷十三专选先秦两汉辞赋，兹录其篇目，以管窥其编纂旨趣：

卷一 屈原25篇（离骚、九歌11篇〈东皇太一、云中君、湘君、湘夫人、大司命、少司命、东君、河伯、山鬼、国殇、礼魂〉、天问）

卷二 屈原（九章9篇〈惜诵、涉江、哀郢、抽思、怀沙、思美人、惜往日、桔颂、悲回风〉、远游、卜居、渔父）

卷三 宋玉13篇（九辩9篇、招魂、风赋、高唐赋、神女赋）

卷四 不知作者1篇（大招）、荀卿6篇（礼赋、知赋、云赋、蚕赋、箴赋、遗春申君赋）

卷五 贾谊3篇（惜誓、吊屈原赋、服赋）、庄忌1篇（哀时命）、枚乘1篇（七发）、汉武帝1篇（悼李夫人）、淮南小山1篇（招隐士）

卷六 司马相如4篇（子虚赋、哀二世赋、大人赋、长门赋）

卷七 东方朔7篇（七谏）、王褒1篇（洞箫颂）、刘向9篇（九叹）

卷八 班婕妤1篇（自悼赋）、扬雄5篇（反离骚、甘泉赋、河东赋、羽猎赋、长杨赋）、刘歆1篇（遂初赋）

卷九 班彪1篇（北征赋）、冯衍1篇（显志赋）、傅毅1篇（舞赋）

卷十 班固3篇（幽通赋、两都赋2篇）、曹大家1篇（东征赋）

卷十一、卷十二 张衡4篇（二京赋2篇、南都赋、思玄赋）

卷十三 马融2篇（广成颂、长笛颂）、王延寿1篇（鲁灵光殿赋）、蔡邕1篇（述行赋）、边让1篇（章华赋）、祢衡1篇（鹦鹉赋）

卷十四　王粲1篇(登楼赋)

共98篇。很显然,陈氏的赋文体观是广义的,他选赋而兼及楚辞体(屈原《离骚》、贾谊《惜誓》)、七体(如枚乘《七发》)、颂体(马融《广成颂》),实践了他在《绪言》"源流"中对赋之文体范围的界定。《赋略》外篇20卷,亦选录战国迄明代之赋,大概是为了弥补正编之遗。比如正编不选宋赋而外编增补之。其中卷二、卷三补选汉代辞赋30篇,体例与正篇同。

　　合而观之,陈山毓对所选各赋,不论正篇或外篇,一概按时代先后顺序排列。赋家传记已见于前,此处不再附赘。对于西汉各家,陈氏还在赋家名下交代其赋作篇数及存佚情况,如在"贾谊"名下注云:"《艺文志》贾谊赋七篇,今定着三篇。"在"汉武帝"名下注云:"《艺文志》上所自造赋二篇,今定着一篇。"而对于东汉诸家,因《后汉书》无《艺文志》,不曾交代各家曾经作赋的具体篇数,所以只好就今存者而论,如正篇卷九径称"班彪赋一篇""冯衍赋一篇"等。对于所选各赋,陈氏概未加注,只是在句旁用"、"或"○"的符号揭示句读,或揭示妙句。页眉处有注音,多用直音法或反切法,如扬雄《蜀都赋》眉批云:"何音呵。机,居里反。貜貗音巨奚。夷巂,呼圭反。"①但也有揭示异文或交代古今字、异体字的情况,如枚乘《梁王菟园赋》眉批云:"髳髪同。擯鐕同。"②扬雄《蜀都赋》"苴竹浮,流龟磧,竹石蝎相救"句眉批云:"一作龟鳖磧石。竹石二字,当合作若。"又该赋眉批:"卉,古草字。荀笋同。"③

　　该书尤其值得注意的地方,在于陈氏为各赋所作的题解或批点。题解多取自史传或前人注释,交代作赋缘由。如汉武帝《悼李夫人赋》题下注云:"《汉书》:李夫人蚤卒,上怜闵焉,自为作赋,

---

①　[明]陈山毓:《赋略·外篇》卷二,第15页。
②　同上书,第1页。
③　同上书,第15页。

以伤悼夫人也。"①班彪《北征赋》题下注云:"《文选注》:更始时,彪避难凉州,发长安,至安定,作《北征赋》。"②批点有赋前总批与赋中分批两种。赋前总批多书于书眉,表达编者对该赋的总体评价,往往言简意赅,时有独到之见。如王褒《洞箫赋》眉批云:"原本《七发》而宏衍之,展转效颦,遂成可厌。子渊为文,方汉盛时,辄有六朝萎薾之气,其于赋亦然,是亦文章一大升降也。"③陈氏将《洞箫赋》置于辞赋发展的历史链条中,考察音乐赋的渊源传承情况,并表达了对因袭模仿、体气萎靡之赋风的厌弃,这对于明赋创作朝着健康的方向发展,无疑有着积极的意义。又班彪《北征赋》眉批云:"文温以丽,意悲而远,斯赋有焉。后之纪行者,大率祖此。"④则又肯定了《北征赋》作为纪行之祖的文学史地位。又张衡《思玄赋》眉批云:"规摹《骚经》,旁及《幽通》,颇精工博大,恨未能出新意耳。"⑤既考察了《思玄》的艺术渊源,又对其成败得失作出辩证公允的评价,从中不难看出陈氏颇有文学史家的眼光与气度。

至于赋中批点,或书于天头(书眉),或注于赋中,皆因地制宜,十分灵活。如《七发》"未既于是,榛林深泽"诸句眉批云:"写得森郁雄壮。""逾岸出埌"诸句眉批云:"真如云兴霞蔚。"⑥这是谈阅读感受。又如祢衡《鹦鹉赋》"尔乃归穷委命,离群丧侣"诸句眉批云:"寄意申情,颇切悲叹。"⑦贾谊《服赋》"忽然为人,何足控揣"句句旁夹批云:"语甚达而意则悲矣。"这两处揭示赋句中内蕴的身世之悲。这些点评,大都具有针对性,从中可见编者的鉴赏评

---

① [明]陈山毓:《赋略》卷五,第17页。
② [明]陈山毓:《赋略》卷九,第1页。
③ [明]陈山毓:《赋略》卷七,第10页。
④ [明]陈山毓:《赋略》卷九,第1页。
⑤ [明]陈山毓:《赋略》卷十二,第6页。
⑥ [明]陈山毓:《赋略》卷五,第15页。
⑦ [明]陈山毓:《赋略》卷十三,第23页。

判能力。但外篇的批点比较少,大概是补编时时间仓促、不能深思潜咏所致。在董仲舒《士不遇赋》之后,尚有一段尾注,交代编者的校勘心得:

> 按:"非吾族矣",族旧作徒,义虽可通而韵不协,窃心疑之。及读《艺文类聚》,徒正作族。又"末俗以辩诈而期通兮,贞士以耿介而自束",旧作"以辩诈而期通兮,贞士耿介而自束",文义欠明。乃知古文辞之谬,固多如此。①

校书非一日之功,须长期积累,才能目光如炬,明辨是非。陈氏告诉我们,阅读古书时还需要有怀疑的眼光,不能盲从古人之讹。

由上可见,《赋略》在选录辞赋作品的同时,还发表了较为系统也较为通达的赋学观。他对辞赋作品所进行的评点,尽管字数不多,但精炼深刻,很有启发性。在明代末年的赋文学总集中,《赋略》对赋的研究是最为全面系统的,在编纂体例及具体观点上都对清代以来的赋集、赋选颇有影响。同时代的李鸿《赋苑》在辑录赋体作品方面功勋卓著,但在理论探讨上却逊于《赋略》。

附记:原载《贵州社会科学》2005 年第 3 期,与冷卫国教授合作,有改动。

---

① [明]陈山毓:《赋略·外篇》卷二,第 6 页。

明代末年的汉赋评点

文学评点也叫评点文学,是一种文学批评与文学作品同时出现、互相配合的文学形态。成功的文学评点能够对读者的阅读接受进行有效的提示和引导,从而提高阅读者的阅读效果和文学品位。文学评点源于唐朝,形成于宋代,降至明朝末年而臻于全盛,出现了李贽、汤显祖、冯梦龙、孙鑛、袁宏道、陈仁锡等一系列评点大家。"从万历中期到明末这一段时期,几乎所有的一些有知名度的作家都有评点文学方面的著作,即使一些不知名的作家或身居要位的显赫人物,也热衷此道。"①受此风影响,汉赋评点也在明末迅速兴起,并取得了突出成绩,为汉赋研究史增添了一朵奇葩。

一、明代末年评点汉赋之基本文献

明代末年的汉赋评点,主要有以下三种存在方式:一种是依赖《文选》评点而存在,如孙鑛评点、闵齐华注释《文选》30卷,邹思明删评《文选尤》14卷,郭正域《选赋》6卷等,在评注《文选》诗文时对所收录的汉赋名篇也进行深入研究并精心批注,价值较高;

---

① 孙琴安:《中国评点文学史》,上海社会科学院出版社1999年版,第107页。

另一种则依附史书评点而产生，如凌稚隆《史记评林》130卷、《汉书评林》100卷就评点了两部史书所载录的汉赋作品；第三种是专门的辞赋评点，如俞王言《辞赋标义》18卷，袁宏道、王三余《精镌古今丽赋》10卷、陈山毓《赋略》56卷等，编者亦评点了其中所收之汉赋。下面即以时间为序，略作介绍。

（一）《史记评林》130卷、《汉书评林》100卷，明凌稚隆编，明万历初年刻本。凌稚隆，字以栋，号磊泉，浙江乌程（今湖州市）人，万历时贡生，著名学者、出版家、小说家。凌濛初（1580—1644）之父。著有《春秋左传评注测义》70卷、《五车韵瑞》160卷、《名公翰藻》52卷，此外尚编刻《史记评林》《汉书评林》《史记纂》《万姓类苑》《文林绮绣》等。其中万历五年（1577）所刻《史记评林》130卷，对《史记》所载录的贾谊、司马相如两家6篇赋进行评点，镌于眉栏，主要是征引倪思、尤瑛、王鏊、高仪、余有丁、杨慎、马汝骥、董份等十余人言论，亦偶有个人按断。李光缙对此书有增补，增补本刻于万历中叶，现有天津古籍出版社1998年影印本。万历十一年（1583）所刻《汉书评林》100卷，评点贾谊、司马相如、刘彻、东方朔、班婕妤、扬雄、班固等7家赋凡19篇，体例与《史记评林》略同，而"隆按"明显增多。现有《汉书文献研究辑刊》影印本。

（二）《文选纂注》系列评本，明张凤翼注，余碧泉等汇评，明万历年间刻本。长洲人张凤翼所撰《文选纂注》12卷，初刻于万历八年（1580），颇受读者欢迎。建阳书商余碧泉于万历十年（1582）重刻此书时，于书眉镌刻大量评点，大都是假托名人的言论。万历二十四年（1596），余碧泉又刻《文选纂注评苑》。此后还出现了题为郑维岳增补、李光缙评释的《鼎雕增补单篇评释昭明文选》，题为恽绍龙辑评的《文选纂注评林》，其实皆由余碧泉刻本衍生而来，眉端所镌评语亦与余刻本多有重复，它们共同形成了《文选纂注》系列评本。这些由书商炮制出来的《文选》评本，尽管渗透着浓烈的商业气息,内容大多乏善可陈,但是其"随感而发的鉴赏评析类评语又对后世的文人型评本有一定启发意义"[1],也可见出商业操作对汉赋评点的有力推动。

(三)《辞赋标义》18卷,题"海阳俞王言皋如标义,金溥次公参订",明万历二十九年(1601)休宁金氏浑朴居刻本,北京大学、清华大学、浙江省图书馆藏。俞王言,字皋如,明徽州府休宁县(古称海阳,今属安徽省)人,生卒年不详,约出生于嘉靖癸未(1523)前后[2]。其《辞赋标义》18卷,是一部较早的以评点辞赋为主的专体文学总集。该书辞、赋并选,其中卷一至卷六选楚辞;卷七至卷十七编选汉魏六朝赋,皆是以赋名篇的作品;卷十八选录不以赋名篇而近乎赋者,借以考察赋体之旁衍。处理十分妥当。该书共选汉赋36篇,对抒情赋尤其青睐。

《辞赋标义》的排印格式比较特殊:宽行与窄行并行排列,宽行以大字排印赋之正文,右侧窄行则以小字排印注释。正文与注释随处可以对照,这样既不妨碍文气的贯通,又有必要的释语以解决语言疑窦,设计颇为巧妙。偶有较长的注释则排印于天头,但比章段分析低一格,以示区别。正如该书凡例所云:"将字句之义标训在旁,章段之义标训在上。其有事多,旁不能尽者,亦间标列上方,取低一字为别,仍分句读断裁。"这种"标义"的格式在汉赋评点史上尚属首见,应是俞氏独创。

(四)《赋海补遗》28卷、附录2卷,题"沛国子威刘凤、嘉禾周履靖、四明纬真屠隆同辑",明金陵书林叶如春刻本,国家图书馆善本部、北京师范大学图书馆古籍阅览室藏。北师大本为完帙。据陈懿典《赋海补遗序》、卷一周履靖自序、卷三十《螺冠子自叙》,

---

[1] 赵俊玲:《余碧泉万历十年刻〈文选纂注〉评议》,《西南交通大学学报》2010年第4期。

[2] 参见杨清琴《〈辞赋标义〉研究》,首都师范大学硕士论文,2010年,第2页。

该书实为履靖本人所辑,刘凤、屠隆皆挂名①。周履靖(1542—1632),字逸之,自号螺冠子,又号梅颠道人等,秀水(今浙江嘉兴)人。一生不仕,著述甚丰,凡107种,汇刻为《夷门广牍》158卷。

《赋海补遗》是辞赋编录史上的一部奇书。周履靖除收录唐以前赋作272篇(马积高《概述》以为265篇,不确)外,另有周氏自己创作的615篇,总数凡887篇。按其内容分为天文、时令、节序、地理等,共23部,类别及排序均近似《艺文类聚》《太平御览》等类书。该书选录汉赋19家,33篇。周氏对所选各赋概不加注,只是偶有解题,亦仅仅引述史书,交代创作背景而已。周氏选录蔡邕(5篇)、曹大家(4篇)之赋最多,且有简要评论,可见其称赏之意。

(五)《赋珍》8卷,题"芝山施重光庆征甫撰",明万历间刻本,国家图书馆善本部、北京大学图书馆、西北大学图书馆藏。西大本镌有目录。施重光,字庆征,代州振武卫(今山西代县)人,万历二十九年(1601)进士。曾官刑部郎中,以刚直罢归。《赋珍》一书可能是其在任职刑部时编纂刊刻的②。

《赋珍》选录战国以至明代的赋作及相关资料,大致是按天地、山川、典礼、文艺、宫殿、衣饰、田猎、鸟兽的顺序编排,明显吸收了唐以来类书的分类编辑观念。其中选汉赋21家,26篇,杂见于各卷之中。对于所选各赋,《赋珍》一概不作语词训释,只是偶有题注,个别赋作有眉批。该书最值得注意的地方,就是编者不失时机地汇聚了大量的相关资料,并且用小字排印在各赋或一组赋之后。这种处理方式使得该书虽为赋选但所选并不局限于赋作,结果既像赋选又像类书,既有作为范本的著名赋作又有可资采掇的参考资料,内容十分庞杂。当然这对于学习作赋者甚有

---

① 参见踪凡、孙晨《〈赋海补遗〉编者考》,《中国典籍与文化》2011年第1期。
② 详见程章灿《〈赋珍〉考论》,《赋学论丛》,中华书局2005年版,第111—142页。

帮助。

(六)《孙月峰先生评文选》30卷,明孙鑛评,乌程闵齐华瀹注,明天启二年(1622)乌程闵氏刻本,国家图书馆普通古籍阅览室藏。《四库全书存目丛书·集部》287册据广西师范大学图书馆藏本影印,但尽删孙评,仅存闵注,甚憾!孙月峰(1542—1613)名鑛,字文融,号月峰,明浙江余姚人。万历二年(1574)会试第一。累进兵部侍郎,加右都御史,后迁南兵部尚书。有《孙月峰全集》《今文选》等传世。闵齐华曾著《文选瀹注》30卷,刊刻时将前辈学者孙鑛的批点镌于上方,为该书增添了不少亮色。孙鑛共批点汉赋29篇,既有宏观研究,也有微观探讨,体例严谨,观点精湛,代表了明代汉赋批点的最高成就。

(七)《文选尤》14卷,明邹思明删评,明天启二年(1622)三色套印本,中国人民大学图书馆、中央民族大学图书馆藏。《四库全书存目丛书·集部》286册据中央民族大学藏本影印,但字小模糊,颇伤目力。邹思明,字见吾,归安(今浙江湖州)人。据朱国祯《镌文选尤叙》,在此书刊刻之年(1622)邹思明已"逾八十",则其生年当在1541年左右,卒年当在1630年左右。

《文选尤》选取《文选》中"意致委婉,词气渊含,才情奇宕"的篇章,分别施以圈点批评,但不加注释。该书凡例第一条即云:"凡阅古文,须先得其意义,而字句之解次之。"可见其对赋义的重视远远高于字词训诂。邹氏批点以朱、绿、墨三色为之,"总评分脉则用朱,细评探意则用绿,释音义、解文辞、考古典则用墨",色泽鲜艳,易于分辨,颇见设计之妙。《文选》原书收汉赋29篇,邹氏选取18篇,约占原书的62%。在赋的正文中,邹氏为生僻字注音,并施以朱笔圈点,揭示其句读及佳句。其用力最多处,在于天头眉批与赋末总评。唯对所选各赋多有删削,损坏经典原貌,殊不可取。

(八)《选赋》6卷,附《名人世次爵里》1卷,题梁萧统辑,明郭正域批点,明末凌氏凤笙阁刻朱墨套印本,中国人民大学、北京师范大学图书馆藏。郭正域(1554—1612),字美命,湖广江夏(今湖北武汉江夏区)人,万历十一年(1583)进士。正域博通典籍,曾为光宗讲官,累迁至礼部侍郎。后以妖书事被免官,卒于家。

郭正域评点《文选》所收赋作凡56篇,其中汉赋23篇。书后附《名人世次爵里》1卷,简介32位赋家生平(汉代赋家13家)。郭氏小于孙鑛12岁,但其对汉赋的批语却不及孙氏精湛。书中征引杨慎之语较多,而个人论述较少,并且以语词考辨为重点,而很少进行结构层次的分析。在有限的个人评论中,也可见其对某些赋家个人特点的把握。

(九)《精镌古今丽赋》8卷,明袁宏道辑,王三余补,明崇祯四年(1631)固陵王氏刻本,陕西省图书馆、西北大学图书馆、吉林大学图书馆藏。袁宏道(1568—1610),字中郎,号石公,荆州府公安(今属湖北)人。明万历二十年(1592)进士,官至吏部郎中。与其兄袁宗道、其弟袁中道并称"公安三袁"。文学上反对复古,主张抒写性灵,号为"公安体"。著有《袁中郎集》《瓶花斋杂录》等。王三余,固陵(今浙江杭州市萧山区西兴镇)人,生平不详,大约活动于明末万历崇祯年间。

《精镌古今丽赋》收录先秦至明代赋147家,231篇,按其内容划分为天象、地理、岁时、宫殿等17类,依次编排。该书最大的特色是,编者对所选之赋大都进行批点,镌于各赋之末。这些批点或出自袁宏道之手,或出于王三余的增补,质量并不统一。但这种对历代赋进行系统评论与研究的做法,在整个明代是难得一见的。该书所选汉赋仅有19篇,不过每篇都有批点。

(十)《赋略》34卷、绪言1卷、列传1卷、外篇20卷,明陈山毓辑,明崇祯七年(1634)陈氏刻本,国家图书馆善本部藏。陈山毓(1584—1621),字贲闻,明浙江嘉善人。万历四十六年(1618)解元。为人敦伦好善,恬怀雅度,善骚赋,为世所宗。有《靖质居士集》等。《赋略》陈氏自序作于万历四十六年（1618），大概是《赋略》成书之年。

《赋略》不是普通的赋选，而是一部将选赋、论赋与辑录赋学资料相结合的赋学专著。该书卷首有陈山毓《赋略序》，其实是一篇精粹的赋学论文。接下有《绪言》1卷，辑录历代赋论资料；又有《列传》1卷，专门辑录历代赋家的传记资料。《赋略》选赋始于先秦，迄于"国朝"（即明代），但不选宋金元三代之赋（外篇补苏轼赋1篇），可见出编者的倾向。该书正篇选汉赋32篇，外篇选12篇，合计44篇。对于所选各赋，陈氏概未加注，只是在句旁用、或○的符号揭示句读，或提示妙句。天头有注音和眉批。

（十一）《文选》12卷音注12卷，明万历二十三年（1595）吴近仁刻本，有明瞿式耜墨笔批点，国家图书馆善本部藏。瞿式耜（1590—1650），字起田，号稼轩，明苏州常熟人。万历四十四年（1616）进士，崇祯初擢户科给事中，后谪居于家。参加明末清初抗清斗争，后战死在桂林。有《愧林漫录》《云涛集》《松瓦集》。据该书瞿昌文跋，瞿式耜自崇祯壬申（1632）始披阅《文选》，"加墨未竟，跋涉公交车，自行箧已去，故未署名。"可见瞿批作于明末清初战乱之中，故未能批完全书。式耜牺牲后，瞿批《文选》幸为有心人收藏，后转交给其孙瞿昌文，方得见知于世人。

吴氏刊刻之《文选》，先有音注4卷，再有正文4卷，互相对应，交错刻印。各赋只录正文，没有题解和作家小传。天头有瞿式耜墨笔批点，多引述前人之见，但也偶有个人观点。总的看来因袭多，创见少，价值不及孙批。

二、明代汉赋评点的主要内容

明代的汉赋评点，既有圈点，也有评论，既有眉批、尾评，也有旁批、夹批,既有单色镌评,也有朱笔评点、多色套印,少则三五字,多则百余字,形式十分灵活。从内容上考察,主要有以下几个方面:

(一)交代作赋背景和缘由。邹思明《文选尤》卷一王延寿《鲁灵光殿赋》天头绿批云:

> 延寿父逸,欲作《灵光殿赋》,命延寿往图其状。延寿因韵之以献。逸曰:"吾无以加也。"时蔡邕亦有此作,十年不成。见此赋,遂隐而不出。①

这里交代延寿作赋的缘由以及王逸、蔡邕对此赋的态度,可见此赋之成功。也有将作赋背景置于赋末者,如在扬雄《甘泉赋》之末,邹氏朱批先对此赋作总体评价,然后节录《汉书》本传之语,交代甘泉宫的建造情况及赵昭仪随从成帝出行之事②,从而揭示扬雄作赋的真实动机。又如陈山毓《赋略》卷五汉武帝《悼李夫人赋》下注云:"《汉书》:李夫人蚤卒,上怜闵焉,自为作赋,以伤悼夫人也。"③班彪《北征赋》题下注云:"《文选注》:更始时,彪避难凉州,发长安,至安定,作《北征赋》。"④此类批点大都引用史传记载或者前人注释,虽无个人创见,但对于读赋者自是不可缺少的资料。

(二)文字校勘与语词考释。如《孙月峰先生评文选》司马相如《长门赋》眉批云:"善焕烂句作烂耀耀以成光。""五臣若岁下无

---

① [明]邹思明:《文选尤》卷一,明天启二年(1622)三色套印本,第26a页。
② 同上书,第25a—25b页。
③ [明]陈山毓撰,陈临、陈舒、陈皋、陈庞校:《赋略》卷五,明崇祯七年(1634)刻本,第17a页。
④ [明]陈山毓:《赋略》卷九,第1a页。

兮字。五臣自悲下有伤字。"①比较李善本、五臣本的文字异同,让读者自作取舍。又如陈山毓《赋略》,枚乘《梁王菟园赋》眉批:"髧髦同。摈礜同。"②扬雄《蜀都赋》眉批:"何音呵。机,居里反。貙貐音巨夐。夷䗩,呼圭反。"又该赋"苴竹浮,流龟碛,竹石蝎相救"句眉批:"一作龟鳖碛石。竹石二字,当合作苦。"又该赋眉批:"卉,古草字。荀笋同。"③或注音,或析字,或校勘,对于初学者甚有帮助。如俞王言《辞赋标义》司马相如《哀二世赋》"陂陁"一词旁批"高长貌","嵯峨"一词旁批"高貌",用语十分精炼。该书《上林赋》"明月珠子,的皪江靡"句旁批:"言月珠生于江中,其光耀乃照于江边靡迤之处。"此处疏通句意,而"的皪""江靡"的训释亦暗含其中。又邹思明《文选尤》,司马相如《子虚赋》"其上则有鹓雏孔鸾,腾远射干"诸句眉批云:"此射干与前不同,前乃药草,此与腾远皆猿类善缘木者。"④原来《子虚赋》中"射干"凡两见,邹氏指出:前面"芷若射干"的"射干"为药草,此处"腾远射干"的"射干"为缘木之兽,所言甚当。

(三)品赏佳句隽语。对于赋中佳句隽语,评点者往往施以圈点,以醒眼目。例如陈山毓《赋略》,司马相如《子虚赋》"下靡兰蕙,上拂羽盖"诸句右侧加圈,"拟金鼓,吹鸣籁,榜人歌,声流喝"一段右侧加圈,"东渚巨海,南有琅邪,观乎成山,射乎之罘"一段右侧加点⑤,等等。虽然只有圈点,不著一字,但却能提示读者反复诵读,品味其中用语之妙。也有将圈点与评语相配合的情况。例如《赋略》,枚乘《七发》"发乎或围之津涯,荄轸谷分……直使人

---

① [明]孙鑛评,[明]闵齐华渝注:《孙月峰先生评文选》卷七,明天启二年(1622)乌程闵氏刻本,第2b—3b页。
② [明]陈山毓:《赋略·外篇》卷二,第1a页。
③ 同上书,第15b页。
④ [明]邹思明:《文选尤》卷三,第3a页。
⑤ [明]陈山毓:《赋略》卷六,第3b—5a页。

踏焉"一大段加圈,眉批云:"真如云蒸霞蔚。"①祢衡《鹦鹉赋》"尔乃归穷委命,离群丧侣……故每言而称斯"一段右侧加点,眉批云:"寄意申情,颇切悲叹。"②《文选尤》司马相如《子虚赋》"倏眒倩浰,雷动猋至,星流霆击"一段加圈,眉批云:"形容疾驰获兽光景,雄矫古健。"③"乃欲戮力致获,以娱左右"一段加圈,眉批云:"得此一段,便觉优裕正大,又觉通篇语脉皆灵。"④评语极简,但可见称赏之意。值得一提的是孙鑛,他的批语往往高屋建瓴,视野开阔,并且深邃细密,耐人寻味,具有很强的针对性和启发性。例如司马相如《子虚赋》"云梦者,方九百里"一段孙批云:

只如此铺张云梦,大略已满,已自宏丽,文势紧切,读之有味。若《二京》铺张太过,虽云富有,然文势散缓,反觉味短。⑤

这里将《子虚赋》与《二京赋》相比较,认为《子虚赋》的铺陈恰到好处,恢宏壮丽,而又不伤及作品的气势和韵味,甚有见地。

(四)挖掘赋中蕴涵的情感和思想。如俞王言《辞赋标义》司马相如《长门赋》眉批云:

日望不至,继之以夜,故托鸣琴以寄哀。
哀怨而寝,又托梦以寄情。
梦觉而怀君之情愈不能忘。⑥

---

① [明]陈山毓:《赋略》卷五,第11a—15b页。
② [明]陈山毓:《赋略》卷十三,第23b页。
③ [明]邹思明:《文选尤》卷二,第3a页。
④ 同上书,第4b页。
⑤ [明]孙鑛评,[明]闵齐华渝注:《孙月峰先生评文选》卷四,第7a页。
⑥ [明]俞王言:《辞赋标义》卷十四,明万历二十九年(1603)休宁金氏浑朴居刻本,第32b—33a页。

时光荏苒,真情依旧,陈皇后无限的寂寞、无穷的哀怨以及对于汉武帝的苦苦期盼,都通过俞王言细腻的剖析而展示了出来。又该书司马相如《大人赋》赋末眉批云:

> 西至昆仑山,入帝宫,见西王母。又以西方仙人穴处,不足慕,复远游北方。
> 既至北极,遗侍从而独升,始觉天地不能拘。此大人之仙,非穴处者比。然实以绝视听、乘虚无得之。时武帝多欲好仙,故以此讽。①

大人之仙逍遥世外,无拘无束,良可倾慕。但相如指出,只有摒弃人间的一切欲望,"绝视听、乘虚无",才能进入这种境界。现实中的汉武帝却穷奢极欲,实行"多欲政治",以此求仙,无异于缘木求鱼。俞氏在此分析司马相如赋向武帝委婉致谏的良苦用心,体会颇深。又如袁宏道、王三余《精镌古今丽赋》中王延寿《鲁灵光殿赋》末批云:

> 先叙汉,次叙鲁之封于汉,而次及灵光,甚中条理。中间铺张伟丽,宛如在目。而"星宿""坤灵"等语,的是帝王家气象,不则一纨绮丽靡之居而已。识高笔伟。②

这段话在梳理层次的基础上,进一步指出鲁灵光殿区别于一般华丽宫殿的关键,就在于它的高贵典雅和皇家气派。所谓"星宿",指的是赋中"乃立灵光之秘殿,配紫微而为辅。承明堂于少阳,昭

---

① [明]俞王言:《辞赋标义》卷十一,第 4b—5a 页。
② [明]袁宏道辑,[明]王三余补:《精镌古今丽赋》卷三,明崇祯四年(1631)固陵王氏刻本,第 4a 页。

列显于奎之分野"一段;所谓"坤灵",指的是赋中"据坤灵之宝势,承苍昊之纯殿。包阴阳之变化,含元气之烟煴"一段。陪伴紫微,上应奎星,含天地之气,与阴阳协和,这些描写使得鲁灵光殿笼罩着一种神秘的气氛,也照应了赋序中"岂非神明依凭支持,以保汉室者也"的推测。此赋之所以受到历代文人推崇,不仅在于其描写精工,更在于其蕴涵的这种神秘思想。

(五)分析作品艺术结构。这是文学批点的一项重要内容。如《子虚赋》"臣闻楚有七泽"一段,俞王言《辞赋标义》眉批云:

> 详云梦之景……其山高拔……其土珍宝……其石珠玉……其东物产……其南物产……其西物产……其北物产……①

《孙月峰先生评文选》眉批云:

> 中、东、西、南、北,分五大纲,内又分细目。
> 此段内有山,内又有土,有石,布置法亦略似从《七发》来……东:此段内有囿,囿有香草。……南:此段内有原泽,又分高燥、卑湿,生诸草莲藕等。……西:此段内有泉池,池有莲菱、石沙、水族。……北:此段内有水果,果上下有鸟兽。……②

俞王言、孙鑛都在分析赋之结构层次,而孙批尤为细密,读者只消将这些批语与赋文互相参照,就不难理解赋中铺叙的主要物产,也不难掌握司马相如赋"中东西南北"分而言之的图案化的艺术

---

① [明]俞王言:《辞赋标义》卷十一,第7a—8b页。
② [明]孙鑛评,[明]闵齐华瀹注:《孙月峰先生评文选》卷四,第7a—8a页。

结构。这种富有针对性的批点,远非一般泛论之语所可比拟。"布置法亦略从《七发》来"的点化,又使总批中"模范亦自《高唐》《七发》诸篇来"一语落到了实处。又如邹思明《文选尤》司马相如《上林赋》眉批有"此言八川鳞类之盛""此言珍奇之产于水者""此言水中羽族之自乐""此言群山注壑,见水中山势之奇"①一类的批语,实际上是撮述各个语段的大意,对读者阅读理解有重要的提示作用。又该书《七发》眉批云:"此发之以鼓琴""此发之以美味""此发之以车马""此发之以燕乐""此发之以田猎""此发之以观涛""此发之以大道"②,概括吴客启发楚太子的七种基本方式,实际上已理清了全赋的脉络,也扣住了赋题。《精镌古今丽赋》王褒《洞箫赋》末批:"始序箫之所生,并其所感;继以制箫人之精妙;后形容其声之所似,称其应化之广;末言其感化之异;而于乱中归于圣化,可为曲自无遗。"③通过对赋作内在层次的梳理,起到了引导阅读、帮助理解赋意的作用。

对于汉赋的创作手法,评点家也不失时机地予以揭示。如凌稚隆《史记评林》卷一百一十七《司马相如列传》所载《上林赋》"左苍梧,右西极"一段眉批:

余有丁曰:按,无是公虽言上林,而所叙舆图品物,乃网罗四海。盖天子以天下为家,故侈言之若此。后人乃以卢橘等訾议之,拘矣。○杨慎曰:"左苍梧,右西极",其诞著矣。丹水紫渊,若有若无,杂以霸浐泾渭酆鄗其间,使虚实相半,听者眩耳。○按:此言上林之大。④

---

① [明]邹思明:《文选尤》卷二,第 7a—7b 页。
② [明]邹思明:《文选尤》卷六,第 19b—26a 页。
③ [明]袁宏道辑,[明]王三余补:《精镌古今丽赋》卷八,第 14b 页。
④ [明]凌稚隆辑,[明]李光缙补:《史记评林》(六),天津古籍出版社 1998 年影印明万历年间刻本,第 504 页。

对于汉赋中的虚构、夸张等艺术手法,许多学者不能理解,司马迁、扬雄、王充、班固、左思等都曾提出过批评。《史记评林》征引余有丁、杨慎的评论,指出《上林赋》"网罗四海""虚实相半"的艺术构思以及"若有若无""听者眩耳"的审美效果,并且认为"天子以四海为家"乃是这一艺术手法产生的根源,颇有说服力。

(六)揭示赋作风格并给予文学史定位。几乎所有的评点学著作,都试图以精妙洗练之语揭示所评作品之风格。明代赋评家亦然。如周履靖《赋海补遗》评孔臧《蓼虫赋》云:"是赋令人百读不厌。文古而质,法语之言如此。"①评蔡邕《检逸赋》云:"俪情镕出,岂非风人作赋之体乎?"陈山毓《赋略》冯衍《显志赋》眉批云:"抗脏之气可挹。"②曹大家《东征赋》眉批云:"尽温雅缠绵,特未免伤闺弱之气耳。"③用语无多,而准确恰当地概括出各赋的风格特征。《孙月峰先生评文选》运用对比手法,在比较中巧妙地揭示不同作品的艺术风格,尤多精当之见:

  枚乘《七发》眉批:"亦是楚骚流派。分条侈说,全祖《招魂》,然笔力却苍劲,自是西京格调。其驰骋处,真有捕龙蛇、搏虎豹之势,允为千古佳作。"④

  司马相如《子虚赋》眉批:"规模亦自《高唐》《七发》诸篇来。然彼乃造端,此则极思,驰骋锤炼,穷状物之妙,尽摛词之致,既宏富又精刻,卓为千古绝技。"⑤

  班固《西都赋》眉批:"祖《子虚》《上林》,少加充拓。比之子云,精刻少逊,然骨法遒紧,犹有古朴气,局段自高。后来

---

① [明]周履靖:《赋海补遗》卷二十八,明金陵书林叶如春刻本,第14a页。
② [明]陈山毓:《赋略》卷九,第5a页。
③ [明]陈山毓:《赋略》卷十,第20a页。
④ [明]孙鑛评,[明]闵齐华渝注:《孙月峰先生评文选》卷十七,第1a页。
⑤ [明]孙鑛评,[明]闵齐华渝注:《孙月峰先生评文选》卷四,第6a页。

平子、太冲,虽竞出工丽,恐无此笔力。"①

孙氏对《七发》《子虚赋》《西都赋》评价甚高,但这种评价的基础是论者对三赋之艺术风格的准确把握。如称《七发》"分条侈说",笔力苍劲,气势奔涌;赞《子虚》"穷状物之妙,尽摛词之致";评《西都》"精刻少逊"于子云,然古朴遒劲,格局自高,都切合三赋自身的特色。此外,孙氏还将三赋同其他不同时代类似题材的辞赋作品进行比较,不仅考察它们之间的承继渊源关系,还能凸显三赋的艺术成就,并进行辞赋史的定位。在《上林赋》的眉批中,孙氏又称:"《子虚》已不遗余力,此篇复欲出其上,……然宏肆有之,精工终让《子虚》"②,又将相如二赋(实为一赋的前后两部分)进行比照,体察其中的细致差别。大抵文贵首创而弊于模拟,同题创作之赋,即便拟作之内容更充实,文笔更精美,技法更纯熟,也往往在情韵气势上较之原创作品稍逊一筹。相如之《上林》难以超越《子虚》,张衡之《二京》亦难以逾越班固《两都》:

  孟坚《两都》正行,平子复构此,明是欲出其上。逐句琢磨,逐节锻炼,比孟坚较深沉,是子云一派格调。中间佳处甚多,第微伤烦,便觉神气不贯。③

孙鑛的感觉是很准确的,辞藻的堆砌、篇幅的扩张与文化含量的增加,往往是以文气的削弱与艺术感染力的降低为代价的。值得注意的是,郭正域《选赋》的评点成就不及孙鑛,但也使用了比较解读法:

---

  ① [明]孙鑛评,[明]闵齐华渝注:《孙月峰先生评文选》卷一,第3a页。
  ② [明]孙鑛评,[明]闵齐华渝注:《孙月峰先生评文选》卷四,第12a页。
  ③ [明]孙鑛评,[明]闵齐华渝注:《孙月峰先生评文选》卷二,第1a页。

司马相如《子虚赋》眉批:"逞奇斗丽,遂为赋家滥觞。然譬之徒牢,自有神力。诸家费尽气力,终难凑泊到。"①

张衡《西京赋》眉批:"用修云:平子《二京》,时作奇语,其自然处固逊孟坚。《西京》之游猎、角抵,铺叙独多;《东京》漫及大傩,无关巨典。末复竭而复扬,令人意先尽矣。"②

王延寿《鲁灵光殿赋》眉批:"瑰玮庞鸿,可敌《甘泉》之作,宜中郎却步也。"③

祢衡《鹦鹉赋》眉批:"赋家小致,须有寄兴,文乃不朽。此篇纵恣垒砢,托喻自异,绝无伎巧,信是异才。"④

许多评论家都试图对古人评长论短,较其优劣,其实是无谓之举。但倘若能在此种努力中看准了各家的独特之处,并且为后人树一标杆,则为有益。郭氏在评点之中,指出相如赋"自有神力",张衡赋"时作奇语",延寿赋"瑰玮庞鸿",祢衡赋"托喻自异",则扣住了各家赋的风格特点,甚有见地。陈山毓《赋略》亦然:

枚乘《七发》眉批:"风气道上,才藻映发,绝宏放,绝瑰奇,绝沈至,绝流利,无所不妙。"⑤

王褒《洞箫赋》眉批:"原本《七发》而宏衍之,展转效颦,遂成可厌。子渊为文,方汉盛时,辄有六朝萎薾之气,其于赋亦然,是亦文章一大升降也。"⑥

---

① [南朝梁]萧统辑,[明]郭正域批点:《选赋》卷三,明末凌氏凤笙阁刻朱墨套印本,第1a页。
② [南朝梁]萧统辑,[明]郭正域批点:《选赋》卷一,第20a页。
③ [南朝梁]萧统辑,[明]郭正域批点:《选赋》卷四,第9a页。
④ 同上书,第45a页。
⑤ [明]陈山毓:《赋略》卷五,第9b页。
⑥ [明]陈山毓:《赋略》卷七,第10a—10b页。

> 班婕妤《自悼赋》眉批:"清丽婉转,古今闺媛第一。"①
> 班彪《北征赋》眉批:"文温以丽,意悲而远,斯赋有焉。后之纪行者,大率祖此。"②
> 张衡《思玄赋》眉批:"规摹《骚经》,旁及《幽通》,颇精工博大,恨未能出新意耳。"③

陈氏颇具史家的眼光,他在准确把握各家赋艺术风格的基础上,还将所其置于辞赋发展的历史链条中,考察同一题材的渊源传承情况,并表达了对因袭模仿、体气萎靡之赋风的厌倦。明代辞赋创作承元之绪,祖骚宗汉,以复古为尚,才高者尚能翻新,才低者弊于模拟。如《赋海补遗》编者周履靖长于"倚韵追和",其和赋多达270首,不惟赋题、篇幅与前人之作完全相同,连韵脚字也无毫厘之差,真可谓"屋下架屋,章摹句写"(宋洪迈语)了。陈山毓的汉赋评点,贬抑效颦,追求新意,这对于纠正明人模仿追和的风气,引导明赋创作朝着健康的方向发展,无疑具有一定的积极意义。

三、余论

不同于诗文创作和学术论文,评点文字常常书于天头、地脚或者字里行间,空间有限,因而往往言简意赅,精粹优美,具有丰富的内涵和无限的张力。此外,评点者还有借此以驰骋才情、展示辞藻的动机,所以在表达学术观点的同时,也常常流露出个人的人生感悟和情志怀抱。如袁宏道辑《精镌古今丽赋》司马迁《悲士不遇赋》尾评:"卞和之泣,良有以也;子美之厄,岂无才哉!"④在

---

① [明]陈山毓:《赋略》卷八,第1a页。
② [明]陈山毓:《赋略》卷九,第1a页。
③ [明]陈山毓:《赋略》卷十二,第6a—6b页。
④ [明]袁宏道辑,[明]王三余补:《精镌古今丽赋》卷七,第15b页。

此，评者以悲惋哀伤的语气，将司马迁的不幸命运与卞和、杜甫的遭遇联系起来，所谓"不平则鸣"的道理，自然蕴涵其中。马融《长笛赋》尾评："洛阳客不遇季长，虽有《气出》《精列》，必不见知。盖唯精于音，而后能审音。世之抱绝技而独立无知者，可胜悼哉！"①从洛阳客生发开去，对于世上诸多怀才不遇者寄予深切同情。评点中还常常化用前人诗句，以抒发个人情怀。如施重光《赋珍》贾谊《簴赋》眉批："缙瑟兮交鼓，箫钟兮瑶簴。鸣篪兮吹竽，展诗兮会舞。"②这里援用《楚辞·东君》的诗句，与赋文相互辉映。而邹思明《文选尤》司马相如《长门赋》末批云："寂寥伤楚奏，凄断泣秦声。恨留山鸟啼，百卉之春红。愁寄陇云锁，四天之暮碧。"③这里又拼接唐人骆宾王《在江南赠宋五之问》和黄滔《馆娃宫赋》的句子，借以烘托感伤的气氛和凄婉悲凉的意境。

由于受诗词评点和小说评点的影响，汉赋评点者在追求典雅凝练、炫耀华美辞藻的同时，还进行了一些理论上的探索和创新。例如孙鑛评点汉赋，崇尚风骨格调，引进神、气、色、味等文学批评观念，颇有新意。他称《两都赋序》"序文语极淡，然绝有真味"，称《西京赋》"神气不贯"，《东京赋》"煞有浓色"，称《长杨赋》仿《难蜀父老》，与之"形神俱是"，《归田赋》"无深味浓色，殊觉寂寥"，称《长门赋》"风骨苍劲，意趣闲逸"，《洞箫赋》"锻炼之力未至，唯以气胜"，等等，所论未必全都准确，但的确反映了孙鑛较高的艺术品鉴能力以及将诗学、词学理论引进汉赋研究的可贵探索。

明代之前的汉赋评论，常常散见于子史杂著和总集别集之中。如《史记》《汉书》《法言》《学林》等对汉赋名篇的分析，班固

---

① ［明］袁宏道辑，［明］王三余补：《精镌古今丽赋》卷八，第18b页。
② ［明］施重光：《赋珍》卷四，明万历间刻本，第18a页。《楚辞·九歌·东君》："缙瑟兮交鼓，箫钟兮瑶簴。鸣篪兮吹竽，思灵保兮贤姱。翾飞兮翠曾，展诗兮会舞。"
③ 《文选尤》卷三，第18b页。"寂寥伤楚奏，凄断泣秦声"，见唐骆宾王《骆丞集》卷一《在江南赠宋五之问》；"恨留山鸟啼，百卉之春红。愁寄垄云锁，四天之暮碧"，见唐黄滔《黄御史集》卷一《馆娃宫赋》。

《两都赋序》、刘勰《文心雕龙》、祝尧《古赋辩体》等对赋史的梳理以及对某些赋篇的解题,等等。但这些评论或者将汉赋作为阐发某种学术观点的依据,或者针对全赋而作宏观概括与总体评价,鲜有对字词句段的详尽分析与说明。明代的汉赋评点,或交代作赋背景和缘由,或进行文字校勘与语词考释,或品赏佳句隽语,或挖掘赋意赋境,或分析艺术结构,或揭示赋作风格并给予文学史定位,既有微观分析,又有理论概括,形式灵活,不拘一格,无论是内容的系统性、全面性还是观点的新颖和深刻,都对此前的汉赋研究有新的突破。并且这些文字大多依附《文选》评点、史书评点或辞赋总集而存在,书商为了经济效益,汇集了不少名家评论,有时甚至亲自动笔,敷衍文字。例如余碧泉刊刻《文选纂注》一书,书眉镌有刘辰翁、王守仁、李梦阳、何孟春、何景明、杨慎、唐顺之、李攀龙、王维桢、王世贞等人评语,但粗制滥造,内容浅薄,估计有不少文字是书商延请下层文人所为,而假托名人,以促进销售。乌程闵氏在刊刻《文选瀹注》时,将前辈学者孙鑛的评点镌于书眉,实欲借名人以壮声势,而由于孙批的精审和闵刻的严谨,该书行销甚广,其影响力远远超过余刻本,是文人成果与商人运作相结合的成功范例。书商的这些促销行动,尽管以牟利为目的,但在客观上也对初学者阅读、理解汉赋有所帮助,使读者执此一本,仿佛聆听某一(或多位)专家讲解,于赋文层次及主旨大意,乃至用语遣词之妙,皆能了然于心,反复揣摩,自能提高阅读水平和鉴赏能力。这在一定程度上促进了汉赋作品的传播和普及,推动其成为不可撼动的文学经典。

明代的汉赋评点,具有崛起迅猛、内容广博、观点新颖、成就突出等特色,对于清代的文学评点与研究有深刻影响。清代的诗文评点,大抵步明人之踵武,去其草率,取其精细,成就更为突出。其中评点大家何焯,施评范围涵盖经史子集四部,内容丰富,观点精湛,堪称是古代文学评点的集大成者。其对《文选》汉赋所作点评,目光敏锐,剖析细致,精见迭出,用语凝练,但考其内容,仍然不外乎交代作赋背景、字词校勘与考释等六大方面,并未超越明人之藩篱。前已言之,分析章法、梳理脉络是文学评点的一项重要内容,郭正域、孙鑛、邹思明等多用此法,何焯亦不例外。例如,《文选》张衡《西京赋》何焯眉批:

> 前叙山林,概言草木,为猎兽地也;此言池水,详及鱼鸟,为弋钓地也。……射猎宴饮,水嬉百戏,逐层连下,皆以台馆池观为各段之提纲。①

用语无多,而脉络井然。又如,通过文本比较来揭示赋之题材源流及文学影响,亦为明代评点之一端,何焯对此法应用尤多。司马相如《子虚赋》之末孙鑛评点云:"规模亦自《高唐》《七发》诸篇来。然彼乃造端,此则极思,驰骋锤炼,穷状物之妙,尽摛词之致,既宏富又精刻,卓为千古绝技。"何焯亦曰:

> 《子虚》《上林》为宋玉嫡派,从《高唐赋》而铺张之,加以纵横排宕之气,其局开张,其词瑰丽,赋家之极轨也。②

称相如赋原本《高唐》而加以铺张夸饰,为"赋家之极轨",其论点显然因袭孙氏,稍加润色而已。再如孙鑛、何焯对扬雄《长杨赋》的评语:

> 是仿《难蜀父老》。不惟堂构相同,至中间遣词琢句,亦无不则其步趋,祖其音节,可谓形神俱是。然命意却又自不

---

① [清]于光华:《重订文选集评》,国家图书馆出版社2012年影印清乾隆四十三年(1778)刻本,第197—199页。
② 同上书,第328页。

同,此所谓脱胎法。(孙鑛)

《羽猎》拟《上林赋》,《长杨》拟《难蜀父老文》。子云本祖述相如,其奇处非相如所能笼罩,丽处似天才不逮也。①(何焯)

二人皆认为扬雄此赋模拟相如《难蜀父老》,而脱胎换骨,自成佳作。可见即便是评点大家何焯,亦注意吸收前人研究成果,兼收并取,融会贯通,方能臻于极致。明代汉赋评点对清代学人的影响,亦于此可见一斑。

清乾隆三十七年(1772),于光华辑录了《重订文选集评》一书,他在《凡例》中称:"《渝注》所载孙月峰(鑛)先生评论,瑕瑜不掩。片言只字,无不指示,诚后学之津梁,修词之标的也,今悉载入无遗。"②其对孙月峰评点竟然"悉载入无遗"(经查核,实为十之八九),可见钦佩与推重的程度。于氏此书汇辑之评点,大都出自明清学者之手,明代以孙鑛为代表,清人则以何焯为代表,各有数千条之多,可见二人评点成就之高,影响之大。此外,于氏还选录了明代学者郭正域、张凤翼、陈与郊、闵齐华、锺惺等人的评点文字,客观上有功于这些评点成果的保存和传播。《昭明文选集评》几乎囊括了明清时期最为精彩的评点文字,因而成为《文选》评点史上的集成之作,乾隆之后辗转翻刻,经久不衰,嘉惠学人,其功至伟,影响直到今天。此后汉赋评点逐渐走向消歇,或许与孙鑛、何焯等人见解精辟、难以超越有关。史书以及辞赋总集中的汉赋评点,在清代并无重要成果,不再赘述。

需要指出的是,早期的汉赋评点与书商运作有关,难免有观点粗浅、错讹频出之弊。但随着众多文人的加盟和不懈努力,明

---

① [清]于光华:《重订文选集评》,第363—364页。
② 同上书,第47页。

末的汉赋评点已经臻于成熟,并且出现了孙鑛这样的评点大家。这些评点文字不仅有效地促进了汉赋在明末文人中的普及与传播,也为今人欣赏汉赋、研究汉赋提供了宝贵的资料和有益的借鉴。

附录:原题作"论明代的汉赋评点",载《中州学刊》2013年第3期,中国人民大学书报资料中心《中国古代、近代文学研究》2013年第8期全文转载。

《历代赋汇》版本叙录

《历代赋汇》140卷外集20卷逸句2卷补遗22卷目录2卷，共计186卷，清康熙年间大学士陈元龙奉敕编纂，故又名《御定历代赋汇》。陈元龙(1652—1736)字广陵，号乾斋，浙江海宁人。康熙二十四年(1685)一甲第二名进士，授翰林院编修，入直南书房。长期任日讲起居注官、侍讲、侍读、侍讲学士、少詹士、詹士等职，深得康熙皇帝信任。康熙四十三年以父病祈求回家侍养，父丧毕，于康熙四十九年还朝。授掌院学士，寻补吏部侍郎，出为广州巡抚，入为礼部尚书。雍正时入文渊阁。卒谥文简。著有《爱日堂诗》27卷、《格致镜原》100卷、《历代赋汇》184卷、《海宁陈氏家谱》20卷等。

《历代赋汇》汇集先秦至明代赋4161篇（含残篇），囊括古今，鸿纤毕具，并且分类编排，条理井然，是"我国古代第一部也是至今最好的一部搜集历代赋体文学作品相当完备的大型总集"[①]，它一直是赋学研究者的案头必备之书，具有十分重要的研究和参考价值。对于该书的著录，清乾隆年间永瑢、纪昀等《四库全书总目》卷一百九十《集部·总集类》云："《御定历代赋汇》一百四十

[①] 何新文：《中国赋论史稿》，开明出版社1993年版，第238页。

卷、外集二十卷、逸句二卷、补遗二十二卷,康熙四十五年圣祖仁皇帝御定。赋虽古诗之流,然自屈宋以来,即与诗别体。自汉迄宋,文质递变,格律日新。元祝尧作《古赋辩体》,于源流正变,言之详矣,至于历代鸿篇,则不能备载。明人作《赋苑》,近人作《赋格》,均千百之中录存十一,未能赅备无遗也。是编所录,上起周末,下讫明季,以有关于经济学问者为《正集》,分三十类,计三千四十二篇;其劳人思妇哀怨穷愁、畸士幽人放言任达者,别为《外集》,分八类,计四百二十三篇;旁及佚文坠简、片语单词,见于诸书所引者,碎璧零玑,亦多资考证,裒为《逸句》二卷,计一百一十七篇;又书成之后,《补遗》三百六十九篇,散附逸句五十篇。二千余年体物之作,散在艺林者,耳目所及,亦约略备焉。扬雄有言:'能读千赋则善(原讹作能)赋',是编且四倍之。学者沿波得奇,于以黼黻太平,润色鸿业,亦足和声鸣盛矣。"①对于该书收录历代赋的情况,介绍甚为详悉。赞其收赋博洽,超迈往古,而"约略备焉"四字,评价亦颇有分寸。今按:《文渊阁四库全书》本《御定历代赋汇》卷首目录下亦有此提要,文字相同,文末署"乾隆四十六年三月恭校上,总纂官臣纪昀、臣陆锡熊、臣孙士毅,总校官臣陆费墀"。可知该序之撰写时间,在摛藻堂本之后。摛藻堂本《四库全书》该书提要撰于乾隆四十二年(1777),所论更为简略,而角度有所不同:"自周秦而下,迄于前明,凡《文选》《文苑英华》诸书所载,及各家专集,无不搜采,参互校勘,因题分类,按代编次。有一题而前后数篇者,如《月赋》则汉有公孙乘,刘宋有谢庄,赵宋有汪莘、杨简,明有冯时可;《云赋》则周有荀卿,晋有杨乂、陆机,明有朱同之类,亦皆依题类次,义例秩然。伏读圣祖仁皇帝御制序文,特标班固'登高能赋,可以为大夫'之语,而又推本于《舜典》'敷奏

---

① [清]永瑢、纪昀:《四库全书总目提要》,中华书局1965年影印本,第1726—1727页。

以言'之义,往复垂训,俾学者体察物情,而铺陈事理,以务为有用,则是书固非徒以资博赡也。至其门类次第,及正、外分集之指,详见《凡例》,兹不复赘云。"①介绍该书资料来源和编排体例,较为明晰;又阐释康熙序文,颇有推尊之意,大概与此本专门进呈乾隆皇帝御览有关。此后,《钦定四库全书简明目录》卷十九《集部·总集类》、《皇朝文献通考》卷二百三十七《经籍考·集部·总集》、《皇朝通志》卷一百四《艺文略·文类·总集》、《国朝宫史》卷三十三《书籍·总集》、《清史稿·艺文志·集部总集类》等典籍皆有著录,但十分简略,更无发明。当代学者所编之《中国古籍善本书目·集部·总集类》云:"《御定历代赋汇》一百四十卷、外集二十卷、逸句二卷、补遗二十二卷、目录三卷(按:当作二卷),清陈元龙编,清康熙四十五年内府刻本,十一行二十一字,黑口,左右双边。"叶幼明《辞赋通论》、曹明纲《赋学概论》、何新文《中国赋论史稿》、马积高《历代辞赋研究史料概述》、许结《赋学讲演录》等皆对此有著录和简介,不再赘述。

学术界对《历代赋汇》的整理与研究,已呈方兴未艾之势。自1969年以来,海内外的影印本就已多达十种,整理点校本亦在进行中,这对于一部卷帙浩繁的大型文学总集而言,良非易事。相关论文和研究著作亦复不少。本文拟将清代以来的不同版本进行全面搜集与评介,以供学界同行参考。

一、清康熙四十五年(1706)内府刻本

国家图书馆普通古籍阅览室藏,索书号:79542。本书共10函76册,洋洋大观。书高26.4厘米,宽16.2厘米。首玄烨《御定历代赋汇序》8叶,大字刻印,半叶5行8字;次《凡例》2叶;次陈

---

① 《摛藻堂四库全书荟要》,台湾世界书局1985年影印本,第425册,第16页。

元龙《御定历代赋汇告成进呈表》4叶;次《御定历代赋汇总目》4叶,钤有"国立北平图书馆珍藏"(篆文)、"一九四九年武强贺孔才捐赠北平图书馆之图书"(楷书)2枚长方形章;以下为《御定历代赋汇目录上》57叶。本册完。第二册为《御定历代赋汇目录下》,共65叶。第三册为正文卷一、卷二。左右双边,黑口、单、黑鱼尾。版框高19厘米,宽14.4厘米。半叶11行,行21字,小字双行,每行31字。卷端题"御定历代赋汇卷第一,经筵日讲官、起居注詹事府詹事、兼翰林院侍读学士、加三级,臣陈元龙奉旨编辑",版心中部刻"历代赋汇卷一(天象·天地赋)"和页码。卷一共30叶,卷二共31叶。第三册完。前3册首页与末叶都钤有"国立北平图书馆珍藏""一九四九年武强贺孔才捐赠北平图书馆之图书"章。有朱笔圈点。如《目录上》第15叶上"盖地图赋"上画一圆圈,天头批云:"盖字疑误,当是益字。"又如卷二唐《日浴咸池赋》眉批:"时得佳句,章法亦开。"(20a)阙名《黄云捧日赋》"则君为日,臣为云"句旁批:"此等句调,真是陋极。"(21a),等等。

今按:此书常见,各大图书馆多有。国家图书馆尚有3部,索书号:t3351(此本无补遗22卷,估计为初刻本,惜在提善中,不可见)、111669、79540。北京大学图书馆藏有7部,索书号:SB/811.308/7510.3等。

二、清康熙后期(1707—1722)内府刻本

国家图书馆普通古籍阅览室藏,索书号:85031。本书共8函64册。书高24厘米,宽15.7厘米。书名叶镌"御定历代赋汇"6字。版式、内容均与上本同,装订顺序小有差别。首玄烨序8叶,次陈元龙进呈表4叶,次凡例2叶,下为总目、详目。核其内容、字体、版式,与上本同,断版处亦能相合,唯版框内线已不清晰,故知为重印之本。

国家图书馆尚有两部，索书号：885548、79541。今按：此本为后印本，没有增加内容，所以一般藏书机构仍视为康熙四十五年刻本。

三、乾隆四十二年（1777）《摛藻堂四库全书荟要》本（抄本）

台湾故宫博物院藏，不可见。今据台湾世界书局影印本著录如下：册数不详。书签上题"钦定四库全书荟要（集部/钦定历代赋汇，目录、卷上）"，署"臣纪昀详校，详校官候补通政司经历臣郭祚炽"。首玄烨《御制历代赋汇序》2叶，首叶上端钤"摛藻堂"朱篆阳文椭圆章；次《凡例》2叶；次陈元龙《进呈赋汇表》5叶；次《御制历代赋汇总目》附提要共7叶；次《历代赋汇目录卷上》79叶，附叶墨书"总校官庶吉士臣张能照、校对官编修臣莫瞻菉、誊录监生臣范从理"，钤"摛藻堂全书荟要宝"朱篆阳文大方印；次《历代赋汇目录下》89叶，附叶同上；以下正文。四周双边，白口，单、黑鱼尾，半叶8行，行21字，卷端题"钦定四库全书荟要卷一万七千二百二十（集部），御定历代赋汇卷一，天象"，下行为"天地赋，晋成公绥"，下为赋文。版心上端书"钦定四库全书"；鱼尾之下有双行小字，正面"御定历代赋汇"，背面"卷一"，再下为页码。

今按：在四库全书馆开馆之初，乾隆皇帝为了尽快看到一部比较系统而完备的大型丛书，曾命于敏中、王际华等人从应抄诸书中，撷其精华，以较快速度，编纂一部《四库全书荟要》。乾隆四十三年（1778），《四库全书荟要》完成，藏于紫禁城坤宁宫御花园的"摛藻堂"，故称《摛藻堂四库全书荟要》。《荟要》收书463种，约占《全书》的七分之一，因其校勘精审，缮写精良，纸白墨润，装潢考究，而为学术界所重。此本与文渊阁本版式、内容相同，唯于卷端"钦定四库全书"下加"荟要卷一万七千二百二十（集部）"字样，此为《荟要》总卷次。此外，该本将提要前置于《历代赋汇总目》之下，署为"乾隆四十二年八月恭校上"。

四、乾隆四十六年(1781)《文渊阁四库全书》本(抄本)

台湾故宫博物院藏，不可见。但有台湾商务印书馆影印本，十分易得。现据影印本著录如下：全套书共16函(册数不详)，在集部第24架第三、四层。封面叶有书签："钦定四库全书(集部/御定历代赋汇：御制序、目录上)，墨书："详校官检讨臣刘炘，主事衔臣徐以坤覆勘；总校官编修臣王燕绪，校对官中书臣陆湘，誊录监生臣王天禄。首《御制历代赋汇序》2叶，次《御定历代赋汇告成进呈表》5叶；次《御定历代赋汇总目》6叶；以下为《御定历代赋汇目录上》79叶，钤有"乾隆御览之宝"朱篆阳文大方章；《御定历代赋汇目录下》89叶，提要2叶；再下正文。白口，四周双边，单、黑鱼尾。半叶8行，行21字，小字双行同。卷端题"钦定四库全书，御定历代赋汇卷一，天象"，版心顶部有大字"钦定四库全书"，鱼尾下书写双行小字"御定历代赋汇/卷一"和页码。与康熙年间刻本和《摛藻堂四库全书荟要》本相比，此本删去《凡例》2叶。

今按：此本将提要置于《目录下》之末，署"乾隆四十六年三月恭校上。总纂官臣纪昀、臣陆锡熊、臣孙士毅，总校官臣陆费墀。"可知其抄写时间晚于摛藻堂本4年。

五、乾隆后期(1782—1795)《文津阁四库全书》本(抄本)

国家图书馆藏。此本不可查阅，但有北京商务印书馆2005年缩小影印本。其版本形态与文渊阁本相同，不赘。

六、清光绪十二年(1886)双梧书屋石印本(俞樾校本)

北京大学图书馆藏，索书号：X/811.308/7510.1/C2。本书凡

2函16册。此为石印袖珍本,书高17.6厘米,宽10.2厘米,书衣左上贴一书签,上面印有篆文书名"历代赋汇",下有小字"吴下共之氏沈锦垣署签,第一册",钤有"铁春主人"朱篆阴文圆章。护封(衬叶)钤有"点石斋"朱篆阴文圆印;内封A面刻篆文书名"历代赋汇",左下钤有"谢氏家藏"朱篆阴阳文方印;内封B面镌有长方形篆文牌记3行:"光绪十弍年岁在/丙戌孟秋之月曲/园居士俞樾署检。"首玄烨《御制历代赋汇序》1叶,钤有"汝""梅"(阴文小方印)和"北京大学图书馆藏"(朱篆阴文方印);次《凡例》1叶;次陈元龙进呈表2叶,钤有"虚白斋"朱篆阴文章;次《御定历代赋汇总目》2叶;次《历代赋汇目录上》17叶;次《历代赋汇目录下》19叶;以下为正文。左右单边,白口,单、黑鱼尾,版框高12.7厘米,宽8.8厘米。半叶20行,行41字。卷端题"御定历代赋汇卷第一,经筵日讲官、起居注詹事府詹事、兼翰林院侍读学士、加三级,臣陈元龙奉旨编辑",钤有"臣汝梅印"朱篆阴文章。版心上端刻"历代赋汇",鱼尾之下刻"卷一(天象)"和页码,底部A面刻有小字"双梧书屋校本"。以下为卷二至卷七。第一册完。第二册收卷八至卷十八,首叶、末叶均钤有"北京大学图书馆藏印"。其余不赘。

按:本书为石印袖珍本,型制小,内容多,便于携带。与一般石印本不同,此本纸墨甚佳,赏心悦目,江苏古籍出版社(现为凤凰出版社)曾据以影印。

又有国家图书馆普通古籍阅览室藏本,索书号:89978。

七、清光绪二十年(1894)上海点石斋重印本

北京大学图书馆藏本,索书号:X/811.308/7510.2。本书2函16册,书高17.3厘米。内封A面印"历代赋汇"。内封B面牌记印"光绪十弍季岁在丙戌孟秋之月,曲园居士俞樾署检",书牌

左下小字印"光绪二十年春上海点石斋重印"。版心下部印有小字"双梧书屋校本"。半叶20行,行41字,小字双行同。内容、版式与上本全同,显然系重印之本。

又,国家图书馆普通古籍阅览室藏本,索书号:103689。

八、当代影印本

1. 台湾商务印书馆1969年《四库全书珍本九集》影印本。本书在《四库全书珍本九集》第664—785册,未见。其底本为《文渊阁四库全书》本。

2. 日本东京中文出版社1974年影印清康熙四十五年内府刻本。此本共4册,有日本学者吉川幸次郎解说。此外,日本稻畑耕一郎编有《历代赋汇作者、作品索引》,早稻田大学文学会1979年出版。

3. 台湾世界书局1985年影印《摛藻堂四库全书荟要》本。此本16开精装,全6册,在丛书第425—430册。版本形态参见第三条。

4. 台湾商务印书馆1986年影印《文渊阁四库全书》本。此本系16开本,精装4册,在丛书第1419—1422册。版本形态参见第四条。

5. 上海古籍出版社1987年影印《文渊阁四库全书》本。此本据台湾商务版缩小影印,32开精装,凡4册。

6. 江苏古籍出版社、上海书店1987年影印清光绪十二年双梧书屋石印本。此本系缩印本,每面纳原书两叶。书名"历代赋汇",16开,精装1册。版本形态参见第六条。

7. 北京图书馆出版社1999年影印清康熙四十五年内府刻本。此本据陕西省图书馆所藏康熙内府刻本影印,书名"历代赋汇",16开精装,凡12册。书前有出版社编写的《出版说明》《总目》《赋名索引》和《作者索引》,颇便读者。此本据《历代赋汇》初刻本原大影印,展现了该书的原始面貌,具有较高的版本价值,但是价格较为昂贵。

8. 凤凰出版社2004年影印清光绪十二年双梧书屋石印本。此本据江苏古籍出版社、上海书店影印本再次影印,书名"历代赋汇",16开,精装1册。与旧本相比,书前增加了程章灿《赋学文献总论》,约5万字;书后附有王琳、孙之梅《辞赋研究论著索引》和王华宝编制的《〈历代赋汇〉作者与篇名索引》,方便研究者查阅、使用。此本资料丰富,价格低廉,便于普通读者购置,但系缩印本,字体较小。

9. 北京商务印书馆2005年影印《文津阁四库全书》本。此本据国家图书馆所藏《文津阁四库全书》缩小影印,16开精装,凡10册,在丛书第473—482册。为了节约成本,影印者剜去版心,进行拼接,因而损伤了古籍原貌。

10. 吉林出版集团2005年影印《摛藻堂四库全书荟要》本。此本16开平装,全6册,据台湾世界书局影印本再次影印。

据初步比勘,清代刻本、抄本、石印本中的文字基本相同,而以康熙四十五年内府刻本和乾隆四十六年《文渊阁四库全书》本价值最高。至于十种影印本,在当代赋学研究中已经并且仍在发挥着重要作用。由于编纂时代学术水平的限制,《历代赋汇》还存在着一些缺陷,马积高先生撰有《〈历代赋汇〉评议》一文,指出了该书的五项不足,可以参看①。但迄今为止,学术界尚未编纂出一部更为完备的赋体文学总集,因而《历代赋汇》仍有不可替代的学术价值。② 全国赋学会会长许结先生正在组织赋学研究者对该书进行全面整理、校点,在整理过程中对以上诸版本以及相关研究

---

① 参见马积高《〈历代赋汇〉评议》,《学术研究》1990年第1期。

② 此文发表于2013年4月,故有此说。之后,马积高先生主编之《历代辞赋总汇》(26册)于2013年12月由湖南文艺出版社出版,其卷帙远远大于《历代赋汇》。但《总汇》以时代为序,体例与此书不同。倘若考察历代赋之创作题材,《赋汇》仍然是最方便且不可替代的研究文献。

资料进行全面比勘，择善而从，撰为校勘记，这既是对清代赋学代表性研究成果的清理和总结，也将为当代学人提供更为可靠的研究文献，具有十分重要的学术意义。

《历代赋汇》版本源流表

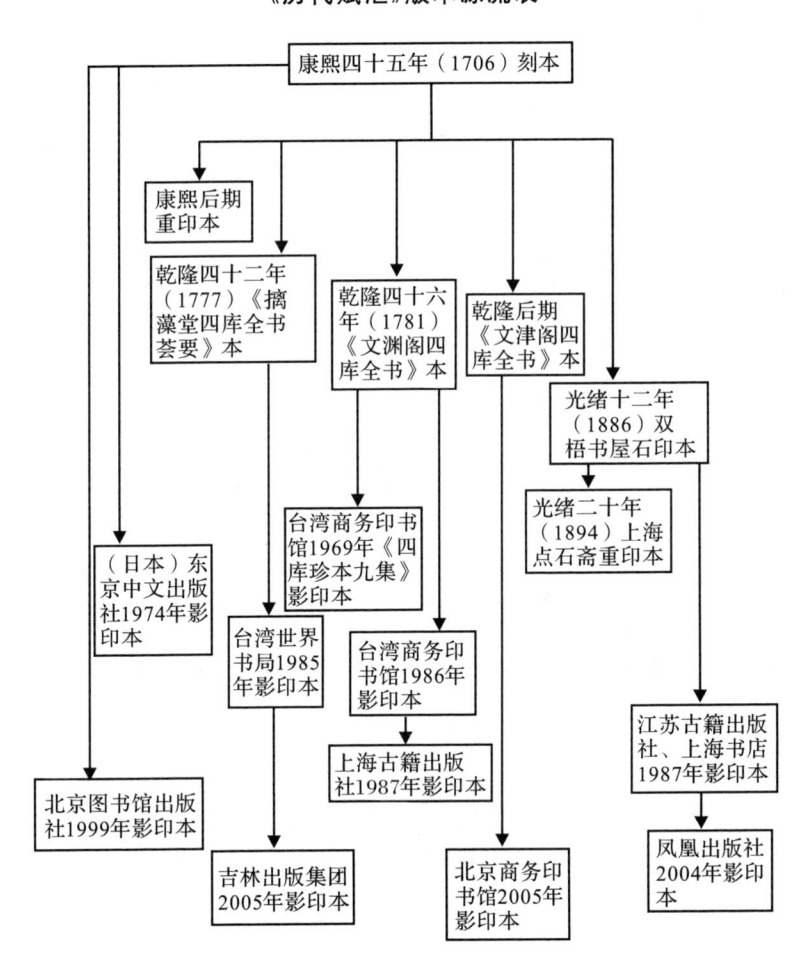

```
                    ┌──────────────────────────┐
                    │  康熙四十五年（1706）刻本  │
                    └──────────────────────────┘
       ┌──────┬───────┬───────┬────────┬────────┐
       │      │       │       │        │        │
       │   ┌──────┐   │       │        │        │
       │   │康熙后期│  │       │        │        │
       │   │ 重印本 │  │       │        │        │
       │   └──────┘   │       │        │        │
       │       │      │       │        │        │
       │  ┌────────┐ ┌──────┐ ┌──────┐ │        │
       │  │乾隆四十二│ │乾隆四十│ │乾隆后期│ │        │
       │  │年(1777)│ │六年    │ │《文津阁│ │        │
       │  │《摘藻堂 │ │(1781) │ │ 四库全 │ │        │
       │  │四库全书 │ │《文渊阁│ │ 书》本 │ │        │
       │  │ 荟要》本│ │ 四库全 │ └──────┘ │        │
       │  └────────┘ │ 书》本 │     │    │        │
       │             └──────┘     │  ┌────────┐ │
       │                          │  │光绪十二年│ │
       │                          │  │(1886)双 │ │
       │                          │  │梧书屋石 │ │
       │                          │  │ 印本   │ │
       │                          │  └────────┘ │
       │                          │      │      │
       │         ┌────────┐       │  ┌────────┐ │
       │         │台湾商务印│      │  │光绪二十年│ │
       │         │书馆1969年│     │  │(1894)上海│ │
       │         │《四库珍本│     │  │点石斋重印│ │
       │         │九集》影印│     │  │   本    │ │
       │         │  本     │     │  └────────┘ │
       │         └────────┘       │             │
   ┌────────┐       │             │             │
   │(日本)东│  ┌────────┐┌────────┐│             │
   │京中文出│  │台湾世界 ││台湾商务印││             │
   │版社1974│  │书局1985 ││书馆1986 ││             │
   │年影印本│  │年影印本 ││年影印本 ││             │
   └────────┘  └────────┘└────────┘│             │
       │           │        │     │    ┌────────┐
       │           │    ┌────────┐│    │江苏古籍│
       │           │    │上海古籍││    │出版社、│
       │           │    │出版社19││    │上海书店│
       │           │    │87年影印││    │1987年影│
       │           │    │  本   ││    │ 印本   │
       │           │    └────────┘│    └────────┘
   ┌────────┐ ┌────────┐    │ ┌────────┐│
   │北京图书│ │吉林出版│    │ │北京商务│ ┌────────┐
   │馆出版社│ │集团2005│    │ │印书馆  │ │凤凰出版│
   │1999年影│ │年影印本│    │ │2005年  │ │社2004年│
   │ 印本   │ └────────┘    │ │影印本  │ │ 影印本 │
   └────────┘                │ └────────┘ └────────┘
```

附录：原载《中国韵文学刊》2013 年第 2 期，与方利侠馆员合作。

严可均《全汉文》《全后汉文》辑录汉赋之贡献及阙误

《全上古三代秦汉三国六朝文》①（以下简称《全文》）是我国历史上规模最大的一部先唐文章总汇。编者严可均（1762—1843）生活在清嘉庆年间，他倾尽一生精力，广搜各类书籍，"鸿篇巨制，片言单辞，罔弗综录"，使上古至隋代3497人的文章汇为一帙，真可谓"极学海之大观，为艺林之宝笈"（王毓藻序），是研究唐以前学术文化的必备书籍。本文仅从汉赋研究的角度，考察其中《全汉文》《全后汉文》两部分在辑录汉赋作品方面所取得的成就及其存在的问题，旨在为今后的文献辑佚者和汉赋研究者提供一些参考。

一、《全汉文》《全后汉文》辑录汉赋之贡献

（一）辑赋数量，远超前贤

严可均之前辑录汉赋最有成就者，是明代万历年间李鸿的

---

① ［清］严可均：《全上古三代秦汉三国六朝文》，中华书局1958年版。

《赋苑》和清代康熙年间陈元龙的《历代赋汇》①。据笔者统计,前者辑录汉赋 51 家,176 篇;后者含有汉赋 53 家,190 篇。严可均辑录《全汉文》《全后汉文》,搜集汉赋作品多达 75 家,258 篇(其中刘向《围棋赋》、袁安《夜酣赋》属于误收,不计),超出李鸿 82 篇,超出陈元龙 68 篇。这是我国古代规模最大的一次汉赋搜集与整理工作,其功自不可没。现将其在陈元龙之外辑得的汉赋作品罗列如下:

枚乘《七发》,司马相如《梨赋》,孔臧《谏格虎赋》《杨柳赋》,东方朔《答客难》,王褒《甘泉赋》,刘向《请雨华山赋》《雅琴赋》,扬雄《核灵赋》《解嘲》《解难》,班彪《览海赋》,冯衍《杨节赋》,杜笃《众瑞赋》,梁竦《悼骚赋》,傅毅《反都赋》《七激》,刘广世《七兴》,崔骃《武赋》《达旨》《七依》,王充《果赋》,班固《耿恭守疏勒城赋》《答宾戏》,李尤《七款》,苏顺《叹怀赋》,葛龚《遂初赋》,刘騊駼《玄根赋》,张衡《鸿赋》《应间》《七辩》,崔瑗《七苏》,马融《龙虎赋》,邓耽《郊祀赋》,崔琦《七蠲》,崔寔《答讥》,张奂《芙蕖赋》,刘梁《七举》,廉品《大傩赋》,桓麟《七说》,赵壹《解摈》,刘琬《神龙赋》《马赋》,桓彬《七设》,蔡邕《霖雨赋》《玄表赋》《释诲》,张纮《瑰材枕赋》,潘勖《玄达赋》,徐(榦)[幹]《冠赋》《嘉梦赋》《七喻》,繁钦《三胡赋》《明口赋》②《述征赋》《述行赋》《避地赋》,王粲《弹棋赋》《投壶赋》《围棋赋》《七释》,陈琳《大荒赋》《柳赋》《应讥》,应场《撰征赋》《校猎赋》《神女赋》。

这 67 篇赋,包含了一些残篇,有些赋甚至只留下片言只语,如司马相如《梨赋》,仅存"唰嗽其浆"四字,见载于《文选·魏都赋》刘逵注的征引,严氏将其悉予网罗汇集,可见其搜讨之细,用

---

① [明]李鸿:《赋苑》,《四库全书存目丛书》集部第 384 册,齐鲁书社 1997 年版。[清]陈元龙:《历代赋汇》,凤凰出版社 2004 年版。下引版本同此。

② 该赋赋题有缺讹,钱锺书据残文推测当为《胡女赋》。见钱锺书:《管锥编》,中华书局 1986 年版,第 1044 页。

功之勤。这无疑为我们全面认识汉赋、研究汉赋提供了极为珍贵的材料。当然,《历代赋汇》不收七体与答难体,辑录汉赋的数量自然会受到限制。不过,仅就以赋名篇者论,严可均亦超出《赋汇》43 篇,这个惊人的数字背后正隐藏着严氏巨大的心血和汗水。比较而言,陈元龙《历代赋汇》仅超出李鸿《赋苑》14 篇,严可均在钩稽汉赋文献上所做的贡献远远超过了陈元龙。

在这 67 篇赋之外,严氏还对于已经佚失的汉赋略作交代,这不仅有助于我们了解汉赋的全貌,还为以后的辑佚工作提供了重要线索。如司马相如《鱼葅赋》已佚,《北堂书钞》卷一百四十六提及,严可均将其附在司马相如赋之末,并注明出处①;刘向《别录》包含不少汉赋资料,惜已佚失,严氏也钩稽了一些残句,今择取数条如下:

> 淮南王有《熏笼赋》。(北堂书钞一百三十五,御览七百十)
>
> 向有《芳松枕赋》。(白帖十四,御览七百七)
>
> 向有《合赋》。(御览七百一十七)
>
> 有《麒(原误作骐)麟角杖赋》。(北堂书钞一百三十三,御览七百十,事类赋注一十四)
>
> 有《行过江上弋雁赋》《行弋赋》《弋雌得雄赋》。(御览八百三十三)
>
> 待诏冯商作《灯赋》。(艺文类聚八十)②

这里提到的刘安《熏笼赋》、刘向诸赋、冯商《灯赋》皆已失传。但我们可以据此考察汉赋创作题材的多样性,尤其是咏物小赋在西

---

① 参见[清]严可均《全上古三代秦汉三国六朝文》,第 246 页。
② 同上书,第 339 页。

汉时的创作盛况,这是很珍贵的资料。其他如枚乘有《临灞池远诀赋》(《文选》谢朓《休沐重还道中》诗注引),班固有《白绮扇赋》(《初学记》卷二十五),崔琦有《白鹄赋》(《后汉书·崔琦传》),皆已佚失,严氏亦作存目处理。《全汉文》卷二十八延年小传还称"《汉志》有东暆令延年赋七篇,或即其人"①,为后人的研究提供线索。这些处理都是很有眼光的。

(二)广搜博采,考校精详

严可均不仅在辑录汉赋的篇目上超越前人,在内容的完备以及校勘整理的质量上也取得重大突破。如东汉王逸撰有《荔(支)[枝]赋》,陈元龙《历代赋汇》卷一百二十六仅辑录自"暧若朝云之兴"至"超众果而独贵"一段。② 这段文字具体描写荔枝树形体伟岸,枝叶婆娑,荔枝果颜色鲜艳,内含芬芳,应是该赋的主体部分。经核查,此段文字应出自《艺文类聚》卷八十七,但陈元龙未注出处,有失严谨。严可均《全后汉文》卷五十七也辑录了这一段,他在段末注明"艺文类聚八十七,御览九百七十一"的字样,便于读者核查,明显优于陈氏。③ 此外,严可均还做了一些校勘工作,如在"绿叶臻臻"下标注"文选蜀都赋注作蓁蓁",在"大火中而朱实繁"下标注"文选蜀都赋注作繁生",为读者提供了很有价值的异文资料,可见出严氏搜集材料之丰富。尤其令人钦佩的是,严氏又从《初学记》《太平御览》等书中辑得不少资料,作为这段文字的前接部分:

<blockquote>
大哉圣皇,处乎中州。东野贡落疏之文瓜,南浦上黄甘之华橘,(初学记二十)西旅献昆山之蒲桃,(初学记二十八,
</blockquote>

---

① [清]严可均:《全上古三代秦汉三国六朝文》,第 280 页。
② [清]陈元龙:《历代赋汇》,第 507 页。
③ [清]严可均:《全上古三代秦汉三国六朝文》,第 784 页。

御览九百七十二)北燕荐朔滨之巨栗。(艺文类聚八十七,初学记二十八,御览九百六十四)

魏土送西山之杏。(艺文类聚八十七,御览九百六十八)

宛中朱柿,(御览九百七十一)房陵缥李,(文选潘岳闲居赋注,御览九百六十八)酒泉白柰。(文选蜀都赋注)

乃观荔支之树,其形也,暧若朝云之兴……①

这几句先称赞汉帝圣明,接受四面八方进贡的各种奇异果品,尔后引出荔枝,进入本题。严氏将其置于"暧若朝云之兴"之前,作为该赋的开头,使前后衔接自然,顺理成章,这显然经过了一番细心揣摩。此外,严氏又辑得一段文字,却将其置于"超众果而独贵"之后:

宛洛少年,邯郸游士,(文选曹植名都篇注,袁淑效曹植白马篇注)装不及解,(文选赭白马赋注)飞匡上下,电往景还。(文选江赋注)②

这段话讲众人急不可待地采摘荔枝,其繁忙景象,历历如现。严氏将其安置在赋末,显然也经过了一番斟酌。严氏的以上编排,在一定程度上恢复了《荔枝赋》的本来面目,层次井然,顺畅可读,颇有辑佚家的眼光,这对我们理解该赋的内容与结构大有帮助。对于每一篇赋的辑录,严可均都尽可能广搜资料,并将所得佚文进行比勘,去其重复,审定次序,尽力展示赋的原貌,这是很可取的。

《全文》的辑录是一项十分浩大的工程,严氏无暇对每一篇

---

① [清]严可均:《全上古三代秦汉三国六朝文》,第784页。
② 同上。

作品都进行细致的校勘、考证工作,因而该书没有校勘记,一般也不作注释。不过,遇有明显的可疑之处,严氏亦加按断,以申己见。如《全后汉文》卷四十三从《艺文类聚》卷四十四、《初学记》卷十六辑录了傅毅《雅琴赋》的一段文字,然后加按语云:"案:乔世宁、汪士贤等以此赋入《蔡邕集》,误也。"①此语甚当,因为蔡邕另有《琴赋》一篇,同样见载于《艺文类聚》卷四十四和《初学记》卷十六,唐代类书当然比后代文献更接近古籍原貌,也更可信。又《全后汉文》卷六十九蔡邕《霖雨赋》下注云:"案:此赋《类聚》编于魏曹植《愁霖赋》后,题为'又愁霖赋',张溥等因收入《子建集》。今考《文选》张协《杂诗》注引蔡邕《霖雨赋》云:'瞻玄云之晻晻,听长雨之霖霖。'曹植《美女篇》注引蔡邕《霖雨赋》云:'中宵夜而叹息。'知此赋在蔡集中。"②这段话两引《文选》李善注,考证出《霖雨赋》的作者权应为蔡邕,而非曹植,从而纠正了《艺文类聚》以来陈陈相因的错误。我们还能找到两条材料佐证:1.《北堂书钞》卷一五一亦引蔡邕《霖雨赋》云:"听长雨之淼淼。"《书钞》为隋末虞世南辑,年代早于《类聚》。2.曹植另有《霖雨赋》,一般不会撰写两篇同题赋作。严氏的此类考证不多,但都很有价值。

对于汉赋因传抄而导致的脱讹,严氏也作了一些校补或纠正的工作。如《全汉文》卷十三有孔臧《谏格虎赋》,辑自《孔丛子·连丛上》,原作"飞禽起而翳目,兽动而审音。"严氏在"兽"前校补"走"字,使上下句对仗工整,文意顺畅③。又《全后汉文》卷六十二边韶《塞赋》第一段辑自《艺文类聚》卷七十四,原有"施于人,仁义载焉"一句,严氏在"施"后补"之"字④。又《全后汉文》卷九十六丁

---

① [清]严可均:《全上古三代秦汉三国六朝文》,第706页。
② 同上书,第852页。
③ 同上书,第194页。
④ 同上书,第812页。

廙妻《寡妇赋》辑自《艺文类聚》卷三十四,原有"奉君子之情尘"、"雀分散以赴肆"二句,严氏改"情尘"为"清尘",改"赴肆"为"群逝"①。这些校改颇见功力,但严氏未加只字说明,容易引起读者误解。

(三)体例明确,资料丰富

在《全文》之首,严氏撰有《凡例》14则,对编纂此书的方法、体例有详细说明。最可注意的有以下三点:

1. 备载出处。《凡例》云:"各篇之末,皆注明见某书某卷。或再见、数十见,亦备细注明,以待覆检。"②上引对刘向《别录》、王逸《荔枝赋》佚文的辑录,都可清楚看到严氏不避繁琐、备载各条资料之来源的特点。其优点是便于读者复核原书,对其进行更进一步的研究。前此,明人张溥《汉魏六朝百三家集》、李鸿《赋苑》、清康熙年间陈元龙《历代赋汇》、彭定求《全唐诗》,甚至同时代御修的《全唐文》(董诰主持)等皆未做到这一点,可见严氏识见之卓越,方法之科学。

2. 排列有序。《全文》依时代先后编排先唐文章,至于两汉,则自然西汉在先,东汉在后。每代姓名次第,"曰帝,曰后,曰宗室诸王,曰国初群雄,曰诸臣,曰宦官,曰列女,曰阙名,曰外国,曰释氏,曰仙道,曰鬼神"③。以帝王后妃居首,以佛道鬼神居末,自然反映了封建时代文人对最高统治者的敬畏与推崇,有一定的历史局限性。但作为一种大型文章总集,根据人物的不同身份而分类编次,也不失为一种可取的方法。汉赋之编纂亦受其制约。以西汉为例,则自然要以汉武帝《李夫人赋》(帝)居首,次班婕妤《自悼赋》《捣素赋》(后妃),再次刘安《屏风赋》、刘胜《文木赋》(宗室诸

---

① [清]严可均:《全上古三代秦汉三国六朝文》,第991页。
② 同上书,第2页。
③ 同上。

王),再次孔臧《谏格虎赋》《杨柳赋》《鸮赋》《蓼虫赋》(国初群雄),尔后才编排贾谊、羊胜、公孙诡、枚乘等人的赋作(诸臣)。但所谓"诸臣"乃是汉赋创作的主力军,作家云集,作品繁富,编排亦颇费斟酌,自应以时代为序。严氏在这方面用力甚多,排列有条不紊,但偶或打破时代顺序,而以同宗相聚。如《全后汉文》卷二十三至卷二十六将班氏家族班彪、班固、班超、班勇的作品蝉联编次,至于班昭(曹大家),因系女性,则编入列女之属;又如卷四十四至卷四十七则依次编纂崔骃、崔篆、崔琦、崔寔几代人的作品。不难看出,严氏的编排次序与《汉书》《后汉书》中人物传记颇为相似,借鉴之迹班班可考。这种编排有利于读者考察家族文学兴盛的情况,但未免影响到时序排列法的贯彻。

3. 撰写作家小传。严氏对先唐3496名作家,"皆为之小传,里系察举,迁除封拜,赠谥著述,略具始末。或其人不见于史传,则参考群书,略著爵里。如又不得,则云爵里未详。或并不知当何帝之时,则列每代之末。"①这些小传于读者非常有用,但于编者则甚为劳苦。见诸史传者易考,而名小职微者难寻。如西汉赋家贾谊、司马相如,《史记》《汉书》俱有传,撮述其梗概即可。而东汉赋家苏顺、刘琬诸人,因历史记载太少,所作小传不得不极为简略:"(苏)顺,字孝山,京兆霸陵人。和安间以才学称,后拜郎中。""(刘)琬,瑜子。灵帝时举方正,不行。"至于生平不可考的邓耽,就只好书以"未详"二字。这些小传资料也应是文献辑佚者的一项重要工作,但此前的李鸿《赋苑》、陈元龙《历代赋汇》等都付之阙如。严氏将此作为条例贯彻全书,无疑给读者提供了更丰富、更全面的参考资料。

---

① [清]严可均:《全上古三代秦汉三国六朝文》,第3页。

二、《全汉文》《全后汉文》辑录汉赋之阙误

严可均是一位严谨、认真的学者,他不假众手,以一人之力辑校《全文》,以避免多人合作造成的错讹。但一人的精力毕竟有限,加之工程浩大,有些资料因历史条件限制而未能寓目,欲做到毫发无误,亦绝不可能。下面即从汉赋文献的辑录着眼,考查《全汉文》《全后汉文》的阙失与谬误之处。

(一)篇目遗漏

严氏在汉赋作品的钩稽方面较之《历代赋汇》有重大突破,已如前述,但仍有漏收之作。今人费振刚先生等辑校《全汉赋》(1993年,以下简称"费一"),所得汉赋多达83家,293篇(含残篇、存目)①,比《全文》多出35篇。最近出版的费振刚先生等《全汉赋校注》(2005年,以下简称"费二")又增至91家,319篇(含残篇、存目)②,比《全文》多出61篇。程章灿先生《魏晋南北朝赋史》(2001年,以下简称"程书")的附录(一)《先唐赋辑补》,从《全文》之外辑录不少残文,涉及汉赋68篇③,其中有17个篇名(含颂1篇,失题1篇,存疑1篇)不见于《全文》;附录(二)《先唐赋存目考》辑得汉代存目赋41篇(含颂、连珠各4篇,九1篇,与费书标准不一)④,加在一起,共多出58篇(含颂体、连珠体)。费、程补辑之功,不可没也。笔者在读书过程中,亦发现数篇,略述如下。

---

① 费振刚、胡双宝、宗明华:《全汉赋》,北京大学出版社1993年版。此数据依该书《例略》第一条所言,见第8页。若加上书后"补遗"与"再补",去其重复,则该书1997年重印本已收汉赋达89家,307篇。
② 费振刚、仇仲谦、刘南平:《全汉赋校注》"凡例"一,广东教育出版社1995年版,第1页。
③ 参见程章灿《魏晋南北朝赋史》,江苏古籍出版社2001年版,第332—354页。
④ 参同上书,第389—395页。

1. 司马相如《玉如意赋》(佚)。明曹学佺《蜀中广记》卷七十引《西京杂记》云："司马相如作《玉如意赋》，梁王悦之，赐以绿绮之琴，文木之几，夫余之珠。琴铭曰：桐梓合精。"《西京杂记》旧题汉刘歆撰，今人多以为出自晋葛洪之手。今见《西京杂记》本无此条，但元陶宗仪《说郛》卷一百、清王琦《李太白集注》卷二十六引宋虞汝明《古琴疏》、明董斯张《广博物志》卷三十四亦载此事，所言略同。据此，司马相如应有《玉如意赋》，今已佚失。费一、费二、程书以及今见三种《司马相如集校注》①皆不及此。司马相如（前172—前118），字长卿，西汉赋家。《汉书·艺文志》谓有赋29篇，今存完整者7篇，2篇残存少数几个字，2篇存目。

2. 枚皋《平乐馆赋》《戒终赋》《皇太子生赋》《甘泉赋》《雍赋》《河东赋》等（皆佚）。班固《汉书》卷五十一《贾邹枚路传》附《枚皋传》云："皋字少儒。……上得之大喜，召入见待诏，皋因赋殿中。诏使赋平乐馆，善之。"可见枚皋有《平乐馆赋》。又云："武帝春秋二十九乃得皇子，群臣喜，故皋与东方朔作《皇太子生赋》及《立皇子禖祝》。……初，卫皇后立，皋奏赋以戒终。"可知枚皋先有《戒终赋》，后有《皇太子生赋》。又云："从行至甘泉、雍、河东，东巡狩，封泰山，塞决河宣房，游观三辅离宫馆，临山泽，弋猎射驭狗马蹴鞠刻镂，上有所感，辄使赋之。……凡可读者百二十篇，其尤嫚戏不可读者尚数十篇。"②不难看出，枚皋赋的题材极为广泛，而以诙谐调笑之作居多，可惜皆已失传，赋名多不可考。以上赋名，除《皇太子生赋》外，皆据其内容而定。但古时作家吟诗作赋，大都不题写篇名，如司马相如《谏猎书》，《史记》《汉书》仅云"相如上疏谏之(汉武帝)，其辞曰。"《文选》卷三九题作《上书谏猎》，《艺文类

---

① 指金国永《司马相如集校注》，上海古籍出版社1993年版；朱一清、孙以昭：《司马相如集校注》，人民文学出版社1996年版；李孝中《司马相如集校注》，巴蜀书社2000年版。

② ［汉］班固：《汉书》卷五十一，中华书局1962年版，第2338—2367页。

聚》卷二四题作《上书谏武帝》，李孝中《司马相如集校注》题作《谏猎疏》。故可对枚皋赋之篇名作以上拟定。枚皋（前156—？）字少孺，西汉赋作家。才思敏捷，颇受汉武帝喜爱。曾作赋一百余篇，今皆佚。费二仅著录《皇太子生赋》1篇，程书著录《殿中赋》《平乐馆赋》《皇太子生赋》3篇。今按：疑"殿中"为枚皋作赋的地点，非赋名。

3. 东方朔《大言赋》（存）。明解缙等《永乐大典》卷一二〇四三"酒"部"赐方朔牛酒"条引《古今事通启颜录》云：

> 汉武帝置酒玉台，与群臣为大言，小言者饮一杯。公孙丞相曰："臣弘：骄而猛，又刚毅，交牙出吻声又大，号呼万里噭一代。"[余四公不能对。]东方朔前曰："臣请代四公。一曰：臣坐不得起，俯不得仰，迫于天地之间，愁不得长。二曰：臣（月）[跋]越九州，间不容止，并包天下，余于四海。三曰：欲为大衣，恐不能起。用天为表，用地为里。装以浮云，缘以四海。以日月明，往往而在。四曰：天下不足以受臣坐，四海不足以受臣唾。臣俯喧不得食，出若天外卧。"上曰："大哉！[弘言最小，当饮。]"赐朔牛一头，酒一石。①

今按：宋曾慥《类说》卷十四"命群臣为大言"条所载与此略同②。今据文字较为完善的《永乐大典》本移录，方括号内的文字是据《类说》本校补（改）的。两个版本均未题赋名，但这段文字主客问答的结构、多用四言的句式、韵散夹杂的手法都与宋玉《登徒子好色赋》、司马相如《子虚上林赋》、扬雄《逐贫赋》以及1972年在山东银雀山汉墓中出土的《御赋》（或称《唐勒赋》）等并无二致，因而

---

① [明]解缙等：《永乐大典》卷一二〇三四，中华书局1986年版，第5202页。
② [宋]曾慥：《类说》，《文渊阁四库全书》本第873册，上海古籍出版社1996年版，第243页。

应属于赋体。而与《古文苑》卷二所载之宋玉《大言赋》相比较,我们发现二者的题材、风格、笔法乃至语言都极为相似。比赛身高是中国民间俗文学的传统题材,当代艺术家马季在相声《百吹图》中又对其加以演绎:"乙:我跟北京白塔一般高。甲:我比北京白塔高一头。乙:我高,飞机打我腰这儿飞。甲:我高,卫星从我脚下过。乙:我头顶蓝天,脚踩大地,没法儿再高啦!甲:我……我上嘴唇挨着天,下嘴唇挨着地。乙:那你脸哪去啦?甲:我们吹牛的人就不要脸啦!"①可证此题材源远流长,盛行两千余年而不衰。今据其内容,将题目定为《大言赋》。东方朔是滑稽之雄,颇受汉武帝赏识。班固《两都赋序》云:"言语侍从之臣,若司马相如、虞丘寿王、东方朔、枚皋、王褒、刘向之属,朝夕论思,日月献纳……故孝成之世,论而录之,盖奏御者千有余篇。"高度评价其在辞赋创作上的贡献,但其赋多佚。东方朔滑稽诙谐,常在汉武帝朝廷上调笑逗乐,应该创作了不少俗赋,《大言赋》正是其中之一。该赋是研究古代俗赋发展史的重要文献,费一、费二、程书皆未收录之。东方朔(前154—前93),字曼倩,《汉书·艺文志》称他有作品20篇。现存赋2篇。

4.刘宏《追德赋》(佚)。南朝宋范晔《后汉书·皇后纪下》云:"王美人,赵国人也。……(灵)帝愍协早失母,又思(王)美人,作《追德赋》《令仪颂》。"②赋、颂俱佚,但皆是汉灵帝刘宏(156—189)追思王美人的作品。费一、程书未收,但费二已将其补入。③

(二)误收重出

1.《全汉文》卷三十五辑有刘向《围棋赋》四句:"略观围棋,法

---

① 王文章:《马季表演相声精品集》,文化艺术出版社2005年版,第178—179页。
② [南朝宋]范晔:《后汉书》卷十,中华书局1965年标点本,第450页。
③ 《全汉赋校注》,第1180页。

于用兵。怯者无功,贪者先亡。"谓出自"文选博弈论注"①,费一、费二因之。经核查,唐欧阳询《艺文类聚》卷七十四、宋祝穆《古今事文类聚·前集》卷四十二、明彭大翼《山堂肆考》卷一百六十八"雁行"条、清张英等《渊鉴类涵》卷三百二十九、陈元龙《格致镜原》卷五十九俱引此四句,皆题为后汉马融《围棋赋》。李善注误标刘向作,当改正,不应重出。

2.《全后汉文》卷五十四辑有张衡《鸿赋序》:"南寓衡阳,避初寒也。……乃为之赋,聊以自慰。"共 73 字,谓出自"御览九百十九"②。费一、费二因之,俱称:"本篇仅存序,录自《太平御览》卷九一六。"③经核查,这段文字出自《隋书》卷五十七《卢思道传》,原文如下:"(卢思道)迁武阳太守,非其好也。为《孤鸿赋》以寄其情曰:'余志学之岁,自乡里游京师。……《扬子》曰'鸿飞冥冥',骞翥高也;《淮南》云'东归碣石',违溽暑也;**平子赋曰'南寓衡阳',避祁寒也**。若其雅步清音,远心高韵,鹓鸾以降,罕见其俦。而铩翮墙阴,偶影独立,喽喋秕稗,鸡鹜为伍,不亦伤乎!余五十之年,忽焉已至,永言身事,慨然多绪。乃为之赋,聊以自慰云。其词曰:……'"④显然,《全后汉文》所引文字实为隋代卢思道的《孤鸿赋序》,卢氏引用了《扬子法言》《淮南子》和张平子(张衡)《西京赋》中的话(各引四字),略作评判,形成排比之势,借以表达作者远离浊世、洁身自好的情怀。《隋文纪》《汉魏六朝百三家集》《历代赋汇》《渊鉴类涵》等引录此赋,俱题为隋卢思道作。而《太平御览》卷九百一十六"鸿"字条在征引时却将"扬子""淮南子""平子赋"皆另起一行,而与"隋书"并列,似乎已将"南寓衡阳"至"聊以

---

① 参见[清]严可均《全上古三代秦汉三国六朝文》,第 321 页。
② 同上书,第 770—771 页。
③ 《全汉赋》,第 484 页;《全汉赋校注》,第 769 页。
④ [唐]魏徵等:《隋书》卷五十七,中华书局 1973 年版,第 1398—1399 页。

自慰"一大段文字误判为张衡所作①。严可均、费一、费二皆沿其讹,故在此辨明之。

3.《全后汉文》卷九十三辑有繁钦《抑检赋》二句,谓出自《文选》潘岳《在怀县诗》李善注。② 而核查出处,赋题应作繁钦《柳树赋》,与《艺文类聚》卷八十九所引繁钦之《柳赋》实为一篇,当合并。费一、费二改正了赋题,惜未作归并。

(三)内容阙失

《全文》所收录的汉赋,乃是辑自浩如烟海的各类典籍,严氏用功甚勤,收获颇丰,但仍有疏漏。如王褒《甘泉赋》,《全文》卷四十二从《艺文类聚》卷六二辑得赋序,又从《文选·魏都赋》注辑得残句,题作《甘泉宫颂》。③(按:赋、颂古相通,《甘泉宫颂》即《甘泉宫赋》。)其实,《文选》卷十一何晏《景福殿赋》注征引4句:"却而望之,郁乎似积云;就而察之,霭乎若太山。"《文选》卷三十五张协《七命》注征引1句:"耀照形之玉璧。"这5句严氏失采,费二、程书俱补之,甚当。(费一、费二不录赋序,恐不妥。)又繁钦《建章凤阙赋》,《全文》卷九十三辑有"筑双凤之崇阙,……屈绕纡萦"一段,约130字,谓出自"艺文类聚六十二",费一因之。但费二从《韵补》卷一"洞"字注辑得3句④。程书亦辑录这3句,同时又从《韵补》卷四"汉"字注辑得4句⑤。而张应斌《繁钦〈建章凤阙赋〉补辑》一文又从《水经注》卷十九辑得6句⑥,据其内容,这6句应为赋序。现将诸家所辑得的佚文拼在一处,庶几更接近繁钦此赋

---

① [宋]李昉等:《太平御览》(四),中华书局1960年版,第4063页。该书据宋刊本影印,原书即误。
② 参见[清]严可均《全上古三代秦汉三国六朝文》,第976页。
③ 同上书,第359页。
④ 费振刚、仇仲谦、刘南平:《全汉赋校注》(下),第1012页。
⑤ 程章灿:《魏晋南北朝赋史》,第354页。
⑥ 张应斌:《繁钦〈建章凤阙赋〉补辑》,《文献》2002年第4期。

之原貌：

> 秦汉规模，廓然毁泯，唯建章凤阙，屶然独存。虽非象魏之制，亦一代之巨观也。（《水经注》卷十九，张应斌辑。笔者按：《玉海》卷一百六十九亦引录此六句，并标明"序云"二字；宋李刘《四六标准》卷二十七《贺赵尚书知平江府》注引录前四句，亦标明为"序"。其中《玉海》本、《四六标准》本"廓然毁泯"作"泯毁"，"屶"作"耸"，《玉海》本"巨观"下脱"也"字。）

> 筑双凤之崇阙，表大路以遐通。上规圜以穹隆，下矩折而绳直。长楹森以骈停，修桷揭以舒翼。象玄圃之层楼，肖华盖之丽天。当蒸暑之暖赫，步北楹而周旋。鷾鹏振而不及，岂归雁之能翔。抗神凤以甄甍（《玉海》卷一六九作"甍"），似虞庭（《玉海》作廷）之锵锵。栌六翮以抚時，俟高风之清凉。华钟金兽，列在南廷；嘉树荔菱，奇鸟哀鸣。台榭临池，万种千名。周櫩辇道，屈绕纡紫。（《艺文类聚》卷六十二，严可均辑。费一、费二同，又分别以《文选·石阙铭》注和《太平御览》卷九五五参校，可参看。）

> 桥不雕兮木不龙，反淳庞兮踵玄洞，阐所迹兮超遐踪。① （《韵补》卷一"洞"字注，程书、费二辑。笔者按：此处题为繁钦《凤阙赋》，系简称。"桥""龙""庞"三字，费二作"挢""眷""厖"；"玄"，程书讹作"云"。）

> 长唐虎圈，回望漫衍。盘旋岹嶢，上刺云汉。② （宋吴棫《韵补》卷四"汉"字注，程书辑。笔者按：清张玉书、陈廷敬《康熙字典》卷十六"汉"字条，毛奇龄《古今通韵》卷十"古韵"亦引录此四句。《康熙字典》"漫"作"曼"。）

---

① ［宋］吴棫：《韵补》，《文渊阁四库全书》本，第237册，第60页。
② 同上书，第115页。

此外，还有一些严氏无法寓目的文献资料，其中包含的汉赋文字自然也在失辑之列。如王粲《七释》，严氏仅从《艺文类聚》《北堂书钞》《初学记》等类书中辑得残文。① 而光绪十九年（1893）刊行的《适园丛书》本《文馆词林》卷四百十四含有该赋全文，约两千余字；今日可见者还有日本古典研究会于昭和四十四年（1969）出版的影弘仁本和罗国威据此整理的校证本②，程书、费二皆据《适园丛书》本录入。因严氏仅见到四卷本《文馆词林》，其中不含《七释》，所以无法辑得全文。可见文献辑佚工作乃是一项逐步完善的工程，任何人都不可能做到十全十美，一劳永逸。由于出土文献与异域汉文文献的不断发现，这一特点尤显突出。

（四）文字错讹

严氏《全文》在文字上颇有讹误。如《全汉文》卷三十五辑有刘向《雅琴赋》残文7条，录自《文选》注与《初学记》③。经核查，其中"游予心以广观"句中"游"字底本作"遊"，"末世锁才兮知音寡"句中"知音"二字底本作"智孔"，"授中徵以及泉"句中"授"字底本作"援"，"葳蕤心而息惥兮"句中"息"字底本作"自"。其中多数为抄写错误，也许某些字是严氏有意作的修改，但他从不注明，失之谨严。又《全后汉文》卷八十四辑有边让《章华台赋》，出自《后汉书·边让传》。赋序中"盛哉此乐"之"此"字，与"乃作新赋以讽之"之"新"字，底本均作"斯"，此误。又该赋"达皇佐之高勋兮"一句中之"达"字，《文选》卷二十四曹植《又赠丁仪王粲》注引作"建"，似以"建"为优，当据以改正④。以上讹误亦多被费一沿袭，

---

① ［清］严可均：《全上古三代秦汉三国六朝文》，第963页。
② ［唐］许敬宗编，罗国威整理：《日藏弘仁本文馆词林校证》，中华书局2001年版。
③ ［清］严可均：《全上古三代秦汉三国六朝文》，第321页。
④ ［清］严可均：《全上古三代秦汉三国六朝文》，第930页。

但费二有所纠正①。又《全汉文》卷四十辑录刘歆《甘泉宫赋》残篇,其中"云阙蔚之岩岩,众星接之皑皑"一句的出处标为"文选鲍照君子有所思行注"。经核查,《文选》卷三十一有鲍照《代君子有所思》一首,李善注引录此二句。严氏脱"代"字,又误增"行"字,造成诗题讹误。

(五)底本不当

《全后汉文》卷五十八辑有王延寿《梦赋》,出处为《艺文类聚》卷七十九。其实《类聚》系节录,《古文苑》卷三录有《梦赋》全文,不仅多出百余字,而且文字更为精确。严氏以内容残缺、多有讹误的删节本为据辑入,造成大量遗漏。严氏在赋末仅标《类聚》一书,似乎未见到《古文苑》。紧接该赋的是王延寿《王孙赋》,严氏在赋末标明校本为"艺文类聚九十五,初学记二十九,御览九百十",其实《古文苑》也录有全文,当以此为底本录入,再以《类聚》等参校。严氏选择底本不当,是造成阙误的主要原因。费一、费二仍以《艺文类聚》为底本,而以《古文苑》为校本,不妥。

(六)体例缺陷

《全文》的体例比明末清初以及同时代的文学总集都更为完善,但其美中不足之处,亦应指出。如严氏未将"存目"列入《凡例》,造成了大量存目赋漏收的现象;又如严氏在文字上有校勘甚至擅自改动之处,但大多未出校记,既损伤了古籍原貌,也容易造成误解。此外,文献出处的标注有时不够精确。如《全汉文》卷十五辑有贾谊《旱云赋》,出处标为《古文苑》,而不交代版本和卷次;卷二十辑有枚乘《七发》,只注明出处为《文选》,也未注明"卷三十

---

① 龚克昌等:《全汉赋评注》(全三册),花山文艺出版社2003年版。按:龚书以注释、评析为主,兼有作品解题、作家小传等;费振刚等《全汉赋校注》有解题、小传、校勘、注释、集评等。二书各有所长,可互补。

四";《全后汉文》卷八十四辑有边让《章华台赋》，只标注出处为《后汉书·边让传》，准确出处应为《后汉书·文苑传》卷七十下《边让传》。这些笼统的标注给复核工作造成了一些麻烦，显然需要改进。至于为各赋撰写题解、校勘记、注释，在书末附录作者、篇目索引等文献整理工作的基本要求，则因卷帙过繁、精力有限等原因，更是严氏所无暇顾及的。费一、费二、龚克昌师《全汉赋评注》诸书，则在不同程度上弥补了这些缺憾。

　　总的看来，严可均在辑校汉赋方面取得了史无前例的成绩，其辑赋的数量、质量以及在编纂体例的探索等方面都集古代汉赋编录工作之大成，功绩卓著，不可磨灭。书中因各种条件限制而呈现出的阙误或不足，有待于当代辑佚家去做修改或完善的工作。

　　附记：此文合并《严可均〈全汉文〉〈全后汉文〉辑录汉赋之阙误》(《文学遗产》2007年第6期)和《严可均〈全汉文〉〈全后汉文〉辑录汉赋之贡献》(《辽东学院学报》2008年第6期)二文。

《宋金元明赋选》王鸿朗跋考释

国家图书馆善本部藏有清汪宪《宋金元明赋选》抄本八册，书前有王鸿朗题跋一通：

  钱衎石先生云：汪鱼亭宪所选宋金元明四朝赋，采择精博，所本之集，多人间未见者。雍、乾间，汪氏振绮堂藏书甲于两浙，故能办此。授梓未蒇，板遭回禄，仅存副本。询之汪氏子孙，并皆芒然，不知尚在天涯否。

  右录《曝书琐记》一则。衎石翁与余家仍世相交，著此书时竟不知已归王氏。此种海内孤本，最难瓦全。咸丰中，兵燹流离，幸未失坠，殆有默为呵护者，安得数百金重锓之，以广其传。卷中舛误之字，原本均留空格未填，非萃百余家专集，莫能校补，是亦一憾事也。鸿朗题记。

  余弆此集有年矣，今以赠子用表兄。物归故主，殆非偶然。光绪元年三月廿有一日，鸿朗识。

这则题跋涉及众多人物和史事，蕴涵着十分丰富的文化信息。最主要者约有六端，试作考释。

一、跋中征引之《曝书琐记》

王跋征引《曝书琐记》一则。而查阅《清史稿》和多种目录学著作,皆无此书名,颇疑此处《曝书琐记》即钱泰吉《曝书杂记》之别称。但是,笔者查阅国图所藏清道光十九年(1839)蒋氏别下斋刊刻之《曝书杂记》2卷,清同治七年(1868)嘉兴钱氏刊刻之《曝书杂记》3卷,以及光绪年间会稽章氏刊刻《式训堂丛书》本《曝书杂记》3卷,皆未见此条。今考王跋"右录《曝书琐记》一则。衍石翁与余家仍世相交,著此书时竟不知已归王氏"云云,似乎《曝书琐记》一书实为"衍石翁"所著,别为一书,与钱泰吉《曝书杂记》并不相混。笔者翻阅国图所藏之钱仪吉《衍石斋集》抄本13卷、《飓山楼初集》稿本6卷、《衍石斋记事稿》10卷、《续稿》10卷、《刻楮集》4卷、《旅逸小稿》2卷、《衍石先生致弟书》抄本等文献,皆未见到跋文所引之语或者相近论述,基本排除了王鸿朗记错书名的可能。或者钱仪吉确有《曝书琐记》一书,但仅有稿本,未曾刊刻,当时就很少有人知晓。钱仪吉(1783—1850)是著名史学家,藏书家,建有仙蝶斋藏书所,庋藏图书甚富,其撰《曝书琐记》,以记藏书轶事,亦不无可能。据王跋,王氏与钱氏"仍世相交",情谊甚笃,故有机会借到"衍石翁"稿本而征引之。如此,则王鸿朗所引"钱衍石先生"云云,大致可断为钱仪吉《曝书琐记》之佚文。

二、汪宪与振绮堂藏书

汪宪(1721—1771)字千陂,号鱼亭,浙江钱塘(今杭州市)人。乾隆十年(1745)进士。曾官刑部主事、陕西省员外郎。性好蓄书,丹铅多善本,筑振绮堂以藏之。著有《振绮堂诗存》1卷、《易说存悔》2卷等。在汪宪生前,振绮堂藏书已达数万卷,与吴氏瓶花斋、赵氏小山堂、鲍氏知不足斋等齐名。王跋引钱衍石先生云"汪氏振绮堂藏书甲于两浙",良非虚誉。

汪宪之子汪汝瑮、汪璐皆能守成,且续有收藏。乾隆修《四库全书》时诏求天下图书,汪汝瑮两次进呈振绮堂珍藏秘籍三百余种,其中著录于《四库全书总目》者达151种。① 乾隆御赐《佩文韵府》一部,并在发还的两部书上亲笔题诗,汪氏以为荣耀。汪璐之子汪諴编有《振绮堂书目》5册,著录振绮堂藏书多达三千三百余种,六万五千余卷,可谓盛极一时。

三、《宋金元明赋选》编者何人?

国图所藏《宋金元明赋选》凡8卷,装订为8册,《中国古籍善本书目》以王鸿朗跋为据,著录为"(清)汪宪辑",学者多从之。叶幼明《辞赋通论·辞赋的辑录和整理》、曹明纲《赋学概论·赋集和赋话》、马积高《历代辞赋研究史料概述·赋学书目举要》、许结《中国赋学:历史与批评》、孙福轩《清代赋学研究》第三章皆题为"清汪宪辑"②,并无怀疑。而郝艳娜在其硕士论文《汪宪及〈宋金元明赋选〉考证》中认为此书非汪宪所辑,理由如下:1.《振绮堂书目》著录此书,未题编者名氏;2.《四库全书总目》《武林藏书录》《清史稿》《清史列传》等文献论及汪宪著述,不及此书;3. 此书体例混乱;4. 此书有遗漏;5. 王鸿朗为光绪时人,距离汪宪时代较

---

① 参见张桂丽《汪氏振绮堂藏书、刻书考略》,《中国典籍与文化》2013年第3期。
② 详见叶幼明《辞赋通论》,湖南教育出版社1991年版,第161页;曹明纲《赋学概论》,上海古籍出版社1998年版,第346页;马积高《历代辞赋研究史料概述》,中华书局2001年版,第297页;许结《中国赋学:历史与批评》,江苏教育出版社2001年版,第174页;孙福轩《清代赋学研究》,浙江大学出版社2008年版,第217页。其中许结、孙福轩写作"汪宽",当系"汪宪"之讹。

远,所言不可信。①

　　后三条较为牵强,其中最有力的证据就是第一条。《振绮堂书目》为汪宪之孙汪諴所编,玄孙汪曾唯校订,著录此书时却称"不著编辑姓氏",这不能不令人生疑。今按:国图所藏《宋金元明赋选》首页钤有"汪鱼亭藏阅书"章,可知该书的确为汪宪旧藏。其是否为汪宪所编?为何不署编者姓名?值得探究。今考汪宪不仅藏书甚丰,亦勤于校书、编书。人称其"点注丹黄,终日不倦"②;还曾延请朱文藻等名儒在馆内校书、编书。朱文藻《知不足斋丛书序》云:"余馆于振绮堂十余年。"其间朱文藻曾编过《振绮堂书录》十册,对于所藏各书"摅其要旨,载明某某撰述,何时刊本,某某抄藏,校读评跋于后",③内容十分详尽。据此推测,《宋金元明赋选》8卷亦很有可能系汪宪聘请朱文藻等人所编。振绮堂所藏,以集部书数量最多,质量亦最高,其中宋金元明别集1074种,总集99种(据国图藏《振绮堂书目》统计),故朱氏能够据馆中所藏,辑得此书。朱文藻等自忖受雇于人,不敢署名;汪宪为人谦和,常携朱文藻与杭世骏、钱陈群、吴焯、鲍廷博等诗文唱和,视文藻为友人,他也拒绝署名;并且书中有很多缺字,说明其在汪宪生前为未定之本,亦不宜署名。结果该书就成为一部"不著编辑姓氏"的文献。《四库全书总目》等不著录此书,原因亦在于此。王跋引钱衍石语,认为该书"采择精博,所本之集,多人间未见者。雍、乾间,汪氏振绮堂藏书甲于两浙,故能办此",正好道出了其中的秘密。而汪諴编纂《振绮堂书目》时,照录朱文藻《振绮堂书录》的题署,于是造成了汪氏后人亦不知《宋金元明赋选》编者为谁的

---

　　① 郝艳娜:《汪宪及〈宋金元明赋选〉考证》,首都师范大学硕士论文,2010年,第20—21页。
　　② [清]丁申:《武林藏书录》卷下,古典文学出版社1957年版,第67页。
　　③ [清]汪曾唯:《振绮堂书目后序》,《振绮堂书目》卷末,民国十六年(1927)东方学会铅印本,国家图书馆藏。

假象。

　　钱、汪两家为世交。钱陈群为汪宪的恩师，对汪宪颇为赏识，常与其湖山宴叙，酬赠唱和。后来汪宪不幸早逝，钱陈群特地撰写《刑部员外郎鱼亭汪君传》，载《振绮堂诗存》卷首，是研究汪宪生平的重要文献。钱仪吉（衎石）、钱泰吉（警石）为钱陈群的曾孙，亦为著名文人、史学家、藏书家，与汪氏往来频繁①，其言必定有据。故钱衎石以该书为"汪鱼亭宪所选"，应当是真实可信的。《中国古籍善本书目》等书之著录，皆不误。

四、"采择精博"与"空格未填"

　　钱衎石称该书"采择精博"，王鸿朗又称其"留空格未填"，毁誉各半。今考《宋金元明赋选》一书，收录宋金元明四朝赋凡260家，523篇。经查实，其中518篇赋皆见于康熙年间陈元龙编纂的《历代赋汇》（以下简称《赋汇》），只有狄遵度《石室赋》、曾幼度（原讹作鲁幼度）《蠹书鱼赋》、陈傅良《戒河豚赋》、秦观《黄楼赋》、张耒《燔薪赋》等5篇为《赋汇》所未收。仔细比较发现，不少赋家的赋篇排列顺序亦与《赋汇》一致。例如，卷二收录文彦博、范仲淹、田锡、陈襄、欧阳修、陈普、苏轼、苏辙凡8家124篇赋，全部选自《历代赋汇》，并且有5家赋的篇目顺序与《赋汇》完全相同，只有欧阳修、苏轼、苏辙赋的顺序与《赋汇》略有差别。这充分说明，《宋金元明赋选》的编者吸收了《赋汇》的研究成果。国图善本部藏有《振绮堂书目》抄本（索书号14446），卷一"第二厨第三格"有"御定历代赋汇六十册内缺一册"，似乎可与此相证。当然，编者并不完全依赖《赋汇》，而是有所选择。其中范仲淹赋，《赋汇》录

---

　　① 钱泰吉《曝书杂记》卷三对汪远孙、汪迈孙、汪适孙、汪曾本等皆有论述，称："钱唐汪小米舍人远孙，与余有校史之约，惜其早世，未能成。"见［清］钱泰吉：《曝书杂记》，《丛书集成初编》本，中华书局1985年版，第89页。

38篇,此书选32篇;田锡赋,《赋汇》录24篇,此书选13篇;而元代杨维桢赋,《赋汇》录31篇,此书选5篇;明代王世贞赋,《赋汇》录11篇,此书仅选1篇。大致说来,该书重视对两宋赋的采择,而对金元明三代赋,则删减较多,取舍之间,自然彰显出编者的赋学观。钱衎石称赞其"采择精博",主要是就选篇而言。此外,赋中文字与《赋汇》并不完全相同,可知编者亦曾参考了家藏的其他文献。所增5篇,应该主要采自振绮堂所藏之《张右史集》《曾樽斋缘都集》《淮海集》《南宋文鉴》(并见《振绮堂书目》)诸书。

今日看来,《宋金元明赋选》价值主要有以下四端:1. 清代赋学有"尊唐""原古""尚时"三种风尚,①选赋亦大都集中在古赋、唐赋和清赋,对宋金元明四代关注较少,而此书则专选这四朝赋,恰好可以填补这一领域的空白;2. 与《历代赋汇》所录各家赋相比较,可以考见编者对宋金元明赋史的把握和对诸家赋优劣高下的评判;3. 本书所选,有5篇赋为《赋汇》所无,能够在一定程度上弥补《赋汇》的缺漏;4. 文字上可以与现存各版本相对勘,具有一定的校勘学价值。

毋庸讳言,该书确实有"舛误之字""留空格未填"的情况,而且还较为常见。例如,卷一汪应时《历象赋》"王居门兮协构建,岁成章兮诸福□",查《赋汇》卷二,空格为"荐"字;卷四秦观《黄楼赋》"御扶摇以东下兮,纷万马而争□",查《淮海集》卷一、《宋文鉴》卷九、《古赋辩体》卷八,可知空格为"前"字;等等。书中还有一些讹字,亦需要加以校改。例如卷一狄遵度《石室赋》"其室也奠,维人之系",据《宋文鉴》卷三,"奠"当为"尊"字之讹;卷四王逢原《思归赋》"我岂不如,郁其谁素",据《古今事文类聚·后集》卷三和《赋汇·外集》卷八,"素"当为"诉"字之讹;等等。《历代赋汇》是陈元龙奉敕编纂的,有康熙四十五年(1706)内府刻本,校勘

---

① 许结:《赋学:制度与批评》,中华书局2013年版,第112—113页。

精审，印制精良，北京图书馆出版社曾于 1999 年影印出版。但《宋金元明赋选》却出现了很多缺字讹字，可见其工作粗疏，实为未定之本。王跋称"非萃百余家专集，莫能校补"，其实只要取《历代赋汇》一书，再辅以《宋文鉴》和少量别集，即可补缺正讹。估计"授梓"之正本已经将缺字补全，讹字纠正，但因其与书版一同焚毁，今已难知其详。

五、"板遭回禄"的时间

王跋引钱衎石先生云："授梓未蒇，板遭回禄，仅存副本。询之汪氏子孙，并皆芒然，不知尚在天涯否。"可知《宋金元明赋选》原稿曾经交付梓人，但尚未完工，书版即毁于火灾，原稿亦亡。今日所见，乃是副本。对于付梓时间，钱衎石语焉不详。今按：钱衎石卒于道光三十年（1850），则《宋金元明赋选》之付梓及毁版，当在此前。汪曾唯跋梁履绳《左通补释》云："振绮堂，余家藏书处也。自明季迁杭，至嘉庆初，积版六十余种，悉毁于火。嗣又刊三十余种，咸丰末再毁于寇。"① 可知振绮堂书版遭遇过两次灾难，一次是嘉庆初年毁于火灾，一次是咸丰十一年（1861）毁于兵灾（即太平天国起义）。倘若《宋金元明赋选》毁于兵灾，则已在钱衎石先生卒年之后，钱氏如何知晓？故此处"版遭回禄"，只能指嘉庆初年的火灾，当时的振绮堂主人是汪璐（1746—1813）、汪諴（1772—1819）父子。

据前引汪曾唯《〈左通补释〉跋》，振绮堂在乾、嘉、道、咸间刻印书籍已达一百部左右，而今日可见者寥寥无几。除了张桂丽《振绮堂刻书编年》所列 26 种外，② 国家图书馆所藏振绮堂此期刻

---

① ［清］梁履绳：《左通补释》卷末，光绪元年（1875）刻本，国家图书馆藏。
② 张桂丽：《汪氏振绮堂藏书、刻书考略》，《中国典籍与文化》2013 年第 3 期。

本尚有陈思《御览书苑菁华》20卷(乾隆三十九年刻本),总数为27种。可见即便是刻印之书,散佚者亦达七成之多。《宋金元明赋选》书版虽毁,但副本犹存,实为万幸。

六、汪子用与王鸿朗

王鸿朗于光绪元年(1875)三月廿有一日撰写题记云:"余弄此集有年矣,今以赠子用表兄。物归故主,殆非偶然。"句中"子用表兄"为何人?今查汪曾唯所编《汪氏小宗谱》,汪曾唯(1829—?),字子用,号梦师,钱塘县学附贡生。同知衔,兼袭云骑尉世职,湖北咸丰县知县,兼理儒学训导。① 汪曾唯是振绮堂第五代主人,曾经校理《振绮堂书目》4卷,编刻《汪氏小宗谱》6卷,又辑刻《振绮堂丛刊》8种。世系如下:

汪宪(鱼亭)——汪璐(春园)——汪諴(十村)——汪遹孙(蓉坨)——汪曾唯(子用)②

咸丰十一年(1861),太平军攻占杭州,振绮堂藏书遭到践踏,全部散失。汪曾唯在乱后搜购振绮堂遗书,所得竟不足百分之一。③ 王鸿朗跋称"此种海内孤本,最难瓦全。咸丰中,兵燹流离,幸未失坠,殆有默为呵护者",就是这段历史的真实反映。不过,对于《宋金元明赋选》之副本,既然钱衎石曾经"询之汪氏子孙,并皆芒然,不知尚在天涯否",说明早在钱衎石去世(1850)之前,即道光年间,此书就已经不属汪氏,与兵燹毫无关系。但后来江浙

---

① [清]汪曾唯:《汪氏小宗谱》卷二,清光绪六年(1880)刻本,国家图书馆藏。
② 同上。
③ 汪曾唯《振绮堂书目后序》云:"合而观之,插架之书,百不存一,良可慨也。"见[清]汪曾唯:《振绮堂书目》卷末。

地区图书大都被太平军毁坏,此书却能够幸存,辗转为王鸿朗收藏,亦似有"默为呵护者"。当汪曾唯搜求遗书时,王鸿朗出于故旧亲情和对珍稀文献的保护,果断将此书送还汪曾唯,高情雅意,值得颂美。王鸿朗,字笈甫,浙江海宁人,清末画家,曾官四川通判。《宋金元明赋选》卷首题跋有"笈甫""鸿朗私印"章,目录页有"王笈甫图书记"章,皆为王鸿朗所钤;而目录页"振绮堂兵燹后收藏书"篆文章,则系该书归还汪氏振绮堂后汪曾唯所钤。

王鸿朗不仅是《宋金元明赋选》副本的重要收藏者,还慨然割爱,将其物归原主,为该书历经磨难而幸存于世贡献甚巨;此外他还在书前撰有题跋数行,为后人留下了关于钱仪吉《曝书琐记》佚文和汪宪《宋金元明赋选》之编纂、付梓、流失、归还等方面的重要信息,折射出中国古代典籍的遭遇和命运,弥足珍贵。

附录:原载《文献》2014年第6期,有增补。

《赋海大观》价值初探

——兼与《历代赋汇》比较

清人编纂的《历代赋汇》与《赋海大观》是中国历史上两部规模最大、收录作品最为完备的赋体文学总集，对于赋学研究、古代文学研究乃至中国传统文化研究都具有不可忽视的重要意义。《历代赋汇》（以下简称《赋汇》）成书于康熙四十五年（1706），由康熙皇帝御定，大学士陈元龙（1652—1736）编纂。全书共184卷，收录先秦至明代赋四千余篇，"正变兼陈，洪纤毕具，信为赋家之大观"①。《赋海大观》（以下简称《大观》）成书于清末光绪年间。该书卷首有古越守园居士沈祖燕于光绪十四年（1888）撰写的序言，《序》中"印既竣"一语恰好披露出该书的初印之年就是光绪十四年，其编纂当在此前数年间。

对于《大观》的编者，沈序明确交待是春江鸿宝斋书局的主人"庐江太守公"，但姓名不具。据臧励和《中国古今地名大辞典》和谭其骧《中国历史地图集》，清代庐州府下有庐江县，其长官应为县令。此处尊称"太守"，乃虚称也。北京图书馆出版社《赋海大观·出版说明》中指出："查《上海书业公会史》，得知清光绪十六

---

① ［清］永瑢、纪昀：《四库全书简明目录》，上海古籍出版社1985年版，第862页。

年(1890)鸿宝斋经理为沈静安,不知其人是否即为本书编者。"①态度极为审慎。今按:《上海书业公会史》原名《上海书业的团体》,由陈乃乾撰写,发表在 1946 年 5 月上海《大晚报》上。据此文及宋原放注,鸿宝斋经理沈静安热衷于书业公会的组建工作,曾于光绪十六年同葛直卿、朱槐庐、黄熙庭等租用上海三马路鼎新里房屋为同业办事处;光绪二十六年(1900),四人又组建书业崇德堂公所②。又据《上海书业公所职员名单》,沈静安于光绪三十一年(1905)被选为公会议董③。可见,沈静安至少在 1890 至 1905 的 16 年间担任鸿宝斋经理。1890 年上距光绪十四年(1888)鸿宝斋书局初印《大观》才仅 2 年,而且该书在 1888 至 1894 年的 7 年间曾经印制 4 次,这表明沈静安与此书关系十分密切,即使不是该书主编,起码也曾多次主持过此书的印行。另外,沈静安在该书编成之际邀请同宗名流沈祖燕作序以抬高身价,促进销售,也是情理中事。可是我们查询光绪十一年所修《庐江县志》,同治元年(1862)至光绪九年(1883)的 22 年间该县县令无沈姓人士,光绪九年后阙如,民国间亦未曾续补,甚憾。不过,我们仍可以得出以下结论:《大观》的编纂与印行皆与沈氏家族有直接关系,沈静安很有可能就是此书的主编。当然,如此鸿篇巨制,绝不可能系一人所为,该书《凡例》亦明言:"是编延请文雅,博采广收,裒成巨集,成词林之妙品,炳赋学之巨观。"当是主编延请众多文士分工合作、辛勤搜罗的成果。作序者沈祖燕,字翼孙,萧山(今属浙江省杭州市)人,清光绪年间进士,后官费留学日本,曾做过湖南候补道等官。编有《策学备纂》《忧盛编》《案事编》《广湖南

---

① [清]鸿宝斋主人:《赋海大观》,北京图书馆出版社 2007 年影印清光绪十四年(1888)鸿宝斋书局石印袖珍本。本文所引《大观》之内容及页码皆以此版本为据。
② 陈乃乾:《上海书业公会史》(宋原放辑注),宋原放主编:《中国出版史料》(近代部分)第三卷,湖北教育出版社 2004 年版,第 525、529 页。
③ 佚名:《上海书业公所职员名单》,宋原放主编:《中国出版史料》(近代部分)第三卷,第 507 页。

考古略》等书。国家图书馆古籍编目员将《大观》编者定为沈祖燕并不确切,出版社定为鸿宝斋主人虽不够具体,但更为稳妥。

《大观》虽仅32卷,但几乎囊括了《赋汇》的全部作品,并且益以有清一代赋作,总数达12000余篇。下面拟以《赋汇》为参照,具体探讨《大观》在辑录历代赋(尤其是清赋)方面所取得的成就,以供学术界进一步研究之参考。

一、辑赋12265篇,为古代之最

《赋汇》是迄今为止辑录清以前赋最为完备的大型文学总集。全书正集140卷,收叙事体物之作,计3142篇;外集20卷,收抒情言志之作,计423篇;另有逸句2卷,177篇;补遗22卷,419篇。共计184卷,收赋4161篇(含残篇)。由于该书编成于清代前期,由康熙皇帝御定并且亲为之序,所以对有清一代赋的创作、批评和研究有着深远影响,还产生了吴光昭、陈书全《赋汇录要笺略》、倪一擎《赋汇题解》、王晓岩《赋汇题注》一类的导读之作。经初步统计,清代编纂的赋集有数百种,如赵维烈《历代赋钞》32卷(收赋248篇)、王修玉《历朝赋楷》8卷(160余篇)、张惠言《七十家赋钞》6卷(206篇)、李元度《赋学正鹄》10卷(147篇)、苏舆《律赋类纂》不分卷(371篇)等,但皆卷帙有限,收赋常在200篇左右,鲜有超过500篇者,与《赋汇》不可同日而语。《大观》比《赋汇》晚出182年,并且以囊括古今为己任,自然会吸收、借鉴《赋汇》的学术成果。例如《赋汇》卷五十八、五十九"搜狩"类辑录自汉司马相如《子虚赋》以迄元朱德润《雪猎赋》凡21篇作品[①]。《大观》没有"搜狩"类,但在卷八"典礼"类"田猎"目下也辑录了这21篇作品,并

---

① 参见[清]陈元龙《历代赋汇》,凤凰出版社2004年版,第243—249页。

且次序完全相同（3 册 481—505）①。又如《赋汇》补遗卷十三"书画"类收有 12 篇描写图画的赋作，始于宋杨简《心画赋》，终于明李日华《五牛图赋》（705—707）。《大观》卷十"文学"类"画"目之首也收有这 12 篇赋作（4 册 320—325），篇目、次序皆与《赋汇》无毫厘之差。很显然，《大观》转录了《赋汇》的相关内容。但《大观》对《赋汇》也颇有超越，这表现为以下几点：

（一）合并《赋汇》"正集""外集"与"补遗"之内容，集中辑录赋作

陈元龙《赋汇》分为正集、外集、逸句、补遗凡四个部分，同类或同题的赋作散在各处，查检十分不便。《大观》编者为了便于文人士子的查检与仿习，将价值不大的"逸句"删去，而将"正集""外集"与"补遗"中的赋作合并在一起，这是件很有意义的工作。例如《赋汇》正集卷二"天象"类收有以"日"为题材的赋 49 篇（中间有 4 篇并咏日、月者，不计），始于唐王捧珪《日赋》，终于元邵公任《旸谷赋》；补遗卷一又收有明张位《日方升赋》、明张一桂、田一隽、韩世能《拟日方升赋》各 1 篇、明唐文献《秋日悬清光赋》、唐阙名《骄阳赋》，共 6 篇。合在一起，《赋汇》共收"日"题赋 55 篇。《大观》卷一"天文"类"日"目下将这 55 篇赋集中编录，免去了读者的翻检之劳。又如《赋汇》正集卷一百二十"花果"类收有 3 篇歌咏牡丹的赋作，依次是：唐舒元舆《牡丹赋》、明徐渭《牡丹赋》和宋蔡襄《季秋牡丹赋》；补遗卷十五又增补了唐李德裕《牡丹赋》和明薛应旗《牡丹赋》凡 2 篇。共计 5 篇。《大观》卷三十"花卉"类"牡丹"目将这 5 篇赋全部收录，顺序调整为：《牡丹赋》（唐舒元舆、唐李德裕、明徐渭、明薛应旗），《季秋牡丹赋》（宋蔡襄），既集中编录赋作，又实现了同题相聚的编纂宗旨。4 篇同题的《牡丹

---

① ［清］鸿宝斋主人：《赋海大观》，第 3 册，第 481—505 页。以下标注方式同此。

赋》以年代为序编排,亦颇恰当。

(二)增补大量清代赋作

《赋汇》收赋止于明末,在清代前期颇为风靡,但它显然不能满足清中叶以后文士对当代赋的阅读需要和科举考试的现实要求。《大观》编成于光绪十四年(1888),上距皇太极改国号为清(1636)已252年,而下距宣统皇帝退位(1911)仅有23年。处在大清帝国日薄西山、行将退出历史舞台的时代,编者能够读到清代二百余年产生的大部分赋作,这为他们辑录清赋提供了客观条件;加之当时科举考试尚未废除,下层文人对仿习律赋、求取功名尚有热切期待,于是辑录一部集大成式的赋体文学总集不仅成为时代的呼唤,也有不可小觑的市场需求(该书出版后至少重印过四次,便印证了这种需求)。而当时的光绪皇帝一心想着变法图强,无暇顾及国故整理与文化拯救事业,于是这一重任便落在了民间文人和有识见的出版家身上。沈氏家族以非凡的魄力和雄厚的经济实力承担了这一历史使命,并且较好地完成了任务。《赋海大观·凡例》称:"是编得赋二万余首。"仔细核查,实有一万二千余首,号称"二万余",不过是促销手段而已。但即便是一万二千篇,也已达到了《赋汇》的3倍之数,称为"赋海"实不为过。在《赋汇》之外,《大观》增补了大量的清代赋作。比如,上文所言之《大观》卷八"典礼"类"田猎"目,既全部收录《赋汇》正集卷五十八、五十九"搜狩"类所辑之赋21篇,又辑得清人赋26篇,总数为47篇。篇名(作者)如下:

宣王东狩于甫草赋[阙名][1]、吴王猎场赋(叶兰笙)、子虚赋(汉司马相如)、上林赋(汉司马相如)、羽猎赋(汉扬雄)、长

---

[1] 原书未标示作者,方括号内"阙名"二字为笔者所加。下同。

杨赋（汉扬雄）、拟扬雄长杨赋（陈诗观）、拟扬雄长杨赋（重出，陈诗观）、拟杨子云长杨赋（刘书年）、羽猎赋（汉张衡）、羽猎赋（魏王粲）、校猎赋（魏文帝）、西狩赋（魏应场）、猎兔赋（晋夏侯湛）、射雉赋（晋潘岳）、三月三日华林园马射赋（[北朝]周庾信）、拟庾信三月三日华林园马射赋（龚维林）、拟庾信三月三日华林园马射赋（邱维之）、拟庾信三月三日华林园马射赋（李德润）、拟庾子三月三日华林园马射赋（钱湄）、拟庾子山华林园马射赋（徐谦）、拟庾子山三月三日华林园马射赋（康发祥）、拟三月三日华林园马射赋（王坦）、拟庚子山华林园马射赋（卢鉴）、拟庾信华林园马射赋（王璋庆）、拟庚子山华林园马射赋（袁宝璜）、拟华林园马射赋（顾开第）、拟庚子山马射赋（连瑞瀛）、大猎赋（唐李白）、春搜赋（唐常衮）、拟常衮春搜赋（陈庆镛）、春搜赋（郑缨）、海甸春搜赋[阙名]、南苑春搜赋（莫树春）、驻跸南苑赋（顾树屏）、驻跸南苑赋（刘海鳌）、皇帝冬狩一箭射双兔赋（唐路季登）、圣人苑中射落飞雁赋（唐陆贽）、三驱赋（唐裴度）、田获非熊赋（唐频喻）、田获三狐赋（唐李咸）、开三面网赋（唐阙名）、大搜赋（宋丁谓）、雪猎赋（元朱德润）、木兰秋狝赋[阙名]、投戈讲艺赋[阙名]、秋狝获白鹿赋（叶观国）（3册第480—506页。加着重号者为新增篇目）

编者将26篇清赋穿插至21篇前代赋之中，使得同题之赋得以类聚，同题赋之创始、发展、模拟、衰败之迹显然可见。其意义已经远远超出了编者的估计，为后人研究文学题材的发展流变提供了重要参考。又如上文提到的歌咏牡丹之赋，《赋汇》正集卷一百二十收3篇，补遗卷十五收2篇，《大观》首先将这5篇赋悉数收录，然后增补了清人作品20篇，总数为25篇，已达到《赋汇》的5倍之巨。《赋汇》原仅"牡丹赋""季秋牡丹赋"2题，《大观》增加了

"牡丹为花王赋""花王赋""独占人间第一香赋""富贵花赋""红牡丹赋""绿牡丹赋""黄牡丹赋""白牡丹赋""双头牡丹赋""荷色牡丹赋""盆水牡丹赋""鼠姑赋"凡12题,既反映了清代牡丹栽培的兴盛和牡丹种类的繁多,也彰显出清代文人对各色牡丹的高度关注与精细描绘。

《大观》究竟比《赋汇》增补了多少作品,我们很难给出一个准确的数据。首先,对于《赋汇》所收赋的数量,各家说法就很不一致:马积高先生说是3834篇[①],凤凰出版社说是3951篇[②],而北京图书馆出版社说是4155篇[③]。我们依据陈元龙在《历代赋汇总目》中所提供的原始资料,将总数定为4161篇。其中完整或基本完整者3984篇,逸句177篇。笔者和四名研究生以《大观》正文中所收赋作为据,编制了《赋海大观总目录》(原书目录阙讹较多,详见笔者《〈赋海大观〉之阙误》一文),进而统计出《大观》收赋的实际数量。具体情况如下:

天文类,851篇;天象类,46篇;地理类,1088篇;时令类569篇;君德类,485篇;仕进类,281篇;举贤类,162篇;典礼类,318篇;乐律类,502篇;文学类,1013篇;武备类,349篇;人品类,330篇;性道类,342篇;仙释类,192篇;人事类,521篇;妇女类,150篇;身体类,105篇;技艺类,125篇;农桑类,294篇;珍宝类,177篇;宫室类,670篇;器用类,573篇;服饰类,168篇;饮食类,297篇;飞禽类,480篇;走兽类,242篇;水族类,222篇;虫豸类,258篇;草类,164篇;花卉类,710篇;树木类,398篇;果实类,183篇。

共计12265篇。其中包括"×总""前题""摘句"和某些有意无意的重出之作(详见下文)。倘若剔除这些"×总"和重出之作,实际收赋约12000篇。即便如此,亦可谓前无古人,洋洋大观了。

[①] 马积高:《历代辞赋研究史料概述》,中华书局2001年版,第201页。
[②] 据该社《历代赋汇·出版说明》提供数字相加,凤凰出版社2004年版。
[③] 据该社《历代赋汇·出版说明》,北京图书馆出版社1999年版。

因为《大观》对《赋汇》中的逸句摒弃不取(偶有收录,亦仅数篇而已),所以,该书除收录《赋汇》完篇之外(本有 3984 篇,《大观》有少数遗漏),实际增补的清代赋数量应是 8300 篇。全书规模大约是《赋汇》的 3 倍,《七十家赋钞》的 60 倍,《历朝赋楷》的 77 倍,《赋学正鹄》的 83 倍。如此宏伟的体制,丰富的内容,使其成为中国古代辑录赋体文学作品最为赅备的一部巨著,其文献价值是不言而喻的。

二、分为 32 类 468 目,极为细密

《大观》分类编辑历代赋作。该书《凡例》云:"内分部目,与各选家大略相同,而细编小类,较为详明。计分三十二类,其中零目五百有奇。"其分类标准及编排次序,皆与《赋汇》诸书大同小异,仍以天文地理居首,以飞禽走兽、花草树木收尾。《赋汇》分正、外集编录,正集收录"有裨于经济学问"的赋作,分 30 类;外集收录"劳人思妇、触景寄怀、哀怨穷愁、放言任达"之作,分 8 类。全书凡 38 类。(见《赋汇·凡例》)这种以社会作用之大小判定文学作品之高下的做法并不足取,并且其外集分类过于琐细,类名也有不当之处。《大观》不分正、外集,总体设计优于《赋汇》;合并为 32 类,显然有精简类目的倾向。例如该书将《赋汇》的地理、都邑两类合并为地理类,将其典礼、临幸、搜狩 3 类合并为典礼类,又将文学、书画 2 类合并为文学类,将宫殿、屋宇 2 类合并为宫殿类,将器用、舟车 2 类合并为舟车类,甚至将《赋汇》正集中的览古、寓言 2 类和外集中的言志、怀思、行旅、旷达、美丽、讽谕、情感、人事 8 类的内容加以综合,归并为人事、人品、妇女、身体 4 大类,尤有识见。这些努力都是可取的。

《大观》最大的特色在于,它在 32 大类之下又细分小目,为读者查检提供了极大方便。《凡例》称"零目五百有奇",仔细核查,

实为468目。例如卷一"天文"类下又分出天文总、日月、日、月、星辰、风雨、风、雨、云、霞、霜、雪、露、雾、雷、电、虹、河汉、烟，凡19目，几乎囊括了所有与天空有关的事物和现象；卷二十二"器用"类下又分出器用总、车、舟船、槎、航舫、帆、橹声、屏风、帘、镜、扇、杖、鼎、炉、香、灯、烛、风筝、砧、酒器、窑器、木器、度量衡、钟漏、笏、如意、麈尾、杂载，凡28目，亦可谓林林总总，品类繁多；卷二十八"虫豸"类下又分出虫总、蚕、蜂、蝶、蝉、萤、蚊、蟋蟀、促织、蝇、蟢、蜘蛛、蜗、蚁、蛾、虱、蠹、蜻蜓、杂载，凡19目，各种常见昆虫皆有歌咏。这种在类下又分细目的方式，使得数以万计的赋作皆有归属，颇能见出编者的功力和眼光，也便于读者查询。其实，"器用"类的"杂载"目尚有《眼镜赋》3篇，《锥处囊赋》7篇，《竹头木屑赋》4篇，"虫豸"类的"杂载"目尚有《尺蠖赋》4篇，《蒲卢赋》3篇，皆足以单独列目。所以，如果再进一步细分的话，《大观》零目是完全可以达到"五百有奇"的。需要指出的是，《大观》对类目的划分不仅比《赋汇》更为精细，具体分类也有优于《赋汇》之处。例如《赋汇》外集卷十四是"美丽"类，收录宋玉《高唐赋》《神女赋》、司马相如《长门赋》《美人赋》、江淹《倡妇自悲赋》、唐曹寅《娇女赋》等与女性有关的作品，其实这些作品并不专咏女子美貌，所以类名"美丽"并不恰当。《大观》卷十六改为"妇女"类，已是名实相副；又从《赋汇》外集卷十九"人事"类中抽出描写"妒妇""寡妇""节妇"的作品并入此类，集中编排；然后将所有这些赋作细分为美色、神女、思妇、才女、烈女、闺阁、贞节凡7目，辑录作品更为完备，并且州分部居，有条不紊。又如《赋汇》外集卷十九为"人事"类，实际上收录贫穷、疾病、夭亡、悲哀之类的赋作，内容有些狭窄。《大观》将《赋汇》卷七、卷八"怀思"类、卷九、卷十"行旅"类并入，既精简了分类，又充实了"人事"类的内容，使得类名与实际基本相称；然后又将这些作品细分为聪慧、寿、未遇、贫、壮志总、交际、爱才、友谊、送别总、远行、游览、归思、感愤总、愁恨、喜、思慕、幽思、感怀凡18目,尽管分目尚有可商之处,但类目精细,次序井然。《大观》的这些努力,为文人士子的查检与仿习提供了很大便利。

对所收赋篇进行二级分类,是赋学研究走向深入的重要标志。《历代赋汇》没有二级分类。康熙年间陆葇所编《历朝赋格》15卷,全书分为文赋格、骚赋格、骈赋格三大格(赋体),每格之下再分天文、地理、帝治、人事、物象五类,三格共计15类。虽然已有二级分类,但尚觉粗糙、呆板,有削足适履之嫌。清代末年出现的几部大型赋体文学总集,在赋体分类方面进行了可贵的探索。道光十一年(1831),虹巢张维城编选《赋学鸡跖集》一书,收录"近时名作合于时趋者"共计2044篇,分为31部,153类加以编辑(含附录拟古类)。同治十二年(1873)扫叶山房刊刻梁树所编之《类赋玉盆珠》,将所收1965题之赋分为28部,157类。光绪十二年(1886)上海同文书局石印出版广百宋斋主人的《分类赋鹄》12卷,收录清代律赋3558篇,划分为28类190目,分类日趋细密。① 而《赋海大观》收赋一万余篇,分为32类468目,其篇目达到《赋学鸡跖集》《类赋玉盆珠》《分类赋鹄》诸书的四五倍,分目数量也达到《赋学鸡跖集》的3.06倍,《赋学正鹄》的2.46倍。《赋海大观》初印于光绪十四年(1888),只比《赋学正鹄》晚两年,但在辑赋数量和分类方面都已取得巨大突破,堪称是古代赋体分类的殿军之作。

三、体例上的探索和创新

《大观》还开创了"×总"和"摘句"两种体例,旨在为文人士子提供更为丰富的资料。例如《大观》卷二十四"饮食"类"酒"目,开

---

① 详见拙著《历代赋学文献考》,即出。

篇便是《酒总》,辑录"美胜黄封,香逾白堕""人醉我醒,以茶当酒""李供奉狂饮千觞,刘伯伦醉醒一斗""睹旗亭而画壁,消步月之宽闲;引曲水以流觞,助烟霞之笑傲"等美言佳句12条,每条之间空一格书写,为文人士子作赋提供参考。这些佳句来源甚广,但无不对仗工稳,用典精当,只需稍作调整,便可写入赋中,为作品增色。这种讨好下层文士的做法,确实使《大观》销量大增,带来了不菲的经济效益。"摘句"也提供美言佳句,不过皆摘自清人赋作,并且是大段摘录。例如卷一"天文"类"天文总"目辑有李锡恭《天衢赋》摘句,摘录该赋"莫逞高谈,侈陈夫青道赤道黄道;畴能稳步,俯视乎大千中千小千"等3段文字;又有阙名《炼石补天赋》摘句,摘有"阴阳烈炭,造化为炉。风姨司扇,霜女捧盂。烛龙运火,屏翳戒涂"等7段文字。每段文字之间有一空格。《大观·凡例》云:"所载摘句,其题虽同,惟赏其选辞典丽,押韵精工,故亦未忍割爱。"所谓"摘句"有两种情况:一是原赋过于冗长,但其中有些典雅凝练、属对精工的片断,不忍割舍,便加以摘引;二是已经收录了全赋,编者对其中有些片断特别激赏,于是又重加摘录。如卷一"天文"类收有李锡恭《天衢赋》1篇,接下便是《天衢赋(摘句)》,亦署名李锡恭,而"摘句"中的几句话都可以从上篇赋中查到;又如卷五"君德"类"治化"目收有花沙纳的《体仁足以长人赋》共有10行(3册第37页),中间隔了2篇赋,又收录这篇赋的摘句(3册第38页,今按:缺"摘句"二字),仅有两行半而已;卷九"乐律"类"乐律总"目收录2篇洪鼎的《壁中金石丝竹声赋》(并见3册第537页),前篇题注曰"以题为韵",后篇为前篇之摘句,题注曰"注见前篇",这显然系编者有意为之。这些有意重复抄录的片断虽然为数不多,但体现了编者对这些赋的偏爱以及指导作赋的良苦用心。

披览《大观》,我们不难发现大量的同题之作,尤以清代为甚。例如《大观》卷三十"花卉"类"梅花"目辑有4篇《拟宋广平梅花赋》，分别为清人阙名、章沆、陈榜年、鲍桂星所作；此外还有朱雯、归令符、杨棨等人的4篇《自锄明月种梅花赋》，王颂蔚、书英、朱霖的3篇《十月先开岭上梅赋》，叶兰笙、李溥霖、朱祖绶、孙丙荣、冯晋昌、吴韵铿的6篇《寒梅著花未赋》，孙翔林、孙士贞、张庆同的3篇《数点梅花天地心赋》，等等。这些同题之作主要有两个来源：一是古代文人雅士聚会时的彼此唱和，一是生徒日常习作或科举考试的考场作文。而以第二种数量尤多。沈祖燕《赋海大观序》云："国家功令，除岁、科两试，未尝定制以取士。而词苑名臣之养望木天者，馆阁小课月一再试之。"可见清代馆阁试赋之频繁。其实，不仅馆阁试赋，制科、召试、翰詹大考、学政考文童生员，以及书院考课，皆有考赋之事。① 王雅南《赋学指南·叙》云："国朝稽古右文，无体不备。故自胶庠及村塾，莫不以赋学课生徒。"②余丙照《赋学指南·原序》亦云："我朝作人雅化，文运光昌。钦试翰院既用之，而岁、科两试及诸季考，亦借以拔录生童，预储馆阁之选。"③可见在清代，从皇帝命题的制科考试到乡间私塾的日常训练，无不以律赋为主要内容，进而产生了大量的同题之作。《大观·凡例》明言："并近今各直省课艺试牍，无论已选未选，概行采入，以期美备。"这种追求"美备"的编纂宗旨使《大观》保存了数以千计的"课艺试牍"之赋，成为清代律赋的宝藏。其实《大观》并非真的贪多务得，细大不捐，而是下过一番删汰、选择的功夫。比如律赋作家姚伊宪，其《古芬书屋律赋》载赋22篇④，《大观》只选录其中13篇；黄模《寿花堂律赋》载赋11篇⑤，《大观》只选录其

---

① 詹杭伦：《清代律赋新论》，北京燕山出版社2002年版，第20页。
② [清]余丙照：《增注赋学指南》，《赋话广聚》本，北京图书馆出版社2006年影印清光绪十九年(1893)书业堂刻本，第1页。
③ 同上书，第5页。
④ 参见[清]姚伊宪《古芬书屋律赋》2卷，《琴台正续合刻》本，清刻本，国家图书馆藏。
⑤ 参见[清]黄模《寿花堂律赋》1卷，《琴台正续合刻》本，清刻本，国家图书馆藏。

中的4篇。《大观》的铨选与抉择,在当时有效促进了这些律赋名篇的保存与传播,也为下层文士提供了一大批满足应试之需的范文。所以,《大观》从浩如烟海的"课艺试牍"之赋中遴选出大量赋作,编汇成集,反过来又以其兼容并包的气度、空前宏大的规模和别具一格的体例服务于晚清的辞赋创作,为文人学士提供了一部取之不竭的资料宝库。

四、清代律赋之渊薮

《大观》为我们保存了大约8300余篇清代赋作,堪称是清赋之渊薮,对我们研究清赋、清代文学乃至清代风俗文化皆有重要参考价值。

清人作赋以律赋为多,这是《大观》向我们昭示的一种重要文学现象。如卷一"天文"类"日月"目收有2篇《合璧连珠赋》,"月"目收有2篇《涟漪濯明月赋》,2篇《海上生明月赋》,2篇《清风明月不用一钱买赋》,2篇《行春桥串月赋》,2篇《鸡声茅店月赋》,2篇《停琴伫凉月赋》,皆为清人所作,且皆为律赋;"日"目收有9篇清人的《日长添线赋》,除1篇"摘句"外,其余全为律赋;5篇清人的《黄棉袄赋》,除1篇"摘句"外,其余亦全为律赋。而据全书体例,"摘句"亦大多从律赋中摘引,但因并非完帙,故未标所限之韵。"日"目收有5篇《拟李程日五色赋》,其中4篇标明限韵;"月"目收有9篇《拟谢庄(希夷)月赋》,其中7篇标明限韵;同目收有6篇《月中桂赋》,其中5篇标明限韵。未标明限韵者,细读之亦与律赋相类,可能是编者或抄录者工作粗疏所致。披阅《大观》,就仿佛进入了律赋的海洋。沈祖燕《大观序》论赋云:"或以词胜;或以气胜;或则钩心斗角,以工致胜;或则弹徵歌商,以轻倩胜。虽体格意趣不无异致,而绛树黄华,凡有流露,工力悉敌,选声选色,美矣备矣!"其对律赋对仗工稳、声韵铿锵所达到的艺术效果，可谓推崇备至！《大观》选录了数千篇清人律赋作品，不仅是出于各种考试课赋的需求，也有编者的审美情趣在焉。

从《大观》收赋不难看出，清代赋家把目光投向社会生活的每个角落，因而创作了缤纷多彩、内容丰富的赋作。《大观》32类468子目，除了"地理"类"湾"目、"土"目、"岁时"类"漏"目、"人事"类"贫"目、"远行"目、"归思"目等少数子目外，几乎每一目都收录了大量的清赋。如卷一"天文"类共18目，收赋达851篇，其中清赋就有571篇，18个子目都有分布；卷二"天象"类共3个子目，收赋46篇，其中清赋26篇，3个子目都有分布；卷三"地理"类共31目，收赋达1088篇，其中清赋有621篇，分布在29个子目之中；卷四"岁时"类共23个子目，收赋569篇，其中清赋有400篇，分布在22个子目之中。不难看出，清赋的表现题材空前丰富，作品数量也远逾前人。有些子目甚至仅收清人赋作，如"天文"类"电"目、"烟"目，"地理"类"村"目、"郊"目，"岁时"类"花朝"目、"社日"目、"浴佛日"目、"腊日"目，等等。而卷六"仕进"类收赋281篇，分为"仕进总""尽职""辅治""清节""科第""试士"6目，竟然全是清人作品，可见出清代文人对仕进的热衷程度。

《大观》不仅彰显了清代文人对赋体文学表现题材的开拓之功，还为我们研究清人社会生活和风俗文化提供了十分宝贵的资料。试举一例。《大观》"时令"类"重阳"目收赋37篇，其中清代赋多达32篇，几乎反映了重阳风俗文化的各个侧面。例如夏思佃《九日登高赋》和姚光宪、王桢的同题之作《登高赋》，是对重阳节登高习俗的反映；阙名的《九日讲孝经赋》，是对重阳敬老文化的表现；汪璧《刘郎不敢题糕字赋》和吴廷珍、施补华的同题之作《题糕赋》，则反映了重阳吃年糕的习俗；而张敦颐的《有菊即重阳赋》，则又有重阳节赏菊活动的描绘。其中施补华《题糕赋》云：

"糕有高之义,岩岫登高而及时;糕近膏之音,禾稼含膏而待获。""猫糕有号,杂书无事旁征;狮糕有形,小说无庸株守;栗糕著岁时之记,不必吟为料之增;菊糕著闻见之编,不待充诗材之厚。"(2册第512页)既对重阳糕的文化内涵有所揭示,也交待了不同种类糕点见诸记载的情况,客观上反映出重阳糕品类的丰富和历史的悠久。重阳吃糕的习俗源于魏晋,唐宋以降蔚成风气。《题糕赋》中提到的菊糕、狮糕、栗糕等,可以从宋孟元老《东京梦华录》中找到相关记载,可以见证中国民俗文化的千年传承。至于8篇《九月九日作滕王阁序赋》吟咏唐初王勃作《滕王阁序》的雅事,5篇《满城风雨近重阳赋》敷衍北宋潘大临之诗意,尤可见出清代文人热切咏古、刻意生新的风尚,以及馆阁之赋同题竞作、各较短长的情形。历代关于重阳的诗歌很多,但重阳赋长于铺陈,用典精切,有时还以议论入赋,以学问入赋,具有重阳诗无法替代的文化价值。

此外,不少清代赋家的作品借《大观》得以保存。例如,《大观》收录包栋成赋多达72篇,叶兰笙赋多达68篇,连瑞瀛赋28篇,冯晋昌赋31篇,刘源汇赋32篇,但检索国家图书馆藏书资料,这些作家似乎皆无别集传世,他们的作品主要依靠《大观》才得以流传至今。又如前面所提到的姚伊宪,虽有赋集传世,但仍有遗漏,《大观》收录其赋集之外的作品尚有《河源赋》《二卵弃千城赋》《贾秋壑关蟋蟀赋》《拟张燕公奉和圣制喜雨赋》4篇。看来《大观》还有辑佚学方面的价值。

最后需要补充的是,《大观》系石印袖珍本,用西洋技术缩印出版。据有关考证,石印技术早在1832年就已经传入中国,但直到1876年以后才兴盛起来,所印书籍大多是通俗小说和科考应试之书,因其形制小、容量大、价格低廉(同一书籍价格往往不及木刻本的五分之一)而颇受下层民众欢迎。但"所印之书,大都字小如蝇头,无人校订,错误百出,而装帧亦差,读者既伤目力,又受毒害"①。查国家图书馆古籍馆所藏之《大观》原件,书高仅15.1厘米,宽仅8.8厘米,大略有巴掌般大小。版框高12.2厘米,宽14.6厘米,而半叶竟排印25行,行60字,密密麻麻,小于蝇头。所以,该书虽内容浩博,却仅仅印装成4小函,28小册,携带十分方便。此书在7年间曾4次印行,可见其营销之广。但与其他石印本一样,亦有错误频出、字小伤目之弊。1905年科举考试完全废除,此类应试之书因失去其生存土壤而价同废纸,迅速散亡。时至今日,调查国内各大图书馆,亦仅存两三部而已,据说皆有残缺。国家图书馆出版社将其影印出版,广其流布,促进研究,甚有识见。当年鸿宝斋主人为了经济利益而草率编成的《赋海大观》,却已成为中国古代规模最大、收赋最多、分类最繁细的赋体文学总集,为我们留下了一笔极可珍视的文化遗产,真是千古奇事!

附录:原载《文献》2011年第3期,略有增补。

---

① 秋翁:《六十年前上海出版界怪现象》,宋原放主编:《中国出版史料》(近代部分)第三卷,第269页。

《赋海大观》之阙误

众所周知,清代康熙年间陈元龙奉敕编纂的《历代赋汇》(以下简称《赋汇》)一书①,收录先秦至明代赋4161篇,正变兼陈,鸿纤毕具,乃是"我国古代第一部也是至今最好的一部搜集历代赋体作品相当完备的大型总集"②,至今仍是赋学研究者的案头必备之书。清末光绪年间鸿宝斋书局编印之《赋海大观》(以下简称《大观》)一书③,几乎囊括了《赋汇》的全部赋作,益以清代赋作8300余篇,总数达12265篇,规模是《赋汇》的三倍之巨,成为中国历史上规模最大、收赋最多、分类最繁细的赋体文学总集。编者按照赋的描写对象将其划分为32类,468目,同题相聚,便于查询;并且开创"×总"和"摘句"两种体例,旨在提供更为丰富而实用的资料。作为清代律赋之渊薮,其对于清赋、清代文学乃至清代思想文化研究皆有不可忽视的重要意义。如此巨大的文化工程,却是由出版商组织一批民间文人来完成的,这不能不令人惊

---

① 本文之《历代赋汇》,皆以凤凰出版社2004年影印清光绪年间双梧书屋刻本(缩印本,16开精装1册)为据。
② 何新文:《中国赋论史稿》,开明出版社1993年版,第238页。
③ 本文之《赋海大观》,皆以北京图书馆出版社2007年影印清光绪十四年鸿宝斋书局石印袖珍本(放大影印本,16开精装8册)为据。

叹！与《赋汇》相比，《大观》的出版者鸿宝斋书局不可能像康熙皇帝那样投入充足的研究经费，也不可能延请到全国最知名的专家学者，加之编印仓促，急于占领图书市场，书中难免会有一些粗疏失当乃至谬误之处。下面即略作枚举，希使用者留意焉。

一、分类失当

《大观》将12265篇赋作依其描写对象划分为32类468目，这本身便是一项十分艰巨的工作。《大观》基本上完成了这一任务，使得全书类目分明，有条不紊。《大观》有精简类目的倾向，但也有失当之处。例如，《大观》将《赋汇》的"治道""祯祥"两类合并为"君德"类，意图颇佳，但立名并不可取。在编者看来，似乎所有的祯祥都来源于君王的美好德行和英明决策，这反映了在封建社会文人士大夫对皇权的敬畏与崇尚，也暴露出编者在努力适应当时社会需要所不得不表现出的谄媚之态。在"天文""地理"之下首列"君德"类，其用意是十分明显的。以今观之，仍以"治道"之名为妥。又如，《大观》将《赋汇》正集的"览古""寓言"2类和外集8类合并为4大类，使得类目名称减少到原来的1/3，功不可没。但对于具体作品的归属，却颇有可商之处。其中《赋汇》"行旅"类作品，被《大观》分到"人事"类"远行"目和"游览"目中，颇有错互之处；《赋汇》"览古"类作品，杂入《大观》"人事"类各目和"宫室"类、"地理"类之中，极为分散，其中以"游览"目和"感怀"目最多。甚至还出现了同题分属不同类目的情况，如《瑞玉晴川赋》一属"人品"类的"清操"目，一属"性道"类的"品节"目；《恍惚中有象赋》一属"性道"类的"性情"目，一属"仙释"类的"道术"目。《召伯埭赋》，一篇编入"地理"类"郊"目，另一篇却在同类的"堤"目。极为混乱，给读者查检带来了很多不便。究其原因，主要是各类目之间颇有交叉重迭之处。例如"性道"类的"德行""德性""操修""品节"4目,"人事"类的"远行""游览"2目,"归思""思慕""幽思"3目,仅从名称来看,就很难区分。更为费解的是,"人品"类有"立志"目,"人事"类又有"壮志"目;"性道"类有"交际"目,"人事"类亦有"交际"目。类目之间界限模糊,甚至彼此重复。看来编者在划分类目时前后失照,并未统观全局,严格类属。这也许是多人合作所造成的缺陷。还有少数作品的归类错讹严重,如卷二十二"器用"类"帘"目下却收有汉邹阳《几赋》1篇,几与帘虽同为家具,但无论如何都不能同目。这应该是某些参编人员敷衍塞责所造成的严重失误。

与此相反,《大观》还对于《赋汇》的某些类目有所拆分,但大都不甚妥当。例如,《大观》把《赋汇》的"天文"类拆分为"天文""天象"两类,就颇为无谓。编者把描写日月星辰风雨雷电的赋作归入"天文"类,而把反映天地宇宙以及天文学的赋作编入"天象"类,明显有琐碎之嫌。并且"天文"类体制庞大,收赋862篇;而"天象"类却只有46篇,大约是"天文"类的1/20,并不足以单列一类。又如,《大观》把《赋汇》的"草木""花果""鸟兽""鳞虫"4类拆分为"草""树木""花卉""果实""飞禽""走兽""水族""虫豸"8类,与全书精简类目的宗旨南辕北辙,实不足取。此外,"仕进"类与"举贤"类内容接近,并且卷帙都不大,分别选赋281篇和162篇,也完全可以并为一类。

分目情况问题更多。例如卷二十三"服饰"类下分为10目,其中"裙"目仅收赋2篇,不足以单列一目,完全可以并入"杂载"目;而"杂载"目下的22篇赋中,有10篇是专门描写簟席的作品,完全可以独立出来,单列"簟席"一目。统观全书,这种该列目的没有列目、不该列目的反倒列目的情况较为普遍。究其原因,可能是预先列好了小目,但在编纂过程中却发现某些小目作品甚少不足以列目,却没有及时删除,而某些题目的赋作数量又远远超出了编者的估计,也没有及时分列,才造成这种比例失调、分目失当的情况。

总的看来，《赋汇》和《大观》的类别名称比较接近，对于大多数赋作的归类也基本一致，但也有一些赋作被归入了不同的类目。对于同一篇赋，《赋汇》往往根据其内容与主旨进行分类，而《大观》则只看题目，不看内容。如明汪仲鲁《广寒宫赋》，《赋汇》据其表达的升仙思想而归入"仙释"类，《大观》则据其题目归入"天文"类"月"目，因为广寒宫即月宫；明程公许《谪仙楼赋》、明杨士聪《太白楼赋》、元曹师孔《灵台赋》、明韩上桂《仰苏亭赋》等数篇，《赋汇》据其抒发的怀古之情而归入"览古"类，《大观》则据其题目归入"宫室"类；明赵时春《诮蒲萄赋》一文借物喻理，《赋汇》据其内容归入"讽谕"类，《大观》却将其与数篇描写葡萄的作品一同归入"果实"类"葡萄"目。显然，《赋汇》的编者对所收赋的内容进行过研究，而《大观》则无暇及此，有粗疏草率之弊。至于清人赋作，《大观》无从参照，则更是简单从事。例如，该书卷二十六"走兽"类"牛"目收录了4篇《宁戚饭牛赋》，当为咏古之作；又有7篇《庖丁解牛赋》和2篇《目无全牛赋》，皆为寓言赋；而"豕"目所收的《竹笋烧猪赋》，则显然应该是"饮食"类作品。《大观》编者不假思索，不作分析，仅从题中一二字出发便确定其归属。当然，有些赋作的内容与主旨比较复杂，不同学者从不同角度加以考虑而归入不同类目，见仁见智，各有道理。《大观》仅以题目用字为据的做法庶可避难趋易，也更便于读者查询。（编者没有照搬《赋汇》的分类，可见是有意为之。）但如此简单化的处理方式，正暴露出编者在面对浩如烟海的古代赋作时心浮气躁、急于求成的心理。

二、次序错乱

《大观》全书分类编次，大类之下又分小目；小目之下的同题之赋，则按照年代先后依次排列。例如卷一"天文"类"月"目之下收有6篇《月赋》，依次为：汉公孙乘、(南朝)宋谢庄、宋汪莘、宋杨简、明冯时可、清秦镜；卷二十八"虫豸"类"萤"目下收有6篇《萤火赋》，依次是：晋傅咸、晋潘岳、梁萧和、唐骆宾王、清丁此绥、清沈文铨。次序井然，颇便观览。但由于全书卷帙浩繁，排序混乱之处亦所在多有。主要有以下两种情况：

（一）朝代次序混乱。例如卷二"天象"类"太极"目下有4篇同题赋作《太极赋》，前三篇是元代人所作，第四篇却是宋代人所作，朝代次序颠倒；卷十二"人品"类"钓"目收有周宋玉、晋潘尼、明田艺蘅的3篇《钓赋》，却以明田艺蘅之作居首；卷十三"性道"类"言行"目收有5篇《驷不及舌赋》，本应依照唐、宋、清的顺序，但却把宋王回置于唐陈中师之前；卷十五"人事"类"游览"目收有汉曹大家、晋袁宏、唐高适的3篇《东征赋》，但它们的排列顺序却正好相反，从唐到汉；如此等等，不一而足。更有甚者，《大观》有时竟然将拟作置于原作之前，看起来十分别扭。例如，卷三"地理"类"池"目下有王勃《九成宫东台山池赋》1篇（2册第132页），未标朝代，据《赋汇》正集卷七十六当署名"唐王勃"，此篇之前却有4篇清人的《拟王勃九成宫东台山池赋》，次序颠倒；又如同卷"形胜"目将两篇清人的《拟鲍明远芜城赋》置于鲍照《芜城赋》之前（2册第356页）；卷十五"人事"类"志"目将清人黄辉的《拟述志赋》置于8篇《述志赋》之前（5册第394页）；同卷"幽思"目将明叶良佩《拟闵独赋》置于宋宋祁《闵独赋》之前（5册第522页）；等等。这些都反映了《大观》编辑工作的粗疏和随意。

（二）同题之赋分置各处。例如，卷二"天象"类"太极"目下有3篇《橐籥赋》，但前两篇和第三篇之间却隔了10篇赋作，有违"同题相聚"之原则；卷三"地理"类"山"目下有3篇《历山赋》，但在宋王安石《历山赋》和清周鉴、罗继传的同题之作中间却隔了11篇其他题名的赋作；卷十二"人品"类"樵"目收有2篇阮贻昆的《采茶新樗赋》,中间却夹杂了1篇《东湖樵夫赋》;卷十三"性道"类共收有5篇《斫梓染丝赋》(最后一篇是摘句),但在第3篇和第4篇之间却夹了1篇《染人甚于丹青赋》。同卷所收的阙名《为善最乐赋》与顾燮《为善最乐赋》之间夹杂了1篇《吉人为善赋》和3篇《从善如登赋》;4篇《谦受益赋》中间夹杂着1篇《谦赋》;3篇《戴仁抱义赋》中间夹杂着1篇《仁人义我赋》和1篇《居仁由义赋》。卷十五收了明李东阳的《翰林同年会赋》和王沆的《拟李东阳翰林同年会赋》,但在这两篇赋作中间夹了1篇赵孟頫的《求友赋答袁养直》。同卷收了3篇《陆士龙与荀鸣鹤会坐赋》(按:最后一篇为摘句),在最后1篇之前插进2篇《李太白救郭汾阳赋》;同卷收有2篇《山阴访戴赋》,中间却杂有1篇《乘兴访戴赋》;同卷还收有2篇《幽思赋》,不仅误以明顾起元之赋居魏曹植之前,而且中间还穿插了1篇曹植的《愁思赋》;同卷又收有两篇《怀旧赋》,不仅在中间夹杂1篇向秀的《思旧赋》,同时还把清代王以蕃的作品放在了晋潘岳的前边。卷十六"妇女"类"闺阁"目收录2篇《孟光椎髻赋》,中间却间隔了16篇其他题目的赋作。卷二十"珍宝"类"珠"目收有4篇《招凉珠赋》,但前3篇和第4篇之间却编录了7篇其他题目的赋作。此类甚多,不胜枚举。

三、篇目缺漏

《大观》几乎把《赋汇》中的"逸句"部分全部删除,使得大量的优美片段不能登选。即使是《赋汇》中的完篇,《大观》也未能全部收录。例如,卷一"天文"类漏收的作品有:唐阙名《白云无心赋》(《赋汇》正集卷六,第25页)、唐王起《瞽者告协风赋》(正集卷七,第31页),凡2篇;卷三"地理"类漏收2篇:元赵纯翁《黄山赋》(《赋汇》补遗卷二,第656页)、明俞安期《河赋》(补遗卷四,第662页);卷四"时令"类漏收4篇:魏繁钦《暑赋》(正集卷十一,第49

页)、晋夏侯湛《大暑赋》(正集卷十一,第 49 页)、梁元帝《秋兴赋》(正集卷十二,第 51 页)、唐王起《钻燧改火赋》(正集卷十三,第 59 页);卷五"君德"类漏收 2 篇:唐王棨《手署三剑赐名臣赋》(正集卷四十二,第 182 页)、宋陈普《无逸图后赋》(补遗卷七,第 677 页);卷九"乐律"类漏收 1 篇:元汪克宽《九夏赋》(正集卷九十,第 376 页);卷十"文学"类漏收 2 篇:唐浩虚舟《解议围赋》(正集卷六十二,第 261 页)、唐司空图《诗赋》(补遗卷八,第 682 页);卷十一"武备"类漏收 1 篇:魏应场《驰射赋》(正集卷六十五,第 274 页);卷十二"人品"类漏收 4 篇:元袁桷《云林赋》(外集卷十三,第 614 页)、元陈樵的《闲舣赋》(同上)、明涂几的《樵云赋》(同上)、明涂几的《耦耕赋》(同上);卷十三"性道"类漏收 1 篇:明薛瑄《思本赋》(正集卷六十九,第 291 页);卷十四"人事"类漏收 3 篇:魏刘桢《遂志赋》(外集卷一,第 561 页)、宋王安石的《思归赋》(外集卷八,第 590 页)、明徐祯卿的《述征赋》(外集卷九,第 599 页);等等。以上仅仅与《赋汇》相比,而且是仅就目力所及,很不全面,就已经有了这么多缺漏;至于《赋汇》未收之作,则大都未能收入。例如明人周履靖撰《赋海补遗》,除了编选前人赋作之外,还编入了自己创作的 615 篇赋作,题材十分广泛,《大观》却连一篇都没有收录。由此可见,《大观》虽较《赋汇》增补了大量作品,其遗漏的作品仍然是相当可观的。

此外,由于《赋海大观》仅收录以"赋"名篇的作品,不录七体、答难体赋作,使不少无赋之名而有赋之实的作品如枚乘《七发》、东方朔《答客难》、扬雄《解嘲》《解难》、傅毅《七激》、崔骃《七依》、班固《答宾戏》等遗漏未收,不能不说是一个缺憾。

四、误收重出

《大观》卷三"地理"类"山"目收有 2 篇陆嵩的《石公山赋》,分置两处(分别见 1 册第 571 页、第 591 页),有违同题相聚之旨。经比较发现,这两篇赋文字基本相同,只是前一篇比后一篇稍短一些,可能是所据底本不同,编者未加比较,重复收录。同卷"河"目收有陈沆的《冯蠵切和赋》(2 册第 80 页),"水"目又有佚名《冯蠵切和赋》(2 册第 176 页),仔细核查,二者完全相同;卷四"时令"类"秋总"目收录 2 篇钟骏声的《秋禊赋》(分别见 2 册第 523、第 541 页),内容全同;同目收有 2 篇黄滔的《秋色赋》(分别见 2 册第 537、538 页),内容大致相同,只是后者多出两行字而已;卷八"典礼"类"祭祀"目收录唐石贯《藉田赋》1 篇(3 册第 401 页),同卷"耕藉"目又收此赋(3 册第 404 页),文字全同,只是未标出作者朝代;同卷"田猎"目收录 2 篇陈诗观的《拟扬雄长杨赋》(并见 3 册第 486 页),前后紧邻却文字全同,只是后者多了赋序;卷九"乐律"类"琵琶"目收有叶兰笙《陈子昂碎胡琴赋》1 篇(3 册第 622 页),接下来在"琴"目中又收此赋(3 册第 631 页),文字全同;卷十三"性道"类"性情"目收录 2 篇吴镇的《拟王棨一赋》(分别见 5 册第 235、236 页),文字全同,中间只隔了 1 篇孙日萱的《拟王朗中一赋》;同目还收录 2 篇戴兰芬的《拟王辅文一赋》(分别见 5 册第 235、237 页),文字亦全同;同卷"交际"目收录 2 篇王祖培的《行不由径赋》(分别见 5 册第 283、285 页),文字全同,中间只隔 2 篇赋;卷十二"人品"类"高尚"目收录俞兴瑞的《韩蕲王湖上骑驴赋》(5 册第 72 页),卷十五"人事"类"游览"目又收此赋(5 册第 471),文字全同;卷十二"人品"类"高尚"目收录何光瑾、王济猛、徐兆祥的同题赋《韩蕲王湖上骑驴赋》3 篇(5 册第 72—73 页),卷十五"人事"类"游览"目又收此 3 赋的摘句(5 册第 471 页);等等。这些重出之作,大都是编者工作粗疏所致。有时候首出之赋与重出之赋相距不远,甚至紧紧相接,更可以看出某些参编人员的草率和随意。

五、篇名错讹

有些赋作篇名有误。仅以卷三"地理"类而言，起码就发现了以下6处错讹："地"目有唐钱起《益地图赋》（1册第454页），据《文苑英华》卷二十五和《赋汇》正集卷十四，赋题当为《盖地图赋》，"盖""益"形近而讹；"山"目有唐关图《巨灵擘太华山赋》（1册第475页），据《文苑英华》卷二十八和《赋汇》正集卷十五，赋题应为《巨灵擘太华赋》；同目有宋苏辙《山赋》（1册第532页），据《赋汇》正集卷二十，赋题应为《巫山赋》；同目有唐周鍼《海门赋》（1册第574页），据《历代赋汇》正集卷二十二，赋题应为《海门山赋》；"潭"目有清李琪《桃水潭赋》（2册第156页），据其左右的同题赋作，"水"当为"花"之讹；"水"目有清贾烘《水字水赋》（2册第181页），据正文内容，当是《丁字水赋》之误；"冰"目有清冯一梅《暖日烘窗释研冰赋》（2册第202页），据正文内容，"研"疑为"砚"字之误。此外，卷五"君德"类"治化"目有唐舒亶《舜歌南风赋》（3册第5页），而《赋汇》正集卷四十二题为《舜琴歌南风赋》。据该赋首句"帝意虽远，琴音可通。欲发扬于孝道，遂歌咏于南风"判断，《大观》脱"琴"字，当从《赋汇》篇名。同目有唐阙名《君相同德赋》（1册第22页），《赋汇》正集卷四十一题为《君臣同德赋》。据赋中"臣闻非常之主必有非常之臣"，"同心同德，君圣臣忠；子子孙孙，永代克隆"推断，篇名应为《君臣同德赋》，《大观》讹为"君相"。同卷"符瑞"目有唐卢庚《梓潼鼎神赋》（3册第159页），赋题不词，当从《赋汇》正集卷五十四作《梓潼神鼎赋》。卷八"典礼"类"朝会"目有唐白居易《孙叔通定朝仪赋》（3册第435页），据《史记》卷九十九《刘敬叔孙通列传》，为汉高祖定朝仪者名为"叔孙通"，而非"孙叔通"，此赋当从《赋汇》卷四十七题为《叔孙通定朝仪赋》。卷十"文学"类"勤学"目有唐杨宏贞《萤火照字赋》，根据

《赋汇》正集卷六十二和《大观》临近篇目,"火"为"光"之字讹。卷十四"仙释"类"道术"目有明张宇初《泥漠赋》(5 册第 322 页),赋题当从《赋汇》卷百六作《澹漠赋》。同卷"神鬼"目有黄宗汉《钟道赋》,据其内容,赋题应作《钟馗赋》。卷十五"人事"类"感怀"目有宋邹浩《愤忠赋》,据《赋汇》卷百十二,赋题应作《愤古赋》,等等。

六、作者阙误

《大观》对作者姓名及朝代的标注问题较多。最突出的就是本来有主名的赋篇却没有标示作者。例如,卷一"天文"类"风"目收录 3 篇《风赋》和 1 篇《拟宋玉风赋》(1 册第 283 页),《大观》都没有署名,据《赋汇》卷一,其作者分别为周宋玉、晋湛方生、晋陆冲、南朝齐谢朓,而《大观》阙之。卷三"地理"类"山"目有《终南山赋》(1 册第 502 页)、《登吴岳赋》(同上)、《三门赋》(同上)、《蒙山赋》(1 册第 508 页)、《登虎牢山赋》(1 册第 509 页)、《庐山赋》(同上)、《望匡庐赋》(同上)、《匡庐赋》(同上)俱未署名,据《赋汇》正集卷十八,这些赋的作者分别为汉班固、唐周鍼、唐赵冬曦、明梁寅、晋潘岳、宋支昙谛、唐李德裕、明胡俨,《大观》亦阙之。经与《赋汇》比较后发现,仅在卷三"地理"类中,明代及明代以前的赋作确实有作者而《大观》漏标的篇目就达 40 篇之多。而据《大观》体例,清人之赋不论有无作者名,一律不注明朝代,那么这一大批漏标作者的前代赋作因其也没有标注朝代,便很容易被读者视为清人作品,进而造成阅读理解上的混乱。

此外,《大观》对作者的标注也偶有错讹。例如,卷一"天文"类"风"目收有《飓风赋》1 篇(1 册第 299 页),题为宋苏轼作,据《宋文鉴》卷十和《古赋辩体》卷八,当为苏轼之子苏过所作,此处承《赋汇》之讹。同卷"雪"目收录 5 篇《雪赋》(1 册第 372 页),前两篇皆署名宋谢惠连,查《赋汇》正集卷九,第一篇当为明人薛瑄作。卷二"天象"类"天象"目有《天象赋》1篇(1册第425页),署名张衡,实则为隋李播所作,亦是承《赋汇》之讹。卷三"地理"类"形胜"目有《武关赋》1篇(2册第361页),署名唐王启,当为唐王棨作,亦承《赋汇》之讹。卷五"君德"类"圣学"目有《明君可与为忠言赋》(3册第70页),署名宋丁轼,据《赋汇》正集卷四十四,当为宋苏轼。卷八"典礼"类"祭祀"目有《郊禋赋》1篇(3册第388页),署名明叶尚高,据《赋汇》补遗卷七,当为明叶向高。卷十"文学"类"画"目有《瑞菊图赋》(4册第324页),署名明顾允猷,据《赋汇》补遗卷十三,当为明顾允默。

还有不少作者没有朝代或者朝代名有误。例如,卷一"天文"类"星辰"目有2篇《泰阶六符赋》(1册第256页),分别署名钱起、娄玄颖,未标注唐代;同卷"雨"目有《喜雨赋》(1册第337页),署名元张凤翼,据《赋汇》正集卷八,张凤翼为明代人;卷二"天象"类有《管中窥天赋》(1册第436页),署名张仲素,未标注唐代;卷十一"武备"类"剑"目有《丰城剑赋》(4册第536页),署名唐陆游,其实陆游为宋代人;卷十二"人品"类"钓"目有《钓赋》(5册第98页),署名田艺蘅,未标注明代。还有些作者名或朝代名的标注不够规范。例如卷三"地理"类"海"目有《大壑赋》(1册第11页),署名文帝,当署为梁简文帝或者梁萧纲;卷十八"技艺"类"投壶"目有《打马赋》1篇,署名宋李易安,当署为宋李清照;卷一收录谢庄《月赋》(1册第198页)、谢惠连《雪赋》(1册第372页),卷三收录谢灵运《罗浮山赋》(1册第526页)、鲍照《芜城赋》(2册第356页),朝代均写成"宋",为了与赵宋相区别,当署为"南朝宋"或"刘宋"为宜。

七、内容阙误

由于《大观》体制宏大,内容浩博,加之书出众手,抄工水平高下不一,工作态度粗细有别,书中文字难免会有错讹。如卷三"地理"类"形胜"目有唐李白之《剑阁赋》(2册第335页),赋中"与君对酒而相忆"句,"君"字下夺"两乡"二字。细查之,乃是承《赋汇》之讹。又同卷"山"目有宋苏轼之《赤壁赋》(1册第536页),赋中"扣舷而歌曰"句,在"歌"下夺"之歌"二字,亦是承《赋汇》之讹。卷五"君德"类"符瑞"目有唐潘炎之《黄龙见赋》《黄龙再见赋》《赤龙据桉赋》《漳河赤鲤赋》凡4篇(3册第166、171页),皆无序;查《赋汇》卷五十五,4赋皆有序(第233—235页),交代作赋之时间、背景及创作意图,对读者阅读、理解赋意甚有帮助,而《大观》阙之。同卷"治化"目有李程之《汉文帝罢露台赋》(3册第13页),与《赋汇》正集卷四十二(第182页)比较发现,《大观》于赋末夺"岂不以肇于露台,播无为之嘉画"共14字。同卷"符瑞"目收录明田艺蘅《白鹿赋》(有序)1篇(3册第177页),经与《赋汇》补遗卷八(第681页)比较得知,《大观》又于赋末夺"……命之用申。祯符国史,欢洽词臣。庆周雅之三奏,同率舞于枫宸"共24字。卷十"文学"类"画"目收录明[晋]傅咸《画像赋》(4册第325页),末句"臧知柳而不进,和残躯以登璧"中"登"应为"证"字,与序中"和自别以相证"恰好呼应。卷十一"武备"类"射"目收有《辕门射戟枝赋》(4册第509页。今按:未署名,实为唐王起所作),与《赋汇》卷六十四所录(第270页)相比勘,可知《大观》于赋末缺"比将军之功实为小者"一句。卷十二"人品"类"隐逸"目收有梁简文帝的《玄虚公子赋》(5册第122页),赋末"不为山而自高,不为海而弥"句不伦,核之《赋汇》外集卷十一(第604页),可知"弥"下脱"广"字,等等。

  以上这些阙误,有些是《大观》编者自作聪明有意为之,比如删除赋序和某些赋句,结果影响到读者对赋意的理解,降低了《大观》的资料价值;更多的则是工作中的疏漏,体现了民间出版业的共同缺陷。

八、体例混乱

《大观》卷首有《凡例》10条，很不全面，且与事实颇有不符之处。如《凡例》称本书采录"自唐宋迄累朝诸大家"之赋，其实也编录了不少先唐的作品；《凡例》称"古赋有序者，悉遵原本，不敢妄删，以仍其旧"，而书中不少赋序皆被删削；《凡例》称"编中详校细勘，精益求精"，其实也是自我标榜之语，其中帝虎鲁鱼之处时有所见。书前有《赋海大观目录》，但与正文颇多失照之处。如卷一"天文"类目录第六行有《太演虚其一赋》2篇，而正文中有3篇；目录第十行有《合璧联珠赋》，正文中无此篇；目录第十二行有《日月合璧赋》，正文作《日月如合璧赋》；等等。《大观》编者将同题之赋编在一起，但格式并不统一，除第一篇外，以下诸篇或全录题名，或只标"前题"二字。例如卷一"天文"类"星"目下有6篇《泰阶六符赋》（1册第256—258页），第一、三、五篇全录题名，第二、四、六篇则冠以"前题"二字。某些赋作有序，需要在赋题下以小字注明"有序"字样，但失注之处甚多。如卷二明刘凤《齐云山赋》（1册第502页）、卷三清宋鸿卿《拟苏子瞻赤壁赋》（1册第537页）、阙名《拟孙兴公游天台山赋》（1册第558页）、晋庾阐《涉江赋》（2册第63页）、清俞光祖《十月为阳赋》（2册第544页）等皆有赋序，但未标"有序"二字。至于"摘句"，标注更为混乱，常规的做法是在赋题下以小字标注"摘句"二字，但编者为了省事，常常用"本题摘句"或者"附本题摘句"作为标题，有时还遗漏"摘句"二字。当然，本书在体例上最大的缺陷，便是所有赋作皆未注明出处，读者无从检核。这一点与《赋汇》相同。但《赋汇》编成于清代前期，当时学者所编之总集大都如此；而《大观》成书于清末，此前已有嘉庆年间的严可均（1762—1843）所编之《全上古三代秦汉三国六朝文》一书，书中所辑录之作品乃至佚文皆备载出处，以待覆检，《大观》不加效法,实为憾事。这为后人的校勘和研究带来了诸多不便。当然,这恐怕也与编者看重市场效益、急于成书问世的心理有关。

尽管《赋海大观》有以上阙误,但是瑕不掩瑜,该书仍然是我们研究古代赋体文学,尤其是清代赋体文学的重要参考文献。本文只是提醒读者,在使用《大观》时要注意对材料的校核与辨析,以免以讹传讹。《大观》的主要价值仍在清赋方面,建议使用者将其与清人别集或相关文献进行比勘、校正,然后再加以征引和研究,这样就能更好地利用这一珍贵的文化遗产。

附录:原载《中南民族大学学报》2014年第5期。

第四编　赋坛新论
——当代赋学论著研究

《中国辞赋研究》评介

赋是中国古代特有的文体,是地地道道的国粹。历代赋数量巨大,文化内涵丰富,在中国文学史上有着不可忽视的地位和影响,非常值得研究。20世纪80年代以来,学术界涌现出数十部赋学专著,而龚克昌教授《中国辞赋研究》(山东大学出版社2003年)的出版尤其令人振奋。该书凡79.3万字,选录了龚先生自1981年以来发表的赋学论文62篇,分为四组:第1—14篇为汉赋综论,第15—33篇为汉赋作家作品论,第34—52篇为中国辞赋史研究,第53—62篇为序跋及学术回忆。书中胜义迭出,依笔者之见,最可注意的有以下几点。

一、对汉赋价值的重新审视

作为"一代之文学"的汉赋,却曾受到过很多不公正的指责。龚先生对于历史上颇具影响力的"歌功颂德"说、"讽谏弱化"说、"虚词滥说"说、"丽靡之辞"说、"见视如倡"说逐一进行了驳斥,恢复了汉赋在中国文学史上应有的地位(该书第27—47,75—87页)。这些观点发表于80年代初期,在那个对汉赋的臭骂声仍不绝于耳、汉赋价值被长期掩埋的历史条件下,这些努力无疑具有拨乱反正的意义,从而为学术界对于汉赋的全面、深入的研究扫清了障碍。在此基础上,龚先生又对汉赋文本进行了深入研究,他认为汉赋较全面地展示了大汉帝国的精神风貌,在艺术上对于《诗经》、楚辞也有较大的发展和超越,此外,汉代文人还提出了较为系统的赋学理论,鲁迅先生所说的"文学的自觉时代"应该从曹丕再上推350年,即提前到汉武帝时代的司马相如身上(第25—26,88—103页),龚先生的这一观点在学术界产生了强烈反响,先后有十余篇论文作出回应,支持龚说。近年来,龚先生在汉赋研究方面又在不断开辟新的路径。例如《汉赋探源》一文从四个方面追溯汉赋的渊源(第199—215页),《两汉辞赋与书法》则将两汉赋家的书法修养、语言文字功底与赋学创作结合起来进行全面审视(第216—233页),研究视角及所得结论都令人耳目一新。

二、对汉赋发展进程的系统梳理

龚先生并未对汉赋的发展进行历史分期,而是通过以点带面的方法,即通过对一系列重要赋家的深入研究自然展示出汉赋发展的历史进程。这比一般的泛言高论要更有深度。如对于大赋家司马相如,龚先生先对其生平经历进行细致缜密的考证,又对其《天子游猎赋》的名称进行合情合理的分析,然后将司马相如赋置于赋史中进行历史定位,肯定其作为"汉赋的奠基者"的历史功绩(第332—415页)。对于人们一贯忽略的汉武帝刘彻,龚先生也撰写专文进行研究,肯定其作为一代雄主在引导汉赋走向鼎盛方面所作出的贡献(第420—433页)。我们若将龚先生对于贾谊、枚乘、庄忌、刘安、孔臧、司马相如、刘彻、东方朔、班固、张衡、赵壹、蔡邕等赋家赋作的深入探讨连在一起,就不难看出汉赋产生、发展、鼎盛、转变的历史进程。

三、对中国辞赋史的全面关照

《中国辞赋研究》以汉赋研究为中心,进而扩展到对历代赋的研究。其中《中国古代赋体简论》一文,是对历代辞赋的宏观考察,反映了龚先生对赋史研究中重要问题的基本看法(第713—722页)。《魏晋玄学与竹林七贤赋作》在评述七贤赋时,对于当今学术界过分抬高玄学地位的偏颇也予以纠正(第620—638页)。龚先生的赋学研究一直延续到现当代,其《读〈香港赋〉〈三峡赋〉》就是对当代赋家颜其麟的评论(第708—712页)。需要补充说明的是,龚先生近十余年来还以极大的热情从事赋学交流及人才培养工作。他组织召开了第一届国际辞赋学学术研讨会(济南,1990年),引导学术界的赋学研究向魏晋以后拓展。他还是国内第一位专门招收赋学博士生的学者,他指导博士生们对唐赋、宋赋、元明清赋进行系列研究。这也正体现了龚先生对中国辞赋史的全面关照。

古代的赋文学作品大都语言艰深,晦涩难读,而我们阅读龚先生的著作,却感到流畅自然,一泻千里,有一股统摄心灵的气势与力量。这不能不归功于龚先生对历代赋作的精熟程度与深厚的语言文字功底。像这种有思想、有观点而且气势恢弘、语言优美的学术专著,在当今学术界的确是很难见到的。

龚克昌教授是一位汉赋研究专家,其《论汉赋》(《文史哲》1981年第1期)是新时期第一篇从正面肯定汉赋的学术论文,曾经激起了许多学者研究汉赋的热情;其《汉赋研究》(山东文艺出版社1984年)是新时期出版的第一部赋学专著,"在学术界具有首开风气的作用和影响"①。《中国辞赋研究》作为龚先生赋学论

---

① 霍松林、徐宗文:《辞赋大辞典》,江苏古籍出版社1996年版,第411页。

文的汇集,自然反映了龚先生在汉赋研究领域取得重大突破之后,进而转向对历代辞赋进行全面探讨的学术经历。又因其以个案的形式展示了新时期赋学研究从褴褛开疆到深化、拓展以至逐步成熟的过程,因而该书在很高的学术价值之外,又具有了非同寻常的认识价值与学术史意义。

附录:原载《辽东学院学报》2010年第3期。

《全汉赋评注》：新世纪汉赋研究的奠基之作

龚克昌等教授积十余年之力撰写的《全汉赋评注》终于出版了，这是一件十分值得庆贺的事情。① 该书凡101.6万字，具有以下三个方面的特色。

一、开创性

古代注释汉赋作品数量最多、质量最高者，应是唐代李善的《文选注》，共注及汉赋15家，凡29篇（其中《两都赋》《二京赋》各计2篇）。明清时期的汉赋注释有零星突破，但在总体成就上不及李善。新时期出版了数种《文选》译注本，而其他20余种历代或断代辞赋选，所注汉赋篇目也大致没有超出《文选》的范围。注汉赋最多者是曲德来等先生编写的《历代赋广选新注集评》，该书选注汉赋39家，凡73篇（包括建安赋2家,6篇）②，这与汉赋的总数相比仍有很大距离。虽然也出现了5种赋家别集校注本，但大量的汉赋作品依然无人问津。我们无意指摘当代学人不够勤奋

---

① 龚克昌等：《全汉赋评注》（全三册），花山文艺出版社2003年版。该书修订版更名为《两汉赋评注》（龚克昌、苏瑞隆编著，精装1巨册），山东大学出版社2011年版。
② 曲德来主编：《历代赋广选新注集评》(1)，辽宁人民出版社2001年版。

或对汉赋的重要性认识不足,因为人所共知,汉赋语言的艰深晦涩将会使注释者望而却步,非有深厚的国学功底与无私的献身精神者不敢动手。龚克昌先生却不怕困难,敢啃硬骨头,他凭借着自己扎实的学术功底、研究汉赋三十余年的丰富经验以及对汉代文化的极大热情,与弟子们一道开始了这项史无前例、披荆拓莽的工作。经过十余个寒暑的辛勤耕耘,终于完成了这部一百余万字的巨著。该书共评注汉赋70余家,195篇(不含建安赋),不仅将前人未曾注及或不屑一顾的小赋、残赋、残句全部纳入注释的范畴,而且还注意搜集最新资料,将尹湾汉墓出土的《神乌赋》也收入书中并详加注评;至于仅存篇目的赋作,也略加介绍,以供参考,因而收录作品之"全"是前所未有的。该书是有始以来第一部将现存所有汉赋进行评注的著作,其开创性是不言而喻的。①

二、资料性

在《全汉赋评注》中,每篇赋分为作者小传、正文、说明、注释、辨析五个部分(有些赋作略去作者小传与辨析两部分)。"作者小传"简介作者的一生行事、思想倾向与主要著作,是我们理解赋作的前提;"说明"交代正文出处,赋篇的创作原委、思想内容、艺术特色以及文学史地位等,其中颇多中肯、精当的见解,有助于读者正确、深刻地理解与评价作品;"注释"简要明晰,周备通达,不作烦琐考辨,但有时进行必要的征引;"辨析"则对于围绕该赋有争议的问题提出个人看法,发蒙解惑,创见颇多,是著者多年研究的结晶。显然,《全汉赋评注》为我们解读汉赋作品提供了全面可靠而又十分有用的资料,它既便于一般读者阅读欣赏,又具有很强

---

① 龚著出版三年之后,费振刚、仇仲谦、刘南平出版了《全汉赋校注》(全两册,广东教育出版社2005年版)一书,是第二部对所有汉赋进行全面注释的专著。两部专著各有所长,可以互补。

的学术性与资料性。

在当代研究汉赋的队伍中,龚克昌先生是治汉赋时间最长(始于1961年)、贡献最大、影响最广的学者之一,堪称是汉赋研究的权威。但由于大多数汉赋作品是第一次注解,没有任何现成资料可资依傍,著者只有遍稽群籍,独立思索,自下论断;加之汉赋中奇字僻字很多,残断错讹严重,注释、串通的难度实非一般典籍所可比拟。但龚先生是一位治学极为严谨的学者,他绝不放过任何一个词句。有时为了准确注释一个词,查阅资料竟达数小时甚至数日之久。龚先生和他的弟子们绝不盲从任何译注本或点校本,而是查阅原始出处,认真誊录,谨慎作注,旨在为学术界提供最可信的研究资料。例如刘向《雅琴赋》,严可均《全汉文》从《文选注》和《初学记》中钩稽出7句赋文,而错误多达5处(北京大学出版社《全汉赋》亦然)。龚先生经过细心核查,纠正了这些错误。《全汉赋评注》反映了著者一丝不苟、严谨务实的治学态度,值得古籍整理者借鉴。

三、学术性

《全汉赋评注》融铸了龚先生四十年①的科研成果与心得体会并又有新的发展和完善,使得这部雅俗共赏的评注本具有很强的学术性与前沿性。对于较为著名的汉代赋家赋作,该书较多地吸收了龚先生《汉赋研究》(山东文艺出版社1984年版)中的有关论述。例如司马相如的"作家小传",历述相如一生行事,实际上是一篇简明的司马相如年谱;而在《天子游猎赋》的"辨析"中,则又集中讨论了两个问题:一是《文选》所载《子虚》《上林》二赋本为一篇,应题为《天子游猎赋》,二是司马相如的生年应在前172年左

---

① 龚先生从1961年开始治赋,迄《全汉赋评注》出版(2003年),已经有42年。

右。(前汉分册第 121—122 页,163—165 页)这些观点著者在《汉赋研究》中有极为详尽的考论,此处仅仅是撮其指要而已,但语言更为凝练、准确。又如在孔臧《谏格虎赋》的"辨析"中,龚先生指出,《谏格虎赋》的人物名称、赋篇结构、使用语言与思想内容等方面都与司马相如的《天子游猎赋》极为相似,而前者简略,后者繁富,前者很可能是先出的。接着龚先生又经过缜密推算,发现孔臧生年早于相如一二十年,创作活动也比相如早得多。相如赋是后出的,他借鉴了孔臧赋的格局与模式并加以扩展铺张,成为汉赋的奠基者。但孔臧的赋是首创的,其功不可没。(前汉分册第 107—109 页)这样,龚先生经过深入研究,不仅肯定了孔臧在赋史上的地位,也纠正了学术界一贯将孔臧置于司马相如之后的错误。

对于那些不太知名的小赋甚或是残赋,龚先生也往往把它放在汉赋发展乃至中国文学发展的历史进程中,考察它的历史地位及对文学史所作的独特贡献。如对于刘胜的《文木赋》,龚先生在"辨析"中指出:"用一篇文字来描写一草一木,并非自刘胜始,屈原有《橘颂》,枚乘有《柳赋》,《七发》中还写过梧桐,等等。但屈、枚的辞赋主要表现描写对象的精神面貌和外部环境,像刘胜这样对文木的纹理作如此生动、细致、形象的刻画,在此之前的文学中是难得一见的。出现在《文木赋》中的这种笔墨,与刘胜的生活环境有关,与赋体文学的特征有关,与文学发展的进程也不无关系。其后,文学中精雕细刻的笔墨渐多,花草树木也渐渐成为辞赋的描写对象。"(前汉分册第 223 页)又如在蔡邕《笔赋》的"辨析"中,龚先生说:"蔡邕是东汉后期著名的书法家,他创造了飞白书。……《笔赋》是继崔瑗《草书势》和赵壹《非草书》之后,现存最早的有关描绘书法艺术的专文,也是最早进入书法艺术的赋篇。"(后汉下册第 848 页)从赋学史与书法学史两个角度来品评蔡邕其人其赋,令人视野大开。龚先生这样从宏观的、整体的、发展的角度来考察每一篇具体作品,做到点面结合、宏观与微观互相参照,三言两语就提示出作品的深刻内涵与文学价值,同时也大大提升了读者的理解层次,使人颇受启发与教益,表现出文学史家深厚的学识与敏锐的目光。如此精彩的点评在书中是经常见到的。

龚先生对汉赋的注释也颇见功力。汉赋本身即具有罗列名物、堆砌辞藻的特点,并且其中有不少人名、地名、动植物名不为今人所知,不少词汇已被历史淘汰,这就为注解设置了重重障碍。龚先生不仅成功地解释了每一个词条,而且还常常将释词与挖掘作品内涵、分析赋作艺术结合起来。例如《天子游猎赋》"楚使子虚使于齐"句注云:"子虚,虚构的人物。这是汉赋的一个特点,即虚构几个人物进行对话,从对话中展开作者的创作意图。子,古代对男子的美称。虚,空。"(前汉分册第128页)交代了汉赋常借主客问答来组织赋篇、表达思想的艺术结构。又如《神乌赋》"鸟之将死其唯哀"句注云:"鸟在将死之时,其鸣声充满哀悯。《论语·泰伯》记曾子语:'鸟之将死,其鸣也哀;人之将死,其言也善。'唯同鸣。"(前汉分册第470页)著者将出土文献与传世古籍相印证,指出"唯"与"鸣"是异体字,这是很有见地的。尽管各种字书皆无此论断,但在古文字中,"隹"与"鸟"都象鸟之形,并无区别。《说文解字》云:"隹,鸟之短尾总名也。""鸟,长尾禽总名也。"所以,"隹"和"鸟"在作偏旁时常常可以互换,"雞"也写作"鷄","雁"也写作"鴈","雕"也写作"鵰","雅"也写作"鴉",等等。当然,"唯"也可以写作"鸣",本义都是鸟叫。可见,对出土文献的诠释还可以丰富文字学和训诂学的内容。又如班彪《北征赋》的注释旁征博引,详注各种历史典故,有助于读者对该赋主旨的理解。(后汉上册第33—41页)

不难看出,龚先生《全汉赋评注》的撰写是在深入研究汉赋的基础上进行的,每一句评论、每一条注释,都凝结着龚先生对汉赋问题的学术思考。据悉,龚先生的另一部80万字的著作《中国辞赋研究》也已由山东大学出版社出版,我们若将两书对读,则不难看出龚先生对中国赋学的贡献。当然,作为一部褴褛开疆且又卷帙浩繁的著作,《全汉赋评注》也难免有其不尽完善之处。比如该书在张衡的"作家小传"中说:"张衡的赋较多,现在还保存完整的赋有《温泉赋》《南都赋》《二京赋》《思玄赋》《归田赋》《周天大象赋》等七篇……"(后汉下册第390页)其中《周天大象赋》一篇,曾被张燮《七十二家集》、张溥《汉魏六朝百三家集》、陈元龙《历代赋汇》等大型文学总集收录,题为张衡作,但据现代学者考证,应为隋代李播的作品。其实龚先生并不认为该赋作于张衡,他在《鸿赋序》的"辨析"中就对此有所讨论。但似乎应在"作者小传"中略作交代,这样可以避免读者误解。不过,这些失误毕竟是次要的,并不能掩盖该书所取得的成就。

总之,《全汉赋评注》具有鲜明的开创性、资料性和学术性。它既是20世纪汉赋研究的总结,又为21世纪的汉赋研究铺上了一块基石。它的出版是学术界的一桩盛事,必将把新世纪的汉赋研究推向一个新的高度。

龚克昌教授《全汉赋评注》得到全国古籍整理出版规划小组和山东省古籍整理规划小组的资助。全书凡1016千字,分三册印装,花山文艺出版社2003年12月出版。

附录:原载《古籍整理出版情况简报》2004年第12期。

内容完备,观点深湛

——评龚克昌等教授的《全三国赋评注》

继《全汉赋评注》(花山文艺出版社2003年版)之后,龚克昌、周广璜、苏瑞隆三位教授又推出了一部巨著——《全三国赋评注》。该书凡82.6万字,齐鲁书社2013年6月出版。

自从20世纪80年代以来,赋学研究呈现出前所未有的兴盛局面,赋学专著不断涌现,赋学论文(包括相关的硕士、博士论文)层出不穷。但对于赋学基本文献的整理工作,却显得步履蹒跚,远远不能满足当下日益繁荣的赋学研究的需要。这当然与文献整理的艰辛程度有关,非有深厚的国学功底和"板凳须坐十年冷"的奉献精神而不敢涉足,而现今考核体制对于文献整理的低估与漠视也促成了这种局面的出现。不过,仍有少数专家学者不计得失,不辞艰辛,孜孜矻矻,皓首穷经,致力于这种"藏之名山""嘉惠后学"的伟业。在赋学领域,自从费振刚等先生推出《全汉赋》(北京大学出版社1993年版)之后,先后出现了龚克昌师《全汉赋评注》(全三册,花山文艺出版社2003年版,2011年修订本更名为《两汉赋评注》)、费振刚等《全汉赋校注》(全二册,广东教育出版社2005年版)、韩格平等《全魏晋赋校注》(吉林文史出版社2008年版)、詹杭伦等《历代律赋校注》(武汉大学出版社2009年版)、赵逵夫等《历代赋评注》(全六册,巴蜀书社 2010 年版)等重要著述,为赋学研究提供了可资参考的基本文献。

《全三国赋评注》(以下简称《评注》)共收录三国时期(含建安时代)赋作 53 家,282 篇(含残篇、存目)。这是第一部将三国时期所有辞赋作品进行全面汇辑、校注、评析、研究的重要著作,具有鲜明的资料性、学术性和开创性,是一部嘉惠后学、泽被广远的典范著作。

一、全

《全三国赋评注》最突出的特点就是"全"。清人严可均在编纂《全上古三代秦汉三国六朝文》时,曾将"建安七子"编入《全后汉文》,而将"三曹"编入《全三国文》。费振刚先生从之。这样处理当然有其道理。但是"三曹"与"七子"生活在同一个历史时期,尤其是曹丕、曹植与"七子"关系十分密切,他们"行则连舆,立则接席,何曾须臾相失。每至觞酌流行,丝竹并奏,酒酣耳热,仰而赋诗"(曹丕《与吴质书》),创作了很多同题诗赋,共同缔造了建安诗赋的繁荣局面,被誉为"邺下风流""建安风骨"。将同时产生的文学作品(不少是同题竞作的作品)强硬地分开,分别置于不同的朝代,显然是不合适的。并且在建安十三年(208)赤壁之战后,三国鼎立局面就已经形成。所以,不少学者皆将建安时代作家纳入三国时期。龚克昌先生在《全汉赋评注》中不收"七子"之赋,而将其纳入《全三国赋评注》之中,更便于读者考察建安时期辞赋创作的盛况,进而研究汉魏之际辞赋之发展演变,这是很有见地的。

目前学术界整理三国赋的著作,有赵幼文先生的《曹植集校注》(人民文学出版社 1984 年版)、俞绍初先生的《建安七子集》(中华书局 1990 年版,2005 年再版)、吴云等先生的《建安七子集校注》(天津古籍出版社 1991 年版,2005 年再版)、韩格平等先生的《全魏晋赋校注》(吉林文史出版社 2008 年版)凡数种。著者对这些研究成果进行了全面吸收、融会与提升。比如对于"七子"赋,该书比《建安七子集》增补了陈琳《武猎赋》、徐幹《玄猿赋》《漏卮赋》《橘赋》、刘桢《大阅赋》、王粲《愁霖赋》《感丘赋》《喜霁赋》凡 8 篇赋作,尽管全部是存目,但是对于存目赋的揭示正体现了著者的严谨态度和通达眼光,这样能够使读者全面了解作家的创作情况,并且为下一步的辑佚工作提供线索。又如对于曹植赋,《曹植集校注》收录 48 篇(其中赋 43 篇,赋体文 5 篇);《全魏晋赋校注》的编者勤于钩稽,广搜博采,共收录曹植赋 55 篇(不含赋体文),似乎已经齐备。而《评注》却又增至 63 篇(其中赋 58 篇,赋体文 5 篇),较之《全魏晋赋校注》,仍然增补了《寡妇赋》(残句)、《思人赋》(存目)、《孔雀赋》(存目)3 篇。所以,《评注》能够更全面地反映曹植赋的创作情况,代表了曹植赋校理的最新成果。此外,《评注》比《全魏晋赋校注》增补的作品还有曹操《槐赋》(存目)、刘劭《许都赋》(存目)、《洛都赋》(存目)、嵇康《蚕赋》(残句)、《怀香赋序》《白首赋》(存目)、张纯《席赋》(残句)、朱异《弩赋》(残句)、张俨《犬赋》(残句)、费祎《麦赋》(存目)、郤正《释讥》、文立《蜀都赋》(残句)等。对于所增补的每一篇作品,著者都对其产生年代进行了严谨的考证。例如魏晋之际的赋家文立,其一生的大部分时间是在西蜀度过的,入晋后 16 年而卒。对于其《蜀都赋》,或以为作于蜀国,或以为作于西晋,著者在"辨析"中说:

> 此赋作于三国无疑,理由有二:一是文立持身谨小慎微,以他的个性,作为亡国之罪臣,撰写怀念旧国的赋作实不可能。二是西晋初年晋武帝尽管在某种程度上实行了宽柔的政策,但也进一步加强了门阀制度,……所以政治并不清明。

> 因此,文立亦缺乏创作此赋的外部环境。①

此处从内、外两方面进行分析,指出文立《蜀都赋》不可能作于蜀亡之后,有理有据,令人信服。可见,《评注》所增补的赋篇,无不确凿有据,值得信赖。

学术界曾经出现过数十种赋选,大都选录了王粲《登楼赋》、曹植《洛神赋》、嵇康《琴赋》等少数三国时期作品,鲜有超过10篇者,这很难反映三国赋创作的全貌。而有些赋学研究著作,虽然号称"通史"或者"通论",其实只是将某一朝代的赋作进行抽样考察,然后就妄谈此期辞赋的创作特色、文学成就。这种以偏概全、信口论断的做法是极其不负责任的。龚克昌等先生有感于此,于是从浩如烟海的古代典籍中钩沉、汇辑三国时期的所有赋作,共得282篇,然后逐篇进行校理、注释、评析。这是一项开创性的工作,不仅显示了著者对于三国时期赋作的独特研究,更为学术界深入研究三国赋、进而撰写一部翔实可靠的三国赋史提供了极为珍贵的第一手资料。对于这种"于己甚劳,而为人则甚忠,竭毕生之精力,皆以供后人之提携"(朱一新《无邪堂答问》卷二)的忘我工作、嘉惠后学的精神,我们不能不致以深深的敬意。

二、精

《评注》的另一重要特点便是"精"。该书体例严明,每篇赋均有"作者介绍""赋文""说明""注释""辨析"五部分内容(有些赋作略去"辨析")。其中"作者介绍"部分简介作者字号、籍贯、生平仕履、文学活动、主要著述、赋学史地位等方面,以期读者对赋家有一全面了解。本部分内容简明,一般不作大量征引或烦琐考证,

---

① 龚克昌、周广璜、苏瑞隆:《全三国赋评注》,齐鲁书社2013年版,第716页。

但对于有争议的问题,亦偶或加以辨析,并提出个人观点。例如建安时期作家王粲,《三国志·魏志·王粲传》载:"王粲,字仲宣,山阳高平人也。"学术界或以为系山西高平,或以为系山东邹县或者河南修武。著者云:

> 我们以为王粲系山东山阳高平人是毫无疑义的,因为王粲十七岁时之所以避难荆州投靠荆州刺史刘表,乃刘表是其小同乡,也是山东的'山阳高平'人,且刘表还曾是其祖父王畅的学生。再则河南修武东汉时为河内郡山阳县,但没有高平这个地名;山西在北魏时始有高平建制,但却未曾有山阳设置。①

这里既以刘表为参照,证明王粲的确是山阳高平(今山东省微山县)人,又从历史地理学的角度论证王粲不可能是河南修武或者山西高平人,证据确凿,观点深刻。"赋文"部分以四号字移录正文,十分醒目。由于不少三国赋已经残缺,著者只能从不同典籍中钩稽佚文,据其内容加以排列。例如陈琳《柳赋》,著者钩稽出佚文7条,其中1条辑自《文选》李善注,2条辑自《初学记》,另外4条辑自《韵补》,著者对其逐一进行罗列,并且在佚文之下注明出处,以便读者检核。这种做法是十分严谨的。

"说明""注释""辨析"是《评注》的主体内容,也是最能体现著者学术功力和真知灼见的部分。从1961年算起,龚克昌教授研究辞赋已经五十余年,是目前中国大陆治赋时间最长、成就最高、影响最大的赋学家,曾任全国赋学会会长、国际辞赋研究会名誉会长。周广璜、苏瑞隆教授治赋二十余年,分别担任中国赋学会常务理事和国际辞赋研究会会长。三位资深赋学家联袂合作,共

---

① 龚克昌、周广璜、苏瑞隆:《全三国赋评注》,第139页。

同编著的《全三国赋评注》,无疑具有很高的学术含量,能够代表当代赋学研究的水平和成就。翻开《评注》,随处可见著者深湛的研究和独到的见解。"说明"部分主要交代赋文出处,解释赋题含义,归纳赋作内容,挖掘赋意赋旨。例如曹植《节游赋》仅有两段,著者在"说明"中先交代出处:"《艺文类聚》卷八十二",接着对此赋内容进行了概括和分析:

> 赋开头描写当时邺城宫殿的风景,赞叹其建筑高大雄伟,为帝王之所居,而非常人可以占据。第二段则描绘自己在春天外出游玩,到北园与朋友一起喝酒的情景。赋中并未具体说明和谁出游,但后半段语气忽然转为忧愁之调。……乘兴而来,败兴而归,正是节游赋的特点。①

这段文字首先归纳两段赋文的基本内容,条理十分清晰;接着便挖掘此赋内在的情感,并且指出了当时所有节游赋的共同特点,语言简洁而准确,颇有助于读者对该赋的理解和欣赏。有些赋作内容不全,甚至仅剩残句,著者在广搜逸句的基础上,亦努力挖掘赋作的思想内容,还原其本初面貌。例如陈琳《车渠碗赋》已佚,现存残句2条:

> 廉而不刿,婉而成章。德兼圣哲,行应中庸。(《韵补》卷二"庸"字注)
>
> 玉爵不挥,欲厌珍兮。岂若陶梓,为用便兮。指今弃宝,与齐民兮。(《韵补》卷一"便"字注)

仅有40字,前人从未进行过研究。著者在"说明"中指出:

---

① 龚克昌、周广璜、苏瑞隆:《全三国赋评注》,第429页。

> 本文残缺不全,但可以看出作者从道德的角度来描述车渠碗。称车渠碗没有棱角,具有圣贤中庸的美德,连玉爵都不如它。但最后一段似乎劝诫主人放弃宝碗,赠与百姓。综合看来,这应该是一篇标准的咏物赋,不仅具有描写功能,将物品拟人化,赋予人性的特点,并增添了道德化的结尾。①

寥寥数语,既概括出此赋的基本内容与风格,又揭示出汉魏咏物赋"以物比德"的共同特点。这些由断简残编出发而进行的分析和判断,抉幽发微,力透纸背,颇能看出著者的学术眼光。"注释"部分内容丰富,用力甚巨,但无不言简意赅,通俗晓畅。例如陈琳《车渠碗赋》"婉而成章"句注释:"婉:顺。章:采色,花纹。语出《左传·成公十四年》:'婉而成章。'"先解释词语,后揭示语典出处,语言十分简洁。由于书中很多篇章在此前无人作注,著者在注释这些作品时往往全无参照,一空依傍,需要查阅大量的工具书,反复揣摩,谨慎施注。这些明白如话的注释背后,是著者数十年的学术积累以及为此而付出的大量心血和汗水。

"辨析"是《评注》工作的最后一步,也是最能反映著者学术探索与独到见解的部分。"辨析"一般文字不长,但是皆有为而发,针对性很强,或辨作者,或考年代,或纠讹误,或探赋旨,或梳理题材源流,或分析艺术贡献,或进行学术论争,或抉发赋史意义,内容丰富,观点深湛。例如署名丁廙妻的《寡妇赋》,其作者有两说:欧阳询《艺文类聚》以为系丁廙妻,李善《文选注》和徐坚《初学记》皆以为系丁仪妻。著者"辨析"云:

> 李善注《文选》是唐代早期最权威的注释,是唐代举子必

---

① 龚克昌、周广璜、苏瑞隆:《全三国赋评注》,第30页。

读之书,有所谓"《文选》烂,秀才半"之说。他反复十几次引用此篇,当不至把作者搞错,况随后徐坚编辑《初学记》,也以为丁仪妻所作。欧阳询虽生活年代稍早,引文也较长,但只引一次,弄错的可能性较大。他的《艺文类聚》,李善和徐坚不会不知道的,是李善和徐坚纠正了欧阳询的误引,这是我们的推测。①

也许此说还只是"推测",尚不能成为定论,但是在证据不足的情况下,如此"推测"合情合理,最能接近历史真实,因而也颇能令读者信服。又如应玚《西狩赋》,是一篇模仿汉代狩猎赋的作品,其主要内容是描写达官贵人狩猎的场面。著者从赋中的称谓出发进行辨析:

> 文中称曹操为魏公,曹操于建安十八年(213)被封为魏公,加九锡。九锡之礼一般是篡位的前奏,曹操此时已操纵政局,大权在握。因此本赋无疑是在公元213年之后写的。……赋中用适于形容皇帝的词汇来描绘曹操,无疑是一种礼仪上的僭越,同时也表示曹操的地位如日中天,除了直接称帝外,直与天子无异。"建安七子"除孔融过于傲慢,被曹操所杀外,其他六子都是曹操的鼓吹手。②

著者敏锐地抓住赋中的"魏公"一词,既考证出该赋的写作年代,又联系建安时期的时代背景,指出本赋反映了曹操已经操纵政局、大权在握,"除了直接称帝外,直与天子无异"的历史事实,文史互证,立论坚实,不仅能帮助读者理解赋作的思想内容,也指出

---

① 龚克昌、周广璜、苏瑞隆:《全三国赋评注》,第267页。
② 同上书,第107页。

了建安六子皆为"曹操的鼓吹手"的御用本质,可谓是一针见血,入木三分。

需要说明的是,之前的三国赋研究著作,虽然对部分赋作进行过校勘和注释,但都缺乏对赋作思想艺术与文学史价值的分析。《评注》一书首创"说明"和"辨析"两项内容,不仅能够帮助读者理解赋作思想内容,欣赏其艺术魅力,而且不失时机地辨析疑难,释疑解惑,反映了著者对三国赋的深入研究和独特思考,其开创性和学术性都是值得珍视的。

三、通

《评注》的第三个特点是"通"。所谓"通",指的是著者并不是孤立地校注、分析某一赋作,而是将其与同时代的其他诗赋作品相比较,分析其独特的艺术贡献,或者置于中国赋体文学发展的历史长河中加以考察,给予赋学史定位,因而常常反映出著者的文学史眼光。例如建安时期"三曹""七子"形成一个重要的文学集团,文人们常常一起出游,一同饮酒,同题竞作,较其短长,因而产生了大量的同题诗赋。著者在评注这些同题赋作时能够注意分析其内容和风格的异同,努力展示建安赋的独特风貌。例如曹丕《莺赋》"辨析"云:"曹丕的《莺赋》寄托遥深。同时的文人王粲也作有《莺赋》,从内容上看,大概是曹丕赋的酬和之作。两篇赋相同之处是都没有采取对话形式。相异之处则是,曹丕的赋以笼莺的口吻,采用第一人称自叙,可谓是拟笼莺而作;王粲之作则拉开距离描写笼莺的凄苦。"[①]黄莺被关在笼子里,属于穷鸟,因而自赵壹《穷鸟赋》以来,作家大都以穷鸟自喻,借鸟之穷困,来比喻人生的困顿和险恶。但是曹丕身为太子,地位尊贵,似乎不可能以

---

① 龚克昌、周广璜、苏瑞隆:《全三国赋评注》,第283页。

穷鸟自喻。著者经过分析后认为:"(本赋的)笼莺在某种程度上也反映了人类的一个困境——为生活所束缚,不得完全自由。"是呀,即便是身为皇帝或者皇储,其言语行动也往往要受到礼法约束,并不能完全获得人生的自由。著者从生命意识、自由意识的角度着眼,深刻而细腻地揭示了该赋所蕴涵的生命之悲。又如,刘劭《赵都赋》的"辨析"云:

> 接续两汉京都大赋的传统,三国文人也创作了不少京都赋,如徐幹有《齐都赋》,刘桢有《鲁都赋》,刘劭有《赵都赋》《洛都赋》《许都赋》,文立有《蜀都赋》。但与汉代京都大赋铺采摛文、铺张扬厉、旨在劝讽不同,三国京都赋多是作者描写故国都城的历史沿革、地理环境、都城规制、宫室建筑、田猎游观、风物人情等等,有着明显的写实倾向和浓重的家乡情结。在这里,虽亦有铺排夸奢之描写,但讽谕的成分淡去了,写实的成分加重了,字里行间流溢着赋家对家乡历史风物的深情。①

尽管三国京都赋继承了汉大赋铺张扬厉、铺陈夸饰的传统,但是赋家的参政意识与讽谏思想明显弱化了,取而代之的是强烈的抒情意味和浓重的故乡情结。写实成分的加重也为晋人左思《三都赋序》"赋须征实"的文艺观奏响了先声。这些论断高屋建瓴,鞭辟入里,深刻地揭示出汉魏之间京都大赋的历史演变,表现出鲜明的文学史家的风格。这些分析,非有对汉魏赋史的深入研究而不能道出。

作为资深赋学家,著者绝不会盲从古人,亦不会轻信今人,所有论断皆是深入研究和独立思考的结晶。如阮籍《东平赋》"辨

---

① 龚克昌、周广璜、苏瑞隆:《全三国赋评注》,第346—347页。

析"云：

> 不久前有一位著名文化人，曾写一篇有关阮籍的文章，说阮籍理政能力如何强，几天之间，就把东平积压多年的政务处理得条条有理。这真是空口说瞎话。阮籍在司马氏掌控下，长期过着醉生梦死的苦闷生活，他只喝酒，不办事。到东平任职也是如此。《文选》卷二十一颜延年《五君咏》引臧荣绪《晋书》说："籍拜东平相，不以政事为务，沉醉日多。"阮籍那里在理政办事？他只知用酒来浇愁。①

著者在肯定阮籍文学成就的同时，亦毫不留情地指出其性格上的弱点，实事求是，绝不遮遮掩掩。这种历史唯物主义的研究态度，以及对某些名家信口开河的批判，都是值得学术同行们认真学习的。其实，著者有时还跟自己过不去。例如，龚克昌先生曾经发表过《文变染乎世情——谈魏晋南北朝赋风的转变》(《文史哲》1990 年第 5 期)，认为"西晋成公绥的《大河赋》，继应玚《灵河赋》之后，在中国文学史上第一次对黄河进行正面的歌颂。"而本书在《灵河赋》的"辨析"中，又进一步指出："现在看来，《灵河赋》写汉武帝堵瓠子决口，却是历史上的一件大事，同时也正抓住了黄河之一要害。……这正是《大河赋》之所缺，值得我们注意。"②此处对旧文的学术观点进行修正和补充，这种勇于否定自我、修正自我的学术态度，无疑也是难能可贵的。

四、达

《评注》的第四个特点便是"达"。这里的"达"，指的是语言顺

---

① 龚克昌、周广璜、苏瑞隆：《全三国赋评注》，第 580 页。
② 同上书，第 96 页。

畅无碍,通达易解。前引几段"说明"和"辨析",无不彰显出本书文字"通达"的特色。有时著者还用"空口说瞎话"之类的俗语,更能反映出其对当代语言的灵活运用。当代学术研究尽管取得了很大成绩,但亦有一些研究著作或者学术论文晦涩难懂,或者引文满纸,缺乏个人论断;或者故作高深,惯以艰深之辞,以文浅易之说;或者架空高论,卖弄理论术语;有时甚至还征引几段域外学者的论述,以显示自己"学贯中西",大有睥睨古今、纵横中外的气魄。但是揭开面具,考其实质,多为耸人听闻之论断,并无实质性突破。《评注》虽然饱含着著者的学术探索,并且是多人合作的成果,但却一以贯之地采用通俗晓畅的语言,就连深受西方学术影响的苏瑞隆教授(苏教授是美国华盛顿大学博士,现供职于新加坡国立大学)也不例外。这不能不令人深思。学术研究的目的在于传播古代文明,弘扬传统文化精神,而不是故弄玄虚,或者孤芳自赏。《评注》向读者展示的,是准确凝练、明白晓畅的文风,是学术研究面向大众、面向未来的姿态,这正是学术研究健康发展的标志。

作为一部卷帙浩繁的著作,《评注》也难免有其不尽完善之处。从篇目上看,该书录有刘宏《追德赋》(存目),刘宏(156—189)即汉灵帝,生活在东汉末年,远在建安(196—219)之前,与"三国"毫无关系。如果说将"建安七子"纳入三国,是出于文学集团活动的考虑;将曹操纳入三国,是出于其奠定三国鼎立局面的考虑,那么,汉灵帝刘宏无论如何都不能纳入三国时代。从辑佚上看,该书比前人有很多突破,其功至伟,但也有失之眉睫者。例如繁钦《建章凤阙赋》,本书从《艺文类聚》卷六十二辑录一段文字,从"筑双凤之崇阙"到"屈绕纡萦",共 128 字;又从《韵补》卷一"洞"字注辑录 3 句,凡 21 字。其实,《水经注》卷十九引录该赋 6 句,共 30 字:"秦汉规模,廓然毁泯,惟建章凤阙,岿然独存。虽非象魏之制,亦一代之巨观也。"此段显然为赋序,当置于赋首。此外，《韵补》卷四"汉"字注又引录 4 句，凡 16 字："长唐虎圈，回望漫衍。盘旋岹峣，上刺云汉。"①本赋共漏辑 46 字。可见文献辑佚乃是一项逐步完善的工程，任何人都不可能做到十全十美，一劳永逸。从注释和评析角度来看，亦偶有瑕疵。例如徐幹《齐都赋》注 54："盛飧(sūn，孙)：丰盛的菜肴。"其实"飧"字读 xiǎng(想)，此处注音有误。又如，应场《校猎赋》"说明"引用司马相如《上林赋》中的一段文字，而应场《西狩赋》"说明"又称其为司马相如《校猎赋》，前后不一。而根据龚克昌先生《〈天子游猎赋〉辨》(《文学遗产》1984 年第 1 期)一文，司马相如此赋应当叫作《天子游猎赋》，此处系笔误。当然，瑕不掩瑜，这些小缺点并不能掩盖该书所取得的巨大成就。

总之，《全三国赋评注》内容完备，评注精审，观点深湛，体例严密，是一部具有很高学术含量和文献价值，并且语言流畅、雅俗共赏的学术著作。它为三国赋的研究奠立了一块基石，它是赋学研究的又一块里程碑。

附录：原载《辽东学院学报》2014 年第 4 期。

---

① 参见踪凡《严可均〈全汉文〉〈全后汉文〉辑录汉赋之阙误》，《文学遗产》2007 年第 6 期。

赋学研究的一部力作

——《隋及初盛唐赋风研究》评介

近日奉读韩晖教授《隋及初盛唐赋风研究》(广西师范大学出版社,2002)一书,感想颇多。于是缕述该书之特点如次,以供学术界同行参考。

一、拓宇开疆

赋是中国古代特有的文体,具有很高的文化价值和文学史意义。但中国古代的赋学研究并不发达,即便有,亦多集中在汉魏六朝,唐以下赋则备受冷落。有人甚至高喊"唐无赋"[①],"赋盛于汉,衰于魏,而亡于唐"[②],更谈不上什么研究了。清代虽出现了一些专门研究律赋的著作(如林联桂《见星庐赋话》、余丙照《赋学指南》等),惜论述过简,且对唐代古赋的研究十分薄弱。王芑孙"诗莫盛于唐,赋亦莫盛于唐"[③]的观点一直未能引起学术界重视。

"五四"运动之后,中国赋学研究进入了新的历史时期。但在

---

① [明]李梦阳:《潜虬山人记》。
② [明]胡应麟:《诗薮·内篇》。
③ [清]王芑孙:《读赋卮言》。

1980年之前，只出版过三本极薄的汉赋专著，唐赋研究则几乎无人问津。新时期出现了马积高先生《赋史》(1987)、郭维森、许结先生《中国辞赋发展史》(1996)两部通论中国赋史的专著，二书的唐赋部分皆有10万字左右，前者多分析作家作品，后者多探寻赋史规律，对唐赋研究有"导夫先路"之功。惜限于通史体例，二书皆未对有唐一代辞赋作全面搜寻与细致研讨。韩晖先生的《隋及初盛唐赋风研究》一书，以28万字的篇幅来全面、细致、深入地探讨隋及初盛唐时期的辞赋创作和辞赋理论（中晚唐部分有待续补），为赋学研究开拓出一片新的领地，确实"具有开创性和填补空白的意义"（费振刚先生语）。著者这种褴褛开疆、锐意探索的学术勇气确实是难能可贵的。

二、资料完备

韩著最大的特点就是资料翔实完备可靠。众所周知，目前尚无一部专门辑录隋唐赋的文学总集，这也正是隋唐赋研究相对薄弱的一个重要原因。① 想要研究隋唐赋，当务之急就是要从李昉《文苑英华》、姚铉《唐文粹》、董诰《全唐文》、陈元龙《历代赋汇》等文学总集以及大量的作家别集中辑录隋唐辞赋。韩晖先生不仅从数百种古籍中辑录出数以千计的隋唐辞赋，而且将所得赋篇逐一进行了标点、考订、分析，工作量之大令人惊叹。此外，韩先生还充分吸收敦煌学研究成果，将敦煌石室中发现的赋作也纳入研究范围，并与传世文献进行对比研究。对于韩先生来讲，隋唐赋资料的搜罗不仅是课题研究的基础和前提，搜集与考订本身就是一项极其艰辛也极见功力的学术研究。正因为著者在这方面花

---

① 这是该书出版时的情况。韩著出版10年之后，台湾学者简宗梧、李时铭主编之《全唐赋》（台湾里仁书局2011年版）出版问世，为学术界研究唐代辞赋提供了极大便利，特此说明。

费了巨大心力,该书所提供的隋唐赋资料空前完备,也极为可靠。例如韩著第33页图表向我们展示了由南北朝入隋的37名赋家的赋作情况,分为"时代""赋家""里籍""赋作""系年""存佚""备注"凡7个方面填列。其中赋家卢思道的时代是"北齐—北周—隋",里籍是"范阳涿",赋作有《纳凉赋》《孤鸿赋》《劳生论》共3篇,第一篇年代失考,后两篇皆作于581年,三赋皆"存",备注栏填写出处《全隋文》卷十六",这就为我们提供了全面而详细的信息。又如韩著第69—70页图表展示了唐武德、贞观时期的赋家赋作,第101—102页图表展示了唐高宗朝的赋家赋作,第140—142页图表罗列了武后、中宗朝的赋家赋作,第269—280页图表则是盛唐时期赋家赋作的大规模清点。这些图表是著者稽查各类资料并经过缜密考辨后制作的,全面探讨了赋家的生平籍贯、科举出身、赋作系年等基础问题,因而既能充分展示著者的用力之勤,功夫之深,又具有很高的文学史料价值,远非一般的泛言高论之作所可比拟。

三、考证细密

在广稽隋唐赋资料并加以甄别取舍的基础上,韩先生又从辞赋创作与辞赋批评两大方面,分为过渡期、沿革期、上升期凡三个阶段,对隋及初盛唐时期的赋史流程及赋学观念的演变进行了系统梳理,进而探寻辞赋盛唐气象的形成过程。这种梳理与探寻无疑具有很高的理论价值,但韩先生的理论探索自有特色,他据史实,慎考订,审思辨,有史识,表现出严谨务实、不尚空谈的学术风格。例如,为了探讨初唐进士试赋与律赋兴起的关系,该书对进士科试赋的原委进行了一番考辨。著者首先勾勒了自汉武帝以来以赋取士的大体情况,认为这只是爱好辞赋的帝王或官员偶或为之,并未形成一种考试制度。接着又从《北史·杜铨传》中钩稽出两条为人忽视的资料,指出隋文帝开皇十五年(595)秀才科试已试杂文,其中包括赋。然后又排比唐代初年的相关史料,通过细密分析,发现唐高宗总章年间(668—670)吏部铨擢已试赋,仪凤四年(679)京兆府解试和皇帝安排的制科考试也已试赋,至高宗末年逐渐形成了进士试赋制度(第120—125页)。这样,韩著以严谨缜密的考辨,透彻精辟的分析,既客观描述了隋唐之际各种考试重视诗赋以至最终颁布进士科试赋之诏令的发展脉络,又澄清了学术界对试赋时间及取士方式的错误认识,观点深刻,令人信服。

著者在分析唐人辞赋观时,往往能从纷繁复杂甚至相互矛盾的资料中做出简汰选择,然后进行实事求是的解剖和论析,表现出较高的文献整理能力和超乎常人的学术眼光。例如,李白曾在诗中对前代赋家进行猛烈批判,所谓"扬、马激颓波,开流荡无垠"(《古风》其一),"子云不晓事,晚作《长杨》词"(《感寓》之二),就是对司马相如、扬雄赋的批评与嘲笑。韩著认为,这些只是李白"辞赋观的表层一面,不是主导方面,具有附着性和暂时性"第210页,然后又从李白的复古颂唐心理、浪漫主义气质、对道家思想的接受以及失意的心境等三个方面来分析这种现象的形成原因。著者指出,李白辞赋观的精髓乃在于"他对辞赋的积极意见和对辞赋创作及前代辞赋家的重视"第213页。韩著不仅从李白自幼爱读《子虚赋》以及曾"三拟《文选》"的记载来肯定李白对辞赋创作的重视,还从同乡之情、浪漫风格、讽谏之旨、创新精神等四个方面分析李白心仪相如、扬雄的内在原因(第210—215页)。这些分析深刻精警,发前人所未发,因而颇有启示意义。

韩著还有一个鲜明的特点:多闻阙疑,不强作解人。尽管著者治学勤奋,考论精详,但因材料所限,亦难免有不能坐实之处。例如第69—70页为武德、贞观年间赋家赋作一览表,表中赋名失考者1篇,系年或作"贞观中",或作"贞观末",还有4篇付之阙如,态度非常审慎。这种实事求是、不妄加断言的精神也是十分可取的。

总的看来,韩著不仅为赋学研究开辟了一片新的领地,而且以其翔实的资料、缜密的考辨、透彻的分析和多闻阙疑的精神而当之无愧地成为赋学研究领域的一部力作。我们期待着韩先生早日完成中晚唐赋研究,为赋学研究和唐代文学研究作出更大贡献。

附录:原载《唐代文学研究年鉴·2004年》,广西师范大学出版社2005年版。

中国赋论研究的重要突破

——从《中国赋论史稿》到《中国赋论史》

开明出版社1993年出版的何新文教授《中国赋论史稿》(以下简称《史稿》)一书,堪称是中国赋论研究的拓荒之作。该书凡22万字,将中国赋论的发展历史划分为汉代赋论、魏晋南北朝赋论、唐宋赋论、金元明赋论、清及近代赋论、现当代赋论凡6个阶段,以翔实的资料、鲜明的观点、准确而流畅的语言系统梳理了中国赋论两千年的嬗变轨迹,对一些重要的赋论著作和赋论现象提出了自己独到的观点。该书在出版后颇受好评,赋学前辈、中国赋学会前会长马积高先生认为:"本书是我国第一部较系统的赋论史,由于著者掌握的资料比较丰富,所论大都翔实切要,于推动辞赋的研究甚为有益。唐以后的赋论前人注意者少,著者努力搜剔整理,做出了比较全面的总结,尤为可贵。"①笔者在撰写《汉赋研究史论》(北京大学出版社2007年版)时,亦曾大量征引《史稿》的相关论点,或以该书为重要线索,进一步展开研究。《史稿》嘉惠学人,有功赋学,可谓有目共睹。

2012年4月,人民出版社又出版了何新文教授等撰写的《中

---

① 马积高:《历代辞赋研究史料概述》,中华书局2001年版,第283页。

国赋论史》(以下简称《赋论史》),这是中国赋论研究的又一重大突破。简言之,《赋论史》是对《史稿》的扩充、深化和提升,字数也由《史稿》的22万字(其中正文18万字)而增至56万字,篇幅已达到原书的三倍之巨,堪称是一部体大思精的理论著作。倘若从章节安排上考虑,《赋论史》基本上因袭了《史稿》的框架结构,依然将中国赋论的发展划分为6大阶段,体现了著者学术观点的一贯性。但亦有所调整:1. 章节名称略加增饰,以揭示此一阶段赋论的基本特征:第一章"汉代赋论的兴起",第二章"魏晋南北朝赋论的拓展",第三、四章"唐宋赋论的转捩(上)(下)",第五章"元明赋论的赓续",第六章"清代赋论的繁荣与总结",第七章"现当代新赋学的开启与复兴",其中"兴起""拓展""转捩"云云,用词极精,而恰能准确展示中国赋论的阶段性特点及其发展轨迹。2. 将金代赋论从"金元明赋论"中抽出,并入"唐宋赋论"中,然后将"唐宋赋论的转捩"分为两章。此项微调,或许是出于分章的方便,同时也考虑到王若虚、元好问赋论承上的特点。3. 新增第八章"20世纪国外赋学研究概况",延请海外赋学专家苏瑞隆教授执笔,使该书具有更为宏阔的国际视野。其实,《史稿》在第六章"现当代赋论"之末另设一节"国外赋学论著附说",主要介绍日本铃木虎雄的《赋史大要》和美国康达维的《扬雄赋研究》,又在"附录二"评介康教授此书的部分内容,已经初具国际眼光。《赋论史》则对日本、韩国、欧洲、美国的赋学研究进行了全面评介,内容更为丰富完善。

只要细心比较就不难发现,《赋论史》在与《史稿》相近的章节安排之下,包含着著者在观点、资料、方法上的重大突破以及对20年赋论研究成果的吸收、融会与升华。比如该书《绪论》,仍然采用"中国赋论概观"的标题,各节题目亦与《史稿》无分毫之差,但理论观点却有重大发展。著者吸收许结教授《古律之辩与赋体之争》[①]的

---

① 载《中国赋学:历史与批评》,江苏教育出版社2001年版。

理论成果，将中国古代的赋论发展划分为三个大的段落："第一大段，是西汉至唐代初期，约九百余年，主要是对楚汉魏晋六朝辞赋及唐初人所写古赋的评论；第二大段，自唐中叶至近代，约1100余年，因为科举试赋及律赋的兴盛，以白居易《赋赋》、佚名氏《赋谱》的律赋论述为标志，自此开始了中国古代赋论史上后一阶段'古赋''律赋'的理论思辨；第三大段，即现当代至今，近百年，是用新的思维和方法对包括'古赋''律赋'创作及其评论的科学研究。"①这段话高屋建瓴，观点精湛，深刻地揭示了中国赋论从古赋评论到古、律之争，最终走向科学研究的演进脉络，是对两千年赋论发展的精当概括，反映了著者对中国赋论史的宏观把握。

在历代赋论资料的搜罗与梳理上，《赋论史》比《史稿》要远为丰富、完备。唐代赋论是"古代赋论史上的一个相对迟滞期"，相关资料较少，《史稿》所论亦甚简。但唐代赋论资料大多黏附于诗论、文论，或散见于文集、史传、笔记及一些赋序之中，具有零散、随意的特征，这就为研究者提出了更高的要求。而《赋论史》第三章"唐宋赋论的转捩（上）"分为五节，其间包含着著者从四部文献中新近钩稽出的大量赋论资料，著者为此花费了巨大心血，实在令人钦佩。但唐代赋论又是中国古代赋论从古赋评论走向古、律之争的转捩期，许多观点有待进一步探讨，而这些正是《史论》所忽略的。《赋论史》首先对转捩期的代表文献——白居易《赋赋》进行了更为深入的分析，既充分肯定了白居易对"声律文辞之美"的强调在赋论史上的重要意义，也指出白氏后来回归"炯戒讽谕"的传统赋学观点，这也体现了转型期的某些特点。此外，本书还增补了转捩期的另一重要文献——佚名《赋谱》，并设专节论述。唐人《赋谱》一书，国内早已失传，1941年被日本学者发现，现藏东京五岛美术馆。美国学者柏夷撰有《赋谱略述》一文，其汉译稿发

---

① 何新文、苏瑞隆、彭安湘：《中国赋论史》，人民出版社2012年版，第2页。

表于《中华文史论丛》第49辑(上海古籍出版社1992年版),国内学者才得见《赋谱》原文。而《史稿》于1992年已经交付出版,未能论及《赋谱》,著者每每以此为憾。《赋论史》则充分吸收柏夷《赋谱略述》、张伯伟《全唐五代诗格校考·附录赋谱》(陕西人民出版社1996年版)和詹杭伦《赋谱校注》[①]的研究成果,迻录《赋谱》全文,并逐段分析,指出《赋谱》"从理论上总结、归纳了律赋写作的方法技巧,提供了唐代律赋的标准范式","反映了中晚唐律赋的美学观,同时还保存了唐人律赋的文献资料"[②]。这节论述不仅弥补了《史稿》的阙失,更以翔实的资料证明,以《赋谱》为代表的赋格书的大量出现,反映了唐人对当时产生的律赋之体制与写法的理论总结,体现出指导律赋创作、服务科举考试的良苦用心,同时也代表了律赋理论的崛起,预示著古、律之争的发端。至于第五节"中晚唐诗论笔记与五代《唐摭言》中的赋论",又对《史稿》中语焉不详或完全忽略的《唐国史补》《纂异记·韦鲍生妓》《唐摭言》等文献中的赋论资料进行了论析,通过大量的赋论文献,展示了唐代试赋生动而真切的场景。这些饶有趣味的资料是第一次在赋论专著中出现,其学术价值也是不言而喻的。又如,元明清是中国赋论发展的赓续与繁荣期,赋论、赋话著作甚夥,著者亦用力最深,增补甚多。其中元代刘埙、陈绎曾的古赋理论,明人许学夷《诗源辨体》的赋学观,清人朱鹤龄、王之绩、汤聘、孙奎、吴锡麒、鲍桂星、汪廷珍、王家相等人的赋话、赋论,都是《赋论史》的新创获。穷尽式的资料搜集使《赋论史》的相关论述更为全面、细致、稳妥,进而彰显出严谨务实、扎实厚重的特色。

对于同一赋论家或者赋论现象,《赋论史》的探讨也对《史稿》有新的深化与拓展。例如第一章汉代赋论部分,《史稿》在第六节

---

① 载《唐宋赋学研究》,中国社会科学出版社2004年版。
② 何新文、苏瑞隆、彭安湘:《中国赋论史》,第148页。

"王充等人的赋论"中论及蔡邕,但仅寥寥 4 行,指出"蔡邕对辞赋的评判也同样持尚用的政治功利标准"①。《赋论史》将此节题目改为"王充及蔡邕等人的赋论",文中结合蔡邕的辞赋创作与时代背景探讨其赋学观,然后又对"鸿都门学"的娱乐型辞赋观进行了辩证的分析,认为"这种为蔡邕所批评的、脱离了儒家政治功利之用的辞赋文学观念的上升,在一定程度上,正预示着一个新的文学、新的赋论时代的来临!"②著者从文学史、赋论发展史的角度审视"鸿都门学"之得失,可谓别具慧眼。如此洞出发微、深刻独到的赋论观点,在《赋论史》中比比皆是,反映了著者敏锐的洞察力和自觉的学术史眼光。又如明末陈山毓编有《赋略》54 卷,其《赋略序》是一篇精粹的赋学论文,《史稿》曾经加以征引和讨论。③ 笔者曾从汉赋研究史的角度,对《赋略》自序、绪言、传记、选篇、评点等进行全面探讨,④自认为已无剩义。但《赋论史》著者又从光绪《嘉善县志》和《历代赋话续集》中钩稽出有关陈山毓生平和著述的资料,从《靖质居士文集》中找到七百余字概述辞赋发展和评论赋家赋作的资料,使其与《赋略序》的论述互相佐证、补充,从而对陈山毓的赋论观点有了更全面、更深刻的讨论。⑤ 于是我们知道,陈山毓尽管推崇楚汉而轻视南北朝、唐宋赋,甚至也有"八代无文,唐宋无赋"的言论,但对明代的李梦阳、卢柟之赋却有很高的评价。这在明末赋论中既有共性,又有其独具的特色。可见广搜资料乃是学术研究的基础,资料缺失势必造成论述的偏颇;而识见超卓又是研究深入的保障,整合资料、融会贯通方能对研究对象进行深入剖析和学术史定位。

---

① 何新文:《中国赋论史稿》,开明出版社 1991 年版,第 45 页。
② 何新文、苏瑞隆、彭安湘:《中国赋论史》,第 53 页。
③ 何新文:《中国赋论史稿》,第 104 页。
④ 踪凡:《汉赋研究史论》,北京大学出版社 2007 年版,第 457—463 页。
⑤ 何新文、苏瑞隆、彭安湘:《中国赋论史》,第 248—254 页。

更为可贵的是,《赋论史》著者不囿成见,勇于创新,对于一些人云亦云的赋论观点提出质疑,在严谨考辨的基础上提出自己的独到之见。众所周知,清代赋论的一个重要特点,就是在乾隆年间出现了"赋话"这一赋学批评形式。一个世纪以来,研究者大都将李调元《赋话》(也叫《雨村赋话》)视为第一部赋话著作,比如铃木虎雄《赋史大要》、李曰刚《辞赋流变史》、马积高《赋史》、郭维森、许结《中国辞赋发展史》、曹明纲《赋学概论》等皆曾大量征引此书之论述,可见其重要性和影响力。直至 2004 年,仍有学者认为李调元《赋话》"是中国赋话的开山之作,也是流传最广、影响最大的一部赋话类著作,在赋学研究上有着极其重要的价值","影响了有清一代赋话著作的大量产生,比如浦铣的两种赋话著作"。《赋论史》则力辟陈说,首先根据浦铣于"乾隆阏逢涒滩辜月朔"(即乾隆二十九年甲申,1764 年 11 月 1 日)撰写的自序,指出《历代赋话》正续集早在 1764 年就已经完成初稿;又据浦铣《赋话凡例》的撰写时间"乾隆丙申",考知该书的定稿时间为乾隆四十一年(1776),亦早于李调元《赋话》的编纂;但由于"无力付梓",直到乾隆五十三年(1788)才刻印问世,时间反而在李调元《赋话》(乾隆四十三年,即 1778 年刻印)之后。因而不可能存在李调元《赋话》影响浦铣两部赋话之撰述的现象,恰恰相反,浦铣才是清代赋话第一人。根据詹杭伦先生的研究,李调元《雨村赋话·新话》共 215 条,竟然有 191 条抄自汤聘(号稼堂)《律赋衡裁》,只有"区区 20 余条"可能由其自撰[①],因而其在赋学理论上并无太大建树。《赋论史》对浦铣《历代赋话》《复小斋赋话》设专节论述,在详细评介与深入分析的基础上指出,浦铣作为"赋话"的开创者而兼有两部赋话著作,"可谓是现知清代成就最高的赋话作者,其对赋学的

---

① 詹杭伦:《论〈雨村赋话〉对〈律赋衡裁〉的沿袭与创新》,詹杭伦:《唐宋赋学研究》,中国社会科学出版社 2004 年版,第 361 页。

独到贡献与学术地位,远非李调元辈可比。"①何新文先生的这一观点,最早见于其所撰论文《浦铣和他的两部赋话》②,之后在《史论》和《赋论史》中不断得到发展和完善。这些论析有理有据,鞭辟入里,正本清源,发人深思,既揭开了一段长期被尘封、被掩盖的历史,恢复了浦铣作为中国"赋话"开创者的地位,也真实、客观地梳理了中国赋话诞生、发展的历史流程,对于汤聘、浦铣、李调元等赋论家进行赋论史的定位,同时还纠正了学术界百余年来的错误认识,具有振聋发聩的作用。当然,李调元《赋话》之所以广为流传,浦铣两种赋话著作之所以长期湮没,尚有多方面深刻而复杂的原因,似可作进一步探讨。

在《史稿》出现之前,学术界只有数篇研究古代赋论的论文和徐志啸《历代赋论辑要》(复旦大学出版社 1991 年版)、高光复《历代赋论选》(黑龙江人民出版社 1991 年版)两部简略的资料集,因而,《史稿》是中国赋论研究的一次突破。二十年后出版的《赋论史》,无论是资料的富赡、论述的细致、观点的精到、理论的深入还是文笔的老辣,都远在《史稿》之上,它无疑是中国赋论研究的一次更大的突破。尽管有詹杭伦《清代赋论研究》(台湾学生书局 2002 年版)、孙福轩《清代赋学研究》(浙江大学出版社 2008 年版)对断代赋学做过探索,但《赋论史》无疑是对前人研究成果的全面超越,同时也是著者的自我超越。《赋论史》凝结着著者二十余年的学术积累和理论思考,它以宏大的体制、详赡的论述、严谨的考辨和超卓的识见而成为新时期赋论研究的重要著作。

《赋论史》著者除了湖北大学何新文教授外,尚有新加坡国立大学苏瑞隆教授和湖北大学的彭安湘博士,阶梯状的年龄分布和中外合作的格局,使本书具备了厚重而又活泼、严谨而又宏阔的

---

① 何新文、苏瑞隆、彭安湘:《中国赋论史》,第 310 页。
② 载张国光主编《文学与语言论集》,中国社会科学出版社 1991 年版。

特色，它的诞生是国际学术融合与传统研究路径相碰撞的结果，从某种程度上代表了赋论研究乃至学术研究的未来方向。

作为一部褴褛开疆并且卷帙巨大的著作，本书亦难免有其不尽完善之处。首先，本书前有《绪论》，书末似应撰写《结论》，以对二千余年的赋论史进行学术总结，指出其成败得失，为今后的赋论研究提供鉴戒。至于新世纪之初十年的赋学研究，可谓成果斐然，亦需进行绍介和引导。著者在《后记》中交代已经撰写了"21世纪初期十年赋学的蓬勃发展"部分，但因篇幅限制而被临时撤下，不能不说是一大遗憾。其次，有些论述尚可进一步细化。比如第253页所引《靖质居士文集》中的赋论资料应交代卷次和篇名"卷五《赋集自序》"①。书中文字偶有错误，如第124页引文中的"庐思道"当作"卢思道"，第137页中部"王岂孙"当作"王芑孙"，第141页第一行称和凝六书"不行于世"当作"行于世"，第154页注释"俭赋抄"当作"俭腹抄"，第292页讨论王芑孙《读赋卮言》，称"二十余年后之嘉庆间，汪荣光削去三人当日所曾批驳之文，命门人重录以付梓"，而分析汪序可知，此句"汪荣光"当为"王芑孙"之误，汪荣光作为王芑孙的门生，曾经参与了"重录"工作。第294页"不辍一辞"当作"不缀一辞"，第463页"铁力文起"当作"铁立文起"，"夹溪书院"当作"爽溪书院"，"观林堂集"当作"观堂集林"，等等。

当然，瑕不掩瑜，这些小错误并不能削弱该书的学术价值，更不能掩盖该书为学术界所作的重大贡献。

附录：原载《湖北大学学报》2012年第6期。

---

① 《四库全书禁毁书丛刊》集部14—618。

《历代辞赋总汇》的文献价值

由著名赋学家、湖南师范大学教授马积高先生(1925—2001)主持编纂的大型辞赋文学总集《历代辞赋总汇》(以下简称《总汇》)①,是有史以来辑录辞赋最为完备、体例最为完善、编纂最为精湛的一部专体文学总集,具有十分重要的文献价值和学术意义。

一、卷帙宏大,辑录辞赋空前完备

中国古代的辞赋编纂,最早可以追溯到西汉。刘向父子在校理群籍时,曾经汇集战国、秦、西汉辞赋 1004 篇,可惜不久之后,这批文献就毁于王莽之乱。魏晋南北朝时期,出现了宋谢灵运《赋集》92 卷、宋新渝侯《赋集》50 卷、北魏崔浩《赋集》86 卷、梁武帝萧衍《历代赋》10 卷、佚名《乐器赋》10 卷等赋集,皆佚。降至唐宋,又有徐锴《赋类》200 卷、范仲淹《赋林衡鉴》若干卷、杨翱《典丽赋》64 卷、王咸《典丽赋》93 卷、唐仲友《后典丽赋》40 卷等,亦皆散佚不传。今存最早的古代辞赋总集,当属元代祝尧所编之《古赋

---

① 马积高主编:《历代辞赋总汇》(26 册),湖南文艺出版社 2014 年版。

辞体》10卷（专选楚辞者如刘向《楚辞》、朱熹《楚辞后语》等另当别论），但该书系历代优秀辞赋的精选精评，"正录"选评先秦至宋代辞赋70篇，"外录"编选后骚、辞、文、操、歌等五类韵文47篇，总数为117篇，并不完备。明代出现了周履靖《赋海补遗》（887篇），李鸿《赋苑》（875篇），施重光《赋珍》（437篇），俞王言《辞赋标义》（119篇），袁宏道、王三余《精镌古今丽赋》（231篇），陈山毓《赋略》（332篇），佚名《类编古赋》（篇数不详）等六七种大型辞赋总集，收赋多少不等，但都没有超过一千篇。收赋最多者为《赋海补遗》，共计887篇，但该书同时收录作者自撰之赋615篇，实际上仅仅编选前代赋272篇，并不完备。李鸿《赋苑》汇集先秦至隋代赋875篇，且以时代顺序排列，对清代的赋集编纂有导夫先路之功。

中国古代辑录辞赋最为完备者，当属清人编纂的《历代赋汇》和《赋海大观》。前者汇集先秦至明代赋4161篇（据该书《总目》），分为正集、外集、逸句、补遗凡四部分，不仅收录完整的赋篇，断章、残句也在汇辑之列，因而卷帙空前巨大，收赋空前完备。并且该书系康熙皇帝御定，由大学士陈元龙主持编纂，加之文字准确，刻印精美，因而在有清一代影响甚大，出现了吴光昭《赋汇录要笺略》、倪一擎《赋汇题解》、王晓岩《赋汇题注》等导读之作。《历代赋汇》编纂精湛，文献价值甚高，主要有康熙四十五年（1706）内府刻本，光绪十二年（1886）双梧书屋石印本，近年来又有十余种影印本，点校本也即将面世①，对三百年间的赋学研究贡献巨大。《赋海大观》几乎囊括了《历代赋汇》的所有赋作，又益以清代二百余年的赋作八千余篇，总数达12265篇，其卷帙是《历代赋汇》的三倍之巨，资料价值不言而喻。② 但该书系清末出版商鸿

---

① 踪凡、方利侠：《〈历代赋汇〉版本叙录》，《中国韵文学刊》2013年第2期。
② 踪凡：《〈赋海大观〉价值初探》，《文献》2011年第3期。

宝斋主人延请民间文人编纂的,使用石印技术缩印出版,字小伤目,并且编印粗糙,错误频出,大大降低了它的利用价值,因而影响较小。事实上,清人编纂的辞赋总集多达一百余种,除了这两部巨制外,大都是为小型赋集,选赋篇数一般在二百篇左右,虽有编者独到之见,但文献价值不高。20世纪出现了数百种赋选和几部比较大的断代辞赋总集,如费振刚等《全汉赋》(北京大学出版社1993年版)、龚克昌等《全三国赋评注》(齐鲁书社2013年版)、韩格平等《全魏晋赋校注》(吉林文史出版社2008年版)、简宗梧、李时铭主编《全唐赋》(台湾里仁书局2011年版)、曾枣庄、吴洪泽主编《宋代辞赋全编》(四川大学出版社2008年版)①,等等,但尚无一部通选各代辞赋的大型总集,研究赋学的学者在考察历代辞赋时,仍然以陈元龙《历代赋汇》为主要依据;而在研究明代赋时,《历代赋汇》几乎成了唯一可以依据的文献。但《赋汇》的编纂距今已经有300年之久,书中有不少阙漏和谬误,②已经远远不能满足当代赋学研究的需要。

早在20世纪80年代,大陆的赋学研究在改革开放之后刚刚兴起,马积高等前辈赋学家就认识到《历代赋汇》《赋海大观》的不足,于是着手编纂一部篇目完备的大型赋体文学总集,以供赋学研究者使用。1996年完成初稿。《总汇》分为《先秦汉魏晋南北朝卷》《唐代卷》《宋代卷》《金元卷》《明代卷》《清代卷》凡6个分卷,分别由黄瑞云、万光治、曹大中、康金声、马积高、叶幼明担任分卷主编,六十余位赋学研究者通力合作,耗时数载,终成巨制。该书共计收录先秦至清末7391位作家的辞赋作品凡30789篇③,其篇数是《古赋辩体》的263倍,《赋苑》的35倍,《历代赋汇》7.4倍,

---

① 踪凡:《新世纪之初的赋集编纂》,《中国社会科学报》2014年4月18日B01版。
② 马积高:《〈历代赋汇〉评议》,《学术研究》1990年第1期。
③ 李国斌:《〈历代辞赋总汇〉出版》,人民网2014年1月13日讯。http://www.people.com.cn/24hour/n/2014/0124/c25408-24213153.html。

《赋海大观》的 2.5 倍，收赋极为完备。该书凡 2800 余万字，共印装成 26 巨册，规模宏大，文献价值极高。每一卷收录的辞赋，都远远超过《历代赋汇》和《赋海大观》，堪称是中国历代辞赋编纂的集大成之作。

当然，本书最大的贡献在于，编者花费巨大的心血和汗水，对明清两代的辞赋作品进行了穷尽式汇集。尽管《历代赋汇》（以下简称《赋汇》）也收录明代赋，但仅仅收录 369 家 735 篇，遗漏极多。《总汇·明代卷》汇集明代辞赋作家 1019 人，作品达 5107 篇，①其篇数是《历代赋汇》的 6.95 倍，可谓是盛况空前。其中 650 位赋家的作品，皆为《赋汇》所未备，例如唐桂芳辞赋 6 篇，吴沉赋 4 篇，程明远辞赋 9 篇，张羽赋 5 篇，王翰辞赋 5 篇，朱右辞赋 13 篇，童冀辞赋 12 篇，史迁赋 7 篇，郑真辞赋 29 篇，徐尊生辞赋 11 篇，周履靖赋 616 篇，等等，皆为《赋汇》所遗漏，而《总汇》补之，其搜罗之功，令人瞩目。即使是《赋汇》已经收录的赋家，《总汇》也重新进行辑录，增补了大量作品。例如梁寅赋，《赋汇》收录 3 篇，《总汇》增至 6 篇；刘基赋，《赋汇》收录 4 篇，《总汇》增至 27 篇（含赋体诗文 19 篇）；刘三吾赋，《赋汇》收录 2 篇，《总汇》增至 9 篇；方孝孺赋，《赋汇》收录 1 篇，《总汇》增至 6 篇（含赋体诗文 2 篇）；胡俨赋，《赋汇》收录 3 篇，《总汇》增至 22 篇（含赋体诗文 12 篇），等等。尽管《赋汇》只收以"赋"名篇的作品，不收楚辞体、七体、颂、操、歌等，但即使只考察狭义的赋篇，《总汇》所收明代赋亦达《赋汇》的四五倍之多。研究明代辞赋，当以此书最为完备，其文献价值是显而易见的。

至于清代赋，《赋汇》没有收录，《总汇》的开拓之功更为突出。由于清代距今不远，许多别集、总集没有亡佚，并且清代出版业十分发达，刻本、活字本、石印本等浩如烟海，因而保存辞赋作品极

---

① 数据依照马积高先生《历代辞赋总汇·前言》，第 6—7 页。

多。据马积高先生介绍，《总汇》共计收录清代辞赋4810家，19499篇，比先秦至明代所有辞赋作品的总和（11290篇）还要多得多，编者所耗费精力之大，付出辛苦之多，非常人所能领会。前辈赋学家的奉献精神，令人惊叹、敬佩，他们对清代辞赋的汇集之功，堪与日月同辉！《总汇》汇集清代辞赋，主要依据了清代的作家别集，但由于不少作家没有别集，编者只好从《赋海大观》中采集。但是，前已言之，《赋海大观》是石印袖珍本，字小伤目，阅读费时费力。曾有学者委托我校勘5篇清代狩猎赋，我在国家图书馆找到光绪间石印本《赋海大观》（国家图书馆出版社影印本十分模糊，不可用），花了整整一个上午的时间才校完，结果是双目肿胀，头晕目眩。而《总汇》的编者和出版者，却对《赋海大观》的八千余篇清代赋逐一进行抄录、校点，若非众人合作、拼搏数年，若无勤苦耐劳、舍身忘我之精神，就不可能完成这一巨大工程。《总汇》清代卷共14巨册，卷帙占全书之大半。

其实，《总汇》初稿完成于1996年，由于主编去世、出版社人事变动等原因而延宕十余年出版。当年只有费振刚等《全汉赋》（1993）已经面世，其他断代辞赋总集如《全魏晋赋校注》（2008）、《全唐赋》（2011）、《宋代辞赋全编》（2008）等皆未完工（甚至还没有动工），所以，《总汇》对历代赋的汇集，几乎在每一朝代都是开创性的。作为一部专体文学总集，其对前人赋集有着全方位的超越和提升。

二、辑校精审，质量上乘

几乎所有卷帙浩繁的大型文学总集，都会因为内容繁多、时间仓促、多人合作等原因，而在编纂质量上出现一些瑕疵，不断受到学人指摘。而《历代辞赋总汇》的编者，皆为学养深厚的赋学研究专家，同时又有精益求精的认真态度和舍身忘我的奉献精神，因而最大限度地避免了细节上的瑕疵,在编纂质量上明显高出同类著作。例如两汉辞赋,因系"一代之文学"而一直为学术界重视。《赋汇》曾经辑录两汉赋(含建安时期)190篇,而《总汇》西汉部分辑赋49篇,东汉部分107篇,汉末建安时期105篇,总数达261篇(为了便于比较,此数字仅统计狭义的赋作,不计楚辞体和各种赋体诗文),比《赋汇》增加71篇,可以见出编者的搜辑之功。比如"赋圣"司马相如的作品,《赋汇》收录《子虚赋》《上林赋》《哀二世赋》《大人赋》《长门赋》《美人赋》,凡6篇作品,而《总汇》则增补了《梨赋》和《梓桐山赋》2篇,总数增至8篇。其中《梨赋》辑自《文选·魏都赋》李善注,仅存4字,《梓桐山赋》辑自《玉篇·石部》,仅存2字,但是散金碎玉,弥足珍贵,能够反映司马相如赋体文学创作题材的多样性和丰富性。

与当代学者编纂的大型文学总集相比,《总汇》也多有突破。比如,费振刚等《全汉赋》(1993)辑有汉初赋家孔臧赋4篇,编在司马相如、董仲舒之后,显然失当。因为孔臧于汉文帝九年(前171)嗣父爵为蓼侯,武帝元朔三年(前126)拜太常,其时代显然早于司马相如(前169?—前118)①;并且所辑孔臧四赋出自《孔丛子·连丛上》,皆为其少年所作,时间当在汉文帝时,肯定早于《子虚》《上林》。《总汇》将其置于司马相如之前,上承中山王刘胜(?—前133),下接淮南王刘安(前170—前122),位置比较恰当。又如,建安赋家繁钦撰有《建章凤阙赋》,《全汉赋》从《艺文类聚》卷六二辑录出"筑双凤之崇阙,……屈绕纡萦"一段,共128字,以《文选》注为参校,加以标点②。但《总汇》又从《水经注》卷一九辑得6句共30字,从《韵补》卷四"汉"字注辑得4句共16字,共辑录

---

① 韩晖:《汉赋的先驱孔臧及其赋考说》,《文史哲》1998年第1期。另外,关于司马相如生卒年的考证,可以参考刘南平《司马相如生平及其作品系年考》,《中国典籍与文化论丛》第三辑。

② 费振刚、胡双宝、宗明华:《全汉赋》,北京大学出版社1993年版,第638页。

该赋佚文174字,并作校勘,试图恢复繁钦赋之原貌:

1. 秦汉规模,廓然毁泯,惟建章凤阙,岿然独存。虽非象魏之制,亦一代之巨观也。(《水经注》卷十九)

2. 筑双凤之崇阙,表大路以遐通。上规圜以穹隆,下矩折而绳直。长楣森以骈停,修桷揭以舒翼。象玄圃之层楼,肖华盖之丽天。当蒸暑之暖赫,步北楣而周旋。鹔鹏振而不及,岂归雁之能翔。抗神凤以甄甍,似虞庭之锵锵。栌六翩以抚畤,俟高风之清凉。华钟金兽,列在南廷;嘉树蓊蓘,奇鸟哀鸣。台榭临池,万种千名。周櫩辇道,屈绕纡萦。(《艺文类聚》卷六十二)

3. 长唐虎圈,回望漫衍。盘旋岹峣,上刺云汉。(《韵补》卷四"汉"字注)①

其辑录之功,值得称道。需要指出的是,《总汇》编者对这三段佚文进行了排序,将"秦汉规模"一段置于篇首。细读此段,乃是介绍建章凤阙的悠久历史,并且多用散句,很可能是赋序。《总汇》如此排序,旨在最大限度地恢复旧观,可从。此外,在《建章凤阙赋》之下,《总汇》还从《韵补》卷一"洞"字注辑录繁钦《凤阙赋》三句:

4. 桥不雕兮木不龙,反淳庞兮踵玄洞,阐所迹兮超遐踪。②

凡21字,另外列目。其实,此处《凤阙赋》乃是《建章凤阙赋》的简称,不需要单列一篇。倘若与上篇合并一处,则更便于读者研读

---

① 马积高:《历代辞赋总汇》(1),湖南教育出版社2014年版,第436页。
② 同上书,第437页。

此赋,进而考察其基本内容。以上第1、3、4段,皆为《全汉赋》所遗漏。2005年出版的《全汉赋校注》一书,增补了第4段,但仍然漏辑第1、3两段。①《总汇》编者的补辑、排序之功,不可轻忽。其他如班彪《冀州赋》:"遵大路以北逝兮,历赵衰之采邑。丑柏人之恶名兮,圣高帝之不宿"(辑自《韵补》卷五"宿"字注),傅毅《洛都赋》:"属蒲且以矰红,命詹何使沉沦。维高冥之独鹄,连轩鸶之双鸥"(辑自《韵补》卷一"鸥"字注),王粲《酒赋》:"酒正膳夫,冢宰是司。处濯器用,敬涤蕴饎"(辑自《韵补》卷四"司"字注)等,皆为费振刚等《全汉赋》、《全汉赋校注》所漏辑,我们不能不敬佩《总汇》编者在文献辑佚方面的功绩。

对于三国以后的辞赋,《总汇》的补辑之功更为突出。试举一例。晋代著名赋家、文艺理论家陆机,韩格平等《魏晋赋校注》辑录其赋30篇,而《总汇》则增至39篇,加上七体3篇,吊文2篇,总数为44篇。仅就狭义的赋篇而言,《总汇》增补的陆机赋就有:《怀旧居赋》(辑自《六朝事迹编类》卷七)、《云赋》(辑自《太平御览》卷一、卷八,《北堂书钞》卷一五〇、《初学记》卷一、《文选注》卷三)、《扇赋》(陆云《与兄平原书》)、《风赋》(《北堂书钞》卷一五一)、《逸民赋》(《太平御览》卷五六)、《灵龟赋》(《太平御览》卷八〇八)、《吊魏文帝柳赋》(《文选注》卷二五)、《冢墓赋》(《北堂书钞》卷九二)、《南征赋》(《韵补》卷三),共9篇。即使是两部总集辑录的同一篇赋作,质量也有差别。例如陆机《感丘赋》,《全魏晋赋校注》从《艺文类聚》卷四〇辑得38句,始"泛轻舟于西川",讫"指岁暮而为期",凡二百余字②;《总汇》又从《初学记》《韵补》中辑录以下四段文字:

---

① 费振刚、仇仲谦、刘南平:《全汉赋校注》,广东教育出版社2005年版,第1011—1012页。
② 韩格平、沈薇薇、韩璐、袁敏:《全魏晋赋校注》,吉林文史出版社2008年版,第311页。

生殀迹于当世，死同宅乎一丘。翳形骸以下沦兮，漂营魂而上浮。随阴阳以融冶，托山原以为畴。妍蚩混而为一，孰云识其所修。必妙代以远览兮，夫何徇乎区陈。(《初学记》卷一四)

抨神爽以婴物兮，济性命而为仇。忘大暮于千祀兮，争朝荣于须臾。(《韵补》卷一)

或趋时以风发兮，或遗荣而婆娑。或冲虚以后己兮，或招世而自夸。

或被褐以敦俭兮，或侯服以崇奢。或延祚于黄耇兮，或丧志于札瘥。(《韵补》卷二)①

广搜佚文，力求完备，所辑之赋更具完整性与可读性。当然，笔者无意贬低《全汉赋》《全汉赋校注》和《全魏晋赋校注》，事实上，这几部著作早已成为赋学研究者的案头必备之书，对新时期的赋学研究贡献卓著。笔者只是想说明这样一个事实：《总汇》一书后来居上，在卷帙庞大的同时，又不失辑校的精细与完备，因而具有十分重要的学术价值。

由于经费短缺，精力有限，本书所收作品，"多以较好的通行本为依据，在找不到通行本的情况下方采用珍本、抄本。所依据之版本及校本均在篇后注明。首列者为所依据的版本，称亦见、又见者为校本。"(《编校凡例》第七条)这就最大限度地简化了程序，既便于操作，也便于校核。例如潘岳《怀旧赋》，赋末标注："据胡刻文选，略见艺文类聚卷三四。"可知该赋乃是以胡克家校刻之李善注《文选》为底本，以《艺文类聚》等为校本。赋中"遂申之以婚姻"句，校注："婚，五臣注文选作昏。"又，"涂艰屯其难进"句，校

---

① 马积高：《历代辞赋总汇》(1)，第684—685页。

注:"屯,严可均辑全晋文作危。"①只校异同,不校是非,以省篇幅,让读者自作取舍。

三、体例完善,反映最新文体观念

任何一部大型总集,在编纂之初都会对编选范围作出明确界定。《总汇》卷首有《编校凡例》八条,介绍十分详悉。其时间范围:上起先秦,以屈原作品为首;下迄清末,以宣统三年(1911)为限,十分明确。但对于文体范围,本书却颇有创见。众所周知,赋是中国古代特有的文体,为世界其他国家所未有;同时,赋体文学的范围也一直比较模糊,争议颇多。西汉刘向等校理典籍时,将楚辞、七、颂、对问、隐书、成相杂辞等皆纳入赋类。但降至南朝梁代,萧统《文选》单列赋类,置于卷首,只收以"赋"名篇的作品,不包含骚(楚辞)、七、颂、对问等文体。清人编纂的大型赋集《历代赋汇》和《赋海大观》,亦只收狭义的赋体。狭义赋体观在南朝至清代的一千多年间最为流行,但也有例外,例如清人刘熙载《艺概·赋概》,亦兼论七体。当代学者校释屈原作品,也有称作"屈原赋"者。韩格平等编写《全魏晋赋校注》,只收狭义的赋体文学;费振刚等辑校《全汉赋》,兼收七、对问二体,但不收楚辞、颂、连珠等体;而曾枣庄等编纂《宋代辞赋全编》,则不仅兼收楚辞、七、颂、对问诸体,就连带有"兮"字的歌谣也全部收录,颇有泛滥无归之感。究其原因,在于赋与楚辞、颂、七、对问等文体在诞生之初,就没有严格界限,常常互相借鉴,平行发展,称谓也比较随便。例如刘向将屈原作品编入"诗赋略"的赋类,后人宗之;同时又另外编有《楚辞》一书,后人亦宗之。王褒《洞箫赋》,《汉书》本传又称其为《洞箫颂》,称名较为随意。

---

① 马积高:《历代辞赋总汇》(1),第 655 页。

元代祝尧在编选《古赋辩体》时,创造了一种较为通达的处理方式:将楚辞体和赋体编入正集,凡 8 卷;将后骚、辞、文、操、歌等接近赋体的韵文编为外集,凡 2 卷。这样,既严格了赋体文学的文体范围,又照顾到了赋对于其他文体的影响,有助于考察赋与相近文体之间的相互关系。不过,祝尧的"外集"没有包括七、颂、对问等与赋关系更为密切的文体,遗漏较多。而马积高先生主编之《总汇》,则对中国古代与赋体文学相关的文体进行了全面考察,制定了更为严密的编纂体例。试看《编校凡例》第二条:

特略本祝尧古赋辨[辩]体之意,将汉以后辞赋分为内外编,以示源流正变之不同。秦以前屈原、宋玉、荀况等人之作均为后世所依仿,故不分。汉以后列入内编者有:

〔一〕题目标明为辞或赋者,但不收哀辞;凡流传标题有歧异,其一标明为赋者,作赋看待(如贾谊吊屈原赋一作吊屈原文,扬雄酒赋一作酒箴之类)。

〔二〕只标题意之骚体辞赋(如扬雄反离骚、贾谊惜誓之类)。

〔三〕七体、九体(如枚乘七发、刘向九叹之类)。

收入外编者为:

〔一〕问答体之有韵者(如东方朔答客难、韩愈进学解、柳宗元晋问之类);无韵之问答体(如东方朔非有先生论、汪中广陵对之类)不收。传为宋玉所作之对楚王问,作为特例入附录。

〔二〕怀古、思旧的哀吊文之有韵者(如陆机吊魏武帝文、潘岳哀永逝文之类);但诔及祭文不收。

〔三〕体近辞赋而题为文的韵文(如司马相如封禅文、柳宗元乞巧文之类)。

〔四〕其体似赋有韵且在其所标题名之作品中为变体者(如阮籍大人先生传、鲁褒钱神论、曹植髑髅说、孔稚圭北山移文之类);此类唐以前全录,宋以后酌收。

〔五〕汉代标明为颂,其体似赋者(如马融广成颂之类);汉以后一般不收。

〔六〕楚辞体之另标题名者(如歌、咏、吟、引、琴操);此类唐以前全收,唐以后酌收,不尽录。

〔七〕其体近诗,但唐人类书收入赋类者(如沈约八咏、谢庄杂言咏雪之类)。①

不难看出,《总汇》编者心思十分细腻,将辞赋的各种变体、与辞赋有着或近或远关系的各种诗文皆予以分类考察,纳入书中,既能壮大辞赋的壁垒,更便于读者或研究者全面考察辞赋文体的发展与演变,尤其是赋与其他文体互相影响的情况,使该书更具资料和研究价值。此外,在文字表述的同时,还举例加以说明,让读者能够更为准确地理解编集者意图,也是十分可取的。

在具体编纂时,编者将两千余年的辞赋文学划分为先秦汉魏晋南北朝、唐代、宋代、金元、明代、清代凡六个历史时期,对于每一时期的作家,均按照其生活年代先后依次排列,所谓"人因世次,文沿人集",这样更便于读者考察各个历史时期辞赋的发展演变。每一位作家,先列作家小传,再列属于内编之辞赋,最后列外编之作品,题目之上冠以"外编"二字。例如汉武帝刘彻,首先是小传8行,大约200字,知人论世,方可理解其辞赋内容;接下来全文收录其《李夫人赋》和《秋风辞》,每篇之下标明出处:"据汉书外戚传,又略见艺文类聚卷三四""据文选,又见乐府诗集卷八四、楚辞后语",各有"校记"2条;再下顶格书"外编"二字,然后收录其《瓠子歌》《太一之歌》《天马歌》和《落叶哀蝉曲》,每篇作品下也有出处和"校记"(第141—144页)。如此,则汉武帝作品"正编"有2篇,"外编"有4篇,凡6篇。这样将同一作家的辞赋作品集中排

---

① 马积高:《历代辞赋总汇》(1),第1页。

列，比祝尧《古赋辩体》将"外集"附在全书之后，曾枣庄《宋代辞赋全编》将辞（含有楚辞、七、颂等）集中在全书之前，都更有利于读者考察某一作家的作品全貌，进而探讨其在中国辞赋史上的贡献和地位，因而是最为科学合理的编排。当然，也有一些作家"正编"阙如，直接编录"外编"。例如霍去病，作家名下先有小传 4 行，顶格书"外编"二字，随即编录其《琴歌》1 首，下标出处："据乐府诗集引古今乐录"，又有"校记"2 条。（第 145 页）

《总汇》的这一编校体例，对祝尧以来的诗文总集有较大革新和发展，十分契合辞赋文学发展的实际情况，既照顾到狭义的赋体观（正编部分），又为广义的赋文体研究者提供翔实完备的资料（外编部分），因而具有十分重要的学术意义。

毋庸讳言，作为一部大型文学总集，《总汇》也难免有其不尽完善之处。编者既然兼顾狭义的赋体观和广义的赋体观，那么在"正编"中，就应该只收录以"赋"名篇的作品，而将楚辞体、七体、九体置于"外编"，这样既便于考察、研究严格意义上的赋篇，也是对于自《文选·赋》以迄《历代赋汇》《赋海大观》的一千余年间广为流行的狭义赋体观的尊重和承袭。即使根据现在通行的文体观念，楚辞也因其长于抒情、意境优美而被纳入诗歌领域，与长于铺陈的赋体分为二途。其次，《编校凡例》第二条缕述收入"外编"的作品，有"体近辞赋而题为文的韵文（如司马相如封禅文、柳宗元乞巧文之类）"一项。核查正文，柳宗元"外编"中确实收录了《乞巧文》，但司马相如"外编"中却没有《封禅文》，前后失照。但是瑕不掩瑜，这些小缺点并不能掩盖《总汇》在辑校历代辞赋方面的巨大贡献，尤其不能掩盖该书在编纂质量和编纂体例上的探索和突破。

附注：原载《天中学刊》2017 年第 1 期。

后　　记

本书所收录的论文，大都已经在学术期刊上发表。在此，谨向发表这些论文的《文学遗产》《文献》《中国典籍与文化》《古籍整理研究学刊》《先秦两汉学术》《中国诗歌研究》《中州学刊》《天中学刊》《中国韵文学刊》《贵州社会科学》《清华大学学报》《南京大学学报》《中南民族大学学报》《湖北大学学报》《辽东学院学报》《绍兴文理学院学报》《历史文献论坛》等致以谢忱。其中有些论文，曾经与我的师兄冷卫国教授，内子方利侠女士，研究生孙晨、王海燕、景晶等联名发表，因为系本人执笔，故收入本书，亦向以上好友表示感谢。因为这些论文是各自发表的，其间使用材料或有重复，请读者鉴谅。

本书是教育部"新世纪优秀人才支持计划"项目"赋学文献及其研究"（NCET-08-0629）最终成果，是国家社科基金重大项目"中国古代散文研究文献集成"（项目批准号：14ZDB066）阶段性研究成果。研究过程中得到北京师范大学郭英德教授、南京大学许结教授的指导，出版过程中得到首都师范大学马自力教授、商务印书馆总编室主任叶军博士及编校人员的关怀和帮助，又有研究生郭玥、郭晨鸣校读清样，核对部分引文，点点滴滴，令人难忘！

书中缺失和谬误，尚祈海内外方家不吝赐教。

踪凡
2016年1月26日于北京花园村

图书在版编目(CIP)数据

赋学文献论稿 / 踪凡著. —北京：商务印书馆，2017
（北京师范大学中国古代散文研究中心专刊）
ISBN 978-7-100-14434-6

Ⅰ.①赋… Ⅱ.①踪… Ⅲ.①赋-文学研究-中国-古代 Ⅳ.①I207.224

中国版本图书馆 CIP 数据核字（2017）第 125378 号

权利保留，侵权必究。

北京师范大学中国古代散文研究中心专刊之三
赋学文献论稿
踪　凡著

商 务 印 书 馆 出 版
（北京王府井大街36号　邮政编码100710）
商 务 印 书 馆 发 行
北京市十月印刷有限公司印刷
ISBN 978-7-100-14434-6

| 2017年7月第1版 | 开本 787×960　1/16 |
| 2017年7月北京第1次印刷 | 印张 32¼ |

定价：75.00元